新婚

半截白菜 著

上册

长江出版社
CHANGJIANGPRESS

Newly-Married

目录

上
册

目 录

下
册

新

/

婚

/ 第一章 /
新婚

"那不是你老公吗？"母亲拉过陈依，指着咖啡厅那边。陈依愣了下，抬头看去，一眼看到穿着红色衬衫跟黑色长裤，靠在椅子上，低头跟人说笑的闻泽辛。

他还是在跟女人说笑，四个女人，一个个长相艳丽，装扮时尚。

"姐，这大过年的，姐夫不陪着你，在这儿跟别的女人聊天啊？"陈莺挽着陈依母亲的手，看向陈依，笑容中带着一丝看戏的意味。

陈莺是陈依伯父的女儿，十一岁那年伯父因为陈家家业过劳去世，这些年陈莺一直被寄养在陈依家。当初闻家要跟陈家联姻时，按陈家辈分来算，陈莺才是那个联姻对象，后来是闻泽辛横插一脚，点了陈依。

陈莺心里对此一直怨怼，此时看到这种情况，自然要好好问候一下。

今天大年初五，是陈依跟闻泽辛新婚的第五天。

陈依挽紧母亲的手，看着那头桃花眼里全是笑意的男人，说道："他出来见朋友，跟我说了，五点多就会回去。"

"当真？"廖夕也看着那男人。

男人俊美又风流，明明穿着这种亮眼的红色衣服，却带着一种矜贵气质。陈依敛下眼里的落寞，笑了笑，说："是的。"

"姐，那既然如此，我们去打个招呼吧。"陈莺拉着廖夕就要过去。

陈依抬起头，冷淡地扫了陈莺一眼。

陈莺微微一笑："姐？"

1

陈依看着她道："你以为闻家跟我们陈家一样，随意任人揉捏吗？"

她的话带着威胁之意。

陈家跟闻家联姻本就是高攀，陈家濒临倒闭的几个产业都是闻家给拉回来的，此时全在闻泽辛的手里。

陈莺的脸色白了几分。

廖夕似是也反应过来，她这个丈母娘当得也太没身份了。她苦涩地一笑，拉着陈依道："男人在外面有自己的应酬，既然他跟你说了，那就听他的。"

陈依笑了笑："嗯。"

"我们继续逛吧。"陈依拉着母亲，看了一眼那边的男人，恰逢闻泽辛站直身子，将近一米九的身高，视野自然开阔，他抬起眼眸，隔着人群看到了陈依。

陈依抿了下唇，匆匆移开视线，拐弯走了。

闻泽辛看了她两秒，含笑垂眸，继续把玩着手里的魔方，听着旁边几个女人叽叽喳喳地说着话。进了电梯，陈莺看陈依一眼，说道："刚刚姐夫抬头了，也看到你了。"

廖夕也看向陈依。

陈依看着电梯下行的数字，说道："他有他要应酬的地方。"

她的神色很淡。

陈莺见状，撇了撇嘴，心里却暗自在看好戏。廖夕则信了陈依的话，或许闻泽辛是真的跟陈依说过自己要出门谈事，毕竟他们新婚不过五日。

陈依看了一眼时间，"还想买点儿什么？"

廖夕看了看，说："算了，大过年的也没什么好买的，回家吧。"

陈依拿出车钥匙，道："行。"

她扫了陈莺一眼，陈莺按着手机道："我们家又不用怎么走亲戚，回去那么早干吗？再逛逛吧。"

"你想逛自己逛去。"

"不行，等会儿我怎么回去？"

陈依下了电梯，挽着母亲的手道："打的。"

说着，她跟母亲走出大堂，陈莺气得瞪圆眼睛，随即跑出电梯跟上去，恨恨地道："你是因为看到姐夫身边围着那么多女人，所以心情不好才不想逛的吧？！"

陈依一声不吭。

廖夕喝道："陈莺。"

陈莺："难道不是？当初姐夫跟我们家联姻是什么原因大家心知肚明，只要能挽救陈家，姐，你可不要搞砸了。"

陈依喉咙干涩，按了几下车钥匙，打开车门，把廖夕扶上车，回头看向陈莺。陈莺停住脚步，抬高下巴："干吗？"

陈依敛下眼眸："上车。"

陈莺撇嘴，老实地钻进车里。廖夕看一眼侄女，又看一眼沉默的女儿，既不敢教训侄女，又不知怎么安慰陈依。

陈依在车外站了几秒，随后走向驾驶位，启动车子。

把廖夕跟陈莺送回陈家后，陈依掉转车头，开回位于市中心的新房。大过年的保姆也放假了，陈依放下钥匙跟包包，靠在沙发扶手上，盘腿坐着，拿起遥控器随意地按着。

包里的手机嘟嘟地响起。

陈依放下遥控器，俯身拿出手机，看到来电，顿了几秒，随后指尖滑开绿键，接了电话也没出声。

那头，闻泽辛好听的声音传来："晚上回爸妈家吃饭，我去接你，还是你自己来？"

他的嗓音惯来好听，有点儿低沉，但是语调轻飘飘的，有点儿漫不经心的感觉。

陈依沉默了几秒，回道："我自己去吧，你忙你的。"

"六点开席，别晚了。"闻泽辛说完，便挂了电话。陈依盯着屏幕好一会儿才放下手机，实际上哪儿有什么他跟她说要出门干什么，根本没有。

昨晚他陪闻家小叔出去应酬，回来后在书房处理文件，也没回房睡。吃过午饭，他就出门了，两人再碰见就在那家咖啡厅外，他跟几个女人在一起。

陈依靠回沙发扶手上，继续看着电视。

大约四点半，陈依上楼洗了个澡，换了一条红色裙子跟黑色外套，踩着高跟鞋便出门，B城今年的冬天很冷。

陈依启动车子，开了出去。

陈家这些年太过没落，还住在嘈杂的西洋别墅区。闻家早换了闹中取静的小区，环境园林规划得很好，恰逢过年，装饰更别说了，过年又是团圆的时候，小区里的车子明显多了很多，豪车停成一排。

陈依将车缓缓地开到闻家门口。

天色还没完全暗下来，她下了车，走进闻家，跟闻家管家打招呼，管家笑着招呼："二少在后院。"

陈依笑了笑："谢谢叔叔。"

她解了围巾，直接走向后院。

后院有一个影厅，门半掩着，打扫的保姆笑着点了点影厅，陈依走上台阶，推开门。影厅里闻泽辛靠着沙发扶手，玩着手中的魔方，手边放着一碟开心果。陈依顿了顿，闻泽辛听见动静，抬起眼眸："进来啊！"

陈依走了进去，影厅门带着弹性再次掩上。

她把解下来的围巾放在沙发上，看一眼屏幕，手腕就被闻泽辛拉住。下一秒，她坐在了他的大腿上。

闻泽辛搂着她的腰，笑着道："下午去逛街了？"

陈依垂眸，入目是男人白皙的胸膛，红色衬衫在他身上，衬得他皮肤发白。陈依咽下喉咙里别的话，回道："嗯。"

闻泽辛放下魔方，伸了个懒腰，把一碟开心果递给她："剥几颗给我吃。"

陈依接过碟子，放在一旁的扶手上，低头开始剥开心果。闻泽辛搂着她的腰，看她几眼，另一只手拿起手机，信息叮咚叮咚地跳出来。

陈依余光一扫，匆匆扫到一条信息。

"二少，你结婚了我怎么办啊？"陈依的手停顿了一下，余光一直扫向他的手机页面。闻泽辛正在看信息，嗓音很低地问："看什么？"

陈依顿了顿，笑了笑："没什么。"

她继续剥开心果，随后拈起一颗放在他的唇边。闻泽辛张嘴咬了，抬起眼眸看着她。陈依低眉顺眼，发丝垂落。

她长得很柔美，没有半点儿攻击性，性格和长相一样都是老实的。闻泽辛嚼着开心果，下颌隐动，搂紧了她，笑道："别怕啊！"

陈依隐晦地看他一眼："没怕。"

闻泽辛笑笑，抱着她安静地坐了一会儿。保姆过来敲门，说要开饭了。闻泽辛扶着她的腰，把她带下地。就坐这么一会儿，呼吸间全是他身上的香味，陈依偏头闻了闻，除了他自己身上的味道，自然还多了一丝别的香水味。

陈依垂眸，去拿围巾。

闻泽辛看她一眼，牵着她的手出了门。

握着围巾，陈依觉得自己身上也染了那些多余的味道，淡淡地说："你换香水了吗？"

闻泽辛垂眸扫她一眼，半响，笑了笑："没换。管多了吧？嗯？"

陈依那点心思被他一眼扫尽，她感觉喉咙卡了卡，笑了笑："问问而已。"

闻泽辛笑了声，倒是没再追究。

当初联姻前，双方说了什么，彼此心里都清楚。既然她点头了，就别闹事。陈依低下头，笑容从嘴角隐去。

她怎么没控制住呢？

当初他的意思是：我救你们陈家，你老实地当我的妻子，我的其他事情你别管。进入正厅，陈依脸上挂上了得体的笑容。今晚连闻家小叔都回来了，闻父、闻母都很好，尤其是闻母，很照顾陈依，拉着陈依要陈依坐在她身边，跟陈依聊天。

陈依心头温暖，眼睛却不由自主地看向对面的男人。

闻泽辛靠在椅背上跟闻家小叔谈话，灯光下的男人俊美无双，桃花眼含笑，看起来明明不像个薄情人。

偏偏——

陈依那点儿温暖凉了一大半，她收回视线，再次挂上得体的笑容，跟闻母聊天。吃完饭，两人当晚就住下了。陈依陪着闻母在沙发上看电视，闻泽辛跟闻父和小叔三个人在谈话。闻泽辛懒懒散散的，靠着椅子，谈的都是正事。

这时，桌面上的手机响起，有点儿吵。

陈依看了一眼，那是闻泽辛的手机。他们三个人在小客厅那边，闻母也听到了铃声，探头一看，笑着拉着陈依道："你接一下。"

陈依笑着摇头："不了，我拿去给他吧。"

她可不敢碰他的手机。

"接，要么挂断。这都几点了，还有什么大事啊？"闻母林笑儿比谁都清楚自家儿子的德行，眼睛斜了下，扫了那手机一眼。

见来电是 B 城一个手机号码，她笑了下，说："依依，你不接，那妈接了。"

说完，林笑儿伸手就去拿手机。

陈依看一眼客厅那边指尖在椅子扶手上点来点去的俊美男人，迟疑了下，伸手拿起那部黑色手机。

她对林笑儿道："我接，我问问对方有什么事。"

林笑儿点了点头。

她很喜欢陈依这个媳妇，就是陈依性子软了点，这种电话接了给对方一个下马威最好，陈依偏偏瞻前顾后的。

陈依站了起来，走到走廊那边，按了接通键。在接之前，她其实希望是个男人声音的，但很可惜，失望了。

对方是女的，声音娇媚，上来就喊："泽辛。"

陈依低头看了眼地上，语气平缓地说："他在忙。"

那女人愣了几秒，随即笑道："哦，这样啊，那我晚点再给他打吧。"

陈依顿了顿，视线不经意地扫向那边客厅，他手肘支着沙发扶手，穿着黑色毛衣，恰好抬起眼眸看来，两人四目相对，他眯了眯眼眸，目光落在了她的手腕上。

他发现她在接他的电话了。

陈依心头直跳，匆匆对那边的女人说："就这样吧，晚点再打。"

随即她挂了电话，按灭了屏幕后匆匆走回客厅，把手机放在茶几上。林笑儿握着一把瓜子，盯着她看。

许久，林笑儿轻叹了一口气："你怕他做什么？"

陈依笑了笑，看向林笑儿："妈，我去洗澡，今天下午陪我妈逛街，有些累了。"

林笑儿放下瓜子，拿起闻泽辛的手机翻了下，没法解锁，黑着脸道："女人的电话吧？"

陈依："妈。"

林笑儿又把手机放了回去，看一眼陈依无助的脸，摆手道："算了，你去休息吧。"

"谢谢妈。"

陈依去取了架子上的外套，往楼上走去。途经小客厅，她也没看那男人了，是不想看，也不敢看。闻泽辛的主卧室在三楼，她嫁过来之前，闻泽辛给她添置了些衣服在这边。拿了睡衣，陈依去洗澡。

洗完澡出来，坐在床边，陈依按着手机，想找人聊聊。

按了半天也没按下去，最后她叹口气，还是放下手机，开始看书。夜深了，闻泽辛跟闻父站在门口目送小叔的车子开走，闻父熬不住，拍了拍他的肩膀："我睡了。"

"好。"

闻泽辛一手插在口袋里，随手将抽了半口的烟摁灭在烟灰缸里，转身走向茶几，俯身拿起那部黑色手机。他将屏幕解锁后，指尖点进去，通话记录中有个电话确实被陈依接了。闻泽辛扯了下嘴角，眼眸里却没什么情绪。

这时，手机再次响起。

闻泽辛坐在沙发上，指尖揪着茶几上的装饰花，接了起来。

那边女人娇媚的声音不确定地响起："泽辛？"

"说。"他语气很轻，谈了一个晚上的事情，有些疲惫。

"下午你在咖啡厅这边掉了个打火机，我想问你，明天能送去给你吗？"

闻泽辛揪下了那花，淡淡地笑道："打火机？我下午可没抽烟。"

那女人愣住。

心机一下子被戳破了，她啧了一声："好吧，我想约你出来，你现在能出来吗？"

闻泽辛往后靠，长腿抵在茶几上，道："不出去了，我问你，我老婆今晚有没有问你什么？"

那女人又愣了愣，半秒后，笑起来："没有，她让我晚点给你打，只说了你在忙，你可真找了一个好老婆。"

闻泽辛笑了笑，指尖挠着眉峰："嗯。"

随即，他挂了电话。

又在客厅坐了会儿，闻泽辛才上楼。房里温度要比外面高一些，他脱了毛衣，拿了睡衣去洗澡。

再出来，一身水汽，他抓着毛巾擦拭了头发，随手将毛巾挂好，指尖撩开被子。

陈依两手搭在肚子上，睡得很熟，下意识地伸手去抓被子。闻泽辛屈膝上了床，把她的脸轻拨到这边，薄唇吻住她的脖颈。

陈依顿时就醒了几分，睁开眼，对上男人的桃花眼，昏暗的光线下，他眼里带着笑，眼神好似很暖。陈依张了张嘴，想说话。

闻泽辛用手掌堵住她的嘴唇："嘘——"

接着，陈依脸颊泛红，纤细的手指抓着他的肩膀，仰着脖子，神志不清，手往上搂住他的脖子，紧紧地搂着。

"泽辛。"

男人嗓音带笑，在她耳边轻轻笑道："嗯，以后别接我的电话了，嗯？"

陈依缠在他脖子上的手松了几分，她看着他。男人笑了笑，拉着她的腿，低声道："不过你今晚做得很好。"

她很老实。

他很喜欢。陈依手指抓着被单，拧成了团，恍惚地看着他，又冷又热。她不好跟他说，是他妈让她接的，她一直都知道，他不喜欢她碰他的手机。

许久，陈依抵着他的肩膀，说："我累了。"

闻泽辛挑眉，吻了吻她的脸颊："知道。"

随即他抱起她去洗澡。半个小时后，陈依穿着睡衣掀开被子上了床，浴室的门再次打开，穿着一身睡袍的男人走了出来，发丝湿润，领口敞着，露出了锁骨。

他绕去床那边，拉起被子，大手揉了揉她的头发："睡吧。"

陈依嗯了声，侧过身子。

闻泽辛淡淡地道："过来些。"

陈依抿了下唇，往后挪了挪，直到抵到他的身子。他伸手把她的身子转过来，陈依只得趴在他的肩膀上。

他抬手一按，灯灭了。

房间里一片黑暗，陈依却睁开眼，脑海里一直闪现那个女人在电话那头喊：泽辛，泽辛，泽辛。

他到底有多少个喊他泽辛的女人？

他手机里有多少秘密？

又过了几分钟，陈依转身背对着他，透过床头灯，看到床头柜上的避孕套。

这些都是他买的。

陈依看着看着，许久才闭上眼。第二天，陈依醒来时已经是早上九点多了，身侧的床位空了。她起身后，洗漱下楼。林笑儿刚练完瑜伽回来，笑着道："不多睡会儿？"

陈依笑着摇头，左右看了看，没看到闻泽辛。

林笑儿看她张望，嘴角的笑淡了些，说："他一早就走了。"

陈依愣了下："哦，好。"

林笑儿看着她有些心疼，拉着她的手走去餐厅，说："快，吃点儿早餐，我们等会儿去沈家吧？"

陈依摇头："不了，妈，我回家一趟，这几天我爸身体不太好。"

"哦，这样啊，也行。"林笑儿想了下，看着陈依坐下来吃饭了，转身去后面准备给陈依家的礼物。

陈依低头喝粥。

这时，几个保姆从她身后走过，看了她好几眼。接着，她们议论起来。

"所以还是娶门当户对的人好，二少居然就这样把她留下了。"

"早上为了这事情，太太还跟二少吵起来了，哎，她在楼上倒是睡得好啊！"

"她管不了二少的，也不明白怎么就答应联姻了。"

"还不是为了闻家的势力？各取所需吧。好了，别说了，走吧，太太是真好，一个劲地骂二少，给媳妇打抱不平。"

"那是，可是我觉得她也太不争气了。"

陈依握着勺子的手顿住，许久没动，她只看着白花花的粥。

视线扫向桌面上的手机，她看了好几眼，才拿起来，想了下编辑消息。

陈依："你早上出门怎么不喊我一声？"

很快，那边的人回复。

闻泽辛："让你多睡一会儿。"

陈依心里冷笑：不需要，我不需要……

吃过早餐，陈依跟林笑儿告别。林笑儿送她到车旁，牵着她的手嘱咐："有空就回家住，你跟泽辛两个人单独住外面肯定没在家里吃得好。"

"好的，妈。"陈依笑着点头。

林笑儿又笑了笑，顺顺她的头发。陈依余光看到管家提着好几个礼盒放进车子后座，垂下眼眸，说："妈，家里什么都不缺。"

"拿着拿着。"

陈依没再拒绝，走向车子，上了驾驶位，启动车子，一边跟林笑儿和管家点头示意，一边掉转车头。

白色车子开出大门。

林笑儿紧皱着眉头："依依在我们家很不自在。"

管家叹了口气："二少的态度是关键。"

林笑儿的脸色又黑又无可奈何。她有两个儿子，没一个让人省心。闻泽辛这些年主要跟着小叔做事，性格上变化蛮多，让人看不太透。回到陈家，陈依刚停下车，廖夕就从屋里出来，看着她道："你爸没什么大事，你不用专门跑一趟。你最近处于新婚期间，多陪陪闻泽辛。"

陈依笑了笑，没吭声，从车厢里拿出礼品。陈莺跟着下了楼，看到礼品有些妒忌，想起昨天咖啡厅的那一幕，道："姐姐想陪，也得看姐夫想不想让她陪啊！"

陈依淡淡地看陈莺一眼。

廖夕接过礼品，对陈依道："别管她说什么。"

陈依挽着母亲的手，进了屋。陈家这别墅跟闻家不能比，这附近靠山，光线并不好，年代又久，附近有几栋别墅都成了出租楼。

陈家只请了一个保姆，保姆过来拿东西。廖夕看着闻家送的那么多好东西，心安很多，至少闻家父母是很喜欢陈依的。

陈依上楼去看父亲。陈家走到今天会如此衰败，主要的原因都是陈家的男丁身体一直不怎么好。

再大的家业碰上短命鬼，也很难维持。好在父亲身体还行，所以他一生病有点儿什么风吹草动，家里人就紧张。

陈莺从陈依身侧匆匆走过去，端起柜子上的碗，喂陈庆喝药。

陈依顿住脚步。

廖夕说："陈莺嘴巴是毒，但是她对你父亲是真好。"

陈依："嗯。"

陈庆看见女儿来了，笑了笑，脸上有了点儿血色。陈依握住父亲的手："好些了吗？"

陈庆点头："好多了。"

他视线往后扫，似在找人。

陈依迟疑了一下，道："他最近有点儿忙，我们结婚耽误他不少事情。"

陈莺在一旁听见这话，抬起头，非常鄙视地看着陈依，陈依感觉眼睛突然有些刺痛。陈庆笑着点头，说："理解，就是上次冯润那事情，我想问问他打算怎么处理，我倒是不太拿得定主意。"

这也是挺悲哀的事情。

陈家女婿成了陈家的救命稻草。

陈莺啧了一声，说道："姐，你给姐夫打个电话，让他来家里呗，顺便晚饭在这里吃好了。"

陈庆顿时有些希冀地看着陈依。

陈依此时真恨不得吃了陈莺的肉，可是一看到她手里端着父亲的药碗，忍下了，拿出手机道："我打打看，他若是没空就算了。"

说完，她转身走向阳台，落地窗映出她的脸，高领的黑色毛衣隐约可见脖颈上的吻痕，她挪开视线，找到闻泽辛的号码拨打出去。

她极少打电话给他。

很快，一串音乐声后那头的人接了，男人还没开口，先蹿入她耳朵里的是几道笑声，有男有女，女的声音最为明显。

是昨晚来电的那个女声。

陈依猛地握紧手机。

闻泽辛低沉的声音传来："嗯？老婆。"

陈依看着落地窗笑了笑，随即问道："今天忙吗？"

"还行。"男人的声音轻飘飘的，他没有特意冷淡，可是这轻飘飘的应话，就显得不热情。

陈依能感觉身后父母还有陈莺的视线。

她淡淡一笑："来家里吃顿饭吧？我爸昨晚有些发烧，想看看你。"

她的语气没什么起伏，但是话里隐了几丝哀求之意。

闻泽辛在那头听到了，单手支着膝盖，转着手边的笔，几秒后笑道："好，我三点半过去。"

"谢谢。"

那头，男人挂了电话。

陈依也松了一口气，握紧手机，转身看向房里的三个人，最后视线落在陈庆的脸上，道："他这会儿在忙，等会儿三点半过来。"

陈庆一听，笑起来，点了点头："好，好。"

他对廖夕说："准备一下，晚上我跟他喝两杯。"

廖夕听罢，眉眼也舒展了一些，点点头，转身下楼。陈莺啧了一声，话头是她起的，这会儿反而有些妒忌。

下午三点半。

陈庆换了一身衣服下楼，陈依扶着他，廖夕进厨房忙碌，陈莺跟在陈依父女身后看着门口。

远远地，一辆黑色的车开了过来。

陈依看见熟悉的车牌，松了一口气。这个人薄情归薄情，但是说到做到。车子停下，车门打开，穿着黑色毛衣和西装长裤的闻泽辛走下来，甩手关上了门。

他人很高，这房子仿佛装不下他一样。

闻泽辛上了台阶，笑着喊道："岳父，身体好些了吗？"

陈庆看他，眼睛一亮："好些了。"

"那就好。"闻泽辛说着，看向陈依，夫妻对视，陈依抿了下唇，上前抬手理了理他的领口。

闻泽辛垂眸，几秒后，握住她的手，随即牵着她，另外一只手去扶陈庆，"岳父是想找我谈冯润的事情吗？"

陈庆愣了愣，心想闻家的少爷真的都太聪明了。他笑着点头："是，你看这人留还是不留呢？"

"留着啊！"

11

三个人坐下，陈鸯在对面跟着坐下，视线落在闻泽辛身上。她看一眼陈依，又看一眼陈依被男人的大手握住的手，心想：难怪陈依如此忍气吞声，这样的男人，是个女人都难抗拒。这样的男人，也难怪那么多人想跟他闹绯闻。

陈鸯看着看着，脸有些红。

"留着？"陈庆皱眉。

闻泽辛往后靠，长腿交叠，桃花眼含笑，一副公子哥的样子："现在放他走，太可惜了，总要让他付出点儿代价。"

陈庆愣了愣，随即明白了。

陈依起身去倒咖啡，回来后，将咖啡放在茶几上。茶几上放着闻泽辛的手机，她见状，略微错了下杯子。

闻泽辛淡淡地看她一眼。

陈依面不改色地直起身子，也看闻泽辛一眼。两人四目相对，她很快挪开视线，不由自主地想起昨晚的场景。

他和她身体那么亲密，他却说着那样冷漠薄情的话。

她抿了抿唇，他本来看她父亲的喜悦一下子就冷了许多。

她对父亲说："爸，我去厨房帮一下妈。"

陈庆听罢，立即道："你去干吗？在这儿陪着泽辛，让你妹去。"

陈鸯一副看好戏的样子，刚刚姐姐、姐夫那一对视，姐夫那眼神哪里有半点儿喜欢的样子？冷淡得跟看路人一样。

陈依这是要逃回厨房里。

陈鸯笑道："我去就我去，姐，你好好陪着姐夫。"

她一脸笑意，看好戏的意思全藏在眼睛里。陈依看一眼陈鸯，没吭声，过了好一会儿，坐回了闻泽辛的身侧。

她皮肤白，今天穿的也是黑色毛衣，脖颈上的吻痕此时有些明显。闻泽辛伸手，轻轻地撩了一下她的毛衣。

陈依身子一缩。

闻泽辛轻声反问："嗯？"

陈依没再缩。

/第二章/

泡芙

闻泽辛看她几眼，笑了笑，搂住她的腰，侧过头跟陈庆说话。陈庆一直暗自观察，看到女婿对陈依这般亲昵，心里宽慰，打起精神说："冯润这人是陈氏的老人了，手里不知握着多少陈家的资料，这也是我所忌惮的。"

闻泽辛抿了一口咖啡，淡淡地道："这没关系，岳父不必担心，交给我即可。"

陈庆立即点头："那太好了。"

陈依被闻泽辛搂着腰，握着手机把玩，心思却都放在他们这边，听着他们的对话，垂着眼眸，听出父亲嘴里的瞻前顾后以及那一丝把所有希望都放在闻泽辛身上的念头，她纤细的手指翻转下手机，很是沉默。

闻泽辛看一眼女人纤细白皙的手指，偏头看着陈庆，笑道："我带了文件来，过完年要启动新的项目，岳父一起看看？"

陈庆一听，更打起精神："好。"

闻泽辛含笑，垂眸再看一眼陈依，轻轻拍了拍她的腰："文件在车里，你去拿一下。"

陈依应了声，起身，拿过他递来的车钥匙走出去。

外头风大，他的车子太豪华，又是新车，在这一片地方很显眼。陈依走过去，拉开车门，从里面扑面而来的除了暖和的空气，还有一股淡淡的香水味，那香水味她很熟悉，是昨晚在他身上闻到的那一款。

陈依停顿了下，伸长手臂，拿走在后座上的一沓文件，离开之前，看了一眼副驾驶座。

那个女人是不是坐过他的副驾驶座？

关上门，陈依提着文件袋，走上台阶，把文件袋放在长腿交叠的男人怀里。闻泽辛抬起眼眸看了她一眼。

陈依将指尖缩在毛衣里，说："我穿得少，上楼穿一件衣服。"

闻泽辛伸手抓住她的指尖，把玩了两下："是有点儿凉，去吧。"

陈依笑了笑，拐向楼梯。

她换了一件杏色毛衣下来，他们翁婿俩在那儿已经谈起正事了，不自信的陈庆，在女婿的带领下变得有精神、有底气了。

陈依远远看去，心情复杂，抛开她自己的情感不说，父亲能有这样的精神，是应该感激闻泽辛。

她走向厨房，廖夕跟陈莺正忙着，廖夕是主厨，陈莺在一旁帮忙递东西，回头看了一眼："姐，你来干吗呢？"

陈依没搭理她，进去帮廖夕掌勺。

陈莺挑眉，看一眼外头客厅长腿交叠的男人，再看向陈依，嘀咕了一声："好端端的换什么毛衣？"

陈依当没听到。

五点半，饭菜做好，上桌。一家人也招呼着上桌，陈依去取酒，回到桌子这边，拿起杯子低声说："爸，你就少喝点。"

廖夕也劝道："就是，喝两杯意思意思就行了。"

陈庆看一眼女婿，黑着脸说："别废话，多倒点。"

闻泽辛笑笑，有些懒散地说："岳父还是少喝点，等身体大好了，我们再喝。"

陈庆无奈："我没什么事了，喝酒暖身啊，这天气很冷，不过你也别喝太多。"

闻泽辛含笑地接过酒杯，看一眼陈依，道："没事，等会儿陈依开车。"

陈依也看他一眼，道："那也得少喝。"

闻泽辛笑了声："好。"

他取走杯子时，指尖碰到陈依的指尖，有些凉。他垂眸看了一眼："不是多穿了一件吗？怎么只是换件毛衣？指尖还有点儿凉。"

陈依顿了顿，缩回手，道："这件比较暖和，指尖凉是因为开酒。"

闻泽辛往后靠，点了点头："来这边坐。"

陈依抿了下唇，绕过去坐在他身侧。

廖夕跟陈庆对视一眼，眼里都带着欣慰之色。陈莺在一旁，也倒了一杯酒，撇了撇嘴，看一眼低眉顺眼的陈依，又看一眼高大的男人，笑了笑，直起身子，举杯道："姐夫，那我陪你喝一杯。"

陈依轻描淡写地看了陈莺一眼。

闻泽辛抬起杯子，跟陈莺一碰，才转向陈庆，笑着道："岳父请。"

陈庆笑笑，也举起杯子。

陈莺喝完一杯，心里不得劲。闻泽辛一眼都没抬起来看她，她撇了撇嘴，倒是没再作妖。

一顿饭吃了两个多小时，外头天色全黑，过年的余味还在，隐隐有红色的灯笼闪耀着。陈庆酒量一般，几杯酒下肚脸上就出现了红晕。闻泽辛则完全没有感觉，只除了桃花眼里那点儿微醺的酒意，倒是给这个男人添了点儿暖意。

他看陈庆这般，笑着搁下杯子，说："不喝了。"

陈庆高兴，笑道："再喝吧。"

"不了。"

陈依跟廖夕还有陈莺开始劝，好歹给劝住了。又过了十几分钟，饭菜撤了，闻泽辛捞起外套，揽着陈依的腰起身告别。

陈庆压抑着酒意跟廖夕起身送他们。几个人走向门口，这时陈莺突然出现在楼梯口，喊道："姐，你什么时候买了这款夜情香水？"

几个人齐齐转头，看到陈莺手里提着一件黑色毛衣，正是陈依下午穿的那件。陈依一顿，喉咙滚了一下。

陈莺抓着毛衣闻了下，说："这款香水好香，你那儿还有吗？给我一点啊！"

陈依咬了咬牙，下意识地看闻泽辛一眼。男人偏头，淡淡地看着她，随后眼帘往下，扫了一眼她身上的毛衣。

就这么一眼，陈依身子颤了下，她抬起眼眸，狠狠地对上陈莺："我房里有，你自己去拿，黑色瓶子那一瓶。"

陈莺哎了一声，转身跑回房间。

陈庆叹了口气，笑道："这孩子。"

廖夕也跟着笑。

闻泽辛勾了勾嘴角，搂着陈依的腰，低声道："走吧。"

他抖开外套，披在她的肩膀上，语气很轻："别冷到了。"

陈依指尖抓了抓领口，没吭声。出门后，她接过车钥匙，上了驾驶位。

闻泽辛握着拳头咳了下，上了副驾驶座，跟窗外的岳父岳母告别。陈依启动车子，小区有好几处的灯不太亮，陈依偶尔得开远光灯。

鼻间环绕着那股夜情的香水味，还有淡淡的酒味。陈依放在中控台上的手机嘀嘀响了起来，是陈莺发来的信息。

估计她是没找到那一瓶香水，正在找陈依的麻烦。

陈依没去看手机，闻泽辛则睁眼，扫一眼她的手机，随后看向她，车子缓慢地开着，进入大路。

斑驳的路灯灯光在陈依的脸上掠过，她的脸色有些苍白，睫毛也长。

闻泽辛笑了声，道："下次撒谎，手段高明些。"

陈依忍不住握紧方向盘。

闻泽辛又道："以后可能还有很多香水味，你需要习惯。"

陈依握紧方向盘的手指松开，白得能看到青筋，她低声道："我只是不习惯那些香水味。"

闻泽辛闭上眼睛，嗯了声。

"是不适合你，夜情是用来勾引男人的。"

陈依的指尖又紧了几分。

所以那女人是来勾引你的吗？车子抵达市中心，开入地下车库。这房子是三层楼，负一层不算，上面是复式的，因为保姆放假，家里很安静。

两个人搭乘电梯上了一楼，陈依解下肩膀上的外套，挂在衣架上，问道："你要先去洗澡还是……？"

闻泽辛倒了一杯冰水，喝了一口，将毛衣拉出来，牵着她的手道："一起洗。"

陈依顿了顿。

杯子被搁在茶几上，两个人上楼，进了主卧室的浴室。不一会儿，主卧室的浴室里传来少许声音。

陈依哀求，有气无力的声音隐隐约约，水珠遍布整个浴室。

许久，陈依才被抱出来放在床上。

闻泽辛拢了睡袍，捏捏她的鼻子，道："我去书房，你先睡。"

陈依点了点头。

看着他高大的背影离开，陈依坐了起来，靠着床头，这才拿起手机，陈莺的信息已经轰炸过来。

起先她气陈依骗她，后来似察觉了什么，一句话一把刀子。

陈莺："这香水味是不是从姐夫身上带的，所以你忍受不了，才换下毛衣的对吗？你根本没这款香水。"

陈莺："难怪突然换衣服。"

陈莺："这香水是用来勾引男人的，姐夫身上沾了这香水味肯定是有人要勾引他！"

陈依没回复。

她点出沈璇的微信，编辑。

沈璇，我有点儿累。

后来她又把这几个字给删了。初九，全市开工，陈依所在的事务所也开工了，她今年刚升 SA2（入职会计师事务所第二年），刚毕业那一年是计划在陈氏帮忙的。

但是那会儿陈家已经是个烂摊子了，按陈依的性格，她实在不适合管理公司，最后在陈庆的规劝下，还是选择进了事务所做审计。

这工作倒是适合她，成天跟数据打交道，没那么多繁杂的事情。

开年工作不算很多，有个小项目需要做，陈依就没跟其他同事去聚餐，带着实习生在上司的安排下去了对方公司整理数据。

忙完出来还早，两个人商量着吃点什么，这时，陈莺的声音传来："姐。"

陈依看过去："你怎么在这里？"

陈莺手里捧着一份文件，说："我给小叔送文件啊！"

陈依对身侧的实习生说："要不你先下班吧，去吃饭我报销。"

"好的，谢谢陈姐。"实习生笑笑，脸上青春洋溢。陈莺听罢，看着那实习生走后，撇嘴道："姐，你这么大方的啊！"

陈依没吭声，拿过文件道："我爸在哪儿？"

"在路上了，他今天找人谈事情，把文件落在家里，让我先把文件带到这边。"陈莺这几年一直想去陈氏上班，但是陈庆看着陈氏这副样子，怕陈莺难过，所以打算让陈莺进修几年，等陈氏好些了再安排她们姐妹俩去上班。

这也是陈家需要联姻，也把闻泽辛当成救命稻草的原因。

陈庆很希望陈氏能起来。

"我陪你等吧。"陈依想了下，从那天在家里吃完饭到开工，都没跟父母再见过面了。陈莺点头："行吧。"

于是，姐妹俩找了一家咖啡厅坐下，各自点了一杯咖啡，也没什么话可聊，彼此玩着手机。陈依偶尔看一下文件，是陈氏旗下的一家电竞公司，本来要破产了，连战队都解散了，如今重新拿起来，是闻泽辛调拨了职业经理人过来重整的。

陈依合上文件，就听见几道带笑的女声从那边传来。她抬头看去，见到五个光鲜靓丽的女人往这边走来，其中一个似曾相识。

陈莺也抬起头看去，低呼一声："那位千金是？"

陈依扫了一眼，可以看出她们身穿的衣服、包包的牌子，再认真看，她们几个确实有些眼熟。

其中一个更熟，直到那个女人说话，那声音让陈依激灵了一下。

她下意识地收回了视线。

这是那天晚上给闻泽辛打电话的那声音。陈莺有些羡慕地看着她们的衣服和包包，还有她们身上带着的那种自信。

陈家没落多年，她们同样都是家庭出身优渥，却差那么多，能不让人眼红吗？

陈莺看别人看得用劲，以至那边五个女人察觉了，齐刷刷地看过来，目光一凝，落在了陈依的脸上。

她们五个人顿时彼此对视一眼。

陈莺觉得她们看陈依的眼神很怪异，似在笑又似在打探。这时，那个给闻泽辛打过电话的女人笑着扭过头去，跟身边的姐妹说："哎，我得上楼买点泡芙。"

"买泡芙做什么？"其中一个女人笑着问。

"给闻二少送去啊，他不是喜欢吃这个牌子的泡芙吗？"

"哟，你知道他现在在哪儿吗，就给他送去？"

"不知道打个电话就是了。"

双方隔得并不远，那边的对话全传了过来，陈莺瞪大眼睛，猛地看向陈依。陈依低着头喝着咖啡，脸上没有表情。

陈莺看着陈依这样，气得很，又恨铁不成钢，又觉得没用。陈莺扬高了声音道："人家都结婚了，还在那儿惦记人家的老公，也不知道是不是没人要，才这么不要脸。"

她的声音蛮大，在这咖啡厅里宛如一声炸雷。

那五个女人似乎没料到她会反击，愣了几秒，突然全笑起来，笑声震天，将陈莺笑得脸皮都没了，仿佛陈莺做了什么坏事一样。

陈莺气得要死，狠狠地拽着陈依的衣服，压低声音道："你怎么这么没用啊，陈依！连个男人都守不住，当初联姻就应该我去，而不是你！"

陈依咽下嘴里的咖啡，指尖微抖，偏头看向陈莺，一声不吭。陈莺看她这样更气，捞起文件就起身。

陈依放下杯子，淡淡地道："爸到了吗？"

"到没到我在这里也待不下去了。"陈莺大步出门。

陈依拿起陈莺忘记拿走的小包，跟着走出去。她踩着高跟鞋，人挺高的，脸上没什么情绪，那五个女人还一直看着她。

比起陈莺那直接反驳的方式，陈依的沉默反而让人看不出深浅。她们笑了笑，支着下巴看着，陈依出去后，看到父亲的车已经来了，陈莺正往车里递文件。陈依深呼吸一口气，慢慢地走过去，手心冒汗。

她跟父亲打了招呼。

陈庆有些惊喜，看一眼时间，说："明后天找个时间回家吃饭。"

陈依笑着点头："爸，你身体好点了吗？"

"好多了。"陈庆伸出手揉了揉她的头，"我先去忙了。"

陈依："好。"

陈莺上了陈庆的车，摔上门，没去搭理陈依。陈依也懒得搭理她，站在原地，目送陈庆启动车子。

这个点是下午两点半，陈依还没吃午饭，返回了购物中心，买了一份饭团吃，目光落在咖啡厅里，看着咖啡厅里那五个女人，尤其是那个长得最漂亮的，之前给闻泽辛打过电话的女人。

她拿纸巾擦了擦嘴角，搭乘电梯去了三楼，在泡芙窗口买了一份泡芙，随即下负一楼开车，事务所没有项目的时候时间很自由。

她开车回了家。

车子直接停在门口的车位上，陈依下车，进门。保姆正在擦桌子，看到她回来，笑道："太太回来了？"

陈依换了鞋子，点了点头："嗯。"

她走了两步，一转头，看到客厅里坐着的男人。闻泽辛长腿交叠，斜靠在沙发扶手上，把玩着魔方，电视开着，他包裹在西装裤里的腿线条分明。

陈依走过去，轻轻地把那袋泡芙放在桌子上。

闻泽辛从魔方上抬起视线，看向那袋泡芙。陈依俯身打开那袋子，语气平缓地说："今天去国贸办事，在那儿碰见几个旧相识，她们说你喜欢吃这个牌子的泡芙，我就顺路买回来了，你尝尝？"

她取了一颗出来，递给他。闻泽辛指尖仍然握着魔方，修长的手指转了一下，红色那一面转过来，整个魔方成型。他看着陈依："过来。"

陈依指尖紧紧地捏着泡芙，又不敢用力，怕碎了。她绕过桌子，坐在他身侧，垂着眼眸。闻泽辛斜靠在扶手上，紧紧地盯着她，有点儿探究的意味。

陈依顿了顿，抬起眼眸，把泡芙放在他唇边。

闻泽辛垂眸，看了泡芙一眼，问道："是哪几个啊？"

陈依抿了抿唇："初五在咖啡厅跟你一块的那几个。"

"你们搭话了？"闻泽辛的嗓音很低。

"没有。"

"哦？"

陈依咬了咬牙，说："我听到她们在说话，说你喜欢这个牌子的泡芙，就买回来了。"

她遮掩住了所有情绪。

闻泽辛笑了声，张嘴接了泡芙，淡淡地道："是挺喜欢的，这个牌子的没那么甜。"

陈依见他吃了，心里松了一口气："我第一次知道你喜欢吃甜食。"

闻泽辛嚼着泡芙，一直看着她，嘴角含笑："只喜欢吃泡芙，别的甜食不喜欢。"

陈依："哦。"

她挪开视线，拿起手机低头把玩。她这个做妻子的，还没那几个女人了解他。陈依嘴角扯过一抹惨淡的笑，很快又消散在唇边。

闻泽辛也收回视线，她的不吭声不多问、老实跟大方正合他的意。他搂着她的腰，按着遥控器，说："陪我看会儿电视。"

陈依往他怀里偎依而去。

他的手顺着她的长发，一边看电视一边问："有没有新接什么项目？"

陈依靠着他的肩膀，他的领结离她很近，淡淡的香水味飘来，她道："年前接的一个，早上弄完了。"

"嗯。"

晚饭，餐桌边只有两个人，保姆做了四菜一汤，其中有一道蒸排骨。闻泽辛解了领带，穿着白色衬衫挽着袖子，给陈依夹了排骨，说："没你做的好吃。"

陈依尝了下味道，看了他一眼："下次给你做。"

男人抬起头，嘴角含笑："好。"

吃过晚饭，请的瑜伽私教来上课了，陈依跟那老师走向瑜伽室。闻泽辛解着袖口，往楼梯走去。

瑜伽老师是第一次看到男主人，多看了两眼："你老公？"

陈依看一眼上了楼的男人，点了点头："嗯。"

瑜伽老师咋舌："好高好帅啊！"

陈依笑笑，拿了瑜伽服去洗手间里换，换完出来，瑜伽老师正蹲在地上调整音响。陈依学瑜伽是从两年前开始的，沈璇非拉着她学，她学着学着也上瘾了，一直都有私教上课，结婚后搬到这边来，才换了一个私教老师。

瑜伽老师姓严，调好音响后，突地看向陈依："对了，我怎么觉得你老公有点儿眼熟？"

陈依正在放松，听见这话，下意识地抬起头来。

严老师看着陈依的眼神，突然觉得自己唐突了，笑了笑，拍拍手起身来到这边，按着陈依的肩膀帮她放松，说："可能是在哪个地方见过吧，你老公长得太好了，正常人见过都很难忘记的。"

陈依面朝下，扯了下嘴角："嗯，那是的。"

严老师看着认真练习的陈依，心里悄悄松了一口气。她不经意地扫一眼一旁的手机，这些个圈内的夫妻，可真是各种小说剧情。

私教一个小时，陈依满身是汗，做完最后一个体式后，累得屈膝，半天不想动。她蝴蝶骨处水珠顺着往下滴落。

严老师笑着道："拉伸一下，放松放松，就下课了。"

陈依笑了笑："好。"

"我上个洗手间。"严老师起身，转出瑜伽室，去走廊尽头的洗手间。

五分钟的放松跟拉伸，陈依闭着眼睛。很快五分钟过去，陈依睁眼，却发现严老师还没回来。

陈依起身，捞了件薄外套披着，出去找人。

今晚闻泽辛在家，她怕严老师冲撞了这个男人，或许，还有别的担忧，毕竟严老师身材好，长相也好。

她走向走廊尽头的洗手间，洗手间门半掩着，里头透出光来。陈依屈指敲了敲："严老师？"

一秒后，门唰地打开，严老师抬起眼眸正想笑，手机啪嗒一声掉在地上。她愣了几秒，陈依低头看去。

手机页面上，是一张截图。截图内容是某手机屏幕，手机屏幕上是个男人，穿着红色衬衫，手插在口袋里，弯腰在捡魔方，察觉镜头，所以抬起头来，被拍了一张照片下来。

严老师立即捡起手机，讪笑着看向陈依。

陈依指尖抓着外套，看着严老师："你说我老公很眼熟，是因为这个吧？"

严老师有些懊恼。她是翻了好久才翻到的。严老师干笑了下："是，抱歉，无意探你的隐私，我是想确认一下……"

"是，那是我老公，你这截图哪儿来的？"

严老师顿了顿，迟疑了下说："我的一个学生，跟你一样也是上私教的。我起初以为这是她男朋友，她说不是，但是她一直保留着这张截图。"

陈依笑了笑，往旁边看了一眼，又收回目光，问严老师："你的这位学生，是不是哪家有钱人的千金啊？"

严老师点头："啊，是的，家底比你家差一点。"

家底？严老师是看她现在住的地方吧，这地方是闻泽辛的，自然是好的。陈依笑道："夜深了，严老师快回家吧。"

严老师尴尬地一笑，点了点头，赶紧出了洗手间，深呼吸一口气，进瑜伽室拿了自己的东西，转身下楼。

陈依送她下楼，途经客厅，两个人转头，看到高大的男人穿了一身白色的睡袍靠在沙发上看文件，姿态懒懒散散的。

严老师猛地倒吸一口气，赶紧挪开视线。

闻泽辛抬起头看了过来，桃花眼在看到陌生女人时眯了起来。他似乎没想到家里还有外人，脸色一下子就冷了。

陈依赶紧解释："她是我的瑜伽老师。"

闻泽辛看着穿了一身瑜伽服，身材玲珑有致的老婆，眯眼道："几点了？"

陈依："抱歉。"

已经过去半个小时了，闻泽辛这是在责备，这外人还没走。严老师也很尴尬，赶紧道歉，完了走向门口。

陈依让保姆把人送出去。

门外传来车声，陈依转身回客厅，闻泽辛抬起眼眸看了她一眼："去洗澡。"

陈依抿了抿唇，嗯了一声，转身走向楼梯。

洗完澡出来，陈依穿着睡裙，看了一眼楼下。闻泽辛还在那儿看文件，保姆也下班了，家里十分安静。

陈依收回视线，转身回房。

手机有蛮多信息的，她拿起来一看，严老师发了两条过来。

严老师："抱歉，陈依。"

严老师："非常抱歉，我一时太好奇了。"

陈依："没事，你也别介意，我们以后上课换个时间吧。"

严老师："好。"

严老师大概能猜到要丢失这个客户了，都怪自己的好奇心。但同时她也被陈依的老公吓到，那双眼睛扫来，吓人得很，他看起来很不耐烦家里多一个外人。

陈依没再回复严老师，其实也好奇那个千金是谁，大大咧咧地把别人的老公放在屏幕里当封面。

可是陈依不想给自己添堵，便强忍着不去问。

这时房门打开，闻泽辛拿着文件走进来。陈依看他一眼，躺下，拉起被子盖到肩膀，闻泽辛随手把文件搁在床头，翻身上床。陈依正待闭眼，男人的手臂就从身后搂住她的腰，皮肤滚烫，动作带着点那个意思。

陈依闭眼，假装不知其意。

但是过了一会儿，她还是咬着牙半睁开眼。闻泽辛捏着她的脸，笑着亲吻她。陈依偏头，两手被他握着放在床头，十指相扣。

手机恰好在这时响起，是闻泽辛那部手机，那叫一个响。昏暗的房间里，陈依偏头去看那手机。

闻泽辛皱了下眉心，神色有些许不耐烦，手掌挥了一下。

砰。

手机掉落在地上，正面朝上。一串熟悉的号码映入陈依的眼里，她匆匆看了一眼，是上次那个号码。

那个女的。

陈依被折腾得浑身无力，没心思去管别人。许久后又洗了一次澡，陈依侧着身子，指尖抓着被子，直发困。

闻泽辛顺顺她的头发，这才起身去捡那部手机。陈依因他这动作，睁开眼，看着他的背影。男人看几眼手机，就把手机放床头柜上。

他准备上床休息，手机再次响起。他随手抄过来一看，接着接起来，声音低低地问："干什么？"

"发我邮箱，我现在去看。"闻泽辛说着起身，理了理浴袍，准备走之

23

前看一眼陈依，陈依猛地闭上眼。

闻泽辛都看到了，笑了声，俯身揉揉陈依的头发："我今晚在书房办公。"

说完，他起身走出房门。陈依睁眼，看他放下手机，又去翻什么号码，拨了回去。陈依盯着门口一会儿，才闭上眼。开工一个星期后，事务所陆陆续续派发项目，陈依被一名 Senior（上司）领走，参与一个中小型的项目，需要出差一个星期，在邻市。

第三天晚上，拟好底稿，陈依回到酒店接到去年年底年审时一家公司财务来电，有一份材料对方没有保存问陈依拿。

陈依这次出差带的笔记本是公司的，那份材料却在她自己的笔记本里。陈依洗了澡，穿着睡裙坐在沙发上，看了眼时间，晚上九点。

她拿起手机，点出闻泽辛的电话号码。

出差三天，两个人只有她下飞机的那个小时她报平安打了一通电话，后来连微信都没发过。往常这个时候，他应该会休息，会在家吧？

陈依拨了电话出去。

通了十几秒后，那头的人才接起来，可不等她说话，那边一道女声传来："泽辛，你老婆来电。"

接着，那女声对着话筒说："等会儿。"

这声音，陈依不想熟悉都已经熟悉了。她沉默着，没有应对方的话。几秒后，手机换了人，男人低沉的声音传来："嗯，什么事？"

陈依扭头看了眼窗外，想了想，问道："你在家吗？"

他把人带回家了？

闻泽辛的声音轻飘飘的，他淡淡地道："没。"

"什么事？"他补问了一句，陈依听着那边有些嘈杂的声音，笑了笑，说："没事，本来想让你帮我找一份资料。"

"丽姐在家。"

陈依点头："好，我给她打。"

那头男人嗯了一声，便挂了电话。陈依放下手机，又看了一眼墙壁上的时钟，快十点了。手机振动了一下，那位财务又发了微信过来。陈依拨打了家里的电话，不一会儿，保姆丽姐来接，陈依指引着她上楼，去书房拿自己的笔记本，然后把材料用关联 QQ 传过来。

一个星期后，陈依完成工作，回了 B 城。公司的车顺便送她回家，同事肖荷笑着问："嫁给一个富家子弟是什么感觉啊？"

陈依下了七座的商务车，笑了笑说："以后再告诉你。"

肖荷哈哈笑道："你老公那么有钱，看紧点啊！"

陈依笑笑，没再回话，只是挥了挥手。开工那天发喜糖，这些同事才发现她结婚了，圈子不一样，大概只听说她嫁了一个富家子弟，但并不知道是谁。

陈依拖着行李进屋，丽姐正在打扫，见状赶紧过来帮忙提行李箱。陈依脱下外套挂起来，看了眼空旷的家里。

丽姐笑道："先生早上出门问了你是不是要回来，我说是，他说晚上回来吃饭。"

陈依接过柠檬水，嗯了声。丽姐又笑着道："我早上去买了排骨，太太晚上要下厨吗？"

陈依放下杯子，看丽姐一眼。

丽姐含笑。她虽然是闻泽辛在外招回来的，但是闻太经常来这边，时而敲打丽姐，让她偶尔给这对夫妻助助攻。

陈依想起那天晚上，他嫌弃丽姐做的排骨没她做的好吃，她答应他，下次做。陈依抿了下唇，说："好。"

丽姐眼睛一亮，下去准备。

陈依上楼去洗了个澡，下来正好五点。她进了厨房，开始忙活。丽姐在一旁帮忙，陈依手艺一直很好，十几岁为了分担母亲的压力，她是时常下厨的。六点半，三菜一汤做好了，陈依对丽姐说："你给先生打个电话，问问他几点到。"

丽姐应了声，转身出去，打了电话却没回来通知。

陈依盖上汤的盖子，挽着袖子走出去，问道："丽姐？"

丽姐站在柜子旁，握着话筒，抬眼看来，迟疑了下说："太太，先生不回来吃了。"

陈依顿了顿，随即点了点头："没事，今晚丽姐你跟我一起吃。"

"哎，好。"丽姐放下话筒，看着陈依，神色愧疚。

陈依没什么表情，只是笑笑，回了厨房。

吃过晚饭，陈依回楼上又洗了一个澡，随后穿着睡裙拿着书在懒人沙发上看，翻了十几页后，楼下传来声音，屋里的电话也响起来，陈依接了。

丽姐在那头笑道："先生回来了。"

对今天丽姐的所有热情，陈依大概能猜到，估计是婆婆叮嘱的。陈依道："好，知道了。"

她放下书走出去，在栏杆处就看到闻泽辛解着衬衫领带，长腿包裹在西装长裤里，走上楼来。

他抬起眼眸看了她一眼。

陈依抿了下唇，上前接过他的西装外套。

空气中有淡淡的酒味跟一股熟悉的香水味，陈依偏头，忍了下，这股香水味是那款夜情。

闻泽辛手握着栏杆，见她这样，眯眼问道："怎么？"

陈依立即转过头，看着他笑道："没事。"

闻泽辛盯着她看了几秒，低沉地反问："是嫌弃酒味，还是嫌弃香水味？"

陈依被他看得指尖紧了紧。闻泽辛垂眸，看一眼她的指尖，随即笑道："外套拿去干洗，后天要穿。"

陈依："好。"

男人没再看她，高大的身影走向卧室。陈依将外套交给走上来的丽姐，丽姐接过外套后，皱了下眉，嘀咕："又是这股香水味。"

陈依脚步一顿。

进了房间，浴室里传来水声，陈依看一眼浴室，在懒人沙发上坐下来，拿起书继续看。不一会儿，浴室门打开，带出了一室热气，陈依抬起头看向男人。闻泽辛指尖系着浴袍，胸膛上滚着水珠。

他也看向她。

陈依收回视线，继续看着书。

她穿着浅色的睡裙，膝盖弯曲，裙摆撩了少许起来，小腿细而白皙。闻泽辛拿着毛巾擦拭头发，走向懒人沙发。

陈依听见脚步声，抬起头，跟前一黑。闻泽辛单手撑在椅背上，俯下身来，抽走她手里的书。

陈依缩了缩身子。

闻泽辛拉着她的腿往前，低声道："出差多久了？"

陈依缩着，有点儿躲着他的手："五天。"

"蛮久。"闻泽辛勾唇笑了下，接着把她抱起来。他躺在懒人沙发上，握着她的腰。卧室里不一会儿便响起起起伏伏的微弱声音，陈依单手猛地一抓一旁的桌子，啪嗒一声，将书碰掉了。她垂着眼眸，眼底带泪。

闻泽辛眯眼，欣赏着她这副样子，指尖扣在她的蝴蝶骨上。

许久，陈依被抱去浴室，又洗了个澡。闻泽辛穿上衬衫跟长裤，拿了外套低声跟她说："你先睡。"

陈依很困了，看他一眼："好。"

她没问他去哪儿。

他这明显就是要出门。

闻泽辛整理好了，转身出门，背影高大。陈依翻个身，关了灯睡过去。第二天，陈依休息，五天没上私教，今天上的是普拉提，得去工作室上。陈依下午吃完饭便出了门。

严老师在工作室门口等着她，看到她来后，有些尴尬地笑了笑："这几天我有点儿忙，让我另外一个老师帮你上。"

陈依笑笑，点了点头："好，麻烦了。"

"客气。"严老师带着陈依进去，将人引荐给另外一位老师。另外一位老师姓肖，也很漂亮，带着陈依进了训练室。

她看陈依一眼，这位女客人长得很漂亮，看似柔美，却带着一点妩媚，而且老公似乎是豪门少爷。

严老师怎么突然把客人记到她名下？

不过来就来了，她收下就是。

肖老师脸上带着笑意，按着之前上课的流程给陈依重新制定了课程。陈依上了器材，开始锻炼，运动除了能保持身材，还能让人心情愉悦。

训练到中途休息，陈依满身是汗，拿起毛巾擦拭着脖颈，隐隐有吻痕从毛巾底下露出来。肖老师在一旁看到，笑了笑，挪开视线，笑着说："陈依，你有没有想特别锻炼的地方？有的话，你一定要跟我说。"

陈依停下动作道："没有。"

"嗯，那我就按严老师之前的笔记来。"

"好。"陈依挂好毛巾，去拿水，起身靠着器材。这时房门被推开，一个高挑的身影走了进来，笑着打招呼："肖老师你在啊。"

肖老师愣了下，抬头看去，立即笑道："林小姐。"

"严老师找你有点儿事，你过去一趟吧？"林小姐，即是林筱笙，含笑道。肖老师愣了几秒，随后跟陈依说了一声，便转身出去了。

这偌大的训练室剩下两个人，空气中隐隐带着一股夜倩的香味，陈依指尖拧着瓶盖，神色淡然。

林筱笙看着陈依，笑了下："闻太太忘记我了？"

陈依指尖微微泛白，这声音她怎么会忘记？这张脸她怎么可能忘记？她看着林筱笙："有什么事吗，林家小姐？"

27

林筱笙笑着靠在墙壁上，道："没什么事，就是过来看看他娶了个什么样的老婆。"

陈依笑了笑："然后呢？"

林筱笙伸了个懒腰，笑了笑，道："昨晚他喝了不少酒吧？我让他少喝点，他也不听，回去后闹你没？"

昨晚那顿饭？

陈依眼前浮现出刚做好的一桌子饭菜。她放下保温杯，上了器材，腰部轻松地顺着器材往下压，冷淡地道："我不知道林小姐过来找我谈我老公是什么意思，但是我看你年纪轻轻的，总是不想些好事也不太好，辱了你们林家的声誉。"

B 城有两个林家，其中一个比陈家还破落，一个则比陈家好一些，但是目前都在寻找联姻途径。

陈依一句话击中林筱笙的痛点。

林筱笙脸色微变，站直身子，看着女人轻松下腰，那肌肤在这都是玻璃的训练室里白得晃眼，隐隐约约还可见她脖颈上有几个红色的印子。林筱笙愣怔了几秒，正想说话，肖老师回来了。

林筱笙笑了笑，转身看向肖老师："老师，你回来了？那我就先走了。"

"啊？好的好的，林小姐，下次约课啊！"肖老师愣了下，笑着出门去送人。

"好的。"

女人娇媚的声音消失在门后，陈依收回视线，头顶的灯光白得晃眼，昨晚那一桌子饭菜白做了。

半个小时后，陈依穿上外套，玲珑有致的身材全收在长外套里，头发有些凌乱，口袋里的手机响起来。她摸出手机一看，来电是闻泽辛。

她顿了顿，接起来："喂。"

男人低沉的嗓音在那头响起，伴随着几声喇叭声："练完了？"

陈依："嗯。"

"练完就下来。"

陈依愣了下："你来接我？"

她问得很轻，闻泽辛在那头笑了声："对，下来。"

说完，那头的人挂了电话。陈依握紧手机，心情有些复杂，也有些别样的滋味。她跟肖老师告别，随后转身下楼。

风蛮大的，黑色的车静静地停在门外，闻泽辛靠着椅背，神色淡淡地等着。陈依绕过车头，车灯打在她身上，车里的男人修长的手指才摸上方向盘。

陈依开门坐进去，闻泽辛偏头看她一眼，目光落在她没拢紧的领口上。天色有些昏暗，他伸手抓了下她的外套领口。

陈依愣了下，看向他。

闻泽辛指尖在她的锁骨上弹了下，收了回去。陈依指尖下意识地摸上领口，拢了拢："你怎么来了？"

闻泽辛抬起头看向前方，淡漠地说："路过，顺便接你。"

这时，一道人影从前方蹿过来。相比之下，此时她穿着紧身长裤，上身一件貂绒款的紫色外套，手里提着一个袋子，嘴角含笑地将袋子递了过来。

刚买的东西，似乎还有热气。

车里一阵安静。

陈依侧着头，看着那一袋子东西。

闻泽辛也看着那袋子东西，修长的指尖在方向盘上点了点。林筱笙没等到回应，笑着道："嘿，刚刚买的，看到你的车给你送来。"

"嫂子好啊！"她歪头，冲陈依点头笑了笑。

陈依沉默地看着林筱笙，也看了眼这个男人。闻泽辛顺手拿走那袋子递给陈依，陈依盯着那袋子，迟疑了几秒。

好一会儿，她笑了笑，接下，对林筱笙说："谢谢。"

闻泽辛倒是没去看林筱笙，垂眸看一眼陈依，挑了下眉，随即收回视线，启动车子。林筱笙后退一步，突然笑眯眯地道："你顺便送我呗？"

陈依指尖用力，看了过去。

闻泽辛身子往后靠，看向林筱笙笑了下，笑容很淡，也没有说什么。林筱笙依旧笑眯眯的，眼神闪烁。

闻泽辛又笑了笑，启动车子。

黑色的车缓缓地从林筱笙跟前开过。陈依提着那袋子，只觉得针扎一样，不知道要怎么处理这袋子。

这里面是泡芙，淡淡的抹茶味飘了上来。

车里安静得跟死城一样，直到闻泽辛的手机亮了几下，陈依低头扫了一眼，是一条微信，只有提示，看不到内容。微信亮了一下不够，不一会儿又亮一下，男人黑色的手机一下子就被信息占满了整个屏幕。

可以感觉到那边的人多着急，陈依见状，心里不知为何浮上一丝恶意的爽感。

车缓缓开到地下车库，陈依下车后，看到手里的袋子，那点爽感消散了些。她将袋子递给闻泽辛："你要吃吗？"

闻泽辛扯了下领带，转头看来，似是才想到这个袋子。他指尖撩开腕表，垂眸看了一眼："快吃晚饭了，等会儿凉了也不好吃，扔了吧。"

陈依顿了顿，看着他。

男人面容冷峻，牵住她的手，不耐烦地说："塞车塞太久了，烦。"

她上课的瑜伽馆正在国贸那边，出门就塞。她还以为这个男人是因为刚刚林筱笙特意跑来试探所以生气，看来并不是，只是因为塞车。

他太薄凉。

陈依顺手扔了那一袋泡芙，看着掉了一个出来，抹茶奶油颜色变得破烂。陈依再次生出一股恶意的爽感。

她收回视线，被闻泽辛牵着上楼。

丽姐做好了饭菜，四菜一汤，还冒着热气。两个人在餐桌边落座，陈依夹了跟前的排骨放闻泽辛的碗里。

闻泽辛抬起眼眸看她，嘴角勾了下。

这时，桌面上的黑色手机响了起来，打破了此刻的宁静。闻泽辛偏头看了一眼，随即收回视线低头吃饭，神色让人看不清，但是没有半点波动。

陈依也扫了那手机一眼，那一串号码出现在屏幕上。

来电是林筱笙。

她也收回视线，低头继续吃饭。手机隔一会儿又响起来，闻泽辛一直没接。陈依握紧筷子，也没出声。

她起身舀汤，端到男人面前，手要收回的时候，闻泽辛伸手握住她的手掌，把玩了下，说："我不喝汤了，腻。"

陈依啊了一声，随即道："那我自己喝。"

她把汤端走，手也从他的掌心里溜了出来。

闻泽辛低声笑了下，手机又一次响起。他指尖一按，相当于挂断。

陈依端起汤喝了一口，看一眼那已经黑屏的手机，才慢慢地挪开视线，脸上没有任何情绪，但是觉得汤很好喝，一点都不腻。

夜深，陈依靠在懒人沙发上看书。她在准备考 CPA（注册会计师），笔尖在本子上滑动。卧室里只开了懒人沙发这地方的橘色灯，显得昏暗。

门口传来脚步声，闻泽辛脱下外套，随手扔在床杆上，走去衣帽间拿睡衣，看了陈依一眼。陈依也抬眼看他。

他进了衣帽间，拿了睡衣出来，看一眼她手里的书："已经准备考 CPA 了？"

陈依嗯了一声："去年就该准备了。"

"宸曜这几年换了几个合伙人，不太稳定。"闻泽辛解开腕表，随后把手机放在床头柜上，高大的身影笼罩着床头柜的灯，棱角分明的脸上有着不可一世的气势。

他大哥那种狂妄是在外表上，闻泽辛的这种狂妄则是在内里。

陈依说："嗯，跟四大不能比。"

宸曜是她所在的事务所。

闻泽辛笑了声，拉出衬衫，露出少许腹肌，淡淡地道："都一样，人员流失率太高，到了 SA2，就要快速争取升职，前几年有 CPA 就可以升，但是这几年不太容易，你得加油。"

陈依点头："我知道。"

闻泽辛不再说话，解着衬衫纽扣进了浴室。陈依收回视线，继续看书，浴室里传来水声，伴随而来的还有床头柜上的手机的铃声。

是来电铃声，响了一下又一下。

陈依顿了顿，抬起头看一眼那部振动得快掉到地上的手机，这时浴室门拉开。

男人穿着浴袍出来，陈依垂眸继续看书。

闻泽辛擦拭着头发，对那来电也无动于衷。擦拭完头发，他微微弯腰拿起手机，看一眼又挂断了来电，把手机放了回去。

他走向陈依，低声问："看完没？"

陈依抬起头。

闻泽辛俯身，看了她几眼："睡了。"

"哦。"陈依合上书，把笔记都放好，脚尖刚刚沾到地面，闻泽辛就揽住她的腰，带着她往床上躺。

陈依屈膝上床，余光从那手机上一扫而过。

上面显示了一串号码，正是林筱笙的。

她蜷着身子躺好，闻泽辛关了床头灯，躺下，把她拉了过来。昨晚在懒人沙发上那样折腾，陈依膝盖都青了，她今晚也有点儿怕。

闻泽辛却语气低沉地道："睡觉。"

陈依睁眼，就着一点光线看他的轮廓。几秒后，她赶紧闭上眼，男人却在黑暗中低声笑起来，低声道："睡过来点。"

陈依只得往他那边靠去。

这时床头柜上的手机又响了。

陈依睁开眼睛，闻泽辛于黑暗中冷了脸，拿起手机狠狠地扔到床尾。

砰——

这一夜，手机再没响过。

第二天，陈依先起床。她走到床尾，看到地上的手机，那三十几个未接电话仿佛浮现在屏幕上。

陈依承认，自己是真爽了。

她转身走向浴室去洗漱。女人在感情中很容易变得愚昧，也容易滋生恶劣的想法。陈依看着镜子里的自己，觉得自己是真的恶劣。

她笑了笑，拉开浴室门出去。闻泽辛刚起来，踩着拖鞋随意地绕过那部手机，捏起她的下巴。

陈依顿了顿，问道："干吗？"

他的指尖在她的唇边抹了一下："牙膏。"

陈依愣了下，猛地缩回来，低头抹着嘴，指尖来来回回。闻泽辛垂眸看了几眼，笑了声，进了浴室。

陈依走进衣帽间，对着镜子看，唇上是有一点儿牙膏。

她赶紧擦干净。吃过早饭，闻泽辛穿上外套，指尖在桌面上敲了敲，对丽姐说："房间床尾的手机放我书房。"

丽姐哎了一声，看陈依一眼。

陈依端起牛奶一口一口地抿着，看着男人的背影进了电梯。今天是周日，陈依依旧休息，正常来说，她去年还积攒了半个月的年假是可以用来休婚假的，但是她没休，于是分在周六日。

她放下杯子，穿上外套、戴上帽子，拿起车钥匙："丽姐，我回陈家一趟。"

丽姐立即点头。

陈依下了车库，自己那辆凯迪拉克停在国贸那边，今天换开了车库里的另一辆宝马，这车是嫁妆。

陈家怕嫁妆给得寒碜，咬牙买了这辆宝马补在嫁妆里。

宝马很新，停在陈家别墅门口很惹眼。陈莺在院子里打电话，听见动静看过来，一见这车，翻了个白眼，拉开铁门："开这车来招摇的？"

陈依提了几袋吃的下来，看她一眼，没应。

陈莺挂了电话，嘀咕了几声："你把这车放在这边吧，你看看小叔开的什么车，你开的什么车？"

陈依将袋子放在桌子上，指尖泛白。

陈莺见状，笑了："姐夫该不会连车库里的车都不给你开吧？"

陈依看她一眼："他没那么小气。"

"是吗？"陈莺笑了笑，去翻她带来的几个袋子，"成天买这些有什么用哦？你赶紧把姐夫的心抓住才是，居然都不知道他喜欢吃泡芙。"

陈依懒得搭理她，廖夕恰好从厨房里出来，看到陈依笑了下："来了。"

"怎么又买这么多东西？"廖夕看一眼桌面上的袋子，陈依上前挽住廖夕的手臂，说："你缺什么就跟我说，我买回来。"

"说得好大方的样子。"陈莺靠着桌子，讥讽道。

廖夕无奈地看陈莺一眼，拉着陈依在沙发上坐下，笑着道："我最近结交了一些圈内的太太。"

陈依握着母亲的手，笑道："嗯，然后呢？"

廖夕苦涩地一笑："以前我们陈家想跟人家结交人家都不搭理我们，现在得知是闻家的亲家，一个个都来邀请我。"

陈依握紧母亲的手。廖夕看着跟前的女儿道："婚姻就是如人饮水，冷暖自知，很多人羡慕我女儿能嫁给闻二少。陈依，答应妈，好好去经营现在的婚姻，我看他对你挺好的。"

陈莺在一旁突然嗤笑一声。

陈依猛地看向陈莺。

陈莺住了嘴，眼底带着嘲笑。

陈依看向母亲，以前廖家也是大家族，没落至今有十二年了，母亲曾经也是人人争相结交的小姐，从高处跌落，如今再起来，苦涩中有种想要紧紧抓住的感觉。

所以她希望自己能经营好这场婚姻，让陈家继续站在阳光下。

陈依能理解，笑了笑。

陈莺在一旁看着陈依这般，撇了撇嘴，想到昨天那些贵妇对姐姐巴结的样子，对廖夕说："姨姨，你不如教一下姐姐怎么讨好男人，这样她才能跟姐夫长长久久的啊，可别像那个林什么来着？"

廖夕："林筱笙。"

"对，林筱笙。"

听见这个名字，陈依震了下，看向母亲："她是谁？"

廖夕还没开口，陈莺就截了话，满脸嘲讽地说："就是那个新贵林家的

33

林千金，据说昨晚哭得要去跳楼，好像是说性格太作了，把她喜欢的男人给作得都不接她的电话了，今早另外一个林家太太打电话给婶婶，聊了一上午呢。"

陈依半天没说话。

林筱笙。

昨晚？电话？哭了？

她想起昨晚那一串微信消息以及那些未接来电，还有被闻泽辛挂断的那几个。她低了低头，眉眼间带了些许冷笑。

"所以啊，人不能太作，这 B 城除了沈璇还有哪个千金能作的？"陈莺摊了摊手。

廖夕对陈依说："别管别人怎么样，你跟泽辛能好好的，我就放心。"

她知道陈依性格软，也很懂事，一般不会轻易惹人生气。陈依看着母亲，笑着点了点头。家里人都不知道，闻泽辛跟她做过那样的约定。

他们也不知道，林筱笙纠缠的男人是闻泽辛。

陈依转头，看了眼院子里的藤蔓。

或许她尝试一下经营好一场婚姻，也好。在家陪着廖夕到下午三点多，陈依便起身回家。走出家门时，陈莺哎了一声："姐，你不把车留下啊？"

陈依回头，看着陈莺在门边笑。陈依顿了顿，把车钥匙递给她："送我去国贸。"

陈莺达到目的，接过车钥匙，喜滋滋地上了驾驶位。陈依上了副驾驶座，扣上安全带道："我爸回来了，跟他说这车给他开。"

陈莺摸着方向盘，说："好啊！"

陈依没再搭理陈莺，看着车外的景色。车子一路到国贸，又有些塞车，陈莺抱怨了几句："这儿天天塞，还是我们那边好，从来没塞过。"

陈家在的那别墅环境已经那样了，还会塞吗？国贸是因为繁华，才塞车。陈莺看一眼陈依的身材，喊了声："你还上瑜伽课呢？"

"上。"

陈莺语气有些酸："换成国贸这边的瑜伽老师，要贵很多吧？"

陈依看陈莺一眼，却没回答。这边的瑜伽老师是闻泽辛之前给报的，钱多少她不知道，但是直接充了卡的。

没结婚之前她是花自己的钱，结婚后闻泽辛自然有了安排。

想到这儿，陈依想起那位林家小姐，她也是在这个工作室上课。陈依拿起手机，想起母亲今天的话，脑海里还闪过昨晚他挂断林筱笙的电话的画面。

　　身在这个圈子，选择联姻就意味着放弃爱情，而她又有幸除了联姻，还能沾到点爱情的边。她对闻泽辛的感情是真实存在的。

　　既然她无法逃脱，不如按母亲说的去好好经营。

　　陈依去工作室的地下车库开走昨晚停着的凯迪拉克，回了家。丽姐正在打扫卫生，看到她笑道："回来了太太。"

　　陈依放下车钥匙，将外套挂好，问道："在熬汤？"

　　丽姐笑了笑："对，晚上给你熬点鱼胶。"

　　陈依嗯了声，走到客厅拿起手机，迟疑两秒，最后翻出闻泽辛的号码拨了出去。通了几秒，陈依做好心理建设，万一又是女人接——

　　五秒后，那头的人接起来，男人的声音有些散漫："嗯？"

　　陈依心里松了一口气，道："晚饭……回来吃吗？"

　　那头有人在谈话，讲的是英文，语速很快，陈依听了几秒，突然发现这电话打得不是时候，他那头在谈商务合作。

　　她顿了顿，说："我微信发……"

　　"回，六点半。"闻泽辛打断她的话，给了个时间便挂了电话。

　　陈依看着挂断电话的屏幕，顺了顺头发，抬起头笑了笑。她放下手机，整理了衣领，走去厨房。丽姐在客厅里打扫，看着她的背影欣慰一笑。

　　六点刚过，陈依在厨房里炒最后一个菜。

　　丽姐帮忙收拾餐桌，一个劲地往外看，天色已黑，路灯亮着，小区里有些安静，除了偶尔有车子从门口开过。

　　这时，一辆黑色的车缓缓开入地下车库。

　　丽姐见状，大松一口气。

　　不一会儿，电梯门打开，闻泽辛单手插在口袋里，从电梯里走出来，脱下外套递给丽姐。他低头解开袖扣，桃花眼往厨房扫了一眼，看到了站在厨台边的女人。他走进去，淡淡扫了一眼丽姐。

　　丽姐顺了下架子上的外套，赶紧离开。

　　闻泽辛走进厨房，站在门口看着陈依在那儿忙活。她的头发扎起来了，有些凌乱，黑色的修身裙衬得身材玲珑有致。

　　他走过去，从身后搂住她的腰："做什么好吃的？嗯？"

第三章

生日派对

陈依正在炒牛肉，腰突然被搂住，手抖了一下。听到他的声音后，她回道："牛肉。"

闻泽辛看向锅里，嗯了一声，但是没松开她。陈依走动不方便，迟疑几下，略微挣扎，闻泽辛察觉她挣扎，低笑了一声，手在她的细腰上握了一下，随后松开她。陈依拿碟子把牛肉铲起来，转过身子看他一眼，把碟子递给他。

闻泽辛正在解领带，见状挑了下眉。陈依抿了下唇："帮个忙？"

只是说这句话而已，她耳根跟脸微红。闻泽辛看得稀奇，舌尖抵了下腮帮，接过那碟牛肉，解着领带走出去，将碟子放在餐桌上。

他淡淡地问："我顺便盛个饭？"

陈依倒没想到他真接了，顺了下头发，说："不用，我盛出去。"

她按开饭锅，开始盛饭。她端着两碗饭出去时，闻泽辛已经坐在餐桌旁了，黑色领带被他随意地搭在衣架上。

陈依把碗放在他跟前，随后在他身侧落座。

闻泽辛端起碗先喝一口汤，看她一眼。陈依也抬起眼眸看他："今晚的鱼胶汤是丽姐熬的，腻不腻？"

闻泽辛看着她，笑了笑："有点儿。"

陈依："这还腻啊？"

她稍微皱了下眉，闻泽辛看着看着，突然凑过去堵住她的嘴唇，舌尖一抵，一块鱼胶落入了陈依的嘴里。

陈依惊了，睁大眼睛看着男人的眼眸。他眼底带着少许作弄的笑意，略微挪开些，问道："腻吗？"

陈依咬着鱼胶，脸红得跟什么似的。她将鱼胶咽下去，拿纸巾擦了擦嘴角："我觉得还行，你太挑了。"

闻泽辛坐了回去，含笑道："嗯。"

他拿起筷子开始吃菜。陈依看他两眼，收回视线时，扫到他手边的手机。他今天换了一部手机用。

那部手机还在楼上的书房里。

她也低头开始吃饭。

吃过晚饭，陈依上楼去练瑜伽。如果没有私教上课，她都会自己练习一个小时。偌大的瑜伽室只有她一个人，很空旷，她看着镜子，想起刚刚吃饭时他的亲吻。

像这种突如其来的吻，这还是第一次呢，陈依想着，眼尾泛红。瑜伽室的门这时打开，闻泽辛拿着毛巾擦拭着头发，靠在门口看着不远处的纤细身影，那细直的长腿就那么立在半空中，线条非常好看，皮肤又白。

闻泽辛敲了敲房门："忙完没？"

陈依身子一抖，扭过头，看到男人高大的身材，浴袍里水珠滚下。她愣了一下："我还有一会儿。"

"忙完来书房找我。"他说。

陈依："哦。"

随后瑜伽室的门被关上，陈依维持这个姿势许久，过了一会儿才下来。她看一眼时间，还是继续把后面的体式练完。

从瑜伽室出来时是九点半，陈依披着外套上楼，走去书房。书房门开着，闻泽辛穿一身黑色浴袍，正靠着桌子打电话，修长的指尖把玩着钢笔。

桌面上摊着十几份文件，他正用英语低低地在跟人谈话。陈依一见这架势，看了几秒，转身要离开。

男人的声音在身后响起："去哪儿？"

陈依顿了顿，回过头，闻泽辛挪开手机，上下打量她："过来。"

陈依不得已，走进去说："我去洗个澡。"

闻泽辛对电话那头的人说："下回聊。"

随后他挂了电话，放下手机，一把握住陈依的手腕，把人拉到跟前，笑了声："我帮你洗。"

陈依愣了愣："我自己……你在谈什么？"

她看向桌面上的手机，另外一部手机被放在一个黑色盒子里，是昨晚那部手机。闻泽辛顺着她的视线看了一眼，挑了挑眉，收回视线捏起她的下巴："在想什么？"

陈依望入他的眼里，眼神带着些许探究。陈依突地勾起嘴角，带出了一道非常漂亮的笑容，轻微摇了摇头："没有。"

闻泽辛眯起眼，单手搂着她的腰，往身上带去："你今晚有些不一样。"

陈依看着男人棱角分明的脸，还有那双桃花眼。他在读书的时候就是校草，那种很受女生欢迎的校草，俊美，爱笑，蛮嚣张的。但是这几年他渐渐变得有些让人看不透，内敛很多，陈依摸了摸他的脸，笑道："你也不一样。"

闻泽辛笑了一声，把她抱上了书桌，抵着她的额头道："最近在处理一块地，小叔要的，对方是个英国人，拿着他老婆的地想要高价卖给我们。"

陈依想了一下："这地小叔要用来做什么？"

"研发。"

"哦哦。"

闻泽辛看着她，随后拦腰把她抱起来，往主卧室的浴室走去。今晚闻泽辛出奇温柔，陈依也出奇温顺，浴室里水声响起，陈依捧着他的脸，喃喃地说了一句我爱你。

闻泽辛没听清，额头出汗，薄唇贴在她的耳边问道："嗯？说什么？"

陈依没应他，眉梢都带着红晕，低头抵着他的头。

两人从浴室出来，天色已晚，陈依被包在毛巾里抱到床上，肌肤全红了，闻泽辛斜靠在床头，指尖拨弄着她的发丝。

两个人都有些安静，床头柜上的手机这时响起，是在陈依这边的床头柜。她下意识地伸手，把手机抓过来递给闻泽辛，恰好又看到了那串熟悉的号码。

林筱笙。

陈依呼吸一窒，看着他。

闻泽辛接过手机，指尖还在她的发丝上拨弄。他淡淡地扫一眼屏幕，随后把手机放在另一边的床头，既没有挂断，也没有接，跟之前一样无视。陈依心里又一次松一口气，抓紧被子。闻泽辛低头看了她一眼，随即笑着俯身捏她的鼻子。

陈依往被子里躲去，推他的手指，闻泽辛笑着追过去，摁住她的身子：

"我看看，红了没？"

陈依从被子里伸出脚来踢他："红了，你太用力了。"

"有吗？"闻泽辛不信，抓开她的手，昏暗中两个人视线相对，陈依因躲得厉害，眉眼间带着一丝妩媚以及笑意，最重要的是她眼底还有一丝柔情，直击人的心脏。

闻泽辛停下动作，桃花眼看着她，笑意还在眼底，指尖拨弄着她的发丝，一个劲地看着她，道："陈依。"

陈依一听他这声音喊她的名字，心里一颤，啊了一声。

闻泽辛喊了却没有再说话，陈依等了一会儿，问道："什么哦？"

闻泽辛笑了几声，随后亲吻她的脸颊，往后揽着她的腰往身上带："明天早上送你去上班。"

陈依愣了愣："不好，下班了怎么办？"

闻泽辛抬起头看着她："那就顺便接你下班。"

陈依抿唇，心脏扑通跳着，说："行。"

他翻身回去，揽着她，陈依靠在他怀里，床头柜上的手机又响了几下，这次是微信的提示声。闻泽辛伸手过去，越过手机关了床头灯。陈依在他怀里闭上眼睛，男人的呼吸声也渐缓，大手按着她的后脑勺，她的发丝披散在他的胸膛上。

隐隐约约还听到几声微信声，陈依迷迷糊糊地睡过去，又被微信声吵醒，睁开眼，于黑暗中有些蒙。

他还在微信上回复林筱笙吗？

后来陈依不知道是怎么睡过去的，第二天醒来，闻泽辛已经不在身边了。陈依抓抓头发下床，踩上拖鞋，看一眼床头柜上的黑色手机，一片宁静。

陈依收回视线，什么都没再想，去洗漱。她换好衣服，闻泽辛才从健身房回来。他擦了擦脖颈，进浴室里洗澡。

两个人擦身而过时，男人嘴角含了一丝笑容，看了她几眼。

陈依耳根微红，转身下了楼。

吃过早餐，陈依拿起外套穿上，闻泽辛今天穿得不太正式，灰色的毛衣跟西裤。两个人下了楼，去开车。

陈依所在的事务所也在市中心，那块儿也经常塞车。闻泽辛指尖抵着额头，嗓音低沉地道："又塞。"

陈依看了他一眼："那没办法。"

闻泽辛抬起眼眸，看着她道："到188大厦再买一套？到时离你工作的地方就更近了，还能跟我哥当邻居，你跟沈总就能经常见面了。"

陈依笑了一下："闻大少跟沈璇能不能复婚还不知道呢。"

闻泽辛笑起来，指尖点了一下方向盘："能的。"

"你这么清楚？"

闻泽辛又笑了笑，看向前方的路况，眉梢微挑："沈总霸道归霸道，但是肯定喜欢我哥。"

陈依："哦？是吗？"

她看着男人的侧脸，心想被爱者肆无忌惮吗？闻泽辛转动方向盘，往陈依的事务所开去，声音低沉地说道："沈总太强了，啧。"语气带着点儿不敢苟同的意思。

陈依看向窗外，淡淡地回了一句："强多好啊！"

闻泽辛看她一眼，挑眉："嗯？"

陈依回头，对上他的桃花眼。男人似笑非笑地看着她，眼神探究。陈依微微一笑，牵了他的手。

闻泽辛垂眸，看一眼她纤细的手指，把玩了几下。很快，黑色轿车抵达大厦门口，陈依拿起包，说："我下午六点左右下班，你没时间过来的话，记得提前跟我说。"

闻泽辛松开她的手，抬了抬下巴："知道了，我抽不开身，就让林叔过来接你。"

"好的。"陈依看他一眼，随后要下车，闻泽辛嗯哼两声，陈依顿了顿，转头看他。他伸手拽住她的手，往他那边带去，低头看她一眼，在她的鼻尖上亲了一下。

"去吧，别迟了。"

陈依眨了几下眼睛，随后快速下了车。车门关上，车里的一切被遮掩，陈依走上台阶，就有同事过来挽住她的手，看着那辆掉转车头的黑色车，还有刚刚隐约从一点儿门缝间看到的一张棱角分明的俊脸。

同事 SA1 肖荷哇了一声："你老公？"

陈依看一眼肖荷，笑了笑："嗯。"

"我看到他的一点点长相，好帅啊，又有钱又帅的老公，你这藏得也太深了吧，而且他居然送你来上班。"肖荷贼兮兮地看着她，"你这富太太生活不错啊！"

陈依很无奈："什么富太太？"

同事挤着她笑，陈依没应对方的话，结果进了办公室，这位同事还跟别人宣布了一下。于是一群人开始调侃陈依。

"陈依，把你老公的相片给我们看看呗。"

"真的长得那么帅吗？"

陈依躲了几次，手机都差点儿被抢过去了，最后上司过来说一通，一群人才作罢。陈依坐在工位上沉默下来。

她拿着手机，开始发呆。

有了上次严老师那事情，她这次坚决不肯给她们看相片，就怕再发生什么尴尬的事情。下午开了一个会议，上头分下来需要年审的项目，陈依接了一家汽车企业，便开始找对方财务要材料。

忙到下午六点多，陈依看一眼手机，在想要不要问问他来不来。这时，肖荷从电梯里出来，好巧不巧，这次陈依这个项目又跟她一起做，她一出办公室就笑着道："陈依，你老公在楼下。"

陈依心一跳，微信跟着响起。

"下来。"

两个字简洁得很，陈依赶紧收拾东西，其他同事跟着起哄："长什么样啊？"

"真的很帅，好俊的男人哦。"于是几个人起身去看，办公室在八楼，只看到一辆黑色的车子停在楼下。

车窗摇下，男人的手腕露在外面，指间夹着一根烟。

陈依在一群人的笑声中闪进电梯，心慌意乱中怕发生跟上次一样尴尬的事情。电梯下行，陈依走出大堂，快步走过去，一把拉开车门坐了上去。

闻泽辛叼着根烟，看了她一眼："怎么慌慌张张的？"

陈依看着他，笑了下。

她是真怕，刚刚建起来的信心又被一个手机屏幕或者一句话给击垮。

闻泽辛眯起眼看她，将烟拿下来，抓起她的手："干吗呢？"

陈依又笑，说："没事。"

手机群里，她们都在说他长得帅。陈依想起读书时，他就是那样，去哪儿都有好多女生跟着。闻泽辛淡淡地看着她，倒是没再问。

陈依突然道："我同事看到你了，说你长得帅。"

闻泽辛垂眸正掐灭烟，听罢抬起头嗤笑了一声："是吗？很多人这么说。"

陈依啧了一声："自恋。"

他指尖捏捏她的下巴，带着淡淡的烟草味："你难道看不上我的脸？"

他的手非常不客气，陈依缩了一下，抓他的手："别闹，你摸哪里？……"

闻泽辛笑起来，收回手握上方向盘，启动车子，几秒后又看她一眼，嘴角含笑。陈依也看他一眼，转过头也笑了笑。

　　她还是可以期待一下未来的。新接的项目又得出差，陈依当晚就收拾行李。丽姐知道陈依要去的是她儿子读大学的城市，拿了一些自己做的酱菜，想让陈依帮忙带去。陈依把行李箱空了一个位置放置，丽姐非常感激，站在主卧室的门外道："太太，辛苦啦，如果你实在没空就算了。"

　　"没事，酒店离大学城很近。"

　　"那就好。"

　　"什么有空没空的？"男人的声音传来，丽姐一转头，对上闻泽辛那张俊脸，男人桃花眼带着些许疏离感。

　　这也就是丽姐此时不敢进主卧室的原因，自从这新房装修好，丽姐平日里打扫卫生在公共区域都还自在一些，一旦到了二楼，那种领域感很强。尤其是闻二少在家的时候，丽姐一般不敢踏足二楼。

　　有些直觉是从四面八方涌上来的，她一直恪守这个直觉，因此闻泽辛一直对她还算客气。丽姐笑了笑，赶紧后退两步，离主卧室远了点儿，笑道："我让太太帮我带点儿东西给我儿子，他平日里就好这口。"

　　闻泽辛淡淡地看她一眼，随后走进主卧室，问道："你儿子几岁？"

　　丽姐愣了几秒，随后道："二十一岁。"

　　闻泽辛整理了一下领子，垂眸看着陈依的行李箱，看到那瓶酱菜，道："现在快递这么方便，太太是去出差，不是去玩，你别麻烦她。"

　　丽姐顿了顿，啊了一声，干笑道："那……"

　　陈依把化妆包放进去后，说："没事，顺路的，就在大学城附近。"

　　丽姐迟疑了一下。

　　闻泽辛俯身，指尖拨开陈依的化妆包，抓住那瓶酱菜，随后放在柜子上，对丽姐说："拿走。"

　　丽姐很不好意思，尴尬地一笑，赶紧拿走，又道："先生，不好意思，晚上你们吃夜宵吗？"

　　闻泽辛看着陈依："不吃。"

　　丽姐哎了一声，转身下楼。陈依听着那脚步声，又把化妆包放了回去，合上行李箱，拉紧，道："你这样太不近人情了。"

　　闻泽辛接过她的行李箱推到一旁，两手交叉，把毛衣脱下，露出里面贴身的上衣，道："你帮她送一次，下次又送一次，没完没了。她只是个保姆，你别这么好欺负。"

　　陈依站在床尾，看着他把上衣也脱了，紧实的腹部露了出来。陈依微微侧过脸，想起他之前那些话。

她笑了笑："我就是蛮好欺负的啊！"

闻泽辛转过身看着她，捞起衣架上的浴袍，眯了眯眼："也对，你是蛮好欺负的。"

他说："我倒是喜欢。"

说完，他就走向了浴室。

陈依看着浴室门一会儿，转身回了懒人沙发，继续看书。不一会儿，闻泽辛洗完澡出来，走到这边把她拉起来抱在怀里。他也拿起一本书看，两个人安静地看了一会儿书，十一点左右便去休息。

躺下迷迷糊糊睡过去有半个小时左右，闻泽辛的手机突然响起来，是那种急促的声响，陈依也被吵醒了。她撑着身子起来，闻泽辛翻身起来按开了灯，拿起手机看了一眼，一下子就清醒了些。

他接起来："什么事？"

那头一个男助理道："那块地卖了。"

闻泽辛的脸色沉了下来，他穿上拖鞋："行，我知道了。"

"闻先生刚刚抵达机场。"

"我去接他。"闻泽辛说完，回头看一眼陈依，她披头散发，有些蒙的样子。

闻泽辛勾了下嘴角："我今晚不回来睡了，明早让林叔送你去机场。"

陈依反应过来，点了点头："好。"

闻泽辛走向衣帽间，陈依呆了几秒，又躺了回去。这会儿也不太睡得着了，她侧着身子，不一会儿，闻泽辛拉下黑色毛衣，取了衣架上的外套穿上，走过来拿手机，俯身看她几秒："睡啊。"

陈依笑了下，闭上眼睛。

闻泽辛嗤笑了一声："我走了睡不着？要不跟我一起走？"

陈依有些窘，赶紧摇头。闻泽辛站起身，关了床头灯，走向门口。夜已深，外面有些寒露，闻泽辛直接下负一楼开车，车子开出去，放在副驾驶座上的手机响了起来。他看着路况，顺手将手机拿过来接了。

那头，一个女声带着哭腔说道："你总算肯接电话了。"

闻泽辛皱眉："你够了。"

第二天一早，陈依带着淡淡的黑眼圈起来。昨晚闻泽辛走后，陈依不知为何一直没睡好，经常醒。

她用粉底遮了一下黑眼圈，随后换了衣服下楼。吃早餐时，陈依对丽姐说："那瓶酱菜呢？我帮你送去吧。"

丽姐给陈依倒着牛奶，听罢尴尬地笑了笑："不了不了，说实话，我也不敢惹怒先生。"

"他没那么不讲道理。"

丽姐却笑了笑，坚决不让陈依帮忙带了。闻二少讲不讲道理不知道，但是丽姐作为一个做了多年的家政人员，可以感觉到闻二少性格上的强势及霸道，他绝不是一个良善的男人，她还是不冒这个险了。

看丽姐这么坚持，陈依也没法，只好道："快递费我出，换个好点儿的瓶子，密封性强一些的，发顺丰吧。"

丽姐笑了笑，点了点头："好，谢谢太太。"

不一会儿，陈依吃完早餐，丽姐帮忙提着行李出门。林叔已经过来了，黑色的车子停在外面，丽姐把行李放进后备厢，给陈依打开车门。陈依含笑道："丽姐，家里这几天就拜托你了，他的一日三餐你也费点儿心。"

丽姐一听，笑了，只觉得这对夫妻如今感情确实越来越好，她也好跟闻太交差了，于是点头道："好，知道，先生是挑食了些，但还是可以接受我的手艺的，当然，你做的东西他更喜欢。"

陈依脸一红，笑道："丽姐你别笑我了。"

丽姐又跟着笑，随后帮忙关上车门。车窗开着，丽姐突然想起什么，低声道："太太，先生的生日快到了。"

陈依一顿，看着手机屏幕，看到了备忘录的那一栏，说："我记得。"

"哎，那就好。"

林叔启动车子，跟丽姐告了下别，随后将车子开出去。陈依抵达机场时，她的同事都已经到了，有人还往后看，然后拉住陈依："你老公没送你来啊？"

陈依看对方一眼，去托运行李："他忙呢。"

"也是，看你老公那样，也不像是个纨绔富二代。"

陈依笑笑，跟上大部队去候机室，心里有点儿淡淡的骄傲感。闻泽辛确实不是纨绔子弟，手里头的产业挺多的，陈家那些产业在他手里四两拨千斤就给弄起来了，可见他的手段是强的。

但他一直很低调。

他不如他哥闻泽厉那般嚣张、狂妄，不怎么表露自己的才能，在这个圈子里一直看起来是个花心少爷。

这也是陈依没跟他谈婚论嫁之前对他的表面认知。

飞机起飞之前，陈依给闻泽辛发了一条微信。

陈依："我上飞机了。"

三个小时后抵达盐城，陈依下了飞机，跟同事一起去坐车，开机后看，闻泽辛还没回信息，看来还在忙。

直到抵达酒店，陈依进门放好行李箱，准备跟同事下楼去吃饭时，手机响起，来电是闻泽辛。

陈依接起电话："喂。"

闻泽辛的嗓音有些低沉："到了？"

"嗯。"

"好，吃饭没？"

陈依进了电梯，回道："准备下楼去吃。"

"在哪个酒店？"

"君丽。"陈依进了电梯后，其他同事一个个含笑看着她。不怪她们这么好奇，主要是她们这一行的，男女都习惯性晚婚，因为越到后面越忙，尤其是考CPA（注册会计师）升上SA2以后，到了高级审计又要开始带团队，时间会越来越不够用，哪还有时间去恋爱结婚？

陈依看见她们的笑意，耳根微红，觉得手机都有些滚烫。

"君丽，还行。"闻泽辛有些散漫，在那头刚开完会，理了理领口道，"出差多久呢？一个星期？"

"差不多，这家公司这几年一直是我们年审的，有些资料不用当下准备。"陈依听着他的声音，勾起了嘴角。

其实这种感觉真好，他会跟她聊工作上的事情，像是拉近了彼此之间的距离。

"好，回来记得发信息给我。"

陈依脱口而出地问道："你来接机吗？"

那头，男人沉默了几秒，随即笑起来："好，去接机。"

问出口后陈依有些后悔，等他回答了，陈依又有些不好意思，但也有种淡淡的甜意围绕在心头："好了，我下电梯了。"

闻泽辛："嗯，记得发信息。"

随即他挂了电话。陈依放下手机，回头看了其他同事一眼，同事们纷纷笑起来。周燕抱住陈依的手臂："你老公可真好啊！"

陈依抿唇，笑了笑："还行。"

"不老实，明明是很好，接你上下班，还要来接机，你幸福死啦，不过，你老公的声音真好听。"

"对，低沉有磁性，耳朵都怀孕咯！"另外一个女同事笑眯眯地调侃。

陈依耳根发红地听着她们的调侃，充满善意和祝福，令陈依渐渐地放下了一些戒备心。或许闻泽辛在外面，顶多也就招惹了林筱笙而已。

如今林筱笙已经不成气候了，以后他们都会好的。

整个小组转进酒店自助餐厅吃饭，她们可没时间去外面吃，下午去对方的公司就得干活了。

晚上忙完回到酒店，已经十点半，陈依洗漱完就准备睡，母亲却在这时来电，在电话里分享："我今天跟亲家母在一个下午茶会见了面。"

陈依靠在床头，笑问："这么巧啊？"

"是啊，她带我认识了不少人。你还记得五年前，我们家那个蜜桃饮料产业断资金时，你爸爸去求的那家私人银行吗？"

"当然记得，爸爸去求那位行长，还去他家门口站了两天，最后是他们家的保姆出来请爸爸走的。"

"没错，今天他的夫人给我递了名片，说想参与我们家这个俱乐部的投资。"廖夕笑了一声，语气有些惨淡，"真是风水轮流转。"

陈依笑了笑。

五年前那一次资金断裂，也是压倒陈庆的最后一根稻草，回来后他就郁郁寡欢，一年左右卖掉了陈氏手里将近百分之三十的产业。

廖夕听着女儿的笑声，问道："你跟泽辛这几天还好吗？"

"还可以。"

廖夕点了点头："那就好。"

廖夕说话都比之前有底气了，陈依能从她的语气中听出来。廖夕想了一下，说："他的生日快要到了，你到时候要不要带他来家里吃饭？还是你们想过二人世界？"

陈依愣了愣，倒是没想那么多。

廖夕在那边又建议："二人世界也挺好的，你花点儿心思，做些他喜欢吃的菜吧。"

陈依想了下，回道："好。"

她可以做泡芙，抹茶味的，或者再准备些别的节目。陈依打算起来，又跟母亲聊了一会儿，才挂了电话。

把手机放在床头，陈依躺下，盯着天花板想了一会儿，最后还是拿起手机翻找出闻泽辛的微信。

两个人平日里都没什么废话，微信上不是"你吃了吗"就是"忙完没，要回个电话"这样的内容，像是两个刚认识的人。

他的头像初中时期就是这个，抽象画，一个男人的轮廓叼着烟，仰着头，斜着吹烟雾，背景是黑色的，人物跟烟是白色的。

陈依："你过生日有什么打算啊？"

十分钟后，闻泽辛回了语音微信，嗓音有些哑。

闻泽辛："有个生日派对。"

闻泽辛："你也一起。"这语气很霸道，他直接替她做了决定。陈依回了一个"哦"字，随后两个人没了下文，陈依也放下手机睡了。

接下来的一周，陈依非常忙。她在当 SA1 的时候，陈家动荡不安，她一直处于到底要不要继续坚持在事务所工作，还是回家去帮陈庆的状态中，所以那会儿工作不是特别专心，第二年升了 SA2 后才发现前面不努力，到了今天就得加倍费力。

所以如今她很吃力，但好在对数据敏感，税法、经济法这块又学得比较精，才能慢慢地跟上来。

"怎么觉得他们的账面比去年还乱啊？"陆缘捧着账本出来，"亏损这块不太明确，陈依，你找一下问题。"

"好。"陈依接过账本放在桌面上，开始操作。

"希望今晚能早点儿下班。"周燕给大家泡了咖啡出来，黑眼圈也都熬出来了。

陈依揉了揉额头："嗯，我也希望。"

几人喝了一大杯咖啡，继续工作。一周后，一行人终于忙完了，几个年轻的女孩子趁着要登机前去逛机场的商业街。

陈依也被周燕拉去了，几个人又逛又买，恰好逛到一家挺有名的内衣店，陈依看了一眼橱窗里的红色蕾丝裙。

生日派对完了，回家她就再给他过一个生日。想到这里，陈依让服务员取下那条裙子，在几个同事带笑的眼神里买了单。

"哟，有老公就是不一样。"

"就是，这裙子可性感了，我也想看陈依穿。"

陈依推开她们，笑道："别闹。"

几个人笑闹着去登机，登机前陈依给闻泽辛发了一条微信。

陈依："我登机了。"

飞机抵达 B 城，是下午三点半。B 城天气有些干燥，太阳也冒出来，阳光投射在地面上。陈依一边开机一边去取行李，将手机页面打开。

陈依深呼吸一口气，盯着微信。

不一会儿，微信里多了一条信息，她忙点进去看。

闻泽辛："C出口。"

陈依松一口气，仰起脸，嘴角带着一丝笑容，令她的眉眼柔和万分。

几个人取了行李，周燕笑着挤在陈依身边："你老公来了吧？"

陈依笑了笑，难掩欣喜地应道："嗯。"

"哎，真好，像我们又得继续挤着坐这七座的商务车，都要出汗了，啧啧。"

"你自己比较胖就别怪别人，我们觉得凉爽。"陆缘笑着道。同行中唯一的男人也说道："该减减肥了，小朋友。"

"谁是小朋友啊？呸。"两个人闹了起来。

陈依被几个人当成挡箭牌，周燕跑到她身后拉着她，躲着那名男同事，陈依无奈，跟着躲那男同事的魔爪。

她笑得眉眼弯弯，头发扎在头顶，在飞机上睡了几个小时有点儿凌乱，但是反而更柔美。

黑色的车就停在那出口处，很显眼。后座的车窗滑下，车里的男人长腿交叠，从文件中抬起视线，看向车窗外——那名穿着衬衫跟A字裙，笑得眉眼弯弯的女人。

闻泽辛眯了眯眼。

驾驶位上的助理看一眼闻泽辛，笑道："太太还有这一面呢。"

闻泽辛轻轻一撩桃花眼，淡淡一笑："哪一面？"

"有点儿孩子气。"助理对上老板的眼睛，迟疑了一下说道。

闻泽辛又笑了笑："下车给她开门。"

随即他将车窗摇上，继续看着手中的文件。助理应了声，赶紧下车。陈依终于从团战中脱离，拉着行李箱走下坡，就看到闻泽辛的助理开着后座车门。

车后座上的男人长腿交叠，侧脸俊美，正在垂眸看文件。今日他穿了黑色的衬衫，手指骨节分明，气势内敛但令人不可忽视。

"哇，我看到真人了。"

"天哪！陈依，你老公好高啊，有一米九吧？"

"这腿……啧啧，够长。"

几个同事在后面惊呼，陈依捏了捏手机，微微一笑，心里还是有点儿紧张，好在她们只觉得他帅，其他什么都没说。

"我先走了。"陈依回身朝她们挥手。

"去吧。"

陈依笑着拉着行李，大步走向那黑色的车子。江助理礼貌地接过陈依的行李："太太，请。"

陈依弯腰坐进车里。

砰——车门关上，车里有着淡淡的香水味，陈依坐好后，看了男人一眼。闻泽辛看着文件，几秒后将其合上，抬起眼眸看向她。

接触到他的视线，陈依抿唇笑了笑："你这么忙，其实不用过来接我的。"

闻泽辛把文件递给助理，随后两手交握放在身前，戏谑一笑道："都答应你了，再忙也得来。"

陈依耳根稍红，转头看向窗外。

闻泽辛舔了下嘴角，看着她的耳朵上那一片红色，抓起她的手捏了几下："很忙？黑眼圈都出来了。"

陈依转过头来，按着眼帘："我用粉底遮了一下，这几天天天加班，这周也就休一天。"

"嗯，那太少了。"

陈依嗯了一声。车子开入车流中，车里暂时安静下来，闻泽辛牵着她的手捏来捏去，放在一旁的手机响了一声，微信消息跳出。

闻泽辛松了陈依的手，拿出手机，垂眸扫了一眼，随即舌尖抵了下腮帮，懒懒地点开微信回复。

手心的暖意没了，陈依将手收了回来，交握着。随即她偏头悄悄看了男人一眼。闻泽辛面无表情地回复着对方的微信。

陈依看不到他的手机里的内容，也不敢上前看，只是安静地坐着。车子抵达中心区，在家门口停下。

助理按了下车内后视镜，看了老板一眼。

闻泽辛随手把手机放在卡座上，随后拉过陈依的手，陈依跌了过去，趴在他的大腿上，想要起来，闻泽辛指尖摁住她的脖颈，在那儿捏了捏。陈依闻到他身上的冷杉香味，有些脸红地要起来。

闻泽辛笑了一声，指尖放肆地移动，随后低声道："晚上不回来吃饭了，你早点儿睡，补一下睡眠。"

陈依抓住他的手指，要起来："知道了，你放开我。"

闻泽辛却没放开，低头在她的耳垂上舔了一下："这几天出差辛苦了。"

"嗯。"陈依的身子软了些，像被顺毛的猫。

又过了几分钟，闻泽辛才松开陈依，冷冷地扫了一眼车内后视镜，好在助理刚刚很懂事，安静如鸡地坐着。察觉老板消停了，他赶紧下车，给陈依开了车门。

陈依整理了一下衣服，被折腾得一张脸十分妩媚，垂眸接过行李箱。

丽姐在门口等着，见状赶紧过来帮忙提行李："我熬了点儿燕窝，补补身体啊，这段时间累坏了吧？"

陈依笑道："谢谢丽姐。"

丽姐含笑，提着行李箱进门。陈依回头看了一眼，黑色的车已经启动，车窗缓缓关上，将男人的俊脸挡住。

陈依摸了一下后颈，那儿滚烫不已。

闻泽辛生日这天，陈依手里的项目正好完成得七七八八，她早上回事务所开了一个小组会议，中午在食堂吃完饭就回了家。

她给沈璇打了电话，笑问："你今晚来吗？"

沈璇在那头懒洋洋地道："去吧，闻泽厉喊我去。"

陈依含笑道："正好，我们可以见个面。"

"嗯，你最近怎么样？"沈璇揉了揉额头，"自你婚后跟你也没见几次面。"

陈依走到厨房，打开冰箱去翻找食材，说："还行吧。"

沈璇："你总是报喜不报忧。"

关上冰箱门，陈依含笑道："你自己都忙不过来了，还要帮我啊？我不是常雪，不需要你费心，能过好自己的日子的。"

"行。"沈璇的语气有些无奈。

两个人又聊了一会儿，挂了电话。手机却再次响起，这次是陈莺打来的，她在电话里说："姐，我想参加姐夫的生日派对。"

陈依把奶油放在桌面上，顿了顿，说道："你姐夫没开这个口，你就算了。"

"陈依。"陈莺在那边叫道，"你知道姐夫搞这个派对请了多少人吗？你等一下又要被人笑话了，丢我们陈家的脸。"

陈依按着灶台，咬了咬牙："不劳你费心，我跟你姐夫最近很好。"

他们是很好，感情有了一定的进展。如若不是还没到真可以展开来讲的地步，陈依都要跟陈莺详细说说最近两个人的感情变化了。

"是吗？"陈莺笑了一声，阴阳怪气地说，"那你好自为之。"

陈依："当然。"

她挂了电话，看着水晶碗里的奶油，发了一会儿呆。希望以后能让陈鸢闭嘴,陈依把手机放下,挽起袖子开始做泡芙。

丽姐探头进来,看她几眼,笑了笑,转身出去给闻太太打电话。

下午陈依做了十八个抹茶泡芙,又顺便做了十二个原味泡芙,放在冰箱里,接着又做了一个小蛋糕,适合两个人吃的。

忙完出来已经四点多,陈依对丽姐说:"晚饭不用做,我跟先生在外面吃。"

"好的。"丽姐点头。

随后陈依上楼去洗澡,洗完澡出来,梳妆打扮,换了一条黑色的紧身裙,身材的优势展露无遗。

此时五点多,陈依往耳后跟脖颈上喷了点儿香水,接着目光落在新买的那条红色蕾丝裙上。她将其取出,放在了床上。

柔软的布料让她红了脸。

一切准备妥当,陈依又去看书。大约六点要出门时,门外传来了车声,丽姐打电话上来笑着道:"先生到了,在门口。"

陈依赶紧放下书,提着黑色小包,穿上黑色外套,走下台阶。

天色昏暗,陈依踩着高跟鞋走下台阶,铁门自动打开,院子里的橘色灯光打在她的脸上,脸颊两边的发丝微卷,眉眼如画。

驾驶位上的男人单手靠在车窗上,指间夹着烟在抽,转了过来,看到那不远处的女人时,桃花眼眯了起来。他一下一下地咬着烟,眼眸深不见底,有点儿吃人的欲望在里头。

这令陈依脚步一顿。

闻泽辛见状,放下手,烟灰随风飘走。他敲了敲车门:"嗯?停下干什么呢?"

陈依抿了抿唇。

闻泽辛将烟放在嘴角,随即推开车门,长腿迈下来,单手搂着她的腰往身边带。陈依穿着高跟鞋略微崴了一下,跌在他身上。

闻泽辛垂眸看她一眼:"今晚穿这么漂亮做什么?"

陈依面红耳赤地说:"你生日啊!"

"哦?我生日?"闻泽辛拉开副驾驶座的车门,"也是,该穿这么好看的。"

他给她扣上安全带,关上车门,手掌按着车窗,垂眸看着她。陈依看着他骨节分明的手指上戴了一个素圈。

那是两个人的订婚戒指,但不在已婚的那根手指上,在旁边那根手指上。

闻泽辛抬起头,抬起她的下巴。

陈依眨了下眼,睫毛很长,闻泽辛的眼眸又深了几分:"偶尔这么穿就

51

好，别成天这么穿，记住了？"

陈依："平时哪儿有这个心情？"

闻泽辛挑了挑眉，指尖往上，抹了下她嘴角的口红："也是。"

"忙得黑眼圈都出来了。"他嗤笑一声，把指尖的口红放到唇边舔走，随后绕过车头，坐在驾驶位上，两手握上方向盘，启动车子。

陈依拿起镜子，补了一下口红。

黑色的车融入夜幕里，前往俱乐部。这个点人还没来齐，只有闻泽辛的好友萧然、顾呈、聂胥，还有两三个其他家族的少爷在。

萧然窝在角落里，长腿交叠，一身黑色上衣跟蓝色牛仔裤，俊美的脸很阴沉，看到陈依招呼都没打，脸又转了回去。

顾呈则笑着靠在沙发里，朝陈依招手："嘿，新娘子。"

陈依含笑："你们好，兄弟团。"

聂胥扑哧一声，瓜子喷了出来："哈哈哈哈，我也是兄弟团，嫂子好。"

陈依跟聂胥比较熟悉，笑道："聂胥帅了哦。"

"是吗？哎呀，不好意思。"聂胥捧了下脸，闻泽辛啧了一声，脱下西装外套递给服务员，穿了白色的衬衫，领口解了两颗扣子，说道："我家太太夸你只是礼貌。"

"哟？太太？哈哈哈哈。"顾呈哈哈大笑，竖起拇指，"你牛。"

闻泽辛眉眼含笑，搂着陈依去开放餐厅那边吃饭，身上带着一股风流劲，不似平日里那样内敛。

陈依看了一眼身侧的男人，发现他比平时要放松很多。两个人各吃了一份意面，舞台那边已经有歌手在那儿唱歌了，似乎还有跳钢管舞的，引得身后口哨声连连。陈依转头看去，都是大长腿美女。她看一眼闻泽辛，闻泽辛也挑起眉梢看去，随即嘴角含笑地低下头，给陈依夹了一块牛排。

"多吃点儿。"他嗓音低沉地说道。

陈依低声道："我吃不了这么多。"

闻泽辛笑了笑，侧了下身子看她："嗯，吃少点儿也好，腰身细一些。"

陈依抿了抿唇，耳根微红，但是又下意识地去看舞台上的两个长腿美女，那种妖娆韵味，令陈依呼了一口气。

她发现闻泽辛在这种场合很玩世不恭。

他很欣赏这些美女似的。

陈依收回视线，突然脑海里闪现过去读大学时各种聚会的场景，还有一些传闻。她突然发现，嫁给闻泽辛，被困在他买的那套房子里，她渐渐地把他在外面的一些表现给忘记了，只记得家里只有两个人时他的那些好。

"吃完了吗？"闻泽辛拿了一张纸巾给陈依。

陈依接过纸巾，回了神，道："吃完了。"

"好。"他起身，搂着她的腰把她从椅子上带下来，舞台上的两个美女视线往这边扫来，看到闻泽辛后低下了头。

当然她们也看了一眼陈依，似有些好奇。

陈依脱下身上的外套，闻泽辛皱眉，按住了："你就这么穿着。"

陈依看着他说道："我热。"

闻泽辛眯起眼，两个人对视了几秒，他笑了下："算了，今晚依你。"

说着，他接过她的外套递给一旁的服务员，拉着她就往沙发那边走去。陈依被安排在一个四人座的沙发上。

闻泽辛俯身看着她，道："我去跟他们聊聊，等会儿沈总会来。"

"好。"

单独坐了一会儿，沈璇跟闻泽厉来了，陈依也起身去迎他们。闻泽厉揽着沈璇的腰，看起来很甜蜜。

陈依抿着唇笑了笑，跟沈璇坐在一起。他们两个人还没吃饭，闻泽厉比陈依快一些，去要了一份面给沈璇吃。

陈依在一旁看着闻大少这副霸道的样子，由衷地替沈璇开心，笑着乖乖让了一个位置。她拿起手机正打算看看事务所的微信群，这时包间的门再次被推开，几个女人娇俏的声音传来，其中有一个声音娇滴滴的。

陈依浑身一僵，抬起头来，就看到林筱笙挽着姐妹，披着一头鬈发，穿着一条黑色的紧身裙，踩着高跟鞋走来，那长腿又白又直。

她哎了一声，笑道："泽辛，这地方太塞车了。"

跟着林筱笙的视线一起转头去看舞台上握着话筒敞着衬衫领口一派风流的丈夫，陈依脸色一白，指尖下意识地扭在一起。"你怎么了？脸色这么白？"沈璇牵了下陈依的手，陈依跟触电一般猛地收回了视线，看向沈璇。看着好友这张美艳的脸，陈依花了很大的力气才没把自己心里的苦楚说出来，笑了笑，说："没什么，就觉得这里的空调有点儿凉。"

"是吗？"沈璇点头，伸手抓了一旁的外套给她披上。

外套是闻泽辛落下的，顺滑的面料已经有些发凉了，但是他身上那股冷杉味隐隐飘来，笼罩住她，陈依却也感觉冷得厉害。

她不自觉地把外套推开了些，最后取下外套搭在膝盖上，那股属于他身上的味道才淡了很多。

53

那几个千金明显都跟少爷们关系不错，嘻嘻哈哈地寻了一个长沙发坐下。林筱笙脱下身上的外套，露出了白皙的肩膀，笑着跟好友聊天，不经意地看向陈依。

陈依端起果酒喝了一口，视线跟林筱笙的对上。陈依脸色白，指尖微凉，但是神色自然，林筱笙突然对陈依笑了一下，远远地，口型似乎在喊"嫂子好"。

陈依扯了下嘴角，算是回了她的招呼。

那个晚上那三十几通未接来电，无数占满屏幕的微信消息，林筱笙那股着急的劲儿都要从屏幕里爬出来，令陈依一个晚上都神清气爽。

没想到这些都只是她的错觉，林筱笙最后还是被闻泽辛从牢里放出来了，重新光鲜靓丽地凑在闻泽辛身边。

陈依想起镜子里的自己，想起那恶意的笑，就觉得自己很傻，自以为是的傻子。

她看了一眼在舞台上的高脚椅上的男人，他单手握着话筒，低头含笑，似在听台下的人说话，卸下了平日里的冷峻神色，本就俊美的脸以及那双桃花眼一下子就染上了温度，多了一丝风流气。

在这种场合，她即使是他的老婆，仿佛也跟别的女人没什么区别。

这时，闻泽辛喝了一口酒，随后把杯子放下，指尖在杯沿把玩了几下，含着笑意，薄唇挪到话筒前，目光扫向这边，说道："感谢大家百忙之中抽空来参加我的生日派对，今晚不醉不归。"

他说完举起了杯子。

其余的人跟着举起杯子，陈依看着那个男人，迟疑了一下，举起酒杯仰头一口喝完里面的酒。闻泽辛抿了一口，视线轻轻扫过她的脸，看她的杯子空了，有些不悦地眯起眼。但是他很快就恢复神态，又挪过话筒笑道："那么接下来我们玩第一个游戏。"

他含笑停顿了一下，眼眸流转，目光很轻地扫了一眼陈依，眼里有着警告之意，随后笑着看向其他的千金小姐。

正对着舞台的沙发上恰好坐了林筱笙几个，林筱笙支着下巴，含笑看着他。

闻泽辛咳笑一下，长腿抵着地面，道："这个游戏叫变装游戏。"

少爷们顿时嚷嚷起来，问怎么玩，一个个装作不知道的样子，实际门儿清。有些人还搂了一下怀里的女朋友，脸上带着坏笑。

闻泽辛则含笑不语，身子靠着椅背，懒洋洋中带着一丝吊儿郎当。他舔了下嘴角，把玩着酒杯。

服务员恰好进来，抱着一个很大的箱子，从左到右，依次让现场的女人抽。箱子里面有很多小球，女人们抽到小球拆开，里面是一张字条，字条上写着变装主题，变了装还需要角色扮演，角色扮演就需要搭档配合。

这才是重头戏，女人们找谁呢？那当然是找自己心仪的男人咯。

陈依看着服务员一路往这边走来，她的旁边就是沈璇，沈璇一副强势的样子。闻泽辛见状，笑道："嫂子这边就算了。"

其他少爷纷纷笑着附和："沈总就算啦，沈总不用变装就很漂亮了。"

"沈总在这里陪我们玩已经是我们的荣幸了。"

"对啊对啊！"

陈依看一眼好友，笑了笑。沈璇的强势让人臣服，很是令人羡慕。陈依握了握杯子，视线却扫到了林筱笙那几个人。

林筱笙身边的两个千金从进门起就盯着闻大少，此时眼底带着淡淡的嘲讽之色。

陈依顿了顿，想起过去那些男人对沈璇的误解。她突然起身，拽过那个箱子，从里面拿出两个小球，递了一个给沈璇，说："陪我玩。"

沈璇愣了愣，握着那球："……"

陈依含笑说道："一起？"

沈璇看着好友还有些苍白的脸。她知道陈依暗恋闻泽辛，从读书那时候就喜欢。

联姻时闻泽辛选了陈依，陈依是开心的。

沈璇看了一眼舞台上没什么表情的闻泽辛，挑眉笑道："好。"

陈依笑了笑，垂着眼眸，把玩着手中的小球。而这时前方爆出了一阵喝彩声，就见闻泽辛放开了话筒，提着酒杯从台上下来，白色衬衫领口敞开，露出小半截锁骨，有点儿放浪形骸。

他走下来，其余的人纷纷笑起来，喝起来。随即他在第一排的沙发凳上坐下来，手肘搭在身后的黑色茶几上，衬衫袖子挽了起来，露出的半截手臂肌理分明，修长的手指垂下，拿着酒杯晃荡。

他身侧是顾呈，两个人低头说笑着。

那些少爷跟千金，都往他们那儿靠去，俯身调笑着。

陈依目光落在那男人的后脑勺上，几秒后挪开。恰好游戏也开始了，几个女人推搡着进了化妆室。

沈璇挨过来跟陈依聊天："你看了你的小球没？"

陈依捏着，笑道："还没。"

"看看。"

陈依看一眼沈璇，嘴角含笑，无可奈何地把小球打开。沈璇垂眸扫了一眼，看到字条上的主题，挑眉道："那挺适合你的。"

陈依没看，合上字条，又将其放回了小球里。这时化妆室的门被打开，一声惊呼传来，陈依看了过去。

一个女特工走了出来，黑色紧身制服将身材展现得淋漓尽致。那女特工的长相，陈依见过几回，她下意识地看了一眼林筱笙那边，女特工是林筱笙的姐妹之一。

女特工扎着一个长长的马尾，正站在闻泽辛的对面。

顾呈含笑问道："你找谁呢？"

女特工笑眯眯地迈着长腿走向闻泽辛，闻泽辛分开长腿，挑眉看着女特工。女特工弯腰俯身，拿出一把尖刀，抵着闻泽辛的脖颈。闻泽辛笑了下，偏头看了一眼，女特工屈着膝盖，跪上闻泽辛中间的椅子。

两人的距离更近了。

陈依的心一阵抽痛，随之而来的是其余人的尖叫声、欢呼声："你想干吗啊？"

"啧啧，大胆了大胆了。"

"精彩。"

陈依定定地看着没有拒绝的闻泽辛，尖刀都抵在脖子上了，他还端起酒杯，懒懒地抿了一口酒，丝毫没有被威胁到。

女特工反而脸红起来，一个劲地看着眼前俊美的男人。两个人的距离很近，她再俯身就能碰到他的酒杯了。

闻泽辛笑了一声："还有别的招没？"

女特工："……"

她没招了。

女特工踩着高跟鞋往后退，看着他，愤而跺脚，转身回了化妆室换衣服。一场激情十足的画面就没了。

但这不妨碍其余的人回味。

而周围的那些千金小姐，笑着，脸红着，随后有意无意地看向陈依。

陈依脸上的笑容几乎要维持不住了，她笑了笑，低下头玩着手中的小球，眼眸里的光渐渐变得有些黯然。

而这时林筱笙拿了一碟水果过来，放在陈依面前："嫂子吃水果。"

陈依抬起眼眸看着对方，含笑道："谢谢，你自己吃吧，我有。"

林筱笙看了一眼陈依跟前的水果盘，全场最大的水果盘就是陈依跟前这个了。林筱笙的笑容僵了下，她随即说道："哎，我才看到呢。我想说这个水果不错，想给嫂子尝一尝。"

"你还是自己吃吧，她不需要。"沈璇在一旁冷冷地道。

林筱笙听到沈璇的话，顿时心惊肉跳，赶紧道："好的。"

随后，她转身就走。

"在想什么？"沈璇看着那女人走后，看向陈依问道。

陈依随意地拿了一片哈密瓜吃，低声道："没想什么，这瓜挺甜的。"

沈璇看她几眼，没吭声了。她看向前方的闻泽辛，俊美的男人握着酒杯还在那儿跟好友说笑。

有了第一个，又有第二个换装出来找闻泽辛做搭档的女人时，陈依就安静地看着。林筱笙换了侠女服饰出来，拿着剑抵着闻泽辛的胸膛。闻泽辛当时是站着的，挑了下眉，手上还端着酒。

林筱笙步步逼近，闻泽辛笑着后退。

那一刻，那一幕跟带上了滤镜似的，陈依感觉嘴里的水果突然发苦，挪过垃圾桶全吐了出去，声音掩盖了那些欢呼声，不少人齐齐地转头看向陈依。闻泽辛也看到了，推开跟前的道具剑，顺手放下酒杯，大步上前握住她的手臂："吃坏肚子了？"

陈依拿纸巾擦拭嘴角，抬起头看向他。

两人四目相对。

男人的桃花眼里映着她的脸，她的脸色有点儿惨白。顿了几秒，陈依笑了笑，摇了摇头："没事，刚刚吃太快，呛到了。"

闻泽辛皱眉，抓着她的手臂："去医院？"

"没事。"陈依挣扎了一下，笑着道，"我等了一个晚上，等着看沈璇的换装。"

她嘴角含笑，看向好友。

沈璇看着她，眯了眯眼，几秒后说道："好，轮到我了。"

说着沈璇起身，顺便推开闻泽辛，陈依又挣扎，闻泽辛因被推开，眼神阴沉了几分，陈依拉了下他的外套往上搭了搭。

闻泽辛垂眸看了一眼，这才笑着道："我让他们给你送杯热水来。"

"好。"

不一会儿，一杯热水送到陈依跟前，闻泽辛回了自己的位子。林筱笙站在原地，还没换下这身装扮，提着剑冷冷地看着陈依。

沈璇的换装惊艳了全场的人，把气氛一下子炒热了。谁都没想到，沈璇那制服不离身的身材是这么性感、妩媚。

沈璇选的是闻泽厉做搭档，这一幕更燃，陈依坐在旁边都能感觉到闻泽厉的霸道强势以及占有欲。

她看着他们两个人这般旁若无人地亲热，有些羡慕。

很快沈璇的装扮结束，闻泽厉带着她就要走了。闻泽辛等人起身送他们，这边服务员提醒陈依，下一个换装的就是她了。

陈依点头，捏紧了手里的小球，放下闻泽辛的外套，起身走向化妆室，却恰好要经过林筱笙坐的那张沙发。

林筱笙趴在沙发背上，笑着道："嫂子加油。"

陈依看了过去，扫了一眼林筱笙那张还没卸妆的脸，又轻描淡写地扫了一眼她身侧的几个姐妹。

其中有两个人也是找的闻泽辛。

那两个人也笑道："嫂子加油哦。"

她们笑得那样灿烂，眼底的恶意跟看好戏的意味却非常明显。陈依收回视线，淡淡一笑，走进化妆室。

里面有化妆师、造型师，还有很多款衣服。陈依把小球交给她们，造型师拆开一看，笑道："旗袍呀，这个好。"

陈依看了一眼那颜色稍浅的旗袍，被推进去换，出来后，化妆师看到她，挑了挑眉："你好适合穿旗袍，有空可以多穿。"

前面就是一面大镜子，陈依看着镜子里的自己，笑了笑，坐了下去。上妆还有做造型，不一会儿就弄好了，造型师牵着她走到门口，打量了一下她的身材，玲珑有致，最重要的是气质好。

造型师一把推开门，把陈依送了出去。

陈依手里拿了一把扇子，站稳后，本来送沈璇和闻泽厉出去的一大群人还在嬉笑，看到陈依那一刻，瞬间安静下来。

如果说沈璇刚刚那一身夜装是朱砂痣，陈依这一身美丽清雅的旗袍就是白月光。

全场几乎安静了将近五秒。

"陈依！"

"简直了，啊啊啊啊啊啊！"

"太好看了。"

"漂亮，身材可真绝了，哎哟——以前怎么不知道依依这么美啊？"

闻泽辛关了包间的门，挽着袖子转过头，看到陈依后，桃花眼瞬间眯了起来。他舔着嘴角，欣赏着陈依的装扮。

那些少爷还在尖叫，闻泽辛无声地笑了，扫了一眼他们的嘴脸，随即走过去，从身后搂住陈依的腰。

"你选谁？"他低沉的嗓音响在她的耳边，让她的耳朵发烫。

陈依看着前方尖叫的一群人，而林筱笙等人站在一旁，换装服都还没换下。

其中有一个人是在林筱笙前面换的装，也选的闻泽辛，当时她的换装主题是职场类的，一身套装，A字裙，乖巧地给闻泽辛倒了一杯咖啡，垂着眼眸，睫毛都在颤。

闻泽辛含笑接了那杯咖啡，两个人之间冒着粉红色泡泡。

她的腰也很细，闻泽辛若是一伸手就能搂住。陈依此时看着男人的脸，心想：他是不是迟早会搂上她们的腰？

林筱笙和她的姐妹们，每一个腰都那么细。她们换装的时候恨不得贴在他身上，平日里他们见面，肯定不只是谈话吧？

对了，那天她给闻泽辛打电话，是林筱笙接的。他不让她碰他的手机，却让林筱笙碰，难怪晾了林筱笙没几天，又恢复来往了。

林筱笙此时看她的眼神那么挑衅，那么得意。

陈依扇子下的唇紧抿着，她眨了一下眼。顾呈在一旁笑道："陈依这是害羞了，泽辛，你快过来，排排坐，我们等着陈依选啊！"

闻泽辛垂眸看着怀里的女人，淡淡的女人香味飘来。他笑了一下，松开陈依，随后靠在了身后的椅子上，长腿抵着地面，懒洋洋地把手放在口袋里。

他语气低沉，带着点儿理所当然的意味："选吧。"

腰上一松，陈依还握着扇子。前方有很多少爷，陈依的目光一一扫过去，她认识一部分人，也有一部分人不认识。

她能感觉到身后男人的视线，往前走了一步，来到一名少爷跟前："赵练，麻烦你了。"

闻泽辛瞬间抬起眼。

/ 第四章 /
再见

全场像被按了暂停键一般。

赵练是 B 城赵家的少爷，比陈家的情况稍微好一些，但也属于普通家族。他愣了几秒，下意识地看向陈依身后的男人。

闻泽辛靠着吧台，墙壁涂成了黑色，只有几道暖光落在桌面上。男人眯起眼眸，目光落在陈依身上，随后也落在赵练身上。

其他人都跟着屏住呼吸。

"赵练？"陈依看赵练迟迟不回，将扇子挪开了些，又问了一句。

赵练惊了一下，回过神来，看着跟前柔美的女人，咽了下口水，笑道："嫂子，那……那你想要怎么……"

"出去。"

赵练还没说完，一道低沉的男声在身后响起。

众人回神。顾呈看着闻泽辛，心想狐狸尾巴露出来了，起身笑着招手，说："走走走，出去吧。"

萧然也起身，一米九的身高，手插在口袋里，扣上帽子率先出门，其余的人这才反应过来。

闻泽辛这是叫他们走。

那些少爷千金哪儿敢得罪闻泽辛，立马跟着走出去。赵练尴尬了几秒，低声对陈依说："抱歉。"

说着，他也走了出去。

林筱笙还想说什么，被顾呈一个眼神一扫，只能跌跌撞撞地走出去。不一会儿，整个包间里只剩下闻泽辛跟陈依。

陈依背对着闻泽辛，指尖捏着扇子。

闻泽辛看着她，放下手里的道具，冷哼一声，站直身子，手插在口袋里，来到陈依身后，俯身靠在她耳边说道："你想干什么？"

陈依放下扇子，偏头看着他，与他四目相对："我只是玩个游戏，跟你玩的游戏一样。"

闻泽辛笑了一声，语气有些讥讽："女人跟男人能一样吗？"

陈依抿紧了唇，也看着他。

闻泽辛的桃花眼里充满不爽，他舌尖抵了抵腮帮："我就是只许州官放火，不许百姓点灯。"语气霸道而无赖。

陈依沉默了几秒，说道："闻少厉害。"

她似是麻木了，语气都很轻。闻泽辛看她许久，随后伸手握住她的手腕："走，回家。"

说着他取过旁边衣架上她的外套，披在她的肩膀上，大手揽着她的腰，紧紧地扣着，走出了包间。

服务员推着蛋糕迎面而来，见到这情况，有些茫然。他迟疑了一下，抬头看着闻泽辛："闻少……"

闻泽辛垂眸，淡漠地扫了他一眼，揽着陈依用了点儿力，从那推车的服务员身旁走过。

听到动静的经理拿着传呼机匆匆地走上台阶："二少，这是怎么了？玩得不开心吗？二少……"看到闻泽辛那不近人情的神情，经理咽下了喉咙里的话，乖乖地让开了位置。

陈依垂着眼眸，被男人搂着往前走，余光扫了一眼那推车上的蛋糕。

上面有两个蛋糕，其中一个是蓝色的。

"泽辛"两个字似从林筱笙嘴里吐出来的一样，陈依麻木地收回视线，喃喃地道："两个蛋糕你不留下一个来吃吗？多浪费啊！"

闻泽辛听到她的麻木嗓音，眯着眼睛看向那两个蛋糕，似是一瞬间明白了她今晚的不对劲。

他低着嗓音提醒："婚前我跟你说过什么？你也答应我的。"

这一句话狠狠地撞在了陈依的心口上，陈依抬起头，对上闻泽辛那双看似饱含深情实则薄情的眼眸，突地扬起笑容："是，我得老实点儿。"

她笑得很飘忽："不然你会不要我，不救我们陈家。"

"陈依。"闻泽辛压着嗓音喊了一声。

陈依笑了笑，眉眼间带着淡淡的柔情，垂下眼眸，似是认命了。

闻泽辛偏头看她许久，咬了咬牙，随即抬起头，搂着她走出门。今晚闻泽辛过生日，俱乐部被包场，此时人都走光了，整个俱乐部瞬间就安静下来了。

门外停着一辆黑色的车，林叔从车里下来，给两个人开了车门。闻泽辛把陈依送进后座，随即绕到另一边坐了进来，一进来就拉着她的手腕往怀里带。

陈依扑在了他怀里。

后座挡板被升起来，车厢里十分寂静。

闻泽辛压低嗓音说道："别跟我闹。"

陈依没应，握着手机，盯着手机屏幕。车子启动，闻泽辛搂着她的手很霸道，他靠着椅背，闭上眼睛说道："你什么时候认识赵练的？"

陈依靠着他的肩膀，一声没吭。

闻泽辛等了一会儿，突地坐直身子，捏住她的下巴往上抬，眯眼问道："我问你，你什么时候认识赵练的？"

陈依被迫仰起头，车里的光投射到她的脸上，她的脸显得有些苍白。闻泽辛见状，松了点儿指尖的力道，笑了笑："我就是好奇。"

男人俊美的脸上有一丝阴沉的神色，像饱含着怒火。陈依看着他，语调柔和地说："泽辛，我记得你之前一直不肯接林筱笙的电话，你们后来怎么又联系了？"

闻泽辛也看着她，松了她的下巴，手撑在膝盖上，眼神带着探究："这需要告诉你吗？我刚刚说了，我们之间是有约定的。"

陈依笑了一下，脸色更显苍白："是，我记得的。我也只是好奇而已。"

她把他的话给还了回去。闻泽辛偏头一笑，指尖点了几下膝盖，道："这就是你不回答我，你什么时候认识赵练的原因？"

陈依摇头："也不是。"

闻泽辛盯着她看了许久："从答应这场婚姻开始，你就没得选了。"

陈依点头："是，我也明白。"

她特别老实，答得也颇顺闻泽辛的意，但是不知为何，他越听越觉得刺耳。车后座的空间内一下子安静下来。

闻泽辛按着她的后脑勺，把人按在自己怀里。

陈依柔顺地靠着他的胸膛。

车外繁华的街景从车窗上一掠而过，在这安静的一刻，陈依突然道："我想回一趟陈家。"

"回陈家干吗？"男人低沉的声音从头顶砸下来。

陈依搂住他劲瘦的腰："我想回去冷静一下。"

闻泽辛垂眸，看着腰间衬衫上她那纤细白皙的手指道："也好，你回去想清楚，以后该怎么过还得怎么过。"

陈依嗯了一声。

闻泽辛让林叔掉转车头，将车子开往陈家。这个点，陈家这个小区还很嘈杂，导致整个小区看起来档次降低了许多。

黑色的车开入小区，引来一些骑着电动车的人围观。车慢慢地停在了陈家大门前，林叔下车拉开了后座车门。

陈家灯火通明，很显然一家人都还没睡。

陈依松开了闻泽辛的衬衫，从他怀里起来，提起一旁的小包，看着他道："我下车了，你要进来坐会儿吗？"

闻泽辛喝了一些酒，淡淡的酒味飘散在车厢里，他长腿交叠，两手交握搭在膝盖上，偏头看着她道："不了。"

他伸出指尖摸了摸她脸颊旁的刘海："早点儿睡。"

"好。"

陈依应了话，转身钻出车子。闻泽辛的指尖停在半空中两秒，收了回去。陈依没有回头，对林叔点了下头，踩着高跟鞋，肩膀上搭着长外套，推开铁门，走上台阶，进了大厅。

屋里十分敞亮。

陈庆也刚从公司回来，端着一碗黑米粥在喝。

廖夕坐在陈庆的身侧，腿上放着陈庆的外套，轻轻抚摸着。

陈莺坐在茶几上，脸上敷着面膜，两个人正在听陈庆说今天公司发生的事情。屋里的橘色光芒暖暖的，暖得令人想落泪，陈依站在台阶上，感觉身后一片冰凉，前方却温暖至极。她握紧了小包，一会儿清醒，一会儿又掉入闻泽辛这深渊当中。

"依依？怎么回来了？"陈庆发现了门口的女儿，有些惊喜地放下碗，站起来道。

廖夕跟着看过来，随即上前问道："这么晚回来怎么不说一声？"

陈莺看到陈依，喊了一声，转身上了楼。陈依被父母左右拉着，回过神来，笑了笑道："给泽辛过完了生日，就顺便过来看看你们。"

"啊？那他人呢？"

"有约，今晚还要跟他的好友出去，我喝不了多少酒，先走了。"陈依放下小包，脱下外套，自然而然地撒着谎。

廖夕笑道："他认识的人多，肯定很多人想帮他过生日，你先回来也对，免得他玩得束手束脚。"

陈庆叫保姆给陈依也端来一碗黑米粥。

陈依含笑接过黑米粥，低头吃着，眼眶发热。

家里人好，也是一种好。

深夜，车缓缓开到市中心的房子前停下，林叔下车给闻泽辛打开车门。男人解着衬衫袖扣，压低头走出来，长腿笔直。他接过林叔递来的外套说："开车慢点儿。"

"好的，二少。"林叔上前拉开大门。

闻泽辛走进去，上台阶。丽姐在客厅听到脚步声，赶紧走出来，一看，错愕了两秒："先生……"

闻泽辛神色冷漠，将外套随意地扔在沙发上，说："你忙完就下班。"

他的语气有点儿不耐烦。

"好的好的，我这就准备了。"丽姐偷偷看了一眼大门，果然太太没有跟着回来。她皱了下眉，有些忧心。

闻泽辛走上楼梯，从腰间拉出衬衫，腹肌一晃而过。他转身走向浴室，脚却突然停住，偏头看着大床上那条红色蕾丝睡裙。

闻泽辛收回长腿，走过去，俯下身，指尖钩起那条裙子的肩带，一股淡淡的清香飘来，是陈依身上常带的那股香水味。

他看了许久。

她为他准备的？

几秒后，男人指尖一松，转身大步走出主卧室，来到栏杆前，还没开口，就见丽姐端着不少泡芙出来，全将其倒进了一旁的垃圾桶里，旁边还放着一个米黄色的小蛋糕。

闻泽辛屈指敲了下栏杆。

丽姐听见声音，吓了一跳，一抬头，对上了男主人那张此时有些阴沉的俊脸："先生。"

"你扔的什么？"

丽姐愣了一下，低头一看，又抬头小心翼翼地道："泡芙跟蛋糕。"

"谁做的？"

"太太。"

闻泽辛眯起眼，嗓音越发低沉："谁让你扔的？"

丽姐下意识地看了一眼桌面上的手机，咽了下口水："太太。"

闻泽辛没再吭声，就站在那儿，看着那一垃圾桶的泡芙还有蛋糕，以及身后那条红色蕾丝睡裙，慢条斯理地解着纽扣。

几秒后，他道："明天早上让林叔把太太接回来，一早就去。"

丽姐："哎。"

闻泽辛又看了一眼那垃圾桶，转身回房，下颌紧绷。他将衬衫脱下扔在床上，衬衫飘落在那件红色睡裙旁边。

半个小时后，男人洗完澡出来，拎起那件睡裙，拿起手机低头编辑消息。

闻泽辛："睡裙给你留着，明晚穿给我看。"

陈依到了第二天早上才看到微信，没有回。廖夕一早进来喊陈依，满脸笑容地说道："泽辛叫了林叔过来接你，车子就在外面。"

擦拭脸颊的手一顿，陈依哦了一声："嗯。"

下楼吃了早餐，陈依穿着一身裤装出了门。陈莺盯着那车身流畅的代步工具，很是妒忌。她坐在椅子上吃着油条，心想她这位姐姐最近可硬气了。

廖夕打包了点儿吃的，送陈依出去时，递给了林叔。

林叔常年一身西装，大户人家的司机看起来都要整齐很多。他笑着推了几下，最后只得点头收下。

陈依对廖夕说："妈，你回去吧。"

廖夕含笑，弯腰道："有空让泽辛回来吃饭。"

"嗯，好。"

不一会儿，车窗摇上，陈依从车窗里看着母亲站在那儿的身影，渐渐看不见，才收回视线。

她敲了敲座椅，说："林叔，送我去公司吧，下午下班时再过来接我。"

林叔顿了顿，看了一眼手表，笑道："我给二少打个电话问问。"

陈依："嗯。"

林叔给闻泽辛打了电话，说明陈依想去公司。闻泽辛也已经出门了，放下手里的杂志，握着手机，嗓音低沉地说："好。下班去接她。"

林叔笑了笑，准备跟陈依说，闻泽辛又道："把电话给她。"

林叔愣了一下，随即把手机递给陈依。陈依看着手机，随即接过来放在耳边。男人低沉的嗓音带着一点儿沙哑："没看到微信？"

陈依抿了下唇："看到了，但也起晚了，来不及回。"

男人沉默下来，几秒后轻声问："你冷静下来没？"

低头看了一眼自己的指尖，陈依笑道："冷静下来了。"

闻泽辛："好。"

随即他挂了电话。陈依嘴角带着一丝笑，很飘忽的那种，将手机递给林叔后，靠着椅背看着窗外。

之前的努力和希望，好像一下子就全没了，她也不知道接下来要怎么做，或许不问不想就那样糊涂地过日子也行吧。

黑色的车抵达事务所，林叔打开车门，陈依从车里下来。相比起之前闻泽辛开着车来接送，这车一下子高调了很多，除了陈依熟悉的那些同事，连大厦其他公司的人都指指点点地看着这辆车。

陈依瞬间反应过来，低声对林叔说："你开车慢点儿。"

"好的，太太。"随后林叔上了车。

陈依匆忙走上台阶，在很多人的注视下走进大堂，议论声在身后响起。

"这车比我们合伙人的车还贵吧？"

"限量版的，你说贵不贵？"

"一个 SA2 一年的工资是多少啊？"

"啧啧，反正加几次油就没了，这种少奶奶的日子是挺不错的，羡慕哦。"

陈依走到同事身边，上司笑了一下，挽住她的手，说："她们说得也没错，你一个富太太何必出来跑生活呢？"

"你别取笑我了。"陈依看了上司一眼。

周燕也挽住陈依的手臂："依依，你老公对你可真好，还给你配司机，你之前太低调了。"

"就是就是，今晚下班请客啊，我要吃巴西烤肉。"另一名同事谭瑶瑶笑着撞陈依的手臂。陈依早上打了妆容，遮掩了昨晚留下的苍白脸色，声音很轻，有点儿有气无力的样子："好。"

她能说不好吗？

不能啊！

这些身外之物就让她们都以为她婚姻美满，人都是会被表面看到的东西蒙蔽的。下了电梯，陈依走去公共办公桌坐下。

高级审计师以下的职位，基本不会有单独的办公区域，因为项目流动性大，人员流动性也大，于是大家都只有公共办公桌，今天在这里，明天可能换一个地方。

陈依打开笔记本，同组的肖荷还在调侃她，陈依无奈地道："祖宗，能不能先把事情办了？小心我告诉深姐。"

肖荷哎呀一声："好的，遵命，我立即给你泡杯咖啡，未来的 Senior（入职会计师事务所第三年以后称为 Senior）。"

陈依笑骂："滚。"

不一会儿，小组人员来齐，挨着桌子开始忙活。陈依喝完半杯咖啡，手边的手机响起，她顺手接了。

"喂，我是陈依。"

"陈依！你现在回家，婶子晕倒了。我都说了生日派对我要去，你非不让我去，你看看你干的好事！亏你也忍得了，连一个男人都看不住，还能亲眼看着姐夫跟别的女人暧昧，你不要颜面，陈家还要呢！！！"

那头的骂声直冲进耳朵里，陈依只觉得头皮在那一瞬间被掀了起来，那些被遮挡起来的丑事似乎一下子被撕开。

她呆了几秒，唰地站起来，颤着嗓音问："我妈怎么了？"

"晕了，看了你的视频晕了，你害死陈家了。"

"视频？"陈依喃喃地道，手忙脚乱地推开椅子，抬起头，看到了一众同事，她们一个个拿着手机，都有些难以置信地看着她。

"是依依的老公吗？"

"依依，这是你老公吗？"

"不会的吧？"

不会的吧。

陈依茫然地低头扫去，看到了同事的手机屏幕上正播放着一段视频，是闻泽辛跟那名女特工的画面。

"像他，很像啊，你老公有双胞胎兄弟吗？"

没有，没有双胞胎兄弟。陈依看着那些同事，感觉那些目光跟针扎一样。她握着手机，跌跌撞撞地走向电梯。

"依依，你的包……"

不要了，要什么包，她什么都不要了。电梯门被挡开，周燕把包塞到陈依的怀里："陈依，拿好。"

她的神情带着关心以及担忧。

陈依指尖接触到包后，回过神来，看着这个年轻的同事，勾唇笑了笑：

67

"谢谢。"

"我送你下去？"SA1问道。

"不用，我自己能行。"陈依又回对方一个微笑，随后按了电梯关门键。电梯门缓缓关上，外面一众同事看着陈依，神情各异。

陈依紧紧捏着手机，垂下眼眸。电梯下行，抵达一楼，她快步走出去，伸手拦了的士，快速回了陈家。

的士刚停下，陈依一把打开车门，飞快地下了车，走进屋。

廖夕瘫在沙发上，整个人昏迷不醒。陈莺扶着廖夕，看到陈依来了，立即站起身，冷冷地道："你终于……"

陈依上前两步，抬起手一巴掌扇了过去。

啪——

陈莺嘴里的话被打了回去，她简直难以置信，恨恨地看着陈依："陈依，你敢打我。"

"我妈晕倒了，你怎么不送医院？怎么不叫救护车？你居心何在？"陈依扔下小包，眼神冰冷地看着陈莺。

陈庆这几日出差，家里只有廖夕跟陈莺。

陈莺捂着脸，瞬间闭嘴。

陈依懒得看她，叫保姆帮忙把廖夕扶起来。陈依按压几下廖夕的人中，这时救护车也来了，那声音跟催命一样，令屋里的气氛变得更为紧张、窒息。

医护从救护车上下来，抬着担架。廖夕脸色苍白，黑眼圈也有些重。陈依跟保姆左右跟上，陈莺亦步亦趋，被打了一巴掌后似乎老实很多，顺手拿上陈依的小包，低头跟着上了救护车。

只能两个人陪同，陈依对保姆说："熬点粥，等会儿送到医院。"

"好的。"保姆点头。

车门关上，医生先给廖夕挂上氧气，随后检查了一下，说："初步断定，因是气急攻心引起的。"

陈依握着母亲的手，点了点头。

陈莺在对面捂着脸，下意识地看了陈依一眼，此时倒是不敢表露出什么来。好在这小区离医院不远，下了救护车，廖夕被推进去做检查，陈依一直跟着，拿起手机给事务所打电话请假。

上司理解地道："好，照顾好你妈妈。"

"谢谢。"

陈依眼眶微红，放下手机，靠着墙。陈莺提着小包一直站在她身后不远处，小声地问："需要跟小叔说吗？"

"不用。"陈依抬起头，冷冷地道，"你管好你自己就行了。我也求你，别成天惦记我的事情。"

陈莺喃喃地道："我没有。"

陈依冷笑一声。

陈莺低头，撇了撇嘴。但是不得不承认，她确实老惦记陈依的事情，尤其是陈依嫁给闻泽辛后，她关注得更多了。

她就是矛盾，既妒忌陈依嫁给一个那么好家世的男人，去过更好的生活，又因为要依靠闻家，怕陈依搞砸这场婚姻，让陈家又回到过去那种状态。

说白了，私心里她就是觉得自己比陈依更适合闻泽辛，一直觉得自己嫁过去，一定不会像陈依现在这样狼狈。

天真的女人，总以为自己能收服一个浪子的心，陈莺的想法也是如今这些千金们心里的想法。

做完检查，廖夕被推出来，进了病房。陈依跟陈莺走进去，医生给廖夕调整了吊瓶，拿着病历道："估计等会儿会醒，你们守着吧。"

"谢谢医生。"陈依送医生出去，关上病房门，再回来，就见廖夕睁开了眼。陈依握住她的手，廖夕定睛一看，眼眶一下子湿润了："陈依，陈依，你跟泽辛是不是……感情出问题了？"

陈依紧紧地握着母亲的手，含泪笑着摇头："没有。"

"没有吗？那……那些视频呢？"廖夕看向陈莺，陈莺缩着脖子，摇头。廖夕喊道："给我看，视频……视频……"

陈依按住廖夕的手，低声道："妈，那是游戏，不是真的。"

"陈依，你别骗我了！"廖夕挣扎起来，眼眶里全是泪水，激动地要去看视频："陈莺！"

陈依看按不住，又怕她再次晕倒，脑袋里乱哄哄的，生出一个破釜沉舟的念头，对陈莺说："视频。"

陈莺见状，不知陈依想干吗，但还是点开手机去翻。几秒后，她有些错愕地说："姐、婶子，视频没了，没找到啊！"

她难以置信，低头又翻了几下。她跟婶子刚刚是在朋友圈看到的，还有些人专门发给了婶子看。

廖夕只看完一个视频就晕倒了，此时视频却全都没有了，连聊天框都删没了。陈依抢过陈茑的手机，点开翻了几下，果然什么都没看到。

陈依将手机递给廖夕看："妈，你看，没有视频。"

廖夕却不肯糊涂了，看着陈依惨笑道："说明你老公手段高啊，肯定是他让人删的，他想遮掩点儿什么还能遮掩不住吗？"

陈依浑身一僵，握着手机半天没有回话。

是的，谁都不是傻子，稍微想一想就明白了，端看要不要继续装糊涂。

病房里一时安静下来，廖夕抓着陈依的手，不知该说什么。女儿跟女婿之间的感情都是假象，一想到外面那些太太对她的奉承，再想到她们看到这些视频可能出现的嘲笑，廖夕就觉得喘不上气来。

"陈依。"她喊了一声。

陈依应了："妈。"

廖夕看着女儿，大概是太多年没有当上得了台面的太太了，竟然会如此难受，只因为女儿没有嫁对人。

"我之前觉得你跟闻泽辛曾经做了三年同桌，他弃了陈茑选择你，对你必定是有一些感情的，如今我觉得真的错了。"

陈依眼眶一红，握紧廖夕的手："其实……其实……他……"

他什么？

她要告诉廖夕婚前的约定吗？

廖夕泪眼蒙眬地看着陈依："这家族的联姻都太现实了。"

对，这话太对了。陈依抽了一张纸巾擦拭廖夕的泪水，正想说话，陈茑突然站直身子。廖夕抬头看去，并反射性地拿起纸巾自己擦泪水。

陈依跟着起身，转过头去。

高大的男人穿着黑色长外套跟黑色长裤，身后带着助理，面无表情地站在门口。见她们都看过来，他才笑了笑，走了进来。

助理恭敬地提着一个保温壶进来，闻泽辛顺手接过，走到柜子这边，将保温壶放下，偏头问道："岳母好些了吗？"

他眼里带了点儿笑意，如若没有早上那些视频，此时的他看起来温情许多，可是一想到那些视频，廖夕只觉得不舒服。

但是她也无法对他恶言相向，陈家的一切都还握在他手里啊！

闻家又是那么强大的家族。

廖夕扯着嘴角笑了笑："好多了，你不必亲自来的，我没什么事，下午就能回去了。"

"这儿是一些粥和小菜，丽姐给您做的。我问了医生，岳母可能需要留院观察几天。"闻泽辛去牵陈依的手，一只手插在口袋里，对廖夕道。

陈依下意识地想缩回手，但看着母亲，没有动。

廖夕也看了一眼他们交握的手，觉得讽刺，笑道："嗯，那就住几天吧，辛苦你了，泽辛。"

陈依松开他的手，上前给廖夕拉好被子，说："我去收拾点儿衣服，这几天在这里陪你。"

廖夕本想说不用，可是话还没跟女儿说完，于是点了点头。她要女儿照顾很正常吧。闻泽辛挑眉，嘴角含笑，没有拒绝，看起来倒是一副谦谦君子的样子。

陈依看向陈鸯："你看好我妈。"

陈鸯看着闻泽辛那俊美的长相，收回视线，捂着脸点了点头："知道了。"

从病房里出来，闻泽辛改而搂住她的腰，垂眸看着她。陈依不言不语，助理见到这个情况也保持安静。

两人上车后，气氛更是令人窒息。

闻泽辛长腿交叠，没有解释那些视频的意思。

陈依也没问。

车子抵达家里，陈依率先推开门下车，闻泽辛紧跟其后。进门后，闻泽辛对丽姐说："给太太收拾两件换洗衣服。"

"不必，我自己去。"陈依打断他的话。

闻泽辛将手插在口袋里，没吭声。陈依直接走上楼梯，到衣帽间里取了一个很大的行李箱，装了几件衣服和自己买的护肤品、化妆品，然后装上资料书，最后走向书房，把寄存在书房里的一些资料跟笔记本一起带走了。

闻泽辛靠着鞋柜，一声不吭地盯着她，眼神渐渐变得阴冷。

大约十分钟后，陈依推着行李箱从电梯里下来，对丽姐说："丽姐，你这个月的奖金我放在次卧的柜子上，你等会儿去拿。"

丽姐有了不祥的预感："太太！"

陈依微微一笑，走向门口。闻泽辛突然出声："去陪个房，需要带这么多东西吗？"

陈依转过身，握紧行李箱黑色的手柄，看着那高大俊美的男人，说："你想要的是一个你可以花天酒地，但不用管你的很老实的老婆，我当初更多的是因为爱你才结的婚，我们两个人本来就是在不一样的观念基础上开

71

始的，如今观念产生了矛盾，我需要一个自省的空间。等哪一天我学会不爱你了，一定会是你优秀的老婆。"

等哪一天我学会不爱你了……

闻泽辛咬牙，黑着脸说道："陈依！"他偏头指着门口，神色变得阴冷，"你敢走出这里，我打断你的腿。"

陈依沉默地看了他几秒，随后抬起手，哐当一声，一大串家里的钥匙被扔在了鞋柜上的陶瓷钥匙碗里。

她勾唇冷笑道："再见。"陈依提着行李箱，转身出门。外头竟起风了，吹乱了她的发丝，她拉着行李箱走得飞快，拢着外套，漠然地跟他开的车错身而过。一辆黄色的的士恰好停下，她弯腰上车，一滴泪水落在地面上。

很快，她擦拭掉泪水。

她要学会不爱这个男人了，才能在这场联姻里继续前行。

包里的手机一个劲地响着，陈依打开，从里面取出手机，是陈庆的来电，伴着这个来电过来的还有陈庆发来的微信。

陈庆："依依，那个视频是怎么回事？泽辛是出轨了吗？"

陈庆："依依，爸爸是不是害了你啊？"

那被憋回去的泪水又差点儿夺眶而出，陈依硬生生地憋住眼泪，按着语音，低声道："爸，没有，但是我想跟你们说，我跟闻泽辛就只是联姻，没有任何感情，他不会爱我，我也不会爱他。"

她发出语音消息后，那头许久没回音。

直到车子抵达新城区的小区，陈庆才回复消息。他嗓音很低，像是做了很大的决定："依依，你想做什么就去做吧，不用太顾虑家里，实在不行，我们也就是回到以前而已。"

陈依听着这话，整个人瘫在椅背上。

陈庆又发来信息："现在这个情况，我们也难受，太多人看笑话了。"

他苦笑了一声。

陈依慢慢回神，坐直身子，低声道："爸，对不起，都是我没做好。"

"不是，不是你的问题。当初你们结婚的时候，我们都以为你们是互相喜欢的。"

陈依握紧手机，原来家里人都知道她的心思啊！既然家里人知道她的心思，闻泽辛肯定也是知道的。

可是他压根不在乎她的心情。

陈依笑了笑，对陈庆说："爸，我收拾一下，去医院陪妈。"

"好。"陈庆叹口气，挂了电话。

放下手机，陈依交了钱，对的士司机说了声谢谢，便推开车门。的士的驾驶位车窗被摇下，司机大哥默默地看了陈依一眼，眼神多少有点儿怜悯。

陈依抹了抹眼角的泪水，提着行李箱走进小区。

这套房子是她结婚的时候，沈璇送给她的，她自己也有一套，是陈庆在她十八岁的时候帮她出的首付，如今还在月供，因为是毛坯房，所以她只能暂时住在沈璇送的这套房子里。上楼把行李放下，她稍微扫了一下卫生，洗了个澡，随后叫车去了陈家，给廖夕收拾了贴身的衣物再前往医院。

在车里看着外面的景色，她迟疑了一下，拿出手机点开微信。既然她要放弃爱他，那么微信对话框也不用置顶了。她把置顶取消，迟疑了一下，顺便删了对方的好友。

反正两个人发信息的频率还不如同事。

那纤细的身影头也不回地进了的士，车里的助理有些茫然地出来，站在门口看着闻泽辛，想上前又不敢。

偌大的房子异常安静，丽姐拿着抹布，低头不语。

哗啦一声，靠着桌子的男人突然抬手一挥，桌面上的电话落地，摔得七零八落。

丽姐浑身一抖，看向男主人。闻泽辛从口袋里摸出一包烟，取了一根出来低头点燃，烟雾飘上眉眼，表情阴冷得吓人。

丽姐再次低下头。

闻泽辛咬着烟，踩上话筒，走向楼梯。他站在楼梯上冷冷地道："这几天你不用全天来上班了。"

丽姐愣了一下："先生……"

"偶尔过来搞卫生就行。"

"是。"

闻泽辛大步上楼，来到主卧室里，脱下外套，眼眸一扫，看到垃圾桶里那件睡裙，愣了几秒，随后用力把外套扔在床上，走过去低着头看着那睡裙。过了许久，他咬着牙道："很好，陈依，很好。"

哐当一声，没什么垃圾的垃圾桶转了个圈，掉在地上，睡裙跟着掉了出来。

他按了床头柜上的电话，对丽姐说："上来，把卧室打扫一遍。"

不一会儿，丽姐急急忙忙地上来，一看滚动在地上的垃圾桶，愣了几秒，随即走过去，也看到了那件漂亮的睡裙。

丽姐迟疑了一下，蹲下去捡那件睡裙，又将其塞进垃圾桶里。

闻泽辛站在浴室门口的台阶上，眯着眼眸看着丽姐的动作。丽姐不知是有意还是无意，嘟囔了几句："太太为了你的生日做了很多准备，像她这样性格的人，居然还跑去买了这样的睡裙，根本就不像她会做的事。"

闻泽辛额头上的青筋一个劲地跳，他冷着声音道："废话这么多做什么？"

丽姐立即闭嘴。

她赶紧收起那个垃圾桶，随后打开扫地机器人，拿着那袋子转身出去。闻泽辛看了一眼那袋子，砰一声关上了浴室门。

他打开花洒，任由热水冲刷而下，站在花洒下面仰起头，抓着头发，腹肌明显，水珠从下巴上滴落。

他的脸色一直不见好。

半个小时后，闻泽辛穿着浴袍出来，扫地机器人正好来到他的脚边，他居高临下地看着扫地机器人，这是陈依买的。

他俯身把它给关了，随后将其踢进了柜子下面。

来到床边，闻泽辛坐下就闻到一股淡淡的熟悉的香水味，这是陈依的味道。闻泽辛眯了眯眼，拿起手机把玩了两下，随后发微信出去。

闻泽辛："三天后去接你回来。"

发现陈依已将他删除后，闻泽辛脸色一沉，立即调出陈依的电话拨打过去。他拨打了两次，那边才有人接。闻泽辛绷紧下颌："你删了我微信？"

陈依在那头温和地回道："嗯，我们有事情就打电话谈吧。"

闻泽辛咬了咬牙，气笑了："好，三天后去接你回来。"

陈依："还是算了吧，再过段时间。我爸妈因为视频的事情身体都不太好，我这段时间需要照顾他们。"

她很少这么直白地说话。

闻泽辛愣怔了几秒："视频已经删了。"

陈依笑了笑，声音很轻，仿佛什么都不在乎："删了也会留点儿印象啊，二少连这个都不懂？这个圈里的八卦都是传来传去的。"

二少？

闻泽辛皱着眉心："你喊我什么？"

"二少啊！"陈依看了一眼时间，"哦，我到医院了，先挂了啊。"

说完，那头的人挂了电话。闻泽辛握着手机，半天没反应过来。他盯着手机屏幕，许久后，把手机放在床头柜上，手背上青筋暴突。

而这卧室里全是她的香味。闻泽辛陡然从床上起来，拎了一本书走向书房，整个人靠在书房的大椅子上，眯着眼看着天花板。

陈依放下手机，车窗外一点儿阳光闪过来，打在她的脸上。陈依看着还没暗下去的手机屏幕，嘴角勾了一下。

陈依，你得牢牢记住，这不过是一场联姻。

他只是闻家二少，不是你的丈夫。

"到了。"前方的司机缓缓停下车，提醒陈依。陈依回神，嘴角勾着笑，说道："谢谢师傅。"

"不客气，慢走啊！"

陈依点了点头，随后提着小行李袋下车。私人医院的招牌非常惹眼，陈依走上台阶，进了电梯，消毒水味浓郁。

电梯镜面上映出了她的脸。

陈依拿出纸巾擦拭眼角，重新整理了一下头发，整个人看起来确实精神不太好，于是她又补了一些口红。

电梯门打开，陈依走出去，往病房走去。

病房里廖夕拿着遥控器正在按台。她不像是想看电视，而是想从电视里看些什么，一个台一个台按完就跳过去。陈依推门进去，廖夕都没发现，很是专注。陈依看了几分钟，叹了口气，说："妈，视频已经被删了，电视上不会出现的。"

廖夕的手一抖，回过神，她看向陈依："你来了。"

她笑了笑，把遥控器放下，脸上带着一丝慌乱之色，说："我就是看看。"

陈依放下小行李袋，走过去给她倒了一杯水，低声道："妈，不要怕。"

廖夕接过杯子，苦笑了一下："怕啊，陈依，人在低谷时熬过来了，再爬高一些，就不想再摔下去了，怕没有那份勇气重新来过。"

陈依笑了笑，没有回廖夕的话。她走过去，把在睡觉的陈莺拍醒。陈莺的脸还肿着，但没一开始那么肿了，她有点儿生气被弄醒，冲着陈依吼道："干什么？"

"你回家去睡。"陈依从衣架上取下外套扔在她身上。

陈莺接过外套，骂骂咧咧地说道："你去拿个衣服怎么这么久？"

陈依扫一眼她的脸，陈莺想起那一巴掌的痛，忍了忍，低下头拉好外套拉链，对廖夕说："婶子，我先回去了。"

"嗯，路上小心点。"廖夕点头。

砰一声，陈莺关上了门。陈依看着病房门，对廖夕道："妈，你偶尔也管管陈莺吧。"

廖夕又叹了口气："我也想，可是一想到你大伯是因为陈家的产业过劳而死，又想到她之前很想嫁去闻家，我这……这就管不下去了。"

陈依拉了椅子坐在病床边冷笑："早知道当初就……让她去。"

廖夕紧跟着沉默。

趁着天还没黑，陈依把廖夕从病床上扶下来，带去浴室里简单擦洗了一下，廖夕低声道："医生说如果今晚没什么大事，明天就能出院了。"

陈依把她扶出去，扶到床上说："嗯，所以你今晚好好睡，别想东想西的。"

廖夕的心跳还有些快呢，她笑了笑，道："我尽量。"

晚饭是家里的保姆送来的，比较清淡的小粥。陈依陪着廖夕吃完，廖夕就有些累了。她血压有些高，医生让她们晚上要多注意。

服侍廖夕睡下后，陈依走过去拉上窗帘，随后在小床上坐下来，拿起手机，恰好沈璇发了微信过来。

沈璇："还好吗？"

陈依："还好。"

沈璇："听说你从新房里搬出来了？突然这么硬气，我还有点儿不习惯。"

陈依："嘿。"

沈璇："一些八卦跟试探别去看，没必要。"

陈依："嗯。"

从视频出现到现在，陈依的微信信息从 0 增加到 336 条，但是除了父亲跟沈璇的，其他人的她都没去看。有些不太熟悉的人发来的，她也都删除了。

至于其他的，同学也好，B 城圈的人也好，看笑话的占大多数，试探她跟闻泽辛感情的占一部分，她都没有回应。

但是没有回应不代表没有消息，朋友圈此时热火朝天，即使没有视频，依然有不少人发了信息。

B 城圈某千金："精彩。"

B城圈某千金："我们就知道迟早会有这么一出好戏。"

B城圈某少爷："所以还是需要门当户对的，不过面对泽辛哥那样的男人，怕是没有哪个女人抵挡得住吧，怪只怪陈家那位贪图美色了。"

B城圈某千金："以为嫁入闻家就是飞上枝头变凤凰了呗，据说她读书时好像暗恋泽辛哥哦。"

同学圈："两人结婚不是差不多才一个月吗？怎么辛哥就出轨了？"

同学圈："当初还以为辛哥收心了，果然，这世间没有哪个女人能把他抓住。"

同学圈："同桌三年也不行啊！"

当初她也以为同桌三年，他至少对她有点儿印象，但都是自欺欺人。陈依放下手机，拿出资料书开始看。

入夜，B城还是有些凉，丽姐准备完晚餐，就看到男人从楼梯上下来。他一个下午都待在楼上的书房里，此时穿着白色衬衫跟长裤，眉眼很冷，拉开椅子坐下，扣上袖扣，扫了一眼餐桌，看到了蒸排骨。

他定了几秒，拿起筷子，语气没有起伏地道："不要拿这些来试探我。"

丽姐惊了下，低声道："先生，我没有，本来我就是准备做这个排骨的，做给你跟太……"

她还没说完，闻泽辛抬起眼眸看过去。只一眼，就让丽姐闭嘴，她胆战心惊地上前，端走了那碟排骨。闻泽辛冷冷地道："放下。"

丽姐只得放下排骨，大气都不敢喘。

平日里太太在家的时候，先生就很不近人情了，如今是更冷漠了，可怜她一个老婆子只想干好手里的活啊！

丽姐躲去厨房，进去之前喃喃地道："满桌子的菜你不看，非得盯着这碟排骨吗？"

闻泽辛的筷子在半空中停住，他偏头看了一眼厨房。丽姐赶紧闪远点儿，许久闻泽辛才收回视线。

排骨是放下了，但直到吃完饭，闻泽辛的筷子都没动它一下，他拿起纸巾擦拭嘴角，捞起外套，皱着眉头说："晚上不用留门，你也别上楼。"

他的意思就是她乖乖待在负一楼的保姆房。

"好的。"丽姐盯着那一碟动都没被动过的排骨，很是无语。

不一会儿，黑色的车从地下车库开出来，车窗缓缓摇下，闻泽辛修长的手指夹着根烟轻轻地搭在窗沿上。

车子开得蛮快，国贸那边依旧有点儿塞车，天色已经暗下来，而这边

77

灯火通明。酒吧一条街处于国贸后面，连入口都显得昏暗，停好车，男人的长腿从车里迈下来，闻泽辛将烟掐灭在门口两侧嘴形设计的烟灰缸里，随后一把推开酒吧的大门。

震耳欲聋的音乐声传来，还有胭脂水粉的味道以及烟酒味夹杂在一起，闻泽辛扯了扯领口，解开了两颗纽扣，来到卡座。

卡座里已经有三个高大的男人在了，一个个窝在沙发里，长腿交叠。聂胥靠着沙发在打游戏，闻泽辛踢了一下他的腿走进去。

萧然顶开帽子看闻泽辛一眼。

顾呈笑着坐直身子，拍着闻泽辛的肩膀："萧然估计在心里把你打成碎片了。"

闻泽辛笑了笑，伸手又拿烟点燃，低垂着眉眼咬着。烟雾缭绕，他淡淡地道："谁打谁还不知道。"

"你们俩之前打泰拳不是打平了吗？下次玩散打试试？"顾呈毫无道德地挑拨，萧然揉了揉脖子，盯着手机没接这话。

闻泽辛轻笑，不再说话，只是舌尖抵着腮帮在那里抽烟，四周的音乐声伴随着浓浓的挑逗气氛往这边飘来。

这个卡座距离舞池很近，很多不老实跳舞的女人往这边挤来。

这时，放在桌面上的黑色手机响起，闻泽辛抽烟的指尖顿了一下，他抬起眼眸去看手机，屏幕上的来电却是他的助理的名字。

他接起来："什么事？"

助理在那头咳了一声，道："老板，把视频放出来的幕后人，我翻找了一圈还没找到，只找到两个小虾米，这两个人完全不知情啊！"

闻泽辛垂眸，从桌子下拿出一个魔方，一下一下地转着，说道："知道了，继续找。"

助理："哎，好的。"

顾呈笑道："还没找到？你的手段不太行啊！"

闻泽辛淡淡地道："我懒得亲自动手。"

"那你知道是谁了？"

闻泽辛盯着手机，几秒后拿起来，随后拨打了一个电话号码。他身子往后靠，长腿交叠，桃花眼盯着不远处跳舞的一群人。

电话接通，那头林筱笙的声音响起，带着惊喜："泽辛。"

闻泽辛按着手机，笑了一声，指尖挠了一下眉峰，笑道："变装游戏好玩吗？"

林筱笙在那边本来有点儿紧张，这会儿听到他的笑声，立即放松下来，坐直身子笑道："好玩啊，你安排的游戏一直很好玩，就是可惜了我变装那一场都没扮演完。"

闻泽辛又笑了一声，语气有点儿散漫："下次还有机会。那天穿特工服的女人是你的姐妹吗？"

"啊？是的，干吗啊？"林筱笙有点儿不甘地试探道。

闻泽辛挑眉，嗓音低了几分，带着点儿蛊惑的意味："我看到了视频，觉得她还不错，你要是有她的联系方式，就发给我吧。"

林筱笙的心瞬间凉了几分，她瞬间后悔今天放的视频都是特工那个，咬着牙道："没有，我今天放了那么多视频，你怎么光盯着她啊？我这边还有我跟你扮演的那个视频呢。"

闻泽辛的笑容渐渐淡了，他按着魔方："所以你承认今天的视频都是你放的？"

林筱笙一下子反应过来，她被闻泽辛下套了。

"泽辛，泽辛，你听我说。"

闻泽辛没吭声，放下已经完成的魔方，拿起一颗花生咬着，等到那边女人有些惊恐、慌乱地叫着他的时候，他才慢条斯理地道："明天带上你父母去陈家道歉，你做不好，就别怪我。"

"泽辛……"

啪，闻泽辛把手机放在黑色茶几上。顾呈坐在旁边听到林筱笙的尖叫声，笑了一下，踢了一下闻泽辛："喂，你这也太阴险了吧。"

每次他都等到对方控制不住情绪的时候才下刀子。

闻泽辛还咬着花生，咔嚓几下，吃完后拿起手机，找到陈依的电话拨打过去。旁边的顾呈看到"陈依"二字，愣了。

电话响了四五秒，那边才有人接。

闻泽辛顿了顿，嗓音很低地说道："视频是林筱笙放的，我让他们明天去给岳父岳母道歉。"

陈依在那头愣了几秒，随后回道："不必，你也不用删视频，最好让整个圈子的人都知道你花心爱玩，不爱我，久而久之，大家看笑话看麻木了，我也就自由了。"

闻泽辛咬着牙喊道："陈依。"

陈依："谢谢。"

闻泽辛难以置信地道："谢什么？"

79

"谢你还我自由。"

说完，陈依那边便挂了电话。嘟嘟嘟的声音传来，闻泽辛握紧手机，沉着脸道："没离婚吧？没离婚她问我要自由？"

顾呈看了他一眼："她说的自由是，你多花点儿心思在别的女人身上，她顶着闻太太的头衔过自己的日子。"

"她什么职责都不用履行？"闻泽辛偏头问道。

顾呈挑眉笑道："估计她是这么想的。"

闻泽辛眯起眼，冷笑一声。

她想得美。

他将手机扔在茶几上，往后靠去，单手搭在沙发扶手上，一下一下地点着。对面正在跳舞的女人朝他抛了一个媚眼。

闻泽辛眯了眯眼，嘴角勾出一丝笑容，但是没有回应对方。顾呈握着手机，说："有几个圈内女孩儿在后面的卡座里，想过来玩，答应吗？"

闻泽辛指尖挠了下眉峰，长腿交叠："行，过来吧。"

顾呈笑了笑。

不一会儿，几个平日里玩在一起的圈内女孩儿走了过来，当中有人是参加过闻泽辛的生日派对的。

几人笑眯眯地坐下，其中一个倒了酒递给闻泽辛。

闻泽辛却没有像过去那样端起酒，而是盯着酒杯，突然想起了陈依甩头就走的画面。

闻泽辛皱眉，身体往前倾，接了那酒喝了一大口。顾呈看了他一眼："嘿，这酒不能这么喝，还喝一大口，你等一下胃受不了。"

闻泽辛看着他冷笑："你才受不了。"

他说完继续喝。

"二少，要不我过去陪你喝？"其中一个女孩摇着色子笑着问。闻泽辛抬起眼眸，舔了一下嘴角的酒液，吊儿郎当地道："陪喝酒了，你还想干什么啊？"

其他人哄地笑了。

那女孩的脸一下子变得绯红："二少怎么这么说话？真是的。"

闻泽辛扯了下嘴角冷笑，摇晃着酒杯，视线收了回去。他往后靠去，偏头跟顾呈说："让她们走，我们喝个安静的。"

顾呈震惊了："不是吧？你以前不这样啊！"

闻泽辛："不耐烦了。"

顾呈眯起眼："我怎么那么不信呢？"

将近凌晨三点半，三个大男人才从酒吧里出来。萧然半路回家了，就剩下他们三个，各家司机开车来接。

闻泽辛一身酒味，扯了扯领口。林叔看他一眼，有些担心地嘱咐："二少这次喝得有点儿多。"

闻泽辛长腿交叠，仰靠在椅背上，闭着眼睛淡淡地道："没多少。"

"还没多少，骗我老林不喝酒啊？"

闻泽辛桃花眼睁开一点儿，笑了笑，又闭上了。车子一路抵达家里，林叔扶着闻泽辛进了门。

复式楼此时很安静，装修也是按白色、灰色色调装的，林叔知道闻泽辛领域感很强，没打算进门，只把他送到门口。

闻泽辛关上门，搭乘电梯上楼，转进主卧室，闻到了淡淡的香水味。他停住脚步，盯着那张大床，隐隐约约感觉眼前浮现女人长发披肩的画面。

他眯着眼，只觉得喉咙腥甜，热，太热了。

在医院的一夜，陈依睡得并不安稳，半夜护士进来几次，陈依也跟着醒，第二天早上黑眼圈又熬了出来。

她进洗手间里洗漱后出来，桌面上的手机跟着响起来。陈依走出去拿起手机，来电人是闻泽辛。

她顿了顿，接起电话："二少。"

男人下颌紧绷，听见这话脸色沉了几分："我问了医生，岳母今天能出院，我过来接你们，现在在楼下。"

陈依："太麻烦你了。"

"不麻烦，我就在楼下。"闻泽辛几乎是咬着牙齿说的。

陈依迟疑了一下才道："行。"

挂了电话，她看一眼时间，早上六点半。闻泽辛醒得这么早？等到七点值班医生过来，给廖夕做了检查后就宣布可以出院了。

廖夕从病床上下来，松了松筋骨："终于可以回家了。"

陈依一边收拾东西，一边说："你本身就有高血压，平日里要多注意啊！"

"知道了。"廖夕看一眼陈依，"那个……闻二少过来了？"

称呼都改变了，陈依不禁抬头看母亲一眼。廖夕似没察觉，或许在她心里，闻泽辛一直只是二少，不是女婿。

之前她叫泽辛，那都是硬着头皮叫的。

81

"过来了。"陈依起身，提着行李袋，挽着母亲的手臂下楼。

医院门外嚣张地停着一辆黑色的车，闻泽辛的助理姓江，上前给开了后座的车门，后座的男人眉眼冷硬，眼神淡淡地扫过来。

廖夕握着陈依的手下意识地一紧。

闻泽辛笑道："岳母早。"

"早。"廖夕干笑了一下，陈依把廖夕送到后座上，闻泽辛的手搭在中间的扶手上，眼神落在陈依的脸上，带着隐隐的侵略感。

车里有淡淡的酒味，还有男人身上的冷杉味，闻泽辛的脸色其实不太好，有种没睡好的颓废感。陈依安置好廖夕后，抬起头对闻泽辛说："辛苦了。"

闻泽辛微微一笑："老婆怎么这么客气啊？"

这一声老婆，吓到陈依跟廖夕，包括前面的江助理。陈依定定地看了男人一会儿，笑了笑，知道这个男人在做表面功夫。

她的心跳只加速了一点儿，很快心就透凉。

她关上后座车门，开了副驾驶座的车门坐上去。

砰一声，门被关上。

江助理也赶紧上了驾驶位。

廖夕很是坐立难安，闻泽辛靠回椅背上，揉了揉眉心。一晚上没睡好，或者应该说，他一晚上没睡。

他冲廖夕笑了笑，便闭上眼。

廖夕憋着一口气，尴尬地一笑，心想：他为什么要来接，不来不就行了吗？

好在很快车子抵达陈家，保姆跟陈茑听见动静跑出来，一看车都愣了。陈茑更难以置信。

姐夫对陈依怎么还这么好？

保姆上前帮忙提行李，陈依扶着廖夕出来，闻泽辛跟着推门下车。他一只手插在口袋里，另一只手伸过来要帮忙扶廖夕。

陈依说："不必了，二少。"

"二少？"闻泽辛眯起眼，"我刚刚喊你什么？你现在回喊我。"

陈依看他一眼，没有搭理，扶着廖夕进去。廖夕怕死了这个女婿，脚步都快了很多。江助理陪老板站着，看着老板黑着脸揉了下下巴。

进屋后，廖夕在沙发上坐下，眼睛看着外面。

闻泽辛倒没跟着进来，而是钻进车里揉着发疼的额头，拿起手机拨打了陈依的电话。陈依刚洗完手出来，接起电话："喂。"

闻泽辛："一天了，两天后你就得回家。"

陈依："再说吧，我爸妈身体还不好呢。"

"我看岳母好得很。"

"闻泽辛，你有没有良心？如果不是这个视频，我妈会这样吗？"陈依站直身子，看了出去，门外车窗本来就是打开的，闻泽辛也正好看过来。夫妻俩对视着，闻泽辛喉咙滚动了几下，说道："视频已经删了，人下午就到你们家给你们道歉。"

"不用，我爸妈已经接受我跟你的婚姻只是联姻的事实，会坚强的。你没事还是去找林筱笙吧，谈个恋爱，多找几个女人陪你。"

闻泽辛"唰"的一下打开车门，长腿迈了出来，盯着屋里的陈依，咬牙切齿地道："当初我们说好的对吧？"

陈依也远远地看着他，点头："对，说好的，我现在所做的一切都是你想要的。"

你想要的。

闻泽辛一时竟无言以对。

他阴狠地看着屋里的女人，冷冷地道："三天，我最多给你三天时间，到时候我会让人来把你接回去。"

陈依："再说。"

随后她挂了电话。闻泽辛放下手机，盯着她，随后狠狠地把手机扔在垃圾桶里，转身进了车子后座。

江助理惊呆了，赶紧从车里下来，扑过去从那垃圾桶里翻找出那部手机："老板，这手机刚换的，你不要可以给我啊！"

闻泽辛一个眼刀甩过去，江助理低下头，滚去驾驶位，轻声问道："老板，你要不要回去补觉？"

凌晨四点左右老板就给他打了电话，让他早上六点前来接人。

可想而知，老板一晚上没睡。

闻泽辛冷冷地道："开车，去公司。"

"好的。"

下午廖夕准备去午睡时，门口却传来车声，陈依起身看了一眼，一辆白色宝马停在门口，紧接着从车里下来一对中年夫妇，还有穿着红色裙子的林筱笙。他们家的司机两手提着礼盒，上前敲门。

廖夕看过去，愣了一下："是林家人？"

83

陈依点头："是，来道歉了。"

廖夕迟疑了一下，问："所以那些视频是她放出来的？"

"嗯。"

保姆去开门，把人迎进来。林家父母拽着林筱笙，还有司机都进来了，一下子把家门口挤得满满当当的。

林父笑道："不好意思，突然来打扰，实在是我这个女儿顽劣，不懂事，惹得陈依不高兴了。"

"给陈依道歉。"林父将笑容一敛，推了林筱笙一下。

林筱笙往前踉跄两下，抿着唇，死死地盯着陈依。

"道歉啊！"

陈依抬起眼眸，看着林筱笙。

陈莺在一旁看得精彩，笑起来："哟，到了别人家里还这么嘴硬啊？不想道歉你跟我姐夫说去啊，要不我现在给我姐夫打个电话……"

"对不起。"林筱笙突然鞠躬，很是屈辱地喊了一声，还带着点儿哭腔。

陈依看着，笑了。

林筱笙看一眼陈依，突地又低头："对不起，对不起。"

说完这些，似要了她所有的力气。

陈依："好，我接受，以后你对我老公好点儿就行了。"

一个小时后，林筱笙带着父母上陈家道歉的消息传了出去，最绝的是陈依最后的那句话"以后你对我老公好点儿就行了"。

这就像是正妃对侍妾的态度啊，一下子这话在整个圈子传得沸沸扬扬，闻泽辛从会议室里出来，收到的第一条信息就是顾呈的。

顾呈："你真娶了一个好老婆。"

闻泽辛把咖啡杯挪开，抬起眼眸看向助理："下午发生了什么事情？"

助理说道："下午林家父母带着林小姐去给太太家道歉，还带了不少礼品，林小姐一开始蛮不愿意的，后来可能是怕了，老老实实地鞠躬道歉。"

闻泽辛嗯了一声："太太怎么说？"

江助理迟疑了一下才说道："太太说'以后你对我老公好点儿就行'！"

闻泽辛猛地看向江助理："什么？"林家父母带着林筱笙上陈家道歉的消息传播速度跟昨天视频的传播速度一样快，不到两个小时就在圈里掀起大浪。陈依的一句话表明了她对昨天的视频满不在乎的态度，也间接地对闻泽辛表明，不会多管他的这些绯闻。她是真不管他。

噻——

黑色手机被放回桌面上，页面渐暗，那热火朝天的议论帖子也沉入了屏幕里。闻泽辛挪过一旁的文件，拿起一旁的钢笔准备签名。

笔尖点在签名位上，突地停了下，闻泽辛放下笔，端过一旁的咖啡喝了一大口，嘴里含着咖啡下咽，视线扫去，盯着手机屏幕。

许久后咖啡杯突然被掼在桌面上，闻泽辛两手交握，身子往后靠，闭上眼睛，下颌紧绷，整张脸线条分明。

她说什么来着？

"以后你对我老公好点儿就行了。"

陈依这个妻子当得不错嘛！

闻泽辛睁开眼，手按着屏幕。

消息传得快，陈依一家人在吃饭的时候，消息就爆炸了。三个人的手机都不得闲，信息一茬接一茬地进来，包括保姆也收到一些零星的消息。陈莺暗自打量陈依，只觉得她疯了，不好好抓住自己的老公，还把人往外推。

何况这个人还是陈依暗恋那么多年的闻泽辛，陈莺搞不懂陈依是怎么想的。她夹了菜，冷冷地道："姐，哪天姐夫真跟别人在外面有了私生子，你这个正妻的身份也就坐不稳了。"

陈依给廖夕夹菜，语气淡然地道："这就不用你管了。"

"我也不想管啊，可是你想过没有？我们陈家跟闻家现在就是被绑在一起的，尤其是我们家的产业，要是失去了姐夫的支持，我们怎么办？男人一旦爱上谁，疯狂得很，到时为了逼你离婚，釜底抽薪，你就完蛋了。不对，是我们家都完蛋了。"陈莺越想越对陈依无语。

陈依淡淡地看着陈莺："等你姐夫爱上谁再说。"

陈莺难以置信地道："你这么淡定？哦，也对，你跟他结婚，都成正妻了，他还没爱上你，那确实让人绝望，绝望之下做出这种蠢事也是正常的。"

廖夕听不下去了："陈莺，你怎么这么说你姐？"

"难道不是？"

廖夕叹了口气，看陈依一眼。陈依沉默地吃着饭，一个眼神都懒得给陈莺。廖夕想了一下，说道："其实你姐夫可能本身就不想你姐姐多管闲事……"

"多管闲事是什么？别管他在外面彩旗飘飘吗？"陈莺睁大眼睛，瞬间反应过来，"哦，难怪呢，新婚第五天就在外面跟别的女人见面，他不让你管，你现在就真不管了？陈依，你真是没用。"

啪，筷子被按在桌子上。

陈莺有些怕，缩了下脖子。

陈依抬起眼眸，盯着陈莺道："好好吃饭，别多话。你自己也说了，家里还需要靠你姐夫，那么我顺着他的意思总比逆着他的意思强吧？"

陈莺张了张嘴，脸色发白。她这个姐姐惯来老实、温顺、好欺负，这么多年来对她的挑衅都是置之不理的。

但是这段时间陈依的变化也挺大的，陈莺开始有点儿怕她，嘀咕道："可是你在这样的婚姻里不觉得失败吗？你又不差，怎么连个男人都守不住？"

陈依冷笑一声："你受得住，你去守，我给你加油打气，现在，闭嘴吃饭。"

陈依再次拿起筷子招呼廖夕吃饭。廖夕叹了口气，看一眼仍然天真的侄女，低头继续吃饭，留陈莺一个人坐在那里发呆。

陈莺盯着陈依，实在是想不通：怎么她连让一个男人爱上自己的本事都没有？陈莺再次想起自己，如果是自己嫁过去的话……肯定比陈依强。

吃完晚饭，陈依接到常雪的来电，常雪是来安慰她的。陈依从读书时就跟沈璇、常雪玩在一起，常雪是普通家庭出身，知道 B 城圈的消息的速度没有沈璇那么快。常雪在那头一个劲地说："像这种花花公子，你就得比他更花。"

陈依无奈地一笑："嗯。"

常雪又道："晚上你要不要去酒吧发泄一下？"

陈依："不了吧。"

"要的吧，我最近也好累啊，我爸妈催相亲催得厉害。"

陈依瞬间了解，常雪不单是想安慰她，还想安慰自己。最后常雪磨了几下后，陈依只得答应。

七点半，会议室的门被打开，闻泽辛解开领带带着一行人从里面出来，来到办公室门外，对江助理说："请大伙去吃饭。"

身后那一行高管笑着说："谢谢二少。"

闻泽辛笑了下："不客气。"

他单手推开办公室的门走进去，顺便脱下外套扔在沙发上。江助理跟着探头："老板，你要不要一起去吃？"

闻泽辛从烟盒里拿出一根烟，看了一眼江助理："不去了，你们去就好。"

江助理："好的。"

他后退，把门关上。闻泽辛靠着桌子抽着烟，他的烟瘾不大，只偶尔抽。周扬几个看到了下午的消息，在群里问候他。

他没搭理。

顾呈打电话来："在干吗呢？"

闻泽辛吹了一口烟雾："刚开完会。"

"今晚出来呗。"顾呈在那头笑了一声，有些调侃地说，"你老婆钦点的林筱笙今晚也在，你们这对野鸳鸯终于可以光明正大地玩了。"

闻泽辛挑高眉梢："野鸳鸯？"

"那不是啊？"顾呈在那头笑得厉害。

闻泽辛轻笑一声，带着点儿轻蔑之意。他侧过身子，将烟在烟灰缸里掐灭，最后一点儿烟雾染上眉梢："在哪里？发个地址过来。"

"风华。"

"嗯。"

捞起外套，闻泽辛拉开门出去。手机这时响了一下，他垂眸看了一眼，是丽姐打来的电话。他按了电梯，接起来："什么事？"

丽姐："先生，晚上回来吃吗？"

电梯门开了，闻泽辛走进去，低头看着脚下，眉眼俊美得很，外头一些还没下班的员工盯着他看个不停。

闻泽辛舌尖抵了下嘴角："不回。"

丽姐："哎，好的，那我晚上……"

"不必留门，你也别总上一楼晃。"男人不耐烦地说。

丽姐愣了一下，在那头真忍不住翻了个白眼，低声道："先生，我也不稀罕晃，现在太太不在家，我一个人晃着也……"

闻泽辛冷冷地喊了句："丽姐。"

丽姐赶紧打住，说："先生您忙。"

然后她挂了电话。提到太太不在家先生反应怎么那么大？无语。

黑色的车开入巷子，闻泽辛扯了下领口，长腿迈出车门。酒吧门口人来人往，他侧过身子躲开一些肢体接触，卡座上有七八个人，顾呈朝他举杯。闻泽辛走过去，在顾呈身侧落座，顺手拿了一块水果咬着。

林筱笙就坐在对面，喊道："泽辛。"

闻泽辛吃完水果，拿起纸巾擦拭，抬起眼眸看她一眼，随后往后靠，去跟聂胥说话。

顾呈笑道："林小姐，要不要换个位置，来这边坐？"

林筱笙当然是想的，指尖点了下闻泽辛。自从下午陈依那样表态以后，整个圈子的人都知道闻泽辛的老婆不在意他出来玩，所以今晚出现的人也不会像之前那样束手束脚的，林筱笙当然也不会了。

说实话，之前她也怕闻泽辛已婚的身份有影响，所以才百般试探，如今当真是没避讳了。

顾呈撞了下闻泽辛的手臂："怎么样？"

闻泽辛看着聂胥的游戏页面，懒懒地看一眼顾呈："你说呢？"

顾呈挑眉，看闻泽辛一会儿，兄弟多年，怎么会不知道他想还是不想？这会儿铁定是不想的。

顾呈摊手，正想说话，闻泽辛的视线却扫了过去，眼神一下子就有些阴冷。

顾呈紧跟着转头，看到了不远处高挑柔美的女人——陈依。哦，她旁边还有一个常雪，精彩了。

陈依跟常雪一进酒吧，发现没有预约，连卡座都没有，两个人只得站着。陈依拿出手机，准备给沈璇打个电话问她要会员卡。

这时，她的眼眸跟旁边 08 号卡座的男人的眼眸对上。

她顿了一下，视线扫一圈，看到了顾呈、聂胥、林筱笙。她放下手机，心想也太巧了。卡座上的其余人也看到陈依，气氛一下子凝滞。

常雪扫了一眼："那么巧？"

陈依的视线在林筱笙的脸上多停留了几秒，随后她准备挪开，当没看到。这时，闻泽辛低沉的嗓音传来："过来。"

他在对陈依说。

顾呈也跟着回神，笑着起身道："没位置吧？来这边坐，这边有。"

常雪笑着摇头，然后看向陈依。

陈依抿了下唇，笑着看向闻泽辛："算了，不打扰你们。"

闻泽辛长腿交叠，眯眼看着她，桃花眼里情绪涌动："我给你们开个卡座。"

说完他招了服务员过来。不一会儿，服务员对陈依说："这边请。"

陈依看了一眼那俊美的男人。

他们这个卡座非常大，坐了将近十个人，男女比例各占一半，气氛看起来也很暧昧。女人都穿着短裙，腿又白又细；至于男人，衬衫长裤，要么是比较休闲的衣服，手臂都搭在后面的椅背上，和女人挨得很近。

那种男女之间的荷尔蒙气息极其明显。

这令陈依想到那场变装游戏，不得不说，闻泽辛很适合这种场合，桃花眼本就含情，再加上那张俊美的脸，还有那双大长腿，浑身都是勾人的劲儿。

以往一想到他在这种场合碰了什么样的女人，她就心烦意乱，胡思乱想。可是如今真跳出来了，没了期待，再亲眼看到这种场合，她才发现这个男人就是为这种场合而生的。他这样俊美的脸，不多喝几杯酒，不亲几个女人，不多搂几把细腰，当真是浪费了。

陈依微微一笑，对闻泽辛说："谢谢。"

她表现得非常客气。

现场其他人都愣了，闻泽辛手臂搭在沙发椅背上，侧着身子，领口敞开，眉眼风流地笑道："老婆还是这么客气。都结婚一个多月了，怎么还这么客气呢？"

他又在做表面功夫了，陈依跟着笑，眉眼弯弯，眼底带着点儿荡漾的笑意，如种丝一般，往闻泽辛的心口种去。

闻泽辛舔了下嘴角，眼神沉沉地看着她跟着服务员走远的背影。

陈依那一抹笑也落入了现场所有人的眼里，几个人惊艳了一下，顾呈突然鼓起掌，笑着道："精彩，精彩。"

"陈依真的是个好大度的女人，你们说是不是啊？"

"是啊，二少，你老婆可真好，看到你在外面花天酒地都不会生气，而且还不想打扰你。"几个少爷回神开始夸，脸上带着羡慕之色，尤其是现在有女朋友的，更加羡慕。

"对啊，辛哥，你去哪儿找的这么好的老婆啊？哈哈哈，而且最重要的是嫂子长得还漂亮。"

那人说一半，看一眼闻泽辛，也不敢说得过火，只点到为止。

"嫂子真好。"林筱笙也笑着跟着夸。

旁边一个女闺密酸溜溜地看着林筱笙："哦，你还被嫂子记住了。"

林筱笙笑了一下，看了闺密一眼，随后又看了一眼闻泽辛。

闻泽辛坐在聂胥和顾呈的中间，他长腿交叠，还维持着刚刚那个姿势，指尖抵着眉峰。

几个少爷还在朝他贺喜。

闻泽辛抬起眼眸，扫了一眼那几个少爷，勾了勾嘴角："你们羡慕的话，就自己调教一个出来啊！"

几个少爷又笑起来，大意就是"我们没辛哥的手段啊"。

闻泽辛垂眸，拍了一下大腿上的一点儿烟灰，桃花眼里阴沉一片，那些夸她的话涌进了他的耳朵里。

闻泽辛又笑了几下，笑意不达眼底。

顾呈偏头看他："怎么？看起来不开心的样子？"

闻泽辛俯身取了一根烟，咬住烟头，含糊地道："哪儿不高兴？这么好的老婆，我三生有幸。"

"那你倒是笑啊！"顾呈盯着他，带着看好戏的表情。

闻泽辛抬起眼眸，咬着烟，眯着眼睨着顾呈："抽烟啊，怎么给你笑啊？"

说着，他抄起打火机靠着沙发椅背点燃烟，随后喊住一个服务员。那名服务员恭敬地来到他身边。

闻泽辛手插着口袋，问道："她呢？在哪个卡座？"

服务员愣了一秒，随即反应过来道："18号。"

服务员把陈依跟常雪送到18号卡座，又给上了果酒跟一些吃食。服务员走后，常雪浑身放松地窝进沙发里，几秒后用手指捅了一下陈依，说："闻二少以前就是这样，去哪儿身边都簇拥着一群人。你们当初结婚那画面真的很美，没想到他结婚了还这样。"

陈依看向常雪，笑了笑，摇晃着酒杯。当初闻泽辛选中她，她瞬间感觉进入爱情的海洋，大概就是那种错觉让她越陷越深。

好在她现在出来了。

"说什么呢？"男人低沉的嗓音从头顶传来。常雪惊了一下，一秒坐直身子看过去，闻泽辛两手插在口袋里，垂眸看着她们，高大的身影遮住了一大片外面的光。

常雪干笑了一下："没说什么，就是聊聊，今晚是我让陈依陪我出来的。"

闻泽辛看向陈依，勾唇一笑："岳母不用照顾了？"

陈依拉了下衣服，看着他道："我就出来两个小时，陈莺在家呢。"

闻泽辛点了下常雪，示意她让位。

常雪茫然了几秒，随后发现这男人盯上她旁边的位置了，咳了一声，不情不愿地起身坐到对面。

陈依盯着闻泽辛，闻泽辛走过来，在她身侧落座，那股淡淡的冷杉味扑面而来。陈依往前倾，靠着桌子拿着牙签吃水果。

闻泽辛靠着椅背，看着她说："干脆今晚别回去了。"

"我看你也没那么用心照顾岳母，给她请个护工算了。"说完他拿出手机，拨打闻家的电话。

陈依看了他一眼，说："别打，我肯定是要回去的，难道我在家待三天你都不允许吗？"

闻泽辛握着手机，咬了下牙，然后笑了笑："允许，那天你说你想要干什么来着？"

她要学会不爱他对吗？

他轻声问："学会了吗？"

陈依定定地看着他，心里还是泛起了一丝苦楚，自己的情感不值钱啊！她笑了笑，说："你认为我学会了吗？"

她笑得大方得体。

闻泽辛也定定地看着她，手臂搭在扶手上，下颌紧绷。两个人自然而然地都想起了她下午的表现。

闻泽辛不知为何，突然烦躁起来："高二那年你要是有这个学习领悟力也不至于生物考十二分。"

陈依勾唇一笑："不爱你这件事情，可比考生物简单多了。"

闻泽辛："……"

对面的常雪满脸震惊之色。

这对夫妻的对话太刺激了。

接下来，这个卡座陷入一种安静的状态，常雪握着手机跟聂胥在组队玩游戏，时不时地抬头看对面的夫妻俩。

陈依慢条斯理地吃着水果，闻泽辛偏头看着她，因为背光，男人的眼眸里有什么情绪也看不太清楚。

气氛安静，又有一股暗流在涌动。

陈依身上一直有一股淡淡的香味，那股香味一直萦绕在闻泽辛的鼻息间，他喉结滚动一下，眼神变得深沉。

"晚上回家，明早我送你回陈家。"他突然出声。

陈依顿了顿，偏头看他。

闻泽辛的衬衫领口敞开，露出了少许锁骨，眼眸阴沉沉的，他偏了下头："嗯？听见了吗？"

陈依拿起纸巾擦拭嘴角："你找别人吧，我今晚不方便。"

说着，她起身捞起一旁的小包，示意常雪起身。闻泽辛抓住她的手腕往下狠狠一拉，陈依被拉得弯下腰。两人四目相对，闻泽辛从牙缝里挤出话："你不方便什么？"

陈依看着他道："'大姨妈'。"

陈依低声道："真的，你找别人。"

闻泽辛抬起眼眸，盯了她许久，随后手换了个地方，把她的腰往下按着，低声道："我看看，是不是真来了？你可别撒谎啊！"

陈依气急，恨不得拿包砸他。常雪在一旁看着男人那双含着阴戾神色的眼眸，吓得直哆嗦。闻泽辛的大手扣着陈依的腰，大庭广众之下，陈依使劲挣扎，脸色发红，拍打他的后背，差点儿就要抓他的头发。

常雪几番想起身，都被闻泽辛的眼神给压了回去。

常雪也想叫人报警，可是前面这两个人是夫妻啊，合法的夫妻啊！她怎么叫？就算叫顾呈也帮不上忙啊，要不试试去喊顾呈或者聂胥？

"陈依，需要帮忙吗？"这时，一个从后门进来的男人突然问道。闻泽辛在作乱的大手一顿，他还揽着陈依，垂眸舔了下下唇，等着看陈依怎么回复对方。

赵练从那头走来，迟疑地看着背对着自己的男人。那男人的长相赵练看不到，而这边光线又昏暗，他迟疑地看着陈依那张挣扎得发红的脸，眼眸里的情绪有些隐晦，迟疑地再上前两步："陈依，需要帮忙吗？"

陈依稳住呼吸，笑着道："不用，谢谢。"

赵练还是有些迟疑："真的不用？他……"

陈依笑了笑，准备说话。

"赵练，平日也不见你这么有侠义心肠。"闻泽辛把陈依揽到一旁，偏头往赵练那儿看去。赵练看到闻泽辛的脸，愣了几秒，笑道："原来是二少。"

闻泽辛淡淡一笑，问道："你跟陈依很熟？"

"大学同学。"赵练回道。

闻泽辛的手用力地扣了一下陈依的腰，他抬起头："你上次怎么没跟我说啊？"

陈依皱眉看着他："跟你说干吗？"

"所以变装游戏你选他？"闻泽辛轻轻一笑，问得很轻。陈依轻轻地回："是啊，选谁也不选你，我总要把你留给别人的。"她笑道，"我很大度的。"

她笑得温柔。

他看得刺眼。

而赵练见是夫妻俩在那儿闹，看一眼陈依后悄然退场。常雪见赵练走后，迟疑了一下，说："陈依，赵练当初是不是追过你？大二那一年还记得吗？你跑到我的宿舍睡，他提着夜宵追来，后来你被我们宿舍的人闹得不好意思了，于是下楼去接了他的夜宵。当时你还穿着睡裙，可搞笑了。"

闻泽辛盯着陈依，手臂越收越紧。

"原来如此。"他点了点头，咬牙切齿地说，"难怪当时那么多圈内少爷，你就选中了他。"

/ 第五章 /

很多男人

对赵练，陈依是有点儿印象，而在当时那种情况下，她下意识地选跟自己交过手的赵练，并没有错。

闻泽辛看着她不辩解的表情，自然也能猜到她选赵练的原因。说句不好听的，两个人从高中就认识，陈依的性格，他要是还没摸透就怪了。

"他最好选对吧？"他按着她的腰问道。

陈依也懒得挣扎了，大庭广众之下，他再浑也不会对她怎么样，何况彼此还是夫妻。她看着他："是。"

得到了答案，闻泽辛反而没再逼问，抬起眼眸定定地看着她，几秒后嗤笑一声，手掌按着她，说："'大姨妈'也没来对吗？"

陈依不耐烦地看他一眼："是。"

"所以何必撒谎呢？你当我什么都不知道？"闻泽辛把她按坐在大腿上，另一只手从桌面上拿过一部手机递给她："给岳母打电话，说你今晚不回去睡了。"

陈依却没接，看向他。闻泽辛懒懒地斜靠在椅背上，领口敞着，薄唇勾起，表情似笑非笑。陈依定定地道："你说话不算话，那为什么还要我坚守那个约定？"

闻泽辛挑了下眉，没应。

陈依又道："那个视频，如果不是我那么处理，你觉得现在我在 B 城圈里还走得动路吗？"

94

闻泽辛淡淡地道："你不接受道歉，我自然而然会收拾。"

他语气很淡，陈依却从他的眉眼间看出一丝阴冷之色，抿了抿唇："林筱笙不该是被你金屋藏娇吗？"

闻泽辛听罢，按着膝盖，偏头笑了一下："金屋藏娇？听话就留着，不听话就收拾，算什么金屋藏娇？"

陈依："……"

是，她怎么忘记了？这人就喜欢听话的女人。

闻泽辛再次抬起眼眸看着她："还有两天，我去接你。"

"免得说我说话不算话。"说着，他拍拍陈依的腰，陈依赶紧站直。闻泽辛捞起一旁自己的外套搭在她的肩膀上，对一旁按着手机，实际在偷听的常雪说："我送你们回去。"

常雪哦了一声，站直身子，乖乖地挽上陈依的手臂。三个人往门口走去，恰好林筱笙从那边的卡座绕过来，双方迎面遇上。

闻泽辛一眼都没有看林筱笙。

陈依则看了一眼，林筱笙笑着朝陈依微笑，陈依淡淡地回了一笑，就被闻泽辛揽着腰推开门走出去。

他们走后，林筱笙却觉得有点儿冷。她的姐妹上前说："我怎么觉得二少对你越来越冷淡了？是不是这个陈依说了什么？"

林筱笙垂眸想了一下，说："不能得罪她，否则以后我再怎么求他都没用了。"

她的姐妹点了点头："肯定啦，他都让你去人家家里道歉了，要是道歉好了就算了，没道歉好……好在陈家挺大度的，收了礼物，还接受了你的道歉。"

林筱笙笑了一下，却没什么感激的神情。

她的姐妹看了她几眼："你还是消停一段时间吧。"

林筱笙挽住姐妹的手，道："还是你为我着想。"

其他的，谁不是看她的笑话，要么就是一副酸溜溜的样子，说话夹枪带棍的。她的姐妹笑了笑，没再吭声，视线却扫向了酒吧的那扇大门，目光闪烁。

林叔已经把车停在外面了，看到出来的三个人，笑着下车给开车门，对陈依尤为恭敬。

这几天视频出现后，闻太太一直很紧张，准备另外找个时间上门拜访陈家，叮嘱了司机他们，平日里在外对陈依恭敬些。

95

今晚林叔在这里看到陈依，心下松了一口气。

"陈依，慢点儿。"林叔看陈依穿着高跟鞋趔趄了一下，急忙道。

闻泽辛单手扶着陈依的腰，把人带起来，扫一眼林叔，随后按着陈依坐进了车。陈依坐稳后，抖下肩膀上的外套。

另外一边车门被打开，闻泽辛坐进来，怀里就被扔了一件外套。他接住，看她一眼："不穿了？"

陈依整理着头发："车里暖和。"

闻泽辛随手把外套放在一旁。

常雪咳了一声，没进车里，弯腰说："陈依，我等一下跟聂胥的车走，他出来了。"

陈依探头一看，聂胥刚走出来，在门口跟顾呈说话。陈依点头："那好，你到家给我发条信息。"

"好。"常雪看一眼闻泽辛，随后赶紧逃了。

啪——闻泽辛把外套扔在副驾驶座上。

车窗摇上，夜色微凉，车子一路开往陈家，陈家这边到了晚上还是很嘈杂，到处都有狗叫声。

车灯灯光晃过，来到陈家门口。

陈依淡淡地道："我到了。"

闻泽辛："嗯。"

她推开车门，提着小包出去。闻泽辛长腿交叠，偏头看着她，这边灯光并不好，很昏暗，陈依今晚的裙子是毛衣裙，很修身的那种，走路时身姿妖娆。闻泽辛看着她的背影，突然后悔让她回去。

他眼眸里的欲望没有掩饰。

几分钟后，车启动，开回市中心。闻泽辛喝的那点儿酒已经散得七七八八了，林叔给他拉开车门。

他长腿迈下车，掩嘴咳了一下，说："你慢点儿。"

"好的。"

闻泽辛推开门进屋，偌大的复式新房此时非常安静。他换了鞋子，抬起眼眸看到鞋柜上钥匙盒里的钥匙，停住了。

几秒后，他修长的手指拿起那串钥匙，盯着看了许久，随后又用力地将其扔回了盒子里。

她这几天说的话全在他的脑海里闪过。

闻泽辛不是傻子，知道陈依变了。其实这违背他一开始娶她的初衷，他当初就是看她老实、听话、温顺。

如今她是听话了，却是带刺的那种。

他解开衬衫纽扣，走上楼梯，拐进浴室洗澡。家里不见半点儿灰尘，却也冷清得没有人气。

闻泽辛仰头闭眼，然后睁开眼看着洗手台上的两支牙刷，脸色更黑。几秒后，他上前把那两支牙刷扫进了垃圾桶里。

可是沐浴露的香味很明显，他闭了闭眼，大约半个小时后，穿着浴袍从浴室里出来，捞起一旁的手机拨打了江助理的电话。

"两天后，不管太太说什么，绑也得给我把她绑回来。"

江助理刚准备睡，过了好一会儿才反应过来："好的，如果太太不服从怎么办？"

闻泽辛："自己想办法。"

江助理想了一下，觉得两天后是一场大战，看来老板是要跟着他去接人，便说："我准备一下麻袋。"

"随你。"闻泽辛说完就挂了电话。

江助理："……"

麻袋也可以？

闻泽辛扔下手机，看一眼那张大床，脑海里又全是她蜷缩在自己怀里的画面。他盯了那张大床许久，转身离开，又去了书房。

陈依只向事务所请了一天假，第二天就得回事务所。她去地下车库开车，陈庆还没回来，留了那辆宝马在车库里。

另外还有一辆之前陈庆一直在开的大众，陈依选了大众。车子一路抵达大厦的地下车库，陈依却没有立即下车。

她在车里坐了一会儿，重新抹了口红，看着化妆镜发呆。

宸曜事务所在 B 城的私有事务所中算是顶尖的，原先几年项目是混合着做的，这几年项目分开了，金融、工业等都有自己的小组，而这几年也专门攻金融这块，于是事务所的金融项目的专业程度达到了顶峰。

有了成绩就有名气，有了名气自然就有资源，有了资源钱自然就多了，所以成为事务所的合伙人，也是陈依的奋斗目标。

即使不能成为合伙人，在高级经理人这块，她也能学到很多东西，最重要的是能帮到陈氏。陈依还是希望自己能在宸曜好好做下去的。她呼了一口气，一把推开车门下车。

面对林筱笙那些人，陈依可以冷脸，但是面对同事就没办法了。电梯抵达一楼，门一打开，就拥进来不少同事。

其中几个人看到陈依，愣了几秒，随即笑道："陈依，早啊。"

陈依扬起笑容："早。"

她们挤在陈依身侧，看了她几眼，随后微笑。陈依的脸上也一直挂着微笑，看到她们的态度，她放松许多。

很快电梯抵达八楼。

熟悉的小组人员都在，陈依走过去，笑着跟上司深姐还有周燕打招呼。周燕看到陈依，跳起来道："哎，我给你倒咖啡去啊。"

"啧，这个狗腿。"小组里的男同事一脸嫌弃的样子。深姐拍了拍陈依的肩膀："终于回来了，昨天有一堆事情还没做，等着你呢。"

陈依拉开椅子，望了一圈同事，心里暖暖的："好，我来。"

"给你给你。"男同事从一旁拿起资料递给陈依，另外一名高级审计叹了口气说："我昨晚整理了他们公司管理层的资料，发现一个个沾亲带故的。"

陈依一边翻资料，一边问："都上市了，还塞那么多亲戚？"

"可不是，这很不利于我们审计。"

其他人耸了耸肩，对此已经习以为常了。

"我看看这公司的资料。"陈依打开资料看了几眼，突然看到赵练的名字。她顿了顿，想起赵练那张温和的脸。

这次依旧要出差，但工作地点在本市。赵练的这家公司在郊区，那里距离事务所开车要两个多小时，工作都是争分夺秒的，所以大家还是得在那边住酒店。出差时间安排在明天一早，深姐下午发布完工作，大家就开始准备。

陈依恰好也收到了廖夕发来的信息。

"亲家今晚要过来，你需要加班吗？"

是婆婆林笑儿，还有公公闻颂先要来。

陈依："不用，我五点半回去。"

廖夕："好，你爸又不在家，我怕招待不好他们。"

陈依："公公婆婆人不错，你让陈莺少说话就行了。"

廖夕："哎，你回来了也说她一下。"

陈依："嗯。"

随后一个多小时，陈依跟同事开始做准备工作。这次深姐又多调了一个同事来，这个同事之前跟另外一个组比较多，是个黎城本地人，陈依也是第一次跟她合作，但是好几次觉得对方的笑容带着点儿嘲讽。

周燕拉着陈依嘀咕："你小心这个人。"

陈依："嗯。"

五点多，陈依下班。她顺便去了隔壁的天虹采买一些日用品，还挑了些海鲜。翻卡包的时候，看到里面一张黑卡，她顿了顿，记起婚后第二天在餐桌边，闻泽辛取了这张卡放在她的手边。

至今她还没用过这张卡。她把卡又放回卡包里，随后抽了自己的信用卡递给收银员，提着袋子出来时已经五点半了。

陈依启动车子，开回陈家。

陈依抵达陈家时天色已有些黑了，家里正在做饭，廖夕挽着袖子在厨房里指导保姆，陈莺窝在沙发上吃水果。

陈依过去，陈莺还说陈依："挡着我看电视了。"

陈依转身把电视给关了。

陈莺愣了下，抬起头来。

陈依指着她道："把沙发收拾一下，等会儿有客人来。"

陈莺顿了顿，知道来的是闻家人，不情不愿地起身，开始收拾。廖夕从厨房里出来，接过陈依的袋子，说："亲家母说六点半到，还有，你老公可能也来。"

陈依嗯了一声。

陈莺下意识地抬头看向门口。

六点半刚到，两辆车缓缓地停在门口，一下子惹得周围邻居探头观看。司机下车开门，闻泽辛率先下车，低头整理了一下衬衫袖子，走过去拉开另外一辆车的后座车门，闻颂先跟林笑儿相继出来。

廖夕见状，低声道："不看别的，二少的教养倒是在那里。"

结婚前，闻泽辛来过陈家几次，做事滴水不漏，风度翩翩。陈依笑了笑，心里却想着：他是有教养，但脾气大，毛病也多。

廖夕叹了口气："可惜。"

可惜闻泽辛不是一个好女婿。

不过她很快就调整好情绪。闻家在B城是名门望族，闻家小叔从政，闻氏企业又庞大，她去参加太太们的聚会时，但凡听到闻家的事，那些人的态度简直是一百八十度转变。

不过闻颂先跟林笑儿在外面都是出了名的好性子，很多人说闻家太太性子是真好，教养也是真好，就是两个儿子都太狂妄了，一看就不好惹。

99

"岳母，晚上好。"闻泽辛把礼盒递给保姆，微微一笑，目光轻轻一扫，落在一身制服的陈依身上。

她穿着白色衬衫跟 A 字裙，腰很细。闻泽辛一晚上没睡好，看到她时，眼眸里隐隐有血丝。

廖夕赶紧笑道："晚上好。"

"亲家公，亲家母，这边请。"廖夕笑着招呼。林笑儿眼里含笑，亲密地挽住她的手，问道："陈庆出差了？"

"啊，是的，去了盐城。"廖夕招呼他们落座。

闻颂先听着道："盐城那边最近雨水多。"

廖夕笑道："是啊，我都怕他感冒。"

"那得叮嘱一下。"林笑儿笑着道，又看向陈依。陈依微微一笑，坐在沙发上开始泡茶："爸，妈，喝红茶怎么样？"

林笑儿点头："好啊，不伤胃。"

闻泽辛敛着眉眼，也在陈依的身侧落座，偏头看着她。见她的几缕发丝垂落，闻泽辛给她撩起来，随后长腿交叠，懒懒地靠着沙发。

陈依对他的动作丝毫没有感觉似的。

陈莺坐在另一边的沙发上，脸上挂着笑容，这次倒是大方得体，不抢话，有点儿装模作样的感觉。离吃饭还有一会儿，两家人坐着聊天，林笑儿很是热情，廖夕其实一直不太习惯林笑儿的热情。

但是聊着聊着廖夕也放开了些，一眼就能看出她这位女婿比之前看起来要颓废一些，但是这个男人的那种颓废不是常人见到的那种，他反而有些阴冷的感觉，就好像潜伏着的狼似的，脸上带着伤，但随时可能咬死人。

陈莺也突然问道："姐夫，你昨晚没睡好吗？"

一下子所有人都看向闻泽辛，男人换了一个姿势，放下长腿，嘴唇动了下，笑了下说道："你姐不在，我怎么睡得好？"

全场瞬间寂静下来。

林笑儿呵了一声："一个人睡挺好的。"

闻颂先："喀。"

廖夕也干笑了一下，瞪了陈莺一眼。陈莺眨眨眼，低下头，又忍不住去看陈依的神色。陈依非常淡定，继续泡她的茶。

闻泽辛也看着陈依，见她没有表示，脸色沉了沉。

好在很快可以吃饭，两家人移步餐厅。陈家的餐厅不如闻家的那么大，但是温馨，陈依时常起来用公筷给大家布菜。林笑儿看着陈依这么温顺听话，心里真的很喜欢，再看看闻泽辛这副德行，又只能叹气。

吃过晚饭，林笑儿专门拉着陈依低声问道："依依，你有没有什么地方需要妈妈帮忙的？"

陈依愣了一下，看向林笑儿。

林笑儿微微一笑："沈璇比较有主意，我帮不了她的忙，但是你，我应该可以帮的，这边小叔也愿意帮你。"

陈依顿了一下，一个念头在脑海里生出。她握着林笑儿的手："妈，回头我想到了再跟你说。"

"好。"

"在聊什么？"一道低沉的声音从身后传来，婆媳俩一起转头，就看到闻泽辛靠着门看着她们。

林笑儿心一跳。

闻泽辛笑了笑："妈，你想帮她什么？"

他果然听到了。

林笑儿干笑了一下："我帮她什么，关你什么事？"

闻泽辛站直身子，一米九的身高有点儿俯视两人的意思。他拉住陈依的手臂，把人从林笑儿身边拉过来揽在怀里，淡淡地对林笑儿说："妈，我劝你别动什么歪心思。"

说完，他揽着陈依往外走去。

陈依挣扎了几下，看向林笑儿。

林笑儿气得跳脚，从里面冲出来："闻颂先，你儿子欺负我。"

廖夕跟陈莺等人吓了一大跳。闻颂先一脸尴尬，拉住林笑儿："冷静冷静。"

林笑儿气得胸口起伏，但还是硬压着平复了气息。她指着闻泽辛，又看了一眼闻颂先。闻颂先低声道："后期好好帮儿媳妇。"

林笑儿冷哼："好。"

那头，闻泽辛把陈依拉到小阳台上，把人推出去后，从身后搂着她，道："你也是，别动什么歪心思。"

陈依懒得搭理他。

这个小区的环境不怎么样，两人在阳台上站了一会儿就光听狗叫声，隔壁那栋别墅现在都是租户在住，此时为了省电，院子里的灯都没开，只有客厅里开了几盏小灯，看起来有些阴森。闻泽辛垂眸看她一眼，把她的下巴抬起来："在想什么？"

101

陈依："在想我爸。"

"哦？"

陈依抬起眼眸看向他，问道："我爸在生意上是不是还一直麻烦你？"

闻泽辛单手按着阳台，一手搂着她，定定地看了她几秒，问道："怎么？麻烦我不好吗？"

陈依叹了口气："我就想知道，你岳父的能力怎么样。"

这种问题，陈依以前从来不问的，陈氏集团的问题由来已久，从陈家大伯那些年东投资西投资，却不搞正业开始，就注定了陈氏会有这么一天。陈庆前些年意识到问题已经晚了，后来砍掉产业才让陈氏继续维持。

直到今天，陈家跟闻家联姻那天起，银行才开始和陈氏签合同，资金才慢慢到位。靠着银行帮忙，陈氏才渐渐有了生气。

后来闻泽辛掌权，重新整顿陈氏，陈庆也才慢慢地找到了头绪。

陈依知道前半部分的事，后半部分的事因为跟闻泽辛在感情的旋涡里挣扎，一直都不怎么过问，如今突然问起来。

闻泽辛看着她，笑了几下："你说岳父的能力吗？有我帮忙就行，没有我帮忙，他就不行。"

陈依眼里的一点儿光一下子灭了，她笑了笑，哦了一声，转过头去看外面的景色。其实她知道，闻泽辛是不会让她去陈氏上班的。

因为他这个人极其霸道，不喜欢自家老婆太强势，尤其是像沈璇那样的。闻泽辛垂眸定定地看着她，手臂扣紧她的腰，低声道："你少想些有的没的。"

这时，陈依的手机响起，屋里陈莺喊她。陈依挣脱闻泽辛的束缚，拉开门走进去接电话，是公司同事来电，跟她确定明天早上出发的时间。

陈依笑道："明早七点半，别忘了。"

"好的好的，那明早见。"

"明早见。"

放下手机，她看向阳台，闻泽辛站在那儿抽烟。他垂着眉眼，烟雾缭绕间，整个人看起来有点儿锐利。

又过了几分钟，时间也晚了，闻颂先跟林笑儿起身告别。闻泽辛叼着烟一把拉开阳台玻璃门，走过来取下嘴里的烟掐灭在烟灰缸里，看一眼手表，一把拉住陈依的手腕，低声道："还有一天，我来接你回去。"

陈依没吭声，跟廖夕一起送公公婆婆出门。闻泽辛接过保姆递来的外套搭在手臂上，垂眸看着陈依。

陈依抬头，说："开车慢点儿。"

闻泽辛笑了一声："好。"

随后他松开陈依，走下台阶，长腿迈入黑夜里。车门打开，他坐了进去，外套随意地扔在旁边的座位上。

这时一张黑色的卡片从口袋里滑出来。

闻泽辛看了几眼，突地道："停车。"

司机猛地踩了刹车。

车窗摇下，闻泽辛盯着陈家大门，拿起手机拨打陈依的电话。

几秒后，陈依接了："喂。"

"我给你的卡怎么会在我的外套里？"

陈依："嗯，我放的。"

"几个意思？"

几秒后，那头女人嗓音柔美，清脆而疏离："还给你。"

"还给我？"

"嗯，给别人用吧。"

闻泽辛被气笑了："给别人用？！"

夜色浓郁，车灯的光映在地面上，形成了光圈，宛如野兽睁着双眼潜伏着。闻泽辛修长的手指按着手机，仿佛透过陈家大门看见陈依那双眼睛。

他反问完渐渐冷静下来，只是指骨隐隐带出一丝青筋，对着沉默的陈依说："早点儿睡。"

陈依点头："好，你也是。"

她说完就挂了电话，挂断之前，隐隐约约听到咔嚓一声，是卡片断裂的声音。

车里，听着那头嘟嘟的声音，闻泽辛挪开手机看了一眼，随后将手机扔在一旁的座位上，手机跳起来，哐一声落在车座下。

车窗缓缓摇下，闻泽辛将手伸出去，指尖一松，那张价值上亿的黑卡掉在地上，碎成了两片。车轮从卡片上碾过，车窗缓缓关上，闻泽辛闭上眼，两手交握放在膝盖上，包裹在西裤里的腿又长又直，宛如静止了一般。

他看起来面容沉静，实际上下颌紧绷，不知想到了什么，睁眼冷笑了一下。

前头正在开车的林叔听见了一些动静，没敢吭声，专注地盯着前方的路况。直到车子出了小区，进入大路，林叔才说："二少，要不今晚回本家待一晚？"

丽姐白天跟太太说了，这几天书房的灯从晚上亮到早上，主卧室的床则根本没人睡过，可见二少回去了，但没在房间里睡，而且是从太太搬走那天开始的。

闻泽辛揉了下眉心，冷漠地说："不，我回家。"

林叔："好的。"

送走人后，廖夕跟陈依都放松下来，保姆也开始打扫卫生。陈莺拍着肩膀坐了下来，好似累死一样。

廖夕也跑去帮忙，陈依上前拉开廖夕："妈，你去洗澡，然后去休息，这些我来。"

他们送了不少礼品来，都是贵重物品，需要收拾然后记起来，虽然说是亲家，可是随时要准备回礼。

廖夕有些苦恼："怎么送这么贵重的东西？"

里面还有两个水头很足的翠绿手镯，陈依看了一眼，道："你先收起来吧。"

"这一看就是给你的。"廖夕拿了其中一个给陈依。

陈依推了回去："我现在不用。"

陈莺听到动静跑了过来，看了一眼问道："那另外一个呢？"

陈依抬起眼眸，看向陈莺。

陈莺笑了一下，去拿廖夕的那个："难道不是给我的？"

廖夕："这里面有名字。"

果然，打开盒子后，其中一个镯子是廖夕的，一个是陈依的，陈莺的则是一串金色的手链，看起来自然没有手镯那么大气。

陈莺的脸色黑了些："这也太偏心了吧。"

闻家一出手是真大气，可是这区别对待也令人不爽，陈莺拿起陈依那个镯子看了又看。陈依混到这种老公不爱还得给别的女人让位的地步都有这种待遇，要是以后闻泽辛爱上谁了，那不得将天上的月亮连同星星给对方摘下来啊？

陈莺不舍地将手镯放回盒子里，看着陈依道："姐，你看，你现在待遇多好？但以后要是姐夫爱上别的女人，你这些待遇可就要被分给别的女人了，到时候人家吃肉你喝汤，人家要天上的月亮你只能得一抔黄土。"

廖夕："陈莺。"

陈莺耸肩，拿起自己的那条金色手链戴上，说："我说的是事实。"

"我刚刚可听到了，姐夫还说一天后来接你，可你还一副不情愿的样

104

子。现在婶子又没大事，你也该早点回去了吧。姐夫给你个台阶，你意思意思地下去就行了。"陈莺一副教训人的语气。

陈依扫了她一眼，懒得搭理她。

廖夕拽了几下陈莺："你上楼吧，这里我跟你姐来就行了。"

陈莺看陈依一副油盐不进的样子，喊了一声，摸着手链转身上楼。廖夕松一口气，对陈依说："你别管你妹说什么，我知道你心里有打算。"

陈依记好那些礼品，说："妈，谢谢你的信任。"

廖夕："你应该早跟我们说……"

陈依笑了笑，没说话。收拾完这些礼品，陈依把廖夕送上楼去休息，自己则开车回公寓。这套房子是两居室，精装交付的时候其中有一间被沈璇改成了书房，所以算起来只有一间可以住。陈依洗完澡就去休息，也压根没有时间去想别的。

第二天一早六点出头，陈依就得起床。公司的车七点半到楼下，小组同事在群里给她发信息，说已经带了早餐。

陈依拖着个行李箱就下楼。

七座的商务车停在小区外，周燕一把拉开车门，笑着招手。陈依把行李箱递给其中一名男同事，随后上车跟周燕坐在一起。

周燕把早餐递给陈依："好像说过两天要人工降雨。"

陈依接过早餐说："是有一段时间没下雨了，从过年到现在吧。"

"可不是。"

身后一道女声传来："这个小区是单身公寓吧？你不是嫁给世家少爷了吗？怎么住这种地方？"

这话一出，车厢里突然安静下来。陈依转头，对上一张艳丽的脸，是刚来的同事。陈依淡淡地道："嫁给世家少爷就不能有自己的住所吗？"

"对啊，这个小区很贵的，上个月一平方米涨到七万多了吧，还是陈依你有钱。"周燕拍了拍陈依的肩膀，笑眯眯地道。

"就是啊，这么贵的房子你有吗？"那个老闹周燕的男同事叫梁振峰，笑着附和周燕的话，反问那名新同事。

新同事名叫萧小娴，定定地看着陈依三人，随后干笑了一下，挪开视线，不想理他们似的，暗自磨牙。

周燕拉着陈依转头，道："别理她。"

陈依笑了笑，喝完手中的牛奶："嗯。"

两辆七人座的车子很快就接满了人，一前一后地上了高速，有人在车

105

里睡着，陈依跟梁振峰整理着资料。赵氏是做木材起家的，赵练的这家公司是做汽车配件的，看来跟赵氏木材没太大关系。

赵练也不是创始人，是前几年收购过来的，但是这家公司的很多员工是"皇亲国戚"，这就涉及很多方面了。

两个小时后，车子先抵达酒店，一行人提着行李上楼。陈依的房间恰好跟萧小娴一起，一间套房两个人住。

周燕看到名字分配时，哎了一声。

深姐问："哎什么？"

周燕欲言又止地看看陈依，又看了一眼已经进门的萧小娴，耸了耸肩："没事。"

陈依朝周燕笑了笑，推着行李进门。左边的一间房已经被萧小娴挑走了，陈依选了右边那间。她刚进去，萧小娴就来敲门："刚刚盛林的那份员工资料，你给我一下。"

陈依挂好外套，回头看萧小娴一眼。萧小娴抱着手臂，神色倒没早上那么嚣张。陈依捞起桌上的袋子递给她。

萧小娴："谢谢。"

说完她就转身走了。陈依继续收拾，中午小组被安排在楼下吃饭，吃完拿着电脑跟资料赶往盛林汽车配件有限公司。

对方财务出来接，一行人进入办公室开始工作。

忙到下午四点多，办公室的门被敲响，几个人从电脑前抬头，就看到一名斯文俊逸的男人站在门口。

萧小娴离得最近，下意识地看了陈依一眼。

赵练也看一眼陈依，笑了笑，随后提着一袋子的奶茶和比萨进来，放在桌上："大家辛苦了，给你们带点儿下午茶。"

深姐起身笑道："这怎么好意思呢，赵总？"

这一声赵总喊出来，其余的人立即明白这是那位老板。其他人纷纷笑着说："谢谢赵总。"

陈依朝赵练点了下头，便低头继续敲键盘。

赵练看她几眼，随后带着助理出去。萧小娴目送赵练出去，这才收回视线。周燕起身给大家发奶茶和比萨。

吃了下午茶，一群人对晚饭就没了胃口，于是准备加班到晚上九点，回酒店再找吃的东西。深姐这边要兼顾三个项目，盯着电脑，突然问陈依："早上那份员工资料递给我。"

陈依抬起头，瞬间有些茫然，随后很快对萧小娴说："资料。"

萧小娴抬起头，看着陈依道："我放你房间的桌子上了啊。"

"你没带来吗？"

一下子，整个小组的人都安静了，齐齐看向陈依。陈依皱眉："我没收到啊。"

"你出门不收拾关我什么事？"萧小娴不可思议地道。

深姐看向陈依，陈依抿了抿唇，气氛一下子有些僵硬。陈依看着萧小娴："你还资料应该交到我手里，而不是放在桌子上。这些资料有多重要，你不知道吗？"

"就是。"周燕立即附和陈依。

萧小娴的脸色黑了黑："你在洗手间啊，那我还等着你从洗手间里出来？"

陈依不想跟她废话，知道深姐此时肯定是要用资料的，捞起小包对深姐说："我去酒店拿。"

"快去。"深姐点了点头，轻飘飘地看一眼萧小娴。

陈依转身出去。

夜幕降临，起风了，看样子真要下雨。

六点出头，闻泽辛带着江助理一行人从会议室里出来。开了三个多小时的会议，众人都有点儿恹恹的，还有点儿垂头丧气。

这次这块地折腾到现在总算是拿下了，但是这中间被那个老外要了点儿阴招，耽误上面的进程，差点儿就要落个办事不力的称号了。

谁都痛快不起来。

闻泽辛的压力是最大的，但是他反而面不改色。江助理推开办公室门，闻泽辛看一眼手表，又看向他们几个："垂头丧气做什么？这点儿小事也值当这样？"

几个高管低下头。

闻泽辛挽着袖子，盯着他们几个："我们是做什么的？谈判，只要成功，怎么谈都行，过程不重要。"

最后五个字，他是含在牙缝里说的，带着一点儿阴冷之意："行了，都去吃饭吧，餐厅订了没？"男人看向江助理。

江助理点头，说："已经订好了。"

闻泽辛："行。"

他走进办公室，站在桌子旁整理袖口。江助理让另一名助理带大家去吃饭,随后又进了办公室。

"二少,今晚……去接太太?"

闻泽辛端起咖啡喝了一口,咖啡已经凉了。他咽下咖啡,掀起眼眸道:"对,你给太太的事务所打个电话,不要做得太丢人。"

她不回去,绑他也要将人绑回去,但要体面,所以得先确定她现在在哪儿,最好是在陈家。

江助理哎了一声,随后拿起手机拨打宸曜的电话。不一会儿,那头就有人接,江助理掩着话筒,询问了对方两句。

下一秒,江助理的神情僵了僵。

闻泽辛盯着他:"怎么了?"

江助理挂了电话,抬头看向闻泽辛,咽了下口水:"太太……太太她今天出差了。"

闻泽辛的脸色一下子沉了下去:"出差?去哪儿?"

"这个,对方没说,项目在他们公司应该是保密的。"

"保密?"闻泽辛嗤笑一声,拿起手机拨打了好友的电话,好友在那边说了一个公司以及出差地点。

闻泽辛嗓音低沉地问:"她出差多久?"

"差不多十天吧。"

"十天?"闻泽辛烦躁地扯了下衬衫领口,笑着跟好友说挂了电话,随后抬起眼眸看向江助理。

江助理被他眼底的戾气吓到。

闻泽辛慢条斯理地收回视线,把玩着扯下的领带,笑道:"难怪她一直不肯答应我回家,原来是做了这些准备呢。"

江助理低头,不敢吭声,也不敢抬头乱看。

闻泽辛猛地扯了下领带,随后将其扔在垃圾桶里,说:"行了,你出去吧。"

江助理:"哎。"

他拉开门赶紧离开,刚走到门口,里头再次传来声音:"等一下。"

江助理咽了下口水,回身说:"我会时刻准备麻袋。"

闻泽辛却抬起眼眸,站直身子,手插在口袋里,问道:"盛林,是谁的产业?"

江助理愣了几秒,随后拿出手机开始翻看,页面滑动得很快:"赵氏集团小公子赵练前几年刚收购的,当时恰逢驰腾车出事,盛林主做驰腾配件……"

"闭嘴。"闻泽辛突然喝道。

江助理抬起头，眨了眨眼。

闻泽辛指着他手里的手机："老板是赵练对吗？"

江助理啊了一声："是。"

闻泽辛冷笑一声："哦，赵练。"

他们是大学同学，赵练还追求过她，那么巧啊！

江助理一脸迷茫："老板？"

闻泽辛伸手拿起桌面上自己的行程表看了几眼，随后把行程表放了回去，走过去拿外套，一边穿上一边说："去盛林。"

江助理："啊？好的好的。"

闻泽辛把车钥匙扔给江助理，江助理按着电梯，说："您明天早上有一个会议，是俱乐部的。要赶回来吗？"

闻泽辛扣上纽扣，淡淡地说："明早回来。"

江助理："好的。"

两个小时车程，早点儿他们是可以赶回来的。电梯抵达负一楼，两个人上了车，江助理启动车子，一出地面，感觉到风大，说道："老板，今晚可能下雨啊。"

闻泽辛靠着椅背："嗯。"

"我们等一下要停下吃饭吗？"

"不用。"

江助理这才反应过来，陈依也在盛林："哦，对了，你可以找太太吃饭。"

闻泽辛看一眼窗外，一声没吭，但也算默认了。车子抵达 B 城郊区，下高速的那一刻就滴滴答答地下起了小雨。

天色也暗了，入夜，路灯虽然暖，但都挺暗的，车灯斜斜地投在地面上，车子开往盛林，快到了车速降了下来。

盛林一侧的楼梯走下来两个人，一高一低，一男一女，共撑一把蓝色的雨伞，水珠溅在地面上，偶尔溅上女人的小腿，晶莹剔透。

江助理趴在方向盘上，难以置信地看着那两个人。雨夜中的陈依穿着白色衬衫和黑色 A 字裙，还搭了一件黑色的外套，步伐似有些匆忙，但是旁边还有一个温和的男人给她撑伞。

江助理坐直身子，抬起头想跟老板说话，只见后座一片昏暗。

男人很是安静，嗓音冷淡："关上车灯。"

"哎。"江助理赶紧将车灯关上，这边一下子就暗得很，因为靠近草丛，加上雨夜，更暗。

车门被打开，江助理转头。

闻泽辛撑着把黑色雨伞，靠着车门，手插在口袋里。他很高，雨伞也压得很低，少许的雨水溅到他的腕表，袖口一下子就湿透了。

他没有动，像守株待兔一般。

这时，那边过来的两个人匆匆地赶往后面停着的轿车。陈依准备下楼梯的时候突然下雨，她又返回去找雨伞，碰上赵练在，赵练给她拿了雨伞，后来又说他也要去酒店。他这几天也是住在酒店里，加上他有车，就让陈依搭他的车。陈依看着时间很赶，加上外面下雨，便答应了。

大学时赵练的追求早就随着时间变淡了，陈依也没想那么多，下楼的时候，赵练苦笑了一下，说："这家公司我很想收拾掉那些股东塞进来的人，所以才找了你们事务所来帮忙。"

陈依愣了一会儿，也算明白了。

不过赵练这么一说，倒让她想起了自己的父亲，于是她跟赵练说："我们会努力的。"

"谢谢。"

两个人下了楼梯，陈依就加快了速度。因为很赶，此时八点多了，这边郊区环境比较田园化，赵练过来的时候车子顺便停在了距离盛林门口有点儿远的地方，两个人匆匆地走过去，夜黑，加上下着雨，有点儿遮挡视线。

"去哪儿啊？"一道低沉的男声砸在雨水中，传入两人的耳里。

陈依转过头看去，下一秒心跳差点儿停止。闻泽辛懒懒地靠着车门，雨伞微微倾斜，桃花眼含着一丝冷厉的光看过来。

他一身黑色衬衫跟长裤，跟黑夜融为一体似的，一边肩膀湿了点儿，隐约可见肌理。

赵练率先反应过来："二少，我送陈依去拿资料。"

"陈依？"闻泽辛咬着这个名字在喉咙里滚了一圈，对陈依道："过来，去哪儿？去拿什么？老公带你去。"

陈依迟疑了一下。

她这一迟疑惹笑了闻泽辛，他眯起眼："不过来？"

"那我抢了。"

110

话音刚落，陈依猛地迈过去，来到他的伞下。闻泽辛单手一把扣住她的腰，陈依抬眼正想对赵练说一声感谢，身侧的男人突然抬起长腿，狠狠地踹向赵练。

陈依惊了一下，大吼："闻泽辛！"

可是来不及了，没有任何防备的赵练踉跄了两下，膝盖一软，握着伞差点儿跪在地上。陈依急得想去拉他。

闻泽辛扣紧她的腰，将她扣回了雨伞里，随后踹了一下门，江助理快速地从车里下来，冒着雨给开了后座门。

闻泽辛把陈依推进去，关上车门，手里还撑着雨伞，挡在这一方天地间。他垂眸看着陈依，冷漠地道："别弄得好像我棒打鸳鸯似的。"

陈依冷静下来，盯着他说："他只是帮我而已。"

闻泽辛笑了笑，指尖摸了一下她的发丝。他的指尖有些冰凉，陈依瑟缩了一下，闻泽辛眯眼道："两次主动找你，他那是贼心不改，我踹他一下便宜他了。"

陈依咬着牙，一声没吭。

说着，他让江助理升起车窗。

陈依阻挡不了，只能死死地盯着外头，就怕闻泽辛又干什么。好在闻泽辛握着伞，站直身子后看了赵练一眼，便绕去那边的车门。

赵练已经站稳了，膝盖疼得厉害。他看着车窗，一声没吭。

这时，他的手机响了一下，他低头看了一眼，是陈依发来的消息。

陈依："抱歉。"

赵练回复："没事。"

这边，陈依放下手机，闻泽辛已经进来，带着一身水汽。他扯了扯领口，对江助理说："开车。"

江助理立即启动车子。

车子飞快地掉转，车轮在地面上溅起一层白色的水花，车里一阵安静。陈依查看着自己的小包，怕溅到水。

好在什么事都没有。

她除了袖子跟头发有些湿，其他地方都还好。闻泽辛就真的湿了一大半，搂她的时候被淋到的。他垂眸看了一眼袖子。

几秒后，手按着她的脖子，他将她按到自己的怀里，低着头，闻着她身上的香味。

突地，一股不熟悉的香味钻入鼻息，还是男人的香水味，闻泽辛眯眼，脸色沉沉地看着她："你身上怎么多了一股男人用的香水味？"

陈依愣了一下，撑着手臂抬起来，低头嗅了嗅自己的袖口。

闻泽辛沉着脸看她："你今天接触了多少男人？"

陈依听出他嗓音里的不爽意味，抬起头看着他道："很多。"

闻泽辛下颌紧绷，从牙缝里挤出一句话："很多？男人？""是。"陈依的声音很冷静。

闻泽辛按着她的脖颈，垂着眼眸，视线在她脸上扫过，几秒后，他松开陈依。

陈依坐了回去，理了理头发。

闻泽辛转头看了她一眼，也收回视线，因咬着牙，显得整个人冷硬而阴沉。车里安静下来，只有一丝下雨天的寒气弥漫在四周。

天气原因，车子里开了点儿空调，但是袖子被淋得半湿不干的，陈依有些难受，还有一点儿冷。

一件西装外套扔到了她的肩膀上。

闻泽辛低冷的嗓音响起："穿上。"

他的西装惯来是做工用料最好的，一点儿花纹也非常精细，接下来还有很多工作，陈依不希望自己感冒。

何况她会这么狼狈，也是因他而起。

陈依披上外套，说："谢谢。"

男人没应。车子碾过水洼地，溅起一大片水珠，很快，拐过两个路口，车子抵达陈依所在的酒店。

这酒店是这边最好的，在这有些老房子的环境下，酒店的装修看起来鹤立鸡群。

雨点还是密密麻麻的。

车子开到酒店门口，有了遮挡就不用撑伞了。江助理下车给陈依打开车门，陈依披着外套下来，笑道："谢谢。"

江助理不敢朝陈依笑，只是恭敬地站在一旁。

闻泽辛推开另外一边的车门，高大的身子走过来，握住陈依的手腕。陈依踩着高跟鞋，不得已被他拉得走快两步。

闻泽辛另一只手扯下她肩膀上的外套，随后扔在一旁的垃圾桶里，做工精细的外套啪嗒一声，就那么挤在垃圾桶的外边。

陈依皱眉，看了好几眼。此时电梯门恰好打开，闻泽辛把陈依推了进去。陈依没吭声，安静地站着。

闻泽辛牵着她的手腕，按着手机。

电梯抵达六楼。

来到陈依的房外，陈依拿出门卡刷了，说："我同事跟我一起住。"

闻泽辛手插在口袋里，看着她开门，冷漠地说："那又如何？你们还能一起睡？"

陈依咬了咬牙，看来他把她的行程什么的都调查得清清楚楚了。

嘀嘀——

门开了，房里扑面而来一股暖气。这个天气下雨阴冷得很，屋里散发着陈依常用的那股淡淡的香水味。

闻泽辛的脸色这才稍微好些。进门后，陈依放下小包，下一秒人就被拉到她房间的浴室里。闻泽辛单手按开浴室门，把她推了进去。

"洗澡，把你身上那点儿男人的香水味洗干净。"

他反手抓起床边的浴袍往她怀里塞。浴袍是白色的，是陈依自己买的，浴袍里还塞着一条吊带裙。

闻泽辛将目光落在那黑色吊带裙上，看了几秒。

陈依将浴袍跟吊带裙扔在一旁的收纳桶上，说道："你身上有女人的香水味的时候，我的反应可没你这么大。"

闻泽辛抬起眼眸，桃花眼里阴沉一片。他靠着浴室门，随即嗤笑一声："没有吗？你的反应也很大，恨不得离我十米远。"

陈依盯着他，淡漠地说："那是我不懂事，我现在不在乎你身上有没有女人的香水味，但愿你也别管我这个那个，因为你身上的香水味是花天酒地来的，而我的不是，我是因为工作。在这方面，我比你高级多了。"

"什么工作身上会沾男人的香水味？"闻泽辛狠狠地反问，几秒后似是想到了什么，"雅沁，你刚刚沾的那个香水味是赵练的，公子哥们最喜欢装模作样的香水味。"

想到赵练刚刚被闻泽辛那么对待，陈依心头一跳，怕害了赵练。她俯身抓起浴袍跟吊带裙，说道："我这个是意外。"

说完，她反手关上了门。

闻泽辛手插在口袋里，站直身子，一声不吭地盯着浴室门，心口翻涌，心头烦躁。

意外吗？

她那么怕他收拾赵练吗？

她护着他？

113

关了浴室门后，陈依拿起手机，准备给深姐打电话，结果深姐那边就来电话了，陈依接起来："深姐。"

"陈依，资料拿到了吗？"

陈依盯着怀里的浴袍，有些泄气，只得硬着头皮道："还没，等会儿。"

她抱着外套敲了敲门，喊道："闻泽辛。"

几秒后，男人低沉的声音传来："嗯？"

他果然还没走。陈依按着话筒，说："你去给我看看，入门的柜子上有没有一份舞弊风险的资料。"

门外的男人没应。陈依握紧手机，几秒后，闻泽辛的声音再次传来："有，文件袋装着，装订25页。"

陈依松了一口气，放开话筒，说："深姐，找到了，我刚刚淋湿了，换一下衣服就去……"

"找到就好，不用了，这边下雨准备停电，我带电脑回去，你把资料放我的房间里，顺便拍张照片给我。"

陈依："好的。"

随后那边的人挂了电话，陈依呼一口气，没耽误工作就行。她放下手机，打开花洒开始洗澡，把全身都用沐浴露洗一遍，然后洗头，随后穿好衣服，一把拉开门。闻泽辛也不在门外了，而是站在落地窗边打电话，看着夜景。

听见动静，他抬起眼眸看来："还用去盛林吗？"

陈依抿了抿唇："不用。"

随后，她走过去翻开桌子上的资料，拿出手机开始拍照。资料被萧小娴用过，但是原封不动地送了回来。

陈依一时也弄不懂萧小娴突然拿资料去干吗，也没有任何批注，但都是同组的人，该做的事情都差不多，她便没有再多想。

房里灯光昏暗，她的黑色吊带裙在浴袍里，隐隐约约露了点儿裙摆出来，闻泽辛讲着电话，目光却一直在她身上。

他从上到下打量着她，眼眸里毫不掩饰地带着欲望。

拍好照，陈依收起资料装好，随后提着文件袋出去找服务员要深姐房间的钥匙，给她送去。把资料放在深姐的床头柜上，陈依拍了相片留着，转身离开，好在深姐是单独一个房间。回到自己所住的套房后，陈依看了一眼卧室。

卧室里多了一个黑色行李箱，浴室门关着，里头亮着灯，他在里面洗澡。陈依拢着浴袍带子，在沙发上坐下，乱糟糟地想着什么。

她自认还没办法完全把性跟爱分开。闻泽辛在床上要得厉害，但某些时候也是温柔的，她这段时间感觉自己无比清醒，一点儿都不希望功亏一篑。

想着想着，她感觉肚子有点儿不舒服。

浴室门就在这时打开，高大的男人穿着黑色浴袍走出来，头发有些湿。他抓了两下，看着她："回来了？"

陈依看他一眼："嗯。"

闻泽辛走出来，他人高，一下子遮掉不少光线，胸膛上有水珠跟着滚落，没入衣领，肌理分明。

他走到她身侧坐下，俊美的脸没什么表情，但是很直接地就坐在她的旁边，挨得很近。陈依抿着唇、低着头，客厅里两个人身上的沐浴香味跟洗发水香味融合。闻泽辛靠着扶手，垂眸看着她，眼神带着侵略感。

这时，陈依感觉肚子隐隐作痛，伸手捂了一下，突地想到了什么，看向闻泽辛："我……"

闻泽辛看着她的手，眯了眯眼，随后拿起手机看了一眼日期。看完后，他默不作声地拿起一旁的话筒。

"送卫生棉、红糖水以及暖宫贴上来。"

陈依看着他，愣了愣，随后把视线挪到一旁。

她说："你怎么知道这些？"

喠——放下话筒，闻泽辛抓住她的指尖捏了几下，很冰凉，嗓音低沉地说："进屋去多穿一件衣服，你平时用的不就是这些？"

陈依点了点头，收回手，起身往房间走去。进了浴室，陈依上了一个洗手间，接着发现真来"大姨妈"了。

她松了一口气，就在洗手间里待着。

客厅里，闻泽辛抓了抓头发，长腿交叠，往后靠着。不一会儿门铃响了，闻泽辛起身捞起桌上的烟，点了一根咬在嘴里，单手拉开门。

门外是酒店的服务员，一抬头看到开门的俊美男人，愣了几秒，红着脸把东西交给他。

闻泽辛接过："谢谢。"

随后他反手关上了门。

门外的服务员从缝隙里可见男人眉宇间染上了烟雾，漫不经心又带着野性，有几分危险。闻泽辛提着东西，放在茶几上，从里面翻找出一包卫

115

生棉，走向浴室门口敲了敲："东西放在柜子上了。"

陈依在里面又洗了一个澡，顺便把刚刚的裙子跟贴身衣物换下。她听到声音，应道："好。"

穿着棉质的裙子，陈依拉开门把卫生棉拿进去贴上，随后揉着肚子出来，走到客厅，就见闻泽辛站在茶水柜旁，慢条斯理地搅着红糖水。

陈依走过去，说："我来。"

闻泽辛放下勺子，将杯子端给她，垂眸看了她的肚子几眼："好点了没？"

陈依接过来说："没有。"

随后她走到沙发边坐下，一边喝着红糖水一边斟酌。她看一眼时间，快十点了，说："这套房我同事跟我一起住。"

闻泽辛靠着茶水柜咬着烟，抱着手臂："然后呢？"

陈依看向他，道："你要不要再去开间房？"

闻泽辛嗤笑一声，没应她，侧过身子把烟在一次性的杯子里掐灭，端起那杯子扔在垃圾桶里，随后走过来俯身打开袋子，从里面取出暖宫贴递给她，说："夫妻俩，分什么房？"

"本来今晚你不出差，也得回家的。"

他伸手就要去拉她的裙子，陈依惊得赶紧缩脚，说道："这是客厅，我同事随时可能回来。"

闻泽辛停下动作，垂眸看着她，几秒后拿走她手里已经喝完但还咬着杯沿的杯子，俯身把她打横抱了起来。

"那就去房间里。"

陈依愣了一下，靠在他怀里看他一眼，随后别开视线。

可能是因为第二次澡洗得太久，陈依眼尾泛红，柔美中带着赢弱。闻泽辛关上卧室的门，低头看她许久，接着就着这个姿势堵住她的嘴唇，结结实实地堵住那种。

这也吓了陈依一跳，她略微挣扎，男人温热的舌尖顺势探了进来，那种温热的包裹感，令闻泽辛微微眯起眼眸。

陈依的动作也开始大了，闻泽辛不怎么吻她的，尤其是这种舌尖相缠的吻，婚后这么久，唯一的一次是他喂她鱼胶。

送了鱼胶后他就退了出去。

他从没这样过。

她甚至曾经怀疑这个男人有些微洁癖。他不喜欢跟人接吻，她还因此

116

怀疑他或许只喜欢吻别的女人，但不喜欢吻她。

他对她只有床上的那点儿事。

所以此时她很慌乱，扬手就打。

闻泽辛咬破她的嘴唇，一把捏住她的手，抬起眼眸："睡觉。"

他扔开她那只柔软无力的手，陈依蓄在掌心里的力量一下子就泄了，人也被他抱在床上，瞪着他。

闻泽辛拉过被子给她盖上，揉了下她嘴角破了的地方，看她有些发疼得瑟缩，嗤笑了一声："对你老公好点儿。"

"你让别的女人对我好点儿，你自己也要以身作则，否则哪儿有资格去教训别的女人？"

陈依眯起眼："你无耻。"

闻泽辛绕去床那边，关了床头灯，掀开被子躺了进去，低声道："过来。"

陈依没理他。

闻泽辛看了她的背影一会儿，随后凑过来，从身后抱住她的腰："算了，今晚让着你，'姨妈期'暴躁些我能理解。这巴掌也就算了。"

陈依咬了咬牙，看着这边微弱的床头灯，下一秒男人抢走她手里的暖宫贴，撕开了，从下方给她贴上。

陈依闭上眼。

床头上的手机在此时叮地响了一下，陈依猛地睁开眼，看向那手机。那是闻泽辛的手机，好像是有微信消息，但身后这个男人没搭理。

陈依觉得自己心里乱糟糟的，不知在想什么，渐渐地也就睡了过去。

她唯一的想法就是，不能走回头路。

半夜雨渐大，打得窗户啪嗒作响。这套房环境好，都有落地窗，陈依醒了几次，推着男人的手臂，但没推开。

他睡得很熟，即使半夜他的手机响了两声，他都没醒。

陈依却被闹醒，看着他那部手机，又开始胡思乱想，而且肚子时不时地隐隐作痛，导致一晚上过得有些水深火热。

第二天陈依的闹钟响了，她一下子就清醒了，想从床上起来。闻泽辛还睡着，甚至因为她的动作，男人手臂用力，又把她给搂了回去。

陈依跌回床上，有些不耐烦，撑着身子起来推了他几下："松开我，闻泽辛。"

闻泽辛半睁开眼，也有点儿不耐烦："几点了？"

他的声音有些嘶哑。

陈依："八点，我要工作了。"

闻泽辛看她许久，随后松开了手臂。陈依一下子就趴坐起来，闻泽辛手搭在额头上，几缕发丝垂落，因为睡了一晚上，浴袍敞开了些，胸膛肌理分明，薄唇紧抿。

"才八点。"他说。

随后他又浑浑噩噩想继续睡的样子。

陈依懒得理他，赶紧下床，收拾收拾去洗漱换衣服，顺便把肚子上贴着的东西撕下来。一个晚上贴着，肌肤都有些发红了。她把东西扔在垃圾桶里，随后发现垃圾桶里有一坨衣服，是白色衬衫跟黑色 A 字裙。

陈依愣了几秒，弯腰去翻垃圾桶。

她黑着脸起身，吼道："闻泽辛，你扔了我的制服？"

闻泽辛刚起来，坐在床边系着浴袍带子，懒懒地道："对。"

陈依："你扔它干吗？洗洗就能穿了！"

闻泽辛揉着脸，昨晚睡得太好了，此时还有些困，嗓音从指缝里流出来："扔就扔了，废话这么多。"

陈依："……"

她气得胸口起伏，但是公司小组群里已经在发信息了，响个不停。陈依只得看一眼垃圾桶里的制服，去拿外套穿上。

随后她走向门口，闻泽辛恰好也站起来，两个人狭路相逢，陈依看了他一眼，道："以后我身上说不定会沾更多香水味，你能扔多少？"

"我现在还要在这里工作八九天，你留在这里扔我的衣服吧。"陈依咬牙切齿地说着，带着狠意。

闻泽辛将放在浴袍带子上的手放下，垂着眼眸看着她，眼底风起云涌，几秒后说："别挑衅我，等会儿你连工作都没了。"

陈依看着他，冷冷地道："二少厉害。"

说完她一把拉开门走了出去。

闻泽辛站在原地，神色发冷，几秒后抬起眼眸看向门外那女人。她正跳着脚在穿高跟鞋，小腿白而细，他母亲送她的脚链逼着她戴上，现在那串玫瑰金色的脚链在她的脚踝处晃来晃去。

闻泽辛挑了挑眉，心情倒好些了，按开房门对陈依说："记得带上红糖、卫生棉还有暖宫贴。"

陈依没理他，穿好高跟鞋。对面的门也在这时打开，萧小娴提着包从房间出来，看到陈依说："早。"

陈依："早。"

下一秒，萧小娴视线往后，看向那微开的门内一闪而过的高大男人的身影，匆匆一眼，可看见男人棱角分明的侧脸。

萧小娴愣了几秒，随后收回视线，神色复杂地看着陈依："你老公？"

陈依拿起桌上的资料，顿了顿："嗯。"

萧小娴："哦？"

陈依有些敷衍地应了一声，随后走向门口拉开门。萧小娴跟在她身后，淡淡地说："既然嫁了人，就安分一些吧。"

安分？

陈依抬起眼眸看向萧小娴："你从哪儿看出我不安分？昨晚在我房里的是别的男人？"

萧小娴被反驳得愣住了。

对面的房门也在这时打开，周燕跟另外一名同事出来，笑着挽住陈依的手："早上好。"

"早上好。"陈依的眉眼间这才染上笑容。

其他房门也陆陆续续打开，深姐拿着资料出来，梁振峰打了个哈欠道："昨晚你走后我们就担心你被雨淋到，周燕还给你送雨伞下去呢。"

"没想到赵总那么好，还送你去酒店。"周燕笑眯眯地撞了陈依的手臂一下，陈依无奈地扫了她一眼。

一行人进了电梯。

梁振峰探头笑着对陈依说："她估计又在脑补什么小说剧情了。"

深姐跟着笑："嗯，她还想着你们在雨夜中畅聊人生。"

陈依看着深姐，问道："我跟谁？"

周燕："你跟赵总啊！"

陈依无奈，推了周燕一下："我是已婚妇女。"

"现在的少妇都很有魅力，有几个追求者很正常嘛！"周燕哈哈笑道，几个人笑着调侃陈依。她们越调侃，后面的萧小娴脸色越黑。

她们的话像是打她的脸一样。

整个小组的人在酒店餐厅里吃饭，精算审计组的人也在昨天下午抵达，只是他们还没参与工作，今天要一起去盛林。

在车里，陈依这才想起一些事情，看一眼在前面坐着的萧小娴，拿出手机给闻泽辛发了条短信。

因为她删了他的微信。

陈依："你早点儿回 B 城，我跟同事住，你在这里不方便。"

那头，男人没回。

陈依也就没再看，车子很快抵达盛林，两个小组的人下车，上楼。经过赵练的办公室时，陈依下意识地看了过去。

里面没人，陈依收回视线，心想找个时间请赵练吃饭。

她刚转过身子，就对上萧小娴的视线。萧小娴似乎也在看赵练的办公室，陈依转过头恰好捕捉到。陈依顿了顿，看着萧小娴的眼神有些探究。

萧小娴冷冷地收回视线，随后进了办公室。陈依回神，跟着进去，所有人落座，又开始了新一天的工作。

酒店里。

闻泽辛从浴室里出来，江助理已经把闻泽辛的手机都打爆了。闻泽辛慢条斯理地穿上衬衫跟长裤，看到手机里有一条短信。

本来他想忽略的，可是看到"她"这个称呼，挑了挑眉，打开收件箱就看到了短信内容。

她："你早点儿回 B 城，我跟同事住，你在这里不方便。"

她这是在赶他走。

闻泽辛没回，江助理的电话又打进来了，他接起来，嗓音低沉地说："我知道，早上有个会议，不用催。"

江助理一口气上不来，他看着手表："二少，已经来不及了。"

"嗯。"闻泽辛扣上皮带，捞起西装外套，拉着行李箱走出去。江助理在门外等着，一看见他，赶紧上前。

闻泽辛把行李箱推给江助理。

江助理接住，说道："我已经安排改时间了。"

闻泽辛放下手机，淡淡地看他一眼，手插在口袋里进了电梯。江助理呼了一口气，跟着进了电梯。

几秒后，江助理看着闻泽辛："二少，你昨晚睡得挺好？"

闻泽辛挠了挠眉峰："嗯。"

江助理挑眉，不错啊，二少终于有一天能睡好了，看起来情绪都好些了，他打电话这样催，二少都还有点儿耐心。

下到一楼，两个人出门，闻泽辛却目光一凛，扫向了旁边。赵练背对着大门正在打电话，声音温润地笑着道："好，那我下午订个餐厅，这边你不熟吧？"

"陈依，你太客气了。"

闻泽辛："……"

陈依？江助理听见太太的名字，也是条件反射性地看向自家的老板。果然，闻泽辛俊美的脸上已经不见刚才的好心情了，神色阴沉。

江助理心口咯噔一下，拉开车门，试探性地问道："老板，上车吗？"

收回在赵练身上的视线，闻泽辛看向江助理，看得江助理浑身僵硬，特别怕老板做出什么凶残的事情。

他挤出一抹笑，试图缓和气氛。

闻泽辛垂下眼眸，理了理袖口，什么都没说，俯身上了车子后座。江助理看着老板俊美的侧脸，赶紧把门关上。

砰一声，世界安静。

江助理绕去驾驶位开车，启动车子。黑色的轿车开下斜坡，掉转车头往大门开去。车窗封闭，阳光投射在车窗上，里面的男人按着手机拨打了一个号码。

很快，电话接通，陈依柔美的声音传来："什么事？"

她正在工作。

闻泽辛长腿交叠，手放在大腿上，淡淡地道："下午我订了餐厅，我们一起吃晚饭。"

陈依："下午没空。"

闻泽辛一下绷紧下颌，挑了下眉："忙到晚饭都没空吃吗？"

陈依："是的。"

"是吗？那我怎么听说你要跟赵练吃饭？"

陈依在那头呼吸停了几秒，也沉默了几秒，不知道他是怎么听说的，但是他这消息也太灵通了。

陈依起身走出办公室，免得几个同事盯着她看。她推开门走进消防通道，说："是，晚饭我约了赵练。"

"承认了？"闻泽辛勾唇，笑容带着一丝冷意，反问道。

陈依冷冷地道："这又不是什么大事，为什么不敢承认？"

闻泽辛沉默下来，舌尖抵了下腮帮，随后道："不许去，如果你觉得他的膝盖受得住的话……"未尽的话隐隐带着一股威胁之意。

陈依在那边一下子就感觉头皮发麻，握紧手机，语气发狠地说："闻泽辛，你杀人诛心啊！我是因为什么请他吃饭，你能不知道吗？本来没什么事情的，就因为你那一脚，我不得不请他吃饭赔罪。你是高贵的少爷，我

121

可不是什么千金，我做不到像你那样横行霸道！"

说完，陈依狠狠地挂了电话。

嘟嘟嘟的声音在耳边回响，闻泽辛按着手机，眼眸冷得如冰。江助理从车内后视镜里看他一眼，惊得方向盘差点儿打滑。几秒后，闻泽辛将手机狠狠地扔在一旁的椅子上，猛地闭上眼。

江助理这才用力一踩油门，车子上了高速。只要二少别让返回去就行，今天俱乐部的会议非常重要，下半年有两场比赛，去年俱乐部的两支战队止步于亚洲赛区，这次重整后是准备冲出亚洲的。

闻泽辛是那群小孩儿的定海神针啊！

车子疾行入隧道，再出来时，后座的男人睁开眼，低沉地对江助理说："调查一下太太在大学时跟赵练的交集，下午我要全部知道。另外除了俱乐部的会议，下午的其他会议全部推迟。"

江助理握紧方向盘，松了一口气，点头道："好的。"

看来下午他们还要跑一趟盛林。

他立即拿起手机按了语音，让那边的人立马调查。闻泽辛垂眸看着他那部手机，抿紧了薄唇。

挂断电话后，陈依的心口还微微起伏着，她捏紧手机，最后没忍住翻了个白眼，在消防通道里又站了一会儿，平复心情才离开。

她回到办公室时，大家都在忙。陈依悄悄走过去坐下，周燕起身给她倒咖啡，随后把刚刚打印的文件递给她。

陈依接过来，笑道："谢谢。"

周燕笑眯眯地道："客气什么？"

陈依的心情好一些了，她看着电脑上的数据，旁边精算组的人也忙得热火朝天。萧小娴从她的桌上拿走舞弊风险的文件，看了她一眼。陈依也看萧小娴一眼，萧小娴收回视线，余光扫了一眼陈依的手机。

总之，她全身上下都透露出很关注陈依的样子。

临近中午，深姐起身松了松筋骨，对周燕说："没什么时间出去用餐了，你十一点半给大家订餐吧。"

周燕哎了一声："好的，你们想吃什么啊？"

话音方落，身后的办公室门就被推开，众人齐齐转头看去，赵练穿着一身西装按着门，笑道："要不中午我这边安排？在食堂里吃怎么样？"

一群人愣了一下。

深姐笑道："这怎么好意思？"

"本来就该我们负责的，没什么不好意思的。深姐，食堂这边今天专门为你们开了小灶，赏个面子？"赵练笑着，斯文的脸上带着笑意。

深姐笑了一下，看一眼其他人，其他人听见开小灶，那自然是乐意的。深姐深深觉得这群人真是吃货，一点儿不好意思的样子都没有。

她对赵练说："好的，那就麻烦赵总了。"

"客气了。"赵练看向陈依，很不经意的那种，随后关上门。

坐在陈依旁边的萧小娴突然啪一声放下一整沓资料。小组的人茫然地看了她一眼，陈依也偏头看去，只见萧小娴盯着她。

深姐皱眉："小娴，你有什么想法吗？"

萧小娴收起资料，扯了一下嘴角："没有，就是资料有点儿重。"

随后她重重地坐下。周燕见状，凑过去跟梁振峰嘀嘀咕咕。十二点左右，一行人收拾东西，关上办公室的门，前往盛林的食堂。

今天盛林的食堂是真给大家开小灶，有海鲜、有汤等。陈依跟周燕打了饭选了一个六人座的位子坐下。

不一会儿，萧小娴跟着在对面坐下来。周燕看陈依一眼，努了努嘴，陈依低声道："吃饭。"

周燕又扫一眼萧小娴，随后低下头开始吃饭。

这时，对面的椅子被拉开，又坐下来一个人。三个人抬起头，对上赵练那张斯文的脸，他微微一笑，拿起筷子说："我今天沾你们的光。"

周燕哇一声，笑道："赵总真接地气。"

赵练笑笑，看向陈依，点了点头。

陈依微笑。

接着，赵练看向萧小娴："刚刚差点儿没认出来，抱歉。"

萧小娴握着筷子，迟疑地看一眼赵练，笑了笑："真是感谢你终于正眼看我了。"

周燕拽了陈依一下，陈依看对面的两个人一眼。赵练接触到她的目光，笑道："小娴跟我同系，当初她还给我出了主意。"

当初，是指他追她的时候吗？

陈依总算明白萧小娴早上说那句话的意思了。

"哦，那也是校友。"陈依点头。

赵练笑着道："是啊，很巧吧？"

萧小娴扯了下嘴角，冷冷地看一眼陈依，那无端的敌意让陈依愣了几秒。过了一会儿，陈依觉得这份敌意恐怕是因为赵练。

陈依顿了顿，想着晚上那顿饭要不要跟赵练吃，但她是为了赔罪，又不是为了别的。她抿了一下唇。

这时，萧小娴端着托盘走了。

赵练也低头吃着饭。

陈依看赵练一眼，随后低头吃饭。周燕吃完了，去排队打汤，说顺便给陈依打，陈依哎了一声。

这桌子边就剩下陈依跟赵练了。

赵练放下筷子，抬头看着陈依，轻声问："现在项目到哪里了？"

陈依顿了顿，顿时明白过来，他的意思是说这家公司的事。陈依回道："刚开始，精算组的人刚到，你们这边舞弊风险挺大的，而且按账目来说……"

"亏损对吗？"赵练反问。

陈依没吭声。

赵练支着额头，有些迷茫地道："我当初要接这家公司，我爸是不同意的，这几年陆陆续续借着银行的贷款才维持下去，我也不知道这里面被亏空了多少。"

陈依："等数据出来就知道了。"

赵练叹了口气，看样子挺无可奈何的。

陈依听他叹气，隐隐约约像是看到了父亲在家里叹气一样。她想了想，安慰道："没事，盛林的底子还在。"

陈氏也是底子还在。

赵练看着她柔美的脸，随后点头："好。"

"我吃好了，晚上我们再聊。"他收拾了餐盘说道。

陈依："好。"

他走后，周燕打了两碗汤回来。喝过汤，陈依接到了廖夕的电话。趁着其他人午休，陈依又走去消防通道接电话。

"妈，你吃饭没？"

"吃了，昨天你到了 B 城周边怎么没给我打电话？"

陈依笑了一下："忘记了。"

她被闻泽辛给闹得忘记了。

"我给你发信息你也就回了一个表情。"廖夕的语气有点儿无奈，随后她说，"对了，陈鸯从昨天下午出去，到今天还没回来，我打她的电话她只接一下就说要忙，我都不知道她在忙什么。你要不要问问她？"

124

陈依皱眉："她没跟你说她出去干吗吗？"

"说是跟同学玩。"

陈莺毕业后这几年一直在做什么模特，可是混得乱七八糟的。就是因为这样，陈庆才不肯让她去陈氏。本来陈氏就乱了，她去了如果做不好不是更乱？

陈依冷笑了一下："她那些同学有几个靠谱的？"

"是，就是这样我才担心，你爸还得明天才回来，我说她她不听的。"

自从大伯、大伯母去世后，其实谁都管不了陈莺。陈依道："行，我给她发信息问问。"

"好，你记得回我消息。"

挂电话后，陈依打电话给陈莺，但被挂断了。陈依靠着墙壁，脸色黑了下来，转而发信息过去。

陈依："陈莺，你最好给我回一条信息。"

B城博雅俱乐部二楼的咖啡厅里。

陈莺站在洗手间门口，挂断陈依的电话，结果刚挂断，微信就来。她看了几眼，撇了撇嘴，不耐烦地编辑消息。

陈莺："回什么？我在工作，忙死了。我晚上就回去，让婶子别担心。"

说完她把手机扔进包里，随后整理了一下衣领，又加涂了口红才走出去。外面浅灰色的沙发上坐满了靓丽时尚的女生，一个个戴着名牌表，背着名牌包，正在说笑。其中一个朝陈莺挥手，让她赶快过去。陈莺微微一笑，快走两步，顺了下裙摆，坐下来。

对面是拿着叉子在吃蛋糕的林筱笙。

林筱笙对陈莺爱搭不理，陈莺笑着跟别人说话。有人谈到闻家兄弟，其中一个笑道："哎，闻大少好像要复婚了吧？"

"对，是听说，他追沈璇可花了不少心思呢！我真觉得他是不是瞎了眼，沈璇当初按着他离婚，他居然还把人给追回来，真是挺犯傻的吧。"

"难道联姻一次，沈璇就给他下了蛊吗？"

"无语。"

"沈璇的手段那么了得，谁知道她是不是真用了什么下作的手段？她已经怀孕了也说不定，闻泽厉没办法，只能把人追回来。"

"也是，这B城除了四大家族，其他都是陪衬，沈璇估计是想通了，赶紧用手段把人给弄回来。她也不过如此嘛！"几个人语气中带着酸意，绝口不提闻泽厉那些隐约下跪以及疯狂把人追回来的事情，那说起来更酸。

125

"说起这个，闻二少一看就不是那种犯傻的人吧？"

这问题一出，众人安静下来，下意识地看向林筱笙以及对面的陈莺。陈莺陪着廖夕去参加了几次太太们的聚会，加了不少千金的微信。不过她加是加了，但这些千金还不太看得上她。

直到那天林筱笙跟她父母被闻泽辛逼着去道歉，其他人才从明面上看出闻家对陈家的重视，于是有人开始跟陈莺联系。

今天是陈莺第一次被她们约出来。

"哎，陈莺，你怎么看？"有人突然推陈莺一把，笑着问。陈莺笑了笑，看一眼林筱笙，含糊地道："我姐夫怎么会犯傻？"

"那你说说，你姐姐跟你姐夫感情如何？"

"还不错。"

"真的吗？"其他人对视一眼，"要是他们感情好，你姐姐又怎么会说出那样的话？"

陈莺脸上的笑容僵了僵。

坐她旁边的一个千金温柔地挽住她的手，对其他的人说："好了，就上次道歉那事情你们还看不出来吗？问什么问？筱笙都没说话，筱笙最了解二少的不是？"

看着闺密把话丢回来，林筱笙拨了下头发，笑着朝闺密眨眼，随后道："你们别再问了，二少让你们都老实点儿。"

"哦，是吗？哈哈哈哈。"

"该老实的人是你，筱笙。"

林筱笙又朝闺密眨眼，感谢闺密在这时给她做面子。

她闺密却笑着看向陈莺，温温柔柔地开始安抚人。

晚上六点半，晴了一天，突然又下雨了，这次雨水量比昨晚还大一些。盛林这边又要停电，于是两个小组的人只能休息。

陈依便不用请小时假。

她收拾收拾跟周燕等人回了酒店，放下电脑跟资料锁好，换了一条比较宽松的裙子便出门。

赵练订的餐厅在 B 城周边比较繁华的街道，陈依打车过去，是一家粤菜，门口挂着灯笼。陈依走上台阶，推开门。

餐厅环境优雅，赵练在靠窗的位置朝她挥手。

陈依走过去，笑着落座，说："没想到这里还有这样的店。"

"这家店颇有特色的。"赵练给陈依倒茶，陈依喝了一口。光线有些昏暗，但是很舒服的那种，适合聊天，也有不少人穿着挺商务的，一边吃东西一边谈事情，比起 B 城市中心的咖啡厅，感觉更幽静一些。

陈依笑道："人还蛮多的，需要预订吗？"

"要的，你给我打电话说请我吃饭，我就让朋友给订了。"赵练微微一笑，又给她倒了一杯茶，问道："不知道你找我有什么事啊？"

他有些专注地看着陈依，觉得陈依会不会是婚姻上需要他帮忙。

他想听听。

陈依用纸巾擦了擦裙摆上的一点儿水珠，随后道："我是替昨晚那件事情道歉的。"

赵练愣了愣，没想到是这事，干笑了一下："没事，二少在圈子里性格其实还挺好的，不过昨晚那样倒是少见。"

陈依微笑了一下，抿着茶："嗯，但这件事情是因我而起的。"

"这不关你的事。"赵练说。

陈依又笑了笑，怎么会不关她的事呢？

她说道："他在圈子里性格好吗？"

"好吧，我们一直觉得二少更容易接近一些，更宽容一些。"

陈依挑眉，有点儿不信。

赵练含笑看着她，不太想聊闻家兄弟，但是也不好硬生生地转开话题，只能道："大少平日里是不怎么跟我们玩的，只有二少平易近人，什么活动基本都能看到他。而且他不怎么发火，所以很多人喜欢接近他。"

陈依："哦，是吗？"

如果真是这样，那么她不知好歹以后，他是不是也会宽容一些？

这时，餐厅外一辆黑色的 SUV 缓缓停下，雨水似乎也从这一刻开始变大，大雨倾盆而下，密密麻麻地砸在车上，有点儿让人喘不过气来。

此时江助理就快喘不上气来了，握紧方向盘，安静地看着落地窗里面的两个人。他老板的老婆跟赵家小公子赵练，正在气氛十足的餐厅里面对面吃饭。

而后座上的俊美男人一声不吭。

他长腿交叠，没有什么情绪的桃花眼看着那两个人。今晚的陈依穿得宽松，腰身不显，唯一刺眼的是她总笑，笑得他烦躁。

而对面的赵练，傻子都能看出他对陈依的关注。

江助理感觉那股压迫感扑面而来，忍了忍，很想问老板：你要下车吗？我给你撑伞。

127

可是他又觉得此时闻泽辛下车，肯定会闹出一场大战。闻泽辛摇下车窗，任由雨水打进车里。他低头点燃一根烟，脑海里回响着陈依在电话里吼的那些话。

他，暂且信她。

他弹了弹烟灰，对江助理说："把他们大学时的交集跟我说一遍。"

江助理应了一声，听到后座上的车窗终于关上了。他拿起手机点开，接着开始说："太太大二那一年进入辩论社，辩论社跟画室离得很近，有一次太太的社团因为培训太吵了，闹到隔壁的画室，而赵小公子就在隔壁的画室，社长带着人去找辩论社的人，赵练就这么认识了太太，可能是一见钟情吧。"

"一见钟情？"男人低着嗓音反问，一下子把江助理描述的那美好画面给击碎了。江助理立即收起那些风花雪月的心思，硬邦邦地说："可能他就是这样看上太太的脸了吧。"

"后来赵练就开始追求太太，追了有一个月吧，每天送花，然后他还贿赂常雪，邀请太太参加画社的模特大赛。

"太太不喜欢这个，就没有去，赵练嘛就继续追，送早餐啊，夜宵啊，还帮太太占图书馆的位置。哦，有一次学校举行了单车大赛，赵练抽签抽到太太，跟太太骑了双人单车，还拿了第三名。这边还有太太跟他之前比赛的相片，老板，你要看吗？"

江助理有些迟疑，回头看了一眼，只见闻泽辛指间夹着烟，一声不吭，眼神显得有些冷厉。他盯着那手机，嘴里叼着烟，伸手接了那部手机，垂眸看去。

屏幕上有陈依，有赵练，还有一辆双人单车。

赵练扶着车头，回头看着陈依，陈依靠着单车椅背，扬着灿烂的笑容，扎起长长的马尾，跟他对视，看起来含情脉脉的。

闻泽辛拿下嘴里的烟，按开车窗。外面雨水小了一些，他将手伸出去，橘色的烟火一下子熄灭了。

他的袖子本来是挽起来的，此时手腕也被淋湿了。

指间虚虚地夹着软掉的烟，他就这么看着手机屏幕。

江助理一直扭着身子，看着自家老板。

不知为何，老板看起来没什么表情，可是车里好似有一股压抑的气氛，江助理忍不住咳了一声。

闻泽辛抬起眼眸，冷笑一声，将手机扔给江助理，不在乎似的说："然后呢？过程我不想知道，我想知道结果，太太是怎么拒绝他的？"

江助理赶紧接住手机，看着闻泽辛道："嗯，太太后来就跟他说，她暂时不想恋爱，所以赵练就放弃了。"

闻泽辛笑了一声，屏蔽脑海里那两张相片的画面，目光往外扫，落在那餐厅的落地窗上，此时陈依准备起身拿什么东西。

赵练跟着起身，随后拿起了同样的东西，两个人的手指近得很。

咔，车门被打开。

江助理吓了一跳，反射性地拿了雨伞下车撑开。果然，男人的大长腿迈下来，江助理赶紧撑伞跟着。

上了台阶，来到餐厅门口，闻泽辛手插在口袋里，对江助理说："你去喊太太出来。"

江助理愣了愣："啊？"

闻泽辛冷冷地扫他一眼。

江助理从他眼里明显看出一行字：我不想看见赵练这个人，所以你去。

江助理："哎。"

好的，我去。

第六章

毫不犹豫

上大学那会儿，陈依虽然被赵练追求过，但是跟赵练不算熟悉，今晚聊了一会儿，反而拉近了两人之间的距离。

大学毕业后，赵练就回了赵氏集团。他进了集团后，因为见识到集团内部关系的错综复杂，加上父亲严厉管控，以至于他后来厌烦去公司，另外还有哥哥作为继承人被培养，也让他无所适从。

于是他自暴自弃，花天酒地两年多，直到收购了盛林才想做出点儿事情。

赵练斯文的脸上带着淡淡的笑意，他看着陈依，有些自嘲地道："所以当初在酒吧认识二少，我以为他跟我一样。"

闻家这样的大家族，孩子从出生起就被定下了成长路线，闻泽厉作为大少，被闻家老爷子亲手安上了"继承人"三个字，那就注定了二少闻泽辛只能成为陪衬。

闻老爷子去世之前，给三个孩子留下的话就是：大少得继承闻氏，二少可陪衬、可辅助，小千金则只需要吃喝玩乐就可以。

陈依没吭声。

"但其实不是呢，我后来才发现二少虽然爱玩乐，可是该做的事情他一件没少做，面对大少也从没有无所适从，反而大少经常有什么事情会来找他商量。"赵练是有些羡慕这样的兄弟情的。

他哥哥对他也很好，他也想着有什么事情找他哥哥，可是兄弟俩成长速度不一样，以至于他找不到事情跟他哥谈。

他哥有什么事情找他似乎也聊不到一起去。

陈依抬起头，笑道："其实你这样也很好，慢慢摸索，慢慢成长，闻泽辛……"

后面的话她停顿了一下。闻家两兄弟，闻大少还能让人窥探些什么，闻二少则完全让人看不透。他这样的人，其实在这个圈子里算是比较少有的。

闻老爷子说让他当陪衬，他可没有真成为陪衬，而是成了闻氏藏在暗处的一把刀。

而普通人才是赵练这种，陈依反而觉得赵练亲切，因为她父亲跟伯父都是普通人，也都挣扎过。

"其实你这样真的很好了。"陈依重复了一遍。

赵练眼睛亮了一下，随即笑道："谢谢，我会加油的。"

"嗯。"陈依看了眼手表，拿过桌面上的单子，"时间差不多……"

赵练紧跟着起身，伸手抓住单子，说："我来，今晚我一直在倾诉。"

两个人都碰到单子，指尖一触即离。陈依没什么想法，赵练却下意识地看向手指，陈依说："说好了这次我请，我是替昨晚那件事情给你道歉……"

话没说完，一道男声从旁边传来："太太。"

两个人一起转头，就见江助理穿着一身西装，微微一笑，恭敬地看着她。

"先生过来接你回酒店。"江助理示意陈依往外看。

陈依心头一跳，转头看去。餐厅门口的台阶上，一个高大的男人撑着一把黑色雨伞，穿着黑色长外套，一只手插在口袋里，桃花眼往这儿看来，表情隐隐带着一丝不耐烦。

那点儿不耐烦的表情还带着凶狠。

陈依收回视线，用力地抢走那单子，微笑着对赵练说："抱歉，我先走了。"

赵练愣怔了一下，也看了一眼门外的闻泽辛。闻泽辛动了几下下巴，冷漠地看了他一眼，随后目光落回陈依身上。

那一眼轻描淡写，可赵练还是觉得有些冷。

不知为何，赵练这两天看到二少，总觉得他脾气好似也没那么好了，不如在风月场所那般爱笑而有些玩世不恭。

赵练想了一下，说道："还是我送你出去吧。"

说着他捞起椅背上的外套，准备送陈依。江助理挡在赵练跟前，面上没了笑容，低声劝道："赵小公子还是留步吧。"

赵练皱眉，看着江助理。

前台离餐厅门口比较近，门口那男人跟一尊大佛一样，早就引得不少人观看了，偏偏这家餐厅面向外面的墙都是玻璃。连前台两个穿着餐厅制服的女孩儿都一边收钱刷卡一边转头看向男人，表情隐隐带着几丝害羞跟好奇。

陈依接了信用卡放进包里，走向门口，拉开门。门外温度跟室内不能比，下雨后有些冷。闻泽辛背对着大门，撑着伞，听见动静，从口袋里把手抽出来，偏头看了她一眼，随后牵住她的手。

他的掌心很暖。

陈依看着他，心提着，怕他又突然发难。

闻泽辛却只看她一眼，随后抬起眼睑，冷冷地扫了一眼里面还往外看的赵练，随后雨伞往这边倾斜，黑色雨伞挡住了赵练的目光。他拉着她，走下了台阶。

雨伞很大，把陈依全罩了进去。

雨也渐渐小了，细细的雨落在伞面上，没什么声音，来到车旁，男人才开口，嗓音低哑："上车。"

陈依顿了顿，拉开车门弯腰坐进去。

砰，闻泽辛关了车门，绕去那边的座位，收了伞坐进来。他低头理着衬衫袖口，那儿有些湿，语气有些冷："窗户关上。"

陈依抿了抿唇，按了下，车窗缓缓关上，餐厅门再次打开，江助理从里面出来，埋头跑向驾驶位。

他转头笑道："太太晚上好。"

陈依勾唇笑了笑："晚上好。"

江助理点了点头，转过身去启动车子，待车窗都关严了，赵练才从餐厅里出来。

陈依刚准备看一眼，闻泽辛就抬起眼睑看着她："看什么？"

他虽然话很简洁，可是压迫感非常明显，陈依收回视线，淡淡地说："没什么。"

闻泽辛偏头看她，冷哼一声，但意外地没有发疯。陈依提着的心才放下来，她看向窗外，雨夜让 B 城周边显得寂静很多。

陈依说："这边总是停电。"

闻泽辛淡淡地道："不是总停电，而是盛林连电费都要交不起了。"

陈依愣了愣，看向闻泽辛。

男人眼里带着淡淡的嘲讽之意。

陈依闭上了嘴。

他在讥讽赵练连一个公司都管不好。

车子抵达酒店，陈依推开车门下车，闻泽辛接过她的小包，牵着她的手，准备走向大堂，却突然停住，微微低头，高挺的鼻子在她的头顶还有耳朵左右嗅了几下。

陈依身子略微一僵："干什么？"

闻泽辛把小包扔给江助理，另一只手顺着她的外套边缘扯，低声道："脱下来，扔了。"

陈依瞬间明白，抬起头，咬了咬牙说道："不扔。"

她说完，突地生出一股烦躁感："你能不能别老盯着我啊？你之前不是很忙吗？还有一堆人等着你，你还是继续去花天酒地吧，行不行？算我求你了。"

她的声音不大，但是带着跳脚的感觉，还有一股不耐烦的意思。而这大堂里，此时人来人往，闻泽辛维持着垂眸的姿势看着她，一声没吭。

陈依："我求你了。"

大堂里众人的目光跟着扫过来，有好奇、有探究。

闻泽辛眯起眼睛："求我什么？你我是夫妻，陈依，你别忘记了。既然我们是夫妻，在一起很正常。"

他突然不知道自己为什么要说最后这句话。他应该告诉她：你是我妻子，我来找你是天经地义的，你没资格拒绝我，而你又有什么资格求我？来不来找你，都是我说了算。

陈依不耐烦地转开视线，随后快速地往前走着。

闻泽辛盯着她的背影，几秒后上前一把握住她的手腕，将她拽进电梯门里。江助理跟上后，挡在门口，不让其他人进。

电梯门合上。

陈依试图挣脱他的手。

闻泽辛按住她，垂眸看她一眼，眼神蕴含了警告。

陈依咬紧下唇，偏头看向那边，像是有些拒绝的样子。电梯抵达六楼，闻泽辛冷冷地道："我还没生你的气，你倒好。"

"陈依,别惹我。"

说完他把她带了出去。陈依穿着高跟鞋崴了一下,闻泽辛转而一把搂住她的腰,随后取过她的包,拿出了门卡。

陈依冷静一些了,抓住他的手腕:"我和同事住一起。"

闻泽辛停下动作,垂眸看着她:"那你去收拾行李,我们到十八楼去住。"

陈依咬了咬牙:"我的那么多资料都在这里,何况又是上班期间,这是脱离团队。"

闻泽辛嗤笑了一声:"休息一晚碍不着你的同事,要么你让你们的负责人来,我跟她谈?"

陈依没吭声。

她真叫深姐来谈,他指不定要当场把萧小娴赶出去。

她拿出手机,找到萧小娴的微信。

陈依:"你在酒店吗?"

萧小娴:"在,干吗?你老公又要过来?"

萧小娴语气有点儿不耐烦。

陈依:"是,不好意思。这样,你现在进房里吧,我去收拾一下行李。"

萧小娴:"你要出去住?"

陈依:"嗯。"

萧小娴:"不用出去,晚点儿深姐还要过来开会,我回房不出来就是了。"

陈依:"抱歉。"

萧小娴:"我接受,你别搬走,那么多资料,等会儿又赖我。"

陈依皱眉,突然想起昨晚舞弊风险那资料。她起初还怀疑萧小娴是恶意的,或许是自己小人之心了。

"发完没?"男人低沉的嗓音在她头顶响起。

陈依收起手机,松了他的手腕。闻泽辛单手插在口袋里,一只手刷了门卡。

嘀嘀,门开了。

客厅里开着灯,空气中有沐浴露的香味,看来萧小娴刚刚在客厅。闻泽辛嘴上说休息一晚不碍事,却因为闻到这股沐浴香味而敛起了眉心。

他一把按开房门,对陈依说:"收拾行李。"

说着他拿出手机,按了几个号码,随后走到阳台那边去开窗户,看着陈依。

陈依皱眉看着他："你干吗？"

电话通了，闻泽辛按着窗户，淡淡地道："让陈依跟我住一晚，十八楼，你跟沈丽深说一声。"

那头的人听罢，有点儿无语，几秒后道："陈依等会儿得开会。"

"楼上楼下而已。"

那人："行吧。"

闻泽辛挂断电话，看一眼还站在门边的陈依，挑了挑眉。

陈依忍不住瞪他一眼，随后进了房间。说实话，如果他真想留下，她也打算收拾的，只是这样半强迫性的就有点儿烦。

大四那会儿她跟同学在校外合租，四个同学一起，其中有同学带了男朋友回来，另外两个同学都有些不爽，也有些尴尬、不自在。这事情就一直被陈依记在心里，给别人添麻烦的事情她是不会做的。

她没将行李全部收拾，只拿了睡衣跟明天要穿的衣服和一些日用品，用一个比较大的软拎包装着，从浴室里出来，便看到闻泽辛站在柜子前，给她装那些资料。他的衬衫是白色的，外套则是黑色的，一起挽起来，袖口那一块湿透了。

陈依走过去拿了笔记本，说："好了。"

闻泽辛把资料提起来，说："拍照。"

陈依抿唇，拿出手机对着柜子拍了一张照片。闻泽辛提着那袋子资料，关了灯，揽着她的腰走出去。

两人一出去，恰好萧小娴开门出来。

萧小娴愣了一下："真的要搬？"

陈依点头："对，在这里你也不方便。"

萧小娴神色复杂，看一眼揽着陈依的高大男人。闻泽辛皱起眉，神色冷冷的，有点儿不耐烦，揽着陈依的腰一把拉开了门。

萧小娴见状，匆忙拿起手机对着他们的背影拍了一张照片，随后看着门关上，编辑了消息发出去给赵练。

萧小娴："刚刚陈依的老公来接她去另外一套房住。"

赵练："哦，我知道。"

萧小娴看着他回复的信息，握着手机摩擦了两下，转身回了房间。

十八楼只有两间 VIP（贵宾）套房，进门就是大床，但是靠左边有酒柜，还有一个小书房，落地窗外面有一个游泳池。闻泽辛把陈依的资料扔在小书房的桌子上，说："洗澡，洗完了再去开会。"

陈依放下笔记本，拿了休闲衣服去洗澡，洗完澡出来，披散着在浴室里吹得差不多干的头发，说："我去开会了。"

闻泽辛靠着沙发，俯身在看电脑。他脱了外套，只剩下衬衫跟长裤，抬起眼睛看了她一眼："嗯，开完会就上来。"

陈依："嗯。"

她拿了笔记本跟要用的资料，走向门口，拧开门出去。不一会儿她抵达六楼，所有人都聚集在深姐的房间里。

会议开始。

这个会议开了二十多分钟，结束的时候快十点。深姐起身送他们，随后笑看着陈依。陈依走在后面，深姐低声道："你老公来了？"

陈依："嗯。"

"啧啧，没想到你老公认识我们的合伙人。"

陈依低声道："深姐别调侃我了。"

深姐又是一笑，拍拍她的肩膀："明天见。"

"明天见。"

回到十八楼，长长的走廊很安静，陈依刚出电梯，就看到1801的门开着，一个服务员推着一辆收集垃圾的车。

随后那门又打开一些，闻泽辛戴着腕表的手臂伸了出来，一件外套被扔进了垃圾车里。

陈依愣了几秒，随后喊道："闻泽辛！"

嘴里叼着烟的男人转头看来，挑了挑眉，并朝服务员挥手。服务员点了点头，推着车就走，还跟陈依擦肩而过。陈依眼睁睁地看着自己的外套就在那堆吃食的垃圾里，简直难以置信。

她走过去一把抓着闻泽辛的浴袍领口，咬牙切齿地说："闻泽辛，你怎么这么过分？"

闻泽辛没料到她会拽他，愣了几秒，烟雾随之染上眉宇。他拿下嘴里的烟，搂住她的腰往屋里带去。

砰，门被关上。

进屋后，他倒没那么在意她这样拽他了，冷淡地说："雅沁这香味，难闻死了。"

陈依大吼："洗洗就行了！以后还有那么多香水味，你都要扔掉吗？！"

闻泽辛眯起眼："你第二次说这话了。"

"难道不是？闻泽辛，你自己身上带那么多香水味，我有没有让你去死啊？"陈依真的气得口不择言。

闻泽辛按着她的腰，定定地看着她许久，冷笑道："这话我还给你，以后你身上再轻而易举地染上赵练身上的香水味，我让他去死。"

陈依冷冷地看着他，说："你让我去死吧。"

说完，她就挣脱他的束缚。

闻泽辛按着她的腰不让她动，沉默地看着她。她眼眸里带着破釜沉舟的意味，他的心不由自主地跳了几下。

"松开，我要去洗漱。"陈依冷静地说。

闻泽辛的手臂紧了紧。

最后他还是松开了。陈依拐进浴室刷牙、洗脸，冷水泼在脸上，她冷静许多，又站了一会儿才拿了睡衣换上。

睡衣是很普通的棉上衣跟棉长裤。她从浴室里出来，随后擦着脸走向床边坐下。闻泽辛靠着落地窗抽着烟，看见她回来，关了房里最亮的灯，随后也去了浴室。

陈依拍了拍脸，躺下。

不一会儿，闻泽辛出来，一身黑色浴袍，走过去拉上窗帘，随后上了床，掀开被子，带了点儿气流进来。

"过来。"他的声音响起。

陈依没应，也没动。

闻泽辛盯着她的背影，许久后，凑上前。棉款上衣看起来很宽松，但是布料柔软，这样一躺下来腰线很显。他的手掌按上她的腰线时，眼眸深了几分，随后大手流连忘返。

陈依身子一僵。

下一秒，她被按过来，黑着脸道："我来……"

"闭嘴，我知道。"闻泽辛的吻落在她的脖颈上。陈依睁大眼，身子微颤，指尖抓着被单。

陈依的理智却一再走失，好几次她都咬着唇让自己清醒。她理智了那么久，这下子又要守不住了。

他的每一个吻都温柔。

陈依十分庆幸，这次例假来得刚好。

她终究是修行不够，还是要加油啊！

137

结束的时候，她已肌肤泛红。闻泽辛搂着她，呼吸也略重，低声道："睡觉，还有八天，回市中心后，我接你回家。"

陈依没应。

她看着床头灯，恍恍惚惚地睡了过去。

第二天一早，闻泽辛被一通电话喊走，陈依立即搬回六楼。接下来的七天，他也没再出现。后来她从父亲那里得知，闻泽辛去了海城市处理一个项目。

陈依便安心工作。

第八天早上，盛林的项目完成。赵练再次出现，请大家去吃午饭。在餐桌上，赵练一再感激深姐，感激整个团队的人。

陈依看着赵练这般开心，心里也替他高兴。

下午，项目小组的人回酒店收拾行李。大家也没耽误，弄好就上车。司机启动车子，返回 B 城市中心。

陈依坐在后排，手机这时响起，来电是闻泽辛。她愣了一下，随后接起来："喂。"

"几点到中心区？我去接你。"男人嗓音低沉，有些霸道。

陈依抿了下唇，迟疑地道："我想回一趟陈家。"

"回什么陈家？"男人反问。

陈依："……"

闻泽辛："不想自己用脚走的，那么我就让人绑了。"

陈依心头一惊，咬着牙道："我……我六点半自己回去。"

那头，男人沉默了几秒道："好。"

陈依挂断电话，看着黑掉的手机屏幕，迟疑了一会儿，最后给沈璇发了一条微信。

陈依："帮个忙。"

从 B 城周边出发抵达中心区要两个多小时，一行人四点半出发，抵达的时候已经快七点，天色也黑了。中心区一进去就开始限牌不说，高楼大厦林立，加上恰好晚上，灯光璀璨。

周燕捧着脸道："果然还是中心区适合我们，灯光多漂亮啊！"

梁振峰啧了一声："你这人说话怎么这样？前一秒还说 B 城周边适合你养老，这会儿又说这里适合你，真是什么话都让你说了。"

其他人听罢，哈哈大笑。

陈依报了家里的地址，商务车也最先到达她那里。跟同事告别后，陈依拖着行李，看着这套复式楼。

手机铃声响起，她拿起手机一看。

沈璇："搞定。"

陈依眉心放松一些，拖着行李箱走上台阶。保姆丽姐看到她回来，立即笑着擦了擦手，出来迎接，帮她提行李箱："你终于回来了，可想你了。"

陈依微笑道："箱子先不用送上楼，放在一楼吧。"

"行，对了，您请的客人已经来了。"丽姐有点儿不解，笑道，"今天也不是什么重要日子啊，太太怎么想着请朋友吃饭？"

进门后就听到了一些说笑的声音，陈依微微一笑，说："出差太无聊了，她们估计也想我了，所以请她们吃个饭。"

"哦哦哦，好，不过……"丽姐沉默了一会儿，欲言又止。

来的这些客人一个个长相艳丽，年轻漂亮，而且看样子跟太太不像是一个世界的，怎么会成为朋友呢？有些人看起来还挺让人不舒服的。

进门换鞋后，陈依脱下外套走过去。小客厅里坐了七八个女生，林筱笙就在其中，看到陈依，立即笑道："嫂子晚上好。"

陈依转头看她们一眼，微微一笑道："晚上好。"

丽姐接过她的外套挂起来，陈依挽起衬衫袖子。她有一段时间没回来，感觉家里没什么变化。

如果不是小客厅里坐着这么多人，估计看起来会很冷清。

而坐在小客厅里的林筱笙等人都看着陈依，不知是不是错觉，觉得这套奢华的房子里的装修跟陈依十分相配，好似就是按着她的气质装修的。

她进来什么话都没说，就能让人认出她是女主人。

林筱笙笑了一下，说："嫂子刚出差回来啊？"

陈依看她们一眼，笑道："是啊，刚回来。不好意思，突然把你们请到家里来吃饭，介意吗？"

几个人愣了一下，随后摇了摇头，笑道："不介意。"

有些人还因为之前在生日派对上对陈依挑衅过而感到不好意思，说实话她们也是突然接到通知说陈依想请她们吃饭，而且是在家里吃。她们愣是愣了一会儿，后来又想会不会是闻二少借着陈依的名义安排的，说不定是个派对。

于是她们犹豫了一下，受到邀请的人基本都来了，没想到真的是陈依请吃饭。

陈依倒了一杯冰水，靠在柜子上，说："等会儿二少会回来，一起吃……"

她还没说完，门外传来车声，黑色的车停下，闻泽辛穿着一身西装下来，抬起眼眸就看到靠在柜子上的陈依。

她今晚穿着套装，A字裙。闻泽辛的眼眸深了几分，他走上台阶，随手放下钥匙，解着领带走过去。

走到一半，男人停住脚步，冷冷地看着陈依。

他嗓音低沉地说："家里来客人了？"

陈依靠着柜子点头："是，都是你的朋友。"

那些凌乱的胭脂水粉的味道蹿入鼻息间，闻泽辛手背青筋暴起，他挪开视线，看向小客厅里的众人。

那都是美女，没有一个长得差的，而且可能是知道来闻泽辛的房子里，一个个都穿着很性感，也有些比较清纯的，但是也选的很有心机的裙子。

闻泽辛绷紧下颌，面无表情地看着她们。

林筱笙几个慌了。

闻泽辛扯了下嘴角，指尖再次活动，解着领带："还不滚？"

这三个字刚出来，她们几个唰地起身，一个个拿着包，全都溜了，高跟鞋踩在地上发出咔咔咔的声音。

哗啦一下，陈依皱眉，放下杯子哎了一声要喊人。

闻泽辛一把握住她的手腕，扯了回来，用力地按回柜子上。他低头盯着她，桃花眼里跳跃着火光，带着怒火与戾气。

"陈依，我是让你回来，不是让你带人回来。"

"她们是你的红颜知己啊！"

闻泽辛："所以你想干吗？"

"我想让她们陪陪你。"陈依说得真诚。

这个陪，指的当然不是字面上的陪。闻泽辛一下子就明白了，握紧她的手腕："你不想陪对吗？你不想让我碰对吗？陈依！"

陈依后背颤了一下，她抿紧了唇，没回。

闻泽辛盯了她许久，随后眼眸里一片冰冷："不知好歹。"

陈依依旧没应，可是脸上的表情也已经说明了。

闻泽辛："你也滚。"

陈依立马挣脱他的手腕，闻泽辛却没有立即放。他死死地看着她，几秒后猛地松手。

陈依转身，拉了行李箱道："我先回陈家，你冷静一下。"

她拉着行李箱走到门口，男人低沉的嗓音再次传来："出去了就别回来。"

陈依脚步略微一顿，反问："你不是让我滚吗？我不滚就是不听你的话。"

砰，柜子上的装饰摔落在地。

陈依毫不犹豫地出了门。刚刚他那一扫，不只装饰，连同陈依的杯子都被摔在地上，摔得七零八落。屋里跟静止一般，丽姐从厨房里跑出来，看到一地狼藉，怔了一下。

她抬眼去看这个家的男主人。

闻泽辛在原地站了几秒，随后慢条斯理地把解了一半的领带扯下来，抬脚踩过那片狼藉，走上楼梯，非常冷淡地说："收拾一下，特别是小客厅，给我搞干净。"

丽姐："哎。"

她看着男主人，可惜看不出什么。他神色冷漠，拽着领带，随手解开领口，就那么上了楼。

丽姐收回视线，又看一眼地上的狼藉画面跟小客厅，接着放下手里的葱，又进厨房去把准备好的海鲜放进冰箱里，灶上还有一锅汤以及三四样炒好的菜。

她走过去盖上盖子，才从厨房里出来，开始打扫地面，又去打开小阳台的落地窗，顺便把窗帘全拆下来，再去打扫沙发，连地面都趴下去擦。

一进卧室，闻泽辛就把领带随手扔在床上，取了浴袍走进浴室。不一会儿，他从浴室里出来，擦着头发，取过烟，坐在沙发上仰着头点燃。

烟雾缭绕，一根烟快完了，床头柜上的手机也响了，男人放下交叠的长腿，拿过手机接起电话："喂。"

那头，丽姐小声地问道："先生要下来吃饭吗？"

闻泽辛的目光落在床上。

这几天知道陈依要回来，丽姐特意给收拾的，换了比较暖色系的床单跟被子。闻泽辛再次将烟放进嘴里，说："吃。"

说完他挂了电话，起身系好浴袍带子，叼着烟走下楼。丽姐忙将菜端出来，闻泽辛来到餐厅，将烟摁在烟灰缸里，拉开椅子说："明天让人把沙发都换了。"

丽姐愣了一下："啊？好的。"

桌面上的菜过于丰盛，是用来招呼客人的。闻泽辛拿起筷子，盯着那几碟菜，似是想到什么，说："现在上去把卧室里的床单重新换一遍。"

"床单……"丽姐迟疑了一下，"不是刚……"

闻泽辛没说话，侧脸冷硬。丽姐看他这样，瞬间把话憋了回去，说："好的，我现在上去。"

说着，她取下围裙走上楼。

闻泽辛的筷子这才动起来，开始夹菜，男人脖颈修长，餐厅灯光很亮，他穿着浴袍，跟前的几碟菜卖相十足。

他端着碗，一口一口地吃着，非常冷静。

不一会儿，丽姐下来，去收拾时发现菜都没怎么动，连饭他都只吃了小半碗。她顿了顿，看一眼大客厅里的男人。

他站在落地窗前打电话，高大的影子投在落地窗上，阴沉一片。

丽姐的动作都变轻了很多。

大约十分钟后，闻泽辛放下手机，转身走向楼梯。丽姐尽量降低自己的存在感，低头擦着桌子。

偌大的复式新房，即使有两个人也显得空旷冷清。

二楼卧室里也已经换了床单，换成闻泽辛常用的那款颜色，灰色系的，婚前闻泽辛在闻家房间的装修跟常用的牌子的东西，基本都是灰色系的。

婚后，他偶尔会因为多了陈依而选择用一些暖色系的东西。

他没去卧室，而是直接去了书房。

从闻泽辛那儿出来，陈依没有回陈家。她可不想廖夕跟陈庆担心，直接回了公寓，把行李箱抬进门。关了房门后，陈依靠在门上，浑身紧绷的神经一下子放松下来。

在门上靠了十几分钟，腿有些发麻了，陈依才站起来，脱掉套装外套挂在衣架上，指尖还有些发抖。

她看着自己的指尖，看它从发抖到渐渐平静。

陈依看向落地镜，里面的自己神色坚毅，这时包里的手机响了起来，她踩着高跟鞋转过身，去拿行李箱上放着的包。

来电的人是沈璇。

陈依接起电话，问道："吃饭没？"

沈璇挑下了眉："这话应该我问你。"

陈依走到沙发边坐下，道："还没吃，准备做点儿吃的。"

沈璇："我给你点个外卖吧，你在公寓？"

"嗯，好。"

沈璇在那头笑了一声："很好，又让我刮目相看了。"

陈依："感谢你今晚的帮忙。"

"你我就不必这么客气了。"沈璇轻轻一笑，在那头跷着长腿轻轻地晃着，"早点儿休息。"

"嗯，你也是。"

挂断电话，陈依才完全回神，看了眼时间，开始收拾行李箱，随后拿着睡衣去洗澡。她洗完澡出来，沈璇点的外卖也到了。陈依吃完外卖，把垃圾拿出去扔，接着开始搞公寓的卫生。

她越忙起来思路越清晰，不出意外会在这边住很长一段时间，甚至希望能一直住下去，但愿他能把她忘记。

当个有名无实的妻子，她感觉其实也挺好。

至于他是不是还有别的打算，陈依则打算先不管。如果有一天他要她回去，但是不打算再碰她，而在外面金屋藏娇，陈依觉得自己一定会放鞭炮祝贺，并且会对那个女人非常好。

如果他要离婚，那也是没办法的事情。

陈依预先给自己演练了很多退路，心情越发坦然。

搞完卫生将近十二点，陈依出了一身汗，决定再去洗个澡，洗完澡出来十二点半，同事在群里互道晚安。

陈依笑着跟他们道了晚安，随后躺下睡觉。

凌晨三点多，书房的灯终于灭了，闻泽辛揉着眉峰从书房里出来，走进卧室。丽姐换了床单，还换了房间里的香薰，味道清香。高大的男人走到床边，掀开被子躺下，随后按灭了床头灯，屋里一下子就陷入黑暗之中。

闻泽辛舌尖抵了下颊边，手臂搭在额头上，闭上眼。

十分钟后，床上的男人翻身坐起来，赤脚踩在地面上，拿起床边的烟，低头点燃，零星的橘色火光跳出来，在黑暗中很是明显。

男人神色冷硬，慢条斯理地抽着烟。

许久，将烟头扔进垃圾桶，闻泽辛起身，就着黑暗脱下浴袍，随手捡起衣架上的衬衫跟长裤穿上。

随后他抄起桌面上的车钥匙跟手机，搭乘电梯抵达负一楼。

不一会儿，黑色的跑车轰隆一声开出地下车库。

而住在负一楼保姆房里的丽姐三更半夜被吓了一跳，掀开被子一把拉开门，跑去车库一看，只看到缓缓合上的铁门以及那嚣张的车尾。

丽姐蒙了好一会儿才反应过来，先生半夜开着跑车出去了。

黑色的跑车疾驰到闻氏集团旗下的酒店门口，猛地刹车，闻泽辛衬衫有些凌乱，摔上车门，走进大堂。值班经理接到消息，赶紧出来迎接："二少，上顶楼？"

闻泽辛："嗯。"

"好的好的。"值班经理也不敢多问，这大半夜的二少怎么跑酒店来住了？将顶楼给闻泽辛开放后，经理就出去了。

闻泽辛走到落地窗前，一把将落地窗拉开，手插在口袋里，冷漠地看着窗外的风景。

那头，江助理睡得迷迷糊糊的，手机突然大响。他从床上翻起来，抓起手机接起来，是酒店经理的来电。

"江特助，晚上好，不好意思打扰了，是这样的，就在刚刚，二少突然过来住，什么话都没说，我给开了顶楼的套房。现在还需要我做些什么吗？"

江助理眨了眨眼，随后揉了一下脸，想到今晚在复式楼那边发生的事情，呼出一口气，说："不用，按平时那样就好，准备好一日三餐，回头一些重要行程我再跟你们说。"

经理赶紧点头："那顶楼就留给二少了？"

江助理说："对，暂时留给他。"

"好的，谢谢。"值班经理松了一口气，心也定下来。挂了电话后，江助理也没了睡意，找到丽姐的电话拨打过去。

那头丽姐也还没睡，坐在床边发呆，手机一响赶紧接了。

"江特助？"

江助理笑了笑："丽姐，麻烦你上楼给老板收拾一点儿衣物还有一些日用品，哦，书房的东西等我明天去拿。"

丽姐愣了愣："先生要出差吗？"

江助理顿了顿，笑道："差不多吧。"

估计二少要"出差"一段时间了。

"好的好的。"丽姐下了床，说，"那家里，那太太……"

江助理叹了口气："丽姐，除了打扫卫生，您其他时候多出去玩啊。"

这话跟闻泽辛之前说的意思一样，就是她别上一楼跟二楼晃，乖乖地待在负一楼就行了。但是人家助理说得就委婉很多，不像先生那样，语气霸道。

"好。"

林筱笙等人从闻泽辛家里出来后，一个个茫然，还有些害怕。林筱笙回头看一眼房子，随后快走两步去开车，其他人也回过神来，立即跟上，此时此刻赶紧离开这里才是。

林筱笙不打算跟她们一起走，而是驱车来到闺密的小区里。闺密正在练瑜伽，一看到她，立即结束体式，站起身擦了擦脖子上的汗问道："你们真去了？"

她叫江跃，是江氏集团的二千金。

林筱笙坐在沙发上，点头："嗯。"

"脸色怎么这么白？"江跃坐在单人沙发上，问道。林筱笙没吭声，抱着抱枕，像是在思考什么。

江跃见状笑了笑，道："其实我是不建议你去的，但是你非要去看看。"

林筱笙抬起头："为什么不建议我去？"

江跃往后靠，揉着额头道："我听说陈依最近都没住在家里，回了陈家，二少让她回去，明摆着夫妻之间肯定久别胜新婚啊！"

林筱笙："你确定？要真是这样，陈依就不必叫我们去了。"

江跃看着林筱笙这副样子，笑了笑，说："要不我们问一问陈莺？或许她能给我们一个答案。"

"好啊！"林筱笙点头。其实她也不甘心，林家哪儿比不上陈家？那么多家族，为什么闻泽辛选了陈家那么落魄的家族？问题是之前大家还完全没有听说闻泽辛跟陈依有什么交集，每次闻泽辛出现在派对上或者酒吧里，都是跟她们一起好吗？

她偶尔打电话约他，他也出来的。

所有人都觉得她最后肯定是那个天选之女，凭什么让陈依拦截了？江跃看着林筱笙的神情，目光闪了几下，随后脸上含笑，拿出手机拨打陈莺的电话。

陈莺正在家里跟陈庆说话，看到来电，下意识地起身，躲着陈庆到阳台去接听："跃跃，晚上好啊。"

"晚上好，陈莺，在家啊？"

"是啊，有点儿无聊。"

"过两天我们有一个小聚会，我邀请你啊。"

"好啊。"

江跃笑了一下，道："对了，今晚筱笙去了你姐姐家，你知道吗？"

陈莺撇嘴："刚听说，我姐这人怎么那么大方啊？林筱笙……啧。"

145

"你姐人好啊,说请她们去吃饭。"

"吃什么饭啊?我看我姐肯定是让林筱笙去陪我姐夫……"说到这里,陈莺猛地闭嘴,随后声音小了些,"跃跃……"

江跃按着扩音器,愣了一下,下意识地看一眼林筱笙。林筱笙眼睛一亮,没有出声,点着电话,让江跃继续。江跃想了一下,低声道:"陈莺,按你这么说,你姐跟你姐夫的关系好像不怎么样啊?"

陈莺干笑了一下:"我是觉得很差吧,反正我姐说两个人没感情。哎,但是你别跟林筱笙说,也别跟别人说,你知道就好。"

"哦,好啊。"江跃立马答应。

随后两个人又聊了一会儿,江跃找机会挂断了电话。林筱笙满脸笑容,蹦了起来:"我就说嘛!"

江跃微微一笑道:"好了,你别太兴奋。"

林筱笙高兴得很,拉着江跃说道:"走,出去喝酒。"

第二天陈依打的去的公司,盛林那个项目结束后,有短暂的三四天休息时间,但是对他们来说,休息就等于看书看书,然后赶快考证。

陈依没有回家,而是在公司里看考试教材。下午三点多,她收到了消息,闻泽厉要向沈璇求婚,并且准备了一整套流程。

这消息是林笑儿透露给陈依的,并且把她拉进了家人群里,群名就叫"家人",里面有三个家族,分别是沈家、闻家,最后是陈家。

当然,这个时候沈璇没被拉进来,她是要收到惊喜的那一方。

群是闻泽辛建的。

男人的头像就在最前面,第二个是闻泽厉,她是最后被拉进来的,在最后面。

林笑儿在群里 @ 她。

林笑儿:"依依,你跟璇儿是好友,有没有别的建议?"

陈依:"啊?这个,我想想……"

林笑儿:"哈哈,好。"

沈凛:"陈依,你觉得晚上好点儿还是白天?"

闻泽厉:"哈哈哈,大舅子,你这样一问,我以为是你要向陈依求婚。"

群里一下子安静下来。

莫甜:"大少,依依是你的弟媳。"

闻泽厉:"哦,记起来了。"

沈凛:"神经病。"

陈依没想到就一个小话题会扯到她身上，感觉有点儿尴尬，迟疑了一下，编辑消息。

陈依："我觉得沈璇应该比较喜欢晚上，可以准备人工智能的烟花。"

沈凛："我也觉得可以，你们说呢？"

闻泽厉："你们怎么一唱一和的？ @闻泽辛，出来说句话。"

闻泽厉@了闻泽辛，但是闻泽辛一直没吭声，即使这个群是他在二十分钟之前建的，他也像消失了一样。

林笑儿突然感觉不太对，私信了陈依。

林笑儿："依依，你跟泽辛怎么啦？"

陈依头皮一紧。

几秒后，陈依才编辑消息。

陈依："妈，没什么。"

林笑儿："真的？"

陈依："真的。"

林笑儿："那就好。对了，晚上你跟泽辛回来吃饭吧，我们再商讨一下怎么给璇儿一个惊喜。"

这又让陈依头皮一紧，她看一眼手中的材料，准备编辑消息，手机也在这时响起，是江助理来电。

她顿了顿，接起电话。

江助理在那边笑道："太太，几点下班？我去接你，今晚回闻家吃饭哦。"

陈依迟疑了一下："是……"

"是老板说的。"

肯定是林笑儿也找了闻泽辛，所以闻泽辛才让助理来通知她的。陈依心里一下放松了，她回道："好的，我四点半就可以走了。"

江助理："好的。"

陈依挂了电话，放下手机，拿起桌面上的材料又开始看。周燕看了一会儿就不太坐得住了，起身给陈依倒了一杯咖啡，撑着桌子说："我感觉我考不到了，都没耐心。"

陈依翻了一页材料道："没耐心也得练，你不想当合伙人吗？"

"我……我想啊，可是我没耐心啊。陈依，你今年居然打算考三门？"周燕看着她的考材资料，有点儿佩服她。

陈依："嗯，能一起考就一起考。"

147

周燕啊了一声："我真看不下去了，感觉我混到 SA2 就得滚蛋了。"

陈依："耐心。"

梁振峰顶着黑眼圈出来，说："我也是准备三门，其实很难考的，有人考了五六年都没及格。"

其余几个备考的人，都一起叹气，上班容易考证难啊，但是一进事务所就有规定，必须考 CPA 才能继续往上升。

下午四点半，陈依就收到了江助理的微信，说在楼下等她。陈依收拾收拾下楼，江助理开着闻泽辛那辆黑色的车来的。

他下车给陈依打开了车门。

陈依在众同事的目光下走过去，远远地就看到车里没有第二个人，也就是说闻泽辛没来。

她笑道："谢谢。"随后弯腰上车。

江助理笑道："太太客气了。"

他说罢关上门。

后座宽敞，只有陈依一个人，车里有淡淡的冷杉味。江助理绕去驾驶位启动车子，从车内后视镜看陈依一眼，含笑解释："老板还在开会，让太太你先去。"

陈依："好的。"

车子掉转车头，往闻家开去。五点还有点儿余晖，阳光透了些进来，下了几天雨，后面基本都是大太阳。

车子抵达闻家，江助理缓慢地将车停下。

这时，身侧也缓缓开进来一辆黑色奔驰，车位靠得很近，车窗摇下，陈依随意地扫过去，跟闻泽辛那双眼眸对上。

他看了她一秒，随后轻轻地收回视线，将车子熄火。

陈依愣了愣，随后淡定地收回视线，打开车门下车。她提着小包走到门口，管家正巧出来，带着笑容道："依依来啦。"

陈依："叔叔好。"

这时，管家抬起头笑道："二少。"

"嗯。"男人低沉的嗓音从身后传来，随后闻泽辛将车钥匙递给管家，走向大门看了一眼陈依，也没说话。

陈依笑了笑，神色温和地跟上。

她那一抹笑容，非常温柔，落落大方。闻泽辛敛起眼底的情绪，率先进了门，但是没有把她甩得太远。

林笑儿围着围裙从里面迎出来，一把握住陈依的手，笑道："你这次出差时间有点儿长哦。"

陈依："十天，也不算长。"

"我前几天还约了廖夕出去逛街。"林笑儿一边说，一边看一眼儿子。

闻泽辛脱下外套，递给一旁的管家，淡淡地跟管家聊了两句。他没看这边，也没牵着陈依或者揽着她。

陈依点头："嗯，我听我妈说了。妈，谢谢你。"

林笑儿微微一笑："客气什么？都是一家人，你先坐，我去厨房帮忙。"

陈依也赶紧道："那我也去帮忙。"

"行吧。"林笑儿挽住陈依的手，走向厨房。

闻泽辛挽着袖子，走去小客厅，去跟闻颂先谈话。闻颂先刚刚一边打电话一边看着这对夫妻，盯着闻泽辛说："你要是真不喜欢她，要不放了人家吧。"

闻泽辛挽袖子的动作一顿，沉默地看着父亲。

闻颂先被儿子这么看着，也有点儿愣住，可是该说的还是要说："这段时间你妈妈跟她妈妈走得近，女人家有些话就没有藏着。陈依从高中就喜欢你，当初你选中她联姻，她肯定是心存希望的，而上次视频的事闹过以后，可以感觉到陈依对你也没那么有耐心了。这次陈依出差回来，安排你那些红颜知己去家里的事情，我也是刚刚听你哥说的。"

"你妈还不知道，如果她知道，你们现在也没这么平静。"闻颂先抽着卷烟，"你好好想想，要么干脆放了人家。"

闻泽辛抬起眼眸："我要是不放呢？"

"不放也别管她太多。"

闻泽辛在沙发上落座，拿起卷烟把玩了几下，随后勾唇笑了一下，没有再回话。

闻颂先见儿子这样，无奈地说道："做人不能这么自私。"

把玩卷烟的修长手指停顿了一下，闻泽辛抬起头，斜斜地靠着沙发扶手，目光落在厨房门口那进进出出的秀美身影上。几秒后他收回视线，冷漠地说："既然她选择联姻，那就受着。"

这个受着，他是说陈依还是说他自己，谁也不知道。

闻颂先敛眉。

不一会儿，饭菜做好了，林笑儿朝这边喊了一声吃饭了。父子俩各自掐灭手中的烟起身，闻颂先看了儿子一眼，道："你今天烟抽得挺多。"

闻泽辛理着衬衫袖子，低声道："嗯。"

"你以前都不怎么抽的。"

闻泽辛笑了一下："最近想抽。"

闻颂先没吭声，儿子什么样他还是了解一些的。闻泽辛从小就很节制，也很自律，做什么事情都有一定的目的，抽烟这事情是大一那一年在一个酒会上，有人塞给他，那个人当时是闻家小叔的上司那边的人。

对方给这根烟有几分敲打的意思。闻泽辛接过那烟，低头把玩了两下，下一秒就接了旁边人给的打火机点燃了烟，咬住开始抽。

他丝毫没有学过抽烟，动作看起来却十分娴熟。

事情过后，闻颂先带着林笑儿去找人，在休息室里看到闻泽辛垂着眸，一根一根地抽着烟，正在练习。

闻家声名显赫，但即使如此，仍然会遇见没法越过去的事情，而这些事后来往往变成了闻泽辛去承受。

从那以后，他也学会了抽烟，但往往是需要抽才抽的。

像这种没什么事情，能一连两根下去的情况还是少见。两人来到餐厅，厨房门恰好被推开，陈依端着牛排出来，看到他们两个，微微一笑："吃饭了。"

她的头发扎了起来，有些凌乱，衬衫的袖子也挽了起来，露出白皙纤细的手臂。闻泽辛的目光落在她的脸上，看了她那笑容几秒，随后挪开视线，按住一旁的椅子，拉开，坐下。

闻颂先看了他几眼，随后跟着坐下。

陈依放下牛排，转而进了厨房。不一会儿，林笑儿也坐下，保姆阿姨放下汤离开，陈依端着酱料出来放在餐桌上，放好后看了一眼座位。

闻颂先在家里很少坐主位，此时挨着林笑儿坐，闻泽辛坐在对面，他旁边还有一个座位。陈依迟疑了一下，准备走过去。

林笑儿一把拉住她的手，说："依依坐在这里吧。"

随后她对保姆说："把少爷旁边的碗筷拿出来，放到这边。"

保姆愣了一下，下意识地看向闻泽辛。闻泽辛握着筷子，垂眸，露出修长的脖颈，什么话都没说，也没有半点儿要发表意见的意思。

保姆见状，赶紧上前拿走那一套碗筷，放到陈依面前。陈依已经坐下了，微笑着说："谢谢。"

保姆看着这位二少奶奶，心想她还笑得出来，二少这次明显对她更冷漠了，比上次初五来家里还冷漠，可是她这次反而不在意，看起来像脱胎换骨一般。

林笑儿看一眼闻泽辛，也发现他的毛病了，问道："你对陈依什么意见啊？"

闻泽辛嚼着东西，端起酒杯抿了一口，抬起头看着林笑儿，淡淡一笑道："我能有什么意见？你想要儿媳妇，我还能跟你抢？"

他惯会做表面功夫。

林笑儿冷哼一声，立即拿起公筷给陈依夹菜，低声道："多吃点儿。"

陈依微微一笑，说道："好的，谢谢妈。"

她没拒绝，对他们的谈话也不感兴趣似的，他的冷漠也没有影响到她。闻泽辛抵了下舌尖，把酒咽下去，扯了扯领口，目光再次从她的脸上扫过，随即冷漠地收了回来。

接下来，饭桌上只有陈依跟林笑儿、闻颂先夫妇在说话，闻泽辛一声没吭，握着酒杯慢条斯理地喝着酒。

酒他是喝得挺多，饭没吃多少。收拾桌子时，林笑儿端着水果出来，看到了，皱眉道："怎么吃这么少？"

保姆低声道："少爷喝酒喝得多。"

林笑儿看一眼在那边打电话的男人，啧了一声："等一下醉得出洋相最好。"

她端着水果来到客厅，坐在陈依的身侧，说："快看看群里，闻泽厉在群里发了求婚计划表，你也给点意见，这次一定要把沈璇娶回家。"

陈依握着手机，笑道："我看了，大少很有心。"

"你还喊什么大少？你得喊哥啊。"林笑儿瞪陈依一眼，但手上还是给陈依塞了一块哈密瓜，陈依笑着接住，说："喊习惯了。"

"你啊，快，看看群。"

群里沈凛几个人还在聊人工智能烟花的图案要怎么安排，沈凛又 @ 陈依了。

沈凛："陈依，你觉得再加点儿什么图案好？"

闻泽厉："我说，大舅子，你能不能别总 @ 我们家弟媳？你这么明目张胆真的好吗？当我弟弟是死的？"

闻泽厉："@ 闻泽辛，出来。"

陈依再一次尴尬。

林笑儿在一旁哈哈大笑。

门外高大的男人靠着小客厅的落地窗，手插在口袋里正在跟顾呈通话。

顾呈在那头确认："是不是需要我回去帮忙？"

闻泽辛看着外面的夜景，说道："我哥就这么几个好友，你不回来，谁当伴郎？"

顾呈哈哈大笑："不，我觉得萧然那张阴冷的脸适合，可以给他冲掉一点儿晦气。"

闻泽辛嗤笑了一声："那你说服他。"

"好，周扬他们来吧？"

"来，有热闹他们会不凑？"闻泽辛语气淡漠，手机一个劲地振动，都是微信提示音。他随意地挪开看了一眼，只见屏幕上都是聊天记录。

沈凛："陈依。"

沈凛："陈依，你觉得……"

沈凛："陈依，这个图案……"

闻泽辛冷淡地看了十几秒，下颌微紧，后又放松，再次把手机放在耳边，说："好了，先挂了。"

顾呈在那边说了一通话，这人没有回应，再出声就是要挂电话。他啧了一声，说道："好，你刚才干吗去了？"

"没什么。"说完，闻泽辛挂了电话。

他把手机放在口袋里，摸出一根烟看了几秒，随后将其捏弯了扔在垃圾桶里，对一旁提着一袋子日用品要进门的保姆说："去喊太太出来。"

保姆愣了几秒，反应过来是叫陈家那位千金。

她笑着道："好的。"

陈依单独私信沈凛，说在群里被调侃得有点儿尴尬。

沈凛："闻泽辛怎么不出声？"

陈依看着，沉默了几秒。敢情大家都是在逼他出声，陈依想起那天晚上他那一声滚，还有今天他这么冷漠的态度，他可能是受够了，一个不能碰的妻子有啥用？

陈依笑了笑，编辑消息。

陈依："沈凛哥，我很喜欢这个状态。"

沈凛："跟他形同陌路的状态？"

陈依："是。"

"太太。"一道女声传来，陈依抬起头，对上一名年轻的保姆，下意识地微笑道："嗯？"

保姆笑了笑说："二少在门口等你。"

陈依顿了顿。

林笑儿问保姆："他要回去了？"

保姆想了下说："应该吧。"

林笑儿："这么早？"

她也没挽留，从一旁拿起外套递给陈依。陈依接过外套穿上，随后拎起小包，对林笑儿说："妈，那我们先走了。"

"好，我送你们。"林笑儿跟着起身。

陈依走向门口，一拐出屏风，便看到站在那儿抽烟的男人。昏暗的光线下，橘色光芒跳跃，闻泽辛抬起眼眸看着她，眼神深沉，但只一眼就挪开了视线。

"你开车。"说着，他走下了台阶。

陈依反应过来，他让她开车。

林笑儿挽住陈依的手，气嘟嘟地道："什么态度啊，闻泽辛？"

男人已经走到车旁，上了副驾驶座，手腕搭在窗户上。陈依毫不在意，笑着跟林笑儿说："妈，我们先走了。"

"好，开车小心点儿。"

陈依朝她笑了笑，随后走向车，拉开车门。闻泽辛睁眼看了她一眼，陈依上车，神色淡定地扣上安全带，随后启动车子。

闻泽辛一直没挪开视线，就看着她，但是也不说话，神色冷淡。

陈依掉转车头，是往闻泽辛那边转的，于是朝那边的后视镜看去，秀美的脸微微侧着。在她的视线快看到他的时候，闻泽辛冷漠地收回了视线。

林笑儿站在门口挥手。

陈依也朝她挥了一下手，随后一踩油门，大门一开，黑色的车疾驰而去，两边的风景掠过。陈依将车子开到小区门口，车里很安静，她也没问闻泽辛开去哪里，把他送回家就行，然后自己再搭车回公寓。

这时一辆黑色的车开过来，朝他开的车按喇叭。陈依看到车里的江助理，顿了一下，踩了刹车。

"你开回去。"咔一声，门开了，闻泽辛一把推开门，扔下这句话就迈下了车。那头江助理笑着朝陈依点了点头，接着拉开车门。

陈依手握着方向盘，看着闻泽辛冷漠地坐进车的后座，车窗也紧跟着被摇上。

男人一眼都没再看她。

陈依挑了下眉，倒不在乎。但是这车总得有归处，她拿起手机，拨打江助理的电话，那头的人很快接了。

江助理笑道："太太？"

陈依轻声问："车怎么办？"

江助理愣了一下，回头看一眼车后座上的男人。闻泽辛看向他，挑着眉，没有吭声。江助理机灵了一下，低声道："太太，明天我去把车子开回来。"

"好的。"那头传来女人柔美的声音。

闻泽辛搭在大腿上的修长手指捏了几下，神色阴冷。他收回视线，对江助理说："开车。"

江助理哎了一声，放好手机，启动车子。

而车道那边那辆黑色的车也缓缓启动，两辆车就这么擦肩而过，他开的那辆车的副驾驶座的车窗没关上，闻泽辛一转头就可以看到驾驶位上的女人。

他看着她从容淡定的神情，脸色越发阴沉。江助理从车内后视镜看一眼他，男人的脸隐在阴影里，

透露出*丝丝*的不甘及倨傲。

江助理叹口气。

二少到底是在乎呢还是不在乎？

反正，太太看起来是完全不在乎的。

第二天，陈依把车开到事务所，下午三点半，江助理派了一名小助理来开走，陈依这边也接到了一个新的项目。

不过这个新的项目是在 B 城，她也不用出远门，每天都可以往返于公寓跟项目公司之间，萧小娴这次没有在他们这一组。

沈丽深没选她，上次舞弊风险那个资料，让沈丽深很不满，在指导册上给了她不太好的评语。

而全组的人也看出了沈丽深有意要栽培陈依。闻泽厉向沈璇求婚的那个晚上，陈依叫常雪全程直播，就没去了。

不过她答应沈璇，当沈璇复婚的伴娘。

当晚的求婚仪式非常隆重，陈依忙完开车回到公寓，洗完澡，贴着面膜靠在沙发上，抱着抱枕回放欣赏。

看到闻大少那跪得容易，陈依笑出了声，按着语音跟常雪说："听说大少收购了一个跪得容易的公司？"

"可不是？骚操作一堆，哈哈哈，问题是还是聂胥把他暴露的，估计明

天他缓过神来要把聂胥杀了。"

陈依笑起来，按着面膜道："聂胥太逗了。"

常雪脸红红的："哎，这个人不靠谱啦。"

陈依听出那娇羞之意，笑道："嗯，不靠谱，有人就喜欢他的不靠谱。"

"陈依。"常雪喊道。

陈依又笑起来，揭开面膜。常雪突然发了几个视频过来，发来语音说："二少还是那么意气风发。"

陈依笑着点开，一个个看过去。

视频里面闻泽辛手插在口袋里，眉眼含笑，还跟着起哄。这样的笑容，跟他在读书时很相似，陈依看了一会儿。

其中有一个视频，他低了低头，眉宇间的笑容一下子就淡下来。他后退，在众人都闹哄哄的情况下，脚踩在一块石头上，低头点烟。

常雪发语音说："二少有点儿皮笑肉不笑的样子，啧。"

"他今晚都没怎么闹，不像过去，闹得可凶。"

陈依笑了笑，对常雪说："我得睡了，明天一早还要赶呢。"

"好的好的。"

撕下面膜后，陈依进浴室去洗脸，随后回到房间休息，接下来沈璇那边一直有好消息传来，领证的事也跟着提上日程。

领完证的当天，家人群里安排了唱歌。

沈璇@了陈依。

陈依正在加班，匆忙回复。

陈依："恭喜呀@沈璇，@闻泽厉。"

沈家一楼的客厅里，两位妈妈唱得开心，其他人安静地坐着，闻泽辛俯身双手搭在膝盖上，点燃一根烟，静静地看着它一路燃烧。

他也没抽。

放在桌面上的黑色手机响了两声。

他抬起眉峰看了一眼。

陈依："恭喜呀@沈璇，@闻泽厉。"

他扯了扯嘴角，随后起身，将没完全燃灭的烟摁灭在烟灰缸里，起身走了出去。不一会儿，黑色的车疾驰而去，一路抵达名仕汇城的酒吧门口。闻泽辛一推开门进去，就是震耳欲聋的舞池。

这儿是会员制，来的全是B城圈的人，安全系数很高。

闻泽辛走过去，靠在墙壁上，碰见了顾呈，挑眉问："干吗呢？"

顾呈靠着桌子，把玩着酒杯："看美女啊！"

闻泽辛舔了下嘴角，笑了声。顾呈看了他一眼："你没睡好？看起来很憔悴。"

闻泽辛揉了下脸，闷笑了两声："哪儿？睡得很好。"

这时，因为音乐变换，好些人随着舞步后退，其中一个长发美女穿着衬衫跟制服裙子后退几步，跌进了闻泽辛的怀里。

闻泽辛脸上的笑容敛了起来，他垂眸看着那女人。

那女人摸到一副坚硬的胸膛，接着抬起头，对上了一双惊艳的桃花眼，愣了一下，随即笑道："哥哥？"

旁边的顾呈大笑："好，好一个哥哥。"

闻泽辛上下打量她，脑海里却一再跑出一个女人的身影，还有她窝在他怀里时，那敛起的秀眉敲着他的神经。

随后，他低声反问："你喊我什么？"

那女人见状，笑着又攀过去："哥哥。"

闻泽辛抬手，握住她的肩膀微微用力，眼里带着一丝笑："哥哥是你喊的？"

感觉到他大手的劲儿，女人后背发凉："我……"

闻泽辛抓着人往旁边一推："滚。"

那女人一站稳就赶紧跑了。顾呈在一旁睁大眼睛惊叫了一声。

闻泽辛扯起衬衫领口闻了一下，敛起眉宇，神色有些烦躁。

顾呈盯着他看了许久："你……你有多久没跟你老婆见面了？"

闻泽辛指尖微微一顿，松开手，手插在口袋里，垂眸，语气冷淡地说："没多久。"

"是吗？"顾呈轻飘飘地反问，随即说道，"对了，你还住在酒店里？"

闻泽辛上前端起酒杯喝了一口，说："懒得回家。"

"懒得回家？"

闻泽辛又倒了一杯酒，喝了一大口，随后把酒杯摁在桌面上，又拽了下衬衫领口，说："你慢慢喝。"

出了门，闻泽辛对门口的保安说："顾总的账单算我账上。"

"好的。"

十分钟后，闻泽辛回到沈家，两位母亲的歌声真是洗耳，他坐回沙发上，靠着沙发背，长腿交叠，手插在口袋里，脑袋放空地看着两位母亲在那儿闹。

桌面上的手机安静地放着。

闻泽辛垂眸看了一眼。

从沈家出来后，林叔将车开过来，闻泽辛给父母开了车门。

看着前面的车开走，江助理才启动车子开过来，给闻泽辛打开车门，闻泽辛弯腰上车。

车窗缓缓关上。江助理启动车子，开入夜色中，很快抵达酒店。他下车打开车门，又去开电梯门，目送闻泽辛进去。

看着电梯门要关上，江助理迟疑地挡住门道："二少，要不要让人开点儿助睡眠的药？"

闻泽辛抬起眼眸，眼神冷淡地看着他。

江助理干笑了一下，松了手。

电梯门合上。

江助理大叹气。

二少这样长期睡眠不好怎么行？

电梯抵达顶楼，闻泽辛换了鞋，拿了浴袍去洗澡。洗完出来，他擦着头发，直接打开书桌上的灯，坐下，按着笔记本，开始看数据走势图。

第二天陈依在家人群里看到他们在 KTV 家庭聚会的视频，两位妈妈可真是麦霸，但是唱得也好听。

陈依发了几个大拇指的表情，就收到林笑儿发来的信息。

林笑儿："依依，妈想问问你，你跟泽辛现在……是什么情况？"

陈依顿了顿。

陈依："妈，我们……目前……"

林笑儿："你说实话，你们是不是分居了？"

不等陈依发出消息，林笑儿就发了这条进来。陈依愣了愣，随即一想，对，他们确实是分居了。

之前她只想着离开，如今一看，这算是分居。

陈依："是的，妈。"

林笑儿："分……分得好。"

林笑儿："你要坚强。"

陈依："谢谢妈，我会的。"

林笑儿："你需要我帮你什么吗？"

陈依："暂时不用，妈，谢谢你。"

她有这样的婆婆，算是一种福气，可惜跟她没什么关系。两个人有很长一段时间没见面了，陈依其实越来越习惯一个人。

她也没回陈家，陈家那边不知道他们分居的事情，闻泽辛那边自然也不可能说出去。即使很多媒体都会盯着闻氏集团，同时也会盯着他，可是闻泽辛这人若想藏点儿什么，谁都别想窥见。

所以，在外面看来，陈家千金跟闻家二少的联姻风平浪静。

沈璇跟闻泽厉的婚礼安排在半个月后，陈依还出了一趟差，去了海城市跟一个项目，临到沈璇举办婚礼的前两天才回来。回来后她就被沈璇拉去试伴娘服，伴娘服跟姐妹服选的都是浅粉色的旗袍，领口绣着玫瑰花。

沈璇婚礼的前一晚，陈依去接常雪，两个人赶往沈家本家。

姐妹仨终于得以团聚，三个人当晚在沈璇的床上聊了两三个小时，后来怕沈璇太累了，才放她去睡觉。

陈依跟常雪去了隔壁的次卧。

第二天五点多，她们就被闹钟吵醒，匆匆地洗漱完出来，就看到化妆团队已经来了。

常雪挽着陈依的手，说："沈璇也是强大，结两次婚，嫁给同一个男人。"

陈依含笑，推着常雪进化妆室。

化妆团队来的人多，不一会儿就化好了，几个女生在新娘的出嫁房里聊天，就听到外面鞭炮声响起。

"来了来了——"

隔着门板，大家都能听到外面的脚步声。

常雪拉着陈依走到门后，睁大眼睛等着。

这时，门外传来一道低沉的声音："开门拿钱。"

那是闻泽辛的声音。常雪顿了下，看一眼陈依，陈依神色淡定，语气温柔地说："不开，给钱给出诚意再开。"

这一道声音传到门外。

门外的男人沉默了几秒，随后抓过十几张支票、购物卡等奖励，塞进了门缝里。

里头的陈依等人愣了一下。

闻泽辛按着门，语气低沉地说："吉时到了，别耽误。"

里面又是一阵兵荒马乱，身后一众男人紧跟着起哄，说让这群女人别误了吉时。陈依柔美的声音再次传来，她问："闻大少可有诚意？"

闻泽辛听着这声音，按着门的掌心紧了紧。

闻泽厉赶紧上前，啧了一声敲着门："诚意十足，璇儿，我来了。"

陈依在里面笑了一声。

笑声再次传出来，陈依说："行吧。"

接着咔一声，闻泽辛单手按着门推开，门里，陈依穿着浅粉色的旗袍，提着一个红色的篮子，亭亭玉立，含笑看着众人。

闻泽辛在看到她的那一刻，一丝暗光从眼眸里汹涌地闪过。而陈依的视线只从他脸上一扫而过，她微微一笑，礼貌至极。

门一开，就挡不住这些强势的男人了，闻泽厉抱着花大步进去，门外其余的男人跟着起哄，兄弟团不少人时不时地看向带头的温柔漂亮的陈依。

这一身浅粉色的旗袍宛如春风一般，吹过不少男人的心，在心口荡出一丝涟漪。

陈依拉着常雪等人让开一条路，站在右边。

闻泽辛按着门，站在左边，身材高大。他今天只是兄弟团的一员，身着白色衬衫跟长裤，领口微敞，目光隔着从跟前走过的人群，落在对面那女人脸上。

起哄的兄弟团、姐妹团成员闹哄哄的，处处都是喜庆的颜色。

常雪几次发现对面的男人看过来的视线，想跟陈依说，可是偶尔看去，又发现闻泽辛在低头跟人说笑。

不过闻泽辛长得是真俊美，跟萧然有得一拼。

常雪低声跟陈依说："你说这四大家族的公子哥都这么好看，也难怪不少圈内千金巴巴地恨嫁。"

她这是有感而发，说的是蓝沁、林筱笙等人。

陈依低头一笑："嗯，是的。"

这几个人长得好看又有钱，地位还高，且都不是软虾子，自然是人人争相抢夺的联姻对象。常雪叹了口气："还好聂胥是个小跟班。"

陈依又是一笑。

聂胥也是四大家的公子哥啊！

闻泽厉终于抱得美人归，陈依提着红篮，常雪抱着红伞，跟在闻泽厉身后下楼梯。

楼梯间里回响的全是脚步声。

身后男人们谈笑的声音传来，闻泽辛那声音低沉有磁性，偶尔插两句话，很是好听。陈依一时有些恍惚，感觉仿佛是读书那会儿下楼去上体育课，他们在后面插科打诨，她们在前面谈护肤品和偶像，也有女孩一边假

159

装聊天一边关注后面的动态。

那会儿，她也是这样。

时光若是能永远停在那一刻就好了，就没有后面这些事情了。陈依低头看一眼红篮，常雪在她耳边道："嘿，我想起以前读书的时候了。"

陈依抬头看常雪一眼，眼底含着笑意，果然不是她一个人有这种想法。

身后，男人的笑声落下，只余眼底的似笑非笑的神色，随后目光落在前方，那身着浅粉色旗袍、怀里抱着红篮的女人身上。

她盘起了头发，露出了白皙的脖颈。闻泽辛垂眸，眼底情绪暗涌，抵达一楼后，萧然上前接了常雪怀里的红伞，走出去撑着送新娘上车。

伴娘跟着新郎的车，于是陈依上了副驾驶位。

伴郎开车，于是萧然上了驾驶位。

车子率先开走了。

闻泽辛看着那车走后，拽了下领口，走向身后的车，进了驾驶位。顾呈还有聂胥上了车。

车子启动，跟着前面的车子走。

晚上的婚宴非常热闹，闻泽厉这个新郎官跟一众兄弟非常能闹，尤其是黎城的周扬、许殿、江郁等人，因为他们没有去迎接新娘，是直接抵达宴会大厅的。两个地方的公子哥凑到一起那真是十分惹眼，一个个有自己的性格，都俊逸非凡。

陈依跟常雪没有去凑热闹，站在不远处陪着闻、沈两家的妈妈。林笑儿绕过来，挽着陈依的手，低声说："你跟泽辛今天一天都没怎么说话？"

陈依顿了顿，低声道："没找到机会说。"

林笑儿看着陈依："不是没找到机会说，是他没跟你搭话吧？"

陈依笑了笑："这样挺好。"

林笑儿拍了拍陈依的手，总觉得她受委屈了。身后端着酒正跟闻家小叔说话的闻泽辛听见这话，指尖顿了顿，眉梢微挑。

闻家小叔也挑了挑眉，看一眼身后的几个女人，最先看到的就是伴娘打扮的陈依。他收回视线，看向跟前的侄子。

"怎么回事？"他轻声问。

闻泽辛手插在口袋里，轻晃了下酒杯："没什么，夫妻吵架，闹分居。"

闻家小叔："你这话说得好像你是局外人一样。"

闻泽辛仰头喝光一杯烈酒，淡淡地道："她把自己当局外人，那我也是局外人。"

闻家小叔眯眼，看着跟前的侄子，笑了一声："怕是身不由己吧。"

闻泽辛沉默地看着小叔。

几秒后，他轻轻一笑，转而取走了小叔手里的酒："您少喝点儿。"

闻家小叔："……"

行，闻泽辛这是暗讽他喝多了。

婚宴结束，兄弟团跟姐妹团的人陪闻泽厉跟沈璇回新房，浩浩荡荡一群人，常雪却突然拉着陈依，说："咦，怎么没见闻泽辛？他是不是喝醉了？"

婚宴上，兄弟团的人都闹在一起，闻泽辛全程参与度不高，更多的是陪着小叔，要么就是去应酬。

酒是喝得多，好几次常雪看到闻泽辛俯身，跟人谈笑说话，手中端着烈酒。而那一桌基本上都是大佬。说到名头，一个比一个响亮。

顾呈听到常雪的问话，笑了笑，道："他没醉，在忙呢，婚宴也是资源平台，趁着这个机会，有些事情他可以跟别人敲定下来。"

常雪跟着沈璇多年，一下子就明白了，哦了一声："对，二少可以啊！"

顾呈轻笑一声，视线扫向陈依。

陈依朝他微微一笑，顾呈也笑了笑，随即收回视线。

陈依也是婚后才知道闻泽辛大概在忙什么的。婚前这个男人逢场作戏，风花雪月，在这个圈子里是出了名的浪子。

她收了收心神，专注在沈璇身上。今天的沈璇很漂亮，也很幸福，得到了自己想要的、一个爱她如命的男人。

沈璇也合该有这样的幸福，那些贬低她的人都睁大眼睛看看吧。

参加一场婚礼，又是伴娘，最后还闹了洞房，结束后天色将亮，陈依回到公寓，躺在沙发上就直接睡着了。

婚宴的顶楼，此时烟雾缭绕，牌桌开了四桌。服务员穿着漂亮的旗袍制服穿梭于牌桌之间，靠角落的那一张桌子，闻泽辛抽了纸巾擦拭手中的水珠，随后坐下。三个穿着旗袍的女服务员款款走过来挨着桌子边的另外三个男人坐下。

那三个男人沉默地看一眼身侧的女人，随后默不作声地收回视线，没有拒绝。

麻将桌底声音滚动，麻将上桌，另有服务员又过来倒酒。闻泽辛招了江助理过来，江助理微微俯身，闻泽辛嗓音低沉地道："另外三桌让他们悠着点儿。"

江助理点头："好。"

闻泽辛端起酒杯喝了一口酒，笑着对其他三人说："我们开始。"

那三个人笑了笑，桌面上的牌开始动。闻泽辛长腿交叠，接了旁边一名穿着旗袍的女人递来的烟，在烟灰缸里弹了弹。

他拿牌、抽烟、垂眸时，都很俊美。

他默不作声地看着桌面上的牌，开始喂牌，送牌，小赢，大输，进行得不动声色。对面的男人又赢了，他道："泽辛，你今晚这手气不太行啊！"

闻泽辛抬起眼眸，眼神含笑地道："没有您那么好。"

其余两个男人对视一眼，随即哈哈大笑："泽辛，我跟你说，输了钱不怕，输了还要喝酒的。"

闻泽辛笑道："是吗？我不怕输钱，就怕没酒喝。"

"哈哈哈，好。"

众人继续打牌，谈笑说话声也继续。一轮一轮下来，送了钱喂了酒，休息间隙，闻泽辛起身，扯了扯领口，推开门走进包间。

小包间里一片安静，长条沙发也有些冷清，他坐下，身子往后靠，手插在口袋里，闭目休息了十几分钟，门被推开。

男人睁开眼，偏头看去，是一名开错门的女服务员。她看到闻泽辛有点儿慌乱，顿时张嘴。闻泽辛眼神沉了下来，修长的指尖放在唇边："嘘。"

那女服务员顿时闭嘴，慌乱地点头，安静地退了出去。

闻泽辛收回视线，下颌紧了几分，不耐烦地再次闭上眼。

这时，手机在黑暗中亮了几下。

他去摸手机，酒味萦绕在鼻息间。他点开屏幕，睁眼看着，视频里除了陈依还是陈依，还有不少相片。

她穿着浅粉色的旗袍，或笑或躲着。

顾呈："我们这边快结束了，你呢？"

顾呈："感激我吧，还偷偷拍了你老婆的视频跟相片。你就说，你想不想要。"

闻泽辛："你说的想要是指哪一种？"

顾呈："……"

指尖往上滑，又回到那些相片跟视频上，收个红包她那眉眼都笑弯了，闻泽辛眯起眼，就这么看着……

天色将亮，闻泽辛陪着他们几位吃过早餐，江助理赶紧去开车过来，给他开车门。闻泽辛弯腰上车，解了领带扔在一旁，随后咳了几声。江助理回到驾驶位上，听到后问道："老板，不舒服吗？"

闻泽辛捏了下脖颈："没有，开车。"

"好的。"江助理赶紧启动车子，一路开往酒店。闻泽辛后来又咳了几声，江助理皱眉，看着他摔上车门，赶紧跟着下车。

进了电梯，闻泽辛靠着墙壁，江助理硬挤了进来，男人冷眼看着："干什么？"

江助理低声道："老板，我叫梁医生来给你看看吧？"

"没必要。"

电梯抵达，闻泽辛长腿迈出。江助理追着出去，闻泽辛突地扶着桌子咳了几声，随即解开衬衫走向浴室。

江助理跑过去，按着门道："要不，我叫太太过来？"

男人撑起身子，转头看着他，眼神冷冷的，带着压迫感："我说不用，我不想看见她。"

江助理："……"

行吧。

砰——浴室门被关上。

江助理在原地站了一会儿，还是拿出手机，给闻家的家庭医生梁医生打电话，让他跑一趟，暂时不要惊动其他人。

两个小时后，恰好是早上八点，该上班的人都准备上班了，闻泽辛病倒了。

第二天，陈依下午两点多才醒来，醒来后一身烟酒味。她拿着睡衣去洗澡，出来后才去做了一点吃的。

吃着午饭，她也没闲着，翻着资料跟公司的同事连麦。这时手机嘀嘀响了一下，她点开来。

江助理："太太。"

陈依愣了愣，编辑消息。

陈依："怎么了？"

消息发出去好一会儿，江助理那边一直没回，陈依渐渐就把这事情给抛在脑后，当晚还去了事务所加班。

沈丽深这个组又接了两个项目，有一个项目是赵氏集团的，一组人开会开到将近十二点半，回到家里陈依躺下准备睡觉时，突然又想起江助理白天给她发信息的事情，于是拨打了江助理的电话。

可惜，那边没人接，陈依顿了顿，便放下手机休息了。

接下来的两天都很忙，这天晚上，陈依还在事务所开会，收到了陈莺的微信。

陈莺："姐，你有空吗？过来接一下我们。我跟婶子今晚参加太太们开的鉴赏会，我开车送婶子来，但是一不小心喝了不少酒。"

陈依看到陈莺的信息，愣了一下，然后拿起手机起身，走出办公室去休闲区打电话。陈莺在那边嘀嘀咕咕的，话都说不太清楚。

陈依顿时脸色一黑。

她咬着牙道："你们在原地别动，发个地址给我。"

"嗯，好的，我发。"

不一会儿一个俱乐部的地址就被发了过来，陈依看了一眼，认出这个地方，就在国贸那边。她放好手机，转身出来跟沈丽深请假，随后下到负一楼开车，前往那家俱乐部。

沈璇复婚那天，整条街道都喜气洋洋的，经过两天时间，这条街道恢复了以前的模样，那天人潮拥挤、普天同庆的一面就留在了那一天，仿佛一场绚烂的烟花，梦幻至极。

这个点、这个地段还是有不少车，国贸这边一直处于塞车状态，陈依换了另外一条路，勉强摆脱了塞车状况。

她一路到那家俱乐部，六楼有一个私人会所。

陈依报了名字，很快就得以通行。电梯抵达六楼，陈依走出去，门外两边有服务员，服务员笑着给陈依拉开了门。

一眼可见屋里装饰奢华，陈依曾经在廖夕的朋友圈看到，那些圈子内的太太就喜欢找这样的地方喝茶聊天，也经常攀比。陈依想到这里，决定以后让廖夕少参加这些聚会。她本以为让廖夕开心的事就是好的，但其实那不一定是好的。真正好的事应该是结交三两个好友，跟她们好就行了，没必要什么聚会都参加。

陈依抿了抿唇，走进去，绕过一面屏风，就看到陈莺靠在沙发上，旁边还有几个年轻的女孩子，其中有一个就是林筱笙。

没有看到廖夕，陈依皱眉问林筱笙："我妈呢？"

林筱笙双脚交叠着，靠着沙发，听见这个问题突然笑起来，她旁边的好友也跟着笑起来，陈依感觉有些莫名其妙。

她喊道："陈莺。"

陈茑一直趴着，没有应她，空气中隐隐浮动着酒味。陈依眯着眼，陈茑什么时候跟林筱笙这些人混在一起的？她也懒得去思考那么多了，拿出手机拨打廖夕的电话。

听到铃声去找人更好，这六楼就这么一个地方，如果母亲在别的房间里，自己肯定能听到的。很快，那头的人接起电话，廖夕的声音传来："陈依？"

"妈，你在哪儿？"

廖夕顿了下，回道："我刚刚到家啊。你去找我了？"

陈依捏紧手机，看着前方沙发上的一行人，包括趴着一声不吭，仿佛睡死的陈茑，说："是，我来山水城这边的俱乐部找你。"

"啊？我今晚去了顾家，没有去山水城，怎么了？"

怎么了？

陈依反应过来，自己被陈茑给耍了，要么就是林筱笙灌醉陈茑，用陈茑的手机给她下套。陈依立即转身就走。

林筱笙这才出声，笑道："嫂子，你不管陈茑了？"

"随你处置。"陈依冷着脸说完，大步往门口走去。谁知道屏风那边转进来两个穿着黑色制服的高大男人，一下子就拦住了陈依的去路。

陈依愣住，回身看向林筱笙："你什么意思？"

林筱笙招手道："嫂子，我就是想找你聊聊天，喝几杯酒，跟你谈点儿事情。"

"我跟你没什么好谈的。"

"有，我想知道，你跟泽辛现在怎么样了？"林筱笙托着下巴，眨眼道。

陈依看着林筱笙此时的模样，之前所有的回忆突然都冒了出来。她冷笑道："我跟他怎么样，你应该去问他。"

林筱笙微微一笑道："我就想跟你聊聊啊，真的没别的想法，你怎么不捧场呢？你当时找我们去家里，不是也给我们下套了吗？"

"最后我们被赶出来真的好狼狈哦。"林筱笙说着说着，脸色开始变冷，突然指着陈依说道，"你们陈家什么能力都没有，看看你爸，把整个陈氏交给泽辛才能起来，没有泽辛你们家算什么？既然你们没有实力，就别硬挤进这个圈子。"

陈依变了变脸色，冷着脸看着林筱笙："你们林家有能力，你就别成天想着当'小三'啊，我提你一句你倒觉得给脸。"

林筱笙的脸色变得更难看。

陈家凭什么啊？凭什么？凭这好运气吗？凭陈依这张脸吗？

她突地又笑起来，阴恻恻地道："哦，昨天的婚礼上，很多人可都看到了，你跟泽辛一句话都没说过，我想问问嫂子，你哪里来的底气这样跟我说话？"

她破罐子破摔了。

陈依抿紧唇，懒得搭理她，转身要走，可是那两个男人再次挡在她面前。陈依咬了咬牙，不敢硬闯，小心地按着手机。

谁知道跟前其中一个男人打掉了她手里的手机。

陈依看了看地上翻了面的手机，回过身去看向林筱笙，冷冷地道："林筱笙，我劝你放我离开，闻泽辛不是好惹的。"

"嫂子，你太紧张了，我就是请你喝杯酒而已，是你不肯陪我啊，要是你乖乖坐下来就没那么多事情了，再说……"林筱笙微微一笑，"你提泽辛干吗啊？你现在什么情况你不知道？泽辛能来救你？"

她眼里全是轻蔑之色。

从陈莺那里得知他们之间本就没感情，这次婚礼两人又没说上几句话，林筱笙感觉底气十足。陈依被另外一个站起来的女人推到了林筱笙这边，被迫坐了下去。

陈依冷冷地看着林筱笙。

林筱笙笑着起身，给她倒酒："喝两杯嘛，嫂子，死不了人的。你看，陈莺都陪我们喝了不少，你总不会觉得自己比她高贵多少吧？……"

酒店顶楼，房间里有着淡淡的药味，大床上，男人穿着黑色衬衫跟长裤，头发有些凌乱，发烧外加睡眠不足还有胃出血导致他脸色苍白，桃花眼紧闭着，脸部线条刚硬。

他手背上扎着吊针，青筋微微突起。

这时电梯门再次打开，江助理西装革履地走出来，步伐有些匆忙，也吵醒了闻泽辛。闻泽辛睁眼，桃花眼里有着不耐烦跟倦怠的神色。

"慌什么？"

江助理不敢看他的眼睛，但又想到梁医生昨天说的闻泽辛这次病倒很可能是因为太太。老板自从跟太太分居后，就一直强撑着，直到那天突然病倒。江助理猛地上前，看着男人冷漠的双眼，低声道："太太出事了。"

闻泽辛抬起眼眸："你说什么？"

"太太出事了，林筱笙……"话还没说完，床上的男人猛地起身，修长的手指按着针头用力拔了出来，血珠溅了一手背。

他反手抓住江助理的领口，将人扯过来，眼神阴鸷地道："你们干什么吃的？"

江助理愣了一下，低下了头。

闻泽辛推开他，唰地走过去，抄了车钥匙就走。江助理急忙跟上："老板，她们让太太陪着喝酒。"

"她们？她们配吗？"

电梯下降，江助理缩在身后，不敢吭声。

电梯很快抵达负一楼，男人快速上车，江助理只能跟着上车。车唰的一下开出去，十五分钟后，车子停在俱乐部门口。

车子刹停的声音吓到了门口的人，高大的男人从车里下来。

砰——摔上车门后，闻泽辛大步走进俱乐部，连名字都没报，抓着其中一个服务员就道："开电梯。"

那服务员对上他的眼眸，吓了一跳，赶紧刷卡开电梯。

电梯抵达六楼，门一开，两名男保镖立即上前。闻泽辛抹了下嘴角，长腿一端，把其中一个端飞，江助理赶紧去对付另外一个。

大门打开，做工精细的屏风砰的一声摔在地上。

沙发上的几个女人齐刷刷地看过来，陈依捏着酒杯，正看着酒杯，听见动静偏头看去。

闻泽辛高大的身影站在那儿，衬衫凌乱，领口敞开，脸上透露出一种病态的苍白，眼神却阴冷得嗜血。

林筱笙正在劝陈依喝酒，看到他的眼神，跌坐了回去。

/第七章/
看不上

江助理紧跟着进来，手挽着西装外套，有些匆忙，看到陈依后恭敬地喊了一声："太太。"

这一声太太更让其他人浑身发抖，尤其是林筱笙。她转头看着陈依，陈依紧绷着的身子略微放松。

她缓缓地放下了酒杯，杯底不轻不重地砸在光滑的茶几上，发出了清脆的声音。闻泽辛这才走过来，来到茶几前方，眼神含着戾气地扫了一圈桌子。

陈依跟前摆了几个杯子，已经空了，空气中是人头马的烈性味道。

他低声问："喝了多少杯？"

他问的是陈依，陈依的脖颈也红了，她强撑着意志回道："三杯。"

她仰起头看着他，漂亮的眼眸里有着隐隐的水光，好看又温柔，又带着一丝说不上来的别的情绪。

闻泽辛跟她对视，脑海里闪过很多画面，有高中那三年、大学时以及毕业后若即若离的那些联系，最后就是选择联姻时，两家人坐在一起谈话，她坐在对面，一声不吭的温柔样子。

他垂了垂眸，肩膀有一瞬间往下塌了一点儿，那是认了的意思。

江助理在身后目睹一切，心想：梁医生说得对，老板一直在强撑，不是因为不爱恼怒而强撑，而是因为爱了不愿意承认而强撑。

幸好，他没有擅自做主，自己跑来接太太。

闻泽辛抬起眼眸，微侧过身子对江助理说："叫人把酒窖打开，我要请林小姐几位喝酒。"

林筱笙等人听到这话，条件反射性地想站起来。林筱笙喊道："泽辛！"

"你喊我什么？"闻泽辛回眸，挑眉问道。

林筱笙有些发抖，看向陈依："我……我请嫂子喝酒而已，又没干什么。上次她请我吃饭，我这次回请她喝酒，这不应该吗？"

闻泽辛舌尖抵了下腮帮，没应她，偏头看向陈依掉落在地上的手机。

林筱笙一口气上不来，慌乱地想起身。这时几个穿着黑色制服的男人走进来，其中一个按住了林筱笙的肩膀，把她给按了回去。

闻泽辛转身走过去，一只手插在口袋里，弯腰捡起那部黑色手机，把手机放在衬衫上擦了擦，又走回来递给陈依。

陈依接住那部手机，指尖碰到后，狠狠地拿了回来。闻泽辛俯身问道："依依，你想敬酒吗？"

陈依的胃此时不太舒服，但是她还算清醒，知道报仇就在今天，不管林筱笙跟闻泽辛是什么关系，闻泽辛今天站在她这边，就意味着这联姻的效果还在。她微微扬起嘴角，说道："自然是想的，筱笙太客气了，明知道我不爱喝酒，还花费那么多钱点了那么好的酒。"

听到这话，闻泽辛瞬间挑眉，饶有兴味地看着自家老婆。

林筱笙却在保镖的手下挣扎："嫂子……泽辛……"

她其余的闺密早就被吓得瘫成一坨泥了，那些保镖围着沙发这边，一个人都走不出去。闻泽辛单手端起酒瓶，慢条斯理地倒了一杯酒，只倒了林筱笙那一杯。将酒瓶放下后，他抬手示意陈依发挥。

陈依看着男人含着戏谑神色的眼眸，收回视线，端起那酒杯起身，随后直接将酒往她的衣服上倒。

含着冰块的烈酒一下子就浸湿了衣服，林筱笙疯狂地挣扎着："啊——"

林筱笙喊道："泽辛，泽辛，救我……"

陈依低声道："还差两杯。"

另外一杯，陈依从她的头顶倒下去的，那弄好的发型一下子就垮了，脸上的粉晕开，嫁接的眼睫毛跟着掉了下来。那精致漂亮的样子瞬间变得丑陋，本来欣赏她的男人都愣了。接着，第三杯酒，陈依从她的后背倒下去，寒冷刺骨。陈依刚刚喝的那些酒，每一杯都加了冰，她今晚加班本来就没吃多少东西，这三杯酒下去，搅得她胃发疼。

169

林筱笙一个劲地抖着。

陈依请她喝完了三杯酒，撑着沙发走出来，抄起桌面上的手机要走。闻泽辛握住她的手腕，低声问："不多敬几杯？"

陈依单手撑着沙发，抬起眼眸看他一眼："你好好去呵护她，那一身细嫩的肌肤，怕是被冰块给冻坏了。"

闻泽辛敛眉，几秒后拦腰把她抱了起来："先送你回去。"

但是她到底有些体重，将人一抱起来，闻泽辛就使劲地咳着，喉间带着血丝。他偏头将其吐在一旁的垃圾桶里。

陈依皱眉挣扎着："你松开我。"

闻泽辛抬起脸，嘴角还带着血丝，看她一眼，随即大步地走向电梯。这时电梯门也刚打开，十几箱酒被抬了出来。

江助理看到他们两个人愣了一下："老板、太太。"

闻泽辛淡淡地道："好好招待各位小姐。"

江助理："哎，好的。"

随后闻泽辛侧过身子，把陈依抱进电梯里。陈依这时酒意上来，加上胃疼得厉害，一直按着胃，拼命地忍着，神志越来越模糊。

闻泽辛听见她细小的呻吟声，皱了下眉："胃疼？"

陈依没应，脸色发白。

电梯抵达一楼，闻泽辛不顾自己也病了的身子，快走两步往门口走去，朝服务员大吼："开车门。"

服务员吓了一大跳，赶紧下了台阶，帮忙把陈依送进车后座上。

"二少，我开车吧？"那服务员顿时机灵起来。闻泽辛扯下后座上的外套搭在陈依身上，绕去那边上车，道："开。"

服务员哎了一声，赶紧钻进车里。

闻泽辛把陈依扶起来抱在怀里。喉间又有血丝，他忍了忍，伸手拿了纸巾随意一擦，服务员把车开了出去。

闻泽辛说："去私人医院。"

"好的。"

车子抵达私人医院时，陈依已经昏迷了，闻泽辛的胃也疼得厉害，但是他不肯走。看着她进去检查，他靠在墙壁上，黑色衬衫有些凌乱，虚虚地扎在腰间。不一会儿，陈依被推出来，闻泽辛站直身子，看了一眼病床上脸色苍白的女人，然后看向医生。

主任医师拉下口罩道："她主要是晚饭没吃多少，又喝那么多酒，胃病

170

犯了。"

闻泽辛握住陈依的手，点头："嗯。"

他喉间再次泛起一阵腥甜，嘴角血丝溢出来一些，主任医师愣了一下，立即黑着脸道："你这身子也不好呢。"

"检查去。"他是梁医生的伯父，跟闻家沾亲的。

闻泽辛抹了下嘴角的血，说："没什么大事……"

他还没说完，就有些头晕，强咬着牙撑着，可是主任医师怎么会看不出来，立即强硬地带着他去检查。

闻泽辛再次醒来时，跟陈依在一个套房里。林笑儿跟廖夕也都在陈依的床边。林笑儿看到他醒了，赶紧走过来，看着他道："你病了那么多天怎么不跟家里说啊？"

闻泽辛淡淡地说："没什么好说的，她醒了没？"

他再次看向那张床，林笑儿松开他，站在床边道："没醒，酒精挥发了，她醉着呢，接到老梁的电话，我吓死了。"

林笑儿又走回去看陈依。

陈依一直睡着，输着营养液。廖夕迟疑了一下，走过来看着病床上的女婿："你好些了吗？"

"好些了，岳母。"闻泽辛勾了下嘴角。

那双桃花眼含着些许笑意，有些暖。可是廖夕还是怕这个女婿，总觉得他眼底的笑意是假的，随时都有寒霜会出来。

她问道："她怎么会跟人喝酒啊？"

闻泽辛顿了顿，说："我的错。"

"没看好她。"他四两拨千斤地道。

廖夕："哦……"

廖夕回到陈依那边的病床边，两位母亲都把闻泽辛扔在这边，只关注陈依。闻泽辛抬起眼眸看着吊瓶，眼看着差不多了，起身拔下针头。

林笑儿大叫："你干什么呢？"

"我还有事要处理。"闻泽辛站起身，把衬衫塞进裤腰里，挽起衬衫袖子，露出线条有力的手臂。

他来到陈依的床边，低头吻住陈依冰凉的嘴唇。

他这一动作吓到了旁边的两位母亲，谁都没想到他会这么做。他们不是没感情吗？不是冷战分居了吗？

林笑儿看了一眼廖夕。

廖夕也看了一眼林笑儿，彼此眼底都有疑惑之色。闻泽辛伸出拇指擦了一下陈依的嘴角，随后站直身子，慢条斯理地扣着衬衫纽扣："妈，你们看着她。"

"你去干吗？"林笑儿赶紧回神，问道。

闻泽辛没应，拉开门走出去。这个时候是凌晨两点，走廊上没什么人，闻泽辛走进电梯，脸色还是有些苍白，可是神色冷漠，令人看着生寒。

他到一楼开走那辆车，很快车子再次抵达俱乐部。他看了一眼手表，随后上楼。经过刚刚那一闹以后，整个俱乐部的人都认出了闻泽辛。

后来得知林家小姐在六楼灌闻二少的太太，他们更是吓得魂不守舍，后悔当时怎么没警惕一点儿呢？六楼说让包下就包下，他们也没有去了解过来往名单，这下好了，整个俱乐部的人跟着瑟瑟发抖。负责人听到闻二少又来了，赶紧从里面出来，问道："人呢？"

服务员指着天花板："六楼。"

负责人跟着看了一眼："他是去教训那几个人吧？"

服务员点头。

负责人："行，我们就当不知道，今晚在六楼的都有哪些人？以后将她们加入黑名单。"

"我等会儿报给你。"经理也跟着出来，说道。

"好。"

几个人一起看向电梯，想起那一箱箱的酒，恐怕那几位小姐不好过啊！

电梯在六楼停下。

高大的男人手插在口袋里走出去，包间门没关。

林筱笙与她的闺蜜看起来喝了不少酒了。

平日里个个都看起来精致漂亮，喝醉后也是丑态百出。

闻泽辛扫了一圈，发现少了一个人，问江助理："还有陈莺呢？"

江助理愣了一下，转头去看，当真没看到人了。

"这……我记得……刚刚……"

闻泽辛没吭声。

江助理立即道歉："对不起老板，我疏忽了，我们进来的时候看她的样子是醉着的，没想到她是装的，估计趁我们没注意偷跑了。"

闻泽辛冷哼，转身要走。

这时身后传来一个女声，醉了似的抱怨道："林筱笙，你这个蠢货，都怪你，听江跃的挑唆……你害死我们了。"

接着就是一阵尖叫声，那个女孩起身去抓林筱笙的头发。

闻泽辛停下脚步，偏头认真听了一会儿。

江跃。

他勾了下嘴角，随即大步走出包间。

江助理则留下来数一数她们喝了多少，然后叫俱乐部的人算账，又让人拍了她们的丑态，最后将账单和相片发给林家以及另外几个家族。

林家收到账单以及相片时，林母直接晕倒。林家父亲一把拉开家门，看到醉得不省人事的林筱笙时，恨不得亲手杀了这个女儿。

"造孽啊，造孽啊！"林父冲下台阶抓起醉成一摊泥的林筱笙，一巴掌就扇了过去，硬生生把林筱笙给扇醒了。

"爸……"

"你别叫我爸，我没你这个女儿，你滚……"

闻泽辛走后没十分钟，陈依就醒了，两位母亲齐刷刷地低头去看她。她看到两位母亲担忧的神色，眼眶微微一红，随即又狠狠地把泪水给逼了回去。见她撑着身子想起身，廖夕跟林笑儿赶紧扶起她："还有没有哪里不舒服？"

陈依坐起来后，摇了摇头："没有，好多了。"

"胃不好怎么喝那么多酒啊？"林笑儿心疼地抚摸了她几下。陈依沉默了两秒，心知闻泽辛可能没说实话。

他不说实话是应该的，免得两位母亲担心，陈依也觉得丢人，长这么大，一直规规矩矩的，谁知道有一天会碰上这么恶心的事情？

陈依笑了笑道："我晚饭没吃多少，一时没注意就多喝了两杯。"

"你啊，闻泽辛怎么也不看着你点儿？"林笑儿觉得儿子真无语，自己生着病还带着陈依去喝酒，真是的。

陈依又笑了笑，看了一眼吊瓶，恰好视线撞上廖夕的眼神。廖夕眼里带了点儿疑惑，她显然是不信这话的。

因为陈依不是那么没有分寸的人，廖夕甚至怀疑是女婿逼着陈依喝的，可是又想到刚刚女婿那一吻……

廖夕打开保温壶，舀出一碗粥，说："妈喂你吃点儿。"

"谢谢妈。"陈依现在胃非常需要暖和，喝完一碗粥，营养液输完了，值班护士进来取针头，随即说道："可以出院了。"

"谢谢。"林笑儿赶紧道。

173

两位母亲扶着陈依从床上下来，陈依脚还有些软，但是强撑着站稳，又接过廖夕给的外套披上。

廖夕说："你爸开车过来，在楼下。"

随后她对林笑儿说："亲家母，你跟着我们的车走，我们送你回家，今晚真是辛苦你了。"

梁主任给闻家打电话通知这事，林笑儿瞬间从床上起来，但是这两天闻颂先身体也不太好，正在休息，她就没喊闻颂先，自己给陈家打了电话，林叔开车送两位母亲过来的。看到两个孩子都躺在病床上那一刻，两位母亲心疼得很，好在老梁告诉两位母亲两个孩子的病情无碍，有了医生的保证，她们才松一口气。

这时廖夕和林笑儿才知道，闻泽辛这几天竟然都病着。

陈庆送林笑儿回去，随后回陈家，陈依的精神也好了很多，一进门她就喊了保姆一起上楼，不一会儿，保姆手里提着一个行李箱，陈依手里也提着一大袋的衣服跟日用品，陈庆跟廖夕愣了一下："陈依，怎么了？"

他们认出那是陈莺的行李箱。

陈依神色冷漠，带着保姆走到门口，说："我今晚会被林筱笙灌酒，是因为陈莺，我怀疑她还说了不少关于我跟闻泽辛的婚姻的事情让别人知道。"

"什么？"陈庆怔了怔。

廖夕也难以置信地说："我们藏着掖着那么久，她跑去跟别人说？"

廖夕很快反应过来："难怪……难怪你今晚给我打电话，问我是不是在山水城，她把你骗去的对吗？"

"对。"

廖夕颤颤巍巍，紧紧地抓着陈庆的手臂："你看我，忍她让她这么多年，得到的是什么？是什么？白眼狼啊！"

陈庆闭了闭眼，看着陈依："你想……"

"这个家，有我没她，有她没我。"陈依从没这么坚定过。她没当过坏人，也一直忍着陈莺，只因为陈莺是自己的妹妹，吃喝都忍让着，只因为陈莺是大伯留下来的唯一的女儿。

可是陈莺依旧不识好歹。

陈庆张了张嘴，道："依依，你才是我们的女儿……"

陈依眼眶有些红："谢谢爸。"

说完，她走到门口，保姆拉开门，两个人一起把行李箱还有别的东西扔了出去，哐当一声，衣服散了满地。

这时，一辆的士开到这边，停在了门口。

车门打开，陈莺跌跌撞撞地从里面跑出来，看到眼前的一切，怔了一下："姐？"

陈依冷冷地扫了她一眼："滚。"

随后，她带着保姆转身回去。

砰！铁门被关上。

陈莺扑过去抓住铁门摇晃："陈依，婶子，小叔！开门——开门啊——你们有什么资格赶我？有什么资格赶我？陈依，你管不住自己的老公……"

她缓缓地跌坐在地上。

门里的三个人站在台阶上，冷冷地看着她。

陈莺想起在包间里闻泽辛那样对林筱笙，对林筱笙那些闺密，浑身发冷。

黑色的车唰的一下停在医院门口，车门打开，男人迈了下来。闻泽辛走上台阶，进入大堂，搭乘电梯来到住院部。

此时是凌晨三点半，住院部一片安静，消毒水味道浓郁，他走向刚刚的病房，按着门推开一看，里头空荡荡的。

他愣了几秒，随即喊住一名护士："人呢？"

护士看到他，认出是谁，立即道："回家了。"

闻泽辛挑眉，随即点了点头。

他松了手，门缓缓地弹了回来。他转身走向电梯，一路下楼，上了车启动车子，来到陈家，远远地就看到一个人影正蹲在地上捡衣服。

闻泽辛慢慢地停下，握着方向盘，看向陈家大门，而蹲在门口的陈莺抱着衣服狼狈地起身，突然被车灯刺得手臂一松，东西再次掉了一地。她遮着眼睛，眯眼看着车里的男人，认出了闻泽辛。

她后背一凉，又不知生出了什么勇气，小心翼翼地往前走去，从车窗上看到了自己的影子。虽然有些狼狈，可还是很漂亮的，有几分楚楚可怜，她来到车旁，敲了下车窗。

她敲了许久，车窗才摇下，车里的男人眼神冷冷地扫来。

陈莺下意识地倒退。眼看着车窗要再次关上，她扑过去抓住车窗，膝盖都发抖了，咬了咬下唇，说："我能问你一个问题吗？"

这个问题在她心里憋了很久。

"你当初为什么选陈依？"

闻泽辛看一眼手机，本想给陈依打电话，突地听到这个问题，顿了顿，几秒后似想到了什么。

他抬起眼眸，桃花眼里带着几分讥讽之色："因为喜欢她。"

陈莺难以置信地问："你说什么？"

"至于你，看不上。"

把陈莺赶出去后，除了铁门，大门是没有关的。一家三口此时也睡不着，保姆跑去厨房重新做夜宵。

陈庆看着陈依苍白的脸，心疼得很："具体发生了什么事情？你跟我说一说。"

他匆匆忙忙地跟着廖夕起床，抵达医院后，看到女儿跟女婿都在输液，也吓了一跳，后来廖夕打发他回家叫保姆熬点儿粥，所以他不知道发生了什么事情。

陈依身上盖着薄被，靠在母亲的肩膀上，也没打算瞒着了，把陈莺怎么把她骗到山水城，她又是怎么被人给拦着不能出去，甚至被打掉手机，最后被拉扯到沙发上，一坐下就被林筱笙灌酒的事说了。

陈依当时的第一反应就是说自己来，被灌太不体面了，她当时还看到包间里有电话，想找机会过去打电话到前台。

但她还没找到机会，闻泽辛就来了。

陈庆跟廖夕久久没有出声，过了一会儿，廖夕小声地道："这，林筱笙是因为……是因为二少吗？"

陈庆下意识地看向陈依。

陈依脸色还很白，眼眸却很亮。她点头道："是，从我嫁给他那天就有很多人盯着我了。"

她如今更加清醒地明白，高攀果然是不会有好结果的，而强强联手才能长久。

陈庆的脸色跟着白了白。

陈家跟闻家联姻，陈家是获利的一方，牺牲的是陈依的选择权，当初他觉得陈依跟闻泽辛也算是青梅竹马，即使是高攀也差不到哪里去，谁知道……

廖夕叹了一口气道："但是这 B 城的四大家族，谁不想高攀啊？"

四大家族只有四家，适合婚嫁的人也只有那几个，很多人即使知道高攀可能不会有好结果，但还是跃跃欲试。

陈庆点头："是啊！"

陈依也笑了笑。她知道，今天不是林筱笙，明天还会有钟筱笙，这桩婚姻尘埃落定后，就注定会有这些事。何况闻泽辛又是那种性子。

陈庆摸了摸女儿的头发说："不管如何，你要以自己为先，家里……"

他停顿了一下。

陈依看着父亲发白的鬓角，心里苦笑，她怎么以自己为先？她又不是从石头缝里蹦出来的，不知冷热，不懂痛苦。何况陈氏不是陈庆一个人的，还有不少股东。她说道："我知道，我会以自己为先的，按今晚这个情况，我看得出他还是看重我这个联姻对象的。如果能离婚……如果能……"

陈依停顿了一下，看向廖夕。

廖夕听得出陈依的牺牲，却突然一把握住陈依的手，道："不，如果能离婚，你也可以尝试着争取一下。"

陈依愣了愣，旁边的陈庆也愣住，两人齐齐地看向廖夕。没想到这话反而是廖夕说的，廖夕迟疑了一下又说："只要错不在你，真离婚了，闻家也不能拿我们怎么样……"

这时，门口传来倒吸一口气的声音。

一家三口转头看去，就见门口站着一个高大的男人。

玄关处灯光有些昏暗，闻泽辛穿着黑色衬衫跟长裤，手插在口袋里站在那里，无端地带着压迫感。

廖夕握着陈依的手突然一松。

陈庆的脸色白了又白。

唯独陈依非常冷静，跟男人对视着。

"聊什么呢？离婚？"说着，闻泽辛走进来，坐到对面的单人沙发上，长腿交叠，看着对面的三个人，"别想了，不会离婚的。"

他最后将目光定在陈依的脸上，薄唇轻启："我这么千挑万选，这么中意的女人，怎么会离婚呢？"

他的桃花眼里含着几缕笑意，说的话半真半假，镇得陈家夫妇都惊呆了。陈依没搭理闻泽辛，而是看向保姆。保姆手里拿着粥勺，瑟瑟发抖，小声地道："刚刚……刚刚我听到陈莺小姐哭喊的声音，怕她在门口出事，于是去看一下，恰好看到闻……二少，他让我开门，我就开了。"

陈依冷冷地道："你去看她做什么？请人进来不知道先通知我们？"

陈依第一次这么疾言厉色。闻泽辛微微侧目看她一眼，眼底又带了兴味之意。保姆则第一次被大小姐这样说，突然觉得即使是泥做的人也会有自己的性格。她低下头认了错。

177

陈庆也终于回神了，脸色还是苍白，对保姆说："既然二少进来了，给人家倒水啊。"

"哎。"保姆赶紧去倒水。

陈庆看向闻泽辛，笑道："听说你生病了，现在好些了吗？今晚这样奔波，怎么不先休息一下？"

他还巴巴地跑来，跑来做什么啊？

闻泽辛收回定在陈依脸上的视线，看向陈庆夫妇："岳父、岳母怎么生疏了？还是继续叫我泽辛吧，也可以叫得更亲昵一些，阿辛也可以。"

陈庆："……"

廖夕："……"

他们沉默着，干笑着，就是没有再张口改口。闻泽辛等了十几秒，见他们完全没改口的意思，下颌紧了紧，看向陈依问道："老婆呢？你就没有什么想说的？"

陈依微微一笑道："二少生来就是大家族的，大家族在辈分跟称谓上要规矩一些，我们这些小门小户，即使联姻了，也要遵守规矩的，喊二少正好。"

闻泽辛的眼神沉了几分。

他就那么手插在口袋里看着陈依。

而陈庆跟廖夕紧张得要死，可是一想到如果让闻泽辛不开心，一下子答应离婚，那算不算是一件好事？

于是两人继续干笑着。

闻泽辛扫着对面的三个人，果然是有其父必有其女，神情如出一辙。他勾唇笑了一下："依依不愧是辩论社的。"

这时，保姆倒了水过来，放在闻泽辛跟前。

陈依笑道："二少喝水。"

二少……

闻泽辛沉默地看着她，脸上没什么表情，伸出手握上茶杯，端起茶杯抿了一口。

也许是因为身体还没康复，他的脸色有些疲倦，垂着眼眸喝水时，透露出一股阴郁的感觉。

陈庆抬起头问保姆："夜宵弄好了吗？"

保姆站在身后，小心翼翼地擦着围裙，点头："好了，要端出来吗？"

陈庆回过头看向闻泽辛，笑道："二少要不要顺便一起喝碗粥？"

哐——听见二少这个称呼，闻泽辛哐的一声把杯子放在桌面上，站起身，俯身捏住陈依的下巴。

陈庆跟廖夕愣住了，准备求情。

闻泽辛却看着陈依："还疼不疼？"

陈庆夫妇蒙了一下。

陈依抿唇，眼神冷淡至极："不疼了。"

"这两天好好休息一下。"闻泽辛目光扫着她的脸，没有放过任何一寸肌肤，随后松开她，站直身子对陈庆说："岳父跟我过来一下。"

陈庆尴尬了几秒，站起身："哎。"

这声岳父让他很不自在。闻泽辛似是察觉到他的情绪，忍了忍，神色已经很冷了，可是没有发火，转身走向门口。

陈庆跟着走过去，有些忐忑。

如今一家人的想法一致，能离婚就离婚，不能离婚就拖着，所以想到这里，陈庆放松了一些。

闻二少总不会因恼怒而把人给杀了吧？

再来，也没必要啊，何况他跟女儿又没感情。陈庆走到闻泽辛的身侧，身高也有一米八，可是在这一米九的女婿身侧，没了气势，还矮一头。陈庆笑着道："不知道……二少……"

他还没说完，闻泽辛就打断他的话道："陈莺在陈氏的股份，岳父怎么打算？"

能让陈依去见林筱笙的只有陈莺，何况当时陈莺在现场，闻泽辛再往前推算一下，就可以猜到陈莺做了什么。

陈庆愣了一下："陈莺的……"

随即他明白过来，闻泽辛是想对付陈莺。陈庆感觉心颤了一下，仿佛看到大哥的面容。他看向闻泽辛，说："她也只剩下股份了。"

闻泽辛将手插在口袋里，看着陈庆。

几秒后，他嗤笑了一声："希望岳父能想清楚。"

陈庆摇头："我想得很清楚，她离开了陈家，就只剩下股份了。"

赶尽杀绝的事情，他暂时做不了。

闻泽辛挑眉，说："行，我尊重岳父的意思。"

陈庆顿时松了一口气，说："二少……"

这一声二少当真刺耳，闻泽辛咬了咬牙，低头撩开衣袖看了一眼腕表，道："已经快凌晨四点了，我此时开车离开也不安全，麻烦岳父安排一下。"

179

"我开车送你吧，早点儿休息。"陈庆立即道。

闻泽辛："……"

"不必。"他说道，回身看一眼在沙发上的陈依。陈依挽着母亲的手，正看着他们。闻泽辛看了她好几秒，心知她不会跟自己回家的。

他看着陈依："我先走了。"

"慢走。"

在她柔美的声音下，闻泽辛大步下了台阶，铁门缓缓地打开，男人高大的身影走入黑夜中。

不一会儿，黑色的车车灯亮起，车子启动的同时，车窗缓缓降下，闻泽辛看向陈家的大门。

只有陈庆站在那儿目送他。

车子呼啸而去，闻泽辛按住自己的胃，隐忍着。

陈庆返回客厅，看着妻女说："去睡吧，这个点了。"

廖夕拉着陈依的手，道："就算再睡不着也得休息，睡几个小时也好。"

陈依也有点儿精神不济了，加上应付闻泽辛更累，便跟着母亲一起上楼，突地想起父亲跟闻泽辛刚刚在门口谈事情。

她转头问道："爸，刚刚他跟你说什么？"

陈庆顿了顿，笑着摇头："没什么。"

陈依哦了一声，便没再多想。廖夕送陈依进房间，给陈依盖好被子后，摸了摸陈依的头发，说："你还喜欢他吗？"

陈依看着母亲，笑了笑："喜欢不喜欢又怎么样？他不需要我的喜欢，也不需要我的感情。何况，我烦透了。"

她烦透了那种身不由己的感觉，因为香水味就左思右想，因为一个电话就忐忑不安，因为他变得太卑微。

廖夕叹了口气："那还是有机会就坚持离婚吧。"

陈依笑了笑，拉着廖夕的手："你快去睡吧。"

"好。"廖夕起身离开，关门前又看了女儿一眼，最终还是没告诉陈依，今天在医院里，他当着她跟林笑儿的面吻了陈依。

以后有机会她再说吧，这几天发生的事情太多了。

车子回到酒店，闻泽辛在车里坐了一会儿才推开车门下车。江助理本来就候着，赶紧上前查看："我让酒店煮了点儿粥。"

闻泽辛："嗯。"

电梯抵达顶楼，闻泽辛一出电梯推开门，就看到梁医生手插在白大褂口袋里，戴着副眼镜，冷冷地看着自己。

闻泽辛走过去端起粥喝了一口，感觉胃舒服很多。梁医生冷哼："你可以再不爱惜自己一点儿，可以再跑跑，看看明天要不要给你准备棺材。"

闻泽辛一下子喝完一大口粥，淡淡地说："可以准备了。"

梁医生："这样死你甘心？"

闻泽辛放下碗，拿起纸巾擦拭嘴角，低头整理袖口，道："不甘心，她还没回家。"

梁医生愣了愣，看向江助理。

江助理耸了耸肩。

梁医生冷哼："得，终于承认了。"

闻泽辛从高脚椅上下来，拿了睡衣去洗澡。梁医生拦都拦不住，也就懒得管了，走去柜子那边准备点滴的药瓶。不一会儿，闻泽辛穿着浴袍出来，一身水汽地坐在床边，梁医生给他输液。

弄完了，梁医生收拾着小箱子，说："吊完这瓶明天看情况，有什么事打我的电话。"

"辛苦。"

梁医生看一眼闻泽辛，啧了一声，走了。江助理洗好碗出来，站在一旁看着闻泽辛，迟疑了一下，说："老板有什么打算？"

闻泽辛抬起眼眸看向江助理："你有什么好建议？"

这问题一下子把江助理整蒙了。他啊了一声，说："我想您现在正处于……追……追妻的程度。"

闻泽辛："嗯，我让你想办法，不是让你分析现状。"

江助理："我还是单身。"

"滚。"

江助理只得滚了。闻泽辛躺下去，手臂遮着额头，看着天花板。许久后，他伸手拿过手机，编辑消息发给陈依。

闻泽辛："睡了？"

可惜发完后，信息沉入大海，那头的人没回。

第二天陈依一早起来，胃已经不疼了。她洗了个澡，稍微收拾一下就得去上班。陈庆送她去公司，在车里说道："休息一天啊，这么急做什么？"

陈依正在看群里的消息，随后点到了短信，看到凌晨五点闻泽辛发来的信息。

181

"睡了？"

这样的问题一点儿都不像闻泽辛会问的，陈依直接滑走，随后对陈庆道："昨晚我们还在加班，最近又接了两个项目，非常忙。"

陈庆看了女儿一眼："那也要顾着身体。"

"好，知道了。"

车子抵达事务所，陈依下车，对陈庆说："晚上不用过来接我，我去山水城开回车子就行。"

陈庆点头："你记得吃饭。"

"嗯。"

陈依拿着工作牌走进大堂，一路进了电梯。周燕几个人也在电梯里，看到她就笑。周燕挤过来挽住她的手，说："刚刚在负一楼看到你的车，你怎么在一楼啊？"

"我的车？"陈依顿了顿，看向周燕。

这时她的手机响起，在电梯里有些突兀，她低头一看，来电是闻泽辛。她顿了顿，接起电话，神色一下子淡了很多："喂。"

闻泽辛低沉的声音在那边响起："车子给你送回去了，在负一楼。"

陈依："辛苦了。"

闻泽辛在那头笑了一声："不辛苦，江助理应该做的。"

陈依："我上班了。"

闻泽辛在那边沉默了几秒，指尖按着床头柜上的闹钟，手背上还在输液，低声道："你最近……"

"挂了。"陈依不等他开口，便挂了电话。

闻泽辛按着手机，看着地毯，听着嘟嘟嘟的声音，整个人如静止一般。

江助理站在一旁看着他，微微叹了口气。

闻泽辛的手松了下来，手机往下滑动，他修长的指尖捏着手机，将其扔在床头柜上。许久，他问道："液输完了没？"

"快了。"江助理凑上前去看。

闻泽辛："嗯。"

"约一下江跃。"

"好。"

今天还有两个很重要的会议，每次项目开始之前都必须开的，陈依跟周燕坐下，沈丽深也跟着出来，看到陈依笑了一下。

陈依也朝她微笑，接着沈丽深拿了一份文件过来递给梁振峰，这时周燕惊呼了一声："哎，刚刚有一个新闻好精彩，你们看了没？"

小组的几个人愣了一下，随即梁振峰抖了下腿："是不是那个什么林氏家族的事情？这些千金公主都是玩咖啊！"

其余几个人立即点头："依依，你看了没？"

陈依摇头："还没看。"

"快看。"

周燕打开手机递给陈依，陈依的手机也跟着响起，是沈璇跟常雪发来的消息。她往下滑，就是林筱笙那几个好友喝得烂醉的相片，丑态百出。

周燕拉过陈依低声问："我怎么觉得她有点儿眼熟？"

陈依沉默了几秒，笑了笑说："哪儿眼熟？"

她看了一眼相片，挪开视线。周燕继续看着手机，一个劲地研究。陈依看他们几个还在看新闻，说道："梁振峰，把昨晚开会的会议记录给我。"

"对哦，忘记给你了，拿去拿去。"梁振峰转过身，把记录递给陈依。

周燕突然开口："依依，她……我之前看的视频，你老公……"

陈依看周燕一眼，周燕顿时闭嘴。

这时，陈依的手机又响了两次，她匆忙拿起来一看，沈璇又发了一个论坛给她。

陈依点进去。

论坛上议论得更火热，比起不明所以的路人甲，这个论坛里显然有很多知情人士，纷纷猜测起来。

"常在河边走，哪有不湿鞋？"

"我怀疑这手笔是二少干的。"

"为什么啊？"

"我只是听说啊，她……又得罪陈依啦。"

"蠢货。"

"啧啧，太丑了，看到这相片我饭都吃不下了，以后你们聚会别喊她啊，我可不想看见她。"

"我也是，我也是。"

"她之前不是说想……？"

"想什么？说话别说一半啊！"

"想追求二少呗，还能说什么？"

陈依看着最后这段话，沉默了几秒，这时沈璇又发信息过来。陈依点开来看。

沈璇："闻泽辛下了狠手。"

陈依："嗯。"

沈璇："你还好吗？"

陈依："没事了。"

沈璇："嗯。"

沈璇没有多话，可是心疼，于是让闻泽厉这边推波助澜，让林筱笙的这些新闻传得更广更久。

下午几个人在准备资料，突然，沈丽深过来拉住陈依走到一旁道："有个客人在齐明宇的办公室里，想见你一面。"

陈依有些疑惑："谁？"

沈丽深神秘一笑，拉着她过去，低声说："赶紧去吧，聊一会儿就出来，还有很多工作呢。"

陈依："行。"

她放下资料，拿起手机走向合伙人的办公室。齐明宇是四个合伙人之一，陈依跟他并不熟，所以他的客人怎么会想见她？

来到办公室门口，陈依屈指敲了敲门。

不一会儿，里头传来齐明宇的声音："进来。"

陈依推开门，一抬眼就看到坐在黑色沙发上，神色淡漠的闻泽辛。他指间夹着烟，看到她时，在旁边的烟灰缸里将烟掐灭了。

他说道："依依，进来。"

陈依盯着那高大的男人，抿了抿唇，随后看向合伙人，合伙人拿起报纸挡住了脸。

陈依："……"

这时，她的手机响起，她拿起来一看，是赵练打来的电话。她顿了顿，说："抱歉，齐总，我这边也约了客人。"

齐明宇拿下报纸看过来："你约了谁？"

陈依接起电话，说："赵氏的小公子赵练。"

说完，她高跟鞋一旋，转身就走，柔美的声音传进办公室里："赵练，你在楼下了？好，我下去接你。"

齐明宇愣了几秒，看向沙发上的闻泽辛。

闻泽辛沉沉地看着办公室门，听着那高跟鞋声越来越远。

下一个项目是赵氏旗下的子公司，专门做马达的，也是收购回来没多久，原先是赵练的哥哥在管，现在看来是想要帮弟弟一把，于是打算将这个马达公司交给赵练去经营，由赵氏集团的财务跟事务所联系。赵练今天是陪财务过来的，但因为跟陈依有私交，于是给陈依打的电话。

陈依搭乘电梯下楼，一眼就看到赵练带着一名戴着眼镜的美女财务。再见到赵练，陈依是有些亲切感的："赵总下午好。"

"叫我赵练吧。"赵练今日穿着比较休闲，看起来斯斯文文的，按了车锁，回头笑问，"这段时间还好吗？"

陈依含笑道："还是那样。"

赵练的目光不经意地从她的脸上扫过，其实他听说了圈里的一些传闻，那天闻大少的婚礼他也去了，也看到了二少跟陈依一句话都不说的状态。

他心情有些起伏，笑道："大少婚礼那天你很漂亮。"

三个人走进电梯，陈依听到这话，看向赵练："那天你去了？怎么没看到你啊？"

"去了，我去得晚。"赵练微微一笑，陈依也笑了一下："那天很忙，确实有很多人没有照顾到。"

"理解。"赵练说着轻笑了一声。

陈依也轻笑，两个人聊了两句，就更亲切了。抵达八楼时，陈依带着赵练跟财务进入办公室，周燕给他们准备了咖啡。

陈依拿着手机出来，转去叫沈丽深。

她窈窕的身影穿梭于办公室之间，齐明宇的百叶窗此时也被拉下了，他看一眼外头的场景，又看向沙发上的闻泽辛，挑了下眉："什么想法？"

闻泽辛长腿交叠，一只手搭在膝盖上，另一只手垂放在扶手上，看着窗外那被百叶窗分割的人影。

他也看到赵练的身影了，放在扶手上的修长手指轻轻地点着。

"哎，有什么情绪还是发泄出来吧。老梁昨天还跟我说，你这胃不大好。"齐明宇看着自家好友的神情，忍不住劝道。

他虽然年长闻泽辛八岁，还是普通家庭出身，但是三年前事务所发生了一次公关危机，是闻泽辛出手帮忙，借了人脉才摆平的。自此两个人就成了好友，不过闻泽辛这人也是，自家老婆在好友的事务所里，也从来没有跟他提起过，还是他去参加闻泽辛的婚礼才发现的，这站在台上的新娘不是沈丽深手下的人吗？

闻泽辛冷哼："我去揍他？"

齐明宇："……"

办公室一度陷入安静状态。闻泽辛看着几个人进了那间会客室，脑海

185

里又一次出现曾经看到的相片上的画面，薄唇抿得更紧。

齐明宇不知他在想什么，可是大病初愈的身子骨应当不适合情绪激动，于是拿起遥控器关上了百叶窗，办公室再度安静下来。

这时，闻泽辛突然起身，俯身抄起桌面上的手机，说："先走了。"

齐明宇见状问："这就走了？"

"嗯。"

闻泽辛一把拉开门，办公区域是开放式的，此时不少人在工作，有人看向他。闻泽辛却没有走向另外一座电梯，而是往会客室这边走来，那高大的身影以及俊美无俦的脸很吸引人。他来到会客室外面，手插在口袋里，低头摆弄着手机。

这次谈话主要是沈丽深、陈依跟财务谈，赵练陪同。放在桌面上的手机在这时响起，有点儿突兀，沈丽深停下来，看一眼陈依。陈依放下笔，说："抱歉。"

她俯身拿起手机，看到来电名字，顿了顿，随即挂断，准备把手机放回桌面上时，会客室的门被敲响。

陈依一下子紧张起来。

沈丽深离门近，起身想去开门，陈依有预感，赶紧从沙发上起来，说："我去开吧，可能是周燕。"

沈丽深微挑眉梢，坐了回去。

陈依要绕过桌子，有点儿急，结果膝盖撞到桌角，身子往前倾。赵练立即从椅子上起来，扶住她的手臂，低声问道："没事吧？"

门就在这时被人从外面按开。闻泽辛高大的身影站在门口，他一眼就看到会客室里那两个人的情形。

赵练的大手掐着她纤细的手臂。

这个时候已经近秋季了，可还是热，陈依穿着薄款衬衫，肌肤贴得那么紧。两个人还没分开，齐齐转头看来，双方对视，空气中的气流仿佛停止。

闻泽辛挑了下眉，薄唇紧抿。

陈依赶紧站直身子，赵练也松开她，但是他的每一个动作就在闻泽辛的眼皮底下，那暗潮涌动的气息令赵练皱了下眉，压迫感令他有点儿喘不上气来。

不单是他，连沈丽深和财务二人都跟着紧张起来。

闻泽辛拍了下门板："陈依，出来一下。"

他的语气疏离而冷漠。陈依抿唇，知道自己得过去。谁知道他等会儿会不会又发疯？

她扬起笑脸，走了过去，刚走到他跟前，手臂就被闻泽辛握住，紧接着男人半用力地一拉，把她拉出了门。闻泽辛偏头轻描淡写地看一眼赵练，随后反手一拽，砰一声，门被关上。

陈依站在他面前，说道："你找我有什么事？"

闻泽辛握紧她的手臂："你刚才跟他在干吗呢？"

陈依能感觉他掌心用力，皱了下眉："我刚才要摔倒，是他扶我的。"

"这么巧？"他阴阳怪气地说道。

而那边的公共办公区域不少人往这边看来，陈依忍着手臂被禁锢的不适，略微挣扎着道："你有事吗，二少？我在上班。"

她后面那四个字有点儿哀求的意思。

二少……

闻泽辛看着她，突然松开她，下一秒按着她的脖颈，让她往自己这里靠。他随即俯身在她耳边道："你不是想谈离婚吗？今晚过来谈。"

陈依愣了一下："你答应离婚？"

昨晚在陈家，他那态度不是很强势吗？以至于他走后，她父母再也没提起这个话题，因为知道他不会答应。

闻泽辛站直身子，完全松开她，两手插在口袋里，垂眸看着她道："离婚这事情，要谈，不是拍脑门说离就能离的，别忘记你我是什么身份。"

陈依看着他的眼眸，道："只有你才有身份。"

"哦？"他冷淡地道，"晚上下班后联系我。"

陈依："好。"

这一声好，让闻泽辛的眼神波动了几下，他低头笑了一声，不知是自讽还是笑陈依，随即转身走了。

走了几秒后，他突地停住脚步，没有回头，只道："你跟赵练再不离远一点儿，他连盛林都保不住。我没开玩笑。"

说完，他走向电梯。

陈依站在原地，后背发凉。

不少同事又看了过来，几秒后陈依才扬起笑容，朝他们点了点头，接着拧开会客室的门进去。她一进去赵练就起身问道："二少找你做什么？"

陈依笑了笑，走向自己的沙发："夫妻俩能说什么？都是些家常小事。"

赵练听见"夫妻俩"三个字，目光闪了闪，突然更加深刻地意识到，她确实结婚了，而这个男人还是闻家的二少。

要是对方是普通家族，他还能硬拼一拼，可是闻家……

赵练再坐下去时，神色有些颓废。

陈依却没心思注意他，拿起笔，把离婚的事情先放在脑后，开始工作。

抵达一楼后，闻泽辛拉开车门上车，靠着椅背忍了一下，腹部隐隐作痛。他啧了一声，随后启动车子。

黑色的车开出去没多久，他拿起手机打电话给江助理："给我准备一些礼物。"

江助理："老板，你说。"

车子停在红绿灯路口，他按着手机说道："郁金香国际学校便利店里的关东煮，草莓味的棉花糖雪糕，买风行牌的……"

江助理在那边愣了一下，这都是什么礼物啊？

但是他很快反应过来，这都是老板跟太太的回忆。老板终于要行动了吗？！可喜可贺啊！免得老板一个劲地折腾自己。

"好的，什么时候要？不对，您今晚还约了江跃。"

闻泽辛停顿了几秒，嗓音低沉地说："晚上九点半。"

"哦，好的。"

闻泽辛："九点前再去买。"

"那个时候校门关了吧……"

闻泽辛没吭声。

那种死亡气息令江助理打了一个激灵："放心，绝对完成任务。"

闻泽辛挂断电话，把手机扔回操控台上，启动车子过了红绿灯，扬长而去。

晚上八点半，江助理开车去接闻泽辛。闻泽辛刚跟人谈完话，喝了不少茶，从楼上下来，手里搭着外套，里面穿着黑色衬衫，领口有金边。他从前台拿了一颗糖剥开塞进嘴里，江助理下车给他打开车门，说："我准备了些粥给你，先垫垫肚子，梁医生说你现阶段不能喝太多茶。"

闻泽辛弯腰坐进车里，嗯了一声，一眼便扫见上面的粥。

他端起来随意地吃了几口。

瘦肉粥，味道很一般。江助理从车内后视镜里看了一眼，迟疑地道："我知道，没有太太做得好吃。"

之前他有幸吃过一次太太熬的瘦肉粥，美味至极。

他不开口还好，一开口，闻泽辛把盖子合上，不吃了。

江助理："再吃点儿吧，老板？"

闻泽辛擦拭嘴角，闭上眼睛。江助理见状，只得闭嘴开车，不一会儿，黑色奔驰抵达东江清吧，在门口停好。

闻泽辛迈出车子，随手解开两颗纽扣，对江助理说："你去办你的事。"

"好的。"

闻泽辛走上台阶，服务员开了门，里头灰色调的装潢加上轻轻的音乐声，有点儿格调。人此时渐渐多了起来，闻泽辛侧过身子，跟往门口走的人擦身而过，随即来到靠舞台的卡座。

卡座上有七八个人，有四个男人、三个女人，其中一个就是江跃。她看到闻泽辛，顿时有点儿紧张。

闻泽辛偏头跟聂胥说话，聂胥笑了一下，说："你今晚搞什么鬼啊？"

闻泽辛笑笑，没有回答，垂下的眼眸里看不出情绪，在昏暗的光线下有种含情的感觉。他推开其中两个人走过去，在江跃的身侧落座。

那一刻，江跃心跳加速。

她闻到从他身上隐隐传来的冷杉香味，冲击得她差点儿失去理智。

这时，闻泽辛接过聂胥递来的烟咬上嘴角。他没有跟江跃说话，江跃却收到另外两个朋友好奇且有些羡慕的目光，令她一时也有些昏头。她看着闻泽辛，一直努力保持着冷静。

她惦记着林筱笙那事情。

他知不知道……是她？

"打火机。"男人低沉的嗓音在她耳边响起。

江跃立即回神看过去，闻泽辛的桃花眼里带着少许笑意，他正撑着膝盖看着她。江跃反应过来，赶紧拿起一旁的打火机，打火机入手，她的心跳得更厉害，但她也瞬间明白，林筱笙那蠢货还没有发现被她挑唆了。

她笑了笑，把打火机递给闻泽辛。

男人修长的手接过打火机，手指骨节分明，线条甚是好看。闻泽辛玩着打火机，一下一下地点着，橘色火光在半空中跳跃，加上他那只手的美感，特别容易蛊惑人心。江跃看着有些出神，闻泽辛低沉的嗓音再次响起："江跃。"

江跃："哎。"

她温顺地应道。

"林筱笙那事情跟你没关系吧？"他偏头看去，桃花眼还是带着笑意，一点儿威胁感都没有。江跃瞬间警惕起来，笑道："没有，她发生什么事了吗？"

闻泽辛看了她几秒，随即笑了笑，身子往后靠，高大的身子离江跃很近，轻飘飘地说道："给你两个选择，要么跟林筱笙一个下场，要么答应和秦家的联姻。"

瞬间，江跃感觉头皮发麻，惊恐地要起身。

闻泽辛旁边的少爷笑着按住江跃的肩膀，把她按了下去。闻泽辛看着她挣扎，淡淡地道："说吧，要哪个？"

江跃脸色发白地看着闻泽辛，他从一开始就故意蛊惑她，让她放松警惕，此时这个卡座不知不觉地多了很多箱酒。

江跃身子微微发抖："二少，你这样的话，我要叫律师了。"

"叫吧。"闻泽辛打开手机调出一份文件，将手机放在桌面上。江跃看过去，看完后身子发抖。

这些藏在她电脑里的资料怎么会在他这里？

她跌坐在沙发上，咬着牙道："我……我选择跟秦家联姻。"

闻泽辛将脸上的笑容敛了起来，起身拿起手机，说道："好好享受吧。"

说完，他就走了。

聂胥拿着手机赶紧跟着一起离开。其他几个少爷看着江跃，眼底带着怜悯之意，随即也跟着走了。

江跃撑着身子站起来，没几秒后，膝盖一软跌在沙发上，她想为自己争取难道错了吗？她旁边的几个朋友赶紧扶着她："江跃，你真的要嫁啊？"

"那个人很花心，你去了怕是……"

"我完蛋了，我完蛋了。"江跃突然发狂地尖叫起来，平日里那自以为聪明的样子一下子就消失了，"我完蛋了……我完蛋了……"

下午五点多，谈完事情后陈依送赵练跟财务离开，回来后小组的人又开了一个会议，准备资料，这一忙就到了九点。她收拾文件跟电脑，都弄好了，拿起手机给闻泽辛打电话。

很快，那头男人接起来："喂。"

陈依抿了下唇，说："我忙到这个时候，要不要换个时间谈？"

闻泽辛低沉的声音传来："你不急吗？"

陈依："我……"

闻泽辛："这个点还早，过来，谈会儿，我也想谈。"

陈依迟疑了一下："你在哪儿？"

"我叫江助理去接你。"说完，闻泽辛挂了电话。陈依握紧手机，顿了顿，最后把手机放进包里，拿起小包跟外套走向电梯。

周燕几个人跟着一块下班，在电梯里，周燕挽住陈依的手臂："今天下午那个帅哥是你老公啊？"

陈依笑了笑："嗯。"

她从会客室出来后，就不下十个人问了。好在距离上次视频有段时间了，大家都忙，也记不住闻泽辛的样子了。

周燕却记住了，低声道："那个啥……之前视频里的那个男人，还有那个女人……"

陈依说："游戏，另外，我们是父母安排的婚姻。"

这年头还有父母安排的婚姻？周燕震惊了一下，但是见陈依神色自然，周燕立即就信了，也明白了，她拍了拍陈依的手臂："我知道了。"

她闭嘴不问了，随后再想起之前调侃陈依的那些话，也觉得有些过了。她还想着有这么一个帅老公让陈依下次聚会的时候把人带上呢。

唉。

陈依感激地对周燕笑了笑，随后走出电梯。黑色的奔驰停在外面，江助理见到她出来，赶紧打开车门。

陈依说道："辛苦了。"

江助理微微一笑，随即关上车门。

车里弥漫着一股淡淡的冷杉味，是闻泽辛身上常用的香水味。车子启动，江助理从车内后视镜里看一眼陈依，说道："老板今晚胃还是有些不舒服，所以一直在休息。"

陈依顿了顿，跟江助理对视一眼："还没好吗？"

"还没呢，梁医生一直说他三餐不定，这两天也忙，他忙着收拾林小姐她们，好几次也顾不上吃饭。"

江助理一边掉转车头一边说。

陈依没吭声。

"老板的工作跟大少的不一样，这酒桌喝酒什么的，都是常态。"江助理又看一眼车内后视镜，看陈依的脸色。

可是陈依脸上没什么表情，她只是轻轻地捏着手指。江助理顿了顿，继续道："等会儿麻烦太太给他端一下粥，他是不端到面前不盯着就不吃的人。"

陈依抬起头看向车内后视镜："你不上去吗？"

191

江助理笑道："你们谈那么重要的事情，我这个局外人怎么好在场呢？"

陈依抿唇。

接着，车子抵达闻氏旗下的酒店。酒店业如今也都是闻泽辛在打理，江助理看陈依疑惑的眼神，仿佛想起来似的说道："对了，最近老板都住在酒店里，从你离开家那天起，他也没回家了。"

陈依提着小包推开门，道："哦，是吗？"

江助理身子僵了僵，微微一笑，低眉顺眼地引着陈依上台阶，随后顺便刷卡，送陈依进电梯，给她按了顶楼的电梯键。

陈依说："谢谢。"

电梯门关上，陈依看着跳动的数字，对江助理那番话反复琢磨着。她在想一些他这么做的可能性，最后得出的结论是：他做什么跟她有什么关系呢？她经过那么长时间的挣扎，早就坚定了自己的想法。

她出了电梯，就是整层顶楼套房，入目就是客厅的沙发跟茶几，茶几上放着很多零食，零食旁还放着一束满天星。茶几上的零食有些熟悉，尤其是那香甜的雪糕味以及关东煮热腾腾的香味，仿佛一下子把陈依拉回了高中那三年的时光。

她抿了下唇，再往前走了两步，看到不远处的办公桌。闻泽辛穿着那一身黑色衬衫正在看文件。

听见动静，他抬起眼眸看来，两人四目相对。

闻泽辛："来了？茶几上的礼物喜欢吗？"

陈依："你买这些做什么？"

闻泽辛又看回文件，声音含笑地说："想起来就买。"

"先吃关东煮吧，你不是最喜欢酸辣酱吗？我让人给你加了不少，味道要比外面的香很多，这是你当初说的。

"雪糕不吃的话，放回冰箱里，明晚你再过来吃？"说着，他又抬起头看过来，眼眸含着笑意，看得陈依非常不自在。

她没吭声，看一眼那边的大床，床边还摆着支架，上面还有吊瓶。他没有在那里输液，却在这里看文件。

陈依冷笑一声道："你是想早点儿下葬吗？"

闻泽辛看着她，随即把文件扔在桌面上，笑问："你在关心我？"

"我只是希望正常离婚，而不是丧偶。"陈依说完，看到餐桌上放着一个保温壶，里面肯定是粥。

闻泽辛听到"正常离婚"四个字，脸色微沉，这满茶几的礼物不能让她明白吗？他身子往后靠去，两手交叠，盯着她。

陈依走去餐桌那边，拿起碗跟勺子，从里面倒了一碗白粥，端着粥走向书桌。

闻泽辛定定地看着她，烦躁的情绪稍微敛去一些。眼看着她来到跟前，他眼神有些放肆。

然而下一秒，他看到了她的双手，尤其是右手无名指。

他嗓音低冷地问："你的婚戒呢？"

陈依抬起眼眸看过去，看到他交握的左手无名指上的素圈戒指。

她说："摘了。"

闻泽辛看着自己的无名指，再看看她空荡荡的无名指，喉间突然一阵腥甜。下一秒，闻泽辛起身，绕过桌子抓住陈依的手臂往前扯，眼神变得森冷。他拉起她的手腕，顺着脉络按住，看着那纤细白皙的手指，许久喉间滚动："我再给你买。"

他说完，嘴角出现一抹血丝。

陈依愣怔了几秒，说道："我给梁医生打电话。"

她转身就要去拿包里的手机，闻泽辛却拉着她的手腕将人拽了回来，左手擦着嘴角，骨节分明的手指抹了不少血丝。

他垂眸看了一眼，不甚在意。

陈依的心却因为那些血丝快速跳动，她又慌又乱还有些烦躁，狠狠地甩开他的手，飞快地去捞小包，从里面拿出手机。她刚才随手把小包放在沙发上，沙发距离茶几很近，桌面上的美食还有那束满天星令人无法忽视。

陈依只看了一眼，就背过身去，找到梁医生的电话号码拨打过去："梁医生吗？我是陈依，闻泽辛他……"

隐隐约约的柔美声音传来，闻泽辛靠着桌子，低垂着眉眼，慢条斯理地擦着嘴角，说："不用打了，没事。梁现，你也不必来了。"

电话这头的陈依跟电话那头的梁医生听到这话，都沉默下来，几秒后，梁医生叹了口气说："陈依，你让他输液，今晚躺着好好休息一下，明天看情况吧。我在坐诊，下班后过去。"

今晚梁医生上夜班。

陈依："好的。"

她挂了电话，摩挲着手机背面，许久才转过身去。闻泽辛没有看她，挽着衬衫袖子走向浴室。指尖沾满了血，他却似没什么感觉。

193

高大的身影进了浴室。

浴室门没有关，他开了浴室的灯，人高大，所以挡了不少光，随后浴室传来哗啦啦的水声。

陈依看一眼手表，感觉今晚谈不了事情了，走过去，看着桌面上那碗粥，端起来摸了一下，还是烫的。

她便靠着桌子等着他。

不一会儿，闻泽辛从浴室出来，脸上带着水珠，有少许水珠没入脖颈。他抬起眼眸看过来，陈依立即站直身子，道："你把粥喝了，喝完后去输液，离婚的事情换个时间再谈吧。"

闻泽辛挑了下眉，轻勾嘴角，走过来，但是没有在陈依跟前停留，而是直接走向茶几那边，俯身拿起那雪糕，随后走到冰箱那里，把雪糕扔进去，接着回来，俯身端起关东煮，往陈依这边走来。

即使江助理跑得再快，关东煮也没一开始那么热腾腾了，闻泽辛站在陈依面前，拿起扦子叉了一块鱼豆腐蘸甜辣酱，随后递到陈依的唇边。

甜辣酱跟关东煮的香味就在眼前，陈依抿紧唇看着，没有张嘴。

闻泽辛的眼神深了几分，他往前递了递："你不是很爱吃吗？午休必买。"

陈依端着粥，垂眸看着那块鱼豆腐以及拿着鱼豆腐的那只手，手指骨节分明。她抬起头对上他的眼睛，语气坚决地说："我不吃。"

她眼底也带着坚决的神色，没有之前那种顺从。

闻泽辛按着扦子，一动不动，几秒后抿着唇，把那鱼豆腐扔进关东煮的纸杯里："那吃点儿别的。"

他把纸杯放在书桌上，就在陈依的身侧，这么多年过去了，以前画龙画虎的日系纸杯，现在全用了简体中文，还画了古风图案，最下面还有郁金香的商标。他说罢，转身要去餐厅拿那雪糕。

陈依喊住他："我都不想吃。"

闻泽辛停住脚步，手插在口袋里，背对着她，一声不吭。

陈依端着粥站直身子，看着他宽厚的后背，说："我今晚会来，主要是谈离婚的事，如果你不想谈或者没那个意思，我就先回去了。"

她这话说出来许久，前方的男人一动不动。陈依看着，放下碗准备先走了。套房里此时安静得落针可闻，陈依匆匆地从他身侧走过，准备去拿小包。

"站住。"

陈依捞到小包时，听见这话，抬起头来。

男人面无表情，只有那双眼眸冷冷的，藏着一丝隐晦的情绪。他指尖挠了下眉峰，点了点她："来，谈谈。"

随后他将手插在口袋里转过身，走到床边坐下，伸手取下挂着的针头。他是打算自己下针？

陈依迟疑了几秒，走过去顺手把包放下，来到床边盯着他："要不要帮忙？"

她看着他开始拍打手背的血管。

"不用。"他说道。

陈依沉默地看着，接着就看到针头入了他的皮肤。他撕下床头柜上的透明医用胶，贴稳针头，陈依下意识地跟着松了一口气。

"坐。"他又道，靠在床头，点着床边。陈依看了一下，四周没有椅子，这套房子里除了书桌后的厚重椅子外，其余地方都没有。她抿了下唇，在床尾坐下。闻泽辛挑眉："你以为我现在有力气对你做点儿什么吗？"

陈依没回他的话，只道："说吧，你想怎么谈？"

闻泽辛那只扎了吊针的手放在床头柜上，两条长腿，一条放在地上，一条虚虚地搭在床边，听见这话，没立即应。

陈依看着他的脸。

男人垂着眸，不知在想什么，或许是在想怎么开口？或者是还有什么话想说的？这时她看到他的手背上正在回血。

陈依惊了一下："回血了。"

闻泽辛偏头看了一眼，手背往下放了放，但还是回血。陈依没法完全看不到，起身走过去说："你是不是插错……"

她的头发在这时突然披散下来，身后的橡皮筋掉在地上。那三千青丝宛如瀑布一般，闻泽辛抬起眼，看到了她的发丝以及藏在发丝里的雪白脖颈。

她可真天真。

下一秒，他那只空着的手按住陈依的后颈，往自己怀里按去，戴着婚戒的无名指恰好卡着陈依的脉搏。

他将薄唇贴上去，吻住她的脖颈。

陈依身子一僵，随即开始挣扎。闻泽辛顺着往上咬住她的耳垂，并且是狠狠咬住那种，带出了血丝。

陈依的手猛地撑在床头柜上，按在他的针口处。闻泽辛在她耳边低声道："只要我们还是夫妻一天，你就该履行妻子的义务。"

陈依的心口震了一下，她偏过头，近距离地看着他。闻泽辛从她的发丝跟脖颈间离开，也看着她，挑眉道："嗯？"

陈依扬起手，狠狠地甩了他一巴掌。闻泽辛的脸偏了一点点，他舔了下嘴角，接着手往下按住她的腰，把人按在大腿上，陈依跌坐了下去。

她声音发抖地道："你不能在外面找别人吗？"

"不能。"他说完，接着咬住她的领口，开始解扣子。

陈依又开始挣扎，可是挣不过他。

闻泽辛冷冷地道："你挣，越挣离婚之日越久。"

陈依一下子就泄气不少。他的吻游离在她的脖颈处，陈依看着落地窗，看到外面的泳池，看着远处的万家灯火。吻越来越往下，闻泽辛眼眸里闪过几丝血光，可是他发现怀里的女人僵硬如铁。

几番触碰，她只颤了一下，下一秒身子则更硬。

薄唇离开了些，他盯着怀里这具身子，几秒后抬起眼眸，看着她的神情，却只见她看着窗外，无动于衷。

那一刻，闻泽辛的胃狠狠地翻滚了一下，那一丝腥甜味似乎又要冲上来。他狠狠地压抑住，随即冷笑一声："这么想离婚？"

陈依察觉吻停了，听见这话，把视线转了回来，对上他的眼眸："是。"

她父母此时支持她离婚，她就要把握机会，谁知道以后会怎么样？

闻泽辛听着她那声斩钉截铁的"是"，讥笑了一声："好，给你看看什么叫现实。"

他把她推开。

陈依赶紧站好，开始收拾领口。闻泽辛伸手用力拔下手背上的针头，血珠溅了出来。陈依扣完最后一颗扣子，看到那些血珠，目光闪了一下，偏过头去，似是不敢看。

她低声问道："你想让我看什么？"

闻泽辛抄起桌面上的打火机跟烟盒，拿了一根烟，站直身子点燃，垂眸看着她："穿好衣服。"

陈依愣了一下，低头一看，腰间的衬衫出来了。她赶紧将衣摆塞进去。看她弄好了，闻泽辛从她身上收回目光，说："下楼。"

陈依提起小包跟上。

两个人经过书桌、茶几，看到关东煮跟满天星都没有转头去看，陈依是不感兴趣，闻泽辛则是懒得再去看不能把人挽回的礼物。

两人一路抵达负一楼。

闻泽辛开车，陈依坐在副驾驶座上，夜色深沉，黑色的车一路疾驰，车里的两个人都没说话，非常安静。

他嘴里咬着烟，偶尔遇到红绿灯时，会取下烟在中控台上弹一弹，手肘搭着车窗，神色有些冷漠。

陈依看着这边窗外的风景，指尖捏着手机，渐渐发现这路是去陈氏的。她愣了愣，看向闻泽辛。

男人取下嘴里的烟，准备将其掐灭，看她一眼，四目相对的一秒，把烟摁灭后，启动车子，一句话都没跟她说，也没解释为什么去陈氏。

又过了十五分钟，车缓缓地停在大厦门口。此时夜风吹过，大厦顶端的 logo 有些明显，陈氏的 logo 在多年前就被取下来了，现在是别的公司的招牌挂在那里。这栋大厦也被卖掉了三分之二，现在不完全属于陈氏了。

看一次难过一次，陈依敛下心神，推开车门。

她迎着夜风，头发有些凌乱，看向从驾驶位上下来的男人："你想让我看什么？"

闻泽辛关上车门，看她一眼，绕过车头走过来，强硬地牵住她的手，带着她走上台阶，进入大堂。

这个点不少公司下班了，前台自然也就没人，寂静得脚步都有回声，闻泽辛刷卡进了电梯，拉着她进去。

目前这栋大厦分层，陈氏在十六层、十七层、十八层三层。两人抵达十八层，电梯门打开，里面还有灯光亮着，似乎还有人在加班。

这个时候已是晚上十点半。

闻泽辛牵着陈依来到一间研究室前，刚刚那些光就是从这里面透出来的。四面玻璃敞着，闻泽辛松开陈依的手，按着她的肩膀逼着她往里看。

陈依一眼就看到鬓角发白的陈庆，他正一个人拿着图纸站在一台小机器面前。

闻泽辛将手插在口袋里，俯身在她头顶说："看看，你想要离婚，岳父却还在努力。依依，做人不能这么自私。"

陈依瞳孔紧缩。

闻泽辛低沉的嗓音又响起："你一了百了多容易，那也得想想岳父，他能不能真陪你一了百了？"

"嗯？"他指尖轻轻地往上，把玩着她垂落的发丝。

陈依呆愣地看着父亲，听着身后那男人的话。这个男人真可怕，那么能窥见人心。

陈依感觉手脚冰凉。

这时，研究室里的陈庆抬起头往这边看来。陈依心里一惊，立即往旁边躲去，旁边是昏暗的，闻泽辛跟着过去，手撑着她头顶的墙壁，垂眸看着她。

陈依也看着他，眼眸里却带着冷意跟恨意。

她恨他不爱、花心，却还要用各种手段禁锢她，让她得不到自由，不能舒适地生活。

闻泽辛眯起眼。

两人在黑暗中相对。

闻泽辛说："以后都要这么看我吗？"

陈依推开他，大步地走向电梯，说："我要回家。"

闻泽辛在原地站了两秒，随即跟上去。车子停在大厦门口，可是出了电梯，陈依直接往路边走去。

闻泽辛的脸色沉了下来，追了两步。

陈依已经拦下一辆黄色的的士上车了，闻泽辛看了几秒，转身回来坐进车里，一踩油门，掉转车头，向那辆的士追去。

的士开得再好，性能也比不上闻泽辛这辆车，更别提的士司机压根就没打算加快速度。司机师傅看着身后那辆好车，再看一眼后座上的客人："你好，那车子是找你的吗？"

陈依也看到闻泽辛那车了，对司机说："您慢慢开，不用急，他跟着就跟着吧。"

安全重要，她只是不想看到他而已。

司机师傅哦了一声，专心开车，但是开出去没多久，这辆黑色的车就开过来，紧接着车头横了一下。

司机师傅明白对方的意思，不得已踩了刹车。他不想惹事，拿起手机问陈依："要不我帮你报警？"

陈依摇头。

车门已经被闻泽辛打开了，他站在外面，冷冷地道："出来。"

陈依看他几秒，走了出来。闻泽辛拿出几张钱扔给那司机，司机哎了一声说："这位客人已经给我……"

闻泽辛冷冷地看着那司机。

那司机见男人这般高大，悚了一下，随即点点头，启动车子，车子呼啸一声疾驰而去。这块地方就剩下面对面站着的两个人，以及开着车门的"贵气"车。

两人正好站在一个公园门口，路灯亮着。

看着那辆的士开走，闻泽辛这才转过视线，握住她的手腕，要带着她上车。可是他没拉动，陈依一动不动。

闻泽辛皱眉，回头看她。

陈依也看着他，两人四目相对，她发丝凌乱，突地泪水夺眶而出。她狠狠地甩开他的手："能不能别管我？能不能？"

闻泽辛盯着她的泪水，指尖蜷缩了一下。

他张了张嘴，想说话。

陈依却狠狠地指着他道："我不喜欢你了。"

他将那些要说的话咽了回去，薄唇紧抿，桃花眼看着她，神色阴沉。

陈依收回手，说："联姻前的协议你自己还记得吗？别管你，要老实听话，我自认做得非常好，你现在还有什么不满意的？"

"履行妻子的义务吗？"陈依说到这里，声音断了一下，几秒后，她解开领口，往他面前走去，"是的，还有这件事，我一直做不好。"

闻泽辛瞳孔紧缩，他摁住她的手背，用力捏着，不让她解开衣领："先跟我回家。"

陈依仰头看着他，泪水滴在他的手背上，很是滚烫。

陈依说："你击碎了我的希望，却还不让我休息一下？"

闻泽辛眯起眼："你的希望是离婚？"

"是。"她回答得斩钉截铁。

闻泽辛的指尖用力包裹着她的手，说："难道你对今晚的礼物没有感觉吗？"

"没有，我不喜欢。"

闻泽辛紧紧盯着她。陈依抿紧唇，神色透露出倔强，那美丽的容貌跟高中那会儿相比，成熟且更柔美。

闻泽辛下颌紧了几分，指尖微微用力，把人拽了过来。

陈依往前两步，闻泽辛用力拨开她的手指，拿开她的手，垂眸，手指提起她的领口，把她解开的两颗纽扣扣了起来。

陈依偏过头，没去看他。

他总是这样，用不经意的温柔攻陷她每一次的失望。

199

"送你回陈家。"

说着，他握着她的手腕把人带到车旁，然后塞进车里。一开始他是说让她回家，这会儿是送她回陈家。

陈依的心松了些，她偏头看向车窗外。

车子启动，离开了这个地方，一路开到陈家门口。

这个点，陈家还留了灯，是给陈庆留的。

车子里很安静。

陈依解开安全带，说："谢谢。"

闻泽辛偏头看她，但是没应，深深地看着她。陈依出了车子，拉紧小包飞快上前开了铁门，进入院子，走上台阶，一步没停。

她进门后，保姆听见动静，从里面出来："小姐回来了？"

陈依换了鞋，擦拭眼角的泪痕，仰起头笑道："是的，我爸……"

"先生还没回呢，说让我们晚上不用等了，但是太太觉得留着灯比较好。"保姆去给陈依倒水。

陈依接过水，哦了一声，笑了一下，脑海里浮现父亲在研究室里的样子。或许是灯光的原因，她感觉他连头顶的发丝都泛白了。

陈依握了握杯子，突地抬起头问保姆道："我爸是不是每天都这么晚回来？或者干脆不回来？"

保姆顿了一下，啊了一声，擦了擦手说："差不多吧，先生确实很忙啊，所以太太让午饭跟晚饭多准备一些，偶尔给他打电话，问问他需不需要带去给他吃，就怕他把胃熬坏了。"

陈依："嗯。"

她放下杯子，转身上楼。她经常出差，加上嫁出去后对父亲关心还是不够。抵达二楼后，陈依顿了下脚步，这时主卧室的房门却被打开了，接着廖夕走了出来。陈依下意识地藏了下身子，廖夕直接走向阳台，站在那儿往下看。

陈依则看着母亲的背影出神。

看着那女人头也不回地进了陈家，闻泽辛点燃一根烟却没有抽，垂眸看着烟一丝丝地燃尽，烟灰落在中控台上的烟灰缸里。

他的眉宇间带着烦躁、讥讽之色。

十分钟后，他看一眼已经关了灯的陈家一楼，随后启动车子，掉转车头，将车子开出小区。车子开得很快，他在十一点半抵达市中心那个家。

车子停在门口，他拔了钥匙，拿着手机进门。声音不算大，可是一直没怎么睡的丽姐听见声音，一下子就从负一楼上来。走出楼梯，看到高大的男人时，丽姐松了一口气："先生。"

闻泽辛把钥匙提起来，看到那陶瓷盒顿了顿，才将钥匙扔进去。

丽姐笑问："要吃夜宵吗？"

说真的，先生已经很久没回这边了。自从太太搬走后，这期间丽姐还拿到一份工资，看到完全没有减少的工资，这工作她做得越发心虚，甚至担忧这对夫妻永远不回来，她得一个人在这里待到什么时候？

想想也有点儿可怕，所以此时先生回来了，她倒是高兴，也不嘀咕这人的霸道无语了。

闻泽辛："不吃。"

说着，他走向楼梯，解着衬衫纽扣一路上去。丽姐看着人上去，也不敢靠近楼梯，就在下面徘徊了一下，探头看着闻泽辛的背影。男人高大的身影进了主卧室，丽姐眨了眨眼，心想他总算回来了。

虽然人没住在这里，但是主卧室丽姐每天都打扫，很干净，香薰味也淡淡的。闻泽辛闻到这个味道，脚步一顿，站在原地看着这卧室。几秒后，他转向衣帽间，来到陈依的那个衣帽间。她只搬走了一小部分自己买的衣服，而他订的当季款衣服都全新地挂着。

他看一眼那些衣服，接着拉开底下的柜子。

首饰柜里，结婚时的金饰、他添置的首饰等，还有他母亲送的脚链都在，摆得整整齐齐的。

而最中间，订婚戒、婚戒也挨在一起，似没有了光芒，暗淡地躺着。

他俯身，指尖碰上婚戒，脑海里闪过"我不喜欢你了"这句话。

他的指尖因这句话而停住。十几秒后，闻泽辛坐在鞋凳上，靠着壁柜，闭上眼睛，手臂搭在梳妆台上，指尖虚虚地拿着带钻的婚戒，眉心紧皱，胃有些绞痛。

又过了一会儿，闻泽辛往旁边靠去，靠在手臂上，看着指间的钻戒，看了许久。

手机在这时响起。

闻泽辛抬起眼眸，眼底那点儿痛楚之色一下子消失。他将手机拿了过来："喂。"

江助理在那头道："老板，梁医生过来了，你在哪里？"

闻泽辛指尖转着钻戒，回道："他来干吗？"

"我来干吗？你以为你学了点儿护理知识还能给自己做手术了？我是让

你输液，不是让你拔针！"梁现的声音在那头气急败坏地响起。

闻泽辛皱眉："我没事。"

"你是医生？有事没事我说了算，在哪儿？我过去给你看看。"梁现脸色黑得很，他就有预感闻泽辛绝对不会老实输液，一想到陈依在，闻泽辛就更不可能老实了，才趁着休息空当跑出来看看。

"不用，我等会儿就回去，你先回医院。"闻泽辛说完要挂电话，但是停顿了一下，又说，"让江辰接电话。"

梁现："……"

一秒后，电话到了江助理的手里。

"老板？"

闻泽辛坐直身子，按着钻戒说："还有什么想法没？"

江助理愣了几秒，反应过来这次老板可能失败了，迟疑了一下说："老板，你不如多问问你的兄弟们？"

"大少的不好借鉴，毕竟沈总亲自下套；萧小少爷的话，看样子只会用粗暴手段；顾大少的话，一看就跟你一样不让人省心；可是黎城的几位少爷不一样啊！他们肯定有办法。"只要别让老板再问他这单身之人，他觉得可以牺牲其他少爷。

闻泽辛冷笑一声："黎城？许殿此时是什么情况？"

江助理的声音小了很多："不太好……"

闻泽辛又冷笑一声，随即挂断电话，目光再次落在婚戒上。婚戒上的钻戒很亮，转动时隐隐有光圈。

手机这时又嘀嘀响起。

微信好友群里信息一条接一条地跳跃。

周扬："我看许殿快成功了。"

江郁："真的吗？"

闻泽厉："哎哟，真的吗？"

周扬："假的。"

江郁："……"

闻泽厉："哈哈哈哈哈哈哈。"

周扬："现在最惨的人还有谁？"

顾呈："我兄弟。"

周扬："闻泽辛吗？啧，男人不跪没机会，男人不示弱怎么能算男人？"

顾呈："我看他难。"

闻泽厉："@他！"

"@闻泽辛"出现在页面上，闻泽辛看了几秒，随即把手机放在梳妆台上，又看向婚戒。几秒后，他抬起头，亲了亲那婚戒。

廖夕是站在阳台上看看陈庆的车有没有回来，陈依则靠着角落看着母亲。许久后，廖夕才走回房间。

陈依还在原地站了一会儿，才回房间，拿了睡衣去洗澡，出来时已经很晚了。她躺下也没有睡着，一直注意着楼下的动静，可惜等了很久，陈庆都没有回来，后来她就迷迷糊糊地睡着了。

第二天陈依起床时有点儿头重脚轻，明显睡眠不足。她起身后洗漱下楼，廖夕已经在餐厅里准备早餐了。

陈庆也坐在餐桌边看报纸，阳光透进来，陈庆鬓角的发丝白得泛光，也有很重的眼袋，但是脸上带着笑容。

看到陈依，他笑道："怎么不多睡一会儿？"

陈依在原地停顿了几秒，笑了笑，走过去拉开椅子坐下，说："睡不着，爸，你几点回来的？"

陈庆合上报纸，说："没多晚，公司事情多，开会呢。"

开会呢，明明他是一个人加班。

陈依哦了一声，垂眸拿油条吃，掩去心头的苦涩。廖夕给父女俩各自倒了一杯豆浆，跟着坐下来说："陈莺住到你大伯之前给她留的那套房子里了。"

陈依抬头："她跟你联系了？"

廖夕苦笑："她哪里会跟我联系？是隔壁邻居看到了跟我说的。"

陈依看向陈庆，陈庆端着杯子，也有些发愣，几秒后笑了笑："也好，陈莺这些年在我们家其实也是被我们惯坏了，是得好好反省一下了。"

廖夕说："我们倒也想教啊，是她不听而已。"

陈庆又笑笑，没说话，低头继续吃早餐。陈依则懒得去理会陈莺怎么样了，她手里有大伯留给她的一些钱，还有陈氏的股份，饿不死的。

少了陈莺，家里不但清静很多，有些话也不用藏着掖着。这时门铃响起，保姆放下手里的活儿，擦擦手要去开门，在玄关处突然顿住，转头看向餐桌边的一家三口。

廖夕看着保姆问道："谁？"

保姆下意识地看向陈依："是闻家二少。"

陈依握勺子的手一顿。

父母也看着陈依。

陈依盯着白粥看了一会儿，随后对保姆说："请他进来。"

保姆哎了一声，转身开了铁门。那头，站在门口手插在口袋里的闻泽辛走进来，深色的西装衬得男人面容有些苍白，但是眉宇间的锋利之色依旧存在。

高大的身影走上台阶，他进了屋，将手中提着的海鲜跟水果递给保姆，保姆条件反射性地接过，餐桌边的一家三口抬起头看去。

陈依看闻泽辛一眼，便收回了目光。闻泽辛昨晚也没睡好，手插在口袋里，隐隐还带着青紫痕迹，是后来输液留下的。

他被保姆引到餐厅这边，目光落在陈依的脸上一秒，随即看向陈庆跟廖夕："爸，妈，早上好。"

陈庆准备站起来，听见这称呼，差点儿跌坐回去。

廖夕惊得勺子掉回碗里。陈庆勉强站稳，干笑道："二少怎么这么早？吃早餐没？"

听见二少这称呼，闻泽辛眼神微沉，回道："还没来得及吃。"

"是吗？那……一起吃吧。"陈庆停顿了一下，招呼保姆，"去给二少准备碗筷。"

"好的。"保姆赶紧放下手中的水果跟海鲜，走向厨房拿了碗筷出来。陈庆正想让闻泽辛去他那边坐，闻泽辛却拉开了陈依身侧的空椅子坐下。

清晨，两个人身上都有干爽的清香味，陈依默默地将挽起的袖子拉下，遮住白皙的手腕。闻泽辛看她一眼，目光定在她拉好的袖子上，敛了敛眉心，接过保姆递来的碗筷，拿起桌面上的油条，撕成小半截小半截的，放在陈依旁边的碗里。

陈庆跟廖夕见状，对视一眼，有点儿弄不明白这女婿想怎么样。

陈依放下勺子，看都没看那小半截的油条，抽了纸巾起身走了。闻泽辛刚放下最后一小块油条，维持着这个动作，垂眸看着旁边的座位。

气氛凝固了一般。

廖夕心惊胆战地转头去看女儿。

陈依穿上薄外套，拿起茶几上的手机道："嗯，早上得开会。"

说着她走向门口，走下台阶，一出铁门，江助理就迎了上来，含笑拦住陈依说道："太太早上好，我送你去上班吧，你的车昨晚停在事务所，这个小区打车也不方便。"

陈依冷冷地看江助理一眼，随后就要走开。江助理笑着不动声色地拦住她，陈依脚步一顿，盯着跟前的助理。

那头，餐桌边的陈父、陈母看向女婿。

闻泽辛抽了纸巾，慢条斯理地擦拭泛油的手指，随后端起跟前的白粥一口喝完，放下碗对陈庆和廖夕说："爸，妈，我送陈依去上班。"

"你们慢吃。"说完，他起身理了理袖口，走向门口。

陈家父母看着跟前的空碗，还有那一小截一小截的油条，面面相觑。婚后这段时间，闻泽辛这个女婿还真从没叫过他们爸妈，如今叫起来，说不出的别扭，他的态度也令人疑惑。

廖夕迟疑地道："依依刚刚不是走了吗？"

陈庆起身看了一眼，便看到女儿被闻泽辛的助理拦在车外，那样子不知道是在说话还是什么情况。

陈庆又坐下："她还在门口。"

廖夕："这闻家二少做事怎么这么让人看不透？"

陈庆摇了摇头，拿起筷子夹了煎蛋吃。廖夕还想说什么，突然又看向那一小截一小截的油条，说："依依以前是不是很爱把油条撕成一小截，然后放进豆浆里面浸泡，慢慢地吃？"

陈庆顺着廖夕的视线看过去，眨了一下眼："是啊，这几年要上班，她早上没这个闲情这样吃了，都是抓着一根直接咬的。"

廖夕喃喃地道："闻二少这是知道依依的爱好吗？"

陈庆："或许是他自己也喜欢这么吃。"

说完，陈庆也觉得闻泽辛这样的人不可能这样吃，看他这样直接将一大碗粥喝完就走就知道了。

廖夕又看了一眼那些油条，才收回视线。

夫妻俩把剩余的粥喝完了。陈依和江助理正僵持着，身后传来脚步声。江助理松一口气，赶紧拉开后座车门，对陈依笑道："太太请。"

陈依沉默着没动。

闻泽辛来到身侧，挥了下手，江助理赶紧松手退到后面去。闻泽辛按住车门，看着陈依，随后抬起手腕看了看，说："还有十五分钟你就要迟到了，我们车上聊聊。"

陈依抬起眼眸看向闻泽辛，抿了下唇，弯腰坐了进去。

闻泽辛看她进去，敛了敛眸，随后跟着坐进去。车门关上后，江助理赶去驾驶位，启动车子，黑色的车缓缓开了出去。

闻泽辛拿起手机看了一眼，说："别走环城三路，换一条。"

　　江助理哎了一声，知道那条路塞车，一出小区就掉头，往另外一条小路开去。陈依看了一眼手机，没有吭声，也不想迟到。

　　闻泽辛解开西装外套的一颗扣子，看一眼一直看着窗外的女人，只看到她的侧脸，些许发丝贴着她的脸颊。

　　她的睫毛很长，唇很红，即使此时没有涂口红。

　　"对不起。"男人嗓音低沉，三个字掷地有声。

　　江助理的方向盘差点儿打滑，他狠狠地握住才没让车子撞上旁边的墙壁，不可思议。

　　陈依听见这话，转头看了他一眼。

　　闻泽辛也看着她，说道："昨晚的话说重了。"

　　他是指那句一了百了。

　　陈依盯着他，许久才张了张嘴："那离婚……？"

　　"免谈。"

　　闻泽辛用两个字堵住了她后面的话，陈依闭上嘴，眼神再次变得冷漠。她收回视线，继续看着窗外。

　　闻泽辛看着她，下颌紧绷，搭在大腿上的手背青筋暴突，喉结滚了几下。

　　这时车子抵达事务所大厦门口，好车一到，又引得不少人观看，但车窗紧闭着，因为贴了膜，所以外面的人看不到里面的情况。

　　闻泽辛垂眸，看着她放在膝盖上的手，顿了顿，伸手过去轻轻地握住她的手指，说："我们之间可以再……"

　　"谈谈"两个字还没说完，陈依抽回手，一把推开车门走了出去。外面看着车的人看到她愣了一下，陈依面无表情地关上车门，走上台阶。

　　闻泽辛的大手停滞在半空中。

　　几秒后，他收回手来，眼眸里含着戾气，说："江辰。"

　　前方的江辰心惊了一下，赶紧道："老板，抱歉啊，可是太太是真的要迟到了，难道你想让她狂奔着去打卡吗？"

　　他说着，转头看向闻泽辛。

　　闻泽辛冷冷地看着他，却没再发火。

　　江助理心里悄然松了一口气，老板虽然脾气不好，毛病多，但是比任何人都敬业。陈依确实快迟到了，打完卡坐下来，就听到整点的声音。她把小包放进柜子里，撑着柜子发了一会儿呆。

　　她还以为闻泽辛早上那样做，是因为离婚有得谈，谁知道还是一样。

她说不上来是失望还是意料之中，总而言之不得劲。

可是一想到父亲那一头白发，她闭了闭眼。

闻泽辛很烦，可是他的话也没错，纵然父亲答应离婚，闻泽辛不再管陈氏，陈氏回到过去那种状态，父亲以后会不会后悔答应让她离婚？他会不会因劳累身体越发不好？而她是不是能承受这一切？

人活着，总得有点儿希望。

父亲的希望是陈氏。

而她的希望呢？

手里的手机响起，陈依拿出来一看，是沈璇发信息问她最近有没有空聚一下。陈依看了一眼时间，编辑消息。

陈依："有空，你几时有空？"

沈璇："下午我要参加天使投资人的商务会议，参加完就有空，你这段时间要考CPA吧？"

陈依："是，四天后要考。"

陈依："对了，那个商务会议，我能参加吗？"

沈璇："好，可以，下午三点。"

陈依："我去接你。"

沈璇："嗯。"

放下手机，陈依又看一眼聊天记录，这才按着柜子站直身子，随后转身出去。周燕一看到她来，立即跑去给她泡咖啡。

一群人笑道："周燕真的好喜欢陈依哦。"

陈依笑了笑，坐下后把资料交接给沈丽深。沈丽深挑眉，说："你也是的，既然要准备考试，怎么还参加项目？"

陈依："确实是我考虑不周。"

沈丽深拿走资料，敲了一下陈依的脑袋："是你太敬业了，考完试你休息一下，等我们回来再聚。"

他们下午就要出发去赵氏的马达公司，出差回来后要进入下一个项目。

每一年这个时间段恰是最忙的时候，他们要忙到第二年的4月，才能稍微松一口气。

目前整个组的人，今年只有陈依考试。

周燕偷懒。

梁振峰想了想，感觉没把握，于是打算明年努力。

其他人不是已经考完，就是去年没考过今年有心理阴影，也有些考完

207

四科，另外两科一直没考及格，眼看着在事务所也待了这么长时间了，心里打算跳槽去做 PE（私募股权投资，此处是指通过私募基金对非上市公司进行的权益性投资的职务）或者别的财务经理等职务。

早上在事务所帮忙，陈依还抽空看了考试资料，不少人出差，空了很多工位，有别的组的人准备要考试的，也都在这边一起看资料。萧小娴也在其中，坐在陈依的身侧，看了她一眼，说："我去年就考完了，你才考。"

陈依翻着书，没搭理她。

萧小娴耸肩，继续看自己的资料。

旁边另一个要考试的同事笑道："小娴，你三科也没考及格啊。"

萧小娴脸色白了白，瞪了对方一眼。中午下班，陈依没有回陈家，去了公寓，买了点儿菜自己煮面吃。一个人吃饭虽然安静，却也令人放松。

这公寓就像一个避难所，在这里她不用应付任何人，可以全心全意地对自己。吃过午饭，陈依稍微休息了一下，大约一点半，换了一套职业性没那么明显的衣服，拿起车钥匙去接沈璇。

沈璇在沈氏。

车子停在楼下，陈依没有上去找沈璇，而是在大堂等她。沈璇开会时的气势很强，陈依有幸见过几次，又羡慕又佩服。

这时，电梯上下来一对中年夫妻，陈依一眼就认出那是堂叔跟堂婶，顿了顿，起身温柔地打招呼："叔叔，婶子。"

那两个人停下脚步，转过头看到她的那一刻，愣了一下，随即堂婶抿了下唇，推了下堂叔的肩膀，堂叔挤出笑容说："陈依，好久不见。"

"好久不见，我爸前几天还念叨你们。"陈依走上前笑道。

"哦，最近比较忙，没什么时间去公司。"堂叔笑了笑，陈依几番想跟堂婶搭话，可是堂婶侧着脸，似乎不想回应。

陈依有点儿疑惑，但是没再坚持搭话，就堂叔跟陈依说了两句话，然后就推说要走了。陈依笑了笑，说："我送你们。"

把人送出门口，陈依便听见高跟鞋的声音，一回身就看到沈璇穿着一身套装走下来。沈璇挑了下眉，手臂弯了一下。

陈依挽上她的手，说："有没有吃午饭？"

"吃了。"沈璇淡淡地说，"闻泽厉非要家里人送来给我吃。"

陈依笑道："可以哦。"

两个人下了台阶，这么多年的闺密了，即使平日见面次数很少，但是感情随时都能接上。陈依给沈璇打开副驾驶座的车门，随后上了驾驶座启动车子，说："我去会不会打扰你们？"

沈璇偏头看了她一眼："不会，你有心出来学习，是好事。"

陈依笑了笑，却没反驳。

车子往商务中心开去，地方也在国贸那边，一进主干道就塞车，闺密俩谈谈话，不一会儿就抵达了商务中心。

车子有专人开走，接着沈璇递交了邀请卡，陈依挽着她的手，走进去上了三楼。三楼有两个厅，有一道门此时开着，里面人来人往，很多人跟沈璇打招呼，沈璇略微点头，带着陈依往最中间的沙发卡座走去。

这些人一个个光鲜靓丽，还有不少能在电视上看到的名人。陈依脸上带着笑容，无论陈家如何落魄，到底也在这些大家族圈内，加上身上那温柔可人的气质，不少人的目光多多少少会礼貌地落在她身上。

沈璇朝别人介绍的是："这是陈家的陈依，来学习学习。"

"你好。"有人伸手与陈依相握。

陈依跟那人轻轻握手。

这时，那边的门被推开，高大的男人手插在口袋里，偏头边听人说话边走进来，一米九的身高很惹眼。

桃花眼往这边一扫，他突然停住脚步。

旁边的江助理也跟着抬眼看去，那不是太太吗？

闻泽辛旁边说话的男人也因为闻泽辛而停下脚步，有些惊讶："二少，怎么了？"

闻泽辛看着她跟人握手。

他看了一眼那只手，随后收回视线，淡淡一笑，对旁边那人说："没事，您继续。"

"是这样的，我们希望今天……"

沈璇看到闻泽辛进来了，把陈依拉到沙发边坐下。陈依脸上还带着应酬的笑容，坐下后看着沈璇问："你经常这样，累不累？"

沈璇挑眉，往后靠去，说："还行吧。"

陈依坐正身子，靠着沙发卡座，有不少目光往这边扫来，有一大部分是因为沈璇，有小部分是因为陈依，很多人在猜测陈依的身份。

身后有些骚动，不太明显。紧接着，陈依很明显地感觉到沙发椅背被人按住，头上一片阴影，她抬头看了一眼。

闻泽辛一只手插在口袋里，一只手按着沙发，看着她问："下午不用上班？"

陈依没应他，紧抿着红唇。

沈璇跷着长腿，有些挑衅地说："她跟着我来学习。"

闻泽辛挑了一下眉："学习？"

他看着温柔漂亮的女人，知道她在想什么。她想脱离掌控。

他将按着沙发的那只手收了回去，两手都插在口袋里，没再吭声。

/ 第八章 /
橡皮筋

这时那边有人过来，凑在闻泽辛耳边说了两句话。闻泽辛垂眸，点了点头，随即收回在陈依脸上的视线，转身离开。

后头少了这么一个高大而有压迫感的男人，让陈依跟沈璇旁边的其余几个人都松了一口气，此时商务厅里氛围安静下来。

沈璇靠着椅背，对陈依道："放轻松，就当是参加一场普通聚会。"

她怕陈依被闻泽辛的气势压制得待不下去。沈璇跟闻泽厉交手比较多，对闻泽厉的一些手段跟性格比较熟悉，但是跟闻泽辛就很少打交道，也是这一年多跟闻泽厉这么纠缠以后才渐渐发现闻泽辛在背后运筹帷幄的一些事情。

这多少令沈璇有些意外。

陈依端着一杯红酒，笑道："我知道，没事。"

沈璇嗯了一声，往陈依那边坐过去点儿，闺密俩挨得更近一些。陈依也发现周围的人开始停止交谈，简洁大方的讲台上有人拿着话筒上去摆好，接着脱了外套的高大男人走上讲台。

他低垂着眉眼整理着袖口，来到讲台边，正好理好袖口，松开后手轻轻地搭在台面上，白色衬衫领口倒是没扣全，露出些肌肤，有点儿干净。

陈依不由自主地想起高中那会儿他站在讲台上念稿子的一幕。闻泽辛抬起眼眸看了过来，在大家把目光聚集到他身上时，他却把目光落在现场的某个人身上，于是也引得很多人看向陈依。

这时闻泽辛轻描淡写地勾起嘴角，说："有点儿紧张，今日我太太也在现场，在我太太面前演讲，心跳已经开始加快了。"

人群骚动了一下。

"闻总的太太是……？"有人已经猜测到了，还明知故问。

闻泽辛往旁边走了两步，站在讲台边缘，看着陈依，微微一笑道："陈氏集团的千金陈依，目前任职于宸曜事务所，我们做了三年高中同桌，毕业后家里安排，彼此心属，在今年年头的大年三十完婚。"

"哇——"这下子人群不单单是骚动了，而是因闻泽辛的话，大家开始明目张胆地看陈依，眼神有羡慕，也有兴味。尤其是他那句彼此心属，更是让一众大佬笑出声："好小子，看你平日里那么淡定，还当没有什么事情是你做不了的呢。"

"就是，没想到你也有紧张的时候，在自家老婆面前紧张，也能理解，毕竟这又不是在家里说悄悄话。"

闻泽辛笑着听大佬们调侃，桃花眼里含笑，大厅的灯光是亮白色的，却一点儿都不显冷，反而照得他眉眼更加干净、柔情。

若是过去的陈依，恐怕就沦陷了。

她捏紧酒杯，脸上挂着得体的微笑，受着其余人投过来的目光。沈璇没忍住，啧了一声："他这是断你的后路。"

陈依哪儿能不明白？

他突然宣告主权，又在这种场合公开关系，后续有人要跟她谈点儿什么，或者她有求于人，恐怕那些人都要经过闻泽辛，而不会主动跟她谈。同样，有人要联系她也肯定先找闻泽辛，他点头了才可以。

毕竟他们是夫妻嘛，而他是夫，她是妻。

她恼怒吗？

不。

陈依现在竟然很冷静。

这一番过去了，闻泽辛才进入主题，今天主要是分享一些投资心得。当闻泽辛开始分享时，陈依才发现，有些挺惊险、挺广为流传的案例，竟然跟闻泽辛有关。沈璇也坐直了身子，冷若冰霜的脸上带着审视的意味。

她说道："我第一次知道，这事情跟他有关。"

陈依："我也是。"

沈璇看向陈依说："我知道今天被邀请的名单上有他，是临时添加的。我问过闻泽厉，闻泽厉说让弟弟玩玩，我还以为闻泽辛就是替他充场面的。"

陈依看出沈璇眼底的认真神色，突然意识到或许整个 B 城圈的人都认为闻泽辛不过是个纨绔子弟，能做什么呢？

他最多只能替他哥哥跑跑腿。

谁都想不到吧，想不到他这把刀很锋利。

今日没有记者，大家进场的时候也都将手机上交了，可以说属于私密交流，所以闻泽辛才愿意来参加吗？

所以才临时添加了他的名字，也难怪刚刚他一进门，举办人就迎了上去。

沈璇眯起眼眸，看向讲台上的男人。

陈依看着讲台上从容淡定的男人，心头泛起了迷茫的情绪，因为自己心里那个计划。但是很快，服务员给陈依添了红酒，陈依抿了一口，心情跟着放松。她对自己说，慢慢来。

之前在陈氏，他击碎了她离婚的希望，她茫然无措。

今天他在这里断了她的后路，她却可以非常冷静地思考了。

后路是自己走出来的。

二十分钟后，演讲结束，闻泽辛将有些凌乱的衬衫往腰间塞好，从台上下来。服务员非常迅速地将陈依身侧的沙发空出来，紧接着陈依身侧的沙发下陷，闻泽辛坐了下来。他看着陈依，嗓音低沉地嘱咐道："少喝点儿。"

陈依端着酒杯，看了他一眼，没吭声。

闻泽辛的手往沙发椅背上搭去，虚虚地垂着，众人一眼就看出他将她纳在了自己的领域里。

外面的人只当这对夫妻恩爱。

只有两个当事人知道，此时他们的婚姻岌岌可危。

这时，服务员端来一碟巧克力，闻泽辛放下长腿，俯身拿了一颗剥掉外壳，递给陈依："吃吗？"

陈依摇头。

沈璇在一旁喷了一声："她在大学的时候被巧克力吓到，已经很久不吃巧克力了。"

闻泽辛挑眉。

随即他不轻不重地笑了笑，把巧克力扔进一旁的垃圾桶里，拿起纸巾擦拭指尖："不吃好，太苦。"

他靠了回来，问道："怎么会被巧克力吓到？它做了什么？"

沈璇道："追她的人把整个超市的巧克力买空了，她吃怕了。"

闻泽辛下颌紧了一下，道："是吗？"

他看着陈依。

陈依没看他，端起酒杯轻轻地抿了一口酒，侧脸线条秀美、柔和。闻泽辛喉结滚动，靠着沙发椅背看着她，桃花眼里情绪浮动。

她大学时还发生了什么事是他不知道的？

果不其然，刚开始陈依跟沈璇进大厅的时候还有人跟她打招呼、聊天、要名片，闻泽辛宣告主权后，陈依在后面就极少被人搭话，即使有，也是别人跟闻泽辛交谈的时候，顺便带上陈依，无外乎就是"夫妻俩很般配""闻太太有空跟我太太去逛逛街""你们是同学啊？真美好"这样的对话。

不过陈依也学到很多东西，现场来了不少职业经理人，她从沈璇那里得知了他们的一些资料。交流会六点多快结束的时候，闻泽辛被叫走了，沈璇挽着陈依的手说："我们先走吧。"

陈依放下酒杯，对别人点头，就跟沈璇出了门。

一出去，沈璇的手机便响了，她接起来谈了两句，接着对陈依说："一起去吃饭。"

陈依下意识地看了一眼身后。

沈璇淡淡一笑道："是一起，但不用坐在一起。"

陈依也笑，嗯了一声，拿过车钥匙，挽着沈璇的手臂走向车子。上车后，沈璇看着陈依，问道："我看他对你挺不依不饶的。"

陈依启动车子，看了沈璇一眼："他不想离婚。"

沈璇挑眉："看得出来。"

沈璇手肘支着窗户，看着陈依，想了一下说："他不离婚的理由，你觉得是哪个？"

陈依把车开上大路，看了一眼导航，说："我听话？老实？他现在也有陈氏的股份……"

沈璇："陈氏那点儿股份，他估计不看在眼里。"

今日确实颠覆了沈璇对闻泽辛之前的看法，这样厉害的男人居然那么不显山不露水，他可能比闻泽厉还要难对付。

陈依："我也觉得。"

沈璇："所以，必定有原因让他不肯离婚。"

陈依："嗯。"

她脑海里闪过一个念头：难道是因为我的身体吗？商务大厅里一扇连接休息室的门被打开，闻泽辛嘴里咬着烟走出来。一个高大的男人指间也夹着烟一起出来，大厅里还有些人在等他们，闻泽辛抬起眼眸，看了一眼陈依原先坐的位置，空了。

闻泽辛收回视线，拿下嘴里的烟，轻轻弹了弹，轻描淡写地看向江助理。即使他不说话，江助理也能从他的桃花眼里看出少许冷意，大意就是："人在你眼皮底下走的？"

江助理咳了一声，低下头。他敢拦太太，可不敢拦沈总。

这时有人调侃闻泽辛道："闻总，我刚刚看到你太太跟着沈总先走了，她是不是不想打扰你应酬啊？"

闻泽辛眼里含笑，一只手插在口袋里，说道："我太太跟沈总是闺密，跟着闺密走，也比跟着我这男人自在。"

"哈哈，那也是。"

"车子准备好了。"那头举办人带着笑容迎过来。闻泽辛垂眸，眼底隐隐带着冷意，目光不经意地扫向陈依坐的沙发，随后俯身，慢条斯理地将烟掐灭在烟灰缸里。

一行人走向大门，走了几步，闻泽辛看了江助理一眼。

江助理低下头，几秒后上前一步说："我得到消息，沈总跟太太应该也去了半岛。"

闻泽辛没应他的话。陈依跟沈璇抵达半岛，进入包间，里面开了两桌，此时有一桌已经坐得快满了。陈依一下子就认出那些职业经理人都在，这会儿没了闻泽辛，很多人起身笑着跟陈依打招呼，交谈的时间更长。

沈璇看着陈依温温柔柔地跟人说话，这样的陈依是很有魅力的。聊着聊着，陈依跟沈璇就落座了，这一桌也坐满了人，有不少人又开始给陈依递名片，全都是希望在会计这块后续能得到帮忙的。

当然，也有人是希望陈依能引见一下，跟闻泽辛见见面。

陈依把这两部分人的名片分开放。

这时，包间门再次被推开。

一群人走进来，闻泽辛是带头的那一个。高大的男人穿着西装外套，里面是白色衬衫，下身是灰色西装长裤。他眉目并不张扬，但是气势确实强，一抬眼便看到了餐桌旁的陈依，两人四目相对。

闻泽辛勾了勾嘴角，脸上带着少许笑意。

人很多，陈依也不好冷着脸，看他一眼便收回视线，跟一旁的沈璇说话。

有人笑着道："闻总，你太太在，要不要坐在一起？"

闻泽辛挑了下眉峰，笑道："看她。"

于是，一群人又把视线扫来。陈依听见动静，抬起头，眉眼一弯，微微一笑道："不了，分开坐比较香。"

一群人跟着笑起来。

"对，分开坐确实比较香，闻总，你太太很识大体啊！"

闻泽辛嘴角勾着一抹笑，远远地看着陈依，神色不显，脑海里却闪过她说想离婚时的语气，以及她今日出现在这里的目的。

他自然也看到了坐在她身侧的职业经理人。

他垂眸，笑着走向另外一张桌子，在众人的调侃下落座。陈依看到他落座，松了一口气，凑过去听着沈璇跟职业经理人的聊天内容。

两张桌子隔得不远，其实陈依也能看出对面那张桌子的人咖位比较高，闻泽辛若是想谈话，不会坚持过来她这边的。而刚刚也有人过来请沈璇过去坐，沈璇不肯去，估计也是因为知道闻泽辛来了肯定在那张桌子边坐下。

沈璇跟她保证过，不会坐一起。

闻泽辛自然看得出来沈璇这么坐的原因，也知道陈依不会想过去跟他坐，于是把问题扔给陈依，再一次向所有人点明了两个人的关系。

这一来一回的，各有算计。不一会儿，热腾腾的菜上了桌，两桌的人谈话也在继续。闻泽辛接过服务员递来的烟，没有立即点燃，而是垂放在一旁，修长的指尖把玩着，另一只手则玩着打火机，一边跟人说话一边笑。

在这包间里，这样一个男人确实很迷人，进来送酒的服务员走之前都忍不住多看他一眼。

或许，他在面对林筱笙那群人的时候也是这样，看起来好接近、爱笑、脾气好。

沈璇支着下巴，挨着陈依，也看一眼闻泽辛，冷冰冰地说："藏得蛮深的。"

陈依看了沈璇一眼。

沈璇也看向陈依，弹了一下她的额头："你呢，傻傻的。"

陈依反驳："我不傻。"

包间门再次被推开，这会儿进来一名穿着深色旗袍送酒的高挑美女，是那种会让人眼睛一亮的，也算是给谈话的环境注入一股新鲜感。不少人往那美女看去，她站在一旁打开了酒盖，接着捧着酒瓶踩着高跟鞋走向餐桌，并且站定在闻泽辛的身后。

谈话的人没怎么注意，包括闻泽辛，他正跟人谈得入神。

那名美女微微俯身，酒瓶对着他跟前的酒杯，专注地倒酒。画面很美，闻泽辛也没回头看。

这时，美女本来倒完了酒，准备站起来，旁边那人像是想起来，于是还没盖上的瓶子里的酒往闻泽辛的身上倒了下去。

冰冷的液体打湿了闻泽辛的衬衫。

男人把玩打火机的指尖一顿，他低头一看，那美女顿时急了，拉过丝巾就往闻泽辛的身上擦去："对不起对不起，我不是故意……"

闻泽辛黑着脸，一把抓住那个女人的手腕，眼神带着戾气扫去。

其余的人惊呼一声，江助理立即上前，闻泽辛站起身，只见酒水打湿了胸膛，一把甩开了那女的。

那女人一看就是刚毕业出来的，急着就往闻泽辛的身上扑去，还想帮他擦："对不起，我不是故意的……"

"妹子！人家的老婆在这里的，你干什么？！"

举办人这一声大吼跟按了暂停键一样，所有人齐刷刷地看向那张桌子边的陈依，却见顶着闻二少的老婆头衔的女人拿着筷子正在夹菜，眼眸是往这边看，但是脸上没有任何不爽之色，甚至隐隐带着些看好戏的意思。

众人："……"

气氛变得尴尬了些，有人下意识地看向闻泽辛。

那个高大的男人站在那里，胸膛湿透，露出了鲜明的线条，袖口挽起，不算狼狈，有些不羁。

闻泽辛也看着自家老婆，桃花眼里深沉一片。

此时气氛绝对不算好，闻二少的眼里那笑容完全没了。不管这个送酒女是有心的还是无意的，陈依身为妻子应该很紧张的。无论是紧张自家丈夫被倒了一身酒，还是紧张这个女人这么不要脸地用这样的手段勾引人，都要紧张一下。

而不是像这样，她还有心情在那里继续吃，而且能冷静地看着。

有人觉得气氛很糟糕，想缓解一下，干笑了一声说："闻太太真的太放心闻总了。"

"是……识大体啊！"

"真……真大方。"

接着有人探头，看着陈依笑道："闻太太，要不起身安慰一下闻总？"

那人跟陈依是一桌的，拽了一下陈依，有点儿强迫的意思。陈依顿了顿，笑了笑，放下筷子，拿起纸巾轻轻擦了擦嘴角，站起身绕过桌子走到闻泽辛跟前，抬起眼眸看着他。

两人四目相对，周围很多人的目光扫来。

她抬起手，指尖摸上闻泽辛的领口，笑道："男人在外应酬，花天酒地，偶尔遇见个想投怀送抱的女人也是正常的，这种事情女人千万不能生气，既伤自己的身子，也让男人不高兴。对吧，闻总？"

她边问，还边下意识地看向那名惊慌失措的送酒女孩。闻泽辛紧绷着下颌，一把捏住她的下巴，把她的脸转了过来。

两人再次四目相对，他没有吭声，只是目光沉沉地看着她。几秒后，他拽了一下贴着腰线的衬衫，握着她的手腕，转身走向后门。

陈依只得踩着高跟鞋跟着，不经意地挣扎着。

江助理一把推开后门，后面是一条长廊，旁边有一个休息室一样的房间，闻泽辛按开那扇门，拉着陈依进去。

砰——陈依回头一看，门被关上了。

闻泽辛松开她，脱下衬衫，看了一眼，将衬衫扔在沙发上。他又去摸桌面上的打火机跟烟盒，肩膀很宽，后背线条很有力量感。

陈依沉默了几秒，说："我去叫江助理给你拿衣服。"

他坐在扶手上，一把将手里的烟跟打火机放在桌面上，抬起眼眸看着她："这个不用你操心。"

陈依："……"

他招手："过来，依依。"

陈依抿着唇，没搭理他。

他撑着膝盖，盯着她，许久后，突地握住她的手腕把人拉到跟前。陈依条件反射性地挣扎着。

闻泽辛按着她的腰固定住她的身子，抵住她的额头，嗓音很冷地问道："你的大方是真诚的吗？"

"真诚。"

对，她确实是真诚的。闻泽辛想起刚刚那一幕，她在那里无所谓地看戏，无所谓地夹菜，不在乎那个女人是有心还是无意。

她做得那么完美。

他按在她腰上的手紧了紧。

此时此刻，两个人都想起那份婚前协议。联姻是闻家提起的，那时闻家小叔对闻泽辛说："你好好挑一个你最合心意的人，在事业上你有诸多身不由己，在婚姻上我们不想干涉太多，你舒心最好。"

于是林笑儿抱了很多相片让闻泽辛挑，而本身就爱在外流连花丛的闻泽辛看都不用看，就能知道被抱出来的相片都是什么样的，那些女人的家庭底子又如何，他比谁都清楚。

林笑儿唠唠叨叨地念着："这家，那家。"

闻泽辛支着额头，一副事不关己的神态，林笑儿挑了很多张照片放在闻泽辛的面前让他看。他的脑海里却突然出现一抹身影，随后他坐直身子，垂眸翻着照片。当时林笑儿是看着他一张接着一张地扔了照片。

那些相片里，没有陈依的。

闻泽辛翻了一会儿，抬起眼眸对母亲说："我要陈家。"

那会儿林笑儿愣了一会儿，陈家已经处于 B 城圈边缘了，再往旁边迈就直接出去了，林笑儿也不懂儿子为什么选陈家。但是既然小叔说了让闻泽辛的婚姻自由，那么她自然也没意见，于是应下。

后续的事情，闻泽辛便没再参与，去谈，去联系，去拜访，这些都是林笑儿让人安排的，只是在安排当中出了岔子。

安排的人跟林笑儿见的一直是陈莺，自然而然地认为结婚对象是陈莺，而且陈莺的父亲的辈分要比陈庆高。这事情定下后，林笑儿才告诉闻泽辛。当时是在饭桌上，林笑儿说："如果你确定下来，那么我就拿八字去给人算了。"

"我觉得她的名字不够大气。"林笑儿嘀咕了两句，"叫陈莺……"

闻泽辛正跟父亲谈事情，间隙夹着烟，听到这个名字，抬起眼眸看向林笑儿，淡淡地说："我要的是陈依，不是陈莺。"

林笑儿这才反应过来弄错人了。

"陈依……陈依……那不是你的同学吗？"

闻泽辛："嗯。"

接着，林笑儿去跟陈家谈，这才换了人。不管陈家那边怎么鸡飞狗跳，闻家说换就换，林笑儿跟陈家人说，这是闻泽辛亲自选的。跟前的女人，是他亲自选的。

闻泽辛按着她的腰，抵着她的额头，深深地看着她。休息室里很安静，窗帘也没拉开，但是光线很亮，鼻息间有淡淡的烟酒味。他脱了衬衫依旧沾了很多酒水，陈依想起两个人谈婚前协议时，他的穿着也是白色衬衫跟西装长裤，他轻描淡写地说："婚后有个协议，你需要遵守。"

她当时有很多猜测，但是完全没有猜测到这个。

他说："不要管我，无论是在家里还是外面。"

而当时对她这个喜欢着他、因联姻而感到开心的人是多么残忍。

陈依此时也想起了刚刚那一幕。

两个人此时眼里都有对方，却像是分裂了，陈依心平气和地道："我很

219

真诚地在执行婚前协议。"

"做得好吧？"她问得也很平静。

闻泽辛在她腰上的大手略微用力地按着，他扯了一下嘴角："好。"

"那就好，你可以放开我了。"陈依略微挣扎，闻泽辛却怎么都不肯松手，抬起她的下巴，盯着她的红唇："做得那么好，也该奖励你。"

他说着，指尖一用力，把人按向自己，低头堵住了她的嘴唇。陈依条件反射性地撑住他的肩膀，男人的肩膀肌肉带着力量，而且他没穿上衣，陈依慌乱地只能攥紧拳头，不敢去触碰他的肌肤，身体挣扎着。

这是他第二次吻她。

闻泽辛察觉她的挣扎，死死地摁住她。她用尽了浑身力气，却抵不过他的一只手，一下子就被按实了。

她也喝得不少酒，舌尖全是酒香味。

闻泽辛觉得还不够，直接把她半抱起来，大腿给她当椅子。他是不爱接吻，此时此刻却一直不肯让她换气，把她堵得气息紊乱。

休息室的门在这时被推开，江助理提着一个装着衣物的袋子，拿着手机出现在门口。看到沙发扶手上纠缠着接吻的两个人，江助理惊呆了，足足三四秒后才反应过来，赶紧后退想关门，谁知道手机在这时从手里滑落。

哐，手机落地的声音巨响。

沙发扶手上的两个人停顿了一下，闻泽辛按着怀里的女人，抬起眼眸看过来。江助理的脑袋里瞬间闪过几个字：命不久矣。

下一秒，啪——

响亮的巴掌声在休息室里回荡，陈依狼狈地从闻泽辛身上下来，披头散发地冷冷地看着他。

她打得掌心发麻。

此情此景，江助理恨不得戳瞎自己的双眼，而且这次太太打得真用力，先生的嘴角溢出了一丝血丝。

闻泽辛舌尖抵了下嘴角，看着陈依道："婚前协议少加了一条，你得对我无条件服从，包括你的身体。"

陈依冷冷地看着他："迟了。"

闻泽辛挑了下眉，随即从沙发扶手上下来，一边抹着嘴角的血丝，一边说："滚进来，把东西放下，先送太太回去。"

"哎。"江助理赶紧跑进去把袋子放下，接着看向陈依："太太？"

陈依转身就走。

闻泽辛弯腰捡起地上陈依掉的黑色橡皮筋，把玩了两下，放在手机旁边，随即拿起袋子里的衬衫跟长裤换上。他正在扣皮带，江助理回来，推开门站在门边说："太太跟着沈总的车走了。"

闻泽辛扣皮带的手一顿："叫代驾没？"

"沈家是司机过来接的。"

闻泽辛："太太的车呢？"

"在停车场。"

闻泽辛："找个代驾，把车开到陈家。"

"好。"江助理迟疑了一下，又说，"肖总在三楼等着。"

"嗯。"

闻泽辛扣好皮带，拿起一旁的西装外套穿上。江助理把换下的衣服装进袋子，准备带出去扔了。

他看到闻泽辛拿起手机，还顺便拿起那很小且有点儿老旧的黑色橡皮筋，装进了裤袋里。

江助理："太太的吗？"

闻泽辛没应，走向门口。

江助理："……"

所以，老板藏太太的贴身用品是几个意思？

他跟在闻泽辛身后，小声道："周少爷有没有给老板指点迷津啊？"

前方高大的男人走向楼梯，没有搭理江助理逾矩的询问。上了沈家的车，沈璇支着手臂靠着窗户看着陈依。陈依坐稳后，抓了下凌乱的头发，问道："有没有橡皮筋？"

沈璇："你的呢？"

陈依抿了抿唇，说："掉了吧。"

沈璇笑了一下，从小包里拿出一根橡皮筋，递给她，随即道："你们在里面待那么长时间，都谈了些什么？他发火了？"

说实话，刚刚陈依那样很打闻泽辛的脸，所有人都在商务交流会上听到了闻泽辛的那一番话，尤其是那句"彼此心属"。每个人都以为两人是真的心属，可是陈依面对闻泽辛被别的女人勾引那大方看戏的样子，实实在在地在打闻泽辛那句"彼此心属"的脸，打得那么响亮。

闻泽辛带走陈依后，剩下的人谈论的不是那个勾引人的送酒女，而是陈依的态度，这怎么都不像是彼此心属的情况啊！这事的议论性顿时变得更高。

陈依扎好头发，说："发火了。"

221

"他做了什么？"

陈依："没做什么。"

沈璇肯定是不信的，看到陈依红润的嘴唇，说："你现在还不知道他为什么不想离婚吗？"

陈依沉默了一会儿，看向窗外。他最后那句话像是印证了她的想法，身体的缘故吗？但或许不是，是因为她现在越来越能遵守婚前协议，令他满意？

陈依突然觉得头痛。

她似乎又把自己推进了另外一个旋涡。

当初她因喜欢他而无法忍受他的种种行为，做了很多试探他的事，也触了他的很多底线。她为了跳出这种痛苦的旋涡，于是逼着自己忘记他，做到婚前协议的要求，现在却又因做到了婚前协议的要求而令他满意。

或许，当初那个斤斤计较、触碰他底线的自己反而更容易令他厌恶，说不定更容易离婚。

陈依闭了闭眼睛，说："我不知道，我还是先……考试吧。"

沈璇："好吧……"

说她傻她还反驳，她明明就是真傻。闻泽辛这样的男人若是有这么一个一直不顺他的心的老婆，肯定会离婚吧，不单离婚，可能还会顺便收拾陈家。

沈璇："闻泽厉，你对你弟弟到底了解多少？"

闻泽厉："嗯？"

闻泽厉："哦，很了解。"

沈璇："呵。"

回到公寓后，陈依又整理了一下今天收到的名片，微信上也加了不少人。她一一核对过后，又把要结交闻泽辛的人给的那一沓名片放起来，下回若是见面，有机会再给他。接着，陈依去洗澡，睡前看了一会儿书。

第二天一早，陈依醒来后就接到了廖夕的电话。

"依依，你的车子昨晚二少派人给你送回来了。"

陈依的头发还凌乱着，她坐在床边道："嗯，爸那辆车最近是不是拿去修了？"

闻泽辛给她买的车是凯迪拉克，她没开走，现在开的是陈庆给她买的宝马，而陈庆自己那辆车时不时地出点儿问题。

廖夕顿了一下，说："是，又拿去修了，你爸开了你大伯之前开的那辆车。"

陈依："我那辆给爸开吧，我最近不用上班，准备考试，不需要用到车。"

廖夕："行吧，你既然要考试，那回家来住。"

陈依："算了，我在这边离考场近。"

廖夕："好。"

母女俩聊了一会儿，陈依挂断电话，接着下床去洗漱。其实这里距离考场不近，打的需要一笔钱，但是不用上班不用赶，陈依可以选择坐地铁。她吃过早餐后继续看资料，这时收到了沈凛的微信。

陈依一般管沈凛叫沈凛哥。

沈凛说道："你考试那天，我需要去那边办点儿事，顺便带上你。"

陈依："谢谢沈凛哥。"

这也让陈依想起高考那一年，沈璇高三下学期就出国了，当时没说出国之前，陈依去沈家跟沈璇玩，沈凛也在家，他说希望能接送妹妹去高考。或许是因为他自己大学不用考，直接上的，所以对高考有点儿执念。

不过后来沈璇出国了，就变成沈凛送陈依去高考。

没想到这次 CPA 考试又是沈凛送她去。

陈依笑了笑，觉得很巧。

接下来的三天，陈依埋头苦读。她本来就比别人慢一年，是希望能一次性过的。

考试这天一早阳光很好，陈依穿着一件白色衬衫，下面是长的 A 字裙，背着一个挎包下楼，小区外停着一辆黑色轿车。

沈凛摇下车窗，笑着对她招手。

陈依走上前，手机在这时响起，她拿出来一看，来电是闻泽辛。她看一眼挂断，随即拉开车门上了副驾驶座："沈凛哥早。"

"早。"沈凛启动车子，笑道，"挺巧的啊，我今天确实要去那边办事，沈璇前几天吃饭的时候就说你要去那里考试。"

陈依看沈凛一眼，微笑道："是啊，有种时光倒流的感觉。"

沈凛也笑，启动车子。因长期做研发，他整个人看起来很干净。车子开出大路，陈依包里的手机又响了几下。

陈依将手机按了静音。黑色的车停在陈家门口，闻泽辛拿下手机，看了一眼屏幕，电话被挂断了。江助理握着方向盘，看向车内后视镜："老板，太太没接电话？"

闻泽辛把手机扔在一旁，说："你给她打。"

江助理哎了一声，拿出手机拨打陈依的电话，但是通了许久，没人接。江助理拿下手机："老板……"

223

“她现在住哪儿？”男人嗓音低沉地反问。

江助理迟疑了一下，摇头。

结果对上车内后视镜里男人冷漠的眼神，江助理立即想了一下：“会不会住在沈总送的那套公寓里？太太自己的那套房子还没装修。”

闻泽辛：“开车。”

“好。”

江助理立即启动车子。一大早天还没亮，他就去接老板，因为今天是CPA考试的第一天，老板想送太太去考试，结果来到陈家发现太太没有住在这里，扑了个空。啧，老板也是可怜啊！

黑色的车抵达公寓小区门口。

闻泽辛望着这个小区，拨打陈依的电话。可惜那头依旧没人接听，闻泽辛下颌紧绷，将手机扔在地上，对江助理道：“你换个号打。”

“哎。”

江助理缩着肩膀，拿起另外一部手机拨打出去，还是没人接听。这时，江助理看到一条好友群的信息。

这个群里的人都是几位少爷的助理，里面包括闻大少的那位助理，消息比较灵通。

江助理看到那条信息后，两手摸上方向盘，咽了下口水，说：“老板，太太跟着沈大少爷的车走了，今天沈大少爷要去那边办事，所以一早过来接太太去考试。”

江助理说到后面声音越来越低，跟蚊子一般。

他看向闻泽辛。

身后的男人一声不吭，车里窗户开着，他的脸却像隐在黑暗里，他低声问：“沈凛？”

江助理：“对。”

“去考场。”

车子再次启动，车窗被缓缓关上，车里的男人面无表情，眼眸深沉。一大早路就堵，江助理看着路况，真恨不得这车子能长翅膀。路终于通畅后，车子在考试之前的二十分钟抵达考点学校。

这次考点设在大学城。

此时车子可以通畅地开进去，这车牌子就有点儿显眼了，缓缓开到考场外，闻泽辛就看到陈依从沈凛的车里下来。

她穿着裙子跟衬衫，温柔地跟沈凛挥手。

闻泽辛冷冷地看着，一语不发。

江助理不敢开车门，怕闻泽辛发火下车。他迟疑了一下道："老板，等考完试吧，我们再接太太回家。"

闻泽辛收回视线，看向江助理："你觉得太太会跟我回家吗？"

江助理猛地闭嘴。

不知为何，这问题问得轻飘飘的，他却听出一股压抑的感觉。

闻泽辛说："先回公司。"

"好。"

沈凛那辆车也开走了，黑色的车也缓缓开走。闻泽辛吩咐道："两点半过来接她。"

江助理："好。"

下午两点半，黑色的车开了过来。江助理看到一辆黑色轿车，顿时一阵头痛，看了一眼后座上的男人。

闻泽辛抿着唇，看见沈凛的车子已经停在考场门口了。

又过了半个小时，陈依从考场出来，一眼就看到沈凛的车，笑着走过去："考完了。"

沈凛笑着下车，开了车门，视线往那边的黑色的车扫了一眼。车的后座车窗缓缓摇下，闻泽辛看出来，两个男人的视线在半空中撞上。陈依也有所察觉，跟着看过去，沈凛却笑着一把拉开车门，挡住了陈依的视线，说："走，我送你回去。"

陈依顿了顿，弯腰上车。

她没再看那边，因为已经看到车标了。

沈凛启动车子，掉转车头，将车子往门口开去。这时，黑色的车跟着启动，闻泽辛解开衬衫纽扣，挽起袖子，淡淡地说："拦住。"

江助理愣了愣，立即哎了一声。

接着他追上去，因为南门没什么车子，大路比较通畅，黑色的车疾驰而去。在那辆黑色轿车抵达减速带的时候，男人加快油门，吱的一声停在黑色轿车面前，挡了个严严实实。沈凛猛地踩下刹车。

紧接着，闻泽辛下了车，走过来，俯身按住沈凛的方向盘："沈凛哥，你接走谁呢？"

沈凛看着他这副样子，冷笑一声，说："泽辛，你有没有想过，陈依当初嫁给我会比较幸福？"

闻泽辛按门锁的动作一顿，他看着沈凛的眼睛。

225

几秒后，他看向副驾驶座上的陈依。陈依平静地看着他，随后收回视线。趁着这个空当，沈凛挥开闻泽辛的手臂，启动车子后退，随即把车开走。

江助理站在对面看着自家老板。

高大的男人就站在那里，中间的车子开走，如今空了一个位置。江助理本来是准备打开副驾驶座请太太下来的。

"老板？"江助理轻轻地喊道。

闻泽辛将手插在裤袋里，几秒后说道："回去。"

说完，他转身就往黑色的车走去。江助理急忙跟上，给他打开车门，闻泽辛弯腰要坐进去的时候停顿了一下。

这时，口袋里一根黑色橡皮筋掉下来，他顿了顿，按开门又把它捡了回来。

江助理沉默地看着他手里的橡皮筋。这种小小的黑色橡皮筋花几块钱在市面上可以买很多，而且新，闻泽辛手里那个用了不知多久了，估计连太太都不记得自己掉了橡皮筋，如今却被老板捏在手里，这么几天了还在。

江助理心情复杂地开着车，不由自主地想起这么多年来跟在闻泽辛身边的日子。他大学毕业后就被人事招到闻泽辛身边，上一任助理是闻氏安排的，非常有分量的那种，那位助理什么都教给他了，连闻泽辛的做事方法也会点拨一二，唯独闻泽辛的爱好没有说。

他当时还专门问了这一块，那名助理翻着文件跟他说："二少没有特别喜欢的东西，连吃饭都很随意，脾气虽然不太好，可是真的随意。"

"可是我听人家说，他喜欢吃泡芙？"

那名助理笑了笑，说："假的。"

假的？

那什么是真的？

这么多年下来，江助理发现老板做很多事情是带着目的性的，他会的一切技能都是为了利益，也有的是为了不给任何人留下把柄，比如学抽烟、学喝酒、学记牌，比如极限运动，比如赏玉赌石。

他可以为了收购一家公司跟闻氏的项目合并，放弃到手的新项目，简单来说就是什么都会、什么都有，但是没有真正的爱好，没有真正珍视的东西。因为不管多好的东西，在他这里都是可以用来交换的。

如今这么一根小小的橡皮筋，却被如此珍视。

车进入车流，这个点竟然就开始堵车了，江助理抬起头看了一眼车内后视镜，后座上高大的男人支着额头，指间还捏着那根橡皮筋，眉心隐隐皱着，有点儿不耐烦这堵车的状态似的，但是又似乎在发呆。

"老板。"

闻泽辛揉着额头："说。"

"跟肖总今晚有约。"

闻泽辛将那根橡皮筋放进口袋里，抬起眼眸道："知道，房间订了没？"

"订了。"

"嗯。"

江助理松了一口气，收回视线，继续跟路况较劲。老板还是老板，心情再不好也能很快调整好，老婆都要丢了，还能面不改色地应酬。黑色轿车开出去没多久，就遇见堵车的情况，按道理这个点不太会堵车的，陈依抽了一张纸巾擦拭手心的汗。

刚刚在大学城的时候，闻泽辛那辆车那样开过来，危险而又疯狂，如若不是沈凛哥很稳，恐怕现在不是这样。

沈凛的手机铃声响起，他拿起手机来接听，是沈璇来电，叫他把陈依送回沈家，要见面。

沈凛顿了顿，看了陈依一眼，笑道："璇儿说带你回沈家，你有别的事情吗？"

陈依看向沈凛，笑道："没有。"

"好。"

沈凛跟沈璇说了一声，随后挂了电话。车里安静，沈凛开车很少开音乐，陈依低声道："沈凛哥，谢谢。"

沈凛又看陈依一眼，微微一笑："不客气，我把你当妹妹看待，是有些看不惯闻泽辛这样对你。"

"你们之间不是两眼一闭就拍板结婚的夫妻，在某种层面上，他跟你是青梅竹马，就算不顾念夫妻之情也得顾念旧情。我今天这么跟他说，希望他能想通，实在不行放你离开也好。"

对沈凛那句话，陈依起初有些诧异，后来发现这句话是有深意的，像是在挑起一个人的良知。

当然，他们如今这么帮她，都是因为她起了离婚的念头。

如果她没有起离婚的念头，或许他们都觉得她不值得帮。

陈依心里暖暖的。

她笑道："我也希望他能想通。"

沈凛也笑了笑，随即路终于畅通了，车子往沈家开去。

227

莫甜在家做吃的，陈依去了，恰好跟沈璇吃现成的。沈凛也没出去，沈赫恰好也回来了，四个人在客厅里等着莫甜做吃的，竟然有种回到读书时期的感觉。陈依起身去帮莫甜的忙，沈璇支着下巴，看着陈依。

随即，她看了哥哥一眼。

沈凛在看书，耸了耸肩道："具体不知道他怎么想的，态度倒是有点儿软下来，本来他一开始是直接按着我的方向盘，要开门把她带下去的。"

沈璇挑眉："是吗？他这人做事还蛮强硬的。"

沈凛："这些年忙，聚得不多，人有变化是正常的。"

沈璇若有所思。

晚上沈爸没回来，陈依顺势留下来吃饭。因为第二天还要考试，沈家司机送陈依回了公寓。

文莱酒店二楼包间。

特色的古风包间里光线略昏暗，闻泽辛穿着黑色衬衫跟长裤，衬衫袖子挽了起来，偏头正在跟肖总谈话，桌面上放着一份合同文件。

肖总怀里抱着一名穿着旗袍的高挑美女。

江助理起身给两位老板倒酒，肖总抬起眼眸一看，笑着跟闻泽辛说："你这出门也不带个美女秘书，怎么带个男的？"

闻泽辛一只手垂放着，一只手端起酒杯喝了一口，笑道："我容易醉，找个男助理也好扛我回去。"

"你拉倒吧。"肖总拍了一下怀里美女的肩膀，"去，给闻二少倒酒。"

闻泽辛垂眸笑了笑，拿起一包烟，拿出一根咬在嘴里。那名美女起身，婀娜多姿地走到他旁边，接过江助理手里的酒壶，微微俯身给闻泽辛倒酒。闻泽辛咬着烟，眉宇间带着些懒散之意，没有拒绝，但是也不热络。

就在那美女倒完酒要往闻泽辛身侧坐去的时候，闻泽辛抬起眼眸看去，那美女愣了一秒，就见男人眼底带着冷漠之色以及戾气。

美女惊了一下，笑着后退一步，随即走过去赶紧窝进肖总的怀里。肖总揽住她，撞了一下闻泽辛的手臂："你这是干吗呢？"

闻泽辛靠回椅背上，说："最近修身养性。"

肖总愣了，随即哈哈大笑："我不信！算了，今晚就准许你修身养性了。"

闻泽辛笑笑，端起酒杯喝了一大口酒。江助理接过酒壶，继续给闻泽辛倒酒，并且小声地劝道："老板，少喝点儿。"

闻泽辛没应，一边翻着合同一边喝。等差不多了，肖总签下名字后，闻泽辛让人送肖总跟那位美女上楼休息。

江助理关上包间门，回到餐桌边看着闻泽辛。闻泽辛又喝了一杯，指尖转着酒杯，江助理看得出他心情还是不好。

而且今晚难得的是居然连逢场作戏他都不肯了。

"回去。"又待了十来分钟，闻泽辛放下杯子起身。江助理拿过外套递给他，闻泽辛拿起合同揾在江助理的怀里，接过外套走向门口，身上酒味浓郁。

桌面上的两瓶烈酒，闻泽辛喝了一瓶半。

他揉着脖颈，走下楼。

江助理将车开过来，闻泽辛坐进去后，闭上了眼。江助理启动车子，问道："老板，回哪里？"

闻泽辛解着袖口，看了一眼窗外，说："回家。"

江助理握紧方向盘。

回家？是回跟太太的那个家吗？

他顿了顿，掉转车头，往市中心开去，好在这个点不堵车了，车子进了小区，来到那栋复式小楼门外。

好久没来了，江助理都感觉有些陌生了。

丽姐可能随时等着闻泽辛回来，门口的小灯亮着。闻泽辛推开车门走进去，丽姐这次估计睡熟了，没发现闻泽辛回来。家里空荡荡的，闻泽辛脚步一顿，看着冷清的家里，接着走上楼梯。

卧室门没关，他走进去，把外套挂在衣架上，解开衬衫领口，走向那张床。被子很整齐地铺着，他看了许久，随即弯腰拉开那床被子。

被子底下没有人。

他脑海里浮现她被他压在床上挠痒的画面，还有她温柔盘着他的脖颈时眉眼弯弯的样子，他点她的鼻子，她在他怀里挣扎，他按住她的身子，她笑得那样甜。

"泽辛，你有没有想过，陈依当初嫁给我会比较幸福？"

这句话跳了出来，画面一转，来到谈婚前协议的那天，她穿着白色裙子坐在他对面，那笑容渐渐从她的脸上淡去。

她漂亮的眼眸有点儿木，似乎对这份婚前协议有点儿始料不及。

高大的男人慢慢地蹲下，修长的指尖紧紧地抓着被子。闻泽辛，你在干什么？

你在干什么？

高中同桌那三年，她笑得那么开心，那么可爱。

229

婚后这段时间，你做了什么？

唰——

男人从地上起来，松了那被子，灰色系的被子上沾了点儿血珠。他拿着手机，拨打了江助理的电话。

不一会儿，黑色的车又返了回来，江助理来不及下车，闻泽辛便打开车门坐了进去，说："去太太的公寓。"

江助理："哎。"

公寓小区门外。

沈家司机把陈依送到门口，陈依准备下车时，包里的手机响起。她拿出手机一看，来电是闻泽辛。

她顿了顿，没接，又把手机按了静音。

这时车灯晃过，一辆黑色的车抵达，就停在沈家车子跟前，车里的闻泽辛看着沈家的车子，放下了耳边的手机。

沈家司机顿了顿，跟陈依说："前方好像是闻二少。"

陈依："嗯。"

她看到驾驶位上的江助理了，说："叔叔，你先回去吧。"

"好，有事打我的电话。"沈家司机看着那车，车窗没开，也看不到车后座上的人的长相，但是能认出车牌来。

咔——陈依打开车门下车，没有看那辆车，走向门口。身后的车门这才打开，闻泽辛从车里下来，风吹乱了他的发丝。

陈依准备刷卡，白皙的手伸出去，卡片刚要碰到那卡位，一只大手从身后伸过来，握住她的手腕，接着，她的卡被拿走，身子被拉得转了过去。看到闻泽辛那张俊脸，陈依脸色发青。男人握着她的手腕看了一会儿，没有言语。

陈依被看得烦躁，皱眉，开始挣扎："你干什么？"

闻泽辛握得紧，许久后把她的手拿到唇边，低头轻吻，说："给我一个机会，让我爱你。"

陈依挣扎的动作停下了，她愣愣地看着他。

闻泽辛把人往怀里带，低声道："我想给你幸福，别人都越不过去的那种。我现在跟你说我有多爱你，你肯定不信，所以我只希望你给我个机会，给我一点儿时间，让卑劣的我，能证明给你看。"

"求你了，嗯？"他桃花眼里的情绪很直接。

陈依在那一刻忘记了挣扎。他含情的眼眸就近在眼前，眼里有她，也只有她。她狠狠地别开视线，看着不远处的灯说："求现在的我有什么用？你应该求过去的我。"

闻泽辛："……"过去的我，才会在乎你爱不爱我。

有一辆车子要进小区，车灯晃过来，陈依转头看向闻泽辛，男人的眼神依旧很直接。

陈依伸手："卡给我。"

闻泽辛实在被陈依最后这句话给难住了，抿着薄唇没动。

陈依抬起头，盯着他。

闻泽辛垂下眸，几秒后把卡放在她的掌心里。陈依的指尖刚碰到卡片，闻泽辛的大手一收，包裹住她的手，连带着卡片一起包住，他嗓音低沉地说："东市有一个研发公司，是闻氏跟沈氏旗下的，那里可以模拟过去的你我，抽一天时间出来，我带你去，我向过去的你道歉。"

陈依愣了下，看着他。

男人的神色很认真。

陈依："机器是机器，不是人心。"

说完，她用力抽回手，卡片锋利，闻泽辛怕伤到陈依，先松了手，结果陈依的力气还是太大了，卡片狠狠地割破了闻泽辛的指腹，血珠一下子就冒了出来。

陈依看了一眼。

闻泽辛挑眉，把手放进裤袋里。陈依收回视线，转身走进小区，隐约看到他的指甲翻起了一边。

隐约而已，说不定是看错了，陈依没再多想，走上台阶，进入楼道。

高大的男人并没有立即离开，身后的车门被打开，江助理上前，看了一眼他的尾指，正在流血，指甲卡在肉里。

"老板，处理一下吧？"江助理小声地劝道。

十指连心啊，也不知道老板刚刚在家里做了什么，怎么会用力到指甲都翻了起来？闻泽辛没动也没应，抬起头看着不远处那栋楼，看着亮起的灯，问："沈总送的那套房子在哪一层楼？"

江助理："在六楼，602。"

闻泽辛："好。"

说着，他转身，抽出手低头看了一眼尾指，神色未变。进了门，陈依靠着门站了一会儿，才慢慢地开始换鞋子。换好后，陈依很平静地拿了睡衣进去洗澡。当热水冲下来打在脸上的时候，陈依猛地眨了下眼，眼眶隐隐有些红。

他这个人，很烦，太烦了。

陈依对他说的话，一点儿都不信。

就这么一点儿时间，他就爱了？陈依在心里冷笑，慢慢地眼眶不红了，剩下的是平静。洗完澡出来，陈依继续看考试资料。

手机在这时响起，她拿起来看了一眼。

沈璇："你不是要找职业经理人？"

陈依："嗯。"

沈璇："那天在商务中心有个人，她对你印象很好，想认识你，这几天抽空见个面？"

陈依："好。"

沈璇："嗯……我听说闻泽辛刚刚去找你了？"

陈依："嗯。"

沈璇："说了什么？"

陈依："一言难尽。"

那头沈璇没回，陈依也专心看考试资料。到了十二点左右，陈依才睡着，看资料加上闻泽辛的出现，导致陈依半夜的梦很乱，以至于早上被手机吵醒时，陈依有些不耐烦，拿过来接起来。

"喂。"

那头的廖夕说："依依，你爸出事了。"

陈依停滞了两秒，猛地从床上起来："什么？"

"今天早上你爸的秘书打电话来，说陈氏的股东董事要罢免你爸的职位，并且逼你爸让出手里的股份。"廖夕的声音颤抖，她又强迫自己冷静，于是显得支离破碎。

陈依能感觉到母亲是在维持这一口气，怕一松懈就崩溃。

她立即道："我现在去公司。"

廖夕："好。"

说完廖夕挂了电话，在那头哭了起来。陈依握着手机，知道母亲肯定在哭，忙起身进浴室洗漱。她也强迫自己冷静，出来后挑了一条裙子穿上，又穿上外套，回到房间再拿起手机时，手机上有一个未接来电，是闻泽辛打来的。

陈依顿了顿，告诉自己，如果董事股东们反了，她跟闻泽辛是同一战线的。她回拨电话，那头的人接了。

男人低沉的嗓音响起："下来。"

陈依："好。"

她挂了电话，走到门口开门，一路下楼。门外停着黑色的宾利，江助理下车打开车门："太太请。"

后座里，闻泽辛一身西装，长腿交叠，偏头看着她。

陈依脚步顿了顿。

"还要耽误多久？"他声音低沉地问道。

陈依抿唇，呼了一口气，坐了进去。

砰——车门被关上。

陈依看向窗外，江助理这时从副驾驶座上递了一个袋子过来，闻泽辛接了那个袋子，拉下中间的扶手，从里面拿出一份粥还有一份小菜，说："吃点儿。"

陈依闻到瘦肉粥的香味了，说："我吃过了。"

"吃过了？"

闻泽辛摇下车窗，说："那就扔了。"

陈依猛地转过头，抓住那份粥："这里是大马路，你讲不讲究卫生？"

闻泽辛挑眉，勾唇道："我让江助理去扔，这样可行？"

陈依嗖地收回手。

闻泽辛看着她，眼神深沉："粒粒皆辛苦。"

陈依抿紧唇，看着窗外，不搭理他。闻泽辛挑眉，伸出手去，将粥递给江助理。江助理叹口气，拿了粥去外面扔，不一会儿，车子启动，开向大路。陈依拿起手机给陈庆打电话，很快那边就有人接了。

陈庆："依依，二少跟你在一起吗？"

"嗯，你现在怎么样？"

陈庆："不知道，我被安排在办公室里，他们在开会。"

陈依抿了抿唇："目前有人站在我们这边吗？"

陈庆："没有。"

这一刻，陈依不知该说什么，嘴唇发白。闻泽辛见状，握住她的手，拿走她的手机放在耳边，偏头对陈庆说："什么都别认，等我们。"

"好。"

闻泽辛又看一眼脸色发白的女人，接着对陈庆道："爸，当初我就说了，陈莺不能留。"

陈依听见这话，唰地看向闻泽辛。

陈庆在那头一声不吭。

233

闻泽辛挂断电话，把手机放在陈依的手里，垂眸看着她："不吃早餐，你等会儿怎么打这场仗？"

陈依接过手机，紧紧捏着："是陈茑吧？"

"嗯。"

他偏头看着她，道："爸太心软了。"

陈氏持股的股东大部分是陈家人，陈家虽然衰落多年，但是旁支还是很多的，不管在外面混得怎么样，他们手里都握着陈氏的股份。这些人陈庆不想动，闻泽辛也尊重自己的岳父，但是这些人要搞点儿什么动作，肯定会冲着陈庆来。

他们不会针对闻泽辛，甚至会给闻泽辛更多的股份，只为了让陈庆离开这个舞台。

而陈茑搞出这种事情，全是因为陈庆太宽容。

车子抵达陈氏。

陈依已经冷静下来，下了车。闻泽辛看她一眼，握住她的手，陈依却甩开，看着闻泽辛说："我可以。"

她的神色很坚定。

闻泽辛沉默地看她几秒，随即笑了笑，很是宽容。这样的闻泽辛，江助理还是第一次见到，也有些诧异。

三个人进入电梯，很快抵达十八层。

整个办公区域此时没人，但是会议室里人很多。陈茑穿着一袭黑色裙子和高跟鞋，抱着手臂站在办公室门口，朝陈依微笑。

陈依起床急，头发有点儿乱，她慢条斯理地扎起头发，神色平静地跟陈茑对视。闻泽辛将手插在裤袋里，看着前方这个扎头发的女人，看着她发丝下的雪白肌肤，然后看一眼江助理，说："去超市给太太买点儿巧克力。"

江助理哦了一声，但是又突然想到之前沈总说的太太吃巧克力吃怕了。

他眨了下眼："太太……"

"去买。"闻泽辛也知道这件事，但是由不得她不吃了。

江助理立即转身。

前方，陈依走到距离陈茑还有一米的地方，笑了笑："妹，好久不见。"

陈茑站直身子，也笑："姐，没想到你还没离婚呢？"

闻泽辛走过去，按开一旁的办公室门，挑了下眉峰，说："老婆，先休息一下？"

陈茑的脸色变了几分。

第九章

七宗罪

陈依冷淡地看陈莺一眼，转身走向办公室。闻泽辛人高，侧着身子迎着自己的老婆进门。他没有废话，仅仅一个称呼就宣明了站哪一边。

办公室门被关上后，门外的人面面相觑，尤其是陈氏的旁支，有人脸色有些惊慌："若是闻二少坚决地站队，我们怎么办？"

陈莺脸色很差地说："没有人会跟钱过不去，闻二少这两年来把控陈氏这么严，难道就没有想过取而代之吗？"

按她看到的，他对陈依的感情绝对不纯粹，闻氏大头的那一块都被他哥哥占了，他难道不想再多一块商业版图？

办公室里，陈庆脸色发白地坐在沙发上，衣服有些凌乱。他匆匆赶来，所以随意套的衬衫跟长裤，眼袋跟黑眼圈一样重，鬓角的头发已然全白。

他今年才五十多岁，眼看着陈氏终于有起色了，却遇见这样的事情。听见门开了，他唰地站起身，看到女儿跟女婿，张了张嘴。

陈依看着他，也没吭声，几秒后上前拿起椅子上的领带，走到陈庆面前，说："领带系上。"

"振作点儿，爸。"她开始给陈庆系领带，整理领口。

闻泽辛端起桌面上的水杯，一边喝一边看着这边，上上下下地看着陈依那双巧手，伸手轻轻地拽了一下自己的领带。

看着陈依给陈庆系好领带，闻泽辛拿起桌面上的两份文件，一份给陈庆，另外一份给陈依。陈依接过来一看，正是持股名单。

她看向闻泽辛。

闻泽辛坐在椅子上，拉着她的手腕说："你先看看，免得等会儿抓瞎。"

陈依只得坐下，开始翻看持股名单。闻泽辛偏头看向陈庆，陈庆目光闪烁了一下，张了张嘴，最后低声道："一开始应该听你的。"

他不应该对陈莺那么宽容。

闻泽辛提起茶壶，给陈庆倒了一杯水，淡淡地说："爸宅心仁厚。"

他看似在夸，实际能听出嘲讽之意。陈庆羞愧地低下头，陈依抬起头看来，闻泽辛靠在椅背上，把一杯水推给她。

"看完了？"

陈依："嗯。"

陈氏的持股情况这些年变化并不大，如果说有什么变化，那就是闻泽辛的加入，闻泽辛持股百分之十。

不知不觉，他持股跟她一样了。不一会儿，就有人来通知会议开始了。闻泽辛放下长腿，站起身整理袖子，率先走在前头。陈依挽着陈庆的手臂跟在后面。陈庆看着前面强势高大的男人，突然快走两步，一把握住闻泽辛的手臂。

"泽辛，你会帮爸的吧？"他绷紧的一根弦在此时差点断裂。

闻泽辛垂眸看着陈庆，接着抬起眼眸看向身后的女人。陈依踩着高跟鞋，亭亭玉立，眼眸没有波澜。

两人四目相对，闻泽辛的桃花眼里荡出一丝笑意。他低下头，对陈庆道："爸，您放心。"

陈庆瞬间松了一口气，这才慢慢地放开闻泽辛。

陈依上前紧紧地拉住陈庆的手臂，心情有些复杂。会议室的门开着，里面坐满了人，留了三个位置，左边一个大位，右边两个小位，闻泽辛一进去就被招呼到左边的大位上。

他的旁边是陈莺，陈莺持股百分之十五，在这一群人当中跟陈庆是持平的，也是个人持股最多的。

陈依跟陈庆在对面落座，陈庆在右边带头的位置，陈依在他旁边，跟陈莺面对面。陈莺看着陈依，微微一笑，没有刚刚的黑脸样子。

陈依也回她一个微笑。

而其他的股东，陈依一一扫去，也都礼貌地打招呼。有些多年没见的人，陈依也能认出来，但是相比过去，他们都没那么友好了。

谁都不知道陈莺给他们做了什么功课，但是看着陈莺这副姿态，陈依就算放手陈氏，也绝对要先把她弄走。

她下意识地看向闻泽辛。

男人长腿交叠，低头翻着文件。这时门被敲响，闻泽辛抬起眼眸看去，江助理站在门口，举了举手里的袋子。

闻泽辛指尖滑了一下。

江助理哎了一声，走进来，当着现场所有人的面把袋子放到陈依面前。陈依愣了一下，江助理笑道："先生让给你买的。"

陈依看了闻泽辛一眼。

闻泽辛隔着桌子看她："吃点儿。"

陈依顿了顿，打开袋子一眼就看到里面的巧克力，而且不是一个口味一个牌子的，好像是把所有口味和牌子的全买了。

陈依看见巧克力就反胃。

她下意识地推开。

闻泽辛："不吃你能坚持到最后？"

他低沉的声音在对面响起，江助理这时赶紧拿了一小块巧克力拆开，递给她。

陈依看着那颗黑色的小东西，伸手接过来塞进嘴里，三两下嚼完，端起水杯喝了一大口，接着拖下桌面上的袋子扔在一旁的椅子上。

闻泽辛在对面笑了，长腿懒懒地交叠着。

这件小事情却被所有人看在眼里，包括陈莺。她捏着笔转来转去，看向讲台上的人。

江助理离开了会议室。

砰，门被关上，股东大会开始。

讲台上的人是陈氏的财务总监，也是陈依的堂妹陈湘。陈庆手微微发抖，自己培养出来的孩子，转头就背叛了他。

陈依握着父亲的手臂，让他冷静。

陈湘抬起头看着台下的众人，尤其是陈庆，表情不带半点儿感情。她按了一下，身后的PPT（演示文稿）一下子亮了，列出了陈庆的七条罪名。下面的人见状，一下子哗然起来，陈湘面无表情地道："第一宗，卖掉的陈氏子公司高达二十家。

"第二宗，五年来研发新产品投入多收益少，丢失合作伙伴三十家。

"第三宗，滥用外聘人员，拿走研发成果。

"第四宗，金融危机不肯裁员，导致资金链断裂。

237

"第五宗，三年前公关危机处理不当，陈氏股票连跌三天。

"第六宗，卖掉陈氏大厦十二层。

"第七宗，经营不当以致亏损近八年。"

她看向陈庆，继续慢条斯理地说："这是陈庆这些年来犯下的七宗罪。

"所以我们请求罢免陈庆董事长的职位，并且要求他归还伯父临终前划分给他的百分之八的股份，这些股份的百分之五我们希望留给更有能力的闻总，并且请闻总接替董事长之位。"说着，陈湘转过身子看向闻泽辛。

其他人顺着她的视线，纷纷看去。

"我同意。"陈鸯第一个举手。

"我同意。"

"同意！"

同意的声音一个个地响起，全都砸在陈庆的心口，陈庆浑身哆嗦着。陈依怕陈庆的身子熬不住，赶紧扶住他，并看向对面的男人。

闻泽辛分开长腿，靠着椅背，指尖支着额头，察觉陈依的视线，抬起眼看过去。

陈依抿紧唇，跟他对视。

百分之五，那么闻泽辛手里就有百分之十五的股份，陈庆被拿走百分之八，就剩下百分之七，那么还有百分之三，不出意料会到陈鸯的手里，那么陈鸯手里就有百分之十八的股份，最终陈鸯会成为赢家。

她让翁婿俩产生隔阂，让夫妻俩产生隔阂，还能把陈庆跟陈依一起打落神坛，再不是陈氏持股最大的股东，只能任人宰割。

陈庆这些年的努力变为罪行，成为陈氏的罪人，他还有什么资格留在公司？那些日日夜夜的努力，只剩下一夜白头。

因联姻把女婿请进公司提拔陈氏也变成了为他人作嫁衣，跟他陈庆一点儿关系都没有。陈氏以陈庆家为主，这一下去，陈鸯就立起来了，还能洗清她父亲曾经犯下的错。陈庆当初卖掉的那些公司，几乎都是陈鸯的父亲乱投资的结果。

这次，陈鸯下了一手好棋，就看闻泽辛接不接招了。

没了陈庆当董事长，闻泽辛可以大展拳脚，以后陈氏姓不姓陈，那又另说，从某种程度上来说，闻泽辛也算是赢家之一。

而这个男人，在昨晚还说爱她。

陈庆一个劲地发抖："依依，你跟泽辛说两句，你说……两句。"他的声音已经开始颤抖了，谁都没料到他们是以这种方式来罢免他的职位。这些事情确实都是他做的，可是一旦被泼了脏水，他要洗清哪有那么容易？

之前只是一半希望在闻泽辛手里，如今是全部希望。

陈依抿紧唇，握紧父亲的手。

陈庆有些慌乱地说："他怎么一直不说话？他心里在想什么？"

这样巨大的诱惑，但凡有点儿野心的男人都不可能直接拒绝，而闻泽辛迟迟不表态也拉紧了陈庆心里那根弦。

陈依只能死死地摁住父亲。

而对面那个男人在想什么，她哪儿看得出？躁动的声音越来越大，门却在这时被打开。

众人忙看过去。

江助理探头笑道："要不大家休息一下？二少得接个电话。"

大家顿时安静下来，看向闻泽辛。闻泽辛笑了笑，站起来解开西装外套的几颗扣子，敲了敲桌面，看着陈依道："老婆，聊聊？"

陈庆猛地看向陈依。

其他人也看向陈依，心里有底，闻泽辛若是把陈依扯进来，这股份就不作数。陈依松开陈庆，陈庆却握住陈依，眼里有着期待之色。

他希望陈依能说服闻泽辛帮他，他坚决不能背上这个罪名。

陈依安抚地拍了拍陈庆的手背，随后拉开椅子出来，走到闻泽辛面前。他垂眸看着她，接着牵着她的手走向门口。

两人十指紧扣，男人掌心温热，陈依垂眸看了一眼，然后抬起头。出了会议室，那些扎人的视线也消失了，闻泽辛把陈依拉到了办公室里。

江助理关上了门。

陈依挣扎："你什么打算？"

闻泽辛看着她，另一只手按住她的脖颈，接着低头抵住她的额头，眼神深沉："这事情不好处理。"

陈依抿了抿唇："我知道。"

"但你要记住，股份跟董事长之位，没你重要。"

陈依看着他，没应，面上不显，但是心里不信。

闻泽辛挑了下眉，大抵知道她心里在想什么，看着她柔软的红唇，淡淡地道："但同时，我也是个商人，只讲利益。"

陈依没吭声，听着他说，知道他肯定有下文。

"事情虽然不好处理，但也不是没有办法，得看依依你想怎么个处理法，是保住岳父呢，还是只保住股份？"

239

陈依张嘴："我要陈莺离开陈氏，我爸的罪名不是他的，绝对不能背。"

闻泽辛看她眼睛里跳跃的狠意，低笑一声："那更难了。"

陈依抿唇。

闻泽辛轻轻地揉捏她的耳垂，语气很轻："我只有一个要求，随后你要做什么，我悉数奉陪。"

"什么？"

"搬回家，我们的家。"

陈依冷冷地看着他，没有拒绝，也没有答应。闻泽辛指尖挪到这边，摸着她的嘴角，又道："搬回家以后，没有你点头我不碰你；你住主卧室，我住书房，你没有点头，我不会进主卧室。

"我只想家里有个你。"

他的指腹带了点儿力道，触摸得她嘴角发红，眼神直接、真诚，带着一丝偏执。

陈依还是没吭声。

她在衡量要不要答应。没有闻泽辛，她也能想到办法，但是费时间，而且她不在公司，陈庆不能靠她。

另外，她搬进去就不能搬出来吗？

他很耐心地等着她。

许久，陈依说："好。"

闻泽辛勾了下嘴角，按住陈依往怀里带，低头在她的耳垂上落下一吻。接着，他站直身子，牵住她的手："你安抚好爸，董事长之位我会帮他稳住，但需要委屈他几天。"

陈依："嗯。"

门拉开，江助理在外面微笑，看到两个人交握的手，看一眼就挪开了。嗯，二少又短暂地成功一次了。会议室里的所有人都在等着。

陈依被闻泽辛牵进门后便松了手，绕去自己的位子坐下。她神色淡然，其他人从她脸上看不出什么，于是去看闻泽辛。

高大的男人坐下后，两手交握，神态有点儿懒散，那样子看不出要接还是不接。陈庆是最想问话的，陈依握住陈庆的手，说道："想想我们的关系。"

她说的是跟闻泽辛的夫妻关系。

陈庆茫然了一下，看向女儿，从女儿眼里看到了坚定的神色。他瞬间也冷静下来。是了，只要陈家跟闻家一天是联姻关系，闻泽辛当了董事长，真能独善其身吗？他到底还是陈家的女婿，闻家教出来的孩子不会那么自私的。

他总下意识地把事情往好的方向想。

实际上没有陈依，闻泽辛接下这个职位就接下了，岳父怎么样跟他有什么关系？他又不傻，送到手里的股份还能往外推？

他可没什么善心。

但此时此刻，因为有陈依，于是有变数。

陈莺这边看闻泽辛没有表态，也急了。现在的情况就是：闻泽辛接了股份就代表置陈庆于不义；不接，就意味着他对陈依的感情深到放弃自己的野心。所以他们很急，何况闻泽辛的能力那么强，陈氏交到他手里，只会越来越好。

这样他们手里的股份才能增值。

陈莺笑着让其他人安静下来，随后看向闻泽辛俊美的脸，问道："不知道二少还有什么要考虑的？"

"对啊，还有什么想法？"

"二少。"

其他人紧跟着问。

闻泽辛抬起眼眸，首先看的是对面的陈庆，几秒后，指尖点着桌子，说："你们这样，让我情何以堪？"

其他人愣了一下。

陈莺则瞬间觉得有戏，笑道："二少何必顾虑那么多？您也是公司的股东啊，为公司的利益出发，这才是重点。"

闻泽辛看了陈莺一眼。

因为距离近，男人不笑时都含情的眼眸，令陈莺一下子从后脑勺冒火。闻泽辛收回视线，嘴角勾出一丝轻蔑的笑，但是笑容很快消失。他看向陈庆，道："岳父这些年的努力我也看到了，但岳父难当大任。"

这句话一出来，很多人眼睛一亮。

陈庆下意识地捏紧拳头，但是没吭声。他知道闻泽辛这话有真有假，陈依自然也知道。闻泽辛收回视线，看向讲台上发起七宗罪的财务总监陈湘，陈湘跟他父母手持百分之八的股份。

很好。

他淡淡一笑，道："好，我接受。"

全场所有人都松了一口气，接着一个个恨恨地看向陈庆，仿佛看丧家犬一样。陈莺拿出了她父亲当初立的遗嘱，上面百分之八的股份分割也写得很明白，如若陈氏超过五年亏损，股份就要还给女儿陈莺。

而刚刚七宗罪的最后一条，陈氏亏损了八年。

陈庆冷静多了，看着这份遗嘱，说："陈莺，人在做，天在看，我们静等着。"

陈莺微微一笑，对这话浑不在意。

陈庆撑着桌面起身，陈依起身扶住陈庆，转身走向门口，所有人都看着他们的背影，神色有嘲笑，也有轻蔑。

这时，闻泽辛整理了一下袖口，跟着起身，对江助理说："去开车，我送岳父跟太太回家。"

江助理："哎。"

闻泽辛指尖敲着桌面，对其他人说："我希望这两天能办好手续。我会派律师过来，事情全权交给他处理。"

众人看着他。

陈莺也看着他。

高大的男人跟在那对失败的父女身后离开。不知为何，所有人心头一下子都蒙上了不安的阴影，包括陈莺。

好在他们已经想好了退路，立了协议。只要闻泽辛拿了股份，就不能轻易交出董事长之位，何况到时陈莺手里的股份会是最多的，闻泽辛也越不过她去做什么，没什么好怕的。为了陈氏的未来，为了让这对父女背上罪行，丢掉脸面，她没关系。陈庆坐进车里后，浑身的劲都没了，看着窗外发呆。陈依坐进来后，看着父亲，叹了一口气。闻泽辛进了驾驶位，挪了下车内后视镜，看一眼后座上的女人。

陈依无意间扫到他的视线，冷漠地移开目光。

闻泽辛见状，收回视线，挠了下眉峰，笑了笑，启动车子。

看着车子绕出陈氏大厦，陈庆回头看着这栋大厦，早年有陈氏 logo 的时候，每次看到这栋大厦他都很骄傲。

这大厦本来就是陈氏的，曾经还是 B 城的地标。这些年其他的企业及家族慢慢地起来，陈氏的 logo 也从这大厦上撤走，只剩下三层楼属于陈氏，陈氏内部也开始四分五裂，子公司被卖掉的卖掉，如今大伤元气，只能保着一些老行业。

他说道："泽辛，陈氏交给你，希望你能好好待它。我只希望能洗脱我的罪名。"

陈依看着父亲，眼眶微红。

遇上红灯，闻泽辛看到后座上女人泛红的眼眶，眯了眯眼，随即看向陈庆，淡淡地道："爸，你先别丧气，做不好不代表不能做，人都有个学习的过程，三百六十行，总有一行适合你。"

　　陈庆张了张嘴。

　　这个女婿！这话是说他不适合当董事长，但是有些事情他可以做，无功无过就行了，不强求他多厉害，对他也没什么大的期待。

　　陈依也听出来了，抿了抿唇，忍不住瞪了一眼驾驶位上的男人。

　　恰好闻泽辛也看过来，看到她瞪他，挑了挑眉。

　　两人四目相对，陈依别开视线。

　　闻泽辛眼眸里含了一丝笑意，接着他启动车子，一路开往陈家，快抵达的时候，闻泽辛说："现在去考会计来不及了。"

　　陈依看了一眼时间："嗯。"

　　"明年再考。"男人说道。

　　陈庆听到后，看向陈依，说："今天是你考试的日子？"

　　陈依："嗯。"

　　陈庆愧疚地道："都是你爸不好……"

　　"好了，下车吧，明年考也行。"陈依转身下车，喊陈庆。陈庆又愧疚又觉得自己没用，下车后看到廖夕，又怕廖夕担心，赶紧整理衣服和头发。

　　陈依扶着陈庆进门。

　　闻泽辛跟着进来，廖夕赶紧上前。她接到消息了，颤抖地握住陈庆的手，许久后大吼道："你做的这一切都是为陈氏啊，他们凭什么这么对你？他们这些年管过公司吗？他们只会要钱，有什么资格这样做？陈莺……当初我就该让她去孤儿院，而不是接她过来，这个养不熟的白眼狼。"接着，廖夕看向闻泽辛，"二少对这个结果很满意吧？"

　　闻泽辛："妈……"

　　"别叫我，我当不起你的妈。"

　　闻泽辛："……"廖夕吼完后，全场安静。保姆阿姨端着水果也愣住了，几秒后，廖夕才反应过来自己吼了谁。

　　之前就算再怎么软刀子进软刀子出，她也从没这样急赤白脸地跟闻泽辛对上过，闻泽辛当陈家女婿这段时间，恐怕也没受过这样的待遇。廖夕握着陈依的手，抿着唇，脸上难得有着倔强跟坚决的神色。

　　她等着闻泽辛发怒。

　　闻泽辛一连被岳母堵得一句话说不出，薄唇紧抿，神色有一瞬间变得不耐烦。但是下一秒看到站在廖夕旁边的柔美女人，他忍下了，低声道："妈，你先听我们讲。"

他看着陈依。

陈依握着母亲手臂的手才有些放松，闻泽辛脾气不好，刚刚母亲来那么一下，她一时也有些紧张。

她看着闻泽辛的神情，他并没有要生气的样子。

陈依松了一口气，拉着廖夕走去沙发那边，把事情的经过以及闻泽辛做这个决定的原因说了一遍。

她省去了闻泽辛要她回家的事情，只说了本来就是一家人，就得站在同一条船上。廖夕听罢，下意识地看向闻泽辛。

闻泽辛坐在单人沙发上，神色淡淡的。

廖夕却一阵后怕："陈莺这样做，不单单是想要得到什么，还想要我们一家人产生隔阂吧，我差点就……"

她再不喜欢这个女婿，但还没到生出隔阂的地步，还是希望好聚好散的。闻泽辛勾了下嘴角，靠在椅背上，挠了下耳后，神态有些漫不经心，算是回应廖夕的话。

廖夕的脸跟着白了白，她握住陈依的手去寻求温暖。陈依回握她的手，这时廖夕又道："其实我们家早就想好了，即使最后把陈氏交给你也没什么不行，你跟陈依要是离婚，我们也会放弃陈氏。"

闻泽辛的指尖停顿了一下，他抬起眼眸看了过来。

"妈，你再说一遍。"

廖夕："离婚，我们一直觉得你们迟早会离婚，所以也做好了随时放弃陈氏的准备。"

在他的视线压迫下，廖夕说完了这句话。闻泽辛放下的手垂放在扶手上，缓慢地捏成拳头，又缓慢地放开，视线从左扫到右，他先是看陈庆，接着看廖夕，最后目光落在陈依的脸上。

她抿着唇，一声不吭，算是默认。

这一家三口的想法，还是一点儿都没有改变，他们对离婚还真执着。闻泽辛勾了下嘴角，说："我不会离婚。"

"但愿爸妈你们也打消念头。"他放下长腿，起身抬起陈依的下巴，看着她道，"老婆，以后不谈离婚的事情，行不行？"

陈依看着他，抿了抿唇，道："不知道。"

闻泽辛的指尖紧了紧，随后他垂眸看着她的红唇，亲了一口。陈庆跟廖夕都愣住了，看着他们。闻泽辛轻轻地亲了一下，随即松开她，站直身子，撩开袖口看一眼腕表，对陈依说："下午还有税法，吃完饭我送你去考场。"

"我自己去。"陈依低下头，抿了下嘴唇，上面似乎还留着男人薄唇的温度。

她挪开视线，轻轻地擦拭了一下。

闻泽辛偏头看着她，也看到了她擦拭嘴唇的动作，眼神沉了几分，说："考完试还要搬家。"

搬家……陈依想起来了。

现在十一点多，得吃午饭，保姆在厨房里忙活。闻泽辛的电话很多，怎么处理陈莺，他也没跟他们说，站在阳台上抽烟，按着手机跟人交谈。

陈庆跟廖夕看着这尊大佛去了阳台，才齐刷刷地看向陈依。说实话，闻泽辛的行为是越来越不对，以前他揽着、牵着陈依，很是体面，但是这种吻她的行为基本没有，还有上次那油条的事情。

这个男人做事情需要人抽丝剥茧一样去研究，才能研究出点儿什么。

陈庆早上的痛苦此时也消散了很多，他此时更好奇的是女儿跟闻泽辛的情况："搬什么家？"

陈依没想到闻泽辛会直接说搬家的事，回道："搬回市中心那套房子。"

廖夕："这分居不是分得好好的吗？"

陈依："……"

陈庆迟疑了一下，说："依依，有没有可能……他是喜欢你的？"

廖夕也紧盯着陈依："对，你看看上次吃油条时，我就觉得不对，他怎么连你过去的爱好和习惯都记得那么清楚？"

陈依："谁知道他。"

这时，阳台的推拉门被拉开，闻泽辛垂眸弹了下烟灰走进来，坐在沙发上的一家三口瞬间闭嘴，正好保姆端菜出来。

廖夕起身说："二少，可以吃饭了。"

二少……

闻泽辛看一眼陈庆，淡淡地道："妈，你跟爸改口叫我泽辛吧。"

廖夕愣了愣，看向陈庆。陈庆脸憋得通红，人在无助时很容易失去原则，本来一家人是一致同意离婚的。

现在……

廖夕能不知道自己丈夫的德行？她冷哼一声，收回视线，张罗大家吃饭。吃过午饭已经十二点半了，税法的考试是在一点到三点，闻泽辛送陈依去考场，时间有点儿赶。

黑色的奔驰开得挺快，男人紧盯着前方的路况，好几次超车，但在快靠近南门时，还是碰上了堵车的情况。

车子堵成了长队。

闻泽辛摇下车窗，从一旁拿起烟点燃了咬在嘴里，扫一眼车窗外的路况，眉心紧皱，很不耐烦的样子。

陈依见状，说："我自己走过去。"

"还有十分钟。"闻泽辛看了她一眼。

从南门到考场都需要十分钟，大学城太大了。陈依握着手机看了一眼时间，视线扫到外面，看到了外面停着的共享单车。

闻泽辛："别想，等你扫完再骑过去时间也晚了。"

说着他突然掉转车头，往靠着大学城的那个小区开去。这条路此时没什么车，因为这个点大家都挤在大路上要去上班。黑色奔驰直接开进小区，接着开到小区跟大学城中间的那堵墙下面。

陈依看着那堵墙，睁大了眼睛。

闻泽辛偏头看向她："我抱你过去。"

陈依："我自己……"

"下车，这里到你考试那里还近。"闻泽辛嘴里叼着烟，让她出来。陈依解开安全带，走出来，看了一眼那墙。

闻泽辛一把拉过她的手，接着把人抱了起来。他身高一米九，陈依的手一下子就抓到了墙壁。

这是老小区，如今住着不少大学城里的老师及职工，墙壁砌得也就不高，陈依轻松地上了高墙。

她转头看了闻泽辛一眼。

男人指间夹着烟，手插在口袋里，也看着她，道："下去，考完了我去接你。"

"你……"陈依顿了顿，才又道，"我考完自己回去。"

她小声地道："谢谢。"

说完，她转过身，看着那边的草地跳了下去。没想到这把年纪了还要翻墙，陈依落地时，被震得腿有点儿发麻，站直身子后就往考场跑去。这里确实近很多，她坐下后，还有两分钟才到开考时间。

墙外那边，闻泽辛挑了下眉，看着空掉的墙头，想起高二那一年一行人从学校里翻出来，落地时陈依跟沈璇正好经过，陈依眨了好几下眼睛，似乎很惊讶，随后脸一下红了，转身拉着沈璇就走。

手机铃声响起，他走到车旁，拿出手机接了电话。

顾呈："要帮忙吗？"

他也是刚刚听说陈氏的事情。

闻泽辛弯腰坐进车里："不必。"

顾呈在那头挑眉："你现在在哪儿？我听说你放着一堆事情不处理，送陈依去学校考试？你什么时候那么善解人意了？"

说点儿难听的，闻泽辛这人就不会体贴人，很多时候唯我独尊，当然这是顾呈几个好友才知道的，这种浪费时间的叽叽歪歪的小事，闻泽辛从来不放在心上。他还把人送去学校，谁不知道大学城那段路天天堵？

连顾呈有点儿耐性的人都受不了那个地方。

闻泽辛将烟掐灭，偏头看了一眼外面的路况，此时还堵着。他摁着手机，看着那路况，说道："她想考。离开家的时候，除了衣服，她搬走的就是书。"

顾呈："哈？她这么努力的吗？"

闻泽辛："嗯。"

顾呈："啧，你可以，还学会感同身受了。"

"没有。"闻泽辛冷漠地说道。

顾呈："……"

是，你没有，你只对她感同身受。

顾呈："陈氏那事情，按我说把陈庆一起收拾掉好了，一大把年纪了还不懂事，要不是你压下这些新闻，陈庆得成为罪人，闻家都得跟着受牵连。"

"你该不会看在陈依的面子上，打算继续留着陈庆吧？"顾呈在那边有点儿不可思议地说。很多人知道陈依想离婚，搬出了跟闻泽辛的房子，也有很多人知道闻泽辛有心追回陈依，但是大家都不知道他对陈依的感情到底到什么程度。

难道深到那么无能的岳父在自己的眼皮底下，他都能忍？

闻泽辛淡淡地道："留着。"

顾呈："红颜祸水……"这次陈依跟萧小娴一个考场，还坐得很近，萧小娴看到她愣了一下。等考完试，两个人起身要离开的时候，萧小娴拉住陈依的手："你早上怎么没来？"

陈依收拾着东西，道："早上有事耽误了。"

"什么事能让你耽误啊？"萧小娴很好奇。陈依却不打算再说，两个人一前一后地出了考场。黑色的车静静地停在那里，江助理从车里出来，给陈依打开车门，笑道："太太，这边。"

萧小娴停住脚步，说："喂，你老公来接你。"

陈依没搭理萧小娴，走了过去。她知道闻泽辛不单是来接她的，还要她搬家。

闻泽辛坐在里面，拿着平板电脑在看，西装也换了一套，是深色系的，衬衫领口有一点儿花纹。他把平板电脑放在扶手上："看看。"

陈依坐进去，拿起平板电脑看。

里面是那七宗罪的详细内容，陈氏那些亲戚股东常年不管公司的事情，这些事情都是陈庆在无奈之下做出的选择。当初开会做决定，这些亲戚可都是说好好好，而如今陈庆无奈之下做的所有事情，却都变成了罪行。陈莺煽风点火，带着他们想要讨好闻泽辛，于是推陈庆出来。这些年陈庆确实无功无过，一直在想办法救陈氏，可惜手段不够强硬，眼光不够独到，做的很多挽救措施都只是杯水车薪，无能便成了最大的罪行。

七宗罪是罪名，实际不过是借口，把陈庆赶出陈氏的借口，名正言顺地让陈氏换主的借口。

现在闻泽辛给的七宗罪的内容，跟早上看到的不一样。闻泽辛偏头看着她，问道："如何？"

车子已经启动了，进入大路。

陈依转头看向他，两人四目相对，男人挑了下眉。

陈依抿了抿唇说："我发给我爸，让他核对一遍。"

"好。"

不一会儿，车子停在公寓外面。陈依放下平板电脑看出去。闻泽辛垂眸，理着衬衫袖口，说："我陪你上楼。"

陈依顿了顿，转头看向他。

闻泽辛单手支在扶手上，也看着她。

几秒后，陈依微微一笑，表情没有什么波澜。她一把推开门走出去，什么话都没说。闻泽辛维持着那个姿势，看着她的背影。

他当然知道她不情愿。

他按开车门，长腿迈下，关上车门，手插在裤袋里，跟在她身后走向小区。陈依低头拿卡，刷卡进门。

闻泽辛按住门，跟着进去。

黑色的车停在门外，江助理握着方向盘等着。他这会儿没跟着，主要是知道先生肯定不愿意别的人去太太的公寓里。

他拿出手机看了一眼，里面是 A 栋 602 门口的监控画面。

楼道这个时候有点儿阴凉，陈依打开门，进门换鞋，对闻泽辛说："没有男鞋，也不能穿自己的鞋子进来，你站门口等着。"

闻泽辛迈脚的动作一顿，随即他收回脚来，视线扫着整个客厅，落地窗边还放着一个瑜伽垫，他看着那个瑜伽垫，又闻到屋里传来的淡淡的清香味，这一直都是她用的香水，从没变过。他笑了一下，垂眸看了一眼鞋柜上的女性拖鞋，眉梢轻扬。

陈依看了一眼门口的男人，跟尊门神一样。她收回视线，有些不舍地看着这个公寓，这里其实已经成为她的避风港了。

是她可以远离本家，也可以远离闻泽辛的安全屋。

她恋恋不舍地看了一圈。

闻泽辛看着她的眼神道："等以后你想它了，我陪你回来住几天。"

陈依冷笑一声，直接走进卧室。

闻泽辛："……"

不一会儿，陈依拖着个行李箱出来，还是上次搬过来的那个。闻泽辛伸手接过，一提，垂眸看她一眼道："这么轻？不多拿几本书吗？"

陈依看着他道："懒得搬。"

闻泽辛放下行李箱，转身要进去。陈依狠狠地拽住他的手，吼道："给我留些空间行不行？你那里有一个书柜的书，还少得了这几本吗？"

闻泽辛偏头看着她。

陈依气得眼眶都红了，不情愿的情绪到了极点。闻泽辛收回被她拽着的手臂，随后伸到她腰上，按住她的细腰把人带进怀里，低声道："好，给你留空间，别生气，还想搬什么书过来，我让人给你带。"

"不用。"陈依略微挣扎，"你放开我。"

闻泽辛抿唇，看着她漂亮的眉眼。

如今的陈依，眼底全是倔强之色。

她已经不容易被感动了。

闻泽辛手背上的青筋微微突起，按着她的腰一会儿，他松开了她，改而牵住她的手，另一只手提起行李箱，带着她出门。

砰——门被关上。

陈依还回头仔仔细细地上了锁。闻泽辛看着这房子的门口说："过两天让人给你换一道防盗门，比这个安全。"

"不用你操心，我喜欢这门。"

闻泽辛："……"两个人下楼，闻泽辛紧紧地牵着陈依的手。陈依感觉尾指被什么磨着，低头一看，看到他的尾指上贴了一圈止血贴。

昨晚他的尾指指甲翻起来的画面在她的脑海里闪过。

陈依抿了抿唇，收回视线。

江助理在驾驶位上，看到他们两个人出来，赶紧下车，跑过来接过行李箱，提起来的时候也愣了一下。

好轻，他下意识地看了陈依一眼。

行李箱里面该不会啥也没装吧？这是随时要回来的意思啊。他看闻泽辛一眼，男人冷冷地看了看他。

江助理咳了一声，低下头，假装这行李箱很重，走向后备厢。

闻泽辛给陈依拉开车门，陈依坐进去，江助理回来启动车子。陈依一直看着小区门，闻泽辛看她几眼，整理了一下袖子，一言未发。

车子进入小区后，那栋复式楼渐渐出现。

这个小区的名字叫雅格，全是复式楼，就在市中心，环境也是最好的。闻泽辛那套房位置最佳，此时夕阳落下，大门打开，阳光洒进屋，难得有几分温馨感，闻泽辛挑了下嘴角。

江助理从车内后视镜里看了一眼，默默地挪开视线。

车子缓缓停下，陈依推开车门，闻泽辛拿过行李箱，牵着她的手走进大门。被夕阳点缀着，两个人进了屋，丽姐擦着手从厨房里出来，看到门口站着的两个人，尤其是陈依，没忍住红了眼眶："太太，你终于回来了。"

说着，她就绕过桌子，放下抹布说："我做了你爱吃的菜，还给你做了蛋挞，等会儿就能吃。"

她上前想帮忙拿行李箱，又看闻泽辛一眼，顿了顿，去牵陈依的手，眼里带着欣慰之色。

陈依微微一笑："丽姐，好久不见。"

"是啊，好久不见，我很想你。"丽姐是真感动，这房子终于不再是她一个人住了。她握着陈依的手，也不敢握太久，闻泽辛放下钥匙串时，哐一声，这声音让丽姐收回了手。闻泽辛牵着陈依道："你坐着，我把行李箱拿上楼。"

陈依嗖的一下收回手，神色冷淡。

闻泽辛看她一眼，没计较，提着行李箱转身上楼。高大的男人回到二楼，进了主卧室，丽姐在一旁看着这对夫妻，咳了一声，说："太太，你快休息一下，我给你端蛋挞。"

陈依面对热情的丽姐，摆不出冷脸，在沙发上坐下，视线淡淡地扫向小客厅。闻泽辛从楼上下来，看到她看小客厅，脚步顿了顿。随后他来到她面前，低头一看，她还没换鞋子。他便走去鞋柜，取了一双拖鞋，接着蹲在她面前，给她脱下高跟鞋。

陈依惊了一下，猛地收回脚。

闻泽辛抬起眼眸，按着她的膝盖："换鞋子，在家里穿高跟鞋多累。"

陈依："……"吃过晚饭后，闻泽辛捞过西装外套，看向餐桌边的女人，说："我去一趟公司，你今晚早点儿睡，明早我接你去公司。"

陈依拿纸巾擦嘴，问道："你去处理七宗罪那事情吗？"

"嗯。"他整理了领口，拿过领带准备系时，顿了顿，看着她道，"你……过来帮我系一下领带？"

陈依捏着纸巾一顿，随后她继续擦着嘴角，没有回应他。

气氛一时有些凝固。

闻泽辛捏紧领带，几秒后抬起下巴，自己系上。旁边的丽姐看得大气不敢喘，这是什么情况？

系好后，闻泽辛扯了扯领带，走过去握着她的手腕，俯身亲了一下，说："早点儿睡。"

随后，他看向丽姐，那点儿妥协神色一下子就没了。他没有说话，意思很明显：看好太太。

丽姐赶紧点头。

闻泽辛这才转身出门。看着他走后，陈依也上楼了，进了主卧室，里面上了香薰，但是那股冷清有点儿明显，像是很久没人住一样。陈依倒在床上开始发呆。

手边的手机在这时响起。

沈璇："回去了？"

陈依："嗯。"

沈璇："他这是用陈氏威胁你呢？"

陈依："嗯。"

沈璇："啧。"

沈璇："回去后，他对你怎么样？"

陈依："话不投机半句多。"

沈璇："……"

明天还有一门审计要考……但是税法跟审计要是能过也算是过了两门。陈依起身坐到榻榻米上开始看书。对陈氏，陈依只想给陈庆洗清罪名，还有把陈莺弄走，其他的事她暂时没心思关心。

九点多，陈依迷迷糊糊地快睡着时，放在床头柜上的手机跟催命似的响起。陈依猛地起身，抓过手机一看，来电是陈莺。

她愣了一下。

紧接着堂叔、堂伯的电话打进来，还有陈湘、陈庆、廖夕打来的电话。

陈依接了廖夕的电话："妈。"

"依依，快看新闻……"廖夕的语气带着令人心惊的兴奋。接着陈庆的声音也在那头响起："依依，记住，陈莺如果去找你，你别心软。"

话音一落，门外传来了门铃声，接着复式楼的灯啪的一下全亮了，陈依挂断父母的电话后，看了一眼新闻推送。

"陈氏集团十七年前的衰败，竟是陈立一手造成？"

这条新闻不单一家推，很多家一起推，陈依的手机页面一下子全是这则新闻。陈立是陈莺的父亲，也是陈依的伯父，新闻内容大意就是讲一个集团的衰败从陈立而起，他是陈氏集团的罪人。

这新闻很猛，似乎一夜之间唤醒了很多大佬的记忆。陈依的微信消息一下子堆满了。

她看了一眼，有很多是陈家人发来的，都在问陈依，这事是不是真的，都在说让陈依把陈莺手里的股份拿回来，陈莺不配。

这些人今天早上还在给她父亲立七宗罪，如今已经开始要陈莺手里的股份了。只要涉及自己的利益，这些人倒戈得比谁都快。门外传来了喊叫声，丽姐打电话上来："太太，你要下来看一下吗？门外有个女人找你，说是你妹妹。"

陈依："我下去。"

她挂断电话，随手拿起一件薄外套穿上，一路顺着旋转楼梯下来，一眼就看到跪坐在门口的陈莺。

丽姐比较壮，拦在陈莺面前，十分警惕地看着她。

陈莺还穿着早上那条黑色裙子，跟早上的风光相比，此时看起来狼狈不堪。陈依走下台阶，一步步来到她面前，居高临下地看着她，眼里毫无温度。

陈莺看到她，立即起身哀求道："姐，姐，你跟姐夫说一声，把新闻撤下好不好？好不好？求你了。"

她往前爬了两步，手中的手机掉在地上，电话跟陈依一样多，微信消息也跟陈依一样多，但给她的信息都是：

"陈莺，把股份吐出来，你还好意思占着这么多股份？你不配……"

"我明天就召开股东大会，你让我们冤枉好人。"

陈莺看了一眼，瑟缩了一下，紧紧地抓着裙子，求着陈依："依依，姐，求你了，好不好？你让姐夫停手吧。"

　　她往前爬，试图去靠近陈依，眼里没了过去那嚣张的神色，只余下慌张害怕。她也是陈家人，她父亲死后她也一直在立他的美名，还想在陈氏活下去。

　　陈依往后退了一步，睡裙的裙摆在半空中飘起又落下，带来一阵清香。她蹲下来欣赏陈莺那张惊慌失措的脸："你跟恶鬼做交易，最终被恶鬼反噬，怪谁？活该。"那群亲戚就是恶鬼啊，陈莺费尽心思地跟他们拉近关系，要把这些年来一直养育她的小叔拉下来，最后遭到反噬，这不是活该吗？

　　陈莺呆呆地看着陈依，脑海里不由自主地想起这些年的日子。没错，小叔、小婶还有陈依性格是比较软弱，但是这些年他们从没有亏待过她，陈依反而经常让着她，小叔、小婶就更不用说了，从来不偏心，陈依有的东西，她也有。

　　是她亲手把这一切温情摧毁的。陈莺猛地朝陈依磕头："姐，对不起……对不起，求求你了，给我爸留一点儿体面吧。"

　　"体面，你们配吗？"陈依冷冷地道。陈莺看着她，忍不住浑身发抖。陈依低声道："大伯留下这么大的烂摊子给我爸，你也好意思在我们面前耀武扬威？"

　　陈依嗖地起身，抱着手臂对丽姐说："把她赶出去。"

　　这时一束车灯光打过来，接着远光灯一开，灯光直接打在陈莺身上，陈莺转头看去，刺得眼睛都睁不开。

　　黑色的车缓缓停下。后座车门被打开，闻泽辛迈了出来，一身深色西服，下来时垂眸理了一下袖子，身影高大得有些惊人。

　　陈莺不由自主地发起抖来，对着陈依又开始磕头："姐，你跟姐夫说一声好不好？……"

　　她知道求闻泽辛没用，得求陈依。

　　陈依后退一步，冷笑道："你那么爱他，自己去求他。"

　　说完她转身走回屋子。闻泽辛一眼就看到陈依穿着睡裙、踩着拖鞋，裙摆飘摇，站在车旁欣赏了一会儿，这才走过来。

　　走近了听见这话，他顿了顿，垂眸看向陈莺。

　　陈莺一接触到他的目光，就浑身发抖。

　　闻泽辛像看蝼蚁一样看了她几秒，淡淡地道："你求你姐是对的，我对你姐唯命是从，但是怎么办呢？没成功啊！"

253

陈莺跌坐回地上。

闻泽辛收回视线，挥手招了下江助理。江助理立即跑过来："老板。"

闻泽辛："把她收拾出去。"

"哎。"

闻泽辛说完转身，也走进家里，上了台阶进门，偌大的客厅跟小客厅都没人了，但是空气中浮着淡淡的清香味，使得这惯来冷清的房子多了一丝柔情。他靠着柜子，眉眼间含着一丝笑意，慢条斯理地解着领带。

门外传来陈莺尖叫的声音，凄惨得很。丽姐捂住耳朵，看着江助理提起陈莺的手臂，原本斯斯文文的男人在此时不知为何竟有些吓人。这人到底是跟着先生的啊，再斯文都染上了一点儿先生的习性。

江助理看着陈莺，语气很淡，也很轻："你可能还不知道我们老板对太太的感情，从当初联姻我们老板选了你姐那天起，他就只想要你姐，否则按老板那个性格，他娶谁不是娶？

"还有，老板一直跟陈总在公司里相处融洽，就意味着他对自家岳父是有容忍度的，你偏偏要用这样的方式来离间老板跟陈总一家，即使今日你求我们太太成功了，他日老板也不会放过你跟你那群亲戚。

"想想林家的下场，我们老板只是不想吓到太太而已。

"走吧，趁现在你还能走，先走两步。"

陈莺摇摇欲坠，脸色苍白如纸。江助理把她扯起来，扔给一旁跟着来的保镖，随后拍了拍手。

丽姐也听到江助理的话了，之前想不明白的事瞬间都明白了。

在这个家里，太太才是最重要的，难怪了。回了房里，陈依靠坐在小沙发上，拿起书随意翻看着。微信消息很多，手机响得厉害，她拿过来看了一眼。

林笑儿都给她发了信息。

林笑儿："我的宝贝媳妇啊，这段时间受委屈了，这两天有空你跟沈璇一起回来，让妈给你们补补啊！"

陈依："妈……谢谢。"

林笑儿："记得，回来不要带闻泽辛，我不想看见他。"

陈依："好。"

随后她又给陈庆跟廖夕回了信息，他们主要是问陈莺是不是来求她了。陈依一一回复了，发完后又跟沈璇聊了一会儿。

沈璇："明天还要去公司吧？"

陈依："嗯。"

沈璇："看看闻泽辛怎么做。"

他会怎么做？陈依一点儿都没去想，把陈莺赶出公司，给父亲洗清罪名她就很满足了。她会劝父亲放权，公司交给闻泽辛打理。

父亲就老老实实地当个普通人吧。

门这时被敲响，陈依握着手机的手紧了几分，她问道："谁？"

丽姐的声音从外面传来，带着些许笑意："太太，下来吃点儿夜宵吧？都十一点了。"

"我不饿。"

"我自己做的肠粉哦，而且做得有点儿多，你下来吃点儿吧，不然很浪费的。"丽姐轻柔地劝道。

陈依抿紧唇，想起上次酱菜那事情，丽姐也不容易。她下了沙发，拿起外套穿上，接着拉开门。

丽姐站在门口，眼睛一亮，说："吃点儿吧吃点儿吧，学习很辛苦的。"

她没提刚刚陈莺那事情。

陈依笑了笑："行吧。"

丽姐赶紧转身下楼，陈依跟在身后，走了两步就看到餐厅里的男人。他脱了西装外套，解了领带，衬衫领口敞开一些，坐在餐桌旁慢条斯理地喝着牛奶。餐厅的灯光较冷，显得他看起来有几分干净。

陈依懒得再看他，收回视线。

闻泽辛见她下来，起身给她拉开椅子。陈依却越过去，走到对面拉开椅子坐下。闻泽辛顿住，抬起眼眸看她。

一张长桌，她非坐到对面去。

闻泽辛微挑眉梢，把手中的椅子推了回去，问道："今晚在房里看书？"

陈依端起牛奶喝了一口："嗯。"

她应得散漫，头发有些凌乱，扎了一个鬆鬆，脖颈白皙。闻泽辛拿起小刀把肠粉分切好，又添了一点儿酱料，随后起身端过去放她面前。

接着，他撑着桌子看着她。

这屋子里有了她以后，到处都顺眼很多。

陈依抬起眼眸看了他一眼："干什么？"

闻泽辛看着她道："明早先去一趟公司。"

陈依："嗯。"

她又端起牛奶喝了一口，喝得嘴唇上白白的，闻泽辛跟着垂下眼眸看

255

着。陈依抿了抿唇，抬头看他："你吃不吃？"

闻泽辛顿了顿，看一眼她的筷子："你……喂我？"

陈依冷笑，也没回应，就是笑，意思是：你看我喂不喂？

闻泽辛下颌紧了紧，几秒后，他挠了挠眉峰，在自己的椅子上坐下。丽姐见状赶紧出来，给他送上一份夜宵，接着退回厨房里。

不一会儿，餐厅里响起轻微的声响。

餐桌边的夫妻俩安静地吃着夜宵，丽姐自己做的肠粉确实很好吃，比外面的还好。丽姐偷偷地从厨房里探出头，笑着问陈依："好吃吗？"

陈依笑了笑，回丽姐："好吃。"

"那就好。"丽姐松了一口气，下意识地看向先生。闻泽辛看陈依一眼，虽然脸上没有什么表情，但是眼神很专注。

他说："加工资。"

丽姐惊了。吃完夜宵，闻泽辛问："要不要去散散步？"

陈依拿起纸巾擦了擦嘴唇，说："不要。"

她扔了纸巾，起身走向楼梯，并对丽姐说："丽姐，辛苦了。"

丽姐满脸笑意："不辛苦不辛苦，都是应该的，太太你吃得高兴就好。"

陈依笑了笑，走向楼梯。丽姐目送陈依上楼，接着看向闻泽辛。男人坐在椅子上，全然被无视。

这夜宵是闻泽辛让丽姐做的。

陈依以前早餐除了吃油条，还喜欢吃肠粉，有一次还因为吃肠粉把汁溅在闻泽辛的校服上。

丽姐小心翼翼地问道："先……先生？"

闻泽辛刚刚那点儿好相处的感觉这会儿没了，仿佛刚刚那说加工资的人不是他一样。他拉开椅子，站起身也走向楼梯。

丽姐："……"

这阴晴不定的雇主。

主卧室的门关着，闻泽辛手插在口袋里站在门口，看着那扇门。即使隔着门，他仿佛也能闻到从里面飘来的香水味，是她常用的那一款。

他屈指敲了敲门。

"什么事？"

闻泽辛："拿浴袍洗澡。"

"你的浴袍还有衣服，我让丽姐给你送到书房了，你去那边拿。"陈依的声音透出来，温柔而疏离。

闻泽辛下颌一紧，微微侧身看向身后。

丽姐手里拿着拖把，干巴巴地笑了笑，说："太太让我拿，我也得听话不是？"

闻泽辛没吭声，捧着浴袍走向次卧。其实这个新房一开始是没有次卧的，闻泽辛要把房间改成瑜伽房，只留一个主卧室跟书房，规划的时候问了陈依一声，陈依那会儿对婚姻有很大的期待。

她说想留一间房给两家的父母住，说不定哪天父母要来住。

于是，闻泽辛就留了次卧。

他此时脸色阴沉地进了次卧，不一会儿，次卧的储水器坏了。

这会儿换丽姐来敲门，陈依一把拉开门，看着丽姐问："怎么了？"

丽姐有些尴尬地看一眼在那边靠着墙壁拿着浴袍的男人，又看着陈依道："次卧的储水器前段时间就坏了，我忘记让人过来修了，今晚匆匆忙忙的先生也没法……洗。"

陈依没吭声。

傻子都知道没那么巧。

她看一眼那边手插在口袋里的男人，黑着脸道："洗吧。"

她回到沙发上坐下，捧起书看。丽姐看一眼闻泽辛，随后下楼。几秒后，闻泽辛捧着浴袍进门，看沙发上的女人一眼。陈依也抬起头看他一眼，脸上没什么表情，但是眼神带着少许警告之意。

闻泽辛顿了顿，乖乖地拐进浴室，关上门。

不一会儿，里面传来了水声。陈依看着那扇门，松了一口气，低头继续看书。浴室里灯光很亮，还有淡淡的清香味，闻泽辛看一眼洗手台，上面放着她的牙刷，还有洗面奶、卸妆液、晚霜等，墙壁上挂着她的毛巾。

她的生活痕迹明显。

闻泽辛挂好浴袍，看着洗手台，慢条斯理地解开衬衫纽扣，眉宇间带着些许笑意。

二十分钟后，浴室门再次被打开，闻泽辛系着浴袍带出来，胸膛上挂着水珠。陈依抬起头看过去，随即侧了侧身子，拉起身上的薄被盖着长腿。闻泽辛垂眸沉默地看她一会儿，轻勾起嘴角："早点儿睡，别在沙发上睡着了。"

陈依："关上门。"

他挑了下眉，点了点头，转身出去，顺便带上了门。

陈依唰地下来，接着跑过去将门反锁，随后拐进浴室去洗漱。里面有

257

着淡淡的沐浴香味，陈依洗漱完出来直接就睡了。隔日，陈氏集团一早人就很多，很多员工这两天被强迫放假，陈氏股票一开盘就开始下跌。

那些亲戚股东自然着急，陈依在门口接了陈庆上楼，一出电梯就遇见这些人，嘴脸变得真快。

他们一个个对着陈庆父女笑得很灿烂，堂伯抓着陈庆说："是我们糊涂啊，受了陈莺那丫头的蛊惑。"

陈庆收回手，堂伯还紧抓着，这时身后的电梯门打开，堂伯看到走出来的男人，干笑着放手。

闻泽辛手插在裤袋里，带着江助理走出来，随后偏头对一旁的另外一名秘书说："准备开会。"

"好的。"那名秘书是闻泽辛放在陈氏的，平日里闻泽辛如果忙，都是这位秘书过来处理事务。

陈依挽着陈庆的手，跟在闻泽辛身后走向办公室。今天的亲戚跟霜打的茄子一样，陈莺跟陈湘坐在最后面，脸色发白。陈湘已经被革职了，陈莺一个劲地咳嗽，似乎是病了。

闻泽辛坐在昨天那把椅子上，两手交握，没有吭声，可是气势就很吓人，会议室里一片安静，直到闻泽辛的秘书上台。

秘书直接宣布了陈氏最新的几项变革，大意就是追究陈立给陈氏造成的损失，收回陈莺手里的股份，并且把这部分股份当成奖励，奖励给这些年对陈氏有贡献的员工。最后秘书把那七宗罪一样样地列出来，当初陈庆做的所有决定，都是通过董事会批准的，不属于个人行为。

每一份重要的文件都有两个人以上的签名。

台下没人敢吭声，跟昨天咄咄逼人的样子完全不一样，即使那些心里在反驳的人也不敢起身说话，因为这局势很明确。

这对父女加上女婿闻泽辛是一条船上的，陈莺是哪里来的自信觉得闻泽辛会为了那点儿股份和权力跟自己的老婆及岳父反目成仇？

所以，这一切都是陈莺的错，他们怪陈莺就对了。

而此时此刻，他们也意识到多年不管陈氏，如今陈氏掌握在闻泽辛手里，似乎不是一件好事。

这个男人太狠了。

会议结束时，很多人是耷拉着肩膀出去的。陈莺被陈湘打了几巴掌，两个人在会议室里吵了起来，被江助理喊来保镖拖了出去。而陈依跟陈庆进了闻泽辛的办公室，闻泽辛看着陈依，眉眼间的冷淡神色柔和了一些。

他拿起烟在桌面上敲了敲，问陈庆："爸有什么打算吗？"

陈庆顿了顿，看一眼女儿，随后迟疑地道："公司的管理我想全权交给你，至于我，随便找个职位给我就行了。"

闻泽辛挑眉，视线扫向陈依。

不出意外，这是自家老婆的建议，他笑了笑，低头点烟，说道："董事长的位置给您保留，我还担任 CEO（首席执行官），您想做什么工作，随便挑。"

陈庆说："好，另外，我想让百分之五的股份给陈依。"

闻泽辛听罢，点了点头："行。"

这样，陈依的持股就是最多的了，闻泽辛看着陈依，问道："需要给你设个职位吗？"

陈依："不用。"

闻泽辛咬着烟点了点头，在桌面上的一份文件上随意地写了几行字，把自己的股份也让了百分之二给陈依，当然这事并没有让陈依知道。

因为他知道她不会要，后期暗箱操作就行。

这件事情谈完后，江助理进来把陈庆请了出去。办公室里就剩下闻泽辛跟陈依了，他拿下嘴里的烟，在烟灰缸里弹了弹，垂眸沉思着。

陈依站着，神色淡淡的。

几秒后，闻泽辛抬起眼眸看着她。

陈依："你有话就说。"

闻泽辛靠着桌子，挠了下眉峰，说："处理完陈氏的事情，接下来就是我跟你的事情了。"

陈依："我跟你？我们之间的事情，得用'处理'两个字？"

闻泽辛停顿了一下，指尖一按，烟灭了。他抿着薄唇，说："抱歉。"

陈依没吭声，走过去看着外面的景色，说："我随时等着机会离婚，我爸给我的股份我也可以都不要。"

闻泽辛看着她纤瘦的背影，下颌紧绷，一言未发。下午陈依去考审计，这次是陈庆送她去的。大学城那段路依旧有些堵，但今天时间宽裕，父女俩在陈家吃完午饭就出来了。陈庆转头看一眼陈依手里的资料："你带齐了没？不要会儿进了考场忘记了。"

陈依抿了抿唇道："我又不是小孩子。"

陈庆愣了愣，几秒后笑起来："是啊，我们依依都这么大了。"

自从陈立去世，当时只是在做研发的陈庆匆匆忙忙地接手陈氏，从不知道自己的哥哥把陈氏弄得如此四分五裂。他那会儿什么都不懂，也是请了人来打理的，可惜才过三个月公司就被挖得更空了。

陈庆只能走一步算一步，这一走就是将近二十年。这二十年他也缺席了陈依的很多岁月，比如高考，那时是沈凛送她去的。

大学毕业后，陈依回来，商量要不要考研的时候陈庆也没空，他只是从电话里听说了陈依想考研的事。

后来她为什么不考了，他也忙忘了。

他想着想着，脸上的笑容淡了很多，很是愧疚。

"爸爸这些年真的在做无用功啊！"陈庆颓废地说。

陈依听着，说："都过去了。"

陈庆这些年或许是觉得自己能把陈氏带起来的，肯定也一直鼓励自己才能走到今天。陈依记得的是这期间他陆陆续续得了几次大病，尤其是近几年，陈依每次离家都有些担心。

这时，车子开进了大学城。

今天没有太阳，有些阴冷。陈庆把车缓缓开到考场外面，说："爸爸在这里等你，你考完就出来。"

陈依打开车门，笑道："好。"

陈庆也有些感叹，终于有空闲时间了。

陈依转身走进考场，碰见了萧小娴。萧小娴看一眼身后的宝马车，说："你可真幸福，前天一个帅哥送你来……今天又是谁？"

之前陈依都懒得搭理萧小娴，今天倒是有点儿兴致："我爸。"

"你爸？"萧小娴有些诧异，又看到陈依嘴角的笑容，想起今天很热门的新闻。她是仔仔细细地看完的，大概推算出了陈氏这些年的一些事。

她突然有点儿可怜陈依，脸上的刻薄之意也少了些，问："你最近跟赵练联系没？"

陈依看萧小娴一眼，走向自己的位子，道："没有。"

萧小娴："是吗，你家发生这么大的事情，他没安慰你？"

陈依坐下，拿出笔，听到这话，就懒得搭理她了。

萧小娴讨了个无趣，也坐了下来。两个小时后出来，陈依一眼看到陈庆拿着两瓶水在等她。她笑着跑过去，接过水后问："我们回家吃饭吗？"

陈庆顿了顿，说："我刚刚碰见沈凛了，他今天也来大学城，我说等会儿请他吃饭。"

刚刚他看到沈凛就想起当初是沈凛送陈依去高考的事情。

陈依愣了愣，转头看去，果然看到沈凛正站在车旁在跟一个男同学说话。大约两分钟后，沈凛开车过来，从车里探出头："陈叔、陈依，我可以了。"

陈庆笑道："好嘞！"

随后他让陈依上车，陈依问陈庆："爸，你想请沈凛哥去哪儿吃啊？"

"我想想。"陈庆突然不知道请吃什么，毕竟他这些年没时间出来，连这地方有什么餐厅都不知道。他看向陈依："不如你选个地方吧？"

陈依啧了一声，说："大学城附近一家中式餐厅不错，我们去那里吃吧？"

陈庆立即点头说："好。"

于是他调了导航，在微信上把餐厅名字告诉了沈凛，两辆车子启动，往那家餐厅开去。车子抵达餐厅门口时，天色已晚，天阴沉沉的要下雨，乌云密布。

陈庆跟陈依下了车，沈凛也下车，三个人说说笑笑地走上台阶。

黑色的车突然停在红灯前，后座车窗降下，里头俊美的男人看着餐厅门口沈凛给陈依开门，陈依还朝他一笑，接着进了门。餐厅门是玻璃的，他可以看到两个人旁边还有陈庆。

闻泽辛捏起手机，看着餐厅，拨打陈依的电话。

她没接，直接挂断了。

他紧抿薄唇，想起早上她的话。

"我随时等着机会离婚，我爸给我的股份我也可以都不要。"

他薄唇抿得更紧，修长的指尖有些泛白。

手机嘀嘀响起，兄弟群有信息跳出来。

周扬："@闻泽辛，帮你老婆解决了这么大的问题，她有没有感动得以身相许啊？"

顾呈："据说没有。"

顾呈："很不巧，我约闻泽辛出来吃饭，他老婆跟沈凛出去吃，我们现在就在餐厅的外面，看着他老婆跟别的男人吃饭。"

周扬："……"

闻泽厉："我感觉很丢人。"

萧然："活该。"

第十章

你别走

兄弟群里。

闻泽辛："顾呈，下车。"

发完信息，闻泽辛推开车门走了出去。他垂眸理了理袖子，身后那辆车跟着推开车门。

顾呈拍拍座椅让司机去停车，随即也走下车："去哪儿？"

闻泽辛走上台阶："吃饭。"

顾呈抬眼看着那家中餐厅，啧了一声，快走两步来到闻泽辛的身侧："去监督啊？"

闻泽辛没应，拉开餐厅门，里面光线昏暗，气氛十足，两个高大俊朗的男人走进来，一下子就吸引了不少人的目光。

尤其是前台的人，眼睛都直了。

前一分钟才进来一个美女跟一个帅哥，后头又来两个帅哥。闻泽辛看向前台人员，问道："需要预约吗？"

前台人员立即回神，红着脸笑道："包间要，大厅不要，请问是两个人吗？"

她下意识地看向旁边另一个帅哥。

顾呈吊儿郎当地笑着。

闻泽辛点头："大厅，两个人。"

"安排距离跟刚刚进来那三个人近的位子。"他补了一句。

前台人员愣了愣，随即赶紧看过去。她对那三个人的印象有点儿深刻，刚刚还在说呢，他们目前就坐在最里面的位置。

她收回视线，看着眼前的男人，心里在猜测他是几个意思，这年头还有跟踪这回事吗？他也太明目张胆了吧。

她笑了笑说："好的，这就安排。"

不一会儿，和陈依那张桌子只隔一个小摆设的桌子边坐下两个高大的男人。顾呈怕被看到，还用手挡住了脸，无奈地道："选这么一个座位，不是把自己给暴露了吗？"

他赶紧把身子往下缩了缩，好在那个摆设看起来还蛮遮脸的。

闻泽辛身后的位子坐的就是陈依，女人身上的清香淡淡地飘来，她不爱扎马尾，要是扎的话，动作幅度大一点儿都能甩到闻泽辛。

而一身西装、肩宽腿长的男人安静地坐着，慢条斯理地拿纸巾擦拭着手中的筷子。

顾呈看着闻泽辛："你干吗不坐到这边来？你坐过来，不就可以看到他们的表情还有动作了吗？我也就不用担心被他们看到，多好。"

闻泽辛把擦好的筷子放好，又看着碗筷，语气很淡地说："我只想听听他们说什么。"

顾呈啧了一声，压低声音道："一个是你老婆，一个是你哥的大舅子，能聊什么？"

很快，听到那边的对话的顾呈觉得有点儿打脸。

他看向对面阴沉着脸的男人，僵了僵。

老婆跟别的男人聊过去相处过的日子，旁边还有自家岳父帮着回忆，正常男人都会不爽。

更何况，闻泽辛是占有欲极强的男人。

三个人坐下来后，沈凛就拿菜单给陈依和陈庆点菜，陈庆推着让沈凛点，推来推去，最后让陈依点。

因为是中式餐厅，主做的都是南方的菜系，这里面还有一道菜叫油条肠粉，就是把油条裹在肠粉里面。

沈凛看到这道菜，笑道："正好，陈依喜欢吃油条还有肠粉，这一道菜都齐了，点这个吧？"

陈庆一听，笑道："这么久了，沈凛你还记得啊？"

沈凛："也很难忘啊，陈依经常跟沈璇在一起，我妈都记得陈依喜欢吃什么了，我自然也记得。"

陈庆哈哈一笑，看女儿一眼，说："那就点一份。"

陈依笑了笑，在本子上勾了一下。

接着，陈庆说："陈依高考那年很麻烦你，那三天都是你送她来回的，我这个做父亲的太失职了。"

"叔叔客气了，举手之劳而已。"沈凛微笑。

点了餐后，不一会儿服务员上餐食，今晚不知是不是有什么纪念日，还送了一束玫瑰花，陈庆拿起那束玫瑰花，对陈依说："正好，庆祝你顺利考完试。"

沈凛在对面也笑着说："是该庆祝庆祝，玫瑰花挺应景的。"

陈庆迟疑了一下："爸记得你也喜欢玫瑰花的吧？"

陈依放下筷子，看了花一眼，随后伸手接过，说："喜欢。"

这时，隔壁那张桌子边，顾呈踢了闻泽辛一脚："你老婆喜欢玫瑰花吗？我怎么记得你之前给她买的是满天星？"

闻泽辛放下银色的筷子，对桌上的菜一点儿兴趣都没有，靠着椅背，脸色很冷地说："不知道。"

她喜欢的花变了？

接着后面那桌的人一直在聊读书那些年的事，还有陈依有一个暑假在沈家的那些日子，沈凛带她们去爬山、骑单车，满满的都是回忆。

闻泽辛的脸色越发阴沉，他看着桌上的菜一声不吭。顾呈看他这样，觉得也挺折磨人的，便说道："要不先走？"

闻泽辛拿起筷子，垂眸夹了一筷子菜："吃完再说。"

顾呈看一眼桌上点的菜，油条肠粉还点了两份。后面的人一直在聊，闻泽辛沉默地吃着，他们聊了什么，他都听进去了。

又过了十分钟，闻泽辛拿起桌上的餐牌走向前台。顾呈赶紧擦擦嘴角，拉高领口跟上。人影一晃，陈依抬起头，看了一眼那两道人影，顿了顿，视线跟过去，但是他们这个位子距离前台很远，前台那边还有植物挡着，陈依也就看不到前台的情形了，只隐约看到两个高大的身影。这时，她的手机收到一条信息，她低头拿起来看。

闻泽辛："什么时候回家？"

陈依："还在吃饭。"

男人那头没回了，陈依知道闻泽辛不怎么玩微信，他的微信惯来只用于工作，当然偶尔也跟兄弟们插科打诨。

所以她删了他的微信，他似乎也没怎么，更多的是跟她发短信。

又过了半个小时他们才吃完。陈庆或许是难得自由，话很多，时不时地感叹几句，后来却感叹不下去，沉默下来，鬓角的白发在灯光下十分明显。陈依也跟着沉默，沈凛见状笑了笑，起身去外间打电话。

陈庆抬起头笑着捏了捏陈依的手："走吧，回家。"

陈依扬起笑脸："好。"

接着，父女俩起身去结账，但是前台人员说有人结了，看来是沈凛。来到门口，陈庆无奈地道："沈凛，都说我请客啊！"

沈凛恰好挂断电话，微微一笑道："不是我结的，看来是有人当了'田螺公主'。"

他看向陈依。

陈依抿紧唇，想到半个小时前看到的那个高大身影。沈凛笑了笑，挪开视线，说："可能晚点儿要下雨了。"

陈庆问道："不是你结的，还有谁？"

陈依拉着陈庆的手臂说："先回家吧。"

真下雨就麻烦了，他们都没带伞，车子停得也有点儿远，还是露天的停车场。陈庆想了一会儿没想出结果，一直在想是不是弄错了。

他很想回去把账结了，但是陈依又一个劲地拉着他。他们刚刚上车，哗啦一下，真的下雨了，车窗一下子就结了雾。

沈凛把车开过来，透过车窗跟他们挥了挥手。陈依笑着挥手，打完招呼，沈凛率先将车子开向大路，陈庆也启动车子，跟在沈凛车后上了大路。雨越来越大，噼里啪啦地打在车身上，陈庆想送陈依先回市中心。

陈依想去看一看母亲，再回市中心。陈庆点头："也好，这车子你开回去，我现在又用不着，车库里还有两辆车。"

虽然都是快被淘汰的车了，但是陈庆都习惯了。至于闻泽辛给陈依添置的那两辆车，陈依都没再开过，都在市中心那套房子的车库里。

两人回到陈家，雨更大，保姆拿着雨伞下来接父女二人，进到屋里陈依的袖子还是被打湿了，廖夕赶紧上楼拿了一件衣服给陈依换上。陈依换完出来，就看到陈庆在打电话，眉眼飞扬，他一个劲地说："不要这么说，我没有那么好……好，我考虑一下，好的好的。"

陈依挑眉，看了母亲一眼。

廖夕笑了笑，也有些疑惑的样子。过了一会儿，陈庆挂了电话，眉目间多了一丝自信。

陈依笑着走过去，问道："爸，是谁打电话来？"

265

陈庆看向陈依，欲言又止，几秒后说："是做机械的部门经理，他以前是我的学生，被闻泽辛提拔，想请我回去上班。"

陈依笑道："那挺好啊，这样你就可以做自己喜欢的事情了。"

陈庆的眉宇间带着一丝轻松神色，他摩挲着手机，看着陈依道："我听他的口气，是闻泽辛这么安排的。他原来只是一个小组长，突然被提拔……怕是为了给我方便。"

陈依没吭声，几秒后笑道："挺好。"

廖夕也有些诧异，闻二少还会这么费心啊？

陈庆的学生被提拔，陈庆真去上班了，至少短时间内有人罩着。毕竟陈庆这么多年没做这个了，公司又经历了那么多风风雨雨，陈庆还挂着董事长的虚职，回到原来的部门，有以前熟悉的人在也比较好。

一家三口一时有些沉默，又过了一会儿，雨终于小了一些，陈依从陈家出来，启动车子开回市中心。

整个 B 城沐浴在雨幕当中，陈依小心地开着车。

放在中控台上的手机亮了一下，她偏头扫去。

闻泽辛："下雨了，我去接你？"

陈依拿起手机，回复消息。

陈依："不用，快到了。"

发完消息，她把手机放回中控台上，又慢慢地开着车，终于在十点半左右抵达市中心的房子。

她没把车开进车库，撑着伞下来。

一楼很亮，陈依上了台阶，进门一眼就看到坐在沙发上的男人。他穿着黑色衬衫跟长裤，长腿交叠，手上拿着本书。

闻泽辛抬起眼眸看了她一眼，捏着书的手青筋微微突起："怎么这么晚？"

陈依把雨伞放好，身后的门也被关上，复式楼的门惯来要高很多，一关上，拔高的屋子就显得更加空旷。

陈依拍了拍袖子上的水珠，说："我回了爸妈家一趟。"

说着，她就走向楼梯，手腕却突然被他抓住。陈依皱眉，看了他一眼。闻泽辛合上书，说："不要忘记你还是我的妻子，婚姻期内，少跟男人出去吃饭。"

陈依盯着他，今天那个高大的身影果然是他。

陈依说道："吃顿饭而已，又不是上床。"

"你说什么？"闻泽辛死死地盯着她。陈依微微一笑道："比起你的很多行为，我只是小意思。"

闻泽辛紧紧地捏住她的手腕，薄唇紧抿。

陈依："但我不计较，但愿你也不要轻易计较，不要破坏我们的和谐相处。"

下一秒，闻泽辛一用力，陈依被拉着跌坐在沙发上。闻泽辛扔了手里的书，按着她的大腿，一手撑着她身后的沙发，狠狠地道："你不计较，我计较啊，我爱你，怎么会不计较？"

说着，他低头要吻住她的嘴唇。

陈依见状，飞快地别开脸。闻泽辛的薄唇只落在她的脖颈上，那跳动的脉搏令他的欲望变得汹涌，他顺着往下吻去。

陈依狠狠地推开他，吼道："你不是说了没有我点头不碰我吗？"

闻泽辛停顿了几秒，接着单膝跪在地上，解着衬衫的纽扣，眼眸深沉地看着她，低声道："我服侍你，行不行？"

他压制着自己的欲望，来换取她的愉悦。

陈依气息不稳，恨恨地看着他。几秒后她站起身推开他，走向楼梯。闻泽辛还维持着解衬衫的姿势，垂着眼眸一动不动。

这时楼梯处传来轻微的声音。

丽姐探头看到这一幕，吓了一大跳，接着几乎是连滚带爬地回了负一楼。

手上的手机一个劲地振动，丽姐低头看去。

林笑儿："我媳妇在干什么呢？闻泽辛有没有因为今晚的事情发火啊？"

丽姐："先生好像……求欢失败了。"

林笑儿："……"

林笑儿："哈哈哈哈，好！"今晚正好闻泽厉带沈璇回家，所以经过闻泽厉的嘴全家人都知道陈依跟沈凛去吃饭，闻泽辛也正好遇见的事。

想起闻泽辛那性子，林笑儿才发信息给丽姐问情况，没想到得到这么有趣的结果。她又给陈依发信息，说："依依，明晚不加班的话回家吃饭哦。"

陈依关上主卧室的门，直接拿了睡衣去洗澡。在浴室里，她拿花洒的动作停了几秒，随后狠狠地取下花洒。"你不计较，我计较啊，我爱你，怎么会不计较？"

267

呵。

不一会儿，浴室里传来水声。

洗完澡，陈依穿着睡衣出来才看到林笑儿发来的信息。她站在沙发边，低头编辑消息回复："好的。"

第二天陈依得上班了，洗漱完换好衣服，走下楼去。客厅一片明亮，丽姐站在餐桌旁笑道："早啊，太太。"

"早。"陈依扫一眼小客厅里正在打电话的男人，随即冷冷地收回视线，走向客厅，餐桌上只有她的那份早餐。

丽姐端着牛奶出来说："先生已经吃完了。"

陈依没有应声，端起牛奶喝着，也没有回头去看那个男人。闻泽辛站在落地窗旁，挂断电话转过身子，目光落在餐桌旁的女人身上，说："我送你去上班。"

陈依吃完碟子里的早餐，说："不用，我自己开车去。"

闻泽辛没吭声，走出小客厅，来到大客厅坐下，翻着书本，摆明了在等她。丽姐看到这一幕，脑海里不由自主地想起昨晚先生半跪在地上的画面。她后来就下负一楼了，早上上来准备早餐，就看到先生从书房里出来，衣服是换了一身，就是不知道昨晚是去主卧室洗的澡还是在次卧洗的澡。

陈依吃完早餐，擦了擦嘴角，跟丽姐说了一声辛苦了，随后捞起小包跟外套走向门口。闻泽辛放下书起身，也跟着出去，外面那辆白色的宝马被雨水淋了一夜，车身明亮干净。

闻泽辛看她上了驾驶位，挠了下眉峰，手插在裤袋里走出去。黑色的车也停在门口，江助理下车打开车门，也看了一眼那辆白色的宝马。

陈依倒车，掉转车头，车子跟黑色的车并排时，车窗正好开着，她抬起头看了闻泽辛一眼。

闻泽辛神色淡淡的，眼神深沉地看着她。陈依抿了下唇，想起昨晚父亲的事情，说："我爸昨晚接到电话了，多谢你。"

闻泽辛："他是我岳父，为他做点儿什么是应该的。"

陈依看他一眼，随即摇上车窗，启动车子，那冷漠的模样，很直接。闻泽辛紧绷着下颌，眼神阴鸷地看着车里的女人。

唰的一下，白色宝马开走了。

闻泽辛抬起手放在车顶上，许久后弯腰坐进车里，狠狠地拽了下衬衫领口，语气不甘而烦躁："她到底想要什么？……"

他要怎么做，她才能回心转意？

268

江助理在驾驶位听见这话，尴尬地盯着前方的路。

老板啊，革命尚未成功，你还得多加努力啊！陈依抵达了事务所，沈丽深带人出差还没回来。陈依这一批刚考完试的人，全聚在办公室里。萧小娴常跟的那个组刚刚接到一个项目，一看陈依落单，立马把陈依要走。萧小娴从茶水间里出来，看到陈依进了自己常待的那个组，自己却落单了，脸色顿时有些难看。几个同事也都看好戏一样看着萧小娴。

有一个同事笑着道："小娴，那没办法啊，陈依确实工作出色。你看看沈丽深，一直带着她呢，连下一个项目都先加上陈依的名字，你们的经理此时能用一下陈依，当然要把握机会了。"

萧小娴的脸色更难看，她转身又回了茶水间，躲开那些无聊的看笑话的目光。

陈依跟着新组的人去开会，中午也跟新组的人下一楼吃饭，下午又开会，这次不用出差，就在 B 城办公，晚上暂时不用加班。

陈依下班后，开着车去了闻家。

林笑儿一直发信息给她，追问她的行踪。陈依下车走进屋里时，沈璇在客厅里看文件，一看到她，挑眉道："来了？"

陈依放下包，左右看了看："大少不在？"

沈璇拍了拍旁边的位置道："今天只有我们三个女人。"

陈依也发现了，保姆也没多少，林笑儿在厨房里忙活。陈依没坐，说道："我去厨房帮忙，你看你的文件。"

沈璇："行。"

不一会儿，陈依端着菜出来。林笑儿解开围裙，擦了擦手坐下来。沈璇也放下文件过来，三个人坐下后，彼此对视了一眼。

林笑儿高兴地一手牵着一个："今晚我们三个女人好好聊聊，不要那些臭男人。"

沈璇："啧。"

陈依微笑。

看来家里的人是林笑儿支出去的，三个人吃完饭，接着去客厅喝茶。林笑儿端着水果出来，放在陈依跟前，牵着陈依的手，看着她说："这几天辛苦了，得知这事情的时候，我跟你妈聊了一个多小时，归根结底，我觉得这事情一开始闻泽辛就没做好。"

陈依愣了愣："妈？"

林笑儿拍了拍她的手，说："我知道，所有的事我都知道了，不说

269

别的。"

她看了沈璇一眼。

沈璇坐在对面，长腿交叠，翻着文件，这时也抬起头看过来。婆媳俩不知对了什么暗号，林笑儿收回视线，看向陈依说："你现在搬回去住了对吗？"

陈依哪儿能没看出她们那眉来眼去的样子，说："嗯。"

"妈帮你，让你自由一些？"

陈依又愣了愣："我搬出去？"

林笑儿点了点头，随即道："不过妈想知道，你对他……是什么感情？"

陈依顿时沉默。

她的脑海里在这时闪过很多画面，全是她没觉悟前的画面。她回过神来，笑道："爱与不爱现在真的那么重要吗？比起自由、开心，妈，我觉得爱情并不重要。"

所以，她坚持离婚的原因就在此。

林笑儿顿了顿，摸了摸陈依的头发，说："我知道了，依依现在更爱自己了。"

陈依笑起来。

沈璇挑了挑眉，没吭声。在闻家待到九点多，闻泽辛发了一条信息问什么时候回，陈依回他消息的时候被林笑儿看见了。

林笑儿翻了个白眼："依依还是太老实了。"

陈依听罢，笑了笑。林笑儿拉着她说这几天帮她离开，陈依心里很感动，抱住林笑儿说："谢谢妈。"

你们真的很好。

她九点半开车离开了闻家，十点左右回到市中心的房子里，看到丽姐满眼期待的笑意，沉默了两秒，直接上楼。这时门口传来车声，紧接着高大的男人进门。

他脱下西装外套，抬起眼眸看去，视线撞进她的眼眸里。

闻泽辛问道："今晚回家吃饭了？"

陈依握着扶手："嗯。"

闻泽辛的手机跟着响起，来电是林笑儿，他拿出手机看了一眼，接了电话："妈。"

"让陈依搬出去。"林笑儿的语气很正经。

闻泽辛握着手机的手一紧，他抬起眼眸看向陈依，下一秒将手机扔在柜子上。接着，他反手关上了门。

屋里安静下来。

他挡在门口，看着她说："你走，我打断你的腿。"

楼梯是旋转式的，做得很漂亮。她站在那里宛如一幅画，这个家每一处地方都该有她的身影。

陈依瞬间明白林笑儿肯定跟闻泽辛说了什么。

她挑眉，冷笑一声。

他将手从裤袋里抽出来，弯腰拿起鞋柜旁的棍棒，嗓音低沉而带着一丝颤意："我打断自己的腿行吗？你别走。"

"使不得使不得！"丽姐见状吓死了，率先扑过来抓住那棍棒。这根棍棒是丽姐从后面的健身房里拿来的，是为了弄窗帘上的扣子，谁知道这个时候成了凶器。

抓住棍棒后，看着那握着棍棒的骨节分明的手指，丽姐倒吸一口气，赶紧死死地抓住。

先生肯定是下得去手的。

前段时间先生去住酒店，江助理来来回回给他拿了好几次行李，有一次江助理有空留下来和丽姐多聊了两句，谈起先生过去的一些事情，其中有一件事令她印象深刻。

有一次不知是因为小叔还是因为闻家，先生去见一个挺厉害的人，后来那个人寸步不让，彼此在谈判桌上谈失败了，那人突然提出一个要求，让先生跟某个打泰拳的人来一场擂台赛，先生若打赢了那人什么都听先生的，打输了要先生让对方多少利益。先生应下了这事，但是临到上场，对方突然要先生签一份生死合约，就是在擂台上出了什么事都跟那人无关。

江助理那会儿慌得很，谁知道先生面无表情地签下了合约。

那是江助理印象最深刻也最难以忘记的一件事，丽姐自然也很难忘记。她抓着棍棒差点儿下跪，客厅里弥漫着一股压抑的气氛。

陈依捏着楼梯扶手，看见丽姐抓着那棍棒，男人依旧没有松手的意思。他看似很随意地握着那棍棒，但是下一秒随时可能把丽姐甩开。陈依的心一跳，她喊道："闻泽辛。"

闻泽辛没有吭声，眼眸里情绪起伏，他很快垂眸，轻描淡写地看丽姐一眼，随后松开五指，说："给江助理打电话，派几个人跟着太太。"

丽姐慌了一下，看向陈依。

271

陈依一声没吭。

闻泽辛越过丽姐走向楼梯，理着衬衫袖子，来到楼梯下，抬起眼眸看了她好一会儿才说："我除了用这样的方法留你，还能有什么方法？"

他拉住她的手，摩挲着她指尖刚刚磨蹭上的一点乌青。

陈依想抽回手。

闻泽辛："别走。"

这时，柜子上的手机疯狂地响起，丽姐赶紧放好棍棒，拿着手机跑过去递给闻泽辛。闻泽辛接过手机看了一眼，来电是闻小叔。

他抿了下唇，指尖用了点儿力抓着陈依的手，随后滑开手机接起电话："小叔。"

闻小叔在那头叹了一口气，说："泽辛，追人不是这样的，你得让她心甘情愿啊！你总是强迫她，这样多不好？"

闻泽辛没吭声。

闻小叔在那头淡淡地继续道："不想让她离你越来越远，那么放了她。"

捏着她的指尖的手因这句话而松开。陈依一得到自由，立即将手背到身后去，并且往上走了两步。

闻泽辛深深地看着她，许久后放下手机，说："打个商量行吗？你还住在这里，我搬出去，可以吗？"

陈依摇头。

闻泽辛的下颌紧了几分，他抬手拽了下领口，问道："你想搬回哪里？"

陈依有些不信地看着他。

"公寓？"

陈依一声没吭。

闻泽辛把微微发抖的手放进裤袋里，偏头对丽姐说："去给太太收拾行李，我送太太过去。"

丽姐哎了一声，走上前看向陈依。陈依也看着她，几秒后突然道："我自己去收拾，不用麻烦丽姐了。"

说着，她转身往上走去。

今晚她在闻家被林笑儿按着换了一条长裙，此时长裙裙摆摇曳，闻泽辛看着她急不可耐的背影，狠狠地扯了下领口，随后拿起一旁的打火机跟烟，低头点燃烟，垂眸抽着，眉宇间带着少许戾气以及不甘。

他说道："你去看看需要帮忙吗？我的耐心有限。"

他怕自己后悔。

丽姐应了一声，赶紧上楼。谁知她刚踏上一级台阶，陈依就提着行李箱下来了，速度很快，就像是也怕闻泽辛后悔一样。丽姐顿了顿，随即快走两步帮忙提过行李箱。

陈依跟在丽姐身后下来，距离他还有两三级台阶的时候，说："我自己开车去就好。"

闻泽辛没应，把烟掐灭在烟灰缸里，朝丽姐伸手："给我。"

丽姐哎了一声，赶紧把行李箱给他。闻泽辛提着行李箱，随后牵住陈依的手，说："我今晚送你过去，是希望将来有一天能迎你回来。"

陈依顿了顿，看一眼客厅跟小客厅，尤其是小客厅。她猛地挪开视线，目光坚定地看着前方，刚刚的最后一个电话，似乎是小叔打来的。

闻泽辛这些年跟着小叔做事，母亲的话他不听，但是他听小叔的，肯定是林笑儿说动小叔插手了这件事情。

陈依抿紧了唇。

她被按进了奔驰车里，之前那辆"贵气"的车被江助理开走了。闻泽辛俯身给她扣上安全带，领口隐隐有一股烟味。

陈依垂眸，表情很冷淡。

闻泽辛看她的脸一眼，后退一步，关上副驾驶座的车门。之后他没有立即去驾驶位，而是靠着车门看着这房子，脑海里出现她在卧室里走动的画面，在餐厅里吃饭的画面，还有那空气中飘着的属于她的香水味。

而这一切要消失了。

闻泽辛按了下胃，有一丝疼痛感蔓延上来。他绕过车头，去驾驶位开车。陈依看着窗外的景色，没想到林笑儿这么快就能帮到她。

她拿起手机。

陈依："妈，谢谢。"

车子拐弯，闻泽辛余光看到她按灭的屏幕，上面的三个字映入他的眼眸里，他挪开视线，握着方向盘的手指紧了紧。

这个点不堵车，沈璇送的这套公寓在国贸后边，这边的生活圈自然比不上市中心那套复式楼，但唯一的好处就是这个小区闹中取静，有点儿不靠繁华区但距离繁华区也不远。车子停在小区门口，陈依看着小区门，按开车门下车。

驾驶位的车门跟着被打开，闻泽辛走到后备厢处，拿出行李箱，说："我送你上去。"

273

陈依抿了抿唇："不用。"

她伸手，看着闻泽辛。

男人一只手按着行李箱箱杆，眼眸里没什么情绪。陈依白皙的手指其实有些紧绷，她很怕闻泽辛突然反悔或者突然发脾气。

他惯来不是个有耐心的人。

闻泽辛薄唇紧抿，接着把行李箱推过去。陈依赶紧拉住箱子，闻泽辛反手就盖住她的手背，陈依的心慌了一下。

他却只是按着她的手，几秒后说："早点儿休息。你的车，我明天让江辰开过来，让你能赶得及上班。"

陈依心里悄然松了一口气，她点了点头，然后一用力把行李箱拉了过来。闻泽辛松了手，手收回去插在裤袋里。

他看着她的背影，胃部隐隐作痛。他忍了许久，才没有追过去把她扛回车里。她在乎什么、要什么，他至今还没弄清楚。

或许，他是需要用点儿办法了。

她的两次离家，一次是她自己提着行李走的，一次是他亲自送过来的。闻泽辛摸出打火机，啪嗒一声打开，看着跳跃的火光。

他回到车里时，兄弟群发信息过来。

顾呈："你送你老婆回公寓了？"

闻泽厉："哦哦哦？行动力可以。"

周扬："连老婆都留不住的男人。"

萧然："又得住酒店了。"

顾呈："@闻泽辛，没想到你有今天啊……"

确实，从大家知道陈依住回复式楼的那天起，顾呈就猜测恐怕会住到地老天荒，闻泽辛不把人锁在那里才有鬼。

没想到他巴巴地把人送回公寓了。

顾呈单独发了信息给闻泽辛。

顾呈："想通了？"

车里没开灯，闻泽辛看着信息，扯了扯嘴角，随即把手机放下。行李箱里其实没什么东西，陈依一进门就扑在沙发上，整个人浑身放松，也没去开行李箱。手机在这时嘀嘀地响起。

林笑儿："客气了依依。"

林笑儿："要开心点儿哦。"

陈依看了一眼消息，眼眶变得微红。

她笑着按语音："妈，你这么做，他会不会恨你？"

林笑儿："不怕，再恨他不还是我儿子吗？"

林笑儿："妈其实也想知道，依依你还有什么心结？"

陈依顿时不知道怎么回复林笑儿了。她发了一个抱抱的表情包，随后把手机放在茶几上，抓过抱枕抱着，看着窗外的万家灯火。

夜深了，酒店的顶层。

闻泽辛脸色有些发白地躺着，眼眸里冰冷一片。梁医生坐在床边按着他的手背打针，唠唠叨叨地说着："你这样下去不行，这胃得调。"

江助理站在一旁道："这几天老板吃得还可以的，可能就是太太今晚要回去住，所以……"

梁医生看向床上的男人，啧了一声，说："追个人怎么追成这样？你这也太失败了吧。要不江助理给她打个电话，说你病了，看看她是什么反应好了。"

说着梁医生就示意江助理打电话。江助理顿了顿，也想知道如今太太对先生的看法，于是拿起手机，看了闻泽辛一眼。

闻泽辛却睁开眼眸，冷冷地扫过来，嗓音低沉地说："不许打。"

江助理："……"

"你不想知道你老婆现在对你是什么想法吗？"梁医生贴上胶带后，恨铁不成钢地反问。

闻泽辛看着梁医生："我比你们清楚。"

梁医生："……"

江助理："……"

太要强的男人，也是活该了。

闻泽辛抬起头看一眼手背，对江助理说："明天把事情给办好。"

江助理："好。"陈依洗完澡已经十点多了，躺下时，短信嘀嘀地响了两下。她拿起手机一看，是闻泽辛发来的消息。

闻泽辛："公寓还缺什么吗？我叫人送去。"

陈依："不缺。"

闻泽辛："好。"

又过了几分钟，闻泽辛又发来消息。

闻泽辛："要睡了？"

陈依："嗯。"

陈依："别发来了，我睡了。"

她把手机放回床头柜上。那边，男人看着手机短信，一声没吭。梁医生偷看一眼："怎么……这年头还发短信呢？微信呢？"

江助理："被拉黑了。"

梁医生："……"

当晚，陈依其实没睡好，第二天一早醒来有黑眼圈，但是精神很好。她一把拉开窗帘，看着外面的风景，练了一套瑜伽体式后，一身是汗地进了浴室。洗完澡换一套衣服出来后，她拿起小包跟资料就出门了。

江助理给她发了微信，说在楼下，车子已经给她开来了。

陈依一出小区就看到白色的宝马停在那儿，江助理站在车旁等着。一看到她来，他赶紧把车钥匙递给她。

陈依接过车钥匙，笑道："谢谢。"

江助理给她打开车门，陈依坐进驾驶位，一转头看到副驾驶位上有一份早餐，说道："我吃过了。"

江助理含笑着弯腰："这是老板让带的，不吃的话，就扔了吧。"

陈依抿着唇，看着江助理。

江助理微微一笑，说："太太下午有空吗？要不要去我们公司走走？"

陈依："没空，我接了项目。"

江助理："哦，好的，其实……老板昨晚也没休息好，又住酒店去了。"

"那关我什么事呢？"

"……"江助理忍不住说道，"太太，你有没有想过老板对你的感情？"

陈依正启动车子，听罢顿了顿，看着不远处停着的黑色的车，车牌是他的，后座车窗关着，她看不到人影，但是驾驶位上是闻家的司机，那么后座上此时应该是有人的。陈依转头看着江助理说："他对我有感情，我就得回应吗？"

江助理愣了愣，看着陈依的眼睛，突然想起早些时候看到的太太的样子。那个时候的太太即使一直隐藏着，但眼里是有老板的，两个人领证那会儿，江助理在一旁看到太太笑得很灿烂，签完名字后，太太就挽住老板的手臂，老板却漫不经心的。

他们两个人一看就是太太有感情，而老板是承受感情的那个。

她此时的话，就是在嘲讽老板。

陈依摇上车窗，启动车子。

江助理拿起手机看了一眼，自作主张地按了语音，此时信息应该发到老板的手机里了吧。

黑色的车里，闻泽辛修长的手指按着那段语音。

"他对我有感情，我就得回应吗？"

副驾驶座的车门被打开，江助理坐进来，下意识地看了一眼后座上的男人。闻泽辛垂眸，把玩着手机，神色淡漠，脸色苍白。

他点出了"她"的号，编辑消息。

闻泽辛："不用你回应，我爱你就好。"车子抵达事务所，陈依下车后才看手机，一下就看到这条信息。她看了一眼，把手机扔回包里，几秒后又拿出来编辑消息。

陈依："神经。"

她跟的这个组的项目在 B 城，回办公室里拿了资料，陈依跟着组员下楼，坐上商务车，前往那家公司。

在 B 城的工作是最好的，只要不是去太远，他们都可以当天来回，有些资料还可以放在事务所里，这样不用带得太辛苦。

这个公司是做纸业的，有点儿小，所以需要的人不是很多，陈依一行人下车就前往他们安排的办公室。

打开笔记本电脑放在桌面上，陈依拿出资料，跟一旁的 SA1 刘奕云说了一声，让她去跟财务沟通，该要什么要什么。Senior 江素正在打电话，听到这里愣了愣，笑着看向陈依。

刘奕云也愣了愣。

陈依顿时反应过来，看着江素说："抱歉。"

江素哈哈一笑道："没事，我听说沈丽深对你很器重，果然是真的。"

她转过身对其他人说："你们学学陈依，多几个像陈依这样的人，我可以轻松很多。"

下面几个同事纷纷看向陈依，然后低下头，没有人吭声。陈依是习惯了沈丽深的节奏，所以在工作上学了点儿她的强势作风。她确实得强势一些，否则一份资料可能会因为没说清楚或者对方拖拖拉拉，而来来回回拿好几次，还会跟对方的财务产生一些语言上的矛盾。

江素对呆住的刘奕云说："按陈依说的去做。"

"哦，好。"刘奕云转身出门。

接下来大家开始忙碌，中午，客户这边请吃饭，也没敢去太远的地方，就在隔壁那家餐厅。吃饭的时候，陈依碰上赵练，赵练正在打电话，看到陈依愣了几秒，两个人好像很长时间没见了。

赵练看起来有点儿风尘仆仆，赶紧挂了电话，笑道："好久不见。"

陈依："好久不见，你怎么在这里？"

赵练："我来这边找装修公司，我在君悦那边的房子交了。"

君悦正是陈依住的那个小区。她哦了一声："是不是最后面那两栋啊？"

"是。"赵练看着她，有些失神。前段时间跟她再相遇，有了一些不太好的想法，于是他躲出去了，躲到别的城市。看到陈家那条新闻时，他一直迟疑着要不要找她，又怕一不小心暴露自己的想法。

她已婚啊！

所以他只关注，但是一直没敢找她，没想到这会儿在这里碰面。陈依也觉得赵练像是去什么远的地方回来的，看起来有点儿变化。但她还是觉得赵练是亲切的，说道："B城很多家装修公司都挺不错的。"

"那房子不是我自己要住的，我想装修了给我妹妹当嫁妆。"赵练说完，突地想起来，"对了，你是不是有套房子在君悦？"

陈依顿了顿，回道："是。"

赵练迟疑了一下，问："我能带我妹妹去看看吗？"

陈依考虑了一下，觉得没多大问题，那套公寓成了她的避难所，装修得很好，赵练的妹妹如果出嫁也需要保留一个这样的地方吧。她说道："可以，我今晚六点半回去，你晚上带你妹妹过来呗。"

"好，谢谢。"

因为赵练也不是一个人吃饭，还有别的朋友，陈依这边有同事，所以两个人没有再聊。两个人说完话就各自吃饭，只是这个餐厅的饭有点儿硬，陈依吃得有点儿难受，好在下午的活不算很重。

六点左右就可以下班了，陈依跟同事告别后出来，下负一楼去开车。她准备在超市买点儿菜，今晚自己在家做饭。小区门口就有超市，陈依买完菜刷卡进入小区。大堂楼道里此时灯很亮，陈依提着菜走过去，按住了刚刚关上的电梯。

电梯门再打开，里面站了两个人，一个矮胖的男人，身后站着一个高大俊美的男人。闻泽辛看过来，陈依冷了愣，提着菜的手紧了紧。

这人怎么在这里？

矮胖的男人见她发呆，说道："还不赶快进来。"

他说完，身后那高大的男人从他身侧伸出手臂，接过陈依手里的菜。闻泽辛嗓音低沉地说："进来。"

那矮胖的男人愣了愣，看了一眼这位买主，咽了下口水，又看着门口的女人走进来。他们是什么关系？

他在601那套房子，突然有人要高价买下来，天都黑了还要过来看房子，说想看看能不能现在就住下。而他一听那个价格，眼睛都直了，他卖了这房子可以直接在市中心那边买一套小区房了。这是公寓，才四十年产权啊！

于是他饭都没吃两口，就跑来带这位豪气的客人看房。

他往旁边偷偷瞄去，只见那女人站进来后，要去拿袋子，男人却不给。

卖主："……"

陈依拿不回自己的菜，也不知道闻泽辛要干吗，看了一眼楼层，显示的是六楼。她顿了顿，问道："你来干吗？"

闻泽辛提着菜，垂眸看了她一眼："看看。"

陈依："……"

等抵达六楼，走出电梯，闻泽辛把菜递给了陈依。那矮胖男人拿钥匙打开对面的房门，陈依看了一眼那房门，又看了一眼闻泽辛，大概明白了什么。

他好像是来买房的，大晚上的看房子。陈依抿紧唇，没再去想其他的。

她走向门口，拿钥匙打开门，飞快地进屋，还没关上门，便听到那矮胖男人问闻泽辛："闻先生，你怎么突然要买这套房子？"

"想离我老婆近点儿。"闻泽辛嗓音低沉地说。

矮胖男人愣了一下，转头偷偷看了一眼602的门。

602的门砰的一声关上了。

矮胖男人："……"

他转过头，拉开门，打开灯，正想说话，闻泽辛的声音在头顶响起，语气冷淡："以后对人礼貌一些。"

业主手一抖，突然想起自己刚刚那样凶对面那位业主。

闻泽辛没有进门，只在门口看了看，目光落在602那扇门上。这时电梯门又打开，闻泽辛挠了挠眉峰，抬起眼眸看去，电梯里正是赵练，他带着一名女孩走出来，和闻泽辛四目相对。

闻泽辛："去哪儿？"问完他不等赵练回话，偏头说，"你找她？"

赵练："是。"

"来啦？"602的门打开，陈依探出头，一眼看到赵练跟他妹妹，当然也看到了闻泽辛，但是那关她什么事？

她说道："正好，我买了菜，一起吃。"

279

"谢谢姐姐。"赵练的妹妹看了一眼那高大俊美的男人，觉得男人很俊，但是她刚从国外回来，所以暂时不知道这边的情况，何况谁也不会想到这对夫妻会是这种情况。她听说有吃的，眉眼一扬，笑得很开心。赵练匆匆对闻泽辛点头，推着自己的妹妹走向陈依的那扇门："打扰了。"

陈依笑道："没事。"

她看着他们进门，然后顺势把门关上了。

门外只剩下闻泽辛一个。

关上门后，陈依在原地站了一会儿，有些愣神。关门前，她隐约看到闻泽辛按了一下腹部，他的脸色也有些苍白。

她闭了闭眼，接着拿起手机，看了一眼短信，斟酌了好一会儿，最终还是没发消息。赵练的妹妹确实很喜欢陈依家的装修，就是想要一个属于自己的小空间，这边的公寓面积刚刚好。陈依带她去看了书房跟主卧室，随后找沈璇拿了装修公司的微信给赵言言。

这房子里有很多陈依的气息，赵练进来后，感受到这些气息，有些不自在，藏在心底的心思浮了上来，又被他压了回去。

陈依还没吃晚饭，菜准备好了，她让他们坐一会儿，准备把他们的份儿也准备上。

赵练看到她戴上围裙，眉心一跳，突地道："我们吃过了。"

赵言言听到这话，张嘴想说什么，被赵练的眼神给压了回去。陈依站在厨房门口，看着他们问："吃过了？"

她记得刚刚说一起吃饭赵言言还满口应着。

赵练看着她，许久后笑道："嗯，既然看过了，我们就先走了。你吃吧。"

说着，他拽过赵言言。赵言言噘着嘴哦了一声，被赵练拉着离开。陈依只得出来送他们，拉开门，就见闻泽辛还在外面。他低头抽着烟，旁边站着601的业主，两个人正在说话。他听见动静，抬起眼看过来。

看见赵练带着自家妹妹出来，他没什么表情，视线扫向屋里那个女人。虽然她没有太过露脸，但是闻泽辛看到了那半截围裙。

那一刻，隐藏着的狠意全冒出来了，他不动声色地咬着烟。

陈依也看到闻泽辛了，他并没有再按着腹部，而是抽着烟。陈依觉得自己刚刚看错了，对赵练兄妹说："慢走啊。"

赵练嗯了一声："好。"

他收回目光。陈依后退一步，关上了门。

砰一声过后，楼道安静下来。

赵言言嘀咕："哥，我们也没吃晚饭啊，我看姐姐的厨艺肯定很好。"赵言言还在说，但被赵练拉着往电梯走去。赵练刚刚心思不单纯，此时出来不敢看闻泽辛，一路拽着妹妹进电梯。

电梯门打开，兄妹俩走了进去。

赵言言还在嘀咕，伸手按了一楼的电梯键。就在电梯门要关上的时候，一只戴着腕表的手隔开了门。

高大俊美的男人站在外面，看兄妹俩一眼，偏头将烟掐灭在楼梯口的烟灰缸里，接着走了进来，一米九的身高很有压迫感。

赵练喊道："二少。"

闻泽辛没应，下一秒长腿狠狠地一踹，哐一声，猝不及防之下，赵练被踹弯了腰。赵言言见状，尖叫起来，条件反射性地去按开门键，可是电梯已经开始下行了。

闻泽辛半蹲下，下一秒掐住了赵练的脖子。

赵练的后脑勺抵在电梯壁上，有气进没气出，脸憋得通红。闻泽辛脸上没什么表情，看着赵练道："这是最后一次，我没说笑。你真是来看装修的？你是什么心思，当我看不出来？"

叮，电梯抵达一楼。

赵言言冲过来就要拉扯闻泽辛，闻泽辛站起身，还掐着赵练，躲开赵言言的手，按着赵练接着往外推。

赵言言抱着自己的哥哥，也被一起推了出去。

被推出电梯后，因为赵言言力气不够，抱着赵练一起摔倒在地。闻泽辛站在电梯里，理了理袖子，大手一伸，按了关电梯门的键，冷漠地看着咳嗽的赵练。

赵练咳得厉害，被他的目光看得惊慌、心虚，意识到闻泽辛这次真不是说笑的了。他撑着地板，一个劲地咳嗽。

电梯门关上，电梯里的男人表面平静，完全看不出刚刚做了什么。连赵言言这个天真的女孩也被吓得浑身发抖。

"哥，你对刚刚那个姐姐……？"

赵练半天没说话，他今天说看装修，就是假的。电梯上行，回到六楼。

矮胖的业主站在601门口，看到闻泽辛走出电梯，也有些害怕了。刚刚他可看到这男人一进去就直接上手，毫无顾忌。

闻泽辛拿出手机，站在业主面前："先交一部分订金，今晚我住进来。"

业主："哎。"

接着，他的银行卡有钱到账，是对方助理打的钱。

他赶紧把房钥匙跟卡什么的先交给闻泽辛，闻泽辛接过，按了下腹部，走进 601 房。这房子也是刚装修好没多久，业主本来打算年后租出去的，好在还没租。里面此时只有一些简单的家具，沙发、床、柜子等。

装修过后那种味道还有一些，装修的风格也不是闻泽辛喜欢的，他拉过一把椅子坐下，修长的指尖有些泛白，额头出了汗。

他坐着缓和了一下，看着门口，对面就是陈依的那扇房门。闻泽辛揉了下眉峰，拿起手机给江助理打电话："送一车满天星过来。"送走赵练兄妹后，陈依回到厨房准备做饭，但是等把饭锅盖上时，才发现她煮了粥，但煮了就煮了吧。

买的菜也挺多的，她挑了两样，其他的塞回冰箱里。

她准备蒸个排骨再炒个青菜就好，刚把排骨弄好放进锅里蒸，手机就嘀嘀响了起来。她一看，是闻泽辛发的短信。

闻泽辛："阳台。"

看到简洁的两个字，陈依下意识地抬眼看向阳台，此时有点儿风，窗帘被吹得起伏。陈依抿了抿唇，没搭理他。

但是六楼不算高，楼下突然响起一阵惊叫声。

陈依愣了愣，快步走了过去。

楼下拉来了一车满天星，用彩色的灯装饰着，不知从哪里来的人一个个走向车子，拿下满天星开始摆放。

不一会儿，"我和你"三个字带着灯饰出现。陈依抿紧唇，想起高中时两个人坐的那两张桌子，被前面坐过的同学用力地刻了这三个字。

"我"那个字在闻泽辛的桌子上。

"和你"这两个字在陈依的桌子上。那会儿陈依看到这三个字就脸红。

手机嘀嘀响起，她低头看去。

闻泽辛："看到了吗？"

陈依咬咬牙没回，转身要回屋，楼下又爆发出尖叫声，那些满天星跟灯饰又开始变位置了，接着大大的三个字出现：我爱你。

看到这三个字，陈依转身，砰的一声关上阳台玻璃窗，窗帘还摇晃了一下。楼下的江助理站在车旁，用望远镜看到了这一幕，挪开望远镜，看向君悦大堂里手插在裤袋里的高大男人。

他按着蓝牙，说："老板，太太进屋了，阳台门也被关上了。"

闻泽辛看一眼没有回复的短信页面："嗯，让他们收了。"

他说完转身走向楼梯。江助理赶紧指挥现场的一群摆花的人收了花，因为这大动静，惹得此时很多人聚集在君悦门口观看，众人对现场这一切都很好奇，也有些人羡慕地看着这么浪漫的一幕。

可惜，最该感动的女人不领情啊！

江助理突地按住耳机，问道："老板，你今晚是不是还没吃饭？"

那头，闻泽辛拿下蓝牙耳机扔进垃圾桶里，拐进了电梯。

江助理："……"

老板胃那么不好，还不按时吃饭！关上阳台门后安静很多，陈依走进厨房继续洗菜，洗了好一会儿，停顿了一下，接着继续。

等她开始炒菜了，手机又响了。

陈依趁着空隙看了一眼，来电是江助理。

陈依翻炒两下青菜，才滑开手机接了："江助理，什么事？"

那头江助理顿了顿，笑道："太太，晚上好啊，我这边要把满天星收了，给您送两束上去吧？"

"不用。"

江助理笑道："好的。对了，老板刚刚买了太太您对面的房子，今晚就正式入住了。"

陈依："恭喜。"

江助理："太太，不好意思，是这样的，昨天你搬出去后，老板的胃病又犯了，昨晚输液、吃药，今天一连开了几个会议，午饭都没怎么吃。至于下午，从公司离开后，他就直接来君悦了，估计现在胃病又犯了，您能不能去看看他？"

陈依单手还在炒菜，顿了顿，说道："说了这么一大串，你就是为了最后这一句吧？"

江助理："……"

陈依："我在忙，先挂了。"

陈依没忘记之前闻泽辛用离婚把她骗到酒店，最后还想对她干点儿什么的事。她放下手机把青菜炒好，随后又看了一眼排骨，排骨也蒸好了。把两样菜端出去放在餐桌上，陈依转身回厨房去打开锅，里面白花花的粥正翻滚好。

陈依拿过勺子，正准备舀粥，脑海里忽然闪过刚刚隐约看到的他按着自己腹部的画面，动作一顿，看着满锅的粥。

283

几分钟后，陈依取下放在柜子里的保温壶，舀了几勺粥，又装了点儿排骨跟青菜放在最上层。她取下围裙，提着保温壶，脸色冷漠地走到门口，一把拉开门。楼道里穿堂风吹过，很冷，对面601的房门虚掩着，里面透出点儿光。

陈依扫了一眼，随即准备把保温壶放下就走。这时电梯门打开，她转头看去，闻泽辛指间夹着一根没点燃的烟，另外一只手插在裤袋里正走出来。

看到她时，闻泽辛眼神一沉，往她怀里抱着的保温壶看去。

陈依却脸色一变，狠狠地将保温壶往他脚下扔去："看来你好得很。"

她是傻了才信江助理的话。

啪——盖子没有盖好，保温壶来到闻泽辛的脚下，倒了下去，里面的青菜、排骨都滚落出来。陈依看着他好好的，想起自己一时的心软，狠狠地说："你这个人只会威胁人，只会耍手段，还懂得什么是爱吗？"

闻泽辛揉断手里那根烟，越过地上的残渣，朝陈依走过来，嗓音低沉地说："你说我不懂爱？"

陈依胸口起伏，咬着牙根，抬着下巴："你懂吗？"

她的语气讥讽而不屑。

闻泽辛绷紧了下颌，嗓音低了几分，盯着她："我懂。遇见你，我就懂了。"

陈依听罢，觉得很可笑："是吗？真荣幸。那你怎么就能立下婚前这种协议？你当我是傻子？"

闻泽辛紧紧地盯着她，一句话也说不出。

陈依看着他，思索了半晌，说："要不要把我们之间的经历写出去，让别人看看，再设一个投票，如果有人敢说你爱我，我就老老实实地当你的老婆，如果所有人都觉得你不爱我，那么你答应我离婚怎么样？"

闻泽辛捏住她的下巴，语气冰冷地说："你这是变着法子想跟我离婚。"

陈依："你敢不敢？"

闻泽辛："……"

许久后，他低下头说："不敢。"

有百分之一的可能离婚，我都不敢这么做。

"你当然不敢，因为没有人会相信你！"

这句话回荡在走廊里。闻泽辛脸色发白地靠在墙壁上，胃一阵抽痛。他看一眼地上的残渣，走过去弯腰拿起保温壶。

陈依拿着扫把跟拖把打开门一看，愣了几秒，接着走过去说："让一让。"

闻泽辛直起身子看她一眼，随后把壶放在601的门口，拿走她手里的扫把。

陈依的手一空，她愣了一秒，就看着他开始打扫。

他的衬衫扎在腰里，腰身紧致，一身矜贵气质，但是他扫得倒还可以。陈依拿过拖把去接他的尾，拖把再次被他拿走。

只是他拖着停顿了下来，额头上的汗顺着滑下来，滴落在地面上。

陈依见到了，看了一眼他的腹部。

男人腹部肌肉紧实，衬衫紧贴着肌肤。

陈依："你的胃病犯了？"

"没有。"

他把拖把跟扫把一起递还给陈依，语气冷淡地说："明天找一个保姆过来，这些事情以后交给保姆去做。"

说着他拿起保温壶。

陈依顺手去拿保温壶。闻泽辛顿了顿，指尖用力，抬起眼眸看着陈依："这不是给我的吗？"

陈依："里面是一点儿白粥而已。"

说着她用了点儿力气。闻泽辛胃部更疼，却迟迟不肯松手，陈依皱眉："这保温壶是我的。"

闻泽辛："给了我，就是我的。"

说着他再用力。

陈依的手指碰到了一点儿油，滑了一下，保温壶被他拿走了。

闻泽辛："早点儿休息。"

他转身进了601室的门。陈依单手抓着拖把跟扫把，看着那扇门关上，再看一眼搞好卫生的地板。

他要一个保温壶干什么？

陈依无语，转身回了自己的房子。

602的门砰一声关上。

601房里，闻泽辛提着保温壶走到柜子前放下，随后撑着身子，几秒后拿起一旁的药瓶打开，倒了几颗药放进嘴里。

他面无表情地吞下药，接着看向那保温壶，许久后伸手打开保温壶，一口一口地喝着里面的粥。陈依把拖把跟扫把拿去洗了出来晾好，才去吃

285

晚饭。闹到现在很晚了，吃完饭洗完碗，陈依再去洗澡，路过阳台的时候，往下看了一眼，之前满地的满天星都被收走了。

陈依收回视线走向浴室。晚上十点半左右，陈依靠在床头，跟沈璇微信聊天。

沈璇："不打算见那个职业经理人了？"

陈依："暂时不见了吧。"

沈璇："行。"

沈璇："你之前是不是看他用陈氏威胁你，所以想找个人跟他抗衡？"

陈依："嗯。"

尤其是她看到父亲那么晚还在研发室里，两鬓白发，那么努力。他是那么想要做好陈氏，却还要支持她离婚。

她身为女儿却什么都做不了，感觉非常无力。如今父亲放弃陈氏，将公司全部交给闻泽辛管理，陈依也没那么为难了。

这职业经理人不请就不请了吧。

沈璇："他搬到你对面去住了？"

陈依："嗯。"

沈璇："心机挺重。"

放下手机，陈依便睡了。第二天出门，对面601的大门关着，陈依看了一眼便走向电梯，那种感觉有点儿奇怪。

两人居然成了邻居。

她开车去了事务所，跟着小组的人继续去那家纸业公司做审计。这一忙就五天过去，闻泽辛也没有再出现在601这套房子里，她倒是碰见丽姐两回。丽姐是来给闻泽辛打扫卫生的，还给陈依带了很多吃的东西。

陈依从丽姐嘴里得知，那晚半夜闻泽辛临时出差。

她想起这个男人那晚额头的汗，抿了抿唇，跟丽姐聊了两句就回去了。丽姐提出要帮她打扫屋子："太太，我去你房子里帮你打扫吧？"

"不用，我自己能做。"陈依拒绝了。

丽姐哦了一声，有些失落。市中心的房子现在又空下来了，先生跟着太太都跑这边来了，她也得两边跑。忙完纸业公司的项目，沈丽深带的项目组的人就回来了。一看到她，沈丽深立即把她的名字加上去，拍了拍她的肩膀道："明天出发去东市。"

陈依一看又有新项目了，笑道："好。"

第二天一早，事务所的车就来接陈依，一行人赶往机场。这次梁振峰被其他人借走了，周燕抱着陈依的手臂说："少了他，我们哼哈二将少了一个哈将。"

陈依忍不住笑起来："嗯，下回让深姐把他要回来。"

周燕叹气："不过幸好你回来了。对了，听说这次去的东市环境不错，那边有很多高科技产业。"

陈依："嗯，你想去看看？"

周燕又叹了口气："哪儿有时间哦。"

抵达东市也没时间休息，一行人直奔那家公司。那家公司也是一家新科技产业，双方还是第一次合作，需要的资料比较多，小组所有人连午饭都没吃，就一直开会，到了三点多对方公司才叫了外卖。

吃过午饭，一群人继续开会，晚上到十点多才下班。一行人回到酒店，陈依跟周燕住一个套房，洗完澡躺下就睡。

第二天大家还是跟螺旋一样转。

陈依忙到中午，感觉肚子有些不舒服。这时桌上的手机响起，她看了一眼，来电是闻泽辛。她接了起来："喂。"

闻泽辛低沉的嗓音传来："我在楼下。"

陈依愣了几秒道："我在东市。"

"我知道，你下来。"

陈依唰地推开椅子，随后看了一眼办公楼下面，顿了顿，又回头看了一眼都在忙的其他人，接着走向门口。

越走她越觉得不舒服，抵达一楼门口时，黑色的奔驰缓缓开过来，来到她跟前，车窗摇下，闻泽辛拿了一个袋子给她。

陈依抿了抿唇："什么？"

"例假。"

陈依反应过来，难怪有些不舒服："我带了。"

闻泽辛看着她，随即指尖要松，这是要扔的意思。陈依赶紧接过袋子，黑着脸道："你滚。"

"晚上有时间吗？"

陈依将那袋子放在身后："干什么？"

他看着她，淡淡地道："跟你道歉。"

"不用。"

"那我就等着。"

陈依冷冷地问："你到底想干吗？"

287

闻泽辛："你之前说了，跟过去的你道歉。"

陈依顿住。

闻泽辛从里面伸出手，修长的手指拉住她的手指，眼神深沉："好吗？"

陈依猛地抽回手来，说："不加班再说。"

他这人说等着就真的会等着，陈依跟一群同事来的，又不是一个人。她从之前就很怕同事知道她的私事，现在依旧怕。

她转身回到办公楼，上电梯了才看到手里的袋子。她顿了顿，把袋子跟小包放在一起。不用打开袋子，陈依都知道里面是红糖跟卫生棉。她有些发呆，随后拿起自己小包里备用的卫生棉，起身去了洗手间。

晚上六点就下班了，一群人在酒店吃完晚饭出来，门外就来车了。陈依的手机跟着响起，她拿出来一看，他打来电话了。

陈依跟沈丽深说了一声，随后转身出门。江助理下车，看到她笑了笑："太太。"

接着，他给她打开车门。

陈依弯腰，看到后座上的男人，顿了顿，坐了进去。

闻泽辛垂眸看着她，问道："吃晚饭了吗？"

"吃了。"

"嗯。"

车子启动，陈依问："去哪儿？"

她今日穿着白色的衬衫跟A字裙，外面穿了件外套。闻泽辛手放在大腿上，看着她，回道："快到了。"

陈依心里有点儿猜测，这边有个闻、沈两家合作的研发室，大多项目跟心理健康测试有关，之前闻泽厉跟沈璇在这边测试过一次。

果然，看到公司名字，陈依就知道自己猜对了。

闻泽辛下车，陈依也下了车。他理了理袖子，走过来牵她的手。陈依挣扎了两下，闻泽辛看她一眼，眼神有些深沉。

"我会叫人录下来的。"

他的道歉，会永远保留着。

研发室的蒋总还没下班，正等着他们。蒋总看着这对夫妻，就想起闻泽厉跟沈总，笑道："我在想，以后我们可以研发一种叫婚姻忠诚度的人工智能，来帮你们这些需要借助机器才能解决问题的夫妻。"

闻泽辛勾唇一笑说："麻烦你了。"

今晚公司没人，可能是专门等他们的。一路走去，陈依多看了一眼这家公司的产品，首先会有一个心理咨询师跟他们对话。陈依坐下时有些慌，感觉要把自己剥开似的。

她看了闻泽辛一眼。

闻泽辛看着她，几秒后走上前，俯身在她的额头上亲吻了一下，说："我去隔壁。"

陈依的眼眸里闪过一丝冷意。

闻泽辛起身离开。

那位咨询师看着高大的男人离开后，笑着对陈依道："不用紧张，如果咨询完了，你不想做测试也行的，那些机器只是辅助工具。"

陈依笑着点头，有些放松。闻泽辛没有立即去自己的那个咨询室，转而去了监控室，手插在口袋里，站在监控面前。他要道歉是真的，想知道她的心结也是真的，所以安排了这场咨询。

那边慢慢开始，监控画面里传出两个人的对话。

陈依已经完全放松下来，在咨询师的引导下，也开始回答咨询师的问题。这时咨询师问道："在这场婚姻里，你有最难忘的场景吗？"

陈依看着咨询师的眼睛，突然抓住扶手往旁边干呕。咨询师愣了一下，闻泽辛猛地转身就往那间咨询室走去，长腿刚迈进门，陈依就抬起头，对着那一抹高大的身影，冷淡地道："有啊，最难忘的就是闻泽辛跟很多女人做游戏，我真的看吐了。"

闻泽辛停住脚步。

陈依的手往扶手上搭去，她冷笑着看着他道："想让我释然可以，离婚！"

咨询师估计没料到会炸出这么一个回答，下意识地看向闻泽辛。男人眼睛一眨不眨地看着陈依，修长的手指往旁边拨了两下，那意思是让咨询师出去。

咨询师见状立即起身，匆匆地离开，顺便关上了门。咨询室里一时安静下来，只有沙漏的声音细微地响着。

谁都没说话。

陈依转过头，旁边是一幅画，画的绿草青山。

闻泽辛上前，单膝下跪，看着她道："离婚是不可能的，但是我可以放你自由。"

陈依猛地转过头看着他："怎么放？"

闻泽辛牵着她的手，轻轻地摩挲着："随你想怎么样，你想报复我、对付我都可以，我可以把命给你。但是死后，墓碑上你是我的妻子。"

陈依猛地抽回手："你疯了！"

"没疯，我很认真。"他又抓住她的手把玩着，抬起她的手放在唇边亲吻了一下，"好好想想怎么报复我吧。"

陈依真的跟看疯子一样看着他。

她知道他今晚不单是想道歉，估计也是想借助心理测试机器得知她的心情，尤其是她的心结，心理咨询师也是其中一环。陈依真的不由自主地想起生日派对的那场换装游戏，那些画面一直被她压在心里。

从她看到第一个女人走向他的那一刻起，这种恨意就一直被她压抑着。女人很难把上床跟情感分开，何况这个人是闻泽辛，从两个人第一次发生关系，他温柔又略微强势地抱住她以后，那时的暗恋滋长成了一张很大的网。

爱啊，她很爱他啊，爱到明明有婚前协议，还是忍不住地试探他。

那个时候她跟林筱笙那群女人一样，想要得到他独一无二的对待，但那场换装游戏击垮了她所有的希望。

那个时候她选择赵练，甚至希望自己能跨出那一步，远离这个男人。后来的一系列事情硬生生地把她从这场感情中剥离出来，她才开始想通，不单想远离这个男人，还想远离这场婚姻。

可他偏偏不肯放手，还说爱她。

陈依垂眸，几秒后拽住他的领口。

衬衫领口被拽起来，闻泽辛轻描淡写看了她一眼，神色带着纵容。

陈依俯身说："好，你等着。"

两人不谈婚前协议，不谈陈氏，单单谈他们之间的感情，此时才开始较量。两人从咨询室出来，蒋总带着咨询师迎面走来。蒋总见他们这样，迟疑地道："不打算借助一下人工智能吗？"

闻泽辛手搭在陈依的腰上，说："不了。"

蒋总愣了愣，看向陈依。

陈依微微一笑："多谢蒋总，也多谢肖医生。"

蒋总干笑："不客气，也没帮到你们什么，我送你们出去。"

闻泽辛带着陈依走向门口，江助理下车打开车门，陈依弯腰上车。闻泽辛没有立即上车，被蒋总喊住了。

蒋总看了一眼车子里的女人，凑近闻泽辛道："二少，这么多年的事情你不打算透露一些给她吗？"

闻泽辛看着车里的陈依，说："不用了。"

蒋总看着他，呆了一下。其实之前闻泽辛就来过公司，简单地做了一次心理测试，蒋总亲自给设的系统。这男人心志坚定，背负了不少事情，当时其实没测出什么来，因为很难找到他的缺点。

除了一闪而过的女人身影，蒋总还以为是什么"白月光"，问了一句才知道是他的妻子。

得知婚姻有危机，蒋总的意思是让闻泽辛稍微透露些许软弱情绪，女人都是感性的，然而今晚……他们突然说不测试了？

"行吧，您加油。"蒋总拍了拍闻泽辛的肩膀。

闻泽辛垂眸看了他一眼，淡淡一笑，随即走下台阶，走向车子。打开车门坐进去后，他看了陈依一眼："要不要吃夜宵？"

陈依看向窗外，说："不吃。"

闻泽辛听罢，对江助理说："送太太回酒店。"

"好。"

江助理启动车子，掉转车头。大路两旁都是厂房，路边种着大树，路灯不算明亮，偶尔一两束光打进车里，落在陈依的脸上，也划过闻泽辛的半边身子。他偏头看着她。

陈依在车窗上看到了他的眼神。

她挪开视线，不想与他对视。

很快，车子抵达酒店。

陈依下车，手放在外套口袋里，飞快地走上台阶。

闻泽辛摇下车窗，看着她的背影。

江助理从车内后视镜里看了一眼，看到自家老板这般痴望着太太，摇头叹了一口气。他又等了一会儿，后座传来男人低沉的声音。

"开车。"

黑色奔驰这才开走。陈依回到酒店套房里时，周燕正在敷面膜，看到她回来，按着脸说："依依，你回来啦，要不要跟我一起敷面膜？"

陈依愣了愣，笑道："不了。"

"你不是来'姨妈'了吗？我刚刚给你泡了红糖水，在保温瓶里，用你带来的红糖泡的。"周燕转头指着那边的小餐桌。

"谢谢。"陈依走过去拿走瓶子，对周燕说，"我洗澡了哦，你也早点儿休息。"

"好的。"周燕声音含糊，还按着面膜。

陈依转身进了房间，关上门后开了盏壁灯，抬起手看了一眼手中的保温瓶，又看了一眼柜子上的袋子。

这个袋子是闻泽辛今天中午送来的。

她把保温瓶放在柜子上，随即拿了睡衣去洗澡。肚子还是有点儿不舒服，她出来后喝了些热水，回到床上，沈璇发微信过来。

沈璇那边很快得知他们没有用到测试室，也只见了一个咨询师，还知道陈依的心结在哪里了。

沈璇："我就猜到是这个，当时你在现场状态很不好。"

陈依："嗯。"

沈璇："你打算怎么办？"

陈依拿起手机按了语音，跟沈璇说了闻泽辛的态度。沈璇在那边听罢，冷笑一声，晃着长腿："可以，他对自己够狠。你就不要客气了，他自找的。"

沈璇："以牙还牙。"

陈依瞬间明白沈璇的意思，沉默了两秒。沈璇在那边啧了一声："你可别那么容易心软。"

陈依想起前段时间在君悦的那个晚上，笑了笑，说："我这个人就是太容易心软。"

她怕他死，怕他又跟上次一样吐血，于是还是心软地送了粥。

沈璇："这是你的优点。"

以前小姐妹吵架，闹过后，服软的那个人都是陈依，沈璇是最有感触的。她顿了一会儿说："这次可不能轻易心软了，事关未来。"

陈依笑了笑："知道了。"

两个人又聊了一会儿，谁知道常雪也挤进来要聊，于是变成了三个人语音，沈璇那边话没一开始多了。

反而变成常雪在那边叫陈依加油，估计是也听说了点儿什么，最后突然道："对了，依依，你是不是生日快到了？"

陈依："啊，是的。"

沈璇的声音进来："正好，我让常雪给你准备准备，婚后第一年的第一个生日要好好过。"

常雪兴奋地道："好啊好啊！"

陈依："好。"

八天后，项目顺利结束，东市的天气也隐隐进入初冬，好在带的外套有一件比较厚的，几个人准备去机场的时候，沈丽深去接了一个电话，接着回来突然笑着宣布："这家公司很不错啊，给我们升机舱。"

"真的假的？"周燕跳了起来，"升到头等舱了？"

"对。"沈丽深笑着把手机放进挎包，看一眼陈依，随即招呼其他人走下台阶。陈依被周燕挽住手，整个小组的人还在叽叽喳喳地说这家公司太好了。

一行人抵达机场，就有专人出来接。办理好登机手续后，一行人前往候机室，一进门便看到闻泽辛长腿交叠地坐在单人沙发上，手边放着一杯咖啡。江助理拿着文件正在说话，陈依的同事见状，顿时噤声。

沈丽深笑道："闻总。"

闻泽辛看一眼沈丽深身侧的老婆，点了点头。江助理笑着道："太太，这边。"

一瞬间，所有人的目光都往陈依这边扫来，周燕惊呼了一声："我想起来了，你老公。"

陈依抿紧唇，看着那男人。

这一行同事似乎也记起来了，这个男人是陈依的老公，有幸还看过视频。闻泽辛放下手里的杂志起身，当着众同事的面，拉住陈依的手低声问："发什么呆？"

接着，他牵着她走向沙发："想喝点儿什么？让人送来。"

陈依不着痕迹地收回手，但是不得不坐下。她要是现在挪开，议论声会更大。闻泽辛顺顺袖口，跟着坐下，垂眸看了她一眼。江助理送来牛奶，放在陈依手边，其他同事面面相觑，一个个找沙发坐下，但是目光还是不由自主地看向这边。先不论那个视频，其实当时灯光有些昏暗，大家也看得不太清楚。

但是光看这个男人的长相就不得了，外加那气场，导致大家伙儿正襟危坐，陈依突然想起刚刚沈丽深看她那一眼。

她偏头靠在扶手上，低声问："你给升的舱？"

闻泽辛翻着杂志，听罢往她这边靠了点儿，闻着她身上的清香："嗯，想让你飞回去舒服点儿。"

陈依坐了回来，偏头端起牛奶一口喝完。不一会儿，她上洗手间再出来，随意地拉住周燕的手说话，接着不经意坐在周燕旁边的单人沙发上。

周燕正看着手机，呆了呆，又看了一眼对面的男人。

高大俊美的男人神色淡淡地看着杂志，对自家老婆跑到别人那里没有什么情绪，但还是让周燕觉得悚得慌。

她说："依依，你不去你老公那里吗？"

陈依看着她手里的游戏："我看看你的游戏。"

周燕："哦，好啊。"

不一会儿，可以登机了，有专用通道，大家也不用排队。陈依看出周燕有点儿慌，闻泽辛在这儿存在感太强了。

她也不好继续巴着周燕，周燕不是沈璇，也不是常雪。她提着包，跟沈丽深走在一起。闻泽辛走过来，随手拿走她的包，牵住她的手。

陈依憋气。

有"夫妻"这两个字束缚着，别说什么自由，一些行为真的没法避免，陈依突然做了件比较幼稚的事情，用指甲抠了一下闻泽辛的掌心。

她的指甲很长，划一下是很疼的。

闻泽辛垂眸看她一眼，神色依旧从容。

江助理在一旁，很不巧地看到了这一幕，咳了一声，挪开视线。老板真的很纵容太太，估计以后会更纵容。

他毫不怀疑，如果太太出轨了，老板依旧能面无表情地把这顶绿帽戴好。一行人进了舱室，好在座位跟座位之间隔得很开。坐下后，陈依拉过帘子，戴上眼罩就要睡。闻泽辛在隔壁没闲着，江助理靠过来跟他谈话，还谈到陈依刚刚做完审计的那家公司，听那语气是准备收购对方，正在谈价格的阶段。

而陈依的同事们开始点餐吃，一群吃货。周燕偷偷地跑来，撩陈依的眼罩，低声问："依依，你想吃什么？我给你点。"

陈依抓回眼罩，说："我睡会儿，别吵。"

周燕："这么困哦……"

接着，她一抬头就对上隔壁那张椅子上的男人的眼神。他看着这里，接着伸手拉过薄被，给陈依盖上。

盖上后，他指尖往后点了点，眉梢挑了一下。

周燕看出他是让她走，别打扰陈依睡觉的意思，立即离开了。陈依这老公气场太强，她怕怕。

中途陈依起来吃了点儿东西，接着又睡。旁边闻泽辛一直在看文件，没怎么休息。飞机抵达 B 城时，正是晚上。

陈依这边的人去取了行李，就跟闻泽辛分开了，周燕终于松一口气，挽着陈依的手，问陈依要不要去吃麻辣烫。

陈依本想回陈家一趟，后想了想说："好，去吃。"

她很久没吃过麻辣烫了。生日要到的前几天，很多人发信息问她要怎么过，林笑儿还打电话让她回家，说要帮她过生日。

沈璇那边却安排了一个小型的生日派对。

闻泽辛给她发了一条短信。

闻泽辛："生日打算怎么过？"

陈依："沈璇帮我安排了一个生日派对，你要参加吗？"

那头，闻泽辛却没回，彼此之间似乎都明白"生日派对"这四个字的毒性。陈依也没刻意等他回。

他给的自由嘛！

B城进入冬天冷飕飕的，家里还好，一出门头发都吹乱了，是干吹那种。陈依生日的前一天下午，她还在事务所忙活。

很多人发信息给她，问她好了没。

沈丽深从办公室里出来，给她拿了一份零食："提前祝你生日快乐。"

陈依愣了愣："你怎么……？"

沈丽深微微一笑，放下零食后，拍了拍她的肩膀："下班吧，我看你一个下午手机响个不停，肯定是有人找。"

"你老公给你过生日？"她笑问。

陈依笑着摇头："没有。"

沈丽深："头等舱的钱都花了，还不舍得给你过生日？"

将电脑关机，又开始收拾桌上的资料，陈依起身说："我有姐妹给我过，不一定要他。"

说着她提起小包，跟沈丽深告别。换成过去的她，肯定是希望闻泽辛能给她过生日的，如今对于他，她一点儿想法都没有。

她下了楼，沈璇开着那霸气的车过来，引起不少人的注意。

陈依拉开车门上车，那些人一看到驾驶位上是个漂亮的女人，都惊了惊。陈依看沈璇一眼："璇儿，看看你，又造成轰动了。"

沈璇冷若冰霜的脸上没什么表情。

她上下打量着陈依："生日派对就穿这样？"

陈依："回家换。"

沈璇："不用，我带了。"

微信群里常雪发信息过来："依依，你猜猜今晚都有谁？对了，闻泽辛真的不来吗？"

陈依没回常雪的问题。

不一会儿，天色暗下来，车子抵达萧氏旗下的俱乐部，陈依被沈璇拉去换了一条黑色开衩裙，一把推开门。

包间里的人的面孔让陈依一时有些恍惚，除了赵练，居然有高中同学和大学同学。

"Surprise（惊喜）！"

常雪冲到前面，两手大开，眼睛亮晶晶地看着陈依。陈依错愕了一下，随即笑着走进去看着他们。

高中同学来得不算多，大学同学来得多，她虽然年纪比常雪小，但是跟常雪上的是一所大学，经常去常雪那里蹭吃蹭喝，常雪也经常躲在她这边玩，于是两人认识的同学几乎一样，尤其是还有辩论社的师哥。

这位师哥就是送很多巧克力那个。

陈依看到他时，突然弯腰笑起来。

其他人看着她笑，也跟着笑。沈赫跟沈凛今晚也来了，以前他们也经常给陈依过生日，至于闻泽厉、闻泽辛、萧然、顾呈几个却没来。

包间里的笑声没有藏住，传了出去。

门外楼梯口处，一个高大的男人顿了顿脚步，手插在裤袋里，垂眸转进了隔壁的包间。包间里响起音乐声，陈依被簇拥着，好些人看着她。陈依捂着脸笑道："我没想到我的生日会居然变成了同学会。"

"什么同学会啊，我们是来看你的。"有人笑着道。

"是啊，一毕业大家就各奔东西，难得这次有人通知我们说你的生日正好是今天，我们都在 B 城就过来了。"

这份惊喜，比任何礼物都好。陈依左看看右看看，又笑起来。她靠着常雪，想起这几年发生的事情，有些恍惚，上大学那几年她是很开心的。

其实上大学那会儿，她对闻泽辛的感情并不是很深，正是最淡的时候，突然变深是因为这场联姻，她突然发现自己很久没有因为别的事情开心过了。

沈璇让人换了音乐，说："跳舞吧，你们谁邀请陈依跳舞？"

这句话一出，很多人齐刷刷地看着陈依。

常雪凑在陈依的耳边说："你看，当初除了明目张胆地追求你的人，还有很多暗暗喜欢你的。"

陈依失笑。

沈璇凑过来说："你现在是自由的，该跳舞就跳舞，该约会就约会。"说着，沈璇一把拉过陈依，把她推出去，一下子就有人扶住陈依，正是那位师兄。

陈依顿了顿，抬起头看了一眼不远处的监控。隔壁的包间很安静，灯打在光滑的桌面上，萧然抱着手臂靠在桌旁，顾呈坐在闻泽辛的身侧，看着手机页面。

有人现场直播。

顾呈啧了一声："看看这个人，还有旁边那个，肯定都是喜欢陈依的。啧啧，没想到啊，大学那会儿那么多人喜欢陈依。闻泽辛，你怎么看？"

他看了过去。

闻泽辛陷在沙发里，单手捏着手机，看着直播视频没有动。萧然在对面阴恻恻地说："难受吗？她当初在后面看着你，也是这样的感觉。活该。"

视频里，陈依被推搡得接受了别人的邀请。她跳之前，看了一眼监控，那双漂亮的眼眸似含着水光，望进了闻泽辛的眼底。

她收回了视线。

闻泽辛端起酒杯喝了一口，又喝了一口，目光却完全没有离开视频。几秒后，他啪地放下手机，放下酒杯起身。顾呈立即跟着起身，一把按住闻泽辛的肩膀，笑道："你想干吗啊？去把她强行带走？"

闻泽辛偏头看着顾呈，眼神有些阴鸷。

顾呈笑了笑，还是使劲按着他："你说给她自由的，不是吗？"

闻泽辛突地道："对。"

他坐下，拿起手机逼着自己继续看，一杯酒一杯酒地喝，语气冷淡地说："她这样报复我，够痛。"

他突然往后靠去，手搭在眉心上，突地闭上眼睛。

酒精在身体里肆虐，脑海里浮现那场生日派对的场景，他将自己代入了她，看着她前面围绕着男人，他们把她抱了起来。

而她对着他们笑。

沈璇："嗯，痛苦吗？痛苦就对了。"

沈璇："还敢过生日派对吗？"大学的时候，陈依是跳过双人舞的，不过当时在军训会上跳到一半，有个同学按到手机，突然音乐声一换，变成了特别欢快的节奏，全场的人都蒙了一下，紧接着不知道是谁起的头，大家跳起了插秧舞。

那会儿，师兄刚好从楼上路过，目睹到他们这么疯。

今天，双人舞没有跳完，陈依突然想起这一幕，一下子跳起来。常雪见状哈哈大笑，指着陈依："对，对，我们那会儿笑疯了，我的天，情景重现啊！哈哈哈。"

被陈依推开的师兄愣了一下，随即反应过来，也跳起来。陈依看着师兄，勾着嘴角，思绪不由自主地回到了大学时代。她反手拉着沈璇跟常雪："快，一起跳。"

沈璇有些嫌弃："不跳。"

常雪却疯得很，下来就拉着一堆同学："来来来——音乐响起来。"

陈依哈哈笑着，往前抱着沈璇，把她拖过来。沈璇不得不把手机放下。她今晚没换衣服，还是白天的制服，跳起来有点儿不习惯，最重要的是这是无厘头的跳法。陈依看了其他同学一眼，笑着抱住沈璇，说："我突然好开心。"

沈璇挑眉："那就好。"

她的手机嘀嘀响了几下，是闻泽厉发来的消息。

闻泽厉："老婆，你们在哪儿呢？"

闻泽厉："我弟死了没？"

沈璇看了一眼，冷笑，可能死了。陈依抱着沈璇又跳了几下，接着转过身去跟常雪跳。她短暂地忘记了很多不愉快的事，忘记了这一年的挣扎，眼前的同学让她仿佛回到大学时代，没有家世、没有联姻、没有需要履行的约定、没有挣扎、没有压迫、没有爱情……

常雪掐着腰，对着陈依说："扭，你得这样扭。"

陈依摇头，抓着常雪说："我们得这样扭。"

师兄背过脸去。

其余的人都笑了。其中一个女同学突然拿起麦，说："去他的婚姻！去他的工作！"陈依看了那女同学一眼，捂着脸笑起来。

包间里的人闹成一团，隔壁包间的门没关，可以听见一些声音，里头酒味浓郁，光线昏暗，闻泽辛指间夹着烟，脸色沉沉地听着。

顾呈："她这会儿是真开心。"

萧然窝在沙发里玩手机。

顾呈看一眼在昏暗里的男人，说："她演给你看，你都觉得痛苦，要是不演，是真实的，你该如何？"

他该如何？

闻泽辛将手放下去，烟虚虚地夹着，说："忍着。"

抽筋扒皮地忍着。

顾呈："你对自己够狠。"

他毫不怀疑，闻泽辛会短命。闹到最后，包间门被打开，工作人员用推车推着五个蛋糕进来时，一行人才想起来，对啊，今天是陈依的生日。

常雪起身走到推车旁，说："怎么有五个生日蛋糕？"

师兄说："我一个。"

陈依曾经的室友温蛮说："我一个。"

沈璇："我一个。"

常雪探头看了一眼说："有一个是林笑儿阿姨的，还有一个……"

她伸手揭开一看，上面是"老婆，生日快乐"。

常雪手一抖："啊，你老公的。"

陈依跳出一身汗，站在那儿看着这个蛋糕，随即抬起眼眸，却没有再去看监控，笑着对其他人道："切蛋糕了。"

几个男同学包括师兄也愣了愣，随即笑着回神，有人不经意地看了一眼那上面的"老婆"二字。时光过得很快，喜欢的人已嫁作他人妻，他们笑了笑，上前说："来，我来帮忙。"

蛋糕很多，陈依许了两个愿望，一个是早日当上合伙人，一个是父母身体健康。

吃蛋糕时，有几个高中同学凑过来，靠着陈依问道："我听说你老公是班长？"

陈依笑道："嗯。"

"哇，他今晚怎么没来？"

陈依吃着水果："他忙。"

几个人笑道："真好。"

生日派对结束，陈依、沈璇和常雪都喝了酒，来接她们的是沈家的司机，今天沈家的司机专门开了一辆劳斯莱斯。

沈凛要回研究所。

所以沈赫跟她们一起回，车子里坐了四个人。沈璇跟陈依坐在一起，她看着陈依，接着点开手机视频递给陈依看。

陈依刚刚吃了挺多蛋糕的，此时胃胀，吹了下风看着视频。

她看到里面的男人拿着手机看着她的生日派对的视频直播：他看到了她跟师兄跳那一段舞，虽然只有一小段；他抽烟，一杯接一杯地喝酒，以及猝不及防地站起来却被人按住。

对话有些模糊，但她还是听到了一些。

"你说给她自由的，不是吗？"

"对。"

他坐了回去，拿起烟放进嘴里，修长的指尖似在颤抖。

陈依看着视频，呆愣了很久，过一会儿眼眶发红，呼吸不上来。她掩面哭了起来，泪水一串一串地掉："他叫我报复我就报复，我为什么要听他的？为什么我不能在他那里找到一点儿自主权，为什么？……"

沈璇跟常雪赶紧揽住她。

沈璇："因为你习惯性地软弱。"

陈依越说越崩溃："我还怕他说的是假的，怕他不是真的爱我，我为什么要怕？……"

沈璇："从现在起你可以不用怕，你做的所有事情都是可以自己选择、自己承担的。"

"对，我怕自己承担不起，回到那个家里，他想碰我我不敢，我怕再次跌入他的温柔陷阱里，再也爬不起来。我想离婚，想远离他……我玩不起。"她一直觉得婚姻是神圣的，是不可亵渎的，而她遇见了什么？

沈璇："只要你能对自己负责，就没什么玩不起的。"

陈依泪眼蒙胧地看着沈璇。

沈璇让沈赫拿纸巾过来，沈赫看着陈依，叹了口气，赶紧拿了一盒纸巾。常雪抓过纸巾跟着哭："都是什么男人，没一个好东西。"

"擦一擦。"沈璇给陈依擦着泪水。

陈依突然明白了些什么。她是一个独立的个体啊，为什么怕东怕西的？一个男人而已，她有什么好怕的？

车子缓缓开到君悦，车身长，一下子就占据整个小区门口。沈赫先下车，扶着陈依出来，陈依高跟鞋踩在地面上，还有点儿晃，她仰起头对沈赫说："谢谢。"

她还红着眼眶，有点儿像兔子。

沈赫见状，红了耳根，说："你是不是醉了？"

陈依摇头，松开他的手，回身跟沈璇和常雪说："我进去了。"

沈璇："嗯。"

她余光扫了一眼小区大堂，一个高大的男人站在那里，一只手插在口袋里，一只手夹着烟，抬起来缓慢地放进嘴里。

沈璇收回视线，看着陈依："那我不送你了。"

常雪想从里面挤出来："我看她两脚虚浮，需要扶啊！"

沈璇把常雪推了回去。

沈赫也看到大堂里的男人了，弯腰钻进了车里。陈依看他们都进车里了，提着小包，晃晃悠悠地转身，刷卡进入小区。她有点儿醉了，纤细的腰包裹在黑色紧身开衩紧身裙里，垂眸看着地砖，既数着数，也在尝试走直线。

上了台阶，她隐约察觉到前方的阴影，抬起头就看到了闻泽辛，男人的神色冷漠而阴鸷。

陈依看了他好一会儿，突然笑道："我做不到像你那样，美女环绕，游戏人间，因为我对婚姻是真诚的。"

闻泽辛往旁边的垃圾桶上摁灭烟的动作一顿，他闭了闭眼，随后上前揽住她的腰："喝了很多酒？"

陈依："别装了。"

她拨开了他的手。

闻泽辛抿唇，揽紧她。她的身材是真好，练瑜伽塑形出来的，身体紧致而迷人。闻泽辛大手突然用力，两个人走到电梯门口，陈依突然哎了一声："你别那么用力行不行？"

她带着酒气凶他。

闻泽辛顿了顿，手掌松了些，垂眸看着她："酒后胆子倒是蛮大。"

陈依抬起眼眸，冷冷地看他一眼，随即又收回视线。那样子凶得有点儿妩媚，闻泽辛眯了眯眼，带着人进了电梯。

这个点很晚了，电梯里很安静。

陈依抬手摸了摸眼角。

闻泽辛低声问："怎么？"

"像不像兔子？"陈依喃喃地问。

闻泽辛垂眸看着她的眼角，红是红，但是皮肤白，不过确实有点儿肿。

他淡淡地道："像。"

陈依："难怪沈赫说我像兔子。"

闻泽辛按着她的手掌紧了几分，最后又松了。

陈依的门口堆着很多礼物，都是今天那些同学送的，陈依一出电梯，眉眼就扬了起来，拨开他的手，快走了两步。闻泽辛看着她扑向那些礼物，握住她的手臂将她拉起来。陈依拿钥匙开门，说："帮我搬进来。"

闻泽辛挑眉，看那些礼物的眼神都好些了。他抱起礼物盒子，给她送进门。屋里飘着淡淡的香水味，他不动声色地扫了一圈。陈依靠着鞋柜，问道："你看什么？不许乱看。"

她脖子都红了，酒精上来后，整个人更大胆了。闻泽辛看她一眼，勾了下嘴角："那你说我看哪里？"

陈依："你只配看外面的地板。"

闻泽辛："……"

将礼物盒子搬进去后，陈依就赶闻泽辛出去。闻泽辛挽着袖子，一把搂住她的腰，问道："喝了多少酒？"

陈依很晕了，这个时候最适合直接扑在床上睡觉。她推着他的手臂，闻泽辛单手把她抱了起来，抵坐在鞋柜上。

陈依推着他，挣扎起来，头发有些凌乱。

这样的她，又跟高中时有些重叠。闻泽辛有些贪婪地看着，陈依却突然停止挣扎，俯身抱住闻泽辛的脖子说："你这人，一无是处。除了长得好看，什么都不是。"

闻泽辛："……"

"也不配当我的老公。"

闻泽辛的手臂渐渐有些松了，他正想放下她，却发现她呼吸均匀，已经睡了。他偏头看一眼她的脸，想起今晚视频里她那开心的笑容，眼眸暗了几分。随后他后退一步，把她抱下来，走向卧室。

他第一次进这间卧室，房间里有着淡淡的女人香味，但很干净整洁，唯独床上的抱枕有点儿凌乱，她应该是经常抱着这两只抱枕，都抱得有了压痕。

闻泽辛弯腰把陈依放到床上，撑在床边看了她许久，没忍住摸了摸她的脸。

许久后，闻泽辛解了点儿衬衫领口，掀开被子上了床，接着从身后搂着她的腰，狠狠地往自己的怀里压去。

他闭了闭眼，有了些许睡意。第二天，陈依扶着额头坐起来，撑在床沿，脑海里一下子就浮出昨晚的画面，画面截止到她睡前。

她愣了愣，神色变得复杂。她一喝醉酒就有点儿喜欢胡言乱语，几秒后闭了闭眼，再睁开，眼眸里清明一片，就是头还有些疼。

她赤脚踩在地板上，看着自己这一衣服，拿了睡衣去洗澡。她再出来，手机微信信息都炸了，凌晨的时候收到很多生日祝福。

廖夕也发信息来说："早上有空回家吗？给你煮了一碗长寿面。"

陈依回了一句："等我。"

随后她稍微打扮了一下，转身走出卧室，一眼就看到客厅里堆积的礼物，便想起昨晚她吩咐他把礼物搬进来的画面。

陈依抿紧唇，随后指尖捏了一下耳环，走向门口拉开门。对门跟着被打开，闻泽辛穿着黑衬衫跟长裤，手臂上挽着外套，看过来："起了？头还疼吗？"

陈依顿了顿，穿上高跟鞋，说："不疼。"

她说完走向电梯。

闻泽辛走在她后面，两个人一前一后地进了电梯。闻泽辛低头整理着袖子说："晚上回闻家吃饭，妈想给你过生日。"

陈依看着电梯门，说："不加班就去，我会跟妈联系的。"

闻泽辛挑眉。

就这样，电梯一路下降，抵达一楼，陈依往旁边让了让。闻泽辛挽着外套，侧身出去，垂眸看了她一眼："妈给你煮长寿面了没？没的话，我带你去吃。"

陈依抱着手臂，看了他一眼："不劳烦闻总。"

闻泽辛顿了顿，点了点耳朵，表示自己之前听到了，说："昨晚你喊我老公了。"

陈依哽了一下，看着他道："你确定？不是说你不配当我老公吗？"

闻泽辛瞬间眯起眼，她记得？

陈依推了他一把："出去吧。"

闻泽辛垂眸看她的手一眼，脚往外迈了出去。陈依按了关门键，抬起头冷冷地看他一眼，随即收回视线。

闻泽辛绷紧了下颌。

电梯门合上，下行。

门关上后，陈依呼了一口气，但是突然觉得神清气爽。抵达负一楼后，陈依去开车，这个点其实还早，她顺便向事务所那边请一个小时的假期，一路回了陈家。廖夕在门口等着，看到人来了，赶紧进屋端长寿面。

陈庆还没上班，放下手里的杂志，看着女儿进来，笑道："听说昨晚你的很多同学过来帮你过生日？"

陈依拐去餐厅，笑道："嗯。"

陈庆起身，走向餐厅，拉开椅子说："那今晚我们帮你过？"

廖夕在对面说："过什么？晚上去闻家吃饭，笑儿都准备好了。"

陈庆顿了顿，看着廖夕道："真要去？"

廖夕停顿了一下道："她打电话过来邀请好几次了，太热情了。"

林笑儿的热情确实让人很难拒绝，陈依看出母亲的无措以及陈庆的犹豫，飞快地吃着长寿面说："没事的，两家人吃顿饭而已，你们别如临大敌一样。"

说完她筷子一顿。从她嫁给闻泽辛那天起，陈家确实一直处于被动状态，她自己看到林笑儿跟闻颂先也都不太自在，也是如临大敌。即使林笑儿这个婆婆非常好，她依旧紧张、被动，不敢提半点儿要求。

所以当初闻泽辛那通电话，她才会接。其实她当时最应该做的是让妈去接，也好骂骂那个林筱笙。

陈依笑了笑，低头继续吃面。

吃过长寿面，陈依去上班，顺便把陈庆送去陈氏。陈庆这段时间也不是一直开车，偶尔会坐坐地铁，这样的生活对他来说是很新鲜的，什么都可以尝试一下。陈庆下车前对陈依说："股份转让需要对外公告，你这段时间可能得来公司几趟。"

陈依点头："知道，不过我不想要那么多股份。"

陈庆笑了笑："给了就拿，有资本在手还是好的，我……你爸我这辈子也就这样了。"他说着笑了一下，拉开门下去。

等他空闲下来，发现对女儿的亏欠真比天还高，但已经无能为力了，除了这点儿股份，也没有什么能给陈依的了。

陈依看他走上台阶，许久才启动车子，往事务所开去。周燕几个人在办公区域聊天，一看到陈依过来，周燕转身从抽屉里拿出一个小礼盒，献宝一样举到陈依跟前说："生日快乐呀，岁岁平安。"

陈依愣了愣，笑着接过："你怎么知道的？"

周燕吹了下刘海："当然是昨天看到深姐偷偷摸摸给你零食。她偏心得很，就记得你的生日。"

陈依放下小礼盒说："下回我帮你过。"

周燕叹了口气："明年的生日我都不知道还在不在了呢。"

梁振峰也回来，端着咖啡接话道："让你不努力考 CPA，活该。"

周燕瞪了梁振峰一眼。

其他几个人看陈依一眼，也纷纷送上祝福，不过有人得知沈丽深居然单独给陈依准备礼物，那眼神就有点儿不一样了，多少觉得沈丽深有点儿偏心，或者是不是陈依那个老公的缘故。

毕竟大家的生日都是组秘安排的，哪有经理还单独给准备礼物的？按公司制度，员工生日这天所在的小组晚上是可以公费聚餐的，但是陈依晚上没空，中午自掏腰包请组员去吃大餐，还买了不少零食回事务所。

下午主要是准备资料，这个时间段公司年审比较多，陈依晚上也没单独请假，不过好在下午六点多就可以准备下班了。

陈依收拾东西时，手机响了一下。

闻泽辛："我在楼下。"

陈依："我自己去。"

发完消息，她把手机放进小包里，接着起身下楼，微信这时又响起，是陈庆发来的，有点儿尴尬的样子。

陈庆："依依，爸在二少的车里。"

陈依顿了顿，心想肯定是闻泽辛让他发的。

她低头编辑消息。

陈依："好，妈呢？我去接。"

陈庆："你妈也在，现在是两辆车在你的事务所门口。"

陈依："那你们坐着吧，他的车很稳。"

她发完消息，打开车门进去，接着启动车子，不一会儿，白色的宝马开到出口，事务所的大门口果然停着两辆车。闻泽辛戴着腕表的手按着方向盘，看着小小的宝马就这么开上来。

车身擦肩而过时，闻泽辛摇下车窗看着她。

陈依的车子比较矮，她没看闻泽辛，而是看向车里的江助理："江助理，辛苦了。"

江助理："不客气，太太，我跟着你开？"

陈依笑道："好。"

随后她踩了下油门，江助理掉转车头跟上。他看一眼牧马人里的俊美男人，闻泽辛挑了下眉峰，随后跟着掉转车头，跟上那辆白色宝马。

三辆车前前后后地进入大路。

闻家的大门敞开着，一看到三辆车，管家都愣了一下，看着第一辆里是二少奶奶，她温柔地朝管家笑了笑。

第二辆车里是二少，他脸色冷漠地开了过去。

第三辆车里是江助理，江助理朝他微微一笑，接着把车开到门口，下车给陈庆夫妇打开车门。陈依停好车，下车走过去挽住母亲的手。

砰——闻泽辛关上车门，黑色衬衫解了两颗扣子，露出些许肌肤。他

305

走过来，陈庆跟廖夕下意识地还是会紧张。

陈依挽紧母亲的手，说："放松。"

廖夕笑了笑，看女儿一眼，不知为何总觉得女儿比之前开朗一些。换成之前，陈依都是跟她一起沉默的。

闻泽辛勾了下嘴角，道："走吧。"

闻颂先在屋里等着，一看人进来，立即笑着起身相迎，说："亲家，坐，依依，坐。"

陈庆跟廖夕有些拘谨，陈依安排父母坐下。闻泽辛坐在对面的单人沙发上，挽起袖子接过泡茶工具。

陈依看到后院有人影晃动，笑着问闻颂先："妈呢？"

闻颂先指着后面道："在后面布置。"

陈依："我去帮忙。"

说完她起身，还没走过去，林笑儿就擦着手从后院回来，一看到陈依立马笑道："哇，依依，昨晚你们跳的那个舞很可爱哦。"

叮——很清脆的声音响起。

闻颂先看了儿子一眼。

闻泽辛手指拿着夹具夹着杯子，碰了另外一个杯子一下，响声很突兀。

新婚

半截白菜　著

下

册

长江出版社

CHANGJIANGPRESS

第十一章
股权转让

昨晚那样疯一场，可以说把她的很多苦闷情绪给疯没了，今天一听林笑儿这样说，陈依却有些尴尬："妈，您看了？"

"哈哈，看了一点儿。"林笑儿先跟陈庆和廖夕打招呼，接着拉着陈依的手往后院走去，边走边说："你就应该活泼点。"

陈依垂下眼眸笑了笑。

这一年多来陷在混沌里，其实一开始商议婚前协议的时候，她如果不抱希望就好。她抬起头看林笑儿一眼，突地问道："妈，除了跳舞的视频，你……"

林笑儿看着她眼眸含笑，挽住她的手拍了拍问道："昨晚除了跳舞，还发生什么了吗？"

陈依的眼眶突然变得有些红，她偏头笑道："没有，就只有跳舞。"

林笑儿肯定知道昨晚发生的其他事情，陈依脑海里闪过闻泽辛那只端着酒杯的手颤抖的画面。所以说，人活着想要不背负些什么东西是很难的，只能努力找个平衡点。

后院被布置得像郊外野餐一样，还装上了很多灯饰。

"喜欢吗？"林笑儿微笑着问道。

陈依脚步一顿，仰头看着装饰，随即挽紧林笑儿的手臂："非常喜欢，谢谢妈。"

"哎呀，不要客气，依依，妈跟你说，人这一生开心最重要，没有什么比得上自己开开心心的了。"

陈依笑道："嗯。"

陈依跟林笑儿去后院后，客厅的气氛不如一开始那么好了。闻颂先看着儿子欲言又止，陈庆跟廖夕因闻泽辛碰杯子那一下，面面相觑。

几秒后，三个人才看到闻泽辛修长的手指动了，泛着热气的茶杯来到跟前。陈庆挤出笑容道："谢谢。"

随后他端了一杯茶给自家老婆。

闻颂先没立即接茶杯，抬手按着儿子的肩膀。闻泽辛的神色略显不耐烦，他却还是微微俯身，修长的手指懒懒地拨弄着桌面上的茶叶："爸，有话就说。"

闻颂先却临时没了话说，轻轻地拍了拍闻泽辛的肩膀，变相地安慰着他。昨晚的两个视频，他都看了。

他不是要偏袒谁，而是这些事情都是闻泽辛逼出来的，苦果也只能自己尝。

他端起杯子喝了一口茶。

不一会儿，保姆过来通知后院准备好了。闻颂先笑着起身招呼陈庆跟廖夕："亲家公、亲家母，请。"

陈庆笑道："麻烦你们了。"

"说的什么话？一家人嘛！"

三位父母走在前面，闻泽辛从椅子上起来，整理着袖口走过去，一抵达后院便看到站在一旁帮母亲挤奶油的女人。

远远地，她的发丝被风吹得有点儿凌乱，尾指一直钩着发丝。母亲不知说了什么，她低头轻笑，漂亮的眼眸里似有星星。

这时她抬起头看过来，嘴角还带着一丝笑容，美得动人。闻泽辛站在廊下，靠着廊门，下意识地站直了身子，深深地看着她。

这样的她，他怎么可能放手？

即使她看到他时眼里的笑意淡了很多，他也不可能放手的。

走下台阶时，手机响起，闻泽辛停住脚步，拿出手机看了一眼，随即走到一旁接起电话："嗯？"

江助理的声音传来："老板，人联系上了，我这边正前往私人机场接人，你今晚……？"

他有些为难，毕竟今晚是太太的生日，下午老板就推掉一切工作，只为了给太太过生日。闻泽辛抬起头，往那边看去，目光落在陈依的脸上。

她挤了满手的奶油。闻泽辛看了几秒，随即偏头说：“我出去，你把人接到公馆，把他之前点的几个人一起带上。”

“好的。”

挂了电话，闻泽辛把手机放回裤袋里，走向那边，从身后搂住陈依的腰。陈依一用力，手里的奶油被挤到了桌面上。

全场安静下来。

陈依垂眸，动了下身子：“闻泽辛。”

“嗯。”

他的声音很低，从头顶砸下来。两家父母纷纷看着两人，保姆也看着，闻颂先跟林笑儿也非常惊讶，彼此对视。

陈依默不作声地又开始挣扎，闻泽辛按住她的腰，低声道：“生日快乐，礼物我放你家里了，就在柜子里。”

“你什么时候……”话没说完，陈依想起昨晚他确实进了家里。

“今晚临时有点儿事，没法陪你，不要生气。”

陈依挣扎的动作停下来，随即她垂眸笑了笑：“不会生气的，你去忙吧。”

她哪儿需要他陪？

不需要。

他抬起手掌，从身后捏住她的脸，将其转了过来，垂眸看着她。陈依微笑，说：“赶快走。”

闻泽辛眯起眼。

几秒后，他低头亲吻了一下她的鼻子，又往下亲住她的嘴唇。这是他第几次亲她的嘴唇了？陈依倒是忘记了。

可是原本她猜测他不爱接吻，似乎不太对。

陈依不肯张嘴，他轻卡了一下，陈依争不过他的力气，让他乘虚而入。不知是不是想开了些，他的舌尖压着她的舌尖那一刻，陈依攥着的那点儿情绪垮了一些。

之前她是怕他碰自己，每次都惊慌不已，想着跟条死鱼一样让他折腾。这次抛开那些情绪，她感受了一下，却觉得也还行，他挺会接吻的。

这时，她脑海里浮现林筱笙等人的脸，心想：果然是他技巧太好了吗？所以那么多女人对他念念不忘……

他咬住她的唇，陈依被迫回了神。闻泽辛松开她，盯着她：“想什么呢？”

接吻她都不专心。

陈依眼眸一弯，说："想我们二少的技巧……"

闻泽辛挑眉。

陈依却住了嘴，因为有父母在，剩下的话她也说不出，脸色通红。她拿起袖子擦了擦唇，闻泽辛的脸色沉了几分，但是时间也紧了，他松开她，朝两家父母点了下头："临时有事，爸，妈，你们玩得开心。"

说完他就扬长而去。

陈依又擦了下嘴唇，舌尖却麻麻的。林笑儿咳了一声，抽了张纸巾给陈依，凑过来道："嘴角好像流血了。"

陈依："……"

她躲到一旁，两家父母都看着她，一时周围有些安静。陈庆跟廖夕对视一眼，闻颂先却皱起了眉。

林笑儿看了陈依好几眼，说："他……他最近是不是变了些？"

陈依看向林笑儿，不知她问的是什么，摇了摇头说："没有，他还是那样。"

林笑儿："……"

闻家公馆亮起了灯。

车停在门口，闻泽辛打开车门下车，将西装外套脱下搭在手臂上，解了点儿领口，走进院子。

保姆把门推开，屋里坐着一个额头有条疤的男人。他笑着看过来，挑眉道："好久不见。"

闻泽辛走进去，门在身后关上。闻泽辛把外套递给保姆，说："好久不见。"他挽了袖子在沙发上落座，端起酒瓶往男人的杯子里倒酒，"约你一次很难啊！"

"哪儿？不难不难，端看诚意。"

闻泽辛点了点头，顺手抽了烟点燃，把玩着打火机，说："那这次希望你能玩得开心。"

"二少这么大排场，我肯定玩得开心。"他的视线往旁边扫了扫，江助理往后院扫了一眼，三个女生端着酒出来，往沙发边走去。闻泽辛脸色微变。

那男人见状，顿时笑了笑："你刚刚是在害怕吗？你害怕什么？"

闻泽辛咬着烟，靠着沙发椅背，说："我陪你喝酒。"

那男人问道："以后连跟妹子聊天都不行了？那你还谈什么事？你这是

断了自己的路，我之前听老秦说时还不信。"

"人总要改变的。"闻泽辛偏头笑了笑。那男人看闻泽辛许久，随即笑起来，说："四年前在缅甸碰见你的时候，你眼里可没有这些情绪，人有弱点就麻烦了。喝酒是吧？好啊，让你的助理一起，我也好久没跟他聊天了。"

男人对江助理招了招手。

江助理微微一笑，坐下去倒酒。

二十分钟后，江助理看一眼自家老板，闻泽辛依旧面不改色，酒瓶里的酒渐少，那男人喝得却不多。

又过了一个小时，闻泽辛吃一口水果，压下胃部的不适感。江助理起身拿了件外套给他搭上，说："人已经送去酒店了，通知闻叔了。"

闻泽辛："嗯。"

见他起身，江助理赶紧扶住他。

闻泽辛扯下外套扔到江助理怀里："没醉。"

说着，他走向门口。陈依把父母送回陈家后，这才驱车回了君悦。她没有喝酒，但是吃了很多奶油，肚子又有些发胀，便开了一瓶益力多喝，随后去拿睡衣。她一把拉开柜子，看到里面摆着一个盒子，打开盒子一看，里面是一枚新的钻戒、一对耳环、一条项链。

陈依看了几眼，合上盖子，随后把这个盒子推到一旁，拿出睡衣拐去洗澡。

洗完澡出来，陈依回到床上开始看书。

微信群里，事务所的同事在聊天，似乎谈到了开分所的消息。陈依看了几眼，很多人在群里问沈丽深这事情是不是真的。

沈丽深："是的。"

周燕："哇，那是不是我们有机会去分所啊？"

沈丽深："那边小得很，你要去？"

周燕："那算了。"

陈依看着这几条信息开始发呆。这时门口传来敲门声，陈依放下书，穿上拖鞋，从猫眼看了一眼。

闻泽辛将手插在口袋里，懒懒地站在门外。

陈依顿了顿，想起屋里的盒子，于是将门打开。闻泽辛揉着眉心，看着她道："有热水吗？"

浓郁的酒味扑面而来，陈依皱眉，几秒后说："等着。"

311

说着，她转身走向餐厅，站在餐桌旁倒了一杯水，然后走向屋里，将那个盒子拿出来，端起那杯水走向门口。

闻泽辛其实半醉，支着门框，眼睛一眨不眨地看着她的脸，随后看着她手里的盒子。

陈依来到他面前，将水杯递给他。

闻泽辛面色沉静地接过杯子，仰头一口喝完。陈依接过杯子放在鞋柜上，随后把盒子递给他："还你。"

闻泽辛看她几秒，打开盖子，看着里面没有动过的礼物，看向她，嗓音低哑地问："你想要什么？"

陈依笑了笑："我想要的，你就给吗？"

闻泽辛抿了抿唇："除了离婚，什么都可以给。"

陈依："这不就得了？"

她把礼盒推到他怀里。闻泽辛垂眸，几秒后接过盒子顺手放回鞋柜上，鞋柜还不是她的鞋柜？

陈依伸手要去拿盒子。

闻泽辛却突然揉了下额头，晃了下身子。下一秒，他俯身一把抱住她，在接触到她的身体时，手臂忍不住收紧。

他一米九啊，加上体重，陈依一下子就感觉到有点儿压顶。而且他是真有些醉的样子，她挣扎着说："回去……"

话还没说完，男人就低低地说道："如果可以，我真想重来一次。"

陈依顿住。

他紧接着又说："没了你，我连觉都睡不好。"

陈依挑眉。

"那跟我有什么关系呢？"她反问。

闻泽辛却没有回她的话，把她往里推，单手将门拉上。客厅本就昏暗，此时更暗，他把她抵在鞋柜上，抬起她的下巴，抵着她的额头，深沉地看着她，说道："是不是在床上的时候，我不够温柔？"

他不够温柔？

不，有时他是太温柔了，温柔到她怕。

白天她有些胆战心惊地做他的妻子，晚上最是肌肤相贴的时候，真是每一晚都比前一晚要沉沦。

自己太傻。

"嗯？"他得不到答案，又问了一声。

陈依突地抬高下巴，说道："不是，很温柔，想必很多人念念不忘。"

"你念念不忘吗？"他一只手突然按住她的腰，陈依甚至有一秒怀疑这个男人是在装醉。

不过，他什么时候不耍手段呢？

她抓着他的手臂："闻泽辛，你现在想做什么？"

"我服侍你。"

他说完，低头去寻找她的脖颈，刚刚碰到，便狠狠吮着。陈依头往后靠，闭上眼睛，想着过了这一关，就能解开这个男人下的禁咒了。因为她不挣扎，闻泽辛有一瞬间停顿了一下，半眯起眼，心里难得地浮起一丝恐慌感。

当她不害怕了，她以后还会做什么事情？

但是，此时此刻她在他怀里，他又能想些什么？他一只手解开衬衫纽扣，一只手按住她的腰，身后的鞋柜哐当作响。昏暗中一丝月光透进来，她隐约可见男人的锁骨露出，汗珠顺着胸膛往下滑，衬衫大敞。

他半跪在地上，一只纤细白皙的手抓着他肩头的衬衫，汗水没入了陈依的领口。

这个夜很长。

半夜，外头风大，已经入冬了。

陈依抓着领口，泛红的手臂用力地关上门。下一秒，门又被打开，一个盒子被扔了出来，闻泽辛舔着嘴角，眼眸里含着少许血丝。他垂眸看着脚下的盒子，酒已经醒了一大半，眯起眼拿起手机拨打电话："早点儿睡，晚安。"

那头的女人未置一语，只传来轻微的呼吸声。

隔着话筒，闻泽辛都觉得很香甜。陈依放下手机，又进了浴室，脸和脖颈上的红不比手臂上少。水从花洒上喷下来，陈依仰着头，任由它们冲刷着肌肤。

十几分钟后，陈依出来，擦着头发，眉宇间带着一丝妩媚之色。她走到床边坐下，拉上被子躺下便睡，一夜无梦。

她没有因为昨晚的事而像之前一样时时刻刻想着他，所以格外好眠。第二天洗漱完出门时已经十点了，陈依并没有在电梯里碰见闻泽辛。她踩着高跟鞋，低头把玩着手机，并约沈璇中午出来。沈璇回复道："中午你来沈氏？"

陈依："不，到我们的事务所楼下。"

沈璇:"嗯？好。"

发完消息，陈依下负一楼去开车，一路前往事务所。这两天她又要准备出差了，但是今天事务所里不少人在议论那个分所的事。事务所里混得好的大多数人不会想去，混得不好的人都想去，但是又怕自己能力不足，去那边更惨，毕竟审计没有不可替代的。周燕计划过完明年就不做这个行业了，所以是一会儿想去一会儿不想去的。

陈依看她纠结，都看笑了。

周燕看向陈依:"你笑什么哦？依依，你该不会想去吧？"

陈依笑了笑，没吭声，坐下后支着额头看着笔记本。中午又开了一个会议，大约十一点半大家就可以下班吃午饭。

陈依拿起手机下楼，推开门进了楼下的中餐厅，坐下后发了一条信息。一个穿着套装、戴着眼镜的女人跟着进门，朝陈依挥手。陈依拉开椅子，笑道:"你们早上在楼上也好忙啊！"

"忙，两个团队都吵起来了。"这个美女叫陆佳佳，是楼上律师事务所的律师。

门叮当响了一下，沈璇走进来，看到陈依，淡淡一笑，来到这边坐下。她看到陆佳佳时挑了挑眉，看了陈依一眼，陈依招来服务员，给沈璇点了一杯咖啡。

沈璇看向陆佳佳:"家事律师？"

说完她看向陈依。

陈依微微一笑说:"边吃边聊。"餐厅这个时候人多，事务所楼下的餐厅一般以简餐为主，人人手里一杯咖啡。隔壁那栋大厦的电梯此时下行，闻泽辛身后跟着几个人，从电梯里出来，身侧不少人捧着饭盒匆匆走过。闻泽辛撩开袖子看一眼腕表，正是中午吃饭时间。

他顿了顿，对江助理说:"去太太楼下的餐厅。"

江助理听罢哎了一声，转头跟其他人说了一声。闻泽辛长腿一迈，走向门口，一行人抵达隔壁大厦。

这栋大厦以事务所为主，不管是审计还是律师，都不是好惹的。

闻泽辛站在餐厅门口，拿出手机找到陈依的电话号码，正准备拨打，却看到餐厅里的三个人。陈依穿着高跟鞋，长腿交叠，A字裙有些紧，腿笔直白皙。闻泽辛挑眉，顿了一下，放下手机，按断了还没拨出去的号。

他将手插在裤袋里，看着她。

江助理此时也看到陈依了，顿了顿，凑过去低声问:"老板，要不要进去啊？"

这三个女人在吃午饭，老板一个男人突然插进去不太好吧？希望老板识相点儿，别惹太太生厌，好不容易这几天两人的关系又缓和一些。

虽然他也看到老板那天晚上在俱乐部里那段悲惨的视频了，以至于昨晚那么重要的场合，老板看到那些女人连一点点想做戏的意思都没有，直接拒了宴哥，喝了那么多酒。只不过昨晚半夜他打电话给老板，想问问老板会不会胃不舒服，对方却没搭理他。

看了一会儿，闻泽辛将另外一只手也插进裤袋里，转身道："回公司食堂吃。"

江助理："哎，好的。"

随后一行人去开车。回到公司，闻泽辛带着一行人光临食堂，引起不少骚动，不过老板吃完很快就带着人扬长而去。

食堂里的员工松了一口气。

电梯抵达顶楼，闻泽辛走出电梯，往办公室走去，江助理则去自己的办公室里拿文件。闻泽辛脱下外套搭在衣架上，解着衬衫袖扣走到桌子后坐下。

门开了，江助理进来，将文件放在闻泽辛的桌面上，说："就是这份。"

闻泽辛拿起文件，刚翻开便停顿了一下。

想起刚刚餐厅里坐在陈依旁边的那个戴眼镜的女人，他突地抬起眼眸，看着江助理："打个电话给鼎成事务所问一下，太太中午找他们的家事律师干什么？"

江助理愣了愣，哎了一声，立即拉开门出去打电话询问。

闻泽辛看向眼前的文件，一时有些没法集中注意力。他揉了揉眉心，继续看着。十分钟后，门被打开，闻泽辛抬起头看去，江助理顿了顿，说道："咨询离婚事宜……"

闻泽辛听罢没应声，那一刻江助理觉得他可能想说点儿什么。但是下一秒，闻泽辛面无表情地挥了挥手，让他出去。

江助理顿了顿，默默地关上了门。

闻泽辛收回视线，看着眼前的文件，昨晚半夜的画面在眼前闪过。

下一秒，手中的文件被扔在桌上，闻泽辛低下头，手搭在后脖颈处，眼眸里泛着冷意："依依，你到底想做什么？"

而门再次被推开，江助理看到老板如困兽一般的模样，惊了一下。老板这是失态了？

目送陆佳佳出去后，沈璇收回视线，支着下巴看向陈依，接着撩了下陈依的衬衫领口："这是什么？"

陈依放下咖啡杯，垂眸看了一眼，只见遮瑕膏被衣领蹭没了些，露出了红色的吻痕，痕迹隐隐约约延伸至锁骨跟胸口。她猛地红了脸，推开沈璇的手。沈璇将手收了回来，戏谑地看着她："这还有吻痕呢，就咨询离婚？还是说你给闻泽辛戴绿帽了？"

不过按陈依的性格不太可能发生这种事，即使她想开了，骨子里的温顺也不会变的。

陈依扣好纽扣，两手捧着咖啡杯，说："我先咨询着，万一有用呢？"

"看你咨询得这么详细的样子，不像是说说而已，可是你们明显还纠缠在一起吧？"那吻痕一看就是带着狠劲吻的，何况还很新鲜，估计是昨晚的。

陈依低头抿了一口咖啡，有点儿凉了，发苦。她说道："我想重新开始，不是以家族为主，只是以我自己为主。"

沈璇挑眉，想到陈家目前的情况，陈庆虽然挂职董事长，但是没有任何实权，回到了自己的技术岗位，做回了普通人。本来陈氏里陈家人在职的就不多，这么多年来陈氏的衰败跟养了一群闲人是有关系的。

闻泽辛接手陈氏这段时间以来，换了不少人，他的股份也不知不觉地越来越多。假以时日，谁知道陈氏会是什么样？陈家没有人支撑得起陈氏，便不再是那个陈氏了。

陈依因家族而联姻，如今想因自己而离婚，重新开始，这也没错，就如沈璇当初第一次离婚那样。

她未尝不是因为想做一回自己。

这个圈子里敢离婚的人其实很少，沈璇敢是因为沈家够强，陈依敢是因为放弃了陈氏，认清了现实。

"也行。"沈璇点头。

陈依笑了一下，说："我之前嚷嚷着想离婚，只是因为想逃避，所以只会喊，不会做。他一句不离婚，我就放弃反抗，最终主动权还是在他那里。"

沈璇："这人的控制欲有点儿强。"

沈璇是越来越了解闻泽辛了，这段时间他很少出现在某些聚会上，听说以前但凡是聚会都有闻家二少的身影，不管是打牌、喝酒、还是射击，抑或是赛车，偶尔拳场上也能看见他的身影。

最近确实是少见到他了，好似他真的修身养性，抑或是懒得戴上面具与人周旋了？真实原因还不得知，但人有变化是真的。

陈依又喝了一口咖啡，说："嗯，很强。"

"他以前总不让你这样、那样，比如不准接他的电话，会不会是怕你知道他在外面的一些事情，进而后悔结婚，而不是要隐瞒他在外面有女人的事情？"沈璇突然想起常雪昨晚在微信里说的话，一字不差地复述给了陈依听。

陈依愣了愣："这话……是谁说的？"

沈璇："常雪说的，人有时简单说的话反而更接近事实。"

陈依顿了顿，笑道："或许吧。"

他的目的如何，似乎也不重要了，最重要的是他做过什么样的事情。陈依看了一眼手表，说："要上班了。"

沈璇嗯了一声，拿起手机跟车钥匙。陈依走去柜台结账，接着跟沈璇转身走向门口，外头比室内要冷。

沈璇按了车子，陈依跟着她走过去，看着她上车。

沈璇拿了墨镜戴上，看向陈依道："我总觉得你还有些事情没跟我说。"

陈依微微一笑："你迟早会知道的。"

沈璇挑眉，随即启动车子。

陈依目送沈璇那霸气的车子开走，才回事务所。下午主要是准备资料，这次出差的地方在海市，忙到下午六点多，陈依收拾东西准备下班，手机响起，她看了一眼，是闻泽辛打来的电话。

她顿了顿，接起来："喂？"

男人低沉的嗓音在那头响起："下来。"

陈依起身，走到窗边往外看去。

黑色的奔驰停在大厦门口，这个点天色略暗，车灯光投在地面上。陈依看一眼，收回视线，走向办公桌，说："我自己开……"

"陆佳佳。"

三个字打断了陈依的话，陈依停顿几秒，眯了下眼。

他那么快就知道了？

彼此安静了一会儿，陈依提起小包，说："我的车。"

闻泽辛："明早送你过来。"

陈依脚跟一旋，踩着高跟鞋下楼。这栋大厦还有很多人加班，一楼大堂的灯还亮着，闻泽辛西装革履，打着电话，看到她下来，给她打开副驾

317

驶座的车门。陈依弯腰坐进去，他俯下身，一手还按着手机，一手给她扣安全带，看着她。

直到扣完安全带，他站起身子挂断电话，关上车门。

陈依看着他坐了进来，启动车子。

"江助理呢？"

闻泽辛把手机放到中控台上，听罢，抬起眼眸看她一眼："关心他？"

陈依耸肩。

闻泽辛收回视线，掉转车头，下颌微紧，一路开出大路。

车窗外的夜景一晃而过，陈依把玩着手机，等着他主动说陆佳佳的事情。但是车子开一段路后，陈依发现不是回君悦的路，坐直身子，问道："这是去哪儿？"

闻泽辛解了点儿领带，说："吃饭。"

陈依本来是打算回家吃的，既然如此，只能跟着他去吃了。车子不一会儿抵达名都中心城，在门口被泊车小弟开去停车，陈依看了一眼，这地方都是名餐厅跟名酒店，闻泽辛揽住她的腰进门。

服务员紧跟着来迎接。

进了电梯，陈依说："跑到这么奢华的地方吃饭，你想谈什么大事？"

闻泽辛按着手机，听到这话看她一眼，没应。陈依心里顿时忐忑，不知道他又要要什么手段对付她今天找陆佳佳咨询离婚的事情。

叮——电梯抵达十八楼。

这是一家西餐厅。闻泽辛搂着她走进去，餐厅此时没有任何客人，只有靠窗的一张桌子上摆着烛光和红酒。来到那张桌子边，闻泽辛拉开椅子，按着她的腰让她坐下。

陈依看着跳跃的烛火以及旁边一排等着服务的制服人员，抿了抿唇，看了一眼脱下外套递给服务员的闻泽辛。他理了下袖子，看向她道："补给你的生日晚餐。"

陈依："……"

不一会儿，牛排及吃食被端上来。烛光及餐厅的灯光把这一餐桌照得暖暖的，服务员帮陈依把牛排切小，又各自倒了红酒，随后一排人下去。餐厅里响起悠扬的音乐声，气氛是真好。

而这时，外面突然下起雨。

细细的雨飘到窗户上，一下子就打湿了窗户，水珠在玻璃上滑过，留下一串串痕迹。接着雨势渐渐变大，整座城市融入雨幕里。陈依有些失神地看着，对面的男人端起酒杯抿了一口酒，抬起眼眸看着她。

"在想什么？"男人低低地问。

陈依收回视线，说："雨夜挺美的。"

闻泽辛挑眉，随即轻笑。他起身走过来，挑下她脖颈上的丝巾，展开后从身后遮住她的眼睛。

陈依的身子僵了一下。

闻泽辛垂眸，在她的后脑勺上将丝巾打了个结，接着扶起她，将椅子往后踢开了点儿，推着她走到窗户前面。

陈依听到雨声越来越大，砸在窗户上，咚咚咚地响。

闻泽辛站在她身后，按住她的腰，低声道："这样好听吗？"

陈依抿唇。

"更清晰吧？"

陈依没应，而是问："你今晚……没事要跟我谈吗？"

闻泽辛没有应她，只是抬高她的下巴，让她继续听雨声，另一只手环到她的腰上，搂住她。两个人从餐厅出来，外面雨还是很大，泊车小弟把车开来，闻泽辛打开后座车门，按着陈依坐进去。

自己跟着坐进去后，他对泊车小弟报了君悦的地址，车子缓缓启动，开入雨幕里。整个晚餐过程中，听完雨声，吃牛排，喝红酒，闻泽辛一直没有继续跟她说陆佳佳的事情。

车子来到君悦门口，闻泽辛打开黑色雨伞，俯身把陈依牵出来。

陈依高跟鞋一落到地面上，就有水溅到小腿上，冬天的雨是真冷啊，闻泽辛垂眸看了一眼，说："进去。"

他改而搂着她，飞快地往大堂走去。

一上台阶，陈依就跺脚。闻泽辛把黑色雨伞合上，放在大堂放伞的位置，大手按住她的肩膀，皱眉："打湿了？"

陈依偏头看了一眼，说："嗯，有点儿。"

她拢紧手臂，飞快地走向电梯。来到602门外，陈依打开门，说："晚安。"

她要进门时，闻泽辛按住了门，陈依抬起头。

他垂眸看着她道："你那儿还有热水吗？"

陈依抱着手臂，突地后退一步，看着他挑起嘴角："你是想喝热水，还是想碰我？"

闻泽辛单手按着门，人高得很，眼神深沉，指尖解了两颗领口扣子，说："你说呢？"

他索性也不装了。

陈依差点儿气笑了，指尖在手臂上点了几下，随即踢掉脚上的高跟鞋，赤脚踩在地板上，说："进来吧。"

说着，她转身先走向餐厅，站在那儿倒水。闻泽辛没有立即进门，看着她的背影。昨晚她的态度就已经放开了，今晚放得更开，之前她出现在投资交流会上，他一眼看出她想脱离他的掌控，可惜那眼神是故作坚强，像一只奋力挣扎的兔子。

她终究没有挣扎出去。

如今……

砰，门被关上。

闻泽辛进门，取下领带，随手将其搭在沙发上。陈依转身将杯子递给他，闻泽辛接过来一口喝光，随即把杯子放回桌面上。

陈依扫他一眼，转身走向卧室。下一秒，他从身后抱住她的腰，捏住她的下巴让她仰头，她的眼神含着一点儿妩媚之意。

闻泽辛低头堵住她的嘴唇。

两个人呼吸交缠，偶尔传出轻微的声音。他坐在沙发上，搂着她的腰，哐当一声，茶几上的一瓶酸梅汁滚落在地。

许久后，浴室门被打开，水声哗啦作响，闻泽辛搂着她，将她按在墙壁上。又过了半个多小时，主卧室的床头灯亮了一盏，闻泽辛按着她的手心，垂眸看着她，随即抽了纸巾擦拭她额头上的汗。陈依闭着眼没吭声，眉眼间带着少许疲惫之色。

她说："你可以走了。"

闻泽辛指尖一顿。

接着，他将那张纸巾扔入垃圾桶，随后俯身，代替纸巾吮走汗珠。陈依更困了，偏过头去，这时闻泽辛的呼吸来到她耳边，他低声道："分居两年是可以诉讼离婚，但是如今离婚有冷静期，还有……一旦双方纠缠在一起，那么分居时间得重新算。我有一个律师团队的人，等着接你这单官司。"

陈依猛地咬牙，这男人在这里等着她呢。她睁眼看着他："二少好厉害啊！"

闻泽辛却没应她这话，在她脸上扫视着，只是轻轻地问道："累吗？要不要吃点儿夜宵？"

陈依："不吃。你滚。"

闻泽辛没滚，指尖来回抚摸着她的脸。他有些烦躁，总觉得遗漏了什么。陈依拍开他的手："走，不走下回进不了这门。"

闻泽辛停顿了一下，随即起身捞起衬衫穿上。陈依看他一眼，闭上眼睛拉过被子睡了。闻泽辛俯身给她关了床头灯，随即出门。

听到外面的关门声，陈依睁眼，看着不远处的衣架。

她就知道，他不会任由事态发展。

陆佳佳哪儿斗得过闻氏的律师团？她之前还想藏着来着。过了许久，陈依才睡着，第二天一早接到沈丽深的电话，说出差时间延后一周，那边公司还没准备好，这一周准备其他项目的资料。

因为新的项目沈丽深还没确定人选，她问陈依："你接下来的时间表定一下，有没有打算休年假？"

陈依坐起身，想了下，道："没有。"

沈丽深："那新项目就把你加进来了。"

陈依却迟疑了一下，道："等等。"

沈丽深："嗯？"

陈依下床穿衣服，说："我到公司再说吧。"

"好。"

挂断电话，陈依去浴室里洗漱，今天脖颈上的吻痕更多，他之前就很喜欢吻这个地方。陈依拿出遮瑕膏遮住，这次遮得严严实实的。只是出浴室门的时候，陈依觉得膝盖有些软，停顿了一下，拿了套装换上。

她低头一看，膝盖青了一片。

陈依最后还是换了一条长裙以及衬衫，下了一夜雨，阳台都有些湿。陈依准备到公司楼下买份早餐对付，便没有做早餐。

她一把拉开门，就见走廊窗户那边，闻泽辛站在那儿抽烟。他见她出来，把烟掐灭，牵住她的手。陈依懒得挣扎了，时间有点儿晚了。两个人抵达一楼，江助理开着奔驰在门口等着，陈依坐进车里，闻泽辛取了一份早餐放在她怀里，接着打开中间的扶手。

"吃了上班。"

陈依捏着早餐袋，几秒后将其放在扶手上，打开了吃。

江助理启动车子，从车内后视镜里看了一眼，有些诧异。太太之前是宁可扔了老板的早餐都不吃的，如今……怎么挺温顺的？

他下意识地看了老板一眼。

可惜老板似乎不是特别开心，垂眸很专注地看着太太吃。天知道老板自己也还没吃呢，却只让他买了一份。

车子开出去，不一会儿就抵达事务所。

陈依提着早餐袋下来，对江助理说："谢谢江助理。"

江助理扶着车门，微笑："太太客气了。"

陈依笑了笑，踩着高跟鞋走向那边的垃圾桶，把早餐袋扔进去。江助理看着她的背影，随后看向老板："老板，我们去公司？"

闻泽辛收回在陈依身上的目光，理了理袖口，突地想起什么，拿起手机又看了一眼车窗外的女人，拨打电话。

陈依走上台阶，接了电话，随后走进大堂。

闻泽辛在那头说："下午股权转让，腾出点儿时间，江助理过来接你。"

陈依顿了顿，想起昨天陈庆说过这事，回道："好。"

随即她挂断电话，走向电梯。

江助理也陪着老板看着大堂里太太的身影进了电梯，启动车子。闻泽辛收回视线，把手机放在扶手上，说："去陈氏。"

"好的。"出了电梯，陈依又接到陈庆的来电，也是说股权转让的事情。陈依应下，接着沈丽深从办公室里出来，朝陈依招手。

陈依放好小包，走过去。

沈丽深抓住陈依的手臂，低声道："我听说你打算去分所？"

陈依抬起眼眸看一眼齐明宇的办公室，拉着沈丽深说："我们去你的办公室聊。"

半个小时后，陈依从沈丽深的办公室出来，沈丽深看了陈依一眼，转而走向齐明宇的办公室，在里面也一待就是半个多小时。十点多，沈丽深出来，拍了拍陈依的肩膀，什么话都没说就走了。

陈依看着笔记本，停顿了一秒，随即低头继续工作。

周燕给陈依端来咖啡，站在她旁边看了一会儿，突然道："我刚刚怎么没在新项目上看到你啊？依依，你请假了？"

陈依端起咖啡喝了一口，继续敲着笔记本，说："我休年假。"

"是不是啊？这么忙的当口，深姐还肯给你休假啊？这太好了吧，不过我今年的年假都没了，嘤嘤嘤。"

陈依看她一眼，笑了笑，说："你自由啊！"

周燕叹气："月光族谈什么自由？"

陈依又笑。

吃过午饭，陈依把资料整理一下交给了沈丽深，顺便请下午的假。她大约两点出了事务所，开车去陈家接陈庆。

陈庆也是回来换一套衣服。

陈依也得换，直接上三楼，挑了一条黑色裙子穿上。今天会有很多媒体来，陈庆有点儿紧张，怕媒体问太犀利的问题。陈依下来后看到父亲这样，安抚了一下："没事的，大方点儿。"

陈庆看着女儿，黑裙子衬得她高挑、白皙。

陈庆突地笑道："今日过后，我们依依就是陈氏持股最多的股东了。"

陈莺的股份被分出去后，就是陈依持股最多了。陈依提起小包，说："这也是爸你的，没有你给，我怎么能有那么多？"

她是真心不想要这么多股份，但是陈庆坚决要给。

廖夕说："你爸给，你就拿着。"

陈庆开车，陈依坐上副驾驶座。车子启动，一路往陈氏开去，一到大厦门口，两人便看到很多媒体记者进入大堂。

陈庆握紧方向盘，有些紧张，将车开到了地下车库。陈依看着那些媒体记者，如果那天不是那条新闻，恐怕第二天媒体记者能踏平整栋大厦，父亲至今不知是什么情况。

在这一方面闻泽辛确实很好。

这个男人有手段、有能力，陈氏在他手里是一种荣幸。电梯上行，直接去三楼的大厅，两人一出电梯，就看到媒体记者进进出出，还有陈氏的工作人员。有人看到陈庆，立即拿着话筒要往这边来。

保安立即拦住那些媒体记者。

工作人员立即招呼陈庆跟陈依往休息室走去："陈总、陈小姐，这边。"

休息室里也有一些人，不过不多，总比外面好些。父女俩刚坐下，江助理就进来，笑道："老板在接待客人，有些忙，让我先过来安排。"

陈庆起身，笑道："辛苦了。"

江助理："不辛苦。"

不一会儿，外面准备妥当，江助理边走边跟陈庆、陈依说哪些问题需要回答、哪些问题不需要回答，有些媒体记者趁乱肯定会问一些不好的问题，怕父女俩回答不好，所以干脆列为不需要回答范围。

一行人一出去，外面闪光灯很刺眼，一下子全闪过来。陈庆深呼吸一口气，走上台阶，陈依跟着。

她穿着黑色裙子，人也高挑，皮肤白皙，很惹人注目。站定后，陈依

323

一抬眼就看到闻泽辛手插在裤袋里，身后带着几个人，站在斜对面看着她。

陈依收回视线，接着这边有人拿笔过来。

两人签完名后，媒体记者开始发问："陈董这是打算退休了吗？"

陈庆大方地回答："是的。"

"你还年轻呢，那贵千金接下来会接手陈氏吗？还是公司全权交给闻总去打理？"那人继续问。

陈庆回道："依依暂时不会接手公司，目前是女婿在打理。"

接着话筒转到陈依这边，陈依顿了顿，那人就问："陈小姐，能否请问一下，你跟闻总是真心相爱还是仅仅因为联姻在一起？"

这问题一出，全场哗然。

陈依不由自主地看向那边的闻泽辛。

几秒后，她微微一笑，看向那记者说："联姻。"

话音一落，全场寂静了一下。

而站在斜对面的男人转身离开。江助理停顿了几秒，紧跟上去，看着老板的背影沉默了。

"老板，你还没吃午餐，要不我去食堂给你打包一份？"江助理跟着走了几步，其余跟着的人也感觉有点儿压抑，纷纷看向江助理。江助理不得不打破沉默，何况老板确实还没吃午饭。

新的产品经理是闻泽辛花重金挖来的，今天刚到。闻泽辛在楼上见他，这是抽空下来看一眼太太。

闻泽辛脚步略停，几秒后抬起手挥了一下。

其他几个人面面相觑，后恍然，一个个率先走了。走廊一下子空了，只有江助理还坚守着。

大厅那边采访的声音时不时地传来，陈依的声音也时不时地钻进耳朵里，闻泽辛紧绷着下颌，忽然发现陈依那天的生日派对不应该任由他们去安排，而他也不应该不出场。她曾经说过不要陈氏、不要股份，只想离婚。

可那会儿的她，还是那般柔弱、可控。

而那天的生日派像是唤醒她的另一面，如今的她，多了些勇敢、洒脱劲儿。闻泽辛转身，一把推开小阳台的门，摸出烟盒，拿了一根烟低头点燃。他没有立即抽，把玩了两下。

江助理跟着进来站在一旁，很想劝劝老板先吃午饭，再不吃这胃怎么办？

这时，闻泽辛低声说："派个人跟着太太，二十四小时跟着。"

江助理愣了愣："好的。"从公告会上下来，陈庆跟陈依就直接上十八楼开会，那群媒体记者从陈依回答联姻这个问题后，就有各种猜测或是各种问题，但是现场被闻泽辛的人把控着，媒体记者急得很。公告会要结束之前，还有人表示想单独给陈依做一个采访，被闻泽辛的人拒绝了，陈依也笑着表示不接受私人采访。

媒体记者是想挖点儿新鲜内幕。

两人没有爱情，那么陈氏这么全权交给女婿处理真的好吗？不怕改朝换代吗？不怕养虎为患吗？

两人没有爱情，那么是不是意味着闻二少在外的花名成立，他是不是在外面养了人？

可惜没采访啊，再来，也没人敢得罪闻氏。所以陈依这个闻家儿媳要是能松一下口就好了。

会议室里人已经齐了。

陈家父女一进来，那些股东就一个个脸上含笑，那些嘴脸，陈依当真不知道怎么说。她按着陈庆落座，低声道："爸，不要搭理他们。"

陈庆干笑了一下："好。"

接着门口传来脚步声，一群人转头，看到了闻泽辛。他走进门，领口带着淡淡的烟草味，看了她一眼。

陈依脸上带着得体的笑容。

闻泽辛落座，就坐在他们对面，长腿交叠，示意其他人可以开始。陈依坐在陈庆的旁边，这次开会主要是谈陈莺的股份，闻泽辛把这股份安排好后，正式通知他们。他偏头看着父女俩，问道："有意见吗？"

陈家那群亲戚一个个笑着摇头。

他们就算有意见也不敢说啊，谁不想让这些股份落入自己的口袋？当初他们打着那么好的算盘，帮着陈莺斗陈庆父女，为的不就是陈庆的股份？要么得陈莺的股份也行，没想到变数在闻泽辛这里，此时他们只能捂紧自己的口袋，保持原状就好。

闻泽辛语气低沉地说："没意见，那请签名吧。"

他将文件推过去，让众人签名。

众人咬着牙低头签名。陈依看着这群亲戚憋屈的样子，心里倒是痛快。她察觉对面的目光，抬头看去。

闻泽辛靠着椅背，长腿交叠，指尖挠着眉峰，眼眸看着她。陈依跟他对视了两秒，随即挪开视线。

半个小时后，陈庆跟陈依从会议室里出来，闻泽辛半路被一个电话叫走了，此时从会议室里出来的都是陈姓人。一堆人又拉着陈庆说话了，这次说的则是："庆啊，你得小心你这个女婿啊，别到时候我们都成了给他人作嫁衣。"

"我听说他在外面挺胡来的，陈依，你好歹管管他啊！"

"我这心啊，总觉得不安，庆啊，我们终究是一家人，他一个姓闻的可是外姓啊，你就真不打算上来继续管陈氏吗？我是糊涂啊，你这些年做得蛮好的。"

"堂叔，你考虑一下啊，你现在还是董事长，还有机会，以后就不一定了……"

这些人跟蚕丝一样，缠住陈庆，使劲地拉扯着，连带陈依也被拉扯着，因为这会儿闻泽辛不在公司，一个个急不可待地说着。陈依拉着父亲，有些烦躁，陈庆被拉得尴尬："当初……当初还不是你们……"

后面的话，陈庆停顿了一下，人太多，说出来积怨。

陈依脸色难看，挽着父亲要走。

但是他们使劲拉着、缠着，以至于员工路过看到，纷纷好奇地扫视着。陈依深呼吸一口气，正准备撕破脸，这时，电梯门打开。

人事部的经理踏出电梯，见到这场面，尤其是人群中的陈依，立即喊道："陈董、陈小姐，终于找到你们了。"

哗啦，拉扯两人的亲戚松手了。

陈依一把拉着父亲走出去，顿时反应过来，笑道："来了来了。"

接着，两人飞快地走向那经理。那位经理姓池，笑着引陈庆跟陈依进了电梯。陈依看一眼外面那群吸血虫般的亲戚，关上电梯门。

电梯里安静下来，陈依偏头对那经理说："谢谢池经理。"

这位池经理是闻泽辛带来的，算是闻泽辛的人。池经理笑着摇头："不客气，不过确实有事情想找陈董跟小姐您。"

陈依："什么事？"

五分钟后，陈依跟父亲看着这一室的应聘人员，愣了愣。池经理笑道："我昨天刚入职，接了前面的人的工作，闻总吩咐我三天之内换掉三位财务，以及扩充总秘跟特助，陈董在公司多年，帮我掌掌眼？"

陈庆无奈地笑了笑："这……"

看来陈氏真要大换血了。

他看了陈依一眼。

陈依没吭声。

换了也好，之前那些人很多是闻泽辛看在陈庆的面子上留的，这个季度一完，立马要他们离开。

她看了一眼眼前应聘的人，男女比例各占一半，简历都非常漂亮，更重要的是，女的都很年轻漂亮。陈依顿了顿，笑着对池经理道："我们只能给点儿参考意见。"

池经理立即笑道："这就足够了。"

二十分钟后，陈依跟陈庆离开陈氏。池经理看着眼前这九个人，有点儿茫然。桌上的手机响起，他接了起来。

江助理说闻泽辛回来了。

池经理应了一声，立即带着人上楼。闻泽辛靠在桌子旁，一边打电话一边看文件。办公室的门被推开，江助理探头说："池敬带着新招的人上来了。"

"嗯。"闻泽辛头都没抬。

江助理欲言又止，下一秒招了下手。池敬带着九个漂亮的女人走了进来，九个人一字排开，一个个穿着 A 字裙，一眼望去全是丝袜裹着长腿，香水味扑鼻。

闻泽辛抬起头，轻描淡写地扫了一圈，最后目光落在池敬的脸上："我让你这么招聘的？"

其实池敬刚刚也觉得有问题了，为什么经过老板娘的点拨以后，最后留下的全是女的啊？！

池敬干笑了一下，把她们的简历放在闻泽辛的桌上，说："您先看看，不合适再换……"

他不敢说是老板娘选的了，但江助理敢。江助理咳了一声，说："老板，太太刚刚在楼下帮忙选了人。"

闻泽辛将视线转过去，看着江助理："太太？"

江助理点头。

闻泽辛薄唇紧抿。

他将视线挪回来，拿起桌上的简历翻了几下，全是女的，且一个个长相不俗。她想干什么？闻泽辛扬起手，将简历扔在椅子上，对池敬说："出去。"

他是一个都没留下，池敬愣住了，赶紧拿了简历，喊着这九个美女离开。美女们多少有些不甘，毕竟这家公司开出的条件很好，一个个欲言又止，但最后还是出去了。

江助理关上办公室门，回头看着闻泽辛，说："这几个人，池敬既然留下了，肯定是符合职位要求的。"

"选妃吗？"闻泽辛看向江助理，冷淡地说。

江助理："……"

闻泽辛再次拿起文件看着，一秒后，文件被扔回桌上。他闭了闭眼，有些不耐烦地道："跟池敬说，财务室那三个招已婚已育的，其他全招男的，不办好就给我滚蛋。"

江助理："那回头太太问起来……？"

闻泽辛睁开眼，眼神犀利而冷漠："她会问？"

江助理："……"

"她硌硬我罢了。"

江助理："……"

您挺有自知之明。

他转身出去，办公室门被关上后，桌面上的手机嘀嘀响起。闻泽辛随手拿起手机看了一眼，是兄弟群发来的消息。

闻泽厉："啧，弟，好家伙，弟妹在采访时的回答怎么跟你在投资交流会上的回答不一样啊？"

周扬："哈哈哈——我也听到消息了。闻泽辛你要脸吗？你说彼此心属，人家说联姻……"

江郁："哈哈哈哈哈——闻泽辛那段演讲我这里有，来来来，大家欣赏一下。"

萧然："活该。"

顾呈："啧啧啧，翻车现场。"

周扬："哈哈哈哈哈，对啊，你们就是联姻啊，闻泽辛，你卖什么深情人设？"

江郁："不要忘记了，你们还在分居。"

顾呈："我都替你着急。"

陈依陪陈庆回了陈家，在陈家吃过晚饭，洗好澡，换了一身轻便的衣服，便驱车回家。在路上她就感觉下午从陈氏出来到现在，身后似乎多了一道视线，可是看了几次都没看到什么。

而快到君悦那里时，已经完全感觉不到这视线了，陈依便觉得自己可能多心了。回到 602，陈依请的私教老师也来了。

私教老师是君悦楼下的瑜伽馆的，带了器材给陈依上普拉提。两个人说说笑笑，一节课上完，陈依把课程费结了。

送走私教老师，陈依回到客厅开始看书，一个晚上就这么悠闲自在地过去。晚十点左右，陈依就去睡了。

夜深，外头刮起一阵大风，闻泽辛十二点左右回到君悦，解开领带，看了一眼对面那扇门，从外头一看便知她已经睡了。

他打开门，进了601。

601里头只有简单的行李跟一张书桌上摆着的一台电脑，其他家具很干净，但是一看便没有用过。

他拿了浴袍去洗澡，出来后拿了一瓶冰水靠在门上，看着那扇关着的门。

手机嘀嘀响了起来。

梁医生："你这几天抽空来医院做个胃镜，该治疗治疗。"

闻泽辛："好。"

他放下手机，转身回了卧室躺下。凌晨的风更大，吹得呼呼作响，外头的树枝被吹得弯了腰。房里，闻泽辛突然睁眼，额头出汗，胸膛起伏。

梦里，她那套房子空荡荡的，事务所空荡荡的，陈家空荡荡的，她不见了。几秒后，闻泽辛掀开被子下床，随后抓了外套披上，出了房门。走廊安静且冷，他屈指敲了敲陈依的门。

陈依弓着身子睡得很熟。

但是敲门声一阵又一阵地响起，最后硬生生地把她给吵醒了，她唰地从床上坐起来，困倦且带着少许火气下床，抓了一旁的长外套披上，开了灯出去。

她越走近敲门声越大，不是幻觉，是真有人在敲门。陈依毫不犹豫地怀疑这人是闻泽辛，从猫眼一看，正是。

陈依一把拉开门，冷冷地看着他。

对方的眼神比她更冷，他握着手机，看着眼前的女人，又不动声色地看了一眼客厅，一切东西都在，保持原状。

闻泽辛拿下手机，挂断电话。

那头的江助理愣了几秒，无奈地看着屏幕。半夜叫他找开锁的人，老板什么时候这么患得患失了？

陈依有点儿不耐烦："你干什么？大半夜的，你不睡别人要睡啊。"

闻泽辛按住门，将她从发梢看到脚背，随即抬起眼眸道："你那

329

儿有……"

"没有，没烧。"陈依知道他后半句话要说什么，直接堵住了他的话。睡得好好的被吵醒，谁都不耐烦。

闻泽辛闭了嘴，舌尖抵了下嘴角。

一秒后，他按住她的脖颈，将她按在胸膛上，接着进门。

砰，他反手关上了门。

陈依在他怀里挣扎。

闻泽辛垂眸，另一只手按住她的腰，俯身道："一起睡，我什么都不做。"

陈依停下来，接着冷哼一声："那你还是做吧。"

闻泽辛松开她少许，抵住她的额头看着她道："你想做？"

客厅里只开了壁灯，光线昏暗，陈依看着闻泽辛那双桃花眼，含情又带着强势。她没应，闻泽辛沉默几秒，又把她按了回来，抬起她的下巴，吻了吻她的额头，接着拦腰把她抱起来："睡吧。"

闻泽辛走向主卧室。

陈依在他怀里沉默。来到床边，闻泽辛坐下，把她抱起来，这就变成陈依坐在他的大腿上了，目光所及便是他衣服微敞开的胸膛。闻泽辛俯身拿下她的拖鞋，要离开的时候，目光扫向她的膝盖。

她穿的是灰色的睡裙，膝盖露了出来，有少许的青紫痕迹。闻泽辛看了几秒，眼眸里闪过一丝暗光。

他抬起头看着她。

陈依一看他这眼神，就知道他在想什么。她定定地任由他看，不一会儿，他的薄唇来到她的脖颈处。

陈依冷冷地道："我不想。"

闻泽辛顿了顿，含糊地道："我知道。"

他拉好她的裙子，吻是吻，但是确实没有别的动作了。就这样纠缠了一会儿，闻泽辛突然问道："工作上最近有什么事吗？"

陈依摇头："能有什么事？"

闻泽辛沉默地看她几秒，随即点了点头，接着把她换个姿势，变成和他面对面，紧紧地搂着她。

陈依贴着他的胸膛，有些困。

迷迷糊糊间要睡过去时，她被抱到了床上。接着他将她拖进怀里，闻着她身上的香水味。陈依硬着头皮保持清醒，想叫他等会儿出去。

结果，她只看到他呼吸均匀的样子。

他就这么睡了？

陈依："……"

第二天陈依醒来时身边没人。她顿了顿，随后下床走向浴室洗漱。洗漱完换好衣服，她扎着头发出去，餐桌上放着一份冒着热气的早餐。

客厅里，闻泽辛靠坐在沙发上翻着手中的杂志，嗓音低沉地说："桌上的早餐是你的。"

陈依顿了顿，放下手，撩开那袋子，里面是瘦肉粥跟油条。

杂志放在桌面上，闻泽辛起身整理了一下袖子，走向厨房，不一会儿拿了一碟酱油出来，放在餐桌上。

陈依看着那碟酱油，抿了抿唇："你吃了没？"

闻泽辛："吃了。"

"快吃。"

陈依拉开椅子坐下，拿起油条配着粥吃。闻泽辛靠在沙发上，两手插在裤袋里，看着她吃，眼眸里含着几丝笑意，随即又想到她这段时间的改变以及心头的不安，眼里的笑意便淡了。

吃过早餐，两个人下楼。

陈依不肯跟闻泽辛走，去了地下车库。

闻泽辛见状，只得自己出了电梯，往大门口走去。江助理将车子停在外面，一看闻泽辛出来，赶紧开了车门。

闻泽辛没急着上车，扶着车门偏头看着。不一会儿，白色宝马从负一楼开出来，绕向大门，身后还跟着另外一辆黑色路虎。陈依坐在车里看到闻泽辛没走，淡淡地看了一眼，转开视线，车子开向大路。

闻泽辛看了片刻，随即弯腰坐进车里。接下来的一周，陈依一直在办交接工作，好在没有继续跟新项目。事务所的人都出差了，也没人发现陈依在做的事情。最后一天陈依跟沈丽深聊了一个早上，下午回了陈家，陪着廖夕看电视、聊天、做下午茶。

晚上陈庆回来，一家三口围坐在一起吃晚饭。

在饭桌上，陈依跟父母说了要去分所的事情。

廖夕愣了愣："要去多久？"

陈依笑了笑："时间不定。"

廖夕呆了，看着女儿，感觉这次不太一样。陈庆也难以置信地道："依依，你这是要离开我们吗？"

"离开"这个词太沉重了。

陈依顿了顿，放下筷子，说："我想找个新的地方磨炼自己。我很少离开 B 城，偶尔出去一趟也挺好的。"

廖夕眼眶一红，看向陈庆。

陈庆抿着唇，一句话都说不出来。

到底是他们连累了她，想想那个视频以及陈依在电话里哭的那一次，陈庆放下筷子，接着又拿起来，给陈依夹了菜，说："也好，也好。"

廖夕能说什么？她说不了。

他们很失败，什么都留不住，连女儿都留不住。

"爸妈，你们别这样，我又不是不回来了，工作调动而已。"陈依看出父母的自责跟难过，左右握住他们的手，说道，"工作调动而已啊。"

陈庆笑了笑："嗯。"

廖夕也沉默地给女儿夹菜。一个多小时后，他们的情绪也恢复了，廖夕去准备很多东西给陈依，陈依都不要，说麻烦。

廖夕挑挑拣拣还是非塞给陈依，陈依无奈，只能接了一些。

"如果需要什么，你到时跟妈说，妈给你寄。"

"好好好。"

"过年能回来吧？"

"能。"

又过了十分钟，陈庆开车送陈依去机场。

这次 B 城这边安排了五个人去分所，陈依是提前过去的那一个。她又提前了两天，自己买的机票。

陈庆送陈依进安检口时说道："怎么买这么晚的票？多不安全啊！"

陈依笑道："会城那地方本来直飞的航班就不多，买来买去买到了晚上的。"

陈庆只能点头："到了发信息啊。"

陈依："好。"

陈庆迟疑了几秒，问道："二少知道吗？"

陈依顿了顿，笑道："他明天就知道了。"

深夜，九点半的飞机起飞。一辆黑色奔驰疾驰在马路上，车轮子跟冒烟一样，抵达私人医院门口。

车钥匙都没拔，一名穿着黑色西装的男人大步上楼，抵达八楼的 VIP 病房。恰巧江助理拐出来，看到人后问："阿羽，你怎么在这里？你不是跟着太太？……"

话还没说完，唐羽一把推开门，喊道："老板。"

病床上，手背上插着针头的闻泽辛正在接电话，眼神冷冷地扫来。唐羽却顾不得怕，斟酌了一下，说："太太离开 B 城了。"

闻泽辛挂了电话，问道："出差还是……？"

"没有，不是出差，是陈董送她去的，刚刚登机……"

病房安静了一秒，下一秒，闻泽辛嗓音低冷地说："你再说一遍。"

再说一遍，他哪儿敢啊？唐羽沉默着，江助理也沉默着，实际上闻泽辛肯定是听清了的。

闻泽辛盯着唐羽："从哪里飞哪里？"

"会城。"

会城，四线城市。

分居两年离婚，原来如此，他还有什么不明白的？

闻泽辛从病床上下来，那扎着针头的手拿起桌面上的打火机，一下、两下地滑动着，看着跳跃的光芒，眼底闪过一丝嗜血的光芒，最后一切又化为灰烬。过往从他嘴里说出去的话，比如女人不过是衣服、女人只是生活中的调剂品，如今全打了回来。他看着火光，低声吩咐："去联系宸曜会计事务所的齐明宇，人是上班期间走的，就找他。"

江助理瞬间反应过来："好的，立即去。"

不愧是老板，这么快反应过来。江助理看着闻泽辛高大的背影，转头示意唐羽赶快走。唐羽明白，等老板回过神来，一定会生剥了他，明明有时间可以把人拦下来的，他一时心急直接跑回来了。

唐羽转身偷偷走了。

江助理也赶紧转身去联系人，走了几步后，想回身多嘱咐几句，一回头却看到闻泽辛低头拔掉针头，拿起手机："开一下闻家的私人机场，立即要用。"

江助理看着男人垂在身侧往下滴着血珠的手，半天没吭声。会城这个地方小，比东市还小。陈依抵达的时候是凌晨三点多，中间还遇上天气不佳，在另一座城市的机场待了四十五分钟左右。

新的城市，新的环境，房子都很矮，小楼跟小楼之间离得很近，环境有点儿乱。陈依出机场后打车也需要花费一些时间，这边车子不好叫，于是抵达事务所时也将近五点了。事务所有个刚调下来的合伙人，原先是黎城那边分所的，陈依跟他见过一面，姓林。他赶过来给开了门，问道："你租房没？公司有福利房，要吗？"

林添知道陈依是沈丽深看好的审计，还是 B 城那边的，这样调下来确实有些诧异，却是目前会城分所资历最高、最优秀的审计了，过了年就能升 Senior，到时就能带队做项目了。

陈依把行李放下，坐在椅子上，笑道："租了，不用公司福利房。"

说着，她从小包里拿出一份休假表递给林添。林添接过来一看，随即道："知道，沈丽深跟我说过，你尽管休去，回来后会很忙。"

陈依点头："谢谢。"

"要不要先去吃个早餐？"林添看着手机时间，"然后我再送你去住的地方？"

"我请你吃早餐吧，但不用送我了，我想再逛逛。"陈依站起来说道。林添点头，帮陈依提行李。

此时六点多，外面天色微亮，早餐档口都开了。

事务所分所外面就有早餐，两个人在早餐店里坐下，吃小笼包跟豆浆。吃完后，林添去事务所，陈依提着行李走下大路，按着手机导航去找租赁的房子。第一次一个人出来，也第一次租房子，陈依觉得什么都是新鲜的。

房子环境不算太好，但也不差，有点儿旧，楼梯房，但是被房东收拾得很干净，就是楼道窄，外面巷子车子都不太好进来。房子是连着的，隔壁那栋也挨着这栋，一连排，房东的意思是这房子有历史价值。

陈依提着行李进了屋，看着这环境，拿出手机给陈庆和廖夕发信息说自己到了，也住上了。廖夕知道陈依租房，但是生活在 B 城，就算是落魄的陈家，也是不缺房子住的，所以廖夕听说房子是两室的，什么都没问，还认为肯定是装修得很好的楼梯房。

陈依也不跟廖夕说是什么环境，母女俩语音聊了一会儿便挂了。陈依在沙发上坐下，看着墙壁上的老旧钟笑了起来。

唉，她重新开始了啊！上午十点，会城分所，林添从办公室里拐出来，便看到一名高大俊美、脸色有些苍白的男人走进来，身后跟着一名西装革履的助理。

"陈依呢？"那男人突然问，嗓音低沉。

会城这边办公室不大，进门就是会客厅，再往里就是办公区，办公区一目了然，此时没有任何人。

陈依？

林添愣了一下，一时没反应过来。

江助理立即上前笑道："就是今天刚到这边分所报到的审计，她没来上班吗？"

林添瞬间反应过来，哦了一声，看一眼那男人，随后回道："她还没到上班时间，休假半个月左右。"

江助理："……"

他下意识地看向闻泽辛，闻泽辛站在那儿，没有吭声。江助理赶紧面向林添："她早上到公司报到了吧？填表了没？现在住在哪里呢？这边是租房还是公司有福利房？"

林添感觉身后那个穿着黑色毛衣的男人身上戾气有点儿重，眼神也很冷漠，还是眼前这个应该是助理的好说话一些，便说："报到了，但是没填表，这边公司制度跟 B 城不太一样，她没要公司的福利房，说是租房，六点多在楼下吃完早餐就走了。"

"去哪儿了？你知道吗？租房信息都没留下？"江助理的语气有点儿急了，再不得到消息，老板这身子得垮。

以前老板的胃是有点儿小毛病，但是没有今年这么严重。老板这段时间饭没好好吃，觉也没好好睡，好不容易好了两天，又来这事，简直……

"没有，她提前租好的，你们很急吗？是有项目要找她吗？"

"不是，陈依是我们的老板娘。"

林添有些诧异，下意识地抬眼看向身后那男人。那男人轻微靠着沙发扶手，偏头咳了一声，俊美高大，但是一看就不是好惹的。

林添迟疑了一下说："我对她不了解啊，就早上见了一面，她住哪儿我也不知道，要不我打个电话问问？"

"好，你问。"江助理眼睛一亮。

林添返回办公室拿手机，准备打电话之前又停顿了一下。这事该告诉陈依吗？如果两人是夫妻的话，陈依应该会告诉自己的丈夫自己住哪儿啊。

林添感觉自己顿时有点儿进退两难，再说了，有什么事情那么急，非得现在找？大早上的，何况陈依也才休假半个月而已。

林添想到这里，转身出来，看了一眼号码，拨了过去，不过电话通了没人接。林添不知为何竟有种松一口气的感觉。

他对江助理说："没人接。"

江助理笑了笑："再打吧。"

林添不得不再打。

就这样，打了七八通电话以后，那边一直没人接，林添把手机摊开了给江助理跟身后那男人看。

闻泽辛已经站起来，手插在口袋里，看过来。

江助理盯着手机页面，回头看向闻泽辛。闻泽辛拿出自己的手机，当场拨了陈家父母的电话号码，还有沈璇的。

结果，什么有效的信息他都没有得到。

此时是上午十点半，会城分所里三个人一阵安静。闻泽辛掩嘴又咳嗽了几下，垂下眼眸，对江助理说："去找套房子，住下。"

江助理立即应话。

这时，他的手机响起，江助理拿起来看了一眼，愣了一下。

他转身走到闻泽辛面前，接电话之前道："是宴哥那边，可能有消息了。"

闻泽辛垂眸，看着他的手机屏幕。

几秒后，闻泽辛转身，一把推开大门，看着外面的车水马龙，还有对面的矮房子，少许的阳光洒下来。

闻泽辛感觉喉咙一阵发痒，咳了好几声。

这一刻，江助理是毫不怀疑老板下一秒就要晕倒的。他的身体已经到了极限，胃是没什么大问题，养养能好，但是这股对太太的偏执呢？

江助理上前建议道："老板，要不我……？"

"回去。"闻泽辛说道。

江助理："好。"

他赶紧打电话，让那边候着的司机开车过来。随后他回头跟林添打招呼，说如果中途碰见陈依回来，记得通知他一声，还相互加了微信。

林添笑着点头，通过了对方的好友验证，随后站在台阶上看着那男人跟助理上了车，那一看就是好车。

他低头看一眼自己的手机屏幕，这时有微信消息发了过来。

陈依："林添，你找我有什么事？我刚刚在洗衣服，手机放在卧室里没听到。"

林添："有个男的找你，不对，两个男的，其中一个说是你老公。"

陈依："开玩笑吗？"

林添："没有，不过他们走了。"那头，满手都是水的陈依站在洗手台边，看着这微信愣了愣。现在才几点？闻泽辛可能现在追来吗？

陈依是不信的。

陈依："你有没有问他们叫什么？"

林添："我给忘记了。"

陈依："……"

她看了一眼通话记录，闻泽辛没有来电，江助理也没有，他们来找她会不打电话、不发短信吗？陈依觉得不太可靠，但是他真的找来的话，她绝对不要暴露自己现在住的地方。

陈依放下手机，继续洗衣服。这房子里居然没有洗衣机，陈依还得手洗，回头得买一台洗衣机。半个小时后，洗完衣服晾上，陈依转身下楼，准备去逛逛，顺便看看洗衣机，还有看看菜市场在哪里。B城，飞机抵达私人停机坪。

黑色的车抵达，闻泽辛弯腰上车，江助理跟着上了副驾驶座。车子启动，江助理立即打电话，闻泽辛坐在后座上，长腿交叠，看着窗外，指间把玩着一根没点燃的烟，另一只手按着一个魔方，脸色苍白，眼神有些阴鸷。

江助理挂断电话，看着手机通讯录，顿了顿，回头说："老板，为什么不直接给太太打电话，顺便问她要地址？"

闻泽辛捏烟的手一顿，他挪回视线，语气很淡地说："她会告诉我们？"

江助理："……"

老板是真把太太的心思摸透了，这样一句话没说就走，太太能告诉他们自己住哪儿？他甚至怀疑太太是为了躲老板才申请来分所的。

否则好好的B城不待，太太跑四线城市做什么？

虽然会城紧邻一个正在起步的工业化城市，迟早会起来的，但是这个阶段的会城确实还没有那么大的实力。

太太这是为了清净啊！

他斟酌着，想着要不要跟老板说一声，要不干脆放太太自由一段时间。闻泽辛却突然道："你跟林添说一声，让他别跟她说我们去找过她。"

江助理哎了一声，立即拿起手机给对方发信息。

几秒后，他僵了僵。

"老板，太太知道了。"

闻泽辛顿了顿，垂眸看一眼扶手上的黑色手机。

江助理顿时有些尴尬："太太知道我们去找她了，她居然一条信息都没发过来关心关心？"

太太是不是有点儿狠啊？

闻泽辛抿紧薄唇，一声没吭。

江助理从车内后视镜里看一眼老板，不由自主地觉得，老板有点儿可怜了啊！

闻泽辛的手机嘀地响了一声。

江助理不由自主地坐直身子，侧过身子去看是不是太太发来的消息。闻泽辛垂眸，定定地看着手机。

响了一声后，手机并没有停下，而是连续嘀嘀嘀地响了起来。

江助理："……"

不是太太发的消息，是兄弟群的消息。所有希望被打破，他拿起手机，哐一声将其翻了个面。

周扬："找到人没？"

闻泽厉："没有哦，到处打电话，啧啧啧。"

江郁："哈哈哈——闻泽辛，你老婆会藏啊。"

顾呈："我听说许殿跪得快，兄弟，你要不要也跟着跪？"

萧然："他骨头硬得很，会跪？"

周扬："@闻泽辛，我跟你说，这个你得跟江郁学学，从小就是跪神出来的。"

江郁："过奖了！"

闻泽厉："哈哈哈。"

顾呈："闻泽厉别五十步笑百步，你也没好多少。"

第二天，宸曜会计事务所，周燕几个人正在跟准备去会城分所的那几个人聊天。周燕终于知道陈依不但真申请去分所了，还直接去那边休年假。会城虽然是小城市，但是那边有不少历史遗留建筑，风景可美了。

周燕："没想到她就这么抛下我们了。"

梁振峰翻了个白眼："你想去也可以啊，说实话，去那边机会大很多。如果陈依在明年能把剩下的科目考完，拿下CPA，再在分所多待一年，这技术合伙人的位置没跑了。"

周燕一顿拍手道："没错啊，我怎么没想到啊？分所的合伙人也是合伙人啊，陈依这一手算盘打得好啊！"

"好什么？我听说她只是想去一个地方散散心，是不是在这边过得不开心啊？"另一个同事探头过来，小声地问道。

几个人一听，呆住了，看着那名同事。

"你知道得这么清楚？"

那同事点了点沈丽深的办公室，说："我前几天看到依依跟沈丽深在里面谈话，我猜测的。"

话音方落，众人便看到专用电梯门打开，一名高大的男人走出来。男人一身西装，垂眸理了理袖口，来到沈丽深的办公室外，屈指敲了敲门。

沈丽深转头一看，愣住。

闻泽辛冷漠地看她一眼，随即走向齐明宇的办公室。沈丽深跟着站起身，在原地站了一会儿，这才走出门，跟在闻泽辛身后。就这样，两个人一块儿进了齐明宇的办公室，百叶窗被拉上，门被关上。

外面的一群人："……"

"依依的老公？"

"对啊，怎么感觉有种兴师问罪的感觉？"

而此时，办公室里，齐明宇放下手里的书，看一眼闻泽辛，又看一眼沈丽深。闻泽辛在沙发上坐下，看着沈丽深说："我不想废话，也没有在她身上装什么定位，所以我想问你，她在哪里？"

沈丽深抿唇，看一眼自己的上司。

可是齐明宇耸了耸肩。他一开始就不同意沈丽深给陈依找房子住，闻泽辛这边是什么情况沈丽深还不知道，但是他清楚。

偏偏沈丽深又想照顾自己手下的人，于是给找了房子。她想起陈依之前的嘱咐，大意就是不想泄露住的地方。

沈丽深："你何必一定要现在找呢？缓两天，她上班了，你去会所肯定能遇见她的。"

闻泽辛将手搭在扶手上，看了沈丽深一眼。

沈丽深："……"

她此时才发现这对夫妻之间肯定有很大的问题。她有点儿尴尬，一声没吭。闻泽辛垂眸，整理了一下袖子，语气很淡地说："我不想用别的手段，你最好现在告诉我。她没带多少现金，这两天如果用网络支付，那我稍微一查就知道了，但我一刻都等不下去。"

沈丽深有些诧异，看了一眼自己的上司。

齐明宇微笑，什么都没说。

沈丽深迟疑了一下说："或许你应该找陈依谈谈，她不想告诉你她现在住的地方。"

闻泽辛放在扶手上的手一紧，一秒后，他又松开手，眯起眼看着沈丽深："我只想知道她的地址。"他从一旁拿起笔和本子放在茶几上，说，"写给我。"

沈丽深咬紧牙关，终于体会到陈依的这个老公的强势了。这样的男人，拥有这样上位者的姿态，无形的压力确实令人压抑。

"你对陈依也是这个态度吗？"沈丽深突然反问。

闻泽辛顿了顿，抬起眼眸看她一眼，眼神冷漠，带着戾气。

沈丽深看出男人的意思，他不屑跟她说自己的感情问题。她立即看向自己的上司："齐明宇，你不帮我说句话吗？我受人之托，忠人之事，怎么能随随便便就透露？这跟我们做审计工作是一样的。"

齐明宇顿了顿，看着沈丽深，几秒后说："有时我们表面看到的情况，跟真实的数据是有区别的。"

沈丽深顿时明白了，上司是站在闻泽辛这边的，也不知道上司是不是被猪油蒙了心。

她想起那天下午，陈依跟她在会议室里谈了那么久，聊了自己怎么从事这个行业的，一开始怎么摇摆不定，后来坚定要做这一行却又结婚了，还说这一年里，她曾经想过放弃做审计，回家里去帮忙，但是后来觉得人只能做好一件事情，她能做好审计工作，却不一定能管理好公司。沈丽深却想着陈依家的企业之前面临的问题以及如今是她老公在管，便问她："你老公没让你去你们家的公司上班吗？"

陈依笑着道："我又做不好，去干吗？"

那会儿沈丽深还想着说不定是因为她老公不肯让她去，现在看这个男人的态度，是有那么点儿意思。

毕竟他那么强势。

沈丽深看向沙发上高大的男人，抿了抿唇道："抱歉，无可奉告。"

说完她转身就走。

齐明宇急了，喊道："沈丽深！"

沈丽深很坚决，一把拉开门，头都没回。这时，身后男人低沉的声音传来："我必须立即见到她。她登机的那个晚上，我就赶去了，但是没见到她。"

沈丽深脚步一停。

闻泽辛又道："我想现在见到她。"

沈丽深："……"

搬过来的第二天，陈依在家具店买了一台洗衣机，让人帮忙装上。这些事情都很新鲜，陈依忙活得乐在其中。

林添发信息问要不要帮忙，陈依回复说不用。接着她送走安装的工人，进厨房做饭。吃过晚饭，陈依在客厅看学习资料还有会城周边的一些城市介绍，这边跟 B 城那边不能比，可能有些项目还需要亲自去谈。

B 城那边若是有这边的项目，也会安排过来，她得尽早熟悉起来。看资料到晚上九点多，陈依打算先睡了，这时手机响了起来。

她拿起手机。

沈丽深："陈依，抱歉。"

陈依："怎么了，深姐？"

沈丽深那边却没回。陈依看着屏幕，不知为何有点儿预感，只能怪她对闻泽辛惯来的强势深有体会吧。

她没再纠结，起身放好资料，便去睡了。

深夜，陈依睡得不是很安稳，在床上翻来覆去，看着天花板。床头柜上的灯投了光在天花板上，她看着那橘色的影子，脑海里闪过这一年来的许多画面。如果可以，她真的宁愿一开始做到不管不顾那个协议，这样就不会有后面的这么多事，没有渴望就没有失望，或许她跟闻泽辛现在的状态会好一些。

那天的同学会也让她明白，没有好好爱自己，没有自我，每天都过得不开心，折磨的也是自己。

迷迷糊糊中，她听见门外传来敲门声。

那点儿瞌睡一下子就没了，陈依唰地从床上起来，捞过外套披上，顺手从墙边拿了一根扫把，慢慢地走过去。

老式门是没有猫眼的，陈依不知自己要不要开口问话。

这时门又被敲了一下，放在桌面上的手机响起，陈依凑过去一看，来电是闻泽辛。

陈依猛地握紧扫把。他怎么这么快？连几天清净日子都不给她吗？陈依拿起手机，盯着门，接了电话："喂。"

"依依，我想见你一面。"

陈依："……"

"开一下门。"

陈依抿紧唇，接着那头闻泽辛又道："不开也行。"

听见这话，陈依就觉得闻泽辛又要耍手段了。她快走两步，一把拉开门。门外，闻泽辛单手插在裤袋里，另一只手朝江助理摊开，江助理赶紧将键盘递给他。他目光扫过来，看着抿着唇、披头散发的漂亮女人，将那个黑色键盘扔在地上，接着屈膝跪了下去。江助理呆了一下，恨不得当场

341

戳瞎自己的双眼。

这键盘是刚刚下车的时候，老板让他在隔壁的电脑配件店买的，全新，上楼的时候拆了外盒跟说明书。

他还一头雾水，不知老板要干吗。

如今……他知道了。

然而太太并未感动，直接关上了门。楼道一下子陷入更安静的状态，光线更是因为门关上而暗了许多。

江助理下意识地看向老板，那膝盖是实实在在地跪在那些凸起的按键上。江助理顿时连大气都不敢出了。

而跪着的闻泽辛离得近，脸被关上的门风扫过，他偏了偏头，随即再转过脸去看那扇门，对江助理说："手机。"

江助理回过神，立即把手机奉上。

闻泽辛接过手机，低头点出备注是"她"的号拨打过去。关上门后，陈依靠在门后缓了一下。要不是闻泽辛那张脸非常有辨识度，现在还在脑海里一闪而过，陈依都要怀疑自己是梦游了。

他想干吗？

手中的手机就在这时响起，让陈依回了神，她低头一看，是闻泽辛打来的电话。她顿了顿，接通电话，将手机放在耳边。

"在听？"男人的声音传来，很低。

陈依没应。

那边的闻泽辛也沉默下来，就沉默这几秒，可感受到彼此的呼吸。又过了几秒，他的声音再次传来："这一跪，是希望我们能重新开始。"

夜晚，闻泽辛的声音显得更低一些。

陈依："你想重新开始就重新开始？"

闻泽辛没有接她这话，低声道："我这个人掌控欲是强，你是我选的，就该是我的。"

陈依冷笑。

男人在那头并没有在意她的冷笑，而是继续道："但是你也教会了我婚姻是相互的，当初家里让我联姻时，一共十六家可供选择，陈家并不在内，我点的陈家，点的也是你，可惜我母亲闹了乌龙，上门见的人是陈莺，便以为我点的是陈莺。

"好在她后来说漏了嘴，我才发现弄错了人，重选了你，这当中看你老实、温顺是一方面，更主要的原因在于高中那会儿留下的回忆。"

陈依抿紧唇。

"可惜在那个时候，对我来说，爱情是奢侈品，我不曾想过。我把所有的掌控欲、占有欲全放在你身上，即使直到陈家出事，直到昨天，我这劣根性依旧没变。有的人的喜欢是如沐春风的感觉，我的喜欢就全是掌控欲、占有欲，我甚至到今天依旧不觉得自己哪里有错。

"但是，我愿意为你改变，对你服软，多听你的意见。

"好了，去睡吧。"

陈依在这一刻不知说什么，气也气得很，恨也恨得很，最后咬着牙道："睡什么睡？你大半夜跑这里一跪，说了一通话后，让我去睡？"

"我抱着你睡？"闻泽辛反问。

陈依："你闭嘴！"

那头，男人瞬间安静下来。陈依忍不住站直身子，在门后走动，几秒后，停住脚步反问："你这么多年来睡过多少个女人？"

他要开门见山，那她就开门见山地问。

那头，闻泽辛挑眉："你一个。"

陈依拿开手机看了一眼，随即冷笑："你这话说出来谁信？你闻泽辛不是 B 城纨绔公子哥吗？"

"你想多了，真的只有你一个。"

陈依陡然停住。

几秒后，她说："嗯，所以是一出好戏。"

说完，她挂了电话。

莫名其妙的四个字，不知她是说他下跪，还是说什么。闻泽辛按着耳边的手机，垂眸看着门缝里的阴影。

接着，那阴影离开了，屋里的灯紧跟着被关掉。楼道里再次陷入安静，闻泽辛拿下手机，看着手机页面里的"她"。

她那一出好戏，不是说今晚下跪的事，而是说婚前协议以及那些逢场作戏。

江助理在后面也悄然关了手机，随即凑上前去，低声道："老板，要不找个机会跟太太说说你这些年的事情吧？"

闻泽辛抿唇，没应。

江助理："……"

唉。陈依回到房里，把手机放在床头柜上，随即躺下便睡，但终究还是翻来覆去，好一会儿后，拿起手机找了沈璇。

这个点，沈璇还没有睡，在书房里。

两个人简单地询问对方最近如何后，陈依进入主题，说起了今晚的事情。

沈璇："啧，看来是做功课了。"

陈依："跟大少学的？"

沈璇："可能吧，闻泽厉当初求我的时候，也是被影响了。"

陈依也想起那一个雨夜，她是从林笑儿那儿看到视频的。闻大少下跪的事情虽然外面只有传闻没有视频，但是两家人都有，还时不时拿出来当笑料看。闻家小叔在位，这种事情自然而然不能随便泄露。

沈璇："你怎么想？"

陈依："走一步算一步，不管他现在怎么样，也不能打乱我的生活节奏。"

沈璇："就是不会被他影响。"

陈依："嗯。"

沈璇那边却编辑"那会被感动吗"，这几个字打出来后，她又缓缓删除，最终没有发送给陈依。因为沈璇知道陈依是个善良的姑娘，找回自己了也不会真的变得铁石心肠，至于闻泽辛，加油呗。

陈依："我睡了。"

沈璇："好。"

两人互道晚安后，陈依放下手机，心里安定了很多。她拿起桌上的本子看了一眼，计划借着这半个月在会城来个短途旅游，明天第一站是古巷。

放下本子时，陈依看了一眼房门，随即掩去情绪，闭上眼睛，拉上被子睡觉。

这间房间的阳台靠着大路，每天早上醒来陈依都能听到楼下单车跟汽车开过的声音，还有一些早餐摊贩的吆喝声，也有准备上学的孩子的声音跟嬉闹声。这边跟B城不一样，她从来没有听见过这么多元化的声音。

无论是在市中心那套新房里，还是陈家别墅、君悦公寓，抑或是闻家等，基本早晨都是比较安静的。

今天陈依又是被楼下的声音吵醒的，一看时间，才六点刚过，天蒙蒙亮。

在这边基本很难睡懒觉，陈依伸了懒腰，脚刚伸到地板上，就听到手机嘀嘀嘀地响起来。她拿起手机一看，有些诧异。

顾呈、萧然、聂胥都给她发了信息。

她点进去一看，三个人都发了一段视频，是楼道里闻泽辛下跪的视频。

顾呈："保存下来，纪念一下。"

萧然："看。"

聂胥："哈哈哈哈哈哈哈哈哈，顾呈前天晚上才说他骨头硬，他昨晚就给你跪了，常雪笑死了。陈依，要你老公跪一次不容易啊，你不知道兄弟群里大家等他跪等了多久。"

接着，林笑儿也发信息过来。

林笑儿："哇，依依，他是在你家门口跪的吗？怎么是键盘呢？没点儿诚意，叫他下次跪榴梿吧，我把壳给他留着。"

陈依："……"

其他人的信息她不知道怎么回，毕竟都是闻泽辛的兄弟，但是林笑儿的她得回。她编辑好消息，发送。

陈依："妈，早上好。"

林笑儿："早上好，依依，看视频了吗？"

陈依："看了。"

林笑儿："哈哈哈，好。"

与此同时，一夜没怎么睡，在酒店里办公的闻泽辛揉揉眉心，往后靠去，拿起手机看了一眼，信息多得挤满微信。

林笑儿："儿子，下次跪榴梿吧。"

小叔："我也看到视频了，是不是开了个头，以后你还得常跪？以后进屋去跪。"

兄弟群。

周扬："哈哈哈哈哈哈，好的，谢谢小江。"

顾呈："江辰怕得跑路了。"

江郁："这有什么？哈哈哈哈。"

顾呈："闻泽辛还没回过神来，昨晚有个会议紧急得要命，估计他还在开会。"

许殿："什么？闻泽辛跪了？"

萧然："江辰好大胆子。"

闻泽厉："好家伙，学我啊。"

周扬："哈哈哈哈哈哈，精彩。"

闻泽辛看了一眼聊天记录，十几分钟前的，也就是视频刚发出去不到半个小时。他端起咖啡喝了一口，偏头看着那视频。

几秒后，关掉视频，闻泽辛找到江辰的电话号码拨打过去。电话通了许久，那头江辰才接。他咳了一声，说："老板，昨晚我抵达 B 城后就睡了，手机被我小侄女拿走了，视频是她发的。我已经尽力挽救了，但还是

345

晚了点儿。"

闻泽辛又抿了一口咖啡，指尖在桌面上敲着，冷淡地说："你可以去当编剧了。"

江助理："真的！"

闻泽辛："小叔发出去的？"

江助理的喉咙被卡住。好吧，老板实在太聪明了，昨晚他回到B城后去接闻小叔，小叔在商务车里询问一些事宜，最后就问到老板跟太太的事情。江助理说完后还给闻小叔看了视频，闻小叔非常淡定地看完，顺便把视频发给了自家哥哥。

于是，一大早尽人皆知。

给他江辰一百个胆子他也不敢乱发老板的视频啊！拍归拍，他只想给自己或者以后给太太看啊！

江助理："嗯。"

闻泽辛："你发给她没？"

这个她，是指太太。

江助理立即摇头："没有，没有，但是你母亲知道啊。"

闻泽辛："……"

他挂断了电话。

江助理："……"

老板碰上太太，偶尔也难得糊涂。闻先生都知道了，闻太太能不知道？闻太太知道了，身为儿媳的太太能不知道？

啧。

闻泽辛没立即放下手机，看了一眼群。

周扬："嗯？不说话？跪是什么滋味啊@闻泽辛？"

许殿："啧啧，怎么都学我呢？"

江郁："学我好吗？"

闻泽厉："@闻泽辛，买个跪得容易吧！打八折！"

顾呈："哈哈哈哈哈哈——给你们看截图。"

顾呈："图片。"

图片里有聊天记录，是闻泽辛跟顾呈的。

顾呈："跟许殿学？"

他让闻泽辛跟许殿学，还给闻泽辛发了许殿下跪的视频。

周扬："居然是跟许殿学的。"

闻泽厉："不是跟我学的吗？啊？"

陈依放下手机去洗漱，然后弄早餐吃，吃完后戴了顶帽子，穿上长外套便拉开门。楼道里空荡荡的，昨晚那一幕仿佛是幻境一般，如果她不看手机里的视频的话，真以为是幻境。陈依关上门，走下楼。

她下到一楼马路，就看见了这早晨繁华的景色。这条巷子不大，甚至有点儿窄，但是楼下都是商铺，学生、孩子朝气蓬勃。陈依看了几眼，笑着走向外面那条路去坐车。这边的公交车是有两层的，公交车的车身会印短途旅游的各条线。陈依扶着帽子上了第二层，走到最后一排坐下。冬天的风有点儿凉，陈依看着天空，公交车启动。

可能是冬天的缘故，车子第二层并没有那么多人上来，路边偶尔有旅游团的人举着牌子走过。

公交车在一家酒店门口停下，上来不少旅游的人。

陈依拍了几张照片，低头正在看调色，身边的位置便有人坐下。她下意识地抬起头，看到闻泽辛穿着黑色毛衣跟长裤，垂眸看着她。陈依愣了几秒。

他嗓音很低地道："昨晚有个紧急会议，我十二点左右从你家门口离开的。"

陈依抿唇："哦。"

她睡下时是十一点，也就是他又跪了一个小时。陈依继续低头看手机，也没问他跟着上公交车做什么。

这辆公交车是环城线，漂亮、好玩的地方都会经过。陈依往里面挪了一些，拿着手机往下拍摄景色。

身侧，男人在低声讲电话，明显公务繁忙，可是偏偏在这公交车上浪费时间。看到古巷的标志，陈依拿起背包起身走下楼梯。身后，闻泽辛跟着起身，一边讲着电话，一边跟着下来。

眉眼俊朗、高大的男人跟这公交车是有点儿格格不入的，到了一楼人多的地方，陈依能明显感觉到好多人在看她身后的男人。

下了车，公交车站人多，陈依钻出去，走向古巷的大门口。她一走过去便被一群人拉过去，一条绳子便往陈依身上缠。陈依愣了一下，抬眼看去，几个工作人员笑着道："今天你是古巷的幸运儿，如果能从这绳子里出来，你可以得到免费进入古巷的机会。"

"要挑战一下吗？"那女生笑着问。

周围的游客很多，一个个都看过来，有些还围过来。陈依已经被套住了，说句不挑战就可以出来，但是她也好奇啊，这绳子要怎么弄？她笑着问："我一个人吗？"

女生笑道："不是，还有我。"

她身上穿着工作人员的衣服。

陈依笑道："好啊。"

于是，绳子套到了女生身上，接着两个人开始想尽办法地解开绳子，但是陈依发现，绳子越来越紧了。

那个女生笑道："这可怎么办呢？"

陈依知道女生肯定知道怎么解，不过是考验她罢了，说道："你转个圈，往后退一步。"

女生听话地转圈后退。陈依偏头看去，眼眸却跟人群中的闻泽辛对上。他一只手插在口袋里，另一只手点了点旁边，然后修长的指尖勾了一下，是往下套的意思。

陈依顿了顿。

她发现他给的办法很好。

周围聚着的人越来越多，那女生笑看着陈依。陈依想着用别的办法，但是只有闻泽辛这个办法。

她抿了下唇，把绳子往旁边松了一些，接着往上拉，最后再往自己身上套，拇指粗的绳子哗啦一下落了地，人群顿时哗然。

"恭喜恭喜，你打破了最快的纪录。"那女生高兴地收起绳子，拿了一张票给陈依。陈依微微一笑，接过票说："谢谢。"

她拿着那票，穿过人群走向古巷的入口，脑海里却不由自主地响起一些声音。

高二那一年补课，闻泽辛的声音在她耳边一再响起，他指间转着笔："填 C，知道为什么填 C 吗？因为 B、C 是最接近黄金分割点的选项。对你们学渣来讲，C 最安全。"

她埋头苦写，嘀咕道："谁是学渣？"

他在她耳边似是轻笑了一声。

身后传来脚步声，陈依唰地转身，将票拍在闻泽辛的胸膛上。闻泽辛垂眸看了一眼，随即看着她道："嗯？"

陈依："票给你，是你解开的绳子。"

闻泽辛抬手去拿那票，陈依准备松手，他却一把握住她的手，说："一起？"

"我们结婚后还没有一起出来玩过。"他看着她，很喜欢她今天的装扮，在人群中她一头长发很显眼，帽子下眉眼弯弯，连那个跟她玩绳子的女人他都觉得妒忌。于是他比画了两下让她赶快解开。

陈依一把抽回手，说："我只想一个人玩。"

闻泽辛捏着那张票。

陈依看着他，语气很淡："你走吗？"

闻泽辛："……"

两个人对视着，两边人来人往，形成一个虚构背景似的。陈依觉得这人不会听她的话，肯定会强硬地跟着。

谁知道下一秒，闻泽辛把票揉碎了，说："好，你玩完了给我个定位，我来接你。"

陈依："……"

她有点儿不信，转身走向古巷。正好有旅游团经过，陈依走着走着跟旅游团走在了一起。她在门口买票，接着进去，走了很远，不经意地回头一看，闻泽辛还站在原地看着她。他远远地看着，确实没有跟进来。

她看了一眼旁边的巷子，钻了进去。古色古香的建筑浮现在眼前，她拿起手机拍摄。逛到下一个景点，陈依买了一根冰糖葫芦吃，身后没有再跟着人了。

古巷入口不算大，但是里面很大，加上保留了一些历史建筑，陈依逛了一整天，还跟着旅游团玩了一会儿游戏。沈璇今天也有空，还跟陈依视频。看着这个环境，沈璇面无表情地说："有什么好玩的？"

陈依指着建筑、湖什么的，说道："不美吗？"

沈璇："一般般。"

陈依："……"

不过林笑儿就很给面子，跟陈依视频，还说了好几次好美啊，下次也要过来玩，要挂电话之前，跟陈依说："依依，妈留了几个榴梿壳，下回让他跪哈。"

陈依："……"

陈依从里面出来的时候，天色已经黑了。

手机嘀嘀地响起。

闻泽辛："古巷门口，车牌尾号 258。"

陈依一眼就看到那打着双闪的黑色轿车，编辑消息回复。

陈依："你开走吧，我还不想回去。"

信息发出去后，那边没回，陈依则走向夜市那条路，准备逛一圈夜市再回去。谁知道她走了几步，都进入夜市了，那车还在外面打着双闪，并且缓慢地开着。会城这边路边的管控没有 B 城那么严，到处有摩托车来回。

陈依看一眼那车子，站在一个档口前，准备买点儿烧烤。人群中好像有人在叫她一样，陈依抬起头去找，隐约看到了林添。他身边还跟着一个女人，女人怀里抱着一个孩子，陈依笑着招手，正想说话，林添就变了脸色，说："小心。"

他老婆急得很，上前一把拉住她的手腕，陈依跟跄两步，整个人撞在卖衣服的车门上。她一回头，便看到很多摩托车开得很快，一个个跟刺儿头一样从这窄小的地方开过，摩托车如风一样，那速度很吓人。

身后的摊贩骂声一片片地响起。

陈依抬起头，看到闻泽辛站在对面的栏杆那儿，他长腿已经跨过栏杆了。看到她没事后，他的脸色好了很多。

他抬起手点了点，示意她往里面站一些。

陈依抿了抿唇往后站。

闻泽辛看着那个女人，心跳加速，是害怕那种。他拿出手机拨打电话报警，冷冷地看着这些摩托车。

他们不是开过去就算了，而是开去大路以后，绕了一圈又回来，三番五次地给这边造成恐慌，明显是恶意的。

不一会儿，远处有交警过来，直接把这路给堵了，把那些骑摩托车的人全拦了下来。闻泽辛这才迈着长腿过来，来到陈依身边，上下看她。

他嗓音微哑地道："跟你上司回去。"

陈依看着他的手机，正想问是不是他报的警，那边警察已经上前，拿着手机看着闻泽辛："你报的警？"

那些骑摩托车的人齐刷刷地看了过来。

闻泽辛把陈依往后面推了推，挡住她，握着手机，偏头回答："是我。"

陈依想出来，都被他按了回去。

林添赶紧拉住陈依，低声道："你老公在保护你。"

陈依顿住。

她知道。

第十二章

榴莲心机

"麻烦你跟我们走一趟。"民警对闻泽辛说。他们看了一眼其他的摊贩，其他人一个个往后缩去。

很多人不敢这个时候出头，尤其是摊贩。闻泽辛点点头，走向路边的车。他人本来就高，衣品跟长相都不凡，很惹人注目，那些被拦下的人没有一个不狠狠地盯着他的。

司机下车，给闻泽辛开车门。闻泽辛弯腰坐进去，摇下车窗，看了一眼人群中的陈依，随即收回视线。

陈依被林添紧紧地拉着，也看着他。

黑色轿车摇上车窗，车子启动。

警察把那些人按着，也上了警车，摩托车留给其他人处理。

挤在一起的路人跟摊贩们这才心有余悸地散开来。卖烧烤的摊贩摇摇头道："终于有人敢报警了。"

"这些人偶尔来，也不经常出现，但是每次都会这样来来回回地制造恐慌，所以我从不让我儿子来这边。"

"你们就一次都没报过警？"林添听着，反问道。

那摊贩看他一眼，叹了口气道："之前报过一次，但是后面又……"

林添明白了。摊贩又道："刚刚那个男人一看就不是普通人，但愿他报警能有用吧。"

卖衣服的摊贩关上车门，开走了，看来是被吓到了。陈依回过身跟林添的老婆道谢，如果刚刚不是对方拉她一把，现在她就被摩托车带倒了。林添的老婆叫赵莹，抱着孩子，笑着摇头："你没事就好，我刚刚离你比较近，我老公让我赶紧拉你。"

陈依也朝林添道谢，林添说："私下你叫我林添就好。"

陈依微笑，看一眼路边，随即把钱给摊贩。林添说："要不先回去吧，你老公让你回家。"

手机这时响起来，陈依看了一眼。

闻泽辛："先回去。"

陈依抿紧唇，抬起头跟林添说："你们呢？也要回去吗？还是继续逛？"

林添看一眼自家老婆，说："我们也想回去了，先送你。"

"不用……"

"要的，你老公明显把你托付给我们了。"赵莹笑道，把孩子递给林添，牵住陈依的手。陈依笑了笑，三个人走向停车位。

就这样走了几步，陈依突然道："我觉得我还是去看看。"

林添顿了顿，看陈依一眼。

陈依看着林添笑道："我也是受害者，说不定能帮忙录点儿口供。"

林添跟妻子对视一眼。夫妻共同体，陈依担心自家老公也是正常的。林添说："我送赵莹跟孩子回家，然后送你去，这个点不好拦车。"

陈依想拒绝，赵莹按着她的手不让，陈依只能连声说谢谢。接着，把赵莹送回家后，林添开车送陈依前往派出所。

会城的派出所距离事务所并不远，位置很好，不过此时还蛮安静的，大概是因为古巷那边实在热闹，衬得这边非常安静。

林添把车子停好。

闻泽辛那辆车也停在一旁的停车位上。而派出所的大门关着，里面都亮着灯，有值班人员走过。

此时大厅里，十几个人坐在椅子上，有些则蹲着。闻泽辛坐在对面的桌子旁，神色冷漠，民警正在录口供了解情况。

那群人当中有个人是带头的，盯着闻泽辛，随即拒不承认自己是恶意的，只说天气好出来开摩托车玩玩，又说几个人计划开完一圈后就走，完全没有制造恐慌的意思。而这个人刚刚就是离陈依最近的那个。

闻泽辛听罢，抬起眼眸看那个人一眼。

那人挑衅地看着闻泽辛。

闻泽辛放下手里的笔，往后靠去，对民警说："我建议调监控看看刚刚人群是如何惊慌的。"

民警点头："这个会调的。"

说着他就过去找人调监控。民警一走，那人看着闻泽辛的表情更挑衅，他身后的那些人也一个个地盯着闻泽辛，还有人说道："开摩托车怎么了？又没有撞到人，我们一直按喇叭了呢，让他们让了。"

"还看监控呢，警察叔叔你听他的啊？他一看就是外地人，不懂事。"

"就是就是，还蛮嚣张的嘛，呵呵呵呵呵。"

"就是啊，看监控能看出什么花来？"带头那人盯着闻泽辛，咧嘴笑道，"看着别人开车过来不闪避那肯定是傻的。"

他似有所指，指陈依站在那里被他踢了一脚。闻泽辛也看着他，几秒后，手插在口袋里站起身。那人还仰头看着他，继续挑衅。闻泽辛拿出手机，绕过桌子来到对面，也就是那个人坐的位置，看着门口，拨打江助理的电话。

"联系会城的律师事务所。"

江助理愣了愣，立即回道："好的。"

而坐着的那个带头人听罢，满脸恶意，仰头说道："你以为请律师……"

哐！

"啊——"那人被闻泽辛卡住脖子，按在了桌面上。全场的人都被这一幕吓到了，闻泽辛垂眸，冷冷地看着挣扎的刺儿头："挑衅我的人，才傻。"

"闻先生。"值班民警站起身。

桌面上的刺儿头挣扎了几下。闻泽辛松开他，手插回口袋里，文质彬彬地说："我会协助你们的。"

民警："好的，谢谢。"

"喂，他怎么打人呢？我们可没动手啊。"

"你可要为我们做主。"

陈依跟林添在门口看到了全过程。陈依也认出那个刺儿头是离她最近的人，当时她被赵莹拉住，还有一个人踢了她一下。林添想了想，觉得闻泽辛这样做都是为了陈依，而且明明就是为了保护陈依才把人拉到后面的，现在陈依如果出现……他拉着她转身说："还是别进去了，你老公分明是在教训他。"

这些人要是突然记恨起来，陈依的处境会不大好，会城市现在确实还有一些不太安全的隐患，看看这些人就知道，这几年其实算好很多了，但是偶尔还是会有那么点儿事情。陈依的安全重要啊，目前她又是一个人住。

陈依抿了抿唇，听到闻泽辛打电话请律师时知道他想怎么做，点了点头，转身走下台阶。走之前她又看了闻泽辛一眼。

闻泽辛也看到她了，垂下眼眸，不动声色地按着手机。

陈依的手机响起。

闻泽辛："我让你回家，你在这里干吗？"

陈依："我……"

闻泽辛："你担心我？"

闻泽辛："别担心。"

陈依："谁担心你？想太多。"

坐进车里后，陈依又编辑消息。

陈依："他们不止一次这样了，我听摊贩说，之前他们时不时地来闹一次，有一次还撞伤了一个游客的小孩，赔了点儿钱就走了。"

闻泽辛："嗯。"

车里安静，林添启动车子，说："你老公有点儿眼熟，我之前是不是见过？"

陈依放下手机，看林添一眼："没有吧。"

林添："一上来就请律师，肯定不是普通人家。"

陈依笑了笑。

林添把车开出去，开到红绿灯路口，说："我感觉你老公的气质跟气势和黎城四大家族的几个人有点儿像，估计他也是大企业的少爷。"

陈依看林添一眼，问道："你认识黎城那四大家族的少爷？"

"有幸见过一次吧，当时就三个人，许家的，周家的，江家的。至于李家那位，特种兵，在部队呢。"

绿灯到了，车子启动，林添看了陈依一眼，笑道："你该不会是B城那边的某名门千金吧？"

陈依笑着摇头："不是。"

林添："你老公姓闻？"

他似乎想起来了。

"B城闻家？大的还是小的那个啊？"

男人八卦起来比女人还要厉害，林添此时眼睛发亮。陈依干笑了一下，没有回答他。林添自言自语道："我看是小的那个，我之前听说小的貌比潘安。"

陈依："……"

回到小巷子里，林添把陈依送上楼，看到陈依进了门，忍不住说："你嫁了个条件这么好的人，还到我们这地方，也太拼了吧。"

陈依微笑，说："林添，不管如何，你给我保密。"

林添笑了笑："那是自然的，我走了。"

"好的，谢谢。"

陈依目送他走下楼梯，顺势关上了门。现在已经八点了，她晚饭都没吃，刚刚的烧烤跟赵莹分着吃的。

她开了冰箱，看了看里面的食材，挑了几样，随后拿进厨房里，准备做个西红柿肥牛面。

外面的手机响了起来。

她擦了擦手走出来，来到茶几边弯腰一看，是闻泽辛打来的电话。

她滑开接听："喂。"

他的声音传来："到家了？"

陈依："嗯。"

"我在门口。"

陈依唰地站直身子，看着门。

闻泽辛的声音再次传来："开一下门，我看看你。"

陈依抿唇，几秒后上前拉开了门。外面，闻泽辛手插在裤袋里看着她，上下扫了一番后问："做饭？"

陈依看一眼自己身上的围裙："嗯。"

闻泽辛按着门，往里扫了一眼，垂眸道："你那儿有……"

陈依定定地看着他，说："没有热水。"

闻泽辛抿了抿唇，说："我想进去看看你住得怎么样。"

他俯身看着脚下，声音很低："不会对你干什么的。"

陈依停顿了一下，脑海里闪过很多画面，最后让开了身子，说："你看，我先煮面。"

说着她走向厨房。闻泽辛看着她的后背上披着的长发，几秒后按着门进去，默不作声地看了一眼这套房子，干净是干净，就是小，也挺破的。

闻泽辛一边看着一边拿出烟盒，突地问道："老婆，你这次调所，打算在这边做多久？"

"老婆"二字，令陈依拿着锅铲的手抖了一下。

她说："不知道，刚来呢。"

"会延市的经济这几年猛涨，不出意料会和会城两市合一，我给你在这里买一套房子，当作投资，也当作住所，如何？"

陈依顿了一下，转头看过去。

闻泽辛打算抽烟，跟她的视线对上，陈依先是看他的眼睛，后扫一眼他嘴里的烟。闻泽辛察觉到了，垂眸看了一眼，接着取下烟扔进垃圾桶。

陈依收回视线，说："我想要，能自己买。"

闻泽辛挑眉，没应。

这时，陈依的手机响起，是视频通话。闻泽辛弯腰拿起她的手机，看了一眼，来电是林笑儿。他拿着手机走去厨房，到了门口，替陈依滑开手机。

林笑儿的声音传来："依依，妈准备给你寄几个榴梿过去，你给我发个地址，到时榴梿肉你吃，榴梿壳给闻泽辛跪。"

陈依："……"

闻泽辛垂眸看着手机屏幕。这边沉默了几秒，闻泽辛举起手机，放在唇边道："她想吃，我可以给她买。"

林笑儿在那头听到儿子的声音，愣住，接着立即道："你买你的，我买我的，吃起来的滋味是不一样的。"

"嗯？不对，你怎么在依依那里？"林笑儿的话还没说完，闻泽辛已没耐心听，将手机递给陈依。

陈依接过来，有点儿尴尬，转过身子把手机放在料理台上，一边煮面一边喊道："妈。"

"哎呀，依依你等会儿记得把地址发我，我不单单给你寄榴梿，还打算给你寄些用的、吃的东西。"

"不用啦妈，这边什么都有。"

"也是哦，今天看着那边环境不错，挺适合居住的。"林笑儿嘴上这么说，实际上还是觉得陈依在 B 城比较好，毕竟看得到、摸得着。当得知闻泽辛追去会城时，林笑儿那颗悬着的心一下子落了地。

后来又看到闻泽辛下跪的视频，林笑儿是非常希望闻泽辛能多跪一跪，把儿媳妇追回来的，才会老惦记着榴梿。

她心想：跪榴梿那么狠，依依那性子肯定会心软的。

一想到两个儿子都是这么把老婆跪回来的，林笑儿也挺无奈的，但是能抱得儿媳妇归来，也是一件好事，她身为母亲，得支持啊！

陈依笑着道："嗯，这边很适合居住，建筑都比较有特色，吃的东西跟B城差不多。"

外头，闻泽辛靠着沙发，看着厨房里边忙活边聊天的女人，目不转睛。过了一会儿，陈依挂了电话，端出一碗热气腾腾的番茄牛肉面。她两手捧着面，闻着那香味，一出去才看到坐在沙发扶手上长腿交叠、两手插在裤兜里的男人。

她愣了一下，问道："你看够没？"

闻泽辛放下跷着的那条腿，站起身拉开椅子，坐在餐桌的对面，说："哪儿看得够？"

陈依："……"

她坐下，拿起筷子准备吃，可还是停下动作，抬起眼眸看着他。

闻泽辛挠了挠眉峰，收回视线，垂眸按着手机，说："你吃你的。"

陈依眨了下眼，接着低头开始吃面。

闻泽辛抬起眼眸看着她，热气晕染了她的眉眼，因为滚烫她时而停顿一下，微张着嘴。他看了几秒，低头看着手机，在上面编辑。

"二十秒后打电话过来，说酒店楼下有人徘徊。"

林叔："好的。"

看到这条信息后，闻泽辛指尖一滑，把信息删除，随即将手机放在桌上，起身说："我上个洗手间。"

陈依嘴里咬着一块牛肉，嗯了一声。洗手间就在主卧室的旁边，闻泽辛推门进去，陈依继续吃着面。

桌面上的黑色手机响起，振得陈依不得不抬起头。她只是扫了一眼，页面上显示"林叔"，旁边还有个备注"司机"。陈依看一眼，随即低头继续吃面，可惜那边挂断了又打来，这样几次后，陈依不得不再次看着那手机。

有急事？

但是她不会接电话的。

她放下筷子，起身拿起那手机，走到洗手间门口，屈指敲了敲门，说："你的手机响了。"

里头闻泽辛的声音传来："你接一下。"

陈依笑了一下，不轻不重地道："二少，我怎么敢接你的电话？"

这话说出去后，里头的男人沉默了几秒。接着他一把拉开门，看着她。陈依笑了笑，将手机递给他。闻泽辛垂眸，随即走出洗手间，接过手机按

357

了接通，也按了扩音器。

那边，司机老林的声音传来："二少，酒店门外有人徘徊。"

"报警。"

老林立即道："可是也不确定那些人是不是今晚那些啊？要不您今晚别回来了？"

闻泽辛拉开椅子坐下，像是在思考。

陈依咬着筷子，看他一眼。

几秒后，闻泽辛说："知道了，我自己斟酌，你也要注意。"

"好的好的。"老林多年未撒谎，此时一完成任务立即挂了电话。闻泽辛抵了下唇，看着手机页面。

陈依咬着片牛肉，问道："怎么了？"

闻泽辛抬起眼眸，看着她说："今晚那群人是被拘留了，但是貌似有同伙。"

陈依嗯了一声："林叔不会有事吧？"

闻泽辛："没事。"

"那就好。"陈依说完，低头继续吃牛肉，最后汤底很鲜。闻泽辛眯起眼看着她，几秒后点开手机，翻到设置，接着点出来，喊道："老婆。"

陈依一听这个称呼就觉得奇怪，抬起头道："干吗？"

闻泽辛举着手机，对着她的脸按了几下，随即将手机扔在桌面上给她看："以后你可以随意打开我的手机。"

陈依顿了下，看着那部手机没动。几秒后，她拉开椅子站起身，端着碗进去，说："我没兴趣看你的手机。"

闻泽辛："……"

洗好碗筷，又把厨房打扫了一遍，陈依才擦擦手走出来。外头，闻泽辛正站在窗台边打电话，手插在裤袋里，神色锐利。

他听见动静，往她这儿侧过头来。

两人四目相对。

陈依走到门边拉开门，示意他可以走了，她接下来要洗澡睡觉。闻泽辛看着她的动作，走过来。

下一秒，他抬手按住门。

陈依连带着往前扑去，门被关上了。闻泽辛撑着门，挪开手机，挂断电话，把手机放在口袋里，接着垂眸看着她："收留我一晚可以吗？"

陈依松了门锁，要离开。

闻泽辛另一只手拦住她。

陈依抿紧唇，看着他。

"你至少安顿好林叔，但是我这里只有两间房，你跟林叔挤一挤？"陈依反问。

闻泽辛另一只手虚虚地放在她的腰上，说："我可以跟你挤。"

陈依："可我不想。"

"我睡沙发。"

陈依顿了顿，说道："好啊。"

闻泽辛立即拿出手机拨打林叔的电话号码，林叔接了电话，大气不敢出，怕闻泽辛下一秒又让他撒谎。

闻泽辛说："林叔，你到太太这里来。"

林叔愣了愣，随即道："二少要回酒店了？"

闻泽辛："不，你来太太这里，我们今晚在这边休息一晚。"

林叔："使不得使不得，我上林添那儿去吧，我现在就在去他家这条路上，很近的。"

闻泽辛听到这话，挑眉看着陈依。

陈依咬着下唇。

闻泽辛微微凑过来一些，在她耳边道："也不是我不想管他。"

是他识时务者为俊杰。

陈依推开他的脸，说："林叔不来，你也只能睡沙发。"

说完，她转身走向卧室去拿睡衣。闻泽辛看着从怀里溜走的女人，顿了顿，松开手，接着给林叔发了两条信息。

闻泽辛："做得好，加工资，把笔记本和文件带过来。"

半个小时后，陈依洗完澡出来，闻泽辛坐在客厅的沙发上，跟前摆着笔记本和文件，垂眸敲着键盘。闻见沐浴香味，闻泽辛抬起头看来，只见她穿着黑色的长款宽松睡裙，包得严严实实的，那身段可不一定包得住。

他眼眸带着血丝，深深地看着她，说："能过来给我抱抱吗？"

陈依头上还包着毛巾，给了他一个白眼，钻进主卧室里，去拿吹风机吹头发。呼呼的声音传来，带着水珠的头发披散下来，就在腰后，令人浮想联翩。

闻泽辛没心思工作了，他扯开领口，往后靠去，长腿交叠，看着主卧室里的人影。这时，桌面上的手机响起来，闻泽辛俯身接起电话，那头林叔不知说了什么，闻泽辛的脸色变了变，下一秒他道："报警。有多少人？"

林叔在那头说："六个。"

"好。"

"你别挂电话。"

陈依也听见了，嗖地从主卧室里出来，看着闻泽辛问："怎么了？林叔怎么了？"

闻泽辛起身，说："有人拦住了林叔的车，他刚从我们楼下离开。"

陈依头皮一阵发麻。林叔年纪大了，如果有什么闪失怎么行？闻泽辛抓过她的手，将她扯到跟前，紧盯着她："记住，好好待在这里，别出门。"

他说着，紧了紧手指，一时不知道放她一个人行不行，会城这地方离 B 城太远。陈依反手抓住他的手臂，道："我……好……"

好字没说完，闻泽辛一把搂住她的腰，说："我还是不放心，一起下去。"

陈依嗯了一声，赶紧回了主卧室去换衣服。一出来，闻泽辛牵着她的手就下楼，这一路他一直在打电话，先是报警，打给今晚那两个警官，然后给 B 城那边打电话，让安排保镖过来。这事情不了结，陈依在这边都不安全。

在 B 城过惯了安生日子，他一时倒是疏忽了。两人抵达一楼，一束很强的光打过来，是改装的摩托车的白光，闻泽辛抬手遮了一下，接着垂眸，拿起旁边商铺用来顶门的棍子。

来的是六个人六辆摩托车，林叔被困在车里。

他是老实人，可不敢开车，被拦下了就没机会走了。陈依咬紧牙关，看着车里的林叔。

闻泽辛把陈依推进一旁的商铺里，低声道："等会儿看到警车就跑过去。"

好在商铺还没关。

陈依抿紧唇，点了点头。这些人其实也知道她住哪儿了，即使她不下来，他们也能上去。商铺的老板看到陈依，怕归怕，但还是拉了椅子给她坐下，说："我刚刚也报警了。

"这些人刚刚直接拦住那老伯的车，太吓人了。

"太无法无天了。"

陈依没吭声，看着那边。

她刚刚用力拽了下闻泽辛的手腕，估计指甲划到他的肌肤了。

闻泽辛走出去。

那些骑摩托车的人看到闻泽辛，其中一个就笑了。

"什么地方来的人啊，这么胆大包天？"

闻泽辛抬起眼眸："走不走？"

那几个人跟着冷笑："哈哈哈哈——走什么？我们也没干什么坏事啊，就是拦了一下这位老伯。"

说着，带头那人手就伸进车里，准备去拍林叔的脸。闻泽辛手腕用力，棍子飞了出去，精准地砸中对方的手腕。

"啊——"

紧接着，那人从摩托车上摔了下来。

这时，警车的声音传来——

闻泽辛揉了下手腕，看着警车把那五个人拦住，转身回来，俯身牵住陈依的手，把她拉起来。

陈依看他一眼，只觉得男人眼眸很深。她挪开视线，说："还是让林叔今晚住我那里吧。"

闻泽辛挑眉："我住你的房间？"

陈依："做梦，沙发是你的。"

闻泽辛："……"

那名被闻泽辛一棍子击到手腕的刺儿头摔下来后断了两根肋骨，手腕也断了，直接被送去医院，另外五个人被扭送去派出所。

这也是今晚闻泽辛跟陈依还有林叔第二次来派出所，民警对这群人很无语，这次态度比之前更严厉一些。

而这五个人不知是不是被闻泽辛那一下吓到了，一个个怏怏地一句话都不敢多说，谁都笑不出来了。

商铺距离他们所在的那个位置有点儿远，闻泽辛那会儿走出商铺没两步，棍子却能扔得那么精准，很是可怕。他连车窗都没碰到，棍子是直接过来，狠狠砸中那人的手腕的。那样的距离，太可怕了。

如果当时不是民警来得及时，这人能把他们几个全废了。横行霸道惯的五个人跟脱了层皮似的，再也嚣张不起来了。

于是，这次民警说什么，他们都认。

撩着手铐起身摁手印时，他们匆匆看了一眼闻泽辛，随后惊慌地低下头，赶紧摁了手印，被民警带下去。

林叔跟陈依这边也签好名。

闻泽辛收起手机，对民警说："谢谢。"

民警点了点头："为人民服务嘛，我接到医院的电话，那人刚刚做完手术，需要休养一段时间。"

闻泽辛扔下签名的笔，站直身子将手插在裤袋里，说："我会让人去看看他的，医药费我出。"

民警又点了点头。

这男人办事滴水不漏，看似文质彬彬，实际却出手颇狠。民警看了那一段监控视频，确实令人吓一跳。

警局里的同事都不敢打包票在这样的距离下能扔中，更别说扔得那么精准。一行人从派出所出来，已接近十二点。林叔开车，车里有些安静，陈依坐在后座上，看着窗外的景色。闻泽辛给江助理打完电话，偏头看了她一眼。

刚刚她出门时头发还有点儿湿，此时全干了，披在肩上，发丝细细软软的。他看了一会儿，伸出手，触摸了一下她的脸颊。

陈依猛地回神，抓个正着。

她转头看他。

闻泽辛顿了顿，收回手，靠坐回去，指尖慢条斯理地理着袖子。陈依收回视线，继续看着窗外的景色。

不一会儿，车子开进巷子。

这个时候商铺都关门了，只留了几盏昏暗的灯。将车子停好，林叔看着他们两个，迟疑了一下说："二少，要不我还是去林添那里住吧？"

他都没想到闻泽辛的撒谎居然成真了，酒店楼下是没有人徘徊，但是太太这楼下有啊。

陈依立即道："林叔，林添肯定睡了，何况他还有老婆和孩子，你这个点去打扰很不好哦，我这边有两间房，正好。"

林叔下意识地看了一眼闻泽辛。

闻泽辛手插在裤袋里，一声不吭，淡淡地看着林叔。林叔福至心灵，答应下来："那就叨扰太太了。"

陈依笑道："林叔客气了。"

她拿出钥匙走上楼梯，这楼道有点儿窄，灯倒是都有，就是昏暗。快抵达二楼时，闻泽辛从她手里拿走钥匙，绕过她来到门口，说："你们俩先别上来。"

陈依顿了顿，停下脚步。

林叔也跟着停下。

闻泽辛垂眸看向下面的门缝。整个楼道安静而昏暗。他不动声色地看了一会儿，才插上钥匙扭开。

他按开门，顺便开了灯，屋里跟走时一样。闻泽辛这才伸手，牵住陈依的手上来，陈依提着的心也放了下去。

这房子连个入门小区都没有，确实令人担忧。进屋后，陈依打开次卧的门，里面只有一张床、一张书桌和椅子，连个衣柜都没有，好在早上林叔在酒店洗了澡。陈依笑着说："林叔，你今晚睡这儿，我去给你拿被子跟枕头。"

"哎，好的。"林叔看着这房子，对这房子的老旧是有点儿诧异，接过陈依递来的被子跟枕头说，"太太，这住得还可以吗？"

陈依脱下外套，笑道："还可以。"

林叔看了一眼闻泽辛。

闻泽辛坐在沙发上，敲着键盘，没有搭话。这地方他是看不上的，可是架不住自家老婆喜欢。林叔对陈依说："太太尽量不要让闻太知道，她会担心的。"

陈依点头："知道，林叔，早点儿睡吧。"

"好的。"林叔走进去，顺手关上了门。至于二少睡哪儿，他猜测应该是住在太太的房里吧。这样也好，两个人可以谈谈心，早日解除隔阂，这样陈依可以回 B 城，也免得在这地方遭罪。

次卧的门一关，客厅里剩下两个人，闻泽辛两手交叉，将毛衣脱下来，里面是一件黑色上衣。他抬起眼眸看着她："你先睡，我先处理完事情。"

说完他起身，顺便一把取下皮带，腰身尽显。

猝不及防地看到这画面，陈依有点儿尴尬，说道："我给你抱被子跟枕头出来。"

"幸好上次买的时候买了备用的。"陈依说着进了主卧室，打开衣柜门，从里面抱出一床被子跟枕头，来到客厅放在沙发尾，说，"你睡的时候就摊开吧，晚安。"

闻泽辛修长的手指停顿了一下，他看一眼那被子跟枕头，接着又看向她，点了点头："晚安。"

陈依转身，一把关上门。

主卧室开了盏小灯，陈依在门后站了几秒，随即拿起遥控器调了下空调暖气，又把窗帘拉上，抓抓头发回到床上，趴着打了个哈欠，接着钻进被子。

门外客厅里，看着主卧室的门关上后，闻泽辛身子往后靠，指间拿着打火机，一下两下地打着，那一小点儿橘光亮一下灭一下的。几秒后，他坐直身子，抄过桌面上的手机，低头编辑消息。

闻泽辛："林叔，出来。"

林叔没回，而是直接起身打开房门。林叔站在次卧门口，一眼看到沙发尾的被子跟枕头，有些诧异："二少，今晚你睡沙发？"

闻泽辛把手机扔在茶几上，抬起手指嘘了一下。

林叔看一眼主卧室的门，往沙发走来。为难他这把老骨头了，他总感觉二少又想了些什么阴招。

他走了几步，突地发现这客厅很凉，没有卧室里那么暖和，左右一看才发现客厅里的空调没有制暖。

他有些急了："这客厅的空调怎么没有制暖啊？这地方能睡人吗？你睡次卧吧，我睡客厅。"

闻泽辛看着林叔，勾了下嘴角："不了吧。"

"不行，你胃不好啊，万一感冒了怎么办？要不你进来跟我挤一挤。"

闻泽辛垂下眼帘，笑着提醒："跟你挤就算了。"

林叔呆了一秒，瞬间反应过来，让次卧可以，不要两个人挤，这是演戏给主卧室里的太太看。

林叔一口气没上来，他是真心实意地要让，二少却……

"林叔？"闻泽辛看他停下来，微笑着问。

林叔："……"

他深呼吸一口气，提高声音，焦急万分地说："客厅没有制暖，怎么能睡呢？你不要命啦？我把次卧让给你，二少，你听话些……"陈依已经睡着了，但是迷迷糊糊中被吵闹声吵醒，心想着这房子隔音效果也太差了，楼上吵架怎么听……

接着她猛地睁开眼，那说话很大声的人是林叔。陈依掀开被子，唰地从床上起来，接着穿了拖鞋一把拉开门，便听到林叔语气焦急地道："大冬天的怎么能睡在客厅里？二少你要多顾一顾自己的身体啊，次卧你睡，我睡沙发，我老林身子壮。"

闻泽辛低头叼着烟，语气懒散地说："我睡沙发就行了，你快去睡。"

"客厅空调没有制暖啊，怎么睡？"林叔更着急。

陈依愣了愣，走出去，来到落地空调那儿看。

客厅正在"争吵"的两个人见她出来了，林叔眨了几下眼，背部僵硬，看着跟前的男人。闻泽辛拿下嘴里的烟，虚虚地夹着，看着女人的背影，低沉地问："你怎么还没睡？是不是我们吵醒你了？"

陈依看清空调上的英文了，确实没有制暖。她下意识地裹紧外套，会城属于偏南方的城市，冬天是蛮冷的，她走出来就有感觉了。

她回身看着二人。

闻泽辛挑眉："快去睡。"

陈依抿唇，说："你跟林叔……"

"不挤，他那床小。"闻泽辛打断她的话。

这房子设计也是怪，主卧室很大，次卧却很小，放了一张床后就没有什么空间了，要打个地铺都难。陈依想了一下，说："要不我跟林叔……"

"太太。"

陈依的"换"字还没说出来，手臂就被林叔抓住，林叔有些忧愁地说："给我老林点儿面子，让二少去你屋里打个地铺？你看行吗？"

"这大冬天的，要是二少感冒了可怎么办？再说，二少这胃也不是很好……"林叔又为难又担心，陈依不由自主地看向闻泽辛。

闻泽辛把烟拿下来，摁灭在烟灰缸里，冷淡地说："林叔，说什么呢？"

林叔："……"

闻泽辛此时只穿着单薄的黑色上衣，陈依再看看自己，穿了件长长的厚外套。她抿紧唇，几秒后说："进来吧，打地铺。"

林叔听罢，悄悄地在心里松了一口气。

闻泽辛的嘴角不着痕迹地勾了一下，他抬手点了点，示意林叔回去。林叔赶紧回去，关上门。这屋子里的两个人都被二少要得团团转。林叔叹了口气，躺下，有些心虚。陈依的主卧室有地毯，是暖绒那种，林添之前给她打扫房子时帮她买的，就铺在床边，也给主卧室里增加了暖意。

陈依回到床上，躺下。

她的房间不用打地铺，闻泽辛直接睡地毯上就好了。她搓了搓手臂，这会儿却没什么睡意。过了十几分钟，外面传来脚步声，接着陈依听到被子跟枕头落在地毯上的声音，从床头灯的斜影可以看到男人高大的身影。

他反手关上门，接着走过来，在床边坐下，修长的指尖摸了摸陈依的后脑勺上的头发，低声道："晚安。"

陈依："嗯。"

闻泽辛收回手，躺到地毯上，单手搭在额头上，闻着房间里淡淡的沐浴香味，以及她惯用的那股香水味。

深夜嗅觉更明显，闻泽辛的喉结滚动了一下。

下一秒他坐起身，接着掀开被子躺到床上去，手臂一伸，搂住她的腰往怀里拖。

陈依酝酿的一点儿睡意全没了，她低吼："闻泽辛。"

他大手搂着她的腰，微微躬身，薄唇抵着她的脖颈，闻着她的香味，手臂收紧，嗓音嘶哑地说："不碰你，但是想抱你。"

说着，他更用力地抱着她。

陈依完全被他抱在怀里。

她将手伸进被子里，去抓他的手臂。

闻泽辛反手按着她的手臂："睡觉。"

陈依："……"

她停止挣扎。

几秒后，闻泽辛落了一个吻在她的头顶，突地问道："在君悦那两次，你是心甘情愿的，还是只想突破自己的心理恐惧？"

陈依眨了下眼，说："突破。"

闻泽辛抿紧薄唇，手臂再次收紧。她不是真的想跟他上床，只是用他来克服自己之前的恐惧，某种程度上，在君悦的那两次她的大方不过是利用他而已。

这也就说明，她越来越没那么爱他了。

以前闻泽辛一碰陈依，陈依会更加沦陷，如今难了。她可以来去自如，包括跟他上床这件事。

主卧室里只听到轻微的空调声以及窗外的车声，夜深人静，陈依在他怀里也渐渐睡着了，闻泽辛闻着她的发丝的香味，贪婪地抱紧她。他的嗓音很低："老婆，依依……我们重新来过。"

怀里的女人没有应他，睡得很熟。第二天一早，天还没亮，外面就很吵闹，接着哐的一声，陈依条件反射性地坐了起来。

闻泽辛跟着坐起来，第一件事就搂着她，把她按在怀里，眼神冷冷地扫着四周，就听一楼又发出哐的一声。

陈依抬起头，无奈地道："又是楼下。"

闻泽辛有些烦躁，靠着床头，大手搂着她的肩膀："天还没亮。"

陈依想起刚刚他那动作，第一时间把她给搂在怀里如临大敌的样子，挪开视线，准备下床。闻泽辛按住她的腰，将她按回了怀里。他俯身把头埋在她的脖颈处，说："我想再睡一会儿。"

陈依听着楼下咣当的声音，冷酷地说："你是睡不着了。"

话音一落，喔，楼下又传来那气死人的声音。

闻泽辛松开她，走下床，来到窗户边，拉开帘子垂眸看下去。楼下的商铺在搬东西，闻泽辛看了几眼，手插在裤袋里靠在墙壁上，低头揉着眉心散起床气。

陈依下床，越过被子走去打开衣柜，随手从里面拿出两根牙刷递给闻泽辛："你跟林叔的。"

说完她一把拉开门，就闻到外面有香味。

她愣了一下，走向厨房一看，林叔正在煎鸡蛋饼。他看到陈依，笑了笑："太太早上好。"

"林叔，你这么早，是不是外面太吵了？"

林叔把卷起的鸡蛋饼摆在盘子里说："没有，我一般都很早就醒的，二少醒了吗？"

"醒了。"

"那就好，你们俩洗漱一下，可以过来吃早餐了，我还热了牛奶。"

陈依笑道："谢谢林叔。"

说着，她转身走向洗手间。闻泽辛也出来了，坐在沙发上，俯身在看笔记本，还没开封的牙刷放在手边。

陈依问道："你不先洗漱？"

"你先。"闻泽辛抬起眼眸看她一眼，说道。

陈依哦一声走向洗手间，进去后洗漱，随后拐去主卧室里换衣服。她不打算休息了，准备销假上班。

昨天那事情挺破坏心情的，她出去短途旅行的心情也没了。她换了衣服出来，林叔已经做好早餐了，正笑着看向她。

闻泽辛也洗漱完，换了件深蓝色的高领毛衣，拉开椅子说："吃早餐。"

陈依："嗯。"

三个人在桌子旁落座，林叔的鸡蛋饼做得非常好，牛奶热热的，很暖胃，陈依一边吃一边夸林叔。

闻泽辛靠在椅背上，握着牛奶杯，看着她道："后天我回来，给你做顿好的。"

陈依愣了一下："你会做饭？"

闻泽辛端起牛奶，还是看着她，挑眉道："会。"

陈依才不信。

林叔在一旁哈哈笑，神色和蔼。

闻泽辛放下杯子，说："我今天得回一趟 B 城，你一个人……好好的。"

陈依顿了顿，点头。

闻泽辛看着她，又道："我会安排保镖跟着你，不要甩开他们。"

陈依也抬起头看着他，两人四目相对，陈依轻轻地嗯了一声。闻泽辛伸手，将她脸颊边的发丝往后撩，说道："等我回来。"

陈依拍开了他的手。

二十分钟后，林叔拿着文件跟笔记本先下楼，陈依从主卧室里出来，闻泽辛坐在沙发扶手上看着她。陈依取下衣架上的外套，搭在手臂上说："走啊。"

闻泽辛朝她伸手。

陈依懒得搭理，越过他，手刚摸上锁，闻泽辛就一把搂住她的腰，一下子将她拖了回来，抱在怀里。

他按着她的腰，低声道："我抱抱。"

陈依踩了几下他的鞋面。

闻泽辛垂眸看着一片灰尘，顿了顿，捏住她的下巴，把她的脸转过来，按着她的嘴唇："可以接吻吗？"

陈依摇头。

摩擦间，发现他的指腹有伤口，她垂眸看了一眼。

他的手指上有一条很长的结痂伤口，触感很粗。

他手指修长，骨节分明，这疤痕很明显。陈依随意地问道："怎么弄的？"

闻泽辛收回手，按着她的腰起身，说："昨晚吧。"

那伤口上还有点儿血迹。

陈依跟着站起身，说："拿棍子伤的啊？"

闻泽辛拉开门，半搂着她的腰把她推出去，随即反手关门，说："嗯。"

陈依转身插钥匙将门反锁。

随即两个人下楼梯，楼道窄小，走着走着，闻泽辛突然把陈依按在楼梯上，盯着她的嘴唇，喉结滚动："我能吻一下吗？"

陈依："……"

闻泽辛眼神深沉，俯下身，嗓音很低哑："老婆，给我吻一下，好吗？"

他克制着自己，不能对她太强硬，所以求着、渴望着。陈依抿紧唇，说："你不是很抵触接吻吗？"

闻泽辛："以前是不喜欢，上次在B城郊区那家酒店里，挺过瘾的。"

陈依："……"

"不能。"她回道。

闻泽辛："……"

他抬起手，拨开她的下巴，看着她雪白的脖颈说："那就让我亲一口吧。"

陈依张嘴正想说不行，结果他捂住她的嘴唇，随后低头，薄唇落在她的脖颈上，吻过她的肌肤。

陈依的一头长发恰好挡住了视线。

这时，楼梯上下来一个住户，呆呆地看着这一幕。陈依跟那住户视线对上，她猛地闭眼，然后用小包挡住自己的脸。而薄唇落在她的脖颈上的闻泽辛得寸进尺，在脖颈那儿流连忘返。许久后他才停下来，薄唇贴在她的耳边，说："好想你。"

陈依："滚。"

她扬起小包，狠狠地砸一下他的肩膀，随即试图挣脱他。闻泽辛按着她还想亲，但是察觉到了另外一道视线，抬起眼眸看去，眼底残存的欲望退去，神色恢复冷漠。

那个住户后背一凉，赶紧转身往回跑。

闻泽辛松开陈依，牵着她的手下楼。楼下人来人往，车来车往，黑色轿车停在门口，两个穿着黑色衣服的保镖站在那儿候着。保镖是一男一女，女保镖给陈依拉开车门，说："太太早上好。"

陈依看了闻泽辛一眼。

闻泽辛垂眸看着她说："他们是夫妻，这几天跟着你。"

陈依："哦。"

接着，他按着她的腰，把她送上车子后座。男保镖进了驾驶位，女保镖关上门后去了副驾驶位，陈依看一眼车窗外的男人，随即摇上车窗。

闻泽辛手插在裤袋里，一直看着她，直到车子开走。

车子开走后，林叔也将车子开了过来，随后离开了巷子。

"太太，我叫如梦，这是我老公，叫唐立。"如梦转头给陈依介绍。

陈依微笑着点头："这几天辛苦你们了。"

"应该的。"如梦长得很英气，又看了陈依一眼。

他们都是闻泽辛手下的人，跟着闻泽辛也有五六年了，这还是第一次出来保护老板以外的人，而且这个人是太太。

太太真漂亮，很配老板。

车子很快抵达事务所，陈依下车后，看着如梦跟唐立："你们午饭怎么吃？"

如梦挽着丈夫的手，说："太太不用管我们，我们自己会解决的。你需要的话，给我打个电话，想吃什么我们会给你买的。"

陈依笑了笑："那午饭一起吃吧。"

说完，她也不等如梦反应就转身进了事务所。事务所里又多了几个审计，都是黎城跟B城还有海市派下来的。

林添看陈依回来上班了，也能理解，立即道："太好了，这几天接到会延市的一个项目，那就交给你了？"

"好的。"陈依接过资料。

因为人不多，所以全部用到项目里来。中午吃饭的时候，林添看到那两个保镖，笑着道："你老公给你安排的？"

陈依："嗯。"

"不错啊，这样也好，放心点儿。"

陈依笑了笑，没吭声。下午下班的时候，她刚出门，就碰到一个老阿姨，手里拿着一部老人机盯着陈依看。

陈依觉得怪异，正想开口，那老阿姨就走了。

如梦看着那人，说："太太，我们会紧跟着你的，不用担心。"

陈依："谢谢。"

第二天闻泽辛没按时回来，陈依也不在意，不慌不忙地整理着资料。又过了两天，闻泽辛发短信给她，说他下午回来，晚上给她做饭吃。

陈依没回。

她太忙了。

开了几天的会议，她第一次带项目更谨慎一些，而且是跟新同事第一次磨合，需要花费一些心思。等从事务所出来，天色已经黑了，陈依上了车，唐立启动车子，往住所开去。

唐立这几天都没说话，很沉默寡言的一个人。

如梦就经常跟陈依聊天，车子开进巷子，就看到有一辆黑色轿车停在那里，闻泽辛跟前有个人不知正在说什么，甚至想用手去抓闻泽辛。

唐立见状赶紧下车。

如梦紧跟着也下了车。

陈依顿了顿，跟着下来了，下车了才看到那个人，就是那天那个老阿姨。如梦一下子松了一口气，说："原来是她啊！"

陈依看向如梦："她是……？"

如梦笑道："我查过了，这个人是在医院里住院的那个男人的妈妈，来求情的。"

陈依："哦。"

闻泽辛很不耐烦，转身要走，那个阿姨拉着他的裤腿。闻泽辛垂眸，嗓音低冷地道："松手。"

那位阿姨使劲拽着，哭喊道："我求求你放过我儿子吧，放过我儿子吧。"

闻泽辛不为所动，俯身捏住那位阿姨的手甩开："子不教，父之过，这话回去反思反思。"

他冷漠得令人害怕。

周围的人忍不住看戏。那位阿姨号啕大哭，突地看到了斜对面的陈依，起身朝陈依这边跑来。

陈依愣住了，条件反射性地后退。那阿姨一把抓住陈依的裤腿，死死地抓住，随后看向闻泽辛，万般绝望地道："我求你老婆，你这样冷血的人，我不信你老婆跟你一样冷血。"

闻泽辛下颌紧绷，冷冷地看着那位阿姨。

这时，如梦拉着自家老公低声猜测："求太太说不定有一丝希望。"

那位阿姨说完，就一个劲地抓着陈依的裤腿，开始带着哭声又求又夸的，什么"观世音菩萨下凡，一看您便是好人，我们孤儿寡母的，在会城讨生活不容易，儿子还年轻，给个机会吧，求求你了"。

她一边说还一边看着陈依，企图用眼泪感化陈依。

如梦在一旁见状也叹为观止，终于明白这位阿姨为什么三番五次偷偷摸摸地躲在暗处看陈依了。

看来她除了想求情还暗自观察着陈依。

果然，这位阿姨下一句话就道："你这么好的人，又是律师，见过那么多凄苦的人，一定能体谅我们的吧？"

如梦差点儿笑出声。

看来这位阿姨还观察不到位，把太太当律师了。周围的人越聚越多，无论是商铺老板还是路人，看戏的、议论的都有，陈依则感觉很尴尬，那阿姨抓着她的裤腿还很用力。

她一路后退，看着闻泽辛。闻泽辛也听出这位阿姨是有预谋而来的，看来是故意在他面前这般求陈依的。

他两手插在裤袋里，对上自家老婆的眼睛。

她在向他求救。

那么漂亮的眼睛，明明只是有些慌张，却带着盈盈水光，美得动人。这一刻闻泽辛的心情倒是好些了，他挠了挠眉峰。

陈依没想到自己看他那么久，他居然还不过来解围。而且这么严重的事情，他怎么反而越来越惬意似的？

陈依不停地缩自己的脚："阿姨，你别这样，你求我没用啊，这事情不是我办的，你得找他。"

她何尝没有听出这位阿姨嘴里的信息？这位阿姨虽然语无伦次，可是很明显是对她有所关注的，说不定这位阿姨就是等着今天在这么多人面前演戏呢。

陈依想到这里，又道："阿姨，真的，求我没用。"

"你不是他的老婆吗？"阿姨停止哭泣，突地大吼道。

陈依："是，但是也有管不了丈夫的妻子……"

"管得了。"那头一个熟悉而低沉的声音砸了过来，陈依到嘴边的话戛然而止。她难以置信地抬头看向闻泽辛。

有他这么拆台的吗？

闻泽辛抬手解了领口的扣子，语气冷漠地说："你求她，求得我开心了，我可以考虑放过你儿子。"

陈依震惊地道："闻泽辛。"

那阿姨更是来劲了，更往陈依跟前靠。儿子说得没错，这男人为了这个女人翻过那栏杆，还差点儿直接冲过摩托车阵，那不要命的样子肯定把这个女人看得很重，那晚下楼来还把这个女人带着，那可都是怕她出事啊。

而他被打倒在地上，余光看到这个男人第一时间就回去牵这个女人的手，所以这个女人肯定是突破口，求她就对了。

陈依快疯了，这阿姨很是没脸没皮。最令陈依尴尬的还有那些议论的声音，令她几乎下一秒就要心软了。

但是那晚摩托车一阵阵过去的恐慌感令陈依一下子清醒，她咬着牙冷冷地看着地上的阿姨："年初，你儿子他们开摩托车撞到了一个四岁的孩童，导致那孩子腿骨折，这事情你还记得吗？"

阿姨顿住。

陈依不等她开口，继续道："我不会心软的，那晚如果不是我老公报警，恐怕会有更多人受伤。你儿子拦住我们家司机，难道不是为了引我老公下来，然后打他吗？"

阿姨那干裂的嘴唇微张了张。

陈依狠狠抬腿。

可是那阿姨还不肯松手。

两次听到"我老公"这个词，闻泽辛有些愣怔，看着自家老婆，一秒后把喜悦隐藏起来，随即抬手示意如梦帮忙。

如梦跟唐立上前，把那阿姨的手从陈依的裤腿上扒了下来。

陈依赶紧后退。

闻泽辛也走过去，握住陈依的手腕，对如梦说："把她送到医院去，跟她儿子好好相聚一下。"

"好的。"如梦应下。

陈依甩开闻泽辛的手，大步上楼。闻泽辛跟着，回头又吩咐唐立："把车里的菜拿下来，等会儿送上楼。"

唐立："嗯。"

陈依已经来到门口，拿出钥匙要开门。

钥匙插入锁孔，她却没有立即开门，猛地转身看向闻泽辛。

闻泽辛手插在裤袋里，站在下一级台阶上看着她。陈依咬牙道："刚刚我求救那么多次，你怎么一点儿反应都没有？"

闻泽辛："我看她有没有成功。"

说到这，陈依更来气："如果我一时心软真的答应了，难道你会放过他吗？"

"会。"闻泽辛走上台阶，把陈依逼到门上，垂眸看着她，"她求你确实有用，我谁的话都不听，但听你的。"

陈依后背贴着门，一声不吭。

许久，她才说道："神经。"

话音方落，闻泽辛就俯身堵住她的嘴唇，并且又往前靠了两步，陈依被迫只能仰头。

两个人中间没有丝毫空隙。

陈依舌尖疼，拿出钥匙，没忍住往他的脖子上摁去。尖锐的钥匙头挺锋利的，贴着他的肌肤，闻泽辛只停了一秒，随即不怕死一样，手指抬高她的下巴钳住，再次把她堵了个结实。

陈依的手突然有些抖，就要滑下来。闻泽辛握住她的手腕，往下摁在他的心口上，薄唇挪到她的耳边，喘着气低声道："老婆，杀人得找对地方。"

陈依胸口起伏，手发抖。

闻泽辛抵着她的额头，看着她漂亮的眼睛。几秒后，陈依的五指松了些，闻泽辛捏着她的手腕送到唇边亲了一口说："进屋，给你做饭。"进屋后，陈依去洗手间洗脸，凉水让自己清醒很多。刚刚被他的一句话恍了神，后来他吻她的时候，她想起这个人的劣根性，是真恨不得一把钥匙了结了他。

陈依洗好脸出来，唐立正好提了菜上来。闻泽辛接过菜，又把门关上，看了陈依一眼："晚上吃牛排？"

陈依打开电视，也看他一眼："你会不会做？"

"你坐着。"

闻泽辛说着进了厨房，一秒后又出来，脱下西装外套扔在沙发椅背上，接着解开腕表、摘下婚戒放在茶几上。

陈依看了婚戒一眼。

他挽起袖子，又进了厨房。陈依跷着脚，撑着下巴看着电视。这个房子的电视也有点儿老了，如果碰见红色的画面会变成黑色的，也就是只看到人影晃动，陈依看了一会儿就没了兴趣，拿起茶几下的书靠在沙发扶手上翻看起来，都是明年要备考的资料。

明年她打算四科一起考算了。

厨房里传来少许声音，他高大的身影在厨房里走动，偶尔会看一眼桌面上摆着的计时器，领口微敞。

不一会儿，香味飘了出来，陈依吸了一下鼻子。

这人……真会做饭？

她摸出手机，恰好看到沈璇发来的信息。

沈璇："没事吧？我才听说在会城发生了那么严重的事情。"

陈依："没事。"

沈璇："我突然有点儿后悔没劝你留下来了。"

陈依："这儿挺好的，真的。"

陈依："对了，大少会做饭吗？"

沈璇："做饭？啧，他要是会做饭，我还疼他一些，呵。"

陈依："哦。"

沈璇："难道闻泽辛会做饭？"

陈依："好像会。"

沈璇："真的？那妈不是连自己儿子会做饭都不知道？昨天一家人吃晚饭，妈还说她的两个儿子五谷不分。"

沈璇："闻泽辛藏得挺深。"

两个人聊了一会儿，门被敲响，陈依放下手机跟资料，起身去开门。门外是如梦，笑眯眯地把一瓶红酒递给陈依。

"老板让买的，你们晚上吃大餐？"

陈依接过红酒，顿了顿，问道："你们吃了吗？"

"不用管我们，我们会自己解决的。"说完，如梦很识时务地转身下楼，陈依只得关上门。

闻泽辛已经端着牛排出来了，随手放在餐桌上。

陈依匆匆看了一眼，碟子里有太阳蛋、意面、西蓝花，还有一小块玉米，牛排是煎得不错，挺精致的。

闻泽辛用叉子叉了一块西蓝花，放在她的唇边："试试。"

陈依看着他，张嘴吃了。

闻泽辛拿过她手里的红酒，问道："黑椒汁还是番茄汁？"

陈依吞下西蓝花，说："黑椒吧。"

砰——开了红酒。闻泽辛拿过两个透明杯，各自倒了一杯酒，随即端起一旁的小壶，给牛排淋上黑椒汁。

弄好后，他拉开椅子，牵着陈依坐下。

陈依抿了抿唇，坐下，不得不说眼前的牛排卖相很好。

闻泽辛则没急着坐下，走到茶几那边拿起腕表戴上，再把婚戒戴在左手无名指上，弄好后将袖子放下，走过来拉开椅子坐下。

陈依拿起刀叉，白皙的手指上却空空如也。

闻泽辛看了一眼她的指尖，随即挪开视线，问道："好吃吗？"

陈依那份牛排是已经切好的，她吃了一块，看向他，入口味道是很不错，她也不小气，说道："好吃。"

闻泽辛勾了下嘴角，拿起刀叉也吃了一口。

随即他端起酒杯，朝陈依伸去。

陈依也赶紧端起酒杯，跟他的碰了一下。

闻泽辛看着她问道："你觉得我做的东西好吃还是林叔做的好吃？"

陈依正准备喝红酒，愣了下，看向他。

闻泽辛挑眉，等着她回答。

陈依："林叔做的是中餐，你做的是西餐，我偏爱中餐，所以……"

"知道了。"闻泽辛打断她的话。

陈依："……"

几秒后，闻泽辛语气冷淡地说："我不会做中餐。"

陈依啊了一声，点了点头："没关系。"

闻泽辛："……"

这时门口又传来敲门声，陈依放下叉子起身去开门。门外是如梦，她笑着道："刚刚事务所的林添给我打电话，说有你的快递，所以我们就顺便送过来了，就是有点儿多。"

陈依愣了愣："我没买东西啊。"

"好像是 B 城闻家那边寄过来的。"

陈依想了一下，正想说是不是林笑儿寄的，闻泽辛的声音在身后响起："送进来。"

如梦笑眯眯地道："好的。"

陈依这才发现唐立抱着两个箱子，如梦的脚下也有一个，看样子是抱累了放下歇息。陈依赶紧后退，让如梦跟唐立进门。

一共三大箱东西。

陈依看向闻泽辛："你寄的？"

闻泽辛放下酒杯，擦了擦嘴角："不是。"

"那是……？"

闻泽辛："可能是我妈。"

他对唐立说："打开。"

唐立立即弯腰，拿了剪刀划开箱子，三个大箱子敞开后，全场安静下来，尤其是如梦跟陈依，呆呆地看着箱子里的榴梿。

/ 第十三章 /
慌啊

如梦跟唐玉看到老板跟太太正在吃饭,所以放下箱子便走了。门关上后,陈依回到桌子边,继续吃牛排。

这么多榴梿她也吃不完,干脆明天带去事务所分给同事们。

闻泽辛吃完,靠着椅背问道:"想吃吗?"

陈依听罢,抬起头,几秒后反应过来:"榴梿?"

闻泽辛起身,走到榴梿箱子边,垂眸看了一眼说:"想吃我给你开。"

陈依吞下最后一口意面,摇了摇头说:"不吃,我现在很饱。"

闻泽辛点头。

而三个箱子里面也不全是榴梿,另外一箱里也是吃的,还有一个包包跟两套衣服。陈依进去洗完碗出来,才给林笑儿回微信,说自己收到了东西。林笑儿立即发视频过来,这发得令人手忙脚乱,陈依赶紧接了,走到阳台那边去通话。

林笑儿正在客厅喝茶,看到陈依的第一句话就是:"瘦了……"

陈依靠着门笑道:"没有,我吃得好、睡得好。"

"还说没有,脸颊都小一大半了,我给你叫个阿姨过去照顾你吧?"

陈依赶紧拒绝。

林笑儿无奈,又问:"包包跟衣服喜欢吗?"

陈依立即道:"喜欢,妈,我有衣服和包包,不要破费。"

"喜欢就好,以后妈再给你寄。对了,给我看看你那里的环境。不对,我怎么看到厨房里有人啊？"林笑儿余光看到厨房门外有人走动。

陈依准备找个理由关掉视频，林笑儿却没有关注到房子的环境问题，而是突然震惊地道："闻泽辛在洗碗？"

陈依正想说话，就看到屏幕里多挤了两个人进来，一个是闻颂先，一个是闻瑶。闻瑶居然回来了，抓了抓头发："我的天，二哥居然在洗碗吗？嫂子，嫂子，你把视频给我看看。"

闻颂先："依依，给爸看看。"

连闻颂先都非常好奇了。

陈依头皮一阵发麻，只得扫一下厨房。厨房里闻泽辛挽着袖子正在洗碗，收拾今天他弄乱的厨房。

"哥——二哥——啊啊啊啊啊——你在家里可是不食人间烟火的啊！"闻瑶在那边疯狂大叫，林笑儿又挤进镜头里说："儿子要成长还是得靠媳妇管啊！依依，做得好。"

厨房里，闻泽辛估计也听到了声音，把最后一个碟子放在消毒碗柜里，接着走到茶几边，俯身拿着纸巾擦拭掌心的水，又弯腰拿起腕表跟婚戒戴上。陈依发现这个男人做顿饭、洗碗得把腕表跟婚戒取下两次。

他弄好后，看过来，说："挂了，我想跟她单独相处。"

陈依的手一抖。

视频里的林笑儿、闻瑶、闻颂先："……"

林笑儿赶紧说："那就挂吧。"

闻瑶还有点儿不甘心："不对啊，二哥怎么变得好痴情啊？还单独相处……嫂子，嫂子，我看看你啊。"

林笑儿拨开女儿的脸："别这么不识相。"

然后她非常利索地关掉了视频。

陈依呼了一口气，绕过沙发，准备把衣服跟包包拿起来，这一看就不便宜，腰部却被男人一搂，他低声道："我抱抱。"

陈依瞬间动弹不得。

他埋头在她脖颈上嗅，又收紧手臂。陈依挣扎了几下，说："把东西弄好，太挡路了，尤其是这个榴梿。"

闻泽辛："我再抱一会儿。"

她的腰很细，今天穿的又是牛仔裤，勾勒得臀型很漂亮。

他隐下眼眸中的欲望，紧抱着她。

其实刚吃饱，很容易犯困，加上陈依昨晚看考试材料看到两点多，下午又没怎么睡，此时就被抱得有点儿昏昏欲睡。

她强忍着睡意，说："松开我。"

闻泽辛捏住她的下巴看了一眼，一眼看出她有睡意，挑眉说道："你去洗澡睡觉，这里我来收。"

陈依推开他的手，说："你不知道放哪里。"

说完她就蹲下去把衣服跟包包取出来，走去主卧室里挂起来。

闻泽辛半蹲下去把榴梿那一箱推到餐桌底下，这时，他的手机响起，他顺手拿过手机看了一眼，是林笑儿打来的电话。

他滑开手机接听："妈。"

林笑儿在那边说道："我看到依依住的房子了，这环境怎么能住人？会城那边没有好一点儿的房子吗？"

得知儿子对儿媳妇上心了，林笑儿这个当妈的也不客气了，有什么事情就找闻泽辛，暗自责备他办事不力。

闻泽辛把另外一箱零食提起来，随意扔在椅子上，打开冰箱，靠在桌子旁一样一样地给陈依塞进冰箱里。

他回着林笑儿："我买了一套在事务所附近的房子。"

林笑儿："那怎么没住过去？"

闻泽辛："她估计不答应。"

林笑儿："你……真没用。"

说完，林笑儿挂了电话。闻泽辛看一眼手机，随即冷着脸把手机扔在餐桌上。陈依拿着睡衣出来，看到两箱子东西他都收拾好了，便闪进洗手间里。

砰——闻泽辛关上冰箱门，靠着门站了一会儿，听见洗手间里传来水声。他拿起手机，拨打了江助理的电话。江助理很快接听，闻泽辛走向阳台，推开阳台门，说："这个月我还有多少空闲时间？"

江助理顿了顿，赶紧说："月底两天。"

闻泽辛："嗯，给我找个中餐厨师。"

江助理在那边震惊地问："老板，你要学？"

闻泽辛："去找。"

江助理："好的。"

老板又是为了太太？

"只学太太喜欢吃的菜系。"闻泽辛说完，挂了电话。

江助理："……"

果然！

闻泽辛把手机放在阳台的小桌子上，拿出一根烟点燃了拿在手里，垂眸看着跳跃的橘色光芒，但是没有要抽的意思。

陈依从洗手间里出来，便看到靠着阳台门的男人。他一只手插在裤袋里，一只手捏着烟，专注地看着。

今日他穿的是黑色衬衫，衬得他的皮肤倒是挺白，指尖也修长。

陈依看了几秒就进了主卧室。她有些困了，瘫倒在床上看着天花板。

一根烟燃尽，闻泽辛掐灭了烟扔进垃圾桶里，抄了手机从阳台出来，视线往主卧室里扫去，便看到她在靠近窗户的位置练习瑜伽，是头倒立体式，玲珑的曲线很是显眼。

闻泽辛进主卧室里拿了浴袍，深深地看她一眼，随即进了洗手间。再出来，闻泽辛擦着头发，看到她换了一个蝴蝶式，脖颈上隐隐有汗珠，正好面对着他这边。

闻泽辛走了进去。

陈依看着他道："次卧的床我给你铺好了，你今晚睡那边吧，那边的暖气也可以。"

闻泽辛没吭声，单膝下跪凑近她，眼眸很深。他松了浴袍带子，胸膛上还有水珠滑落。闻泽辛上下看着她道："我今晚服侍你吧？"

陈依抿了抿唇，说："不要。"

闻泽辛也紧抿着薄唇，眼眸里似有一团火。主卧室里光线不是特别好，陈依只开了壁灯。

她被看得有点儿脸颊滚烫。

闻泽辛："我想。"

他压低嗓音道："要不你再利用利用我？"

陈依愣了愣，随即反应过来："你得寸进尺哦。"

闻泽辛没再吭声，几秒后闭了闭眼。他这次是来求和的，不是用过去的强硬方式让她屈服的。

他还想多听听她说"我老公"……

他按住她的脖颈，接着轻轻地落了一个吻在她的额头上，说："早点儿睡。"

陈依："嗯。"

松开她后，闻泽辛起身，慢条斯理地将浴袍带系上，腹肌跟着被藏进浴袍里。陈依看着他的背影，哪儿能不知道他故意袒露腹肌勾引她？陈依继续练瑜伽，还有最后两个体式，屋里的音乐声也慢慢来到结尾处。

闻泽辛出去后，没有立即回次卧，而是将笔记本打开，坐下开始处理工作。不一会儿，陈依练完了，出了点儿汗。

冬天外面没有暖气，陈依便用毛巾擦干汗，随即对闻泽辛说："晚安。"

闻泽辛抬头看她一眼，勾了下嘴角："晚安，老婆。"

陈依关了房门。

闻泽辛继续看着笔记本。

而此时他正在开视频会议，对面是江助理还有电竞俱乐部的一名经理。那名经理震惊了："老板，几时把老板娘介绍给我们认识？"

闻泽辛没搭理他，拿起文件翻着，说："继续开会。"

江助理在隔壁偷偷地说："老板现在……嗯……婚姻危机。"

那名经理："但是老板刚刚笑得很温柔。"

江助理："难不成凶巴巴的？再凶点儿，老板得孤独终老……"

"江辰。"闻泽辛抬起眼眸低沉地喊了一声。

江助理瞬间闭嘴。

那名经理："……"

半夜闻泽辛忙完，起身去阳台上抽了一根烟回来，接着进浴室去洗漱，出来看到主卧室的门，走上前，垂眸拧了下门把手，里面反锁了。

闻泽辛："……"

他回了次卧，陈依是个贴心的人，已经把次卧的暖气打开了。闻泽辛站在空调底下，看了几眼，接着拿起一旁的衣架杆子，举起来点了点那空调，下一秒用力，像是想将杆子甩过去砸烂空调，最后还是松了力道。

这么做太明显了，他扔下衣架杆子，回到床上躺下，枕着双手，好在身上有沐浴香味，还有衣服上是陈依惯用的洗液香味。

这稍微能让他好睡一些。

放在桌面上的手机在这时响起。

闻泽辛拿过手机扫了一眼。

是兄弟群里的消息。

周扬："@闻泽辛，你下血本啊？居然还要去学中餐。"

江郁："牛。"

顾呈："哈哈哈哈，可能是陈依嫌弃他的西餐手艺。"

闻泽厉："你嫂子说我不会做饭！@闻泽辛，你害的。"

许殿："这么努力，结果人还没追回来。"

萧然："陈依取下了婚戒，至今不肯再戴上。"

周扬："哈哈哈哈哈哈哈哈哈哈哈！"

江郁："哈哈哈哈哈哈哈。"

顾呈："那得下血本了，那是得下。"

李易："嗯？闻泽辛追妻？"

江郁："李易，你来晚了，追一大半啦。哈哈哈哈，还没追到，跟许殿一样惨。"

周扬："哈哈哈，容我再笑一会儿。"接下来的两天，两个人相安无事。闻泽辛也不是一整天都在办公，也出去过好几次，而时间也过得很快，还有差不多一个多月过年。会城的天气越发冷。闻泽辛得回B城参加年终会议，留下了如梦跟唐立在会城跟着陈依。

那天那个阿姨暂时没再来了，她儿子也还没出院。

陈依这边的会议终于开完，一行人准备去会延市出差。会延市距离会城市开车只要一个小时，两辆车抵达会延市，看到这边的发展，陈依也总算明白为什么宸曜要在会城设立分所了，发展得太快了。

林添说："几年前这边还是一个小破村，如今连港口都有了。"

陈依没来过，但是听说过，这边跟会城市是两座完全不一样的城市。她说道："靠海的城市都好发展，走吧。"

一行人进了酒店，下午就马不停蹄地赶去那家公司跟对方的财务做交接，这一忙就忙到了晚上。

与此同时，会城，一辆黑色轿车抵达巷子里，闻泽辛下车摔上车门，拿着钥匙上二楼，手里提着笔记本。

钥匙入孔，屋里一片漆黑，闻泽辛顿了顿，抬起手腕撩开腕表。

此时是晚上九点，他快步进门，走到主卧室一把按开主卧室的灯，往角落里看去。陈依惯用的那个行李箱不在那里。

闻泽辛立即进屋，拉开柜子，里面的衣服被收走了一大半。他紧紧地捏着柜门，拿出手机拨打江助理的电话。

那边很快就有人接："老板。"

闻泽辛嗓音很低，带着几分颤意："太太呢？"

江助理："不是在会城吗？"

"老板，你怎么了？"老板这声音不对啊。

"老板？我给如梦打电话，你先别急……"江助理跟着紧张起来，起身要去拿另外的手机找如梦的电话。

江助理把闻泽辛的理智拉回来了，他似乎才想起来还有两个人跟着她。闻泽辛靠在衣柜门上，垂眸闭了闭眼道："我知道了。"

江助理停下动作："……"

老板这是快疯了吧？挂断江助理的电话，闻泽辛立即拨打唐立的电话，那头唐立很快接起来："老板。"

闻泽辛："你们在哪儿？"

唐立愣了一下，下意识地看了一眼还在财务室的陈依，道："在会延市。"

闻泽辛沉默了几秒。

陈依这是出差了。

"发个地址来，我现在要见到她。"

唐立应了一声，接着发了一个定位过来。闻泽辛点开定位地址，接着关上衣柜门，转身出去，一路下楼驱车前往会延市。那头，唐立挂断电话，看了一眼在发呆的妻子，走过去低声说："太太这得忙到什么时候？"

如梦摇头，打了个哈欠，又抓抓头发，看着里面的陈依道："不知道，没想到太太会这么忙。"

唐立把手机收起来，说："老板等会儿到。"

如梦愣了一下，抬起头看向唐立："都这么晚了，老板还过来？"

唐立点了点头。

几秒后，如梦突地拍了一下脑门，惊慌地道："我居然忘记跟老板说太太出差了，哎，老板会不会怪罪我们啊？"

唐立没吭声，也想到了这一层。

如梦又趴回椅背上，说："但愿等会儿太太帮我们求求情吧。"

跟着太太这段时间来，如梦觉得太太是在过自己的生活，老板却是要硬挤进太太的生活里。就这几天，她都没看到太太跟老板通过一次电话，反而是老板打过几次电话，太太有空就接，没空就不接。

这次出差，太太也压根没跟老板说。

说实在的，如梦还没见过自家老板这样，在她的印象中老板是很厉害的，或许太太就是他唯一的弱点。

一个小时后，如梦快睡着了，听见门口传来脚步声。她唰的一下站起来，唐立赶紧扶住自家老婆，两个人看向门口。

闻泽辛风尘仆仆地走了进来，臂弯上挽了件西装外套，视线先扫一下办公室里的情况，看到站在桌旁拿着资料在翻的陈依，一颗心终于放下来。

他随手将外套搭在一旁的椅子上，拉开椅子坐下，两手交握按了几下，说："我不问，你们就不说了？"

如梦头皮一紧。

唐立赶紧道："一时忘记。"

闻泽辛听罢，没有应，指尖挠着眉峰，弄得如梦很忐忑。这时里面的陈依撩了下头发，闻泽辛定住视线，薄唇才轻启。

"自己去江辰那里报备一下。"

这是要扣奖金。

如梦松一口气，扣奖金而已，还好还好。她顺着闻泽辛的视线看向里面，觉得老板是因为太太才这么轻拿轻放的。

这家公司是做塑料的，这层楼还有一些塑胶味道，闻泽辛看一眼腕表，快晚上十一点了。他看着里面还在忙的女人，问道："她吃晚饭了没？"

如梦立即回道："吃了。"

"她忙多久了？"

如梦："忙一整天了，从早上抵达会延到现在，据说是资料没准备齐全，这会儿一直在找资料。太太真的很拼，听说这是她带的第一个项目，而从别的市派来的人有几个都是生手，所以很多事情是太太亲力亲为。"

林添虽然也跟着来了，但是只忙到下午，吃过晚饭林添就回会城市了，毕竟那边还要他操持。

剩下的事情就交给陈依了，陈依很尽职，连如梦这个外行人都觉得这样的太太很辛苦，也很耀眼。

闻泽辛："嗯。"

他长腿交叠，挥手道："你们先回去，我陪着她就行。"

如梦："好的。"

不一会儿，如梦跟唐立就离开了这家公司。这层楼也越发安静，闻泽辛静静地看着她、陪着她、等着她。

以前他也见过陈依上班时的样子，性格的原因也可能是做事风格的原因，总体来说她比较温柔，那会儿看不出独立的样子。

如今，那种隐隐的独立感开始出现了。

闻泽辛不喜欢她这么独立，可是她已经不在他的掌控之内了。会加班到这么晚还有一个主要原因，就是对方财务不太配合，一开始陈依让人去取资料，结果次次取回来的都不是她要的。最后她只能自己再走一趟，还被对方财务说他们一点儿都不专业。

陈依跟对方解释了一番，才终于沟通好，事情却耽误了。好在拨下来的这批人还算听话，陈依看了一眼时间，还有十五分钟十一点，便宣布下班，所有人开始收拾东西。陈依收起笔记本，跟组秘说："给大家记一下加班时。"

　　组秘笑着点头："好的。"

　　她也有点儿累。

　　陈依对其他人说："洗完澡就早点儿睡，辛苦了。"

　　"好的，辛苦了，陈依。"

　　"我还想出去吃点儿烧烤，你们有人要一起吗？"众人陆陆续续地转身出去，陈依则在最后。她提着笔记本，跟在其他人身后出来，结果一出来便看到坐在那里的闻泽辛。

　　一行人脚步略停，他们都知道陈依的老公给她安排了两个保镖的事情，现在眼前这个人是陈依的老公？天哪，这人长得真好看，跟陈依很般配呢。

　　前方的人议论起来。

　　陈依则顿了顿，没想到闻泽辛这么晚会出现在这里。

　　闻泽辛站起身，拿过椅背上的外套挽着，走过来俯身接了她手里的笔记本。陈依看着他："你怎么来了？"

　　"想你了。"

　　陈依抿了抿唇："你那边忙完了？"

　　"嗯。"

　　陈依点了点头，见前面一行人不走，便先走，踩着高跟鞋越过他们，说："都快回去吧，这么晚了。"

　　组秘一听笑起来："好的。"

　　其他人纷纷笑着看着这对夫妻。闻泽辛跟上陈依的脚步，去牵她的手，垂眸道："要不要吃点儿夜宵？"

　　陈依看了一眼他的手。

　　说实话，这几天他不在，加上项目要忙，陈依很少想起他来。她来会城是对的，在这边要自在很多。而且最重要的是没有家族责任要背负，什么千金什么小姐，都不再重要，她只是陈依而已。

　　他们是在三楼，走楼梯下去就行，楼道里灯不是很亮，陈依收了几次没把手收回来，闻泽辛牵得很紧。

　　他说道："你以后出差，能跟我说一声吗？"

　　陈依顿了顿："如梦没跟你说？"

说起如梦，闻泽辛的眼神冷了几分，但因陈依看着他，所以他略微收敛，嗓音低沉地说："如果你能跟我说，会更好。"

陈依看了一眼楼梯口，说："如梦跟唐立可以撤了，我感觉那些人不会再出现了，所以也不用再跟着我了。"

闻泽辛瞬间后悔对她提出这样的要求。

有如梦跟唐立在，闻泽辛至少还能知道她的些许情况，如果他们不在，那么相隔两地，他若是回 B 城了，就算时常关注她的消息，也难免会漏掉一些。

闻泽辛打开车门，把陈依按到车里，接着俯身给她拉上安全带，看着她："人不撤，就让他们跟你做伴。"

陈依放松身子往后靠，说："我加班这么晚，如梦跟唐立还得一直跟着，这样太辛苦了。"

闻泽辛顿了顿，眼神沉了几分："你现在对他们倒是比对我还好。"

他还以为她不耐烦这两个人跟前跟后，结果却是因为心疼他们。然而她心疼他们，却连一个小小的要求都不肯答应他。

闻泽辛绷紧了下颌。

陈依没吭声。

前几天是在会城市，陈依没这么忙，但是今晚加班时，看到如梦靠在桌子上好几次打瞌睡。陈依出来让他们回去，如梦唐立自然是不肯回的。他们主要还是听命于闻泽辛，她的话他们自然不会听。

"闻泽辛……"陈依刚开口，闻泽辛就一把捂住她的嘴巴："听你的。"

"但是你自己要注意安全，有什么事情第一时间给我打电话。"年底 B 城那边事情多，闻泽辛没办法时时刻刻待在会城市。

她抿了抿唇，道："你放心。"

如今的闻泽辛是变了些。他松开陈依，视线扫过她殷红的嘴唇，随后起身关上车门，绕去驾驶位。

车子启动，往大路开去。

陈依按着手机，问道："你订酒店了吗？"

这个点他也不可能回会城市了。

闻泽辛："没有。"

陈依："那就再订一间房。"

闻泽辛："到了再说。"

陈依这边叫组秘帮忙看看所在的酒店有没有多余的房间，组秘回复说有。陈依便让组秘现在就订个房间，留给闻泽辛。

闻泽辛看了她一眼。

等红绿灯时，他拿出手机给如梦发信息。

"把你们现在住的酒店的所有房间都订下来。"

如梦那边立即回："好的。"这家酒店距离项目公司并不远，拐过三个红绿灯路口就到了，算不上特别好，但也不差，只是多少不如B城那边的出差条件。他们在B城那边出差，每次出去住的酒店都是最好的，这边连订个酒店都要斟酌一下。

这家酒店就是组秘按照预算挑出来的，全订的套房，两人一间，陈依这间因为多了如梦跟唐立，所以是陈依自费的。

一下车，陈依就接到组秘的电话："陈依，没房了。"

陈依愣了愣："刚刚不是说还有吗？"

组秘："突然说没有的，好像是被人团体订走了。"

陈依："……"

闻泽辛这时关了车门，绕过车子过来，牵住她的手上台阶，垂眸看了她一眼："怎么了？"

陈依挂了组秘的电话，说："再找间酒店订房吧，这里没房了。"

闻泽辛停下脚步看着她。

一秒后，他手腕用力，拉着她往身上带，低声道："老婆，我跟你住一间，我不碰你。"

陈依正想说话，闻泽辛眯起眼说道："不肯我就睡车里。"

陈依下意识地看了一眼门外的轿车，却看到风吹弯了酒店门口的树枝，起风了。陈依收回视线，看向闻泽辛。

闻泽辛站直身子，手顺了一下她的头发："晚安。"

说完，他将手插在裤袋里，转身走下台阶。陈依站在原地看着他的背影，几秒后转身走向楼梯，这时楼梯下行抵达一楼。

如梦从里面出来，看到陈依，一把握住陈依的手说："太太，今晚我跟你睡，让老板跟我老公一起睡吧？"

陈依顿了顿，心里绷着的一根弦松了下来，说道："好，辛苦你了。"

如梦笑着摇头："不辛苦，不辛苦。"

"下回你再给我们做好吃的。"出差之前，晚上太太准时下班都给她跟唐立做好吃的。

陈依笑道："好。"

以后有机会她就做。

如梦跑去喊闻泽辛。陈依率先走向电梯，按了电梯按键，走进去，但没立即关上电梯门。不一会儿，如梦高高兴兴地进了电梯。闻泽辛手臂上挽着西装外套走过来，看着陈依，接着走进来站在她身侧。

电梯里一时很安静。

很快，电梯抵达十楼，如梦率先蹿出去。

闻泽辛出去前，顺势牵住陈依的手。陈依顿了顿，挣了一下没挣开。她等着他说点儿什么，可惜这个男人什么都没说，就这么牵着她进了门。

套房有个蛮大的客厅，陈依因为唐立跟如梦也一起住，所以升级了比较好的房间，条件还算不错。

有点儿晚了，如梦也搬到了陈依的房间里。唐立则给闻泽辛准备了洗漱用品，闻泽辛垂眸看了陈依一眼。

陈依："晚安。"

闻泽辛低头亲了一下她的头顶："晚安。"

陈依转身进了房里，并关上门。如梦坐在床边，看到陈依进来，赶紧放下手机说："太太，好晚了，洗澡睡吧。"

陈依说："好。"

她拉开行李箱，从里面拿出睡衣。早上到会延市直接把行李箱推到酒店就去公司了，陈依走向洗手间，又探头看着如梦道："你跟唐立分开一个晚上，没事吧？"

如梦笑着摇头："没事没事，有什么事啊？"

陈依点了点头，直接进了洗手间。洗手间热水有点儿烫，陈依调了几下还是烫，最后只能匆匆洗完。头发还很湿，她用毛巾绞了一下，然后用吹风机吹干，站在洗手台边想起刚刚闻泽辛走回车子时的背影。随即她甩了甩头，转身出门。

如梦还没睡，问陈依："太太习惯跟别人一起睡吗？"

陈依掀开被子坐下，说："上大学的时候经常跟室友挤在一起。"

"那就好。"如梦也担心陈依不适应跟她一起睡。

陈依看了她一眼，笑了笑，随后躺下："睡吧。"

"好的，晚安。"如梦关了灯。

陈依躺下后，却没什么睡意，拿出手机翻看信息，林笑儿发了一条微信消息给她。

林笑儿："依依，你寄的特产特别好吃。"

陈依："妈，你喜欢就好。"

凌晨三点多，陈依有些口渴，起来倒水喝，一把拉开门，脚步却停住了。客厅沙发上的闻泽辛指间夹着烟，正看着笔记本。

他抬起眼眸看来。

看到她穿着柔软的睡裙站在门口，他眼神一深："喝水？"

陈依回神，绕过茶几去倒水。

闻泽辛的视线跟着她。

陈依突地问道："你怎么没睡？"

闻泽辛："没有你，我怎么睡？"

/第十四章/
深夜

外面起风了，陈依看了一眼外面漆黑的景色，随即捧着杯子说："闻泽辛，你哪句话是真的，哪句话是假的？"

闻泽辛听罢，推开笔记本，准备起身。

陈依看穿他的动作，说道："你坐着。"

闻泽辛挑眉，坐了回去，说："都是真的。"

"没有你睡不着是真的，高中时就喜欢你是真的。"或许是看出陈依想谈，他语气低沉地回道。

陈依靠着桌子，喝着水，深深地看着这个男人。闻泽辛也看着她，他的桃花眼总是这样，一旦认真看人，就仿佛含着深情一样。

陈依叹了口气道："高中时我也喜欢你。"

闻泽辛听到这话，有些慌，想起身。

陈依又道："你别起来。"

闻泽辛又跟着坐下去，抿了抿唇，紧盯着她："你想说什么？"

"我想说……你真的不能答应离婚吗？"

闻泽辛："不能。"

"其实离婚不一定是结束，或许是一种开始。"陈依诱惑地道。闻泽辛突地冷笑，靠着沙发扶手，说："我不需要这个开始，你打消这个念头，随你怎么对待我都可以。"

陈依说道："我能怎么对待你？我给你戴绿帽吗？我婚外情？你这个人

就是卑鄙，用结婚囚着我，让我离不开这个牢笼。"

闻泽辛指尖微微发抖，说："这是牢笼？你说是就是。"

陈依："要是我在这个牢笼里不开心呢？"

"你爱我啊，你爱我不应该给我我所想要的生活吗？"陈依走过来，把杯子放在桌子上，垂眸看着他。看到她过来，闻泽辛反而没那么慌了，往前倾，捏住她的手指把玩，说："我的爱，就是不死不休。"

听罢，陈依收回手，转身走向房间。

闻泽辛唰地起身，从身后一把抱住她。

"忘记离婚这件事情，好吗？"他低低地反问。

他本以为这段时间她应该心软了，不会再想离婚的事情了，没想到她还记得。

陈依没动，也没应。

其实这是她最后一次问离婚的事情，但有些话不想跟他说。她来会城是没想到他会下跪的，更没想到后面会发生那么多事情，导致她措手不及。第二天如梦从房里出来，看到沙发上的场景愣了一下。太太枕着老板的大腿，身上盖着薄被，还有老板的西装外套，屈膝睡着，脸是朝里面的，纤细的后背朝外，隐隐约约可见被子下的肩膀。此时老板把手放在太太的肩膀上，一头长发也将老板的手遮挡着。老板靠在沙发椅背上，手里拿着文件在看。

他抬起眼眸，扫了如梦一眼。

如梦后背一凉，赶紧挪开视线。

闻泽辛把文件放下，低头看了一眼腕表，问道："她几点上班？"

如梦小声地回道："九点。"

"嗯。"

这时，大腿上的女人动了一下。闻泽辛大手顺着她的肩膀，低头安抚着，不一会儿，她又安稳下来。闻泽辛抬起手点了点如梦，意思是让她出去买早餐。

如梦反应过来，立即转身出去。这时唐立也从房里出来，如梦见到自家老公，赶紧上前拉走。唐立余光扫到沙发上的两个人，立即也不敢再看，赶紧跟着自家老婆出门。

门很轻地被关上，声音是很轻，陈依却醒了。她挣扎着起身，闻泽辛把她抱了过来。陈依睡得还有些迷糊，跌坐在闻泽辛的大腿上后，按着太阳穴低声问道："几点了？"

391

"七点半。"

陈依睁眼，对上闻泽辛的眼眸。和他四目相对后，陈依挪开视线，脚挪到地上去穿鞋子，可是脚在地上找了许久，都没找到鞋。她有点儿懊恼，转头去找鞋子，闻泽辛这才把她的鞋子踢到她脚下。陈依穿上，随即起身。

闻泽辛扶着她的手臂，看着她："你出差多久？"

陈依站直身子，扎起头发："半个月。"

"好。"

陈依转身走回房间。闻泽辛起身去倒热水，看着她的背影问道："会回B城吧？"

半个月后就差不多过年了。

陈依顿了顿说："回。"

"我到时候来接你。"

陈依没应，走向洗手间。洗手间的灯如梦没关，陈依低头洗漱。在沙发上睡肯定没有在床上睡那么舒服，可是不睡不行，她今天还有工作。昨晚她出来倒水，结果把房门反锁了。

她拧了好一会儿都没拧开，又见时间晚了，怕吵到如梦，最后回到沙发上将就一个晚上。他呢，按着她的脑袋就往他的大腿上枕。

吃过早餐，陈依便去上班。天气越发冷，风很大，陈依下到一楼缩了一下脖子，裹紧外套。闻泽辛拉着她的手臂，把围巾往她脖子上缠，引得一群同事纷纷看过来，一个个看得津津有味。

陈依抿了抿唇："哪儿来的围巾？"

闻泽辛："妈让我带的，你退了她的包包跟衣服，她在家伤心很久。"

陈依愣了愣，想起昨晚林笑儿发来的微信，好似也没说什么。她抓了抓围巾，围巾很暖和，是黑色的，也不显眼，想了想说："回头我亲自给妈打一条。"

闻泽辛眯起眼："我呢？"

陈依淡淡地看他一眼，没应，转身跟着同事走出酒店。她今天跟事务所的车去，如梦跟唐立也不跟着了。

到了那家公司刚坐下，陈依就收到如梦的微信。

如梦："太太，我们先回B城了，你要照顾好自己啊。"

陈依："好，辛苦了。"

如梦："真舍不得你。"

太太做的饭太好吃了。

十点半左右，陈依一转头便看到闻泽辛坐在沙发上，翻着手里的杂志。组秘凑过来笑道："陈依，你老公又来陪你上班啊？"

陈依收回视线，忙手里的事，说："你确定好中午吃什么了吗？"

组秘哎呀了一声说："只能叫外卖了，十一点再订，要给你老公订一份吗？"

陈依合上资料："订吧。"

"那你拿单子给你老公，问问他想吃什么。"组秘把单子递给陈依，其他人的都已经选好了，一次性订是最好的。陈依接过单子，转身走出去，来到闻泽辛面前。

闻泽辛抬起眼眸看她一眼："嗯？"

陈依递单子给他："中午饭。"

闻泽辛看一眼那单子，用指尖推开，说："我给你订了吃的，不吃这个。"

陈依："我没时间出去吃。"

闻泽辛："不用出去吃，你的同事都有。"

陈依："……"

她弹了弹那外卖单，说："如果我非要吃这个呢？"

闻泽辛愣了愣，挑眉看着她，几秒后说："那我陪你吃。"

陈依："……"

"拿来。"闻泽辛拿过她手里的菜单，垂眸看了一眼，"想吃什么？现在点。"

陈依迟疑了一下，跟着看一眼菜单，这菜单上面大多是套餐，其实也挺丰富的。她正想说话，门口传来脚步声，陈依抬头看去。

五个穿着某餐厅服饰的小哥提着吃食走上来，明显是闻泽辛订的菜。他扫了一眼那几个人，随即看着陈依说："订的东西已经来了。"

陈依报紧唇，看着那五个小哥慢条斯理地放下那些外卖袋，突地弯腰抢走闻泽辛手里的外卖单。

这赌气的样子惹得闻泽辛定定地看了她几秒，接着他轻笑一声，起身虚虚地揽着她的腰，低声道："去跟你同事说一声，可以吃饭了。你如果真想吃这个外卖，我现在给你订。"

陈依抬起眼眸看他，冷哼："然后呢？然后他们吃这个，我们吃那个，别人怎么想？"

好的不吃吃差的，不知情的人以为他们投毒。

闻泽辛挑了挑眉，没应。

道理大家都懂。

陈依拨开他的手，转身去喊人。这人不用说，刚刚肯定是猜到他订的东西快来了，所以才答应她陪着她吃外卖。同事们听说有吃的，还是陈依的老公请客，且偷偷瞄到餐厅的logo，瞬间欢呼起来，每天忙忙忙不就是为了三餐吗？

"依依，你老公真好，这家餐厅不错耶！"

"啧啧，我听说这是连锁分店。"

"替我谢谢你老公啊，又帅又体贴，最重要的是还肯陪你来上班，羡慕死咯！"

陈依微微一笑，没应。她转身出来时，闻泽辛跟前的茶几上已经摆了几样菜，他正把玩着外卖单，看着上面的菜色。

陈依走了过去。

他把陈依拉到身边，将外卖单在陈依跟前翻了一下："有你喜欢吃的菜吗？"

陈依扫了一眼，没吭声。

闻泽辛见状，随手把菜单扔到桌子上，说："没有就别气嘟嘟的了。"

陈依："……"

气嘟嘟？

"在外工作吃饭，还能想吃什么就吃什么？"

闻泽辛侧头看她，笑了一声："我在，你就可以。"

陈依拆筷子的动作一顿，随即她继续拆筷子，余光看到桌面上的菜，全是她喜欢吃的。她垂下眼眸，拿了勺子放在他的碗里。

对面的同事们吃得热火朝天，有几个爱吃辣的，这家餐厅还配了不少独家秘制的辣菜过来，吃得他们直呼过瘾。吃完饭，有一两个人笑着凑过来，亲自感谢闻泽辛。

闻泽辛垂眸看着手机，头都没抬，冷淡地说："谢我老婆就好。"

同事愣了愣，随即明白过来。

他这话是说："我没那么好心，没有我老婆，你们啥也吃不到。"

于是他们转过来向陈依道谢。陈依收拾着桌面，笑着说吃得开心就好。等他们走后，陈依看了一眼身侧的男人。

他不是很喜欢混在那几个千金小姐圈子里吗？对她的同事倒是冷漠。

这段时间她来了这边后，发生了很多事情。刚来第二天就遇见那群摩托车党，接着熟悉分所的工作，每天这样来回，如梦跟唐立这对夫妻也不怎么跟她说 B 城的事，陈依已经很久没有想起 B 城的一些事情了，这会儿倒是突地冒了出来。

陈依抿紧唇，这才挪开视线。

收拾好桌面后，差不多就得午休了。闻泽辛放下长腿，捏着她的下巴将她的脸转过来，说："我回去处理工作，下班过来接你。"

陈依拨开他的手，说："你也顺便睡个觉吧。"

他昨晚几乎没怎么睡，此时看起来脸色有些苍白。她本来以为他今天早上要补个觉的，谁知道她上班没多久，他就跟来了。

闻泽辛勾了下嘴角："嗯。"

他松开她，起身，随手抄了桌上的两部手机跟车钥匙，手插在裤袋里，走向楼梯口。陈依看他走后，也起身回了办公室里。

此时办公室里大家都在午休，陈依没休息，低头整理着资料，笔记本屏幕亮着，光映在她的脸上。

手机在这时响起，她看向手机屏幕。

沈璇："快过年了，回来吧？"

陈依："嗯，回。"

沈璇："今天家里聚餐，闻泽辛没在，他去找你了？"

陈依："嗯。"

沈璇："你可知道他请了一个中餐厨师，要学做菜给你吃？"

陈依愣了一下，纤细白皙的指尖在九宫格输入法上停顿许久，想起那天他做牛排后，她说的话。陈依迟疑许久，敲字。

陈依："不知道，请了厨师？"

沈璇："当然。"

沈璇："啧，这点还可以。"

陈依："嗯。"

沈璇在那边有点儿诧异，陈依这个"嗯"字，是附和的意思还是只是语气词？她抬起头看向对面的林笑儿，林笑儿探头问道："泽辛去找依依了吧？"

沈璇点头："去了。"

林笑儿松了一口气："去了就好，依依把衣服跟包包退给我，还说什么在那边用不着，虽然给我寄了特产我很高兴，可是总觉得有点儿见外了，有点儿伤心呢。闻泽辛这家伙居然还没把人追回来呢，特没用。"

沈璇支着额头说："妈，她不仅给你寄了，也给我寄了，哦，陈家那边也寄了，所以她不是跟你见外，但是闻泽辛还没追到人是真的。"

林笑儿："他再不努力，结婚一周年都要到了。之前我们逼他那么多次，他一直还是那个死样子，这次终于识相点儿了，可惜就是天高皇帝远啊！"

沈璇笑了下，没吭声。

闻泽辛这人，藏得太深。晚饭时，还是闻泽辛叫人订的外卖，是另外一家，不过他人没来，估计忙着。陈依今晚也不打算让人加班太晚，昨晚确实太晚了，回去后大家休息时都一两点了，所以今晚安排到八点就行了。

八点一到，一行人收拾东西下班，不知是谁起的头，说想去逛夜市。

夜市还真的是会城市跟会延市的特色，B城很多年没种特色了，组秘抱着资料笑道："好啊，依依，你要不要一起去逛？"

其余人也看着陈依，陈依对上他们的视线，迟疑了一下，笑道："行啊，一起去。"

"好嘞，我们把资料放在车里吧，逛半个小时左右就回去。"

陈依点头："可以。"

一行人下到一楼，便看到黑色轿车闪着车灯，车窗开着，闻泽辛正在接电话。他迈着长腿下来，摔上车门，绕过去给陈依打开门。组秘笑眯眯地道："我们打算逛夜市，依依的老公，你要不要一起？"

闻泽辛开门的动作顿住，他低头看着陈依。

陈依看着他问："你要一起来吗？"

闻泽辛伸手牵住她，说："好。"

另一只手挂了电话，随即把手机放进裤袋里，他今天穿的黑色毛衣跟西装外套，下身是西装裤，一走进夜色里，鹤立鸡群，还有点儿格格不入。夜市上人来人往，组秘在旁边问陈依要不要买这个、要不要买那个，看什么都很新奇。

陈依偶尔会被一些小玩意吸引。

闻泽辛手插在裤袋里，垂眸看她一眼，趁着她在挑选小玩意的时候，把她的手放到自己的臂弯里。

陈依最后还是没买东西，准备走的时候发现自己挽着他，抬起头看了他一眼。闻泽辛嗓音很低地道："这儿人多，这样比较稳妥。"

陈依："……"

他扫了一眼那摊位："不买吗？"

陈依摇头。

"不买也好，一看就很劣质。"

陈依："……"

这时，组秘转身看来，笑着好奇地问："闻先生、依依，那你们在 B 城都去哪里逛啊？约会的地方肯定不普通吧？"

被问到的两个人沉默下来，闻泽辛垂眸看着陈依，几秒后说："她想去哪里逛，我都陪着。"

组秘哇了一声。

陈依抿了抿唇："是吗？"

她反问。

闻泽辛："……"

说是半个小时，实际逛了一个小时一行人才打道回府，刚到酒店门口，闻泽辛的手机就响了。

他拿起手机看了一眼，随即放下。

陈依把资料抱出来，闻泽辛接过她怀里的资料，上楼。天气冷，所以走廊也是凉风阵阵，吹得陈依想赶快钻进被窝里。

刷卡进门后，陈依把资料放在茶几上。闻泽辛放下资料，解开一颗西装纽扣，走去柜台那边倒了一杯热水递给她，说："B 城有点儿事，我现在就得走。"

陈依接过水杯，顿了下，点头道："好。"

她的头发被风吹得有点儿乱，鼻头也红红的，脖子上的围巾将她衬得很白。闻泽辛深深地看着她，她却没有半分留恋的神色。

他按住她的肩膀，俯身道："老婆。"

陈依看着他。

闻泽辛的视线在她脸上扫来扫去，说道："别再想离婚的事了，好吗？"

陈依看一眼窗外，外面风很大，她说道："你赶紧去吧，起风了耽误航班。"

她没接这话。

闻泽辛没忍住手掌用了些力，最后松了力道，随后站直身子，揉了揉她的头发，说："我走了。"

接下来的一段时间，陈依一个人住一个套房，天气越来越冷了，冷得有时在办公室里手指都是僵硬的，于是一群人换了个地方，也就是在陈依的套房里办公。有时忙完了懒得回去休息，组秘都直接在陈依对面的那间房住下。

半个月后出完差，大家回到会城市，林添需要回黎城过年，加上又拖家带口的，于是提前放假。

至于年终，也就发个年终奖以及大家聚在一起吃一顿饭，分所自然不如 B 城那边豪华，不过 B 城那边也让他们回去参加年终晚会。

林添询问了大家的意见，所有人都拒绝了。不为别的，奔波来奔波去的，连陈依这个 B 城本地人都拒绝了。

B 城那边对分所的人倒是宽容，人不来就发个红包吧，公司内部抽奖也都可以参与。

陈依拒绝主要还有一个原因，林添去 B 城开完会，就带着妻子、孩子回了黎城，这边分所又接到几个项目，陈依打算先把资料准备好，开年回来就可以直接上手，加上分所还要锁门，打扫卫生。

这一来，陈依放假的时间就拖得比较晚，但是返回 B 城的机票都有的，这点陈依倒不担心。

闻泽辛询问了她几次，陈依一直没定下时间，于是发信息跟他说："我到时候自己回吧，时间没法定下来。"

那边，闻泽辛看到信息后，将手机扔在桌面上，一声没吭。

江助理迟疑地道："老板，要不这样，开完年会你就过去吧，这边的应酬我来，你去陪太太。"

闻泽辛靠在椅背上，两手交握，看江助理一眼，冷漠地说："你先把你手下的人带起来再说。"

江助理："……"

好嘛，真的越到过年老板越忙，老板是诚心想去接太太，可是得抽出时间啊！他也想帮忙啊，可是确实目前能力还不足啊！有些人是想见老板，又不是见他。会城市这边。

又过了两天，明显可以看到街上的人渐少，这个时候的游客也没一开始那么多，会城的外来人口其实也挺多的，不过大多是服务业人员，也有些是在会延市工作，在这边买房子。陈依住的楼下的商铺也关得七七八八了，陈依这天跟组秘把分所的资料整理完，准备第二天去公司再检查一下安全问题就正式放假了，而此时已经是大年二十八了。

陈庆跟廖夕给她发了几次信息，问她什么时候回家，陈依拿着手机回复说快了，这样一路走到了巷子口。

此时是晚上八点多，巷子里人烟稀少，橘色的路灯灯光打在地面上，偶尔从陈依的脸上扫过。楼道有点儿暗，陈依把手机收起来，准备踏一下脚让灯亮起来，这时一道人影从旁边闪过来，接着一根棍子抬起来，狠狠地朝陈依砸来。

陈依余光看到，心脏骤停，条件反射性地一躲，棍子还是砸到了她的肩膀。

骨头仿佛断裂一般，陈依往后跌坐下去。

光线一打过来，她看清了对方的脸："阿姨……"

这声阿姨刚喊完，棍子就再次往陈依的脸上砸下来。陈依使尽力气往旁边躲去，哐当一声，棍子落在地上。

那个人冷笑一声："你一个年轻的女人这么冷血，不顾我们孤儿寡母，去死吧！"

说着棍子就如雨点一样落下来，陈依抓着栏杆起来，又被砸了两下。她咬着牙忍着疼一把抓住了那根棍子。

棍子打到她的手心上，跟劈开掌心一般。陈依细皮嫩肉的根本扛不住，疼得泪水都出来了。她紧紧地抓着棍子，使尽力气去扯。

"你儿子犯了事，就应该被法律制裁，根本不是你向我们求情就可以的。"

那人压根不管这个，光脚的不怕穿鞋的，见陈依抓住棍子，她扯不动，于是就伸手来抓陈依。

她拽住陈依的衣服，狠狠地扇陈依的巴掌。陈依用手臂挡着，抬腿去踹她，踹中了对方的肚子，但是对方的指甲也狠狠地划过陈依的手臂跟脸。那老女人被踹倒在地，陈依也跌坐在地上，拿起了手机。

她忍着浑身的疼痛起身，一边往上跑一边按着手机，按着按着，指尖顿住。

她看到自己的手指按在闻泽辛的电话号码上，愣了一下。从什么时候开始，他成了她遇到危险时第一个想到的人？

身后又传来动静，陈依挪开手指，飞快地按着110，接着飞快地往上跑。那人爬起来后，趴着一把抓住了陈依的裤腿。

陈依低头使劲踩着她的手指。

这时，一束车灯灯光打进楼道里，照在楼道里的两个人身上。陈依下意识地转头，脸上布满了因疼痛流下的泪水以及一点儿指甲划痕。

闻泽辛在那一刻肝胆俱裂。他一把推开车门，飞快地下车，直接上前抓住那个人，把她提起来，掐住她的脖子，狠狠地将她按在栏杆上。

"啊——"那人跟蠕动的虫子一样扭着身体。

　　闻泽辛眼神阴鸷，手指越发用力，甚至用力到要把人掐起来了。

　　陈依浑身一颤，反应过来后飞快地跑下去，一把抓住闻泽辛的手臂："放开放开，闻泽辛，你放开她，闻泽辛……"

　　她慌乱地抓着他，手下意识地去碰他的脸。

　　那一下的柔软触感让闻泽辛回神，他松了点儿力道，接着把那人扔在地上。陈依浑身出汗，一下子乏力，身子一软，差点儿跌到地上。闻泽辛托住她的腰，接着紧紧地抱住她，眼里含泪，亲吻着她的额头："我让你早点回家，你为什么拖着？"

/第十五章/
病房

陈依的声音很小，她回复道："我没有拖着……"

话音方落，警车也来了。闻泽辛横抱起陈依，眼眶里的泪水滑落，他转身面对下车的两位民警："辛苦你们跑一趟了。"

两位民警的其中一个把那位阿姨扶起来，另外一名认出了闻泽辛，也看到了闻泽辛怀里的女人。

只是此时陈依的样子确实吓人，头上血丝滑落，流到眉眼上，眼尾微肿，脸颊上还有指甲印，灯光一照非常吓人。

她本来就皮肤白，这些伤痕交织在一起，使得她像破碎的娃娃，而且手背上也有血丝，是从袖子里流出来的。

民警看着也觉得心疼，也认出这位阿姨是那天闹事的人的母亲，因为这位阿姨不单单来求过陈依，也去派出所闹过几次。民警们心软，好几次说再闹就拘留，但只是说说而已，毕竟她真没犯什么事。

谁能想到，她竟然往这边来了。

闻泽辛掐她的那一下，好在陈依阻止得快，脖子上还没留下什么痕迹，阿姨身上唯一的痕迹大概就是肚子上的脚印以及她在抓陈依的裤腿时，陈依踢她的手指留下的一点儿脚印。但是这位阿姨因被闻泽辛掐那一下，此时吓得瞪圆了眼睛。

"闻先生，我这边去调取监控，你先送闻太太去医院吧。"

闻泽辛点了点头，在民警的帮忙下，把陈依放进车子后座。陈依的意识还是清醒的，她只是很累，看着闻泽辛。

闻泽辛眼眸里隐隐有血丝，指尖顺着她的发丝，说："等会儿就到，你的手不要乱动。"

她伤的地方主要是手。

陈依勾唇一笑："好。"

闻泽辛紧咬牙关，又摸摸她的脸，这才后退。他一到车外，脸色更沉了，冷冷地扫了一眼那位上了警车的阿姨。

他开了驾驶位的车门，启动车子往医院开去。

大家都在准备过年，但是医院的急诊依旧人满为患，担架车下来，陈依被闻泽辛抱到了上面。他今天穿着灰色毛衣，毛衣上沾了血迹，人跟在担架车后面。陈依觉得头有些疼，昏昏欲睡，只看着天花板的灯，一盏接一盏地掠过。

担架车来到急诊室门口，医生戴着口罩，有护士帮忙把陈依的手抬起来，结果发现她紧紧地握着手机。护士愣了一下，拿了几下没拿开。

闻泽辛看她们似乎在用力，隐忍着脾气上前，说："我来。"

护士顿了顿，松了手。

闻泽辛握住陈依的手，看着她道："老婆，手机。"

陈依已经有些不清醒了，睁了睁眼，看到他后，把手松了。她因握手机握得太紧，指甲断了一截。

那一刻，闻泽辛想杀人的心都有了。

他摸了摸她的头发，看向一旁的医生说："辛苦了。"

如果江助理在，一定会惊讶于闻泽辛今晚这般低声下气。闻泽辛为自己的事情都没这么低声下气过。

那一年在缅甸的时候，那样的情况下，他依旧没有示弱。

医生点了点头。

急诊室的门被关上。

闻泽辛站在原地，看着急诊室的门，许久后拿起手机给江助理打电话："今晚回不去了，明天你代替我去。"

江助理愣了愣："好的，太太还不肯回来吗？"

闻泽辛指尖微微发抖，说："没有不肯，现在把律师团安排过来。"

江助理忙问道："啊？发生什么事情了？"

他不问还好，一问闻泽辛捏着手机的手背青筋暴起。闻泽辛嗓音低沉地说："你先安排人过来，对，顺便把丽姐送过来。"

江助理："好。"

闻泽辛挂了电话，挽起沾了血的袖子，看到了手里握着的陈依的手机。他垂眸看了一眼，看到了屏幕上的"110"三个数字。

她报警是对的。

可是……她不是第一个想到他，通话记录里没有他的电话号码。

民警这时过来，跟闻泽辛说监控已经被调取出来，闻泽辛到时得配合录口供。闻泽辛点头应了，民警看着男人点了点头，微微叹了口气。

其实上次这对夫妻算是做了件好事，但是谁能想到最后会是这样呢？急诊室的灯一直没灭，闻泽辛一直看着那亮着的灯。

陈依的手骨断裂了，手臂上有大面积擦伤，有轻微脑震荡，其他的就都是比较小的伤口。晚上十点半，陈依被推了出来。换了病服的她正在沉睡，柔柔弱弱，脸上的伤痕过于明显。闻泽辛看着看着，俯身在她的额头上落下一吻，也将她推到了八楼的小套房里。套房里灯光明亮，他找了下附近的餐饮店，给陈依叫了点儿热粥。

陈依是被痛醒的，睁开眼睛发现眼前似有些模糊，遮着一层膜一样。她睁眼闭眼了好几次，视线才终于变得清晰。

病房里有淡淡的消毒水味，她还听见了打火机的声音。陈依转头看去，看到窗户边高大的男人站在那里，指间拿着打火机随意地摆弄着，正接着电话。风很大，吹得窗帘往里飘来，落在他的肩膀上，画面有些虚幻。

闻泽辛抬起眼眸，视线跟病床上的陈依对上。下一秒他挂断电话，随意地把手机搁在桌子上，走过来弯腰看着她："醒了。"

陈依眨了下眼，嗯了一声。

闻泽辛深深地看着她，拨弄着她的发丝，低声问："想喝点儿粥吗？"

陈依摇头，眉心皱了一下，是疼的。

闻泽辛心口一疼："是不是疼？我叫医生给你打止痛针。"

说着他起身，然而下一秒，他看到吊瓶上的字，止痛药已经上了，他握着床栏的手紧了几分。

他紧抿薄唇，几秒后坐下，握着她没受伤的手。

陈依看着他道："不要跟家里人讲。"

闻泽辛俯身，额头抵着她的额头，低声道："不跟他们讲，你过年怎么办？回我们的家养伤吗？"

我们的家，是指市中心那栋复式楼。

陈依张了张嘴，之前身体好的时候，是不想家，不想 B 城，生活忙碌，也没时间去想，但是一受伤，那是真想了。

陈依："君悦。"

闻泽辛眯起眼，随即低声应道："好，我也陪你回君悦。"

陈依定定地又看了他几秒，随后垂下眼睑，脑海里闪过手机页面上那"闻泽辛"三个字，心情有些复杂，又不知从何说起，便只能沉默下来。

这时，陈依的肚子咕噜叫了一声。

闻泽辛挑眉看着她。

陈依苍白的脸一下子憋得发红，她中午吃了一点儿粥，下午又一直忙，准备回去煮点儿吃的东西。闻泽辛捏着她的下巴看了几眼："我看出你饿了。"

陈依："……"

陈依连耳朵都红了，这样让她苍白的脸多了一丝血气。闻泽辛勾了下嘴角，走到旁边，打开粥盒，用勺子舀了一小碗粥，坐在床沿开始喂她喝粥。

热气晕染在他的眉眼上，有一瞬间他的样子干净得像读书那会儿。陈依抿了抿唇，往后靠了靠，闻泽辛吹了几下粥，随即将勺子放在她的唇边。

"有点儿烫，但是热粥暖胃。"他说道。

陈依："嗯。"

她吃了粥，闻泽辛余光能看到她脸上的指甲划痕。她的皮肤实在太白了，所以指甲划痕非常明显，闻泽辛脸上看不出什么，眼底却有一丝暴戾之色闪过。

陈依就这样一口一口地吃完了粥，他偶尔用指腹帮她擦拭嘴角，每触碰一下，指尖都是滚烫的，也令闻泽辛心里的怒火烧得更旺。

陈依是边疼边吃的，而且太阳穴隐隐作痛，后颈的汗从发丝里滑落，没入衣领。

吃完后，陈依悄悄松了一口气。

闻泽辛看一眼剩下的粥，端起来一口喝完，随即将垃圾收了放进垃圾桶里。他看了一眼腕表说："睡一会儿？"

陈依点了点头。

闻泽辛看到她鬓角的汗，揉了揉她的头发，说："我去拧条热毛巾。"

说着他就转身进了洗手间。这单人的洗手间很宽敞，脸盆、毛巾什么的都是新的，闻泽辛拆了一条毛巾，端着脸盆出来。

陈依没见过他干这种活，有些愣怔。

闻泽辛把脸盆放下，从里面拧了毛巾，毛巾上还散发着热气。

陈依抬起没受伤的手道："我自己来。"

闻泽辛一声不吭，按着她的肩膀让她微微往前倾，随即毛巾捂上她的后颈，那热气碰到皮肤，陈依感觉毛孔都张开了。

她是舒服的，只是身子有点儿僵硬。

她后颈那里因为摔在楼梯上，所以磨破了皮。闻泽辛都不敢用毛巾碰那里，只是轻轻地在周围擦拭。

病房里气氛有些安静。

闻泽辛嗓音低沉地道："老婆，你的皮肤真白。"

陈依："……"

她抓下他的手，便看到他袖口上的血迹，还有手指上的那个疤痕。闻泽辛又将毛巾浸湿，给她擦拭手臂、掌心、脖子。看到那些伤口，闻泽辛都不动声色地忍了下来。

全都擦完后，陈依舒服很多，感觉没之前那么疼痛了，也有些困了。

闻泽辛看她一眼，摇下病床。

他人高，这样俯视着她，两个人离得很近。

陈依闭上眼睛，慢慢地睡着了。

闻泽辛放在桌面上的手机这时响了，他拿起手机一看，走到窗户那边去接了电话："秦警官，您好。"

那边是会城派出所的警察，希望闻泽辛能去一趟派出所，又问："闻太太醒了吗？"

闻泽辛语气低沉地道："她又睡了，要录口供明天吧。另外，目前只有我一个人在这里陪着她，我不想放她一个人在医院里，请谅解。"

秦警官点了点头说："也好，那明早我们过去，闻先生行个方便？"

"好。"

挂了电话，闻泽辛看了一眼腕表。江助理刚刚发了信息，说律师团跟丽姐已经上了私人飞机。

闻泽辛返回病床前，在床边坐下。

身后有沙发，但是他没去，夜晚医院里一点儿走动声音都很大，好在这边的病房稍微安静一点儿，但偶尔也会有急促的脚步声响起。

丽姐跟律师团的人抵达会城市时是凌晨四点多，马不停蹄地赶到医院，但是病房限制人员，于是只有丽姐上来。

丽姐一推开门，看到病床上的太太，瞬间眼眶发红。她从上飞机就有预感，直到来到医院楼下更是腿软。

而看到人后，她也差点儿崩溃，快走了两步，放下行李箱："太太……怎么了？"

闻泽辛松开陈依的手，起身道："这几天你照顾好她。"

"好的好的。"丽姐立即上前给陈依披好被子，又唠叨道，"这一身青青紫紫的肌肤啊，哪个杀千刀的干的？"

闻泽辛没吭声，看了一眼时间，问道："唐羽跟如梦、唐立来了吗？"

"来了来了，都在楼下。"

"好。"闻泽辛继续说道，"你在这里看着太太。"

说完，他拿起西装外套穿上，把袖子放下，袖口的血迹变成黑色的了，像是染了色一样。闻泽辛走出门，下了楼。

门外停着两辆车，等着他，他点了如梦："你留下来照顾太太，现在上去。"

如梦："好的。"

她转身进了医院。

唐羽给开了车子后座的门，闻泽辛弯腰坐进去，报了一家医院的名字。两辆车启动，往那家医院驶去。

另外一家医院住院部也有人来来往往。那个上次被闻泽辛击落的刺儿头此时还住在医院里，在三楼病房。

闻泽辛带着唐羽上去，十分钟后出来。唐羽看着视频，把手机放在西装口袋里，车子再次启动，一路往派出所开去。

秦警官今晚值班。

看到闻泽辛来，他有些诧异，本以为得等明早呢。

他指着椅子说："坐。"

闻泽辛轻挽了一下袖子，坐下。

秦警官打开电脑，给他看监控，说："刘月娥的身体检查过了，没问题，她几乎没伤到，所以监控里你太太这一脚算是自保。我也拿到你太太的病历了，抱歉，是我们管控不力。"

闻泽辛看了一眼监控，挪开视线，没敢再看。

可是陈依捱的那几下，印在了他的脑海里。他说道："麻烦发一份视频给我。"

秦警官点头，随后开始录口供，都忙完后，半个小时过去了。闻泽辛让律师做交接，随后说："我要见秦月娥一面。"

秦警官让民警带他过去。

进了拘留室，闻泽辛接过唐羽的手机，打开以后，将视频递给刘月娥看。刘月娥没有一开始那么惊恐了，只是看到闻泽辛时还是缩了一下脖子，随即不在意地看着递过来的手机。

手机调了无声，但是里面的画面让她瞪大了眼睛，浑身发抖，抓着大腿，指甲陷入了肉里。

"你……你……"

闻泽辛站直身子，手插在裤袋里，居高临下地道："你不教你儿子，有的是人代替你教，我妻子伤了哪儿，你儿子一处都逃不掉。"

儿子是刘月娥的命，打她她可不怕，可是如果换成她儿子就不一样了。她浑身发抖，狠狠地看着闻泽辛，恨不得扑上去咬死他，可是又想到了自己的脖子。这个男人太冷酷，她除了狠狠看着他，没有别的办法。

闻泽辛把玩着手机，眼神冷漠，看死人一样看着她道："我会让你儿子好好养伤，然后进去陪你，阿姨。"

说完，他转身离开，拘留室的门砰地被关上。闻泽辛跟秦警官道别，大步走出门。

唐立赶紧给他开门。闻泽辛回了巷子里的住处，给陈依拿了点儿日用品、衣服以及书，随后返回医院，走到病房门口，便看到如梦站在那里悄悄地抹眼泪。

她看到闻泽辛，立即拿纸巾狠狠地擦脸，接着急忙上前接过唐羽手里的东西。唐羽看她一眼，唉了一声，说："唐立知道肯定会自责的，别哭了。"

如梦低下头："嗯。"

闻泽辛推开门进去，丽姐坐在病床边守着陈依。

闻泽辛走过去，撩了下陈依的发丝，问道："她有没有疼？"

丽姐："偶尔皱眉，或许是疼吧。"

闻泽辛心口一紧，点头道："嗯。"

如梦远远地看着病床上的太太，十分后悔当初怎么就不强行留一下呢？老板跟太太说让她走她就走，她也很自责啊，太自责了。丽姐见闻泽辛的脸色也不太好，赶紧道："先生，你休息一下吧，这边有多余的床。"

闻泽辛摇头，对如梦说："你去找唐立。"

如梦："我要看着太太。"

闻泽辛没应，脱下外套越过她走去衣架前。

如梦："……"

她只能出去，结果闻泽辛身子一晃，如梦惊了一下，赶紧伸手去扶他，闻泽辛却闪过了，冷冷地扫了她一眼。

那避如蛇蝎的样子令如梦愣了愣，她突地想起江辰前段时间说老板变了很多。

闻泽辛撑住柜子，闭了闭眼，忍过那阵眩晕感。

丽姐赶紧起身倒水，将杯子递给他。闻泽辛低着头，让人看不出神情，他左手接过杯子，突地捏紧，嗓音低沉地说："她这样，都是被我逼的吧？"

丽姐愣了愣，隐约可见先生眼里的血丝，还有那种无助的神色。

丽姐张了张嘴说："是的啊。"

/第十六章/
还疼吗？

"太太。"如梦的声音突兀地响起。

闻泽辛唰地转身看向病床。病床上，陈依醒了，看着这边，刚睡醒的眼眸带着少许水光，看向闻泽辛。

闻泽辛手指微微用力，纸质的水杯扁了几分。

丽姐看一眼闻泽辛，又看一眼病床上的太太，不知刚刚她跟先生的话太太有没有听到。

陈依是听到了的。

明明身子乏力，手臂依旧疼痛，耳朵却很灵敏，她张了张嘴，正想说话，却发现喉咙发疼。

"水。"她的声音很低、很柔。

闻泽辛大步上前，俯身扶着她的肩膀，把水杯放在她的唇边。陈依看他一眼，接着垂眸喝水。

丽姐跟如梦这才反应过来，往病床前靠去，但也不敢靠得太近，先生跟太太挨得很近呢。

"再喝点儿？"闻泽辛用手指擦拭她嘴角的水珠。

陈依点了点头。

闻泽辛将杯子递给丽姐，丽姐赶紧又倒了一杯水给他。闻泽辛接过，又将水杯放在她的唇边。两个人是挨得很近，近到陈依可以看见他眼眸里的血丝。他垂眸时，神色隐隐有些冷戾。"喀喀喀……"陈依呛起来。

闻泽辛揽住她的肩膀，拍了拍她的后背，低头在她的头顶上哈气。

陈依愣了愣，推开他："我又不是小孩子。"

闻泽辛停顿了一下，揽着她，几秒后嗯了一声："你不是，你是我老婆。"

陈依抿唇，抬起眼眸看他一眼。

闻泽辛看着她漂亮的眼眸，下一秒，看到她眼角的青紫痕迹，还有脸颊上的指甲划痕，下颌紧了几分，低声问道："还疼吗？"

陈依摇头。

"再睡会儿？"

陈依点头。

闻泽辛小心地把陈依放回床上，可是下一秒，陈依皱了下眉心，耳根发红，喊道："丽姐。"

"哎，太太我在。"丽姐赶紧蹿过来，探头看向陈依。如梦见状，也赶紧跟着探头，希望陈依也能看到她。

陈依看一眼如梦，朝她微笑。

随后她推开了闻泽辛。

闻泽辛眯起眼，但还是松开了她，后退一步。陈依朝丽姐招手，丽姐立马上前，陈依说道："我想上洗手间。"

丽姐恍然大悟，立即挤开闻泽辛，拉下病床扶手，扶陈依坐起来。闻泽辛见状，靠着床头柜说："我抱你去。"

陈依："不用。"

她的耳根还是红的，脚沾上地。其实主要是手臂疼，膝盖那里撞伤了，有点儿麻麻的疼痛感，但还能忍受，只是一下地，她就感觉头很晕。丽姐紧紧地扶着她，连如梦都想过来搭把手，三个人的目光全在陈依身上。

陈依感觉地面都在旋转，原来脑袋伤得挺严重的啊。她用手挡的那几下攻击，有几下落到了她的头顶上，只是当时没有心思去顾这个。

走了两步，陈依眼前一黑，身子晃了一下。

闻泽辛脸色一变，对丽姐说："把人给我。"

丽姐顿了顿，感觉太太的身子很无力，立即把人交给闻泽辛。闻泽辛拦腰把陈依抱了起来，说："跟上。"

丽姐立即跟着。

到了洗手间，陈依的眩晕感终于好些了，她站在马桶边，丽姐扶住她。交接时，闻泽辛看了丽姐一眼，眼里没有什么情绪，但是那意思明显：扶好她。

这三个字跟钉在丽姐的脑门上一样。

丽姐赶紧点头。实不相瞒，她觉得她的吨位足以支撑太太的吧。洗手间门被关上后，丽姐背过身，两分钟后，陈依好了，站了起来。

丽姐按了冲水，接着扶着她走向洗手台，打开热水那边的水龙头。陈依洗手时眼睛下意识地看向镜子。

她脸上青青紫紫，有七八条指甲划痕，脖子也不能幸免，刘海那里贴着止血胶布，一张脸惨不忍睹，只剩下眼睛完好。

她想起刚刚睡醒时他的问话，收回了神，拿起纸巾擦手，问道："丽姐，你们什么时候到的？"

"四点多。"丽姐立即回道。

陈依点了点头："其实，我来这边也不全是被他逼的。"

丽姐愣了愣，这就表明陈依是听到了他们的对话的。丽姐心疼地抚摸着陈依的后背："太太，你多好的人啊！"

陈依笑着摇头："我本来是想换个地方生活，想要独立、自由一些，这全是因为我自己。虽然发生了这样的事情很可怕，但是人生在世哪儿有一帆风顺的？"

丽姐："是。"

"但是，难道先生就没有半点儿责任吗？"丽姐愤愤地反问。

陈依："……"

丽姐："他就得意识到自己的错误。"

陈依："嗯。"

丽姐看着陈依，嗯是什么意思？嗯是赞同她的话了？丽姐瞬间更有了底气，但是又突地觉得太太似乎也没之前那么冷淡了。她愣了一下，还想说什么，陈依则道："走吧。"

丽姐顿了顿："哦，好的。"

门一开，闻泽辛就上前把陈依抱起来，走向病床。陈依看着他，闻泽辛垂眸，想看她时，陈依偏开了头，把最严重的那半张脸埋在下面，只留了白皙干净的那一边脸。闻泽辛看她几秒，随后低头，很轻地吻在她的脸上。

他很克制，轻触一下便离开。陈依垂眸，睫毛微颤。

回到病床上，陈依已经不困了，让闻泽辛把床摇起来，她靠着。闻泽辛拿了枕头放在她打了石膏的手臂下面。

如梦终于找到机会上前了，凑上来喊了几声太太，喊着喊着眼眶还红了，因为太太这脸真的伤得很严重的。丽姐则让闻泽辛去休息。

闻泽辛了件深蓝色的毛衣，转身进了洗手间，换了出来，随即靠在沙发上，看着病床上的陈依。

她正在跟如梦说话，两人你来我往，嘴角勾出浅浅的笑意，美得很。

早上八点多，医院的住房部也都苏醒了似的，走廊上往来的人多起来，夜班护士下班，白班护士上岗。

陈依的止痛药又换了一瓶。

手骨被固定好以后，会疼一段时间，主治医师下班前也做了交接，另外一名医生过来看了陈依的病历后，说："我开个单子再做几个检查，先不要吃早餐。"

丽姐哎了一声，声音不敢放大，因为闻泽辛直到一个小时前才在沙发上睡着。男人支着额头，长腿交叠，睡着了神色依旧冷漠。

如梦跟着医生去拿单子交钱。走廊上人多，消毒水味道浓郁，如梦跟在医生身边，问道："会不会留下什么后遗症啊？"

医生看了她一眼道："先做检查，目前看来应该是不会的。"

如梦松了一口气："好的，谢谢。"

丽姐看着陈依，低声问道："肚子饿不饿？"

她刚刚去巷子那边拿了煮粥的锅过来，煮了一锅粥放着。

陈依摇头。

这时，门口传来敲门声，丽姐去开门，外面站着秦警官跟另外一名民警。秦警官笑道："早上好。"

他看到陈依也看了过来。

陈依："早上好，秦警官。"

丽姐反应过来，赶紧拉开门。秦警官跟那位民警走进来，丽姐赶紧给他们两个人倒水。秦警官看了一眼沙发上休息的闻泽辛，顿了顿，对旁边的民警示意了一下，让小声点儿。

丽姐在一旁看着，觉得这秦警官人不错。她转头看了一眼还在休息的闻泽辛，先生向来浅眠，感觉他随时会醒过来。

秦警官坐下后，关心地问陈依的身体状况。陈依一一回答，不过大白天的，脸上的伤口更明显了，触目惊心。

秦警官跟那位民警看着都有些不忍，秦警官停顿了一下，开始询问事情发生的经过。陈依顿了顿，从自己从事务所出来后开始说，第一次棍子往后脑勺打去时被她躲开了，但是那棍子直接落在了她的肩膀上，再然后，就是落在她的手臂上。

她的手骨应该就是摔在楼梯上那会儿断裂的，棍子雨点般地打下来，还有她握住棍子的时候，这时回忆起来，当时隐约听到了骨头断裂的声音……

陈依停顿下来，那股余惊涌上来，那种恐惧感也翻涌上来，让她没办法一次性说完。

秦警官也停了下来，耐心地看着陈依，说："刘月娥过去是在建筑工地帮人搬砖的，臂力就是这么练出来的，当时你要是没躲开那一下，恐怕……"

恐怕什么，他未说完，但是现场听着的人后背都冒汗。丽姐眼眶泛红，陈依愣愣的，这才意识到，或许不单单是受伤那么简单。

而沙发上，闻泽辛已经醒了，但没动，只是睁开眼，眼里猩红一片，慢慢地，一滴泪落了下来。录完口供，秦警官自然也该走了。闻泽辛从沙发上起来，去送他们。秦警官似还有事情要说，侧了侧身子，不知问了什么。

闻泽辛挑了下眉，随即摇了摇头。

秦警官看了他许久，才叹一口气，带着民警出去。闻泽辛站在原地挠了下眉峰，接着面无表情地把门关上。

他走到病床边，看了一眼腕表："如梦怎么还没回来？"

丽姐啊了一声说："交钱的地方人太多，需要排队。"

话音一落，门被打开。如梦气喘吁吁地进来，把要检查的单子递给闻泽辛，闻泽辛接过来看了一眼。

如梦说："如果太太还不能走，可以去医生那边拿轮椅。"

因为陈依还眩晕着，怕她走不动路，闻泽辛对如梦说："去拿。"

随后他把单子放在床头柜上，把陈依扶起来。陈依顺着他的手，余光看到他的腕表的表面上有干掉的水的痕迹。

不一会儿，如梦推着轮椅进来。闻泽辛把陈依抱到轮椅上，俯身顺了顺她额头上的发丝，说："等检查完了，回来吃早餐。"

陈依笑着点头："嗯。"

闻泽辛起身，拿过一个口罩给陈依戴上，推着轮椅出去。如梦跟着，拿着单子，按医生的要求一个个地方去检查、抽血、做心电图等。

闻泽辛穿着灰色西装长裤、深蓝色毛衣，一米九的身高，加上长相出众，这一路上不少人回头看他，只是男人神色冷漠，只有垂眸跟轮椅上的女人说话时，略微温柔一些。病服是蓝白色条纹的，有些宽大，陈依一边手打着石膏，一边手藏在袖子里，只有纤细白皙的手指抓着袖口。她长发披肩，口罩一戴，别人也看不出她的样子，那双漂亮的眼睛露在外面，看起来就是特别温柔的女人。做完检查，一行人回病房等消息，顺便吃早餐。其间律师团来过一回，跟陈依打了招呼，便过去跟闻泽辛谈话，是关于刘月娥母子的事。下午所有报告都出来了，医生拿着报告进来，先是给陈依做个例行检查，随后让护士关了止痛的药。

闻泽辛挽着袖子站着，问道："何时可以转院？"

今天大年二十九了，他想带她回 B 城，哪怕瞒着家里人，回去也好。他不怕这地方，但是有了心理阴影。

医生知道这位病人是 B 城来的，过年了自然是要回家的。

他看了一眼病历说："可以转。"

闻泽辛点头："感谢。"

医生又对陈依说："可以尝试下地再走走，这种眩晕感大概会持续一周。"

陈依："好的。"

接着医生带着护士出去。丽姐对闻泽辛说："那我去帮太太收拾行李？"

闻泽辛把病历拿过来看了一眼，说："好。"

丽姐给陈依捏了捏被子，问道："太太要收什么？还需要带什么吗？你跟我说，我去收。"

陈依想了一下说："不用收了，我已经收好了，就一个行李箱。"

闻泽辛拨弄着她的发丝，说道："你还要养伤，肯定没办法准时回会城的，有没有什么资料需要拿的？"

陈依摇头："资料都在事务所里，就是事务所的钥匙……"

"我帮你安排。"闻泽辛说。

陈依点了点头。

接着，丽姐去给陈依拿行李。如梦扶着陈依下床走动，下午的眩晕感已经减轻很多了，陈依的身子也有力了。

闻泽辛坐在沙发上敲着笔记本，给江助理打电话，谈事情。

一切都有条不紊地进行着，陈依也收到了父母的来电以及林笑儿的询问，因为不敢说太多，怕加深了林笑儿的惊慌感。

闻泽辛是不是又惹事了？儿媳妇更不原谅他了？

挂了电话，林笑儿一条微信就发了过来。

嘀嘀——闻泽辛放在桌面上的手机响了起来。

他拿起来看了一眼。

林笑儿："明天就结婚一周年了，你如果没办法把依依领回来，你也别进门了。"

一周年……

闻泽辛抬起眼眸，看向正在边走路边跟如梦说话的女人，垂下眼眸，编辑着消息。

闻泽辛："三十那天，我不一定回去。"

林笑儿："……"

说你胖你还喘上了？

这人真不回来？

她最终没敢再发消息。

闻泽辛放下手机，看着笔记本屏幕。

他跟她的结婚一周年纪念日。

下午五点，外头天气冷，陈依被丽姐裹上了厚厚的外套跟围巾，只露出一张小脸，因脸上的伤痕太多，还戴上了口罩。她这样一遮，只剩下一双眼睛露在外面，闻泽辛牵着她的手走向门口。

如梦跟丽姐各提着行李跟在身后。

寒风大，吹得树枝弯了腰。两辆黑色轿车停在医院门口，唐立打开车门，闻泽辛将陈依轻轻地扶到车子里面。

陈依坐稳，闻泽辛拢了下西装外套，也坐了进来。

唐立去驾驶位开车，如梦上了副驾驶位，丽姐去了身后那辆唐羽开的车，两辆车启动，一路往机场开去。

一行人坐的是私人飞机，比较方便。

上飞机后，闻泽辛给陈依扣上安全带，又把她的口罩拿下。陈依发丝有些乱，晃了下头，闻泽辛挑起她的下巴，拿了润唇膏给她涂了点儿。

陈依愣了愣。

闻泽辛道："干燥。"

如梦跟丽姐、唐羽、唐立等人已经习以为常了，但是飞机上的私人空姐跟空少就有些诧异。两个人对视一眼，老板什么时候这么温柔了？

他们都属于闻家旗下的员工，也是闻泽辛培养出来的人，所以对闻泽

415

辛要熟悉一些。

如梦撑着下巴，嘿嘿一笑："有什么好惊讶的？我都免疫了。"

空姐跟空少瞪如梦一眼。等闻泽辛给陈依掖好被子，在旁边坐下拿起杂志看的时候，空姐跟空少才过来服务，这会儿主要是服务陈依。陈依多少有点儿在意脸面，尤其是面对空姐那么漂亮的脸，以及帅气的空少，她垂着眉眼，任由头发披散着。

她看起来柔弱得很，像是随时等着被人呵护一样。

闻泽辛抬起眼眸，扫了空少一眼。

空少尴尬地挪开视线，闻泽辛的脸色沉了几分，他拨弄了一下陈依的发丝，对空姐说："给太太倒杯牛奶。"

"好的。"

飞机起飞，陈依感觉头还有点儿不舒服，喝了牛奶便睡着了。一行人抵达B城时是晚上八点左右。

B城这边天气也冷，但是干燥，不会像在会城市一样，空气湿冷而刺骨。车子在出口迎接，江助理看到老板牵着太太的手出来，又看到太太那张戴着口罩的脸，眼睛有一边的青紫痕迹露了出来，那一刻也觉得心疼。

他跟律师团一直在联系，也了解了事情的过程。按他们的模拟以及猜测来说，好在太太算是机灵的，否则今天他就真见不到人了。

江助理整理好笑容，上前拉开车门，说："太太，新年快乐。"

陈依温柔一笑道："新年快乐。"

算来她很久没见江助理了。闻泽辛轻轻地扶着陈依上车，陈依将口罩拿下，江助理绕去驾驶位，坐上去时不经意地看了一眼车内后视镜。

看到那一脸伤痕时，江助理愣怔了一下，随即收回视线，启动车子。

老板怕是要心疼死了，不单如此，可能也会自责死。

车子不是去君悦公寓，而是往市中心开的，停在复式楼门口时，陈依愣了一下，看向闻泽辛。闻泽辛整理了一下袖子，又把她过长的袖子挽起来，说："你暂时住这边，丽姐能照顾你，这边也方便，环境好一些，有利于你养伤，君悦那边说到底人口太杂。"

陈依看着他。

闻泽辛用指尖勾了勾她的鼻子，说："我不住这里，住君悦那边，有空就过来看你。"

陈依："你……"

你也可以住这边。

可是她话没说完，闻泽辛已经打开车门下去了。丽姐把陈依从车里扶出来，陈依看着眼前这房子，每一砖每一瓦，熟悉又陌生，但是在 B 城的天空下，她却觉得挺温馨的。

她进门后，很多回忆涌了出来，仿佛历历在目。可也许是心境变了，她倒也没觉得多难受，房子里很冷清。

丽姐也感觉到了，赶紧开了空调暖气，对陈依说："自从太太您走后，先生一次都没回来过。"

陈依没吭声，看了闻泽辛一眼。

闻泽辛脱下外套挂好。

丽姐又低声跟陈依说："太太，以后你要是跟先生闹别扭，你把他赶出去啊，这房子可是你的啊！"

她也是前几天打扫卫生的时候才看到红本的，红本上这房子属于太太单独所有，还多了一份合同，是先生签的，大意就是房子属于太太一个人。

陈依没吭声。

丽姐把陈依送上楼，其实陈依都可以自己走了，是他们有点儿担心。闻泽辛在楼下打电话，陈依上到二楼后，看到书房空荡荡的，主卧室也空荡荡的。

丽姐说："先生把很多东西搬出去了。"

陈依："他平时住哪里？"

丽姐："不清楚，可能是君悦那边吧。"

陈依看了一眼书房，以前还能在书桌上看到些钢笔之类的东西，如今什么都没有了。难怪这人安排她回来住。

他的意思是：这是你的，我出去。

陈依垂眸，没再问什么。

丽姐把行李箱推进了主卧室。

床没变，但是换了一套新的床单，懒人沙发也换了，换成了另外一个款式的，反正很多东西被换掉了，连衣帽间也只剩下陈依的那个，还添了不少她的衣服。

陈依："……"

/第十七章/
依辛

"太太，你饿了吧？"丽姐把行李箱收拾好出来，挽着袖子问道。陈依拢着外套，笑着摇头："不饿，刚刚在飞机上不是吃了吗？"

"吃了是吃了，但是得准备点儿夜宵给你吃啊。"丽姐说道，"太太，你是不是困了？要不先洗漱睡觉？"

陈依："不了，还不困。"

二楼也很空荡，陈依站着站着有些凉，转过身，看到刚从楼梯上来的闻泽辛。他穿着毛衣，问道："要下来吗？"

陈依点头道："嗯。"

闻泽辛把手机放到口袋里，上前两步，拦腰把她抱了起来，说："这几天别走楼梯，坐电梯。"

陈依穿得厚，有点儿臃肿，那只没受伤的手盘上了他的脖颈。闻泽辛垂眸看了她一眼，随即大步下了楼梯，来到一楼。

闻泽辛把陈依放在沙发上，沙发也换了，是新的。陈依看了一眼，还是她喜欢的浅蓝色。闻泽辛坐在她身边，拿起桌上的药膏，抬起她的脸，给她擦那几个指甲印。

他垂眸看着她，说："我叫岳父、岳母过来陪你，好吗？"

陈依立马摇头，说："我爸妈若是知道了，肯定会让我留在 B 城。"

可能廖夕还会哭着缠她，一想到这个，陈依心里多少有点儿烦躁。

闻泽辛合上药膏的盖子，握住她的手，说："我怕你想家。"

他捏了几下，说："我倒也想让你待在 B 城，不如……"

不如后面是什么话，闻泽辛没说，摩挲着她的肌肤，说："也好，明天我陪你过年。"

陈依："嗯。"

又过了半个小时，陈依有些困了，闻泽辛把她抱回二楼，进主卧室时，他脚步微顿，随即下颌有些紧绷。把陈依放下后，他走到床头柜前，拿起电话拨打丽姐的电话号码，让她上来帮陈依洗漱，安排陈依睡觉。

挂电话时，闻泽辛是一眼都不敢看那张床。丽姐上来，换闻泽辛出去。

陈依看一眼男人的背影，随即跟着丽姐进了浴室。

闻泽辛走出去，单手握着栏杆，扯了扯领口，随即下楼。小客厅也换成了一个休闲区，没有什么沙发了，连摆设都完全不一样。闻泽辛捞起外套，站在楼下，手插在裤袋里，看着二楼的房门。

他一直站到丽姐从主卧室里出来，并且悄悄地关上门。

丽姐一转身，看到先生，愣了一下。

闻泽辛声音低沉地问："她睡了？"

丽姐点了点头。

闻泽辛："看好她，她好，你也好。"

丽姐哪儿能不知道这话的意思？反正太太出事的话，她估计也不会有好日子过，于是说道："我今晚抱着枕头跟被子躺在太太的门外面。"

闻泽辛："嗯。"

说完，他转身走了出去。

丽姐下楼关门。

江助理把车开过来停在门口，给闻泽辛打开车门。闻泽辛却没急着坐进去，站在大门口看着这栋复式楼，说道："那天她说如果我爱她就要给她她要的生活，我知道她想要离婚，但是不想给这个。"

江助理愣住。

老板想说什么？

闻泽辛："爱一个人怎么可能不想拥有对方？就算只是占着她丈夫的虚名，我也想要。"

"但是……"闻泽辛停住了，收起了所有的情绪，转身走向车里，弯腰坐进去时，轻飘飘地说了一句话，"等他们进去了，好好收拾一顿。"

江助理瞬间反应过来他说的是谁，点头道："好的。"

不一会儿，车子启动，开走。但是半夜车子又回来了，闻泽辛靠着椅背，闭着眼睛，江助理从车内后视镜里看一眼老板，叹了口气。

老板去见个人回君悦洗漱完，又非要回到这里，完全放不下心，那么放不下心干吗要把自己的东西都搬走？

他发现有点儿琢磨不透自己的老板了，总觉得老板在做什么打算。

零点一到，闻泽辛睁开眼，偏头看着复式楼，里面只亮了几盏壁灯。闻泽辛看了一眼手表，结婚一周年了，老婆。

他对江助理说："你先回去。"

江助理："不不不，老板，我陪你，熬一个晚上而已，没什么大不了的。"

他跟在闻泽辛身边这么多年，闻泽辛的睡眠其实很少，一天能睡五个小时左右就挺不错了，今年因为多了太太，睡眠是一会儿好一会儿差的。

唉。陈依一个晚上其实也没睡熟，醒了好几次，比在病房里睡的时候还不安稳。她起来过一次，打开门看到门口熟睡的丽姐惊了一下，随即把丽姐喊醒，催丽姐去次卧睡。丽姐哪儿敢啊，那一刻陈依想打电话骂闻泽辛，但被丽姐拉住了。丽姐笑道："我睡房里的沙发吧？我可以看着你啊。"

陈依："好。"

最后丽姐在沙发上躺下，陈依又想着让她睡床，这次丽姐就死也不肯了。陈依准备关房门的时候，透过一楼的落地窗，却看到了门外停着的黑色轿车。

她愣了愣。

男人修长的手指夹着烟虚虚地搭在车窗上，虽然她没看到男人的脸，但是看到江助理下车，不知在查看车子的什么东西。

她就知道，那后座上是闻泽辛。

陈依回身去拿手机，一看时间，凌晨两点。

陈依编辑短信。

陈依："你在外面干吗？"

外面，将夹着烟的手收回去，车窗摇上，闻泽辛咬着烟回复了她。

闻泽辛："你睡不着？丽姐呢？"

男人的语气很不客气，尤其是问丽姐那句。

陈依："你怎么让她睡外面？你很过分。"

闻泽辛："……"

陈依："我又不是真少胳膊少腿。"

闻泽辛："老婆，你别再说了，我的错。"

陈依："你以后别这样了。"

闻泽辛："好。"

闻泽辛："睡不着吗？我进屋给你倒杯牛奶。"

陈依："不用，你赶快回去睡觉吧，我也要睡了，要么你回这边的次卧睡。"

闻泽辛停顿了几秒，随即按了语音道："不了，你睡，我们走。新年快乐，老婆。"

陈依顿了顿，回道："新年快乐。"

不一会儿，陈依便看到外面的车开走。她松了一口气，回了床上。等她躺下去睡着了，黑色轿车又开了回来，江助理叹了口气，趴在方向盘上，说："老板，我还没见过你这样。"

过去的闻泽辛是没有这些心理障碍的，心理强大到惊人。如今他患得患失，当然只是面对太太这样而已。

第二天一早，丽姐一边给儿子打电话一边开门出去，准备去超市买点食材今天做年夜饭，就看到先生手里挽着外套从车里下来。江助理手里提着两个购物袋，笑道："新年快乐，丽姐。"

"新年快乐。"丽姐看了一眼闻泽辛。

闻泽辛进门，问道："她还没醒？"

"没。"

闻泽辛扫了丽姐一眼。

丽姐一阵激灵，反应过来留太太一个人在家了，说："我给太太留了字条。"

她那急于解释的样子令闻泽辛想起陈依给她发的那条短信，责备他那样对丽姐，他脸色缓和了一些，说："不用出去买了，我们已经买了。"

江助理把袋子递给丽姐。

丽姐接过袋子一看，好家伙，买了不少啊！她问道："先生今晚也在这边吃吗？"

闻泽辛把外套挂好，挽起袖子道："嗯，我上去看看她。"

丽姐顿了顿，没想到先生为了太太，过年也不回去啊。江助理也没回家。他有年假，但是跟着闻泽辛很多假期根本用不了，所以干脆换成奖金了，于是今天的年夜饭一共四个人吃。丽姐吃完饭收拾好桌面，开始跟儿子和老公视频。江助理拿着手机也跟父母视频聊天，互发红包。

陈依坐在沙发上给父母发红包，也给林笑儿、闻颂先发，沈璇则是今天才知道她已经回了 B 城。沈璇这个时候忙，两人也没法见面。

陈依发完红包，看了闻泽辛一眼："你真不回去？"

闻泽辛按着笔记本，看了她一眼，道："我不放心你。"

他看了一眼电脑屏幕，上面是一个广场的花灯宣传，在一个比较小众的地方，也是闻氏投资的。

闻泽辛牵住陈依的手，说："带你出去走走。"

陈依顿了顿，握紧手机，其实发完新年祝福跟红包，是真的有些失落，想家了。她点了点头："好。"

闻泽辛看她一眼，勾了下嘴角，随即拿起一旁的红色大外套给她穿上，又拿了林笑儿给的黑色围巾给她围在脖子上。

他自己则里面穿的黑色毛衣，外面是蓝色西装外套。

陈依看到一旁茶几上的影子道："好喜庆。"

闻泽辛拿了帽子给她戴上："嗯，年画娃娃。"

江助理跟丽姐都笑了。闻泽辛让他们两个不用跟着，牵着陈依出门，启动车子，一路来到那个广场。

今晚很多地方人山人海，这个广场上居然没什么人，而且有一些花灯装饰着，只有零散的孩子跟父母在看花灯。

陈依："人怎么这么少？"

闻泽辛把手机放在裤袋里，说："这个广场三个月前开始装修，所以没有进行过年宣传，花灯是广场里的商家摆出来自己看着开心的。"

"哦，我还说呢，怎么那么多装修材料，而且广场门也没开。"陈依说道。

灯也不是很亮，只有 logo 灯打在地面上，陈依看着那些花灯，刚刚那点儿失落感也消失了，心情放松下来。她戴着口罩，一身红，光气质就很美。走到那束光里，两个人都停下脚步，闻泽辛看着她。

陈依也仰头看着他。

两人对视，那束光落在她的眼里。

闻泽辛的目光有些贪婪地扫过她的脸。

陈依被他这样一看，那点儿自在感消失了，开始在意自己的脸。她去按口罩，闻泽辛却取走她的口罩，陈依瞪他，下意识地去遮脸："你干什么？"

话没说完，闻泽辛拉开她的手，接着低头在她的唇上落下一吻，嘴唇温热，一触即离。他捧着她的脸道："今天是大年三十，我们的结婚纪念日。"

陈依："嗯。"

接着她等着他再说点儿什么。其实她白天就想起这件事情了，大年三十，结婚一周年呢。

闻泽辛却什么都没再说，把口罩给她戴上，再次牵起她的手："你想要什么周年礼物？"

陈依："暂时没什么想要的。"

现在她最想要的就是这手上的伤赶快好，这脸上的伤赶快好。都能好了，她就能回家一趟，去看看陈庆跟廖夕，也能去看看林笑儿跟闻颂先，但是这事不能急。

"好。"两个小时后，闻泽辛把陈依送回市中心的房子里，看着她睡过去后，离开了市中心。江助理开车，车子一路抵达公司。

江助理："老板，这么晚来公司做什么？"

闻泽辛走出电梯。

办公室里居然亮着灯，江助理呆了呆，一推开门，看到了律师团的人。

江助理："老板？"

大年三十老板要谈刘月娥母子的事情吗？

闻泽辛脱下外套扔到沙发上，挽起袖子走到桌子后面，指尖勾了一下，说："看看我名下的资产。"

律师团的三个人起身走过去，把本子递给他。

闻泽辛站着垂眸翻着资料，说："属于我个人的就这些？"

"是。"

闻泽辛点了点头："好。"

"我说，你们记，我要保证她以后衣食无忧，包括她的孩子、孙子。"

江助理终于反应过来，扑到桌子上，看着闻泽辛："老板，你要跟太太离婚？！"

他的动作太快，扑得桌子上的本子都掉到了地上。

闻泽辛微愣，看了江助理一眼，什么话都没说，却让江助理心里一凉。

老板是真的要离婚啊！

"老板，你个人的资产都是自己这么多年打拼下来的……"江助理说到一半停顿下来，意识到被赠予的人是太太，立即改口，"我不是这个意思，不是说这些资产不能给太太，但是太太的能力摆在那里，你想要庇佑她一生，包括子孙两代，给她钱财就足够了吗？不够的……"

423

闻泽辛看着江助理:"你以为我没想到?"

江助理膝盖一软,差点儿没撑住,瞬间懂了老板的意思,钱财资产的赠予,是离婚分割的财产,但是经营权都还在闻泽辛手里。这个男人打算给太太打一辈子的工,太太将来却可以再婚,养育孩子,一生无忧。

而他自己已经无所谓过成什么样了,大概是给太太打工,然后孤独终老。

他对自己太狠了。

江助理半天说不出话来。梁律师拍了拍江助理,摇了摇头。江助理看着律师团三个人的表情,就知道他们也劝过闻泽辛,可惜他没有听,一意孤行。从太太出事那天起,老板怕是就在这么打算了吧。

江助理迟疑了一下,说:"老板,如果离婚后太太再去会城呢?"

闻泽辛停顿了一下,几秒后说:"我会尽量让她别去。"

或许这是他打算离婚后给她提的唯一的要求。

她在他的眼皮底下,即使两人不是夫妻,他也看得到她,也能伸出援手。江助理看着闻泽辛:"如果太太非要去?"

闻泽辛没有回答江助理的话,但是江助理已然明白,如果太太非要去,老板会跟着去,即使两人已不再是夫妻。

江助理一口气差点儿没上来。

其他三位律师则坐下。江助理能怎么办?他也跟着拉了椅子坐下。闻泽辛将手插在裤袋里,走到窗边看着外面的夜景,嗓音低沉地说:"明利投资有一块一直在亏损的项目,单独提出来……"

梁律师边听边在笔记本上敲字。

江助理坐在旁边,看着闻泽辛重新整顿名下产业,以前用来开路的一些项目,但凡不赚钱的全都重新规整,临时这样分出来,只为了离婚时,分割出去的都是赚钱的项目。

江助理:"……"

他跟了老板这么多年,突然要体会一把一朝回到解放前的感觉。大年三十倒数完,城市的上空偶尔有人工智能的烟花闪过,今晚丽姐依旧陪着陈依在主卧室里睡。

不过陈依睡得不错,一个晚上都没怎么醒,偶尔翻身也只是因为手臂发麻,梦里暖暖的,黑色的围巾、红色的外套在梦里包裹着她。第二天早上,大年初一,陈依是在小炮仗的吵闹声中醒的。

丽姐下楼熬粥做小菜,然后上来一看,笑道:"太太早上好。"

陈依单手抱着被子，回神："早上好。"

"后面那栋房子，几个小孩儿一大早就玩小炮仗，太顽皮了。"丽姐扶陈依起来，不满地说道。

陈依站起身说："这样也热闹一点儿。"

"但你肯定是被他们吵醒的吧。"丽姐都能猜到，她自己就是被吵醒的，砰一声差点儿把她从沙发上震下来。

陈依笑了笑："没事。"

说着她就走进浴室，浴室洗手台上摆了两瓶药膏。刷了牙，洗完脸，陈依擦干脸上的水珠，接着拿起药膏开始涂抹脸上的伤痕，几道指甲印已渐渐结痂，加上药膏的药性，有些也开始掉了，露出了里面新生的肌肤。

唯一麻烦的是眼角的乌青痕迹，还是比较明显，发际线贴着的纱布每天晚上都要换。都弄好后，陈依才出来，换好衣服后跟着丽姐走向楼梯。虽然闻泽辛不让她老走楼梯，但陈依上上下下的基本都走，反正他不在。

从楼梯上下来后，陈依看了一眼屋外。

丽姐在一旁说道："先生估计回闻家了，毕竟昨晚那么重要的日子他都没回去。"

陈依："嗯。"

吃过早餐，陈依坐在沙发上看考试材料。门外缓缓传来车声，接着黑色轿车门打开，穿着毛衣跟黑色外套的闻泽辛从车里下来。江助理看了一眼自家老板，跟上。

今天天气挺好，虽然有点儿冷，通过落地窗一眼就可看见沙发上的女人。她穿着红色裙子、丝袜，膝盖上盖着薄被，安静地看着书。闻泽辛脚步微顿，手插在裤袋里看了她许久。

那一刻，他不敢进去，怕后悔自己做出的决定。

这时，陈依听见声音了，抬起头来，看到门口的闻泽辛，笑了一下："吃早餐没？"

闻泽辛敛起神色，点了点头，走了进来，脱下外套递给江助理，随即走过去挑起她的下巴，看了她几眼："好很多了。"

陈依眨了眨眼，嗯了一声："八条变五条。"

闻泽辛勾着嘴角，桃花眼含着笑："早中晚记得擦药，如果这几天能好，手臂就不用管，可以回家了。"

陈依心里也是这么想的，这些外在的伤口处理完了，手臂的藏在衣服里也看不到，加上打了石膏，到时说是不小心碰到的就好。

她问道:"你昨晚回闻家了?"

闻泽辛的眼瞳缩了一下,他松开她的下巴,坐到她身侧,说:"没有,昨晚看你睡下后,去见几个好友了。"

陈依哦了一声。

闻泽辛靠着椅背,长腿交叠,眼眸一眨不眨地看着她。

陈依翻着资料书,问道:"你中午在这边吃吗?"

闻泽辛:"嗯。"

陈依拿笔做笔记,但是打石膏的那只手又不敢碰到。闻泽辛伸手帮她扶着本子,说:"去书房看吧,我抱你上去。"

陈依顿了顿,想起书房的空荡,说:"不要,我觉得这里正好。"

闻泽辛挑了挑眉。

又沉默了几秒,闻泽辛说:"新的一年当了 Senior 会更忙,我听说宸曜最近还跟鼎成办了一次午茶联谊会。"

陈依一听,抬起头看着他笑道:"是的,那天我也听说了,深姐好像是成功了。"

闻泽辛放在大腿上的手点了点,说:"嗯,跟鼎成的合伙人谈上了。"

"对。"

那天林添在事务所说这件事的时候,组秘还羡慕地说能力强的人就是跟能力强的人在一起,沈丽深还有一年就可以升合伙人了。闻泽辛深深地看着陈依,想到她以后升合伙人了,跟别的合伙人谈恋爱……

闻泽辛顿时指尖泛青。

他垂眸,顺了顺大腿裤子上的褶皱。

陈依没发现他的不对劲,想了想说道:"事业有成后再谈恋爱似乎更有把握一些,深姐这些年也不容易,不过我觉得她这样正好。"

闻泽辛点了点眉心:"嗯,正好。"

身后端着水果盘以及干果的江助理神色复杂地站着,几秒后才绕过桌子,把水果盘放在茶几上。

江助理今日有些沉默寡言,笑容也少了很多。

陈依从他进门就发现了,看了江助理一眼。江助理放下果盘后,冲陈依点头,随即转身离开。

闻泽辛冷冷地看了江助理一眼。

江助理叹了口气,他没有老板这么厉害,还能面不改色地插自己刀。他觉得头痛,也心疼,头痛如今的局面,也心疼太太,更心疼老板。

丽姐从厨房里探头，喊道："江辰，过来给我剥蒜。"

"来了。"江助理赶紧闪去厨房。

陈依听见脚步声远去，迟疑了一下，说："江助理不开心吗？是不是你不给他放假？"

闻泽辛放下长腿，俯身拿了牙签给陈依叉了一块哈密瓜，嗓音低沉地说："管他做什么？你管我就好。"

陈依："……"

中午闻泽辛跟江助理吃完饭，江助理接了一个电话，回来跟闻泽辛汇报，闻泽辛站起身，俯身看着陈依："要午休吗？"

陈依握着手机摇头："等会儿沈璇来找我。"

闻泽辛点头："也好。"

他俯身亲了亲她的额头，随即理了理袖子，转身走向门口。江助理拿着闻泽辛的外套跟上，丽姐擦了擦手，走到沙发边，看着闻泽辛的背影说："我感觉先生现在变得有礼多了。"

陈依顿了顿，看着丽姐。

有礼？

陈依："嗯，是的。"

丽姐也看着陈依，将到嘴边的话却咽了回去。先生是有礼，但是她总感觉这种有礼怪怪的，有些小心翼翼，有些克制，可是那双眼睛明明无时无刻不在看着太太，明明那么渴望拥有却硬生生地把渴望给掐灭。

一点半左右，门外开来一辆路虎。沈璇穿着黑色长外套、戴着墨镜，从车里下来，接着进门，站在门口冷冷地看着陈依。

陈依被看得低下了头。

沈璇踩着高跟鞋咔咔咔地进来，拿下墨镜，又把外套脱了递给丽姐，看了陈依几眼后，说："别低头了，我看到了。"

陈依抬起头，说："快好了。"

"好什么？我看过档案了。"沈璇拉着陈依坐到沙发上，说，"要不干脆别去会城了。"

陈依看向沈璇："不行，那边的工作……"

沈璇顿了顿，心想也是，换成她，也不会因为这种事而退缩。她看了陈依好一会儿："幸好闻泽辛时时刻刻想着去见你。"

陈依笑了。

沈璇将盒子递给陈依，说："妈给你的，结婚一周年的礼物，她觉得你们没和好，不敢明目张胆地给你们安排，还觉得你肯定回了 B 城，但是因为闻泽辛没有回家。"

陈依："妈太好了。"

她接过盒子打开一看，里面是情侣对戒。

沈璇："如果你不喜欢，就放着吧。"

陈依拿起对戒看，女戒的圈里刻着"依"字，男戒的圈里刻着"辛"字。陈依摩挲了一下戒指。

沈璇在一旁看着，突然发现，两个人好像也不是没有进展啊？

接着，一个下午，沈璇留下来陪着陈依，还上楼看了环境。看着换了那么多家具，沈璇一声没吭。

当然她也看了陈依手上的伤口。

沈璇戳了戳石膏说："发痒了别挠，用药膏擦一下。"

陈依："知道，每天晚上都清洗一下外围。"

"嗯。"

"我听说那老太太的儿子的手断了。"

陈依愣了愣，看向沈璇。

沈璇靠着栏杆，挑眉道："你猜猜是谁干的？"

除了他还能是谁？

沈璇又道："嗯，好像是跟你的伤口一样。你伤了哪里，他就伤了哪里，以牙还牙。"

陈依捏紧栏杆，说："难怪那天秦警官还单独问了他。"

沈璇淡淡一笑，没再说话。吃过晚饭，陪了陈依一天的沈璇也得回去了。陈依送沈璇出去，目送沈璇的车开走，沈璇开的是闻泽厉的车。

路虎车刚走，一辆黑色轿车就开了过来，停在陈依跟前，接着车门打开，江助理从车里下来。

陈依见后座上没有人，愣了一下。

江助理绕过车头走过来，弯腰打开后座的车门，说："太太，我能请你跟我出去一趟吗？我想跟你说两句话。"

陈依看着江助理。

江助理挤出一丝笑容，眼里带着真诚。

陈依点了点头："好。"

第十八章

日记本

黑色的轿车掉转车头，陈依打开中间的扶手，把打着石膏的手臂放上去。江助理踩着油门将车开出了小区。

夜景在窗户两边倒退而过。

路上行人不少，车流也多，B城这样的城市过年很热闹。江助理看了一眼车内后视镜，问道："太太，我能先带你去看一样东西吗？它在郊区。"

陈依收回看向窗外的视线，抬起头看着他说："好。"

"谢谢。"江助理笑了一下，收回视线，一边调导航一边说，"不塞车的话一个多小时就到了，太太你要是困的话可以睡一觉。"

陈依摇头："不困。"

她顿了顿，问道："他呢？"

江助理手指一停，回道："老板今晚去见一个朋友，这几天都会挺忙。"

陈依："嗯。"

车子开上高速，晚上的高速车流量并不多，陈依把玩着手机，偶尔看向外面。

她心里有预感，江助理不可能无缘无故地找她，事情应当跟闻泽辛有关。

一个多小时说长不长，说短不短。江助理为了照顾陈依，车子开得并不快，在晚上七点半的时候抵达郊区，车子下了高速，一路往港口开去。

B城只有一个港口，很小，连接着隔壁的城市，这几年发展迅猛，港口环境改变很多，如今颇有旅游区的感觉。

车子停下，陈依下车，江助理关上车门，说："就在这里了。"

陈依感受到海风，收了收围巾，跟江助理走向港口，这儿只亮了几盏灯，还有几辆车子停着。

不远处有一对情侣正挽着手散步。

江助理拨打了一个电话，说："开吧。"

砰一声，港口外面停着的一辆游轮突然亮起灯，好几层的游轮豪华得让人震惊，令不远处的那对情侣都惊呆了。

"老板以太太你命名的游轮。"江助理看了陈依一眼。

陈依看见游轮上缓缓亮起了"爱妻依依"四个字，那些灯光落在陈依的脸上，陈依眼也不眨地看着。

江助理说："快完工了，里面还剩下一些软装。

"这游轮是你跟老板还甜蜜的时候，他安排人建造的。

"这一年来，让他坚持把这个游轮完成的，就是那段甜蜜时光，太太还记得是什么时候吗？"

甜蜜时光？

她想起来了。

婚后的那一个月里，她曾想过努力一下，那几天两个人确实比较甜蜜，他的笑容也多了。

陈依说："记得一些。"

江助理笑了笑："你记得，老板也记得。"

陈依："嗯。"

他记得，然后呢？

"爱妻依依"四个字很显眼，那对情侣哇了一声后，指着上面的四个字议论起来。本来安静的港口，此时因为这艘游轮而变得无比耀眼。

江助理问道："太太想不想上去看看？"

陈依停顿了一下，摇头。

江助理笑了笑："那就等建好以后再看，我们先回 B 城吧？"

陈依看江助理一眼，知道想说的话他还没全说出来。她嗯了一声，随即两个人返回车里，江助理还准备了温水给陈依。

车子启动，离身后的游轮越来越远，但是那束光一直追着车子，陈依靠着车窗，从后视镜里看着那艘游轮。

她在努力维护感情的那段时间，现在看来不是在唱独角戏。

车子上了高速，江助理看着前方的路，说道："太太有没有觉得老板跟读书时的性格有点儿不一样？"

陈依收回视线，捏着手机，说："有点儿，但是似乎在外，他也没多大变化。"

读书时他爱笑，有点儿懒散，喜欢开玩笑，偶尔确实会跟美人来往。

江助理笑了一下："老板的真实性格其实是你现在所看到的，脾气差、冷漠、有点儿偏执。"

陈依："读书那会儿不是这样。"

江助理握紧方向盘，说："那是因为大二那一年，老板在缅甸被人当成闻大少请去喝茶。那时闻氏在 AI 医疗上触了别人的逆鳞，于是那些人盯上了他们，九支枪对着老板，让老板给家里打电话。

"老板不肯。他宁可死，也不会打这个电话，更不会让家里人妥协，但是当时跟在他身边的同学很怕死，主动拨了老板家里的电话。那个时候闻老先生还在，面对那些人的要求，老先生一概不答应，并且没有任何犹豫，也很冷血地选择忽视老板。"

陈依浑身一冷。

江助理笑了一下，看了一眼车内后视镜，说："老板怎么都没想到会是这个结果。他自己可以选择不妥协，但是闻老先生至少努力一下吧？可惜闻老先生没有。

"后来嘛，是闻小叔还有闻先生想尽办法才让那群人放了老板，不过老板也被打得半死，他的胃的毛病就是在那个时候落下的。"

陈依的指尖扭在一起，她不敢想象当时的情景。

他那会儿多大？

大二，二十岁出头。

高中那眼里含着笑意、穿着紫白色校服的男孩仿佛一下子染了血。

闻家把这事情瞒得太好了，整个 B 城没人知道，或许在老爷子的强硬手段下，这件事情就该被忘记吧。

陈依："那闻大少……？"

"闻大少不知道，老先生不让人告诉闻大少，连闻太太都不可以说，闻小叔跟闻先生二人最终也听了老先生的话。"

陈依："……"

所以闻泽辛就得自己受这委屈了。

江助理看了陈依一眼，继续说："而回到 B 城后，老板消沉过一段时间，完全不知道该怎么面对自己的爷爷。他可能想了很多，也尝试过做很多决定，最后就是让自己变强，于是大三那一年又去了缅甸。

"他在那边待着，去克服一切恐惧心理，慢慢地心性什么的都跟着变了。但是闻老先生是何等聪明的人？他看出老板变了，怕老板跟大少抢继承人的位置，于是开始打压老板，哦，不单单是打压，还早早就立下遗嘱，希望老板只当个闲散公子哥。"

陈依："老爷子这是何苦？这是为什么啊？太过分了。"

"可不是？或许因为大少是他亲自带大的孩子吧，老板变得越多，老先生就越打压他，手段也越来越过分。后来是闻小叔帮的忙，他对老板说，不如保持原样，收敛锋芒，做一把藏在暗处的刀，混淆视听。

"老板就开始调整自己，慢慢地又回到了过去那种纨绔少爷的样子，慢慢地闻小叔也觉得这样挺好，于是老板就跟着闻小叔了。

"闻氏的一些不好处理的事情，也都是老板处理的，所以老板变得没有任何弱点，对喜爱的东西，也不再执着，有些看似他关注、喜欢的事物，都不过是假象而已。

"没有弱点的人才能走得长远。"

陈依眼眶发红，泪水顺着眼角滑落。

车子下了高速，江助理没有开回市中心那套房子，而是开向了明利投资。明利投资属于闻泽辛的个人资产，跟闻家没有半点儿关系。

陈依看到"明利"两个字，惊讶于它居然是闻泽辛的。

这个点明利没有人，很安静，也很昏暗。江助理带着陈依走进去，进了闻泽辛的办公室里。陈依问道："这是……？"

江助理弯腰，从怀里掏出一张卡片，那是闻泽辛的卡片，陈依一眼认了出来。江助理刷开锁，从抽屉里拿出一个本子放在桌子上，说："这是老板每次必看的，我觉得这里面肯定有秘密，太太您看看？"

那是一个褐色书皮的本子，陈依翻开第一页，映入眼帘的竟是闻泽辛高中时的字迹。这是一本有点儿像心情日记的本子。

××年4月6日

啧啧，这么好的天气，隔壁这家伙居然穿高领衣服，不过是捏捏她的脸，她就哇哇大叫。叫陈哇好了，别叫陈依。

××年4月8日

啧，穿得那么厚，蹲在那儿吃雪糕，一看到我还猛地转过身，怎么，我会抢你的雪糕吃啊？

432

××年6月2日

她的成绩不行，估计跟我上不了一个大学了，真愁人。陈依你努力点儿啊！

他每段日记字都不多，三言两语，但是这个"她"讲的全是陈依。江助理在一旁看了几眼，突地道："难怪老板给太太在手机里的备注是'她'。"

陈依捏紧了本子。

她也想起来了，他给她的手机备注就是"她"，而这个"她"此时占据了整个本子，高中这三年的事都有。

他字里行间没有很直白地表达喜欢，但是所有记录的事情全是和她相关的，连闻泽厉以及当时跟他玩得比较好的一个女生，都没有出现在这里面。

江助理："太太，他没有撒谎，他从高中起就很在意你。"

傻子都看得出来，他记录的每一个字都只与陈依有关。

但是这本日记只记录到大二，大一零散的记录里居然还有陈依。

他记录的这些事，陈依居然没有什么印象，只是记得当时确实见过他几次。

其实后面这几段文字可以看出闻泽辛语气中的烦躁以及似乎夹杂着少许霸道跟占有欲。可惜，后面就断了，日记本后面全是空白的。

江助理："从那件事情后，老板就没再记录过你的事情了。"

陈依合上本子，按着那个笔记本，一声没吭。

江助理心里也有点儿震惊，他是偷的老板的卡片过来开的抽屉，怎么也没想到会开出这个日记本。江助理接着拿起桌面上的遥控器，打开了不远处的一台电视，屏幕一亮，江助理点了几下，画面出来，是一段监控视频。

那是在一个俱乐部的包间里，灯光昏暗，四周有不少好酒，而沙发卡座上一共坐着四个男人，其中包括闻泽辛。他长腿交叠，偏头跟人说着话，而他们身边都有一个女人帮忙倒酒。

闻泽辛偶尔会跟那个女人说话，嘴角带着一丝笑意，笑得很薄情，也很吸引人。陈依在这一刻想起生日派对那天，他的笑容也是这样的。

画面加快，慢慢地包间里的人越来越少，闻泽辛起身送走最后一个男人后，回到包间里。里面除了他没有别人了，连那个女人都不见了，他弯腰端起酒杯，喝完最后一杯酒后靠坐在椅子上，脸上的笑容退得干干净净，低垂眼眸，神情冷漠而孤寂。

江助理说："我见过无数次这个样子的老板。"

他继续道："我之前听闻小叔说，人的面具戴上了就很难摘下来，我想老板就是这样，不过他现在变了很多，我感觉快没有面具了。"

"太太，你觉得他能得到你的原谅吗？"江助理突地转头看向陈依。

陈依也看着江助理，抿着唇。

江助理笑了一下："其实老板不让我告诉你这些，而我今晚这样犯险，还有一件事想跟你说，老板想放你走。他觉得是他害你离开 B 城，才会遇上刘月娥母子这件事情。他想打点好你的未来，放你自由。"

陈依愣住。

自由？

他是要离婚吗？

她才放弃这件事情。

"打点好我的未来？"

江助理从桌面上挪过一个便笺，写了一行字推给她看。

"让陈依衣食无忧，包括她的孩子、孙子。"

陈依看着这行字，许久后手中的日记本摔在桌面上，摔得翻了面，最后面的字露了出来，是闻泽辛现在的字体，潦草而锋利。

"原来在我点名要她的时候，就注定了我会栽在她身上，即使我不肯认，即使我曾觉得那不过是一场联姻，只是因为她老实、温顺，我才看中她的，无关情爱。"

"可是，才不是无关情爱，那是我唯一的渴望。"

陈依看着看着，眼眶湿润了，江助理拿过纸巾盒递给她，也看到了那两段话。

江助理叹了口气："我们早看出老板的意思了，他自己非不认。其实沈总也看出来了。"

陈依低着头反问："是吗？"

江助理想说，其实很多人看出来了，包括闻太太。这时，江助理的手机响起，来电是闻泽辛。

江助理惊了一下，赶紧朝陈依嘘了一声。

陈依眼眸含泪地点头。

江助理深呼吸一口气，走到一旁接了电话。

那头，闻泽辛问："人呢？"

江助理笑道："老板，我在公司。"

闻泽辛："过来，接我去太太那里。"

江助理笑道："好嘞！"

说完他立即挂了电话，随即转身看向陈依。陈依也听到闻泽辛的话了，赶紧把日记本放回原位。

江助理上前锁了抽屉，结果又打开，拿出手机拍下了最后两段话，接着锁上抽屉。

陈依问道："你拍它们做什么？"

江助理笑道："传给太太你啊！"

陈依还红着眼眶，擦着泪水，走向门口，说："不用。"

江助理跟在身后，看着陈依纤瘦的背影，一时分不清太太有没有原谅老板，反正他该做的事已经做了。

如果老板最后留不住太太，那也没办法了。

毕竟未经他人苦，莫劝他人善。

出去后，江助理把陈依送回了市中心的复式楼，走之前还看了陈依一眼，陈依的眼眶和鼻子还有点儿红。她摸了摸鼻子，说："没事，你赶快去，他来了，我就好了。"

她的意思是能收拾好自己，不会让闻泽辛看出什么的。

江助理这才放心地走了。他是真没想让老板知道他泄露了那么多过去的事。丽姐看着江助理走后，上前扶着陈依，也好奇江助理把太太带去哪儿了，为什么太太回来后眼眶会红？但是丽姐不敢问。

她只是轻声说："太太要不要先洗个澡？"

陈依回过神来，点头道："好的。"

丽姐笑了笑："那我们上楼。"

说着，她就扶着陈依上楼。陈依洗了个热水澡后全身舒服很多，也放松很多，鼻头和眼眶的红也不明显了，反而是脸颊被热气熏到泛红。丽姐帮她擦着头发时，门外传来了车声。

陈依起身走出去，低头往下看去。

闻泽辛推门进来，穿着黑色衬衫跟长裤，还打着领带，看起来很正式。他抬起眼眸看过来，略微愣住。

陈依洗完澡，穿着柔软的杏色睡裙，肌肤还泛着少许热气，十分柔弱，十分诱人。

闻泽辛看了许久，眼眸里闪过渴望之色。

435

但是他没什么表情，将领带解下来，随即挂好，说："我去给你擦吧？"

陈依居高临下地看着他，没应。

丽姐却非常识相地把毛巾放在栏杆上，偷偷跑了。

闻泽辛笑道："丽姐跑了，没人帮你擦了，只能我来。"

说着他走上台阶，来到二楼，捞过毛巾，站到陈依身后。陈依握着栏杆，闻到了他身上的酒味。

她垂眸，心跳突然有点儿快。

闻泽辛抓起她的头发，一下一下地擦拭着："脸上搽药膏没？"

陈依："还没。"

她的声音有些小，也有些柔。

闻泽辛停顿了一下，随即才又继续："先吹干，然后我帮你擦药膏。"

说着他收起毛巾，搂着她的腰往主卧室里带。

进去后，闻泽辛准确无误地找到吹风机，但是没有看那个懒人沙发跟床，只专注在陈依的头发上，呼呼呼的风声响着。陈依面对着他，看他一眼，突然问道："你知道床单的颜色吗？"

闻泽辛垂眸看着她："你问这个做什么？"

陈依："你回答我一下。"

闻泽辛没有回头去看床，揉着她的头发："一个床单颜色有什么好问的？"

"是吗？是因为你进门就没看过床吧？"陈依点了出来。

闻泽辛动作一顿："有什么好看的？"

"你是不敢看？"陈依又问。

闻泽辛挑起她的下巴，垂眸看着她："你今晚这么多话？我去拿药膏，你坐着。"

说完他关了吹风机，转身走进浴室里，拿出两瓶药膏，来到她跟前，挑起她的下巴，仔细地搽着。

"剩下三条了，估计明天能全好。"他说道。

陈依拿起小镜子看："嗯。"

闻泽辛按了一下她眼角的乌青痕迹说："这个应该也快好了。"

陈依点了点头："嗯，应该就这一两天。"

"药效好。"

闻泽辛合上药膏的盖子，揉了揉她的耳垂，轻轻地把吻落在她的头顶，说："那就早点儿睡。对了，明天有空吗？"

陈依顿了顿，回道："有。"

"我让江助理来接你。"

陈依也没问去哪里，只说："好。"

"晚安。"他又在她的额头上落下一吻，转身走了出去。陈依捏紧手里的小镜子，看着他高大的背影下了楼梯，眯了眯眼。

她在房里又坐了一会儿，起身走到房门口往外看，可以看见那辆黑色轿车并没有离开。他肯定也没有走。

陈依喊了一声丽姐。

丽姐哎了一声，跑上楼梯："太太？"

陈依靠着门，说："你晚上看看先生是不是一直在门口待着。"

丽姐立即道："我估计有可能，前晚先生不是也在吗？我看监控看到的，不过先生这身体能这样熬吗？"

陈依转身走回床边坐下，说："能吧，他不怕死。"

说完，她躺下了。

丽姐看她想睡了，赶紧上前给她拉好被子，说道："想要伤好，睡眠充足很重要，太太别想那么多，先生皮糙肉厚的，熬几天没事。"

陈依："嗯。"

不一会儿，丽姐走了出去，顺带关上门。

陈依躺着看着天花板，实际没有半点儿睡意。如果他明天提离婚，她要答应吗？她真的有很长一段时间脑袋都被想离婚的念头占据着，直到去了会城她依旧没有放弃，甚至想过用给他"戴绿帽"然后公之于众的方式，逼迫他离婚。

可是他那个态度，恐怕即使她给了他一顶绿帽他也不一定放手。再后来，又发生了那么多事情，遇到危险时，她第一个想到的人是他啊！

陈依遮着眼睛，就这样发呆到深夜。

门外，黑色轿车停着，闻泽辛靠着椅背闭目养神。江助理坐在驾驶位上，看着复式楼，心想：太太真的没有表示啊！

她是不是打算顺势而为？第二天，丽姐起身做早餐时，门口的轿车才开走。七点半陈依就从房里出来了，丽姐一看，问道："太太怎么这么早？"

早？

她昨晚根本没睡着。

437

丽姐上楼去扶陈依，结果一看，说道："哇，太太，你的脸好了。"

她脸上只剩下眼角一点点的乌青痕迹。

陈依抬手摸了摸脸，转身回去看镜子，真的，脸上那三条指甲划痕淡得看不见了，乌青痕迹也只剩下小指甲盖那么小，用遮瑕膏完全可以遮住。

陈依顿时来了精神："丽姐，我想上个妆。"

"好啊好啊，我帮你。"丽姐不怎么会化妆，但是可以给陈依拿工具啊，毕竟陈依现在只剩下一只手能用。

陈依勾了勾嘴角，走向化妆室。

丽姐跟着。

陈依上了一个很淡的妆，主要是用遮瑕霜把那点儿乌青痕迹遮住。

"漂亮。"丽姐看着镜子里的陈依，不知是不是药膏的关系，总觉得太太的肌肤又白了一个度。

陈依笑了笑起身，说："那换条红色的裙子吧。"

过年要喜庆啊。

丽姐："哎，好的，先生给你买了不少红色的裙子，挑一挑。"

接着她顿了顿，说："先生的车子早上六点多走的。"

陈依看着镜子顿了顿，嗯了一声。

换好裙子，下楼吃了早餐，陈依便坐在沙发上看书。看得眼睛累的时候，她拿起手机刷了一下朋友圈，结果发现江助理一连发了十几条朋友圈，而且没什么实际内容，像是想引人注意而已。

常雪很好奇，回复江助理的朋友圈。

常雪："江辰，你怎么回事？你这是故意引谁看啊？一大早的，全是你的信息，啧啧，春心萌动了？"

江辰："我的信息这么正经，哪儿像春心萌动？@陈依，是吧太太？"

陈依瞬间明白，这是给她看的，他想知道她现在是什么打算。她没有回复，放下手机继续看考试资料。

吃完午饭，陈依上楼去了书房。书房里还保留着电脑、打印机等设备。只是确实泛着一股冷清味。陈依看着光洁的桌面，脑海里浮现闻泽辛在这里办公的画面。她顿了顿，转身出去。

下午三点左右，江助理的车开到门口，陈依穿了件黑色长外套，提着一个小包从楼上下来，走向门口。江助理给她打开车门，欲言又止，最后全化成一声叹息。

车子启动，今天居然没有太阳，天空灰蒙蒙一片。

江助理又从车内后视镜里看了陈依好几次，但很多话到嘴边又什么都没说。都是成年人了，该说的他已经说了，只能说老板没有那个福气。

车子来到闻氏旗下的子公司门口，这家公司是闻泽辛主要用来打理闻氏旗下生意的，负责公关。

陈依上楼，长外套衬得她身材高挑，眉眼漂亮，气质又好，惹得不少人关注她。江助理推开门，请陈依进去。

陈依走了进去。

闻泽辛正在抽烟，看到她进来，赶紧掐灭烟，眼神很深沉，说道："真漂亮。"

陈依拉过椅子坐下，说："找我来公司做什么？"

闻泽辛挠了挠眉峰，偏头看一眼一旁的文件，许久才伸出手，挪过那份文件放在陈依面前。

"看看。"

陈依打开文件，第一份就是离婚协议书，后面厚厚一沓都是分割的财产明细，其中包括明利投资这个如雷贯耳的公司。陈依之前参加过投资交流会，那时只以为闻泽辛是个挺厉害的投资人，但不知道他是这家公司的老板。因为这家公司很低调，大多数人只知道名字而已，或许是因为她不在这个圈子，才会觉得神秘。

他是以赠予的方式，连同整个公司都给她，他只负责经营，股份什么的不持有。陈依拥有一票反对权。

陈依只看一眼，就抽出那份离婚协议书，看向闻泽辛。

闻泽辛抿紧薄唇，桃花眼沉沉的，没有吭声。事到如今，他依旧不打算透露他的过去，那本日记本仿佛不存在。

曾经她想离婚，他不肯，宁可拥有虚名也不肯放手。

如今他愿意放手了，无论她以后的路怎么走，无论是再婚还是恋爱他都不干涉，只给她打工，给她创造条件。

陈依也一声没吭，将那份离婚协议书放在一旁。

闻泽辛顺着看过去，问道："是有什么地方不明白吗？我让律师团的人进来跟你解释……"

陈依没搭理他，从包里拿出一份文件放在闻泽辛面前。

闻泽辛垂眸看了一眼：

婚后协议

第一条：离婚与否，陈依说了算。

第二条：婚姻存续期间闻泽辛若出轨身败名裂。

剩下的等想好后再添加，陈依暂时不想离婚，这份协议具有法律效应。

看着那句"陈依暂时不想离婚"，闻泽辛许久反应不过来。

陈依敲了敲桌子："签不签？"

闻泽辛立即拿起笔："签。"

/第十九章/

婚后协议

"闻泽辛"三个字落于纸上，闻泽辛比签任何文件时都认真，但又比签任何文件时都紧张，一笔一画带着急切之意，他又努力想要签得板正一点儿。

他放下笔，深深地看着"婚后协议"四个字说："这份协议不规范，我让律师进来重新拟定，好吗？"

陈依的耳根有些红，她当然知道自己这份协议不规范，甚至有点儿简陋。她要的不过是他的态度。

她点了点头："好。"

闻泽辛看着她，下意识地隔着大半张桌子牵住她的手。随即他用另一只手按了内部电话，对江助理说："让梁律师进来。"

江助理："哎，好。"

看来他们签完了？唉，尘埃落定，老板真的一无所有了。

身后的办公室门被推开，梁律师推了下眼镜走进来，神色严肃中还带了点儿哀伤，结果余光一扫，看到桌子上牵着的两只手。

夫妻签离婚协议还要牵手？他没看错吧？

陈依察觉到梁律师的视线，嗖的一下把手收了回来。闻泽辛放在桌面上的手一空，他看了一眼自家老婆，随即拿起婚后协议递给梁律师，说："现场拟定，我来说，你来拟。"

梁律师接过协议，看了后有些发呆。

这协议也太随便了吧。

下一秒看到老板的眼神，梁律师立即道："协议有点儿可爱。"

陈依更不好意思了，瞪了闻泽辛一眼。闻泽辛眼神深沉地看着她，随即嘴角含笑，敲了敲桌子，说："坐下。"

梁律师哎了一声，拉过椅子，又将笔记本拿出来放在桌面上，开始拟定协议。

陈依坐在一旁看着。

梁律师敲着键盘，委婉地说："太太目前只有两条协议，不打算再加点儿吗？"

他删改了一下，把这段话变得更加规范了一些。

陈依顿了顿说："我还没想到。"

闻泽辛说："加一条，闻泽辛名下所持的个人资产均归陈依所有。"

陈依立即看向闻泽辛："我要它们干吗？我又不会经营。"

闻泽辛看了她一眼，道："我经营。"

梁律师一看这份协议就知道两个人离不成，那么资产属于谁也无所谓了。他笑道："太太，老板的赚钱能力很厉害的，请相信他。"

陈依抿唇，没应。闻泽辛起身，挽起袖子，绕过桌子来到陈依身后，俯下身，手撑在陈依两边的扶手上，偏头看着梁律师的笔记本说："生育权交给陈依，她想生便生，不想生就不生。两个人吵架，错的人都是闻泽辛。"

陈依感觉闻泽辛的声音就在她的头顶，而他身上传来淡淡的香水味。两个人离得很近，他说的每句话她都听得很清楚。

就这样，梁律师删删改改，一份正式的婚后协议出炉了。经梁律师的手，这份协议具有法律效应，打印出来放在两个人跟前。

闻泽辛拿起笔，在协议上签好名，又把这份文件推给了陈依。

陈依看着满满两大页的协议，其实她最看重的是那句"离婚的选择权在陈依手里，闻泽辛只能无条件服从"，还有那句，"但凡闻泽辛出轨，身败名裂"。

至于其他的，都被她忽视了，她那只没受伤的手在下面也签下了自己的名字。梁律师接过这份协议，装订好放进文件袋里，看都没勇气看下面的其他协议。老板完全是没有一点儿家庭地位。

他合上笔记本，站起身，拿着那文件袋跟笔记本说："恭喜老板，恭喜太太。"

陈依跟着站起身，笑了笑："谢谢。"

闻泽辛手插在裤袋里，点了点头。

梁律师一把拉开门走出去，外面的江助理见状，赶紧站起来看着梁律师。梁律师故意摆出一副哀伤的表情。

江助理："……"

办公室里只剩下两个人，陈依呼了一口气，转身去收自己的那份协议。闻泽辛从身后上前紧紧地搂住她的腰。

陈依顿住。

闻泽辛嗓音低沉地道："谢谢。"

谢谢你还肯给我一次机会。

陈依："谢什么？婚后协议对你可很不友好。"

那下面新添的条款都是这个男人添的，他对自己狠得要命，所有房产都归她，以后若是她把他赶出去，他连个住的地方都没有。

更别提那些资产，她只要哼哼两声，闻泽辛连经营的权力都会被剥夺。闻泽辛俯身，蹭着她的脸颊说："那点儿协议算什么？"

他原本以为要失去她了，谁知道峰回路转。

此刻就是让他身败名裂，这么多年的筹划满盘皆输，他也愿意。

陈依心情复杂，知道他的那些事情后，对他多少有点儿怜惜。人心软就是不好。闻泽辛捏过她的脸，说："我看看好了没。"

陈依仰头给他看："好了，看到没？"

除了还有点儿乌青痕迹，其他的肌肤都很白皙了。闻泽辛心里松了一口气："真好了，晚上可要回家一趟？"

陈依想了下说："明天再回吧。"

"好。"闻泽辛摩挲着她的脸颊，垂眸看着她。

陈依被他的眼神看得有点儿不自在，想低下头，闻泽辛又把她的下巴抬起来，说："我吻一下可以吗？"

即使两个人不谈离婚了，他的小心翼翼多少还在。

陈依点了点头。

下一秒，温热的薄唇就落了下来，将她堵了个结实。她今日穿着黑色外套、红色裙子，依旧把腰掐得很细，闻泽辛的大手按着她的腰，那力道让陈依整个人扑在他怀里。他结结实实地搂着她，撩开她的发丝，偏头把吻落在她的脖颈上。

舌尖滚烫，闻泽辛眼眸猩红。

443

陈依被吻得气喘吁吁，仰着脖子。

就在她以为这人会乱来时，闻泽辛却停下了，他咬着她的嘴唇，含糊地道："先送你回去，还是你要在这里陪我？我等会儿要见个人。"

陈依眼眸里含着水光，看着他道："我先回去吧。"

"好。"

说着，他揽着她的腰，拿了她桌子上的包，一把拉开门。江助理在外面候着，一看到人出来，赶紧收敛脸上的笑意。

闻泽辛看了江助理一眼："我送太太回去。"

江助理对上老板那双眼睛，就知道他还有话要说，但是要避开太太。江助理哎了一声说："好的，老板，我在公司等你。"

闻泽辛没吭声，垂眸跟陈依说话："晚上我回去吃饭。"

陈依："嗯，我叫丽姐多做点儿。"

陈依回头看江助理："江助理一起吃吗？"

闻泽辛："他不吃。"

江助理："……"

黑色的轿车来到复式楼门口，闻泽辛下车给陈依打开车门。陈依走出来，抬头看了他一眼："你……"

她卡了一下，还不习惯这样，以后慢慢就可以习惯了吧。

闻泽辛钩了一下她的发丝，道："我可以搬回来吗？"

陈依顿了顿，随即面无表情地道："搬吧。"

说完，她一把推开他，踩着高跟鞋快速地进了屋子。闻泽辛还愣在原地，几秒后将手插在裤袋里，看着那抹高挑的身影走进去。她换了鞋子后似乎跑得更快一些。

他眉眼间带了一丝笑意，随即不知想到什么，笑意淡了些。他绕过车头，弯腰坐进驾驶位，启动车子。

车子开出小区，大约十分钟后抵达公司，闻泽辛摔上车门，走上台阶，一路抵达顶楼。电梯门打开，整个办公区域都很安静，只有一个惴惴不安的江助理。江助理咳了一声，站直身子。

闻泽辛走出去，看了他一眼，走向办公室，一把推开门。

江助理赶紧跟着进去。

闻泽辛转过身，手插在口袋里看着他："卡呢？"

江助理装蒜："什么卡？"

"别跟我装。"闻泽辛走到桌子边，拿起陈依那份简陋的婚后协议，折叠后放进抽屉里，并上锁。

江助理头皮发麻。

他就知道这件事不能善了。

"老板，你看，这不是好事吗？太太……"

哐，闻泽辛关上另一个抽屉，说："她什么都知道了对吗？"

江助理："嗯。"

老板到底还是聪明的，这么快就猜出来了。

闻泽辛转身看着江助理，眼神冷漠。江助理知道自己触了闻泽辛的逆鳞，这男人习惯了隐藏，把自己的一切摊开阳光底下，他很不习惯，所以第一件事不是奖励他，而是要拿他开刀啊！江助理按着手机，说："老板，你看，如果不是我帮了这个忙，太太肯定会答应你离婚的。到时你真想看着太太再婚吗？看着她跟别人跑，跟别人谈恋爱吗？"

闻泽辛顿了顿，眯起眼："所以你擅自拿我的卡就可以了？"

江助理头皮更麻。

日记本他也看了，是不应该，老板领域性那么强，会生气是正常的。

江助理："老板，我这不都是因为……"

"你再多说两句。"闻泽辛点了点江助理，这个时候他还不知悔改。

江助理："……"

手机这时有信息发来，江助理瞬间松了一口气，举起手机按开语音。

陈依温柔的声音传来："闻泽辛，你想干吗？你还打算怪罪江助理吗？"

闻泽辛脸色一沉，狠狠地看向江助理。

江助理微笑："老板？太太等着你呢。"

闻泽辛下颌紧绷，下一秒，夺过手机放在唇边，按住低声道："老婆，我没怪罪他。"

"那就好。早点儿回来吃饭。"

闻泽辛按着手机，指骨咔嚓几声，声音低沉地回复："好。"

江助理含笑站在不远处。

终于有一天，他们这些下属可以翻身啦！

发完语音后，闻泽辛把手机递给江助理。江助理赶紧收起笑容，接过手机。闻泽辛松开手指，抿着薄唇，看着江助理，一副"好，很好"的表情。江助理安静如鸡，闻泽辛抄起桌面上的车钥匙，走向门口，一把拉开门走出去。这个点不算晚，但是他得早点儿回去。

445

刚刚那狂风暴雨突然停止，江助理攥紧手机，像抓住救命符。没错，太太就是救命符。

他跟出来喊道："老板，那就没有一点儿奖……"

奖励吗？

闻泽辛手插在裤袋里，站在电梯门外，听罢冷笑道："你还想要什么奖励？让太太替你说话就是奖励了。"

江助理："……"

他又说："太太这么好的人，心肠那么软，她……"

"上半年奖金翻倍。"闻泽辛冷漠地说。

江助理："哎，好的，谢谢老板，谢谢太太。"

"你别老是给她发微信！"

江助理停下按手机的动作。哦，他忘记了，老板还没有从太太的微信黑名单里出来。他说道："好的。"

电梯来了，闻泽辛走进去，伸手按了电梯，一声不吭地看着电梯门关上。

江辰一看电梯下降，立即露出开心的表情，在地板上滑动。开心开心，他跟在老板身边这么久，还从没有一次这样，触了逆鳞还能全须全尾的，真难得。他得赶紧抓住太太这个靠山，同时，他也替老板开心。

这么多年来，老板没有喜欢的、讨厌的事物，连小叔用他用得顺手了，有时也用得挺狠的，老板活得不像个人。如今有太太在，他有了软肋，有了喜欢和想要争取的人，多好。

陈依进门后，脸有些红，但是心头压着的石头被搬开了。丽姐一看，也能感觉到陈依的好心情。

"太太，晚饭……"

"先生要回来吃。"陈依说。

丽姐一听，哎了一声，笑道："好，我这就去准备。"

陈依又道："你先跟我上楼一趟，把次卧整理一下。"

丽姐顿了顿，立即放下手里的抹布，"好。先生要搬回来住了？"

陈依上楼梯的脚步顿了顿，随后她说道："嗯。"

先整理次卧，再慢慢来吧，一步步走，她终究还不够主动。丽姐倒是很开心："我听说先生在外面都很难睡着。"

她曾经也觉得先生逼太太逼得太紧，却也希望他们两个人能和好，幸福美满地在一起，多好。

次卧挺冷清的，陈依让丽姐铺了冷色调的床单，闻泽辛惯来喜欢这个风格。其实现在这栋复式楼变化挺大的，跟之前是完全不一样的风格，别看只是换了几样必要的家具，但是一些小细节丽姐也无意中换了，比如收纳箱这些基本都换成了陈依喜欢的颜色。

收拾好次卧，陈依又把主卧整理了一番，不经意地腾了一些空间。丽姐看一眼那些空间，福至心灵，希望先生能看出太太的用意。

弄完后，两个人下楼，陈依坐在沙发上看书，丽姐去做饭。不一会儿，门外传来脚步声，接着，闻泽辛进门，顺手把车钥匙放在鞋柜上。

两人四目相对，闻泽辛扯了扯领口，指尖有些僵硬，大概是因为在她面前摊开了自己的过去。他来到陈依面前，俯身拨弄她的发丝："我有个请求。"

陈依看着他："嗯，你说。"

他眼底含着少许笑意："把我从微信黑名单里拉出来吧。"

陈依也勾了下嘴角："好，准了。"

"谢谢老婆。"

陈依拿起手机，点进微信的黑名单，把闻泽辛放了出来。闻泽辛垂眸看着，抬起她的下巴，在她的唇上亲了一口。

陈依脸红了一下，说："差不多可以吃饭了，你的行李……"

闻泽辛："等会儿江辰会帮我收回来的。"

"嗯。"

两个人准备吃饭的时候，江辰拖着闻泽辛的两个行李箱进门，好巧不巧，正是吃饭的时间。

丽姐见状，立即道："江辰，哎，正好，还没吃饭吧？"

江辰咳了一声，看了闻泽辛一眼，闻泽辛慢条斯理地给陈依夹着菜，没有表示。陈依含笑道："江助理一起吃饭吧。"

江辰又看闻泽辛一眼。

闻泽辛冷淡地说："太太让你吃，还推托？"

"来了——"

一阵哐哐当当后，江辰坐下开始吃饭。陈依让丽姐一起吃，闻泽辛脸色虽冷，却没驳自家老婆的面子。

于是丽姐也不太好意思但是满脸欢喜地坐下了。

吃饭嘛，人多才热闹。吃完饭，江助理把闻泽辛的行李拿上楼，看了一眼次卧，又看了一眼主卧，拿不定主意。

闻泽辛搂着陈依的腰，站在楼梯口。

他看了陈依一眼。

陈依挠了挠鼻子，闻泽辛勾了下嘴角，看江助理一眼，抬了抬下巴示意了一下。江助理立即得令，转身进了主卧室，陈依扭了下腰："我说让你住主卧室了吗？"

闻泽辛按着她的腰往自己怀里带，低声道："嗯，是我非要住进主卧室，怪我。"

陈依脸色发红，瞪了他一眼。

他肯定看到主卧室里留的那些位置了，而且衣帽间丽姐也擦洗干净了。好啦，她也白纠结了，他登堂入室，也没有什么慢慢来的过程了。

丽姐也上来帮忙收拾东西，把闻泽辛的衣服什么的都收拾好了，文件资料等都放进了书房。

二楼一下子有了人气。

江助理忙完，没有多停留，离开了复式楼。

丽姐打扫完卫生也回了负一楼，留下陈依跟闻泽辛待在主卧室里。闻泽辛解下纽扣，挽起袖子道："我帮你洗？"

丽姐一兴奋，忘记陈依手臂还没好，就这么去负一楼了。

陈依抿唇，差点儿冲到床头柜前给丽姐打电话让她上来。闻泽辛走上前，垂眸看着她，指尖轻轻地按压着她的腰部说："不碰你，你现在这样，我也不敢。"

陈依："好吧，你帮我脱衣服就好。"

有浴缸，即使是丽姐在，也只是帮忙换换衣服而已。闻泽辛点头："好。"

他转身走进衣帽间，拿了陈依的睡裙，接着推着她的腰进浴室。里面散发着淡淡的香味，闻泽辛反手把门关上，陈依背对着他，裙子后背有拉链，闻泽辛拉下她的拉链，白皙的肌肤跟展开的画卷一样，缓缓地展露在他眼前。

闻泽辛的眼神逐渐变得深沉。

接着整条裙子往下褪去，陈依扶着自己的手臂，脚踩了出去，扯过毛巾围在身上，说："好了。"

闻泽辛喉结滚动，盯着她。

陈依推了他一下。

闻泽辛挑眉，几秒后单手搂着她的腰往自己身上带。陈依惊呼一声，毛巾一下子就有些歪了。

陈依黑着脸道："你出不出去？"

闻泽辛的手停住。

陈依冷哼一声。

闻泽辛："嗯，我出去。"

他亲吻着她的嘴角："别洗太久，小心感冒。"

"好。"

闻泽辛松开她，弯腰捞起地上的红色长裙，转身拧开门走了出去。

陈依呼了一口气。她现在这个样子，像个独臂侠一样，他还想干什么？！她转身走向浴缸，坐了下去，手臂放在外面，不过腰部的地方被他揉得有点儿滚烫。

门外，闻泽辛把陈依的长裙扔在洗衣收纳箱里，扯了扯领口，又解了两颗扣子，靠在桌子上看着浴室门。

大约半个小时后，陈依套上黑色的睡裙，随即拧开浴室门，站在门口朝他伸手："给我扎头发。"

刚刚穿睡裙的时候把头发打散了，她还没洗脸。

闻泽辛站直身子，随后从裤袋里拿出一个橡皮筋，单手转过她的身子。陈依愣了一下，问道："你怎么有橡皮筋？"

闻泽辛："你的，之前掉在酒店里的。"

陈依："什么酒店？我哪里去什么酒店了？"

闻泽辛："投资交流会结束后，聚餐那个酒店。"

陈依："你一直留着它，还时时刻刻放在口袋里吗？"

闻泽辛顿了顿，回道："嗯。"

陈依："……"

闻泽辛手艺一般，随意扎了一下。陈依走到洗漱台边，说："给我挤一下洗面奶。"

闻泽辛拿起那瓶蓝色的洗面奶，挤好以后，给她的脸上弄了点儿水，然后给她搓着。陈依闭着眼睛，他深深地看着她，眼眸含笑。

接着他用洗脸巾给她洗掉那些洗面奶，弄好后，捧着她的脸，在她的唇上重重地印下了一吻。陈依推他的肩膀："你洗澡吧。"

"好。"

半个小时后，闻泽辛从浴室里出来，陈依正靠着床头看书。闻泽辛走过去拿走她的书，搁在床头柜上，说："睡了，明早再看。"

陈依看他一眼，嗯了一声，随即躺下。闻泽辛从另外一边上了床，一把将她抱在怀里。

他穿着浴袍，袒露着胸膛。

陈依下意识地往他的脖颈间蹭去。闻泽辛挑眉，随即翻过身，从身后抱紧她。两个人都有些安静，因为这是很难得的温馨时刻。陈依的手搭着他的手臂，被他抓在手里，陈依便捏着他的手把玩。

他任由她玩，偶尔轻笑几声，那是全然的放松神态。

玩着玩着，陈依困了，在他怀里睡了过去。

闻泽辛却没那么快睡，指尖钩着她的发丝，发着呆，但愿明天醒来不是一场梦吧。

渐渐地，闻泽辛的呼吸也变得均匀了。第二天，陈依是在一个很温暖的怀抱里醒来的，不单单是温暖，还有点儿滚烫。她觉得是两个人盖的被子太厚还是怎么回事？为什么闻泽辛的胸膛会那么烫？她想要转身，却被闻泽辛搂得紧紧的。

接着他埋在她的颈窝里，囚着她。

陈依感觉脸颊跟颈窝被他贴得滚烫，愣了一下，用手触碰了一下他的额头。

这男人发烧了。

她拍了拍他的肩膀："泽辛，泽辛。"

他没应，有点儿不耐烦地蹭着她的脖颈，手臂狠狠地将她压住，而且还会不由自主地避开那只受伤的手臂，可就是不放开她，像有点儿烧糊涂的样子。陈依拍打了他几下，他不肯松手，陈依没有办法，只能伸手去够一旁的手机。

她够得很艰难，终于够到了。陈依推他的脸，他皱着眉，又把她给抱了回来。

陈依赶紧拨打了丽姐的电话。

"丽姐，你上来一趟，房门反锁了，你拿备用钥匙开一下。"

丽姐愣了一下，随即什么都来不及问就跑上楼，又跑去书房里面找备用钥匙，费了一翻功夫才找到，赶回来拧了一下门锁，猛地推开门。

看到床上抱在一起的两个人，丽姐老脸一红，正想问"太太您这是干吗呢"？陈依就说："丽姐，你给江辰打电话，让他请梁医生过来。"

丽姐脸上的红晕一下子退去："怎么了？"

"闻泽辛发烧了。"陈依按了一下男人的额头，烫得她都觉得自己像在火上烤一样。

"啊？好。"丽姐立即拨打江辰的电话，跟江辰说了一声，也才发现问题，那就是太太似乎被先生抱着，没法动弹。

丽姐走上前去："太太，先生……？"

"他可能烧糊涂了，不让我走。"

丽姐："……"

二十分钟后，江辰带着梁医生进门，一看这场景也愣了一下。陈依多少有点儿不好意思，但是没办法，只得低声道："他一直抱着我。"

梁医生看了一眼，叹了口气，走上前，随即拿体温枪测了一下："发高烧了。"

陈依："嗯，能感觉到。"

梁医生看了江辰一眼。

江辰说："这段时间老板确实没睡好，前半个月一直在应酬，公司开年会，还有各种事情要打点，他又惦记着在会城的太太，一个人掰成两个用。后来他去了会城，然后从太太出事到现在，一根弦一直紧绷着，还有可能是下了决心要跟太太离婚，也很耗费心神，所以……"

按老板的性格，他又是什么事都隐忍下来的，尤其是刘月娥那事情。

梁医生的脸色黑了起来："嗯，这婚真离了，估计他这条命也就没了。"

江辰："可不是！"

陈依的心头震了几下，她看一眼已经睡着的闻泽辛，可惜他即使睡着了也不肯放开她。她对梁医生说："梁医生，你赶紧给他看看吧。"

昨晚也没什么啊，他怎么就发高烧了？

梁医生点点头，走上前看了一眼，说："我看他昨晚睡得很好。"

陈依："嗯，是睡得还行。"

梁医生笑看陈依一眼："跟你在一起，他才能这样。"

陈依的脸微红。

梁医生让丽姐准备一杯水，拿吸管喂给闻泽辛喝，又拿了药给陈依，希望她能喂进去。陈依单手拿着药，推了他几下，小声地喊了几声。

闻泽辛半睁开眼，眼眸里一片血丝："嗯？"

他醒了。

陈依瞬间松了一口气，说："你发烧了，吃药吧，还有，放开我。"

闻泽辛这才发现其他人，视线扫过去，眼神冰冷。他大致了解情况后，乖乖地张嘴，陈依赶紧把药塞进他嘴里。

丽姐上前，拿吸管给闻泽辛。闻泽辛喝了几口温水把药吞进去，搂着陈依的手臂也松了很多。陈依赶紧往旁边挪了挪，挪了几下，突然看向闻泽辛："你刚刚是不是做噩梦了？"

尤其是刚刚他一直抱着她的时候，那种抱是不太正常的，像是抓住浮木一样。

闻泽辛顿了顿，嗓音低哑地说："没有。"

他撑起身子，扶着她的腰，让她坐起来。陈依有点儿不信地看着他。闻泽辛捏了捏她的鼻子，说："赶快洗漱去。"

陈依翻个白眼，转身下床。

丽姐赶紧上前扶着她。

闻泽辛见她这样，笑了一声，只是声音嘶哑，有另外一种磁性。随即他靠着床头，对梁医生说："我问题不大，你先回去吧。"

梁医生直接挪过一旁的衣架，准备给闻泽辛打吊瓶，谁知道不小心碰掉了陈依的外套。闻泽辛变了脸色："捡起来！"

那语气吓得梁医生愣住。

江辰赶紧扑过去将那外套捡起来，拍干净了放在一旁的椅子上。梁医生站直身子，看着闻泽辛，指尖点了点，气得牙根发抖："行，不跟你计较。"

"你刚刚就是做噩梦了。"梁医生点出真相，走过来挂好吊瓶，说，"梦到她离开你了吧？"

闻泽辛脸色阴沉，手搭在床头柜上，骨节修长分明，梁医生入针，他面不改色，确实是做噩梦了，梦到她嫁给别人了。

梁医生给他弄完后，说："放轻松，现在一切都好了。"

闻泽辛没应，揉了揉太阳穴。

梁医生站直身子，调试吊瓶。闻泽辛看着门口，浴室门打开，陈依带着一脸水汽出来，旁边跟着丽姐。她穿着睡裙，往这边走来，俯身看着闻泽辛："好点儿没？"

闻泽辛看着眼前女人漂亮的脸、柔美的唇瓣，眼底那点儿起床气还有烦躁消失。他捏捏她的下巴，笑着看她："好多了，你下去吃早餐，该干吗干吗。"

陈依没应他，仰头看向梁医生："梁医生，他能吃东西吗？"

"不可以哦，输完液再吃。"

陈依点了点头："哦，好的。"

陈依看着闻泽辛："那我下去吃了。"

闻泽辛嘴角含笑道："嗯。"

陈依起身，跟着丽姐出去。闻泽辛看着她的背影，随即收回视线。梁医生看他一眼，啧啧一声："看看这变脸的速度，还没见过你这么温柔的样子，我鸡皮疙瘩都起来了。"

江辰在一旁说："老板，我发个视频给你。"

闻泽辛看他一眼，拿起手机，点开了看，正是刚刚他紧抱着陈依的视频。说真的，有那种无助的感觉，非常明显，陈依刚刚是当事人，可能没什么感觉，但是从第三者的角度看来，闻泽辛完全是把陈依紧紧地搂在怀里，而且明显是在害怕。闻泽辛看了几眼，关掉视频，将手机扔在床上，面不改色。

江辰说："我顺便发给太太。"

闻泽辛抬起眼眸："你敢？"

江辰丝毫不怕："我觉得太太也会想要保存老板的这种视频的，难得一次……"

"江辰！"闻泽辛眯起眼。

这时，陈依探头进来，说："什么视频啊？"

江辰转头一看："太太，关于老板的视频，你想不想要？"

陈依点头："想啊！"

江辰看向闻泽辛。

闻泽辛咬牙切齿地道："想……就给啊，看我做什么？"

"好的。"江辰立即操作起来。陈依的手机放在房里，响了一下，她也顺势走了进来。闻泽辛拉住她的手，问道："怎么上来了？"

陈依笑道："来拿手机，我昨晚跟我爸妈说今天回去，怕他们现在在等。"

闻泽辛摩挲着她的手背，说："我下午陪你回去。"

陈依扫了一眼那吊瓶，再看他这张有些苍白的脸，说道："等你好些再说，也不急这一两天。"

闻泽辛停顿了一下，说："我没事。"

"对，你每次都说你没事，今年你上几趟医院了？你招呼我几次了？"梁医生在一旁听不下去了，翻了个白眼，嘲讽道。

江辰在一旁狂点头。

陈依定定地看着闻泽辛。

闻泽辛的下颌紧了紧，如果陈依不在这里，他早就冷脸了。陈依抽回手，点了点闻泽辛："嗯，你听梁医生的，我也听梁医生的。"

在一旁被点名的梁医生瞬间觉得自己高大很多，咳了一声说："太太，我用我的医术保证，闻二少明天就可以陪你回家了。"

"谢谢你，辛苦了。"陈依微笑道。

梁医生："为人民服务。"

陈依看了闻泽辛一眼："你好好休息，我下去吃早饭了。"

"嗯。"闻泽辛点头。

陈依转身出去。

她一走，闻泽辛就冷冷地看了梁医生一眼，倒是没说话，就是令人瘆得慌。梁医生闭嘴，安静地调试输液瓶。

江辰低声说："老板，其实我们也是为你好，你这个性子吧，又不肯示弱，太太这边肯定什么都不知道的。"

所以他才发那个视频给太太，就是让太太看看老板有多在乎她，也好增加一下老板在她那里的可怜度。

老板这样的人没有人帮一下，恐怕真的会把自己逼死。陈依回到楼下，丽姐端了牛奶跟煎蛋还有肠粉上来，知道陈依喜欢吃，丽姐专门去学的，小小的铁盘子就可以蒸一份，一个人吃刚好，新鲜出炉。陈依吃得眯起眼，说："我好久没吃过这么好吃的东西了。"

"是吧？嘿嘿。"丽姐非常有成就感。

陈依点了点头。

在会城她也吃过，不过做法不一样，还是丽姐做的更好吃一些，毕竟是按着她的口味调的酱料。陈依说："回头我也学了去会城那边自己做。"

丽姐一听，便说："太太，我还是跟你一起去吧。"

她跟去也放心，而且那边离她儿子的大学更近一些。陈依笑了笑，看着丽姐，这次倒没拒绝："到时候看。"

陈依喝完一大杯牛奶，靠着椅背，拿起手机给廖夕跟陈庆发微信，大意就是有事耽误了，得明天才过去。

陈庆："行吧，我跟你妈这个年过得没滋没味的。"

廖夕："就是，事务所怎么回事，连个假都不放？"

陈依："没事，明天就能见面了。"

廖夕："嗯，对了，闻二少回来吗？"

看到闻二少这个称呼，陈依愣了下神，随即笑着编辑消息。

陈依："回。"

廖夕："好。"

发完微信，陈依才想起江助理发的视频，点开来看。视频画面清晰，闻泽辛抱着她，眉心皱着，好几次把她拖回怀里，鬓角竟然出汗了，那样子像是被噩梦缠着一样。这时，丽姐从厨房里出来，说道："对了，太太，你有没有发现先生早上不肯放开你的时候，像是做了噩梦啊？"

陈依抬起头看了丽姐一眼。

丽姐擦了擦手，上前收拾说："我儿子高考那一年也经常这样，梦到自己考试没考过。他那个时候最在乎的就是成绩了，所以日有所思，夜有所梦，半夜都因为噩梦而惊醒，有一次还抱着刚发下来的试卷，那时我跟他爸真的吓一跳。

"所以先生是不是梦见你了，才抱那么紧的？"

闻泽辛抱得那么紧，恐怕在梦里发生的都是坏事，是他害怕的事情。陈依又看了一眼视频，说："可能。"

江助理恰好发信息来。

江助理："太太，老板这噩梦恐怕不是梦到离婚就是梦到失去你了。"

陈依没回。

她又看了一遍视频，越看也越能感受到闻泽辛那种害怕。

丽姐问道："不知道江辰跟梁医生吃过早饭没？"

陈依说："我上去问问，没吃的话我让他们下来吃。"

丽姐："好嘞！"

陈依起身上楼。她早上没换裙子，还穿着睡裙，布料柔软舒服。她走到主卧室门口，就听到江辰在跟闻泽辛说工作的事情，梁医生靠坐在窗台上。陈依走进去，问道："江助理、梁医生，你们吃早餐没？"

房里说话的声音停了。

江助理转头笑道："太太，我没吃。"

梁医生矜持地说："我也还没有。"

大过年的大家都在家里睡懒觉，丽姐这电话一去，他们马上就跑来了，哪儿还有时间吃啊？

陈依微笑："那你们先下楼吃早餐吧。"

"好的，谢谢太太。"江辰转身就走，也不看闻泽辛的脸色了。梁医生也效仿，这家嘛，太太说了算，老板算什么？

他们一走，房间就安静下来，闻泽辛放下手里的文件，拍了拍床边的位置。陈依笑了笑，走上前爬上床，往闻泽辛那儿去。他揽住她的腰往身边一带，陈依就靠坐在他的身侧。闻泽辛单手揽着她的腰，捏了几下道："吃什么了？"

陈依侧头看着他笑道："肠粉。"

闻泽辛笑了笑："是吗，好吃？"

陈依："嗯，好吃，可惜你现在没得吃。"

"我不急。"他笑道。

有胃病的他吃东西还不急，陈依无语，用没受伤的那只手理了理闻泽辛的浴袍领口，说："不能不急，以后早中晚得定时吃。"

闻泽辛垂眸看她的动作，眼底含笑："好。"

陈依仰头看着他："刚刚你们还谈工作呢？"

闻泽辛点了点头："谈了一点儿，你进来不是打断了吗？"

他正在输液的那只手伸过来，拨弄她脸颊边的发丝。陈依抓住他的手，把他的手按了回去："老实点儿。"

她余光一扫，也看到了床头柜上的文件，一时不知该怎么说。他对吃饭啥的不怎么在意，对工作倒是尽责，这个时候还看文件。

闻泽辛见她看着文件，伸手把文件翻个面，说："只是谈点儿小事情而已，年后闻氏要发布新产品，公关这块得跟上。"

陈依："哦，那你今天不能老老实实地休养吗？"

闻泽辛挑眉。

许久，男人低沉的声音响起："好，听你的。"

门外，两个偷听的人对视一眼，心满意足地离开。终于有人压得住老板了，太太真棒。下午，闻泽辛的烧退了些，输液还在继续。陈依靠在他怀里看着材料书，闻泽辛垂眸看着她，说："你自己看得这么入迷，却不让我看文件？连手机都给我没收了？"

陈依拿笔记着笔记，说："你是病人，我健康，你没法跟我比。"

闻泽辛："……"

丽姐端着水果进来，一听这话，没忍住扑哧一声笑了。闻泽辛抬起头看她一眼，丽姐笑了笑，把水果放在床头柜上，退了出去。

闻泽辛搭在陈依腰上的手松开，伸过去叉了一块火龙果递给陈依。陈依低头咬住，说："今年要一起考。"

闻泽辛："嗯。"

陈依："累啊！"

闻泽辛揉了揉她的后脑勺："累就别干了。"

陈依没理他。

四点多，梁医生上来给闻泽辛拔针头，陈依趴在闻泽辛的大腿上睡着了。梁医生一进门正想说话，闻泽辛指尖往唇上一放，嘘了一声。

梁医生蹑手蹑脚地走过来，低头给闻泽辛拔针，压低嗓音道："如果你还要命的话，这段时间最好多休息。"

闻泽辛指尖顺着陈依的头发，有些敷衍地应着。

梁医生："你要是先死了，让她怎么办呢？"

闻泽辛动作一顿。

梁医生又道："做人不能那么自私，你给了她那么多产业，没有你打理，就算请了别人帮她打理，可是你觉得她真能一生无忧吗？

"人心隔肚皮，你请的人肯定没有你做得好。"

闻泽辛垂眸，看着睡得很熟的女人，许久后说："我知道了。"

梁医生点头："这就对了。"

他合上医药箱。那一年闻泽辛在缅甸出事拖着一身伤回来，是他父亲医治的，后来他就跟闻泽辛成为好友，也成了闻泽辛的私人医生。

这些年看着他浮浮沉沉，确实不容易，所以即使这个好友脾气阴晴不定，梁医生还是很有善心地继续跟他当朋友。

闻泽辛看向门口的江辰，指尖抬起来点了几下。江辰点头明白，送梁医生回去。闻泽辛又道："顺便让丽姐上来。"

"好的。"

江辰叫了丽姐一声，丽姐立即上前。

梁医生留了药给闻泽辛，跟着江辰往外走。丽姐跟他们擦肩而过，小心地走进去看着闻泽辛。

闻泽辛说："把房间打扫一下，散散味道，窗帘也重新收拾，还有衣架，换了。"

丽姐反应过来，先生的老毛病又犯了，点了点头，哎了一声。

而她身后的两个人对视一眼，愤恨地咬牙。他们俩前脚走，他后脚就让人打扫，说不是嫌弃他们两个才怪！

江辰："唉。"

梁医生："呸。"

/ 第二十章 /
我把自己赔给你

陈依醒来的时候，夕阳已落下，余晖透过窗户打进来，落在窗台上。她迷迷糊糊地看到闻泽辛在看文件，"你……"

声音一出，闻泽辛立即放下文件，抬起她的下巴："醒了？"

接着他扶着她的手臂让她起来，陈依看了一眼文件，说："嗯，偷偷看。"

闻泽辛低笑一声说："就看几行，还没看多少呢。"

陈依瞪了他一眼。

他大手用力，搂着她的腰往身上带。陈依翻身去拿手机，一看，五点多了："江助理跟梁医生都走了？"

"嗯。"

陈依："你退烧了？"

"退了。"

陈依点了点头，还有些迷糊地下了床。闻泽辛跟着下床，随即走过去搂住她，说："再眯一会儿？"

陈依打了个哈欠，摇头："不了。"

闻泽辛点了点头，俯身去拿床头柜上的电话，给楼下的丽姐打电话："上来收拾一下房间。"

刚刚陈依在睡觉，闻泽辛只吩咐了丽姐打扫，但没让她立即弄，怕吵到陈依。陈依看闻泽辛一眼："干吗打扫呢？"

闻泽辛放下话筒，上前揽着她的腰说："今天房间里人杂。"

陈依："哦。"闻泽辛笑了一声，揽着她出去。丽姐提着打扫的工具上来，还穿了一套防尘服，杜绝在主卧室里掉一根头发。

陈依愣了愣："丽姐，你这……？"

丽姐看一眼闻泽辛，看着陈依笑道："太太，楼下煮了糖水，下去喝吧。"

陈依："哦哦，辛苦你了。"

"不辛苦，应该的。"丽姐说完就进了主卧室。陈依看了一眼，又看了一眼闻泽辛，说："他们都惯着你的臭毛病。"

闻泽辛没吭声，揽着她下楼。

两人下到一楼，外面大片的阳光打进来，落在客厅里。闻泽辛把陈依带到沙发边，陈依坐下来，有些舒服地往后靠去。

脖颈有点儿酸痛，她拿起沙发上的考试资料开始翻看。

闻泽辛捏了她的脖颈几下，问道："吃点儿水果？"

陈依摇头："不吃。"

闻泽辛又给她按了一下，随即俯身低声道："我今晚给你做饭吃。"

陈依愣了愣，转头看他。闻泽辛揉了揉她的头发，走向厨房。他中午洗漱了一下，换了白色衬衫跟黑长裤，站在厨房门口挽起袖子，从餐桌上拿起让丽姐买的菜转进厨房。陈依目测那袋子里的菜不是什么牛排。

难道他学会做中餐了？

陈依收回视线，继续看着考试资料，偶尔分神去听厨房的动静，只听得刀落在砧板上的声音。

又过了一会儿，陈依合上书，起身走向厨房。他的腕表跟婚戒放在柜子上，陈依看了一眼，便进了厨房。

闻泽辛正在处理牛肉，要炒一道陈依经常吃的青椒牛肉。他的手骨节分明，握刀姿势还蛮帅的，陈依悄悄站在他旁边偏头看着。

闻泽辛切完了牛肉，偏头看她一眼："别进来，油烟味重。"

陈依："我平时自己做，也有油烟味。"

闻泽辛轻笑一声，拿过青椒开始切。

他问道："这个喜欢吗？"

陈依："嗯。"

从读书时她就喜欢，高中的时候去食堂必点，还有一个小炒肉也很喜欢。

她眼睛一扫，果然看到旁边有五花肉。

459

陈依："……"

准备好菜了，闻泽辛开始炒。他调了下抽油烟机，但是按错了，陈依帮他按了过来。闻泽辛笑了一下，看了她一眼。

陈依说："我很怀疑你行不行。"

闻泽辛挑眉，拿下锅铲，说："我行不行，你不是最清楚？"

陈依反应过来他是什么意思，一下子红了脸，说："我才不是那个意思，这么好的食材要是被你浪费了，怎么办？"

闻泽辛："我把自己赔给你。"

陈依没法说了。

而楼梯口，丽姐拿着打扫的工具目瞪口呆。先生居然进了厨房？还要做饭？难怪他中午叫她去超市多买一些菜，刚刚又让她先煮饭，会不会等会儿把厨房给烧了？她要不要提前报个警？

太太就这么放心吗？

先生真的变了好多。陈依厨艺很好，对炒菜这技能颇有心得。她站在闻泽辛身旁看他忙活，就是想看看要不要救场。

可是看着看着她就觉得不太对劲。

他真的挺会做饭的，香味一下子就飘了出来，而且恰到好处。男人很专注地炒着菜，手指修长地摁着炒锅，中间还夹了一块肉放在陈依的唇边。

陈依张嘴吃了。

"如何？"

陈依："软。"

"嗯。"

他继续炒。

"跟高中那会儿的味道相比如何？"

陈依："自然是你的软一些，食堂的饭菜能有这么软吗？肉不要硬邦邦的就行了。"

闻泽辛挑眉："对，我还记得你咬到一块排骨，可把你给高兴死了，说牛肉里吃到排骨，这一周考试要前进五名以内，然后你倒退了十五名。"

陈依难以置信地睁大了眼睛："喂。"

闻泽辛低下头，亲了一下她的嘴唇，说："多可爱。"

陈依："……"

闻泽辛拿起碟子把菜舀出来，接着转过身子敲了下冰箱，让站在外面发呆的丽姐过来端菜。丽姐赶紧上前接过菜，一看色香味……味还没尝到，但是色香是占了，先生这真是深藏不露啊。"

第二道菜也是青椒小炒肉，五花肉切得极小，陈依看着说："是有点儿当初食堂的味道了，不过那会儿味道经常很咸。"

但是咸才下饭啊，所以这道菜那时在食堂里算是明星菜。

闻泽辛炒完这道菜，递给丽姐，接着走到洗手台边低头洗手边说："丽姐，你补一个汤跟青菜出来。"

丽姐："好的。"

闻泽辛拿了毛巾擦手，随后牵着陈依的手走出去。

丽姐动作很快，因为本身汤就熬着的，端出来就行，青菜也有现成的，丽姐做着做着发现了一个问题。

先生做的那两道菜都是太太特别喜欢吃的，他可能压根就没学别的菜系。

于是，陈依喊丽姐一起吃饭时，丽姐拿着筷子，碰都不敢碰那两道太太喜欢吃的菜。

陈依直接给丽姐夹了一筷子菜。

丽姐下意识地看了先生一眼。

闻泽辛嘴里嚼着饭，眼神冷淡地扫了过来。

丽姐真是心惊胆战，幸好太太在。

不得不说，先生做的这两道菜真的不错，有水平。陈依也多吃了一碗饭，闻泽辛拿纸巾给她擦了擦嘴角，说："喜欢下次再给你做。"

陈依："嗯，你呢？你喜欢吃什么？蒸排骨还是什么？"

闻泽辛顿了顿，说："你做的都可以。"

陈依支着下巴，想了下说："我记得你高中的时候很喜欢吃猪排。"

闻泽辛拿纸巾擦拭嘴角，反问："有吗？"

他很久没有特别喜欢的东西了，包括菜，高中那会儿的事也忘得差不多了。陈依看他一眼，想起江助理的话，笑道："下次做给你吃看看。"

"别太辛苦了。"闻泽辛起身，拉起她的手。

虽然他不可否认喜欢她做的菜，不是对食物执着，而是她做的，他才惦记。晚上，陈依就没看书了，跟着丽姐在楼下一边聊天一边看电视。闻泽辛又去了书房，看样子是没完全放下工作。

九点半，陈依让丽姐去把闻泽辛喊出来。

陈依打算洗澡，而且发现手臂上打石膏的地方发红了。闻泽辛匆匆放下手机，走出来拐向主卧室，就看到陈依拉起袖子在那里看，还有点儿控制不住地挠着。她看向闻泽辛："痒。"

闻泽辛拉开她的手，垂眸看了一眼，说："洗完澡去一趟医院。"

陈依："是过敏吗？"

"不是，应该是石膏得换了，顺便看看伤口。"

他拉着她的手腕，走进浴室。

陈依回医院复查的时间是后天，看来得提前了。

陈依洗完澡后，他拿着车钥匙就揽着她出门，直接去了梁医生的父亲所在的医院。梁老今晚恰好值班，直接安排护士给陈依解下石膏，露出了里面的伤口。梁老看了一眼说："伤口长得还可以，我这样捏，痛吗？"

陈依摇头。

"这样呢？"梁老又戳了几下，陈依一概摇头，梁老点了点头，随即看了闻泽辛一眼，"不必这么紧张，恢复得很好。我刚刚戳她那几下，你怎么也跟着冒汗了？"

闻泽辛将手插在裤袋里，站直身子，没应声。

陈依看了他一眼。

闻泽辛上前牵起她的手，问道："要拍片吗？"

"最好拍一下，确认一下有没有长好，去缴费吧。"梁老拿单子给他，闻泽辛对陈依道："你在这里等我。"

"好。"

不一会儿，片子出来后，梁老看了很满意，也没让再打石膏，只是让她过几天再来复查，还嘱咐这段时间最好别提重物。两人回到复式楼，丽姐看到他们回来，松了一口气，又询问了一番，得知陈依的手臂已经好很多了，心里自然是开心的。

闻泽辛拽了下衬衫领口，上楼去洗澡。

陈依也上楼，拿着书靠坐在床头看。

浴室门被打开，带出里面的水汽，陈依抬起头，见男人穿着浴袍，擦着头发走出来，他从毛巾里抬起头看了她一眼。

陈依说："你怎么了？"

闻泽辛把毛巾放在架子上，走过来从另一边上床，随即把她抱到怀里："商量一下，调回B城的事务所，好吗？"

这个请求本来他是打算在签离婚协议的时候，对她提出来的，结果后来签了婚后协议，他就不敢再提了。

陈依顿了顿。

可能是受伤让他有了这样的想法。

陈依："我要调也得等做完工作，年底接了很多项目，我得负责任。"

闻泽辛收紧手臂，许久后道："嗯。"

陈依放松身体，往后靠着他，说："你可别耍手段，要是耍了，就两个月不许一起睡。"

闻泽辛："……"

他拿起文件翻看，陈依也看着自己的书。她今晚这条睡裙是刚买没多久的，领口有点儿大，她看着看着，一边带掉了下来，露出了白皙的肩膀。闻泽辛看着文件，把手随意地搭在她的肩膀上时，碰到了肌肤，顿觉手掌滚烫。

陈依愣了愣。

闻泽辛将文件挪开，垂眸看了一眼她的肩膀。几秒后，他低头吻了下去，陈依手一抖，书都捧不住了。

后来是怎么变成接吻的，陈依都回忆不起来了。他克制着要离开，陈依却傻傻地拉了一下他的肩膀。闻泽辛抵着她的额头看着她，眼眸里似含着血光，说："你拉我一下，就逃不掉了。"

说完他堵住她的嘴唇，手按着她的腰，先是慢条斯理地服务她，接着缓慢地将她按下。

陈依差点儿断气，靠着他的肩膀，渐渐地咬住他的肩膀，隐隐有泪水流出。

闻泽辛很克制，但越是克制，越磨人。

最后陈依跌在他怀里。

他搂着她，抚摸着她的长发，动作很是温柔。

陈依的嗓音很哑："我得再洗一次澡了。""我帮你。"闻泽辛说道。

第二天上午，陈依醒来时十点了。她拉了拉闻泽辛的手臂，闻泽辛抬起腕表一看，有点儿晚了。他遮了一下额头，懒懒地不想起。

陈依翻身坐起来，揪他的领口："起来了。"

闻泽辛挪开手臂，看了她一眼。

她披头散发，闻泽辛看着笑出声来："好，起来。"

两个人下床，他拉上浴袍带子，揽着她去洗漱。他难得醒得这么晚，这对他来说是很少见的。

睡眠好了，男人的眉宇也更俊美一些。

陈依从镜子里看他一眼，低头开始刷牙。

两个人从楼上下来，丽姐站在餐桌旁，看到他们，赶紧进厨房给他们端早餐。

夫妻俩落座，丽姐看了一眼外面的阳光，都照到屋里来了，这两个人才起来。

这样的情况在过去是不曾发生的，不错不错。

吃过早餐，闻泽辛给陈依穿上外套，又给她戴了顶帽子，牵着她的手出去。也许是上天眷顾，陈依手臂上的石膏也拆了，这样她不用跟家里人解释这手臂的事情。车子启动，闻泽辛在驾驶位上开车，陈依坐在副驾驶位上。

车子一路开进陈依家的小区，陈依看着这熟悉的环境，产生了亲切感。她在这里长大，离得再远这里也是家。

陈庆跟廖夕从屋里出来，一个劲地往外看，便看到黑色宾利停下，陈依从车里下来。闻泽辛从后备厢里提了礼盒，牵住她的手，与她十指交扣。保姆打开大门，开心地道：“小姐回来了。”

陈依眼里含笑，说道：“嗯，新年快乐，刘妈。”

“新年快乐。”

两个人走上台阶，廖夕想上前牵女儿的手都迟疑了一下。她看一眼陈依跟闻泽辛交握的手，又想起前段时间在陈依的房间打扫卫生时看到的一页纸，上面写满了“闻泽辛”三个字，廖夕的眼眶突然有些红。

陈庆看了廖夕一眼：“好端端的怎么哭了？”

廖夕看向闻泽辛。

闻泽辛喊道：“爸，妈，新年快乐。”

陈庆也看了一眼他们交握的手：“新年快乐。”

廖夕抿了抿唇，说：“二少这段时间辛苦了。”

她知道闻泽辛去会城找自家女儿了。

闻泽辛：“叫我泽辛就好。”

廖夕拉过女儿的手，说：“让我缓缓吧，一时改不过来。”

闻泽辛：“……”

陈庆笑了笑，上前拍了拍闻泽辛的肩膀：“开车了？那中午能喝两杯吗？”

闻泽辛嘴角含笑，点了点头：“可以。”

因为陈庆在公司上班，接触闻泽辛的时间比较长，又得知闻泽辛去了会城找女儿，而且有幸看到了他下跪的视频，跟闻泽辛要亲切一些。

刘妈在一旁看到这一幕其乐融融的场景，心里也松了一口气。四个人在沙发上坐下，廖夕虽然嘴上有点儿强硬，可是看到陈依跟闻泽辛如今在一起的那种感觉，都明白过来了，女儿苦尽甘来，她是很开心的。

她拉着陈依的手说："妈虽然没用，但是支持你。"

陈依微微一笑，嗯了一声。

她看了对面的两个男人一眼，陈庆有很多话说似的，不知在跟闻泽辛说什么，闻泽辛偏头听着，手撑在大腿上，不时点头表示赞同。

得到闻泽辛的赞同，陈庆眼里也有了光。他有时确实需要人给点儿鼓励，也许过去有人鼓励他，他今天会更好一些。

陈依勾了勾嘴角。

不一会儿，四个人开始吃午饭。陈庆要给闻泽辛倒酒时，陈依说："不喝，爸，我们等会儿要去闻家。"

陈庆顿了顿，放下酒瓶。

闻泽辛看了陈依一眼。

陈依看着他。

几秒后，闻泽辛对陈庆说："爸，抱歉，下回陪你喝。"

陈庆："哎。"

明显女婿听女儿的话啊！

廖夕在旁边也看到了，在桌子底下踢了陈庆一下。陈庆收回了腿，老实地把酒瓶递给保姆，说："吃饭吃饭。"

陈庆拿起筷子，给闻泽辛夹菜。

廖夕拿起筷子，给陈依夹菜，说："你可喜欢吃这个了。"

陈依笑了笑："嗯。"

这几年她是挺喜欢吃板栗焖鸡的，板栗焖得很熟烂，鸡肉带着板栗香，那味道别提多好。闻泽辛端起杯子喝了一口饮料，目光落在那板栗焖鸡上，说："老婆，板栗焖鸡？"

陈依看了他一眼："嗯。"

闻泽辛放下杯子，点了点头。

陈庆跟廖夕对视一眼，两个人这是在打什么哑谜？

估计他们做梦都没想到这强势的女婿在家也是下厨的！吃过午饭，闻泽辛跟陈依就准备去闻家，这时林笑儿打电话给廖夕，叫陈庆跟廖夕一起去闻家。林笑儿在电话这头带着笑意说："这么好的日子，亲家母、亲家公一起来吧，我开了个烧烤大会，缺一不可。"

林笑儿得知闻泽辛跟陈依要回闻家，加上听到了一些风声，比如婚后协议的事情，就猜到这两个人和好了。

这是天大的喜事啊，烧烤赶紧搞起来，家庭聚会赶紧搞起来啊，人多才热闹啊！

最重要的是，一家人要团团圆圆的啊！

廖夕一听，顿了下，看了看陈依跟闻泽辛，说："那……那好吧！"

林笑儿在那头掩嘴笑道："那……那我就等你们啦，叫我那狗儿……狗……不对，好儿子送你们过来吧！"

廖夕："好……"

第二十一章

陈年老醋

陈依站在一旁也听到林笑儿的话了，拽了拽闻泽辛的指尖。闻泽辛正跟陈庆说话，垂眸看来。

陈依说："妈说今天聚餐。"

闻泽辛听罢，点了点头："嗯。"

他伸手搭上陈依的腰，对廖夕跟陈庆说："走吧。"

廖夕哎了一声，匆匆忙忙地去拿了件外套穿上。陈庆擦了擦手，也有些慌乱，一转头看到女婿揽着女儿的腰下了台阶，阳光投射下来，打在他们两个人身上，闻泽辛不知在说什么，边说边拨弄陈依的头发。

陈依仰头，略有不满的样子，推开了他的手。

闻泽辛笑了笑。

虽然陈庆夫妻俩听不见两个人说什么，画面却有些美好、浪漫。陈庆心里那点儿慌乱没了，他看了廖夕一眼。

廖夕扣着外套纽扣说："依依当初嫁给他，就期待着这样一天吧。"

陈庆："是啊。"

廖夕耸了一下肩，嘴角含笑，提起小包说："挺好。"

陈庆："像不像我们以前啊？"

他接过妻子的小包，牵住妻子的手，鬓角的白发在阳光下镀了一层银似的。廖夕扫了他一眼："我们以前哪有这样？"

陈庆听罢，点了点头。

也是，陈、廖两家联姻后没多久就开始动荡，别说谈情说爱了，他就是陪廖夕去逛街的时间都没有。

也幸好她对他不离不弃。

廖夕说："依依那张写满闻泽辛的名字的纸，我找个时间，给她绣一个十字绣画框吧。"

陈庆："好。"

到了车旁，闻泽辛打开车门，按着陈依的腰把她送进去。她探头看了一眼走出来的两个人说："我爸妈也难得这样牵手。"

闻泽辛转头看了一眼，没吭声，打开后座的车门。

陈庆扶着廖夕进去，随即自己坐了进去。闻泽辛关上车门，指尖在车窗上轻敲。甚少给人开门的男人，做起这事情多了一丝帅气，陈庆多少有点儿受宠若惊。

廖夕却心想：这强势、霸道、傲气的女婿，总算像个女婿了。

闻泽辛拢了一下外套，绕到驾驶位坐进去，启动车子。天气很好，车子掉头，阳光落在陈依的脸上，她抬手遮了遮。

闻泽辛看她一眼，借着在等门卫开门的空当，拿起一顶帽子按在她的头顶。

陈依："……"

车子抵达闻家，管家带着几个保姆在门口等着，看到车子来了便眉眼带笑。闻泽辛将车开向了停车位。

陈依一眼认出停车位里有沈家的车。

闻泽辛不动声色地扫了一眼沈凛常开的那辆车。

廖夕隐约看到小客厅里的人影，问："泽辛，今天人来得很多啊？"

闻泽辛收回视线，听到这个称呼，愣了一下，握着方向盘的手紧了紧，随即眼眸含笑地道："嗯，大嫂家的人应该也到了。"

廖夕啊了一声："哦哦，沈家。"

沈家是 B 城另一个很显赫的家族，这下子廖夕有点儿紧张了。闻泽辛撩了下陈依的刘海，说道："爸，妈，不用紧张，都是家里人，放轻松便好。"

廖夕："哎。"

陈庆看着看着，也坐直了身子，低头整理衣服，不为别的，只为了给陈依一点儿体面。

四个人下车，闻颂先跟林笑儿齐齐地从屋里出来。林笑儿亲热地拉住陈依的手，笑着看她："依依，妈很想你。"

陈依嘴角含笑道："我也是。"

"走走走，沈璇也在屋里等你。"林笑儿另一只手拉住廖夕的手腕，率先带进屋。

闻颂先看一眼儿子，拍了拍他的肩膀："也算是修成正果了，要好好珍惜。"

闻泽辛将手插在裤袋里，点了点头。

闻颂先随即笑着邀请陈庆："家里进了点儿新茶，进来试试？"

"好。"陈庆微笑着点头，两位父亲走在前面，闻泽辛走在后面，阳光落在他们身上，投出的影子十分温暖。

一行人一进门，便看到沈璇坐在高脚椅上，旁边站着闻泽厉。见人进来，闻泽厉嘴里咬着雪茄，笑道："恭喜啊，弟弟。"

说着，他扔了一根雪茄过来。

闻泽辛接过雪茄，嘴角含笑，把玩两下，又扔了回去。闻泽厉挑眉："不是吧，这么快就戒烟了？"

闻泽辛踢了下椅子，踢到闻泽厉的脚下，说："你自己慢慢抽，你抽烟，沈总抽你。"

闻泽厉下意识地看向沈璇。

沈璇淡淡地看他一眼，随即下了高脚椅，走过来坐在陈依的身侧。

闻泽厉："……"

沈璇的父母也来了，都在客厅里坐着聊天。沈凛跟沈赫还有闻瑶在小客厅那边玩牌，闻瑶探头看了好几眼："那是我二嫂子？"

闻泽辛走过去，推她起来。

闻瑶笑眯眯地看向闻泽辛："二哥，最后你跪榴梿没有？"

闻泽厉哈哈大笑："估计没有。"

闻瑶点了点桌子上的牌，说："我跟你说，妈又买了一大箱。"

闻泽辛拉过椅子坐下，长腿交叠，说道："是吗？"

他看了一眼桌面上的牌。

闻泽厉也坐下来，对闻泽辛说："一起玩？"

闻泽辛挠了挠眉峰，看沈凛一眼，说："玩钱吗？不玩钱我没兴趣。"

沈凛感觉闻泽辛是在针对他，抬起头说："二少想玩，我奉陪。"

闻泽辛点了点头，放下大长腿，俯身，修长的手指抓起桌面上的牌。

闻泽厉站在一旁眯起眼，几秒后喷了一声道："闻泽辛，你来真的？"

闻泽辛："嗯。"

闻泽厉笑了一声："你不是全部身家都交给弟妹了吗？你有钱玩？"

所有人齐刷刷地看向闻泽辛，连闻瑶都震惊了。真的假的？闻泽辛把玩牌的动作一顿，几秒后，他身子往后，看向陈依。

"老婆，跟你预支点儿零花钱。"

陈依正听着几个父母聊天，一听这话愣了一下，转头看去。而此时，三家父母也齐刷刷地看着陈依。

陈依第一反应就想拒绝，她哪儿有钱？再来，她什么时候给过他零花钱？

林笑儿听罢，在一旁掩嘴偷笑："嗯，依依，给他预支，多加一百块。"

陈依这时才反应过来，闻泽辛的个人资产目前都在她这里。陈依看着那男人，说："行吧，预支就预支。"

"哈哈哈哈哈——"闻泽厉大笑。

闻瑶震惊："二哥，你以后就要过上藏零花钱的日子了吗？"

沈凛："挺好，有人给零花钱挺好。"

闻泽辛含笑说："谢谢老婆。"

随即，他看一眼沈凛，开始发牌。闻泽辛的个人资产有多少，其实连闻家父母都不知道，毕竟他跟着闻小叔做事，很多事情不能张扬。

闻家父母也从来不过问这些，所以他们签了婚后协议以后，陈依手里的资产具体有多少，闻家父母根本不清楚，他们只是替儿子开心而已。

三家父母坐在一起聊天。

莫甜对林笑儿说："陈依也算是我看着长大的，如今她跟沈璇能成为妯娌，我蛮开心的。"

林笑儿也笑道："所以我们这一家人才更亲密啊！"

这也是她喜欢陈依的地方，沈璇有沈璇的好，陈依有陈依的好，她们既是闺密又是妯娌，作为婆婆乐见其成。

沈璇拉着陈依的手臂起身，去了小阳台。

进去后，沈璇看向陈依，说："是不是觉得轻松多了？"

陈依点头："嗯。"

沈璇靠着栏杆，打量陈依，说："我比较好奇的是，在签婚后协议之前，你们发生了什么事情？"

婚后协议是闻泽辛的律师团办的，他的律师团跟闻氏来往密切，闻泽辛也没打算瞒着，所以该知道这事的人都知道了，只是律师团的人不会对外公开闻泽辛的资产。当然他的家里人也基本不会专门去挖他的个人资产有多少，闻泽辛在这方面是很自由的。

陈依看沈璇一眼，笑道："没发生什么。"

闻泽辛过去的事情，他不想往外说，她也不可能大嘴巴地说出来。她只是道："其实与其说是发生了什么事情让我转变态度，不如说是这份婚后协议给了我安全感以及对未来的希望，我对婚姻有了掌控权，所以放下一切芥蒂。"

沈璇挑眉，想了下，说："婚后协议里面是不是说以后离婚这事你说了算？"陈依笑着点头："嗯。"

沈璇："难怪。"

对婚姻有了掌控权，在这段婚姻里，陈依跟闻泽辛是平等的了。

虽然说协议上写了离婚的事全部是陈依说了算，但是以陈依的性子，她也不会无缘无故地对婚姻不真诚。相反，闻泽辛肯签这份协议，也让沈璇感到意外，看来事情在变好。

沈璇说道："嗯，我要不要引诱闻泽厉也签一份？"

陈依想到沈璇的保镖按着闻泽厉签离婚协议的那一幕，笑道："你还需要吗？"

沈璇挑眉，浅浅一笑："也对。"

她不需要。

每个人都有其对待问题以及处理的方式，只要找到适合自己的就可以了。她的行为陈依也没法复制，毕竟家庭背景等都不一样。

小客厅那边传来闻瑶的尖叫声："二哥——你怎么那么欺负人啊？！"

陈依转头一看，沈赫输得脸通红，给闻泽辛转了一大笔钱。沈凛跟闻泽辛打成平手，惨的就变成了沈赫。

连闻瑶都看不下去了，这么单纯的一个人，怎么就被欺负了呢？

沈璇的脸色沉了几分："你老公跟我哥打擂台，惨的是我弟。"

陈依顿觉脸上无光，推开玻璃门走出去，拉了一把椅子坐在闻泽辛的身侧。闻泽辛嘴里咬着一根闻泽厉给的烟，没点燃，领口敞着，指尖翻着牌，速度很快……

陈依伸手要拿下闻泽辛嘴里的烟。

闻泽辛偏头看她一眼，乖乖松口。

陈依把那根烟扔进垃圾桶，说："陈年老醋，你是打算吃多久？"

闻泽辛翻牌的动作一顿。

陈依："差不多得了，沈凛哥对我没那个意思。"

闻泽辛低声问："是不是有意思，就成了？"

陈依定定地看着他："啊。"

闻泽辛压低嗓音道："啊？"

啊是几个意思？后院的食材跟烧烤摊准备好了，保姆进来喊人："聚餐开始啦。"

保姆的声音都带着兴奋之意。

闻瑶拍拍手起身，说："太好了，终于可以开始啦，别打了别打了。"

闻泽辛扔下手里的牌，去牵陈依的手，陈依跟着站起身。闻泽辛垂眸看了一眼，"赢了挺多次啊。"

陈依："嗯。"

她点开微信，进了沈赫的页面，接着把钱转给了沈赫。闻泽辛眯了眯眼，陈依抬起头看着他："可以吗？"

闻泽辛看着她漂亮的眼睛，挑了下眉："可以啊，这是你赢的钱，你做主。"

陈依微微一笑道："那就得了。"

她往前走去。

闻泽辛垂眸看到沈赫飞快地接了钱，也顺便看了一眼陈依跟沈赫的聊天框，倒是挺干净的。

后院很热闹，三家人在一起，还有会闹腾的闻瑶，那是真热闹。上次陈依过生日，林笑儿也在后院给她过的，今天的布置跟上次是不一样的风格。管家带着几个保姆站在后面主要负责烧烤，而前面一张长长的桌子边坐满了人。

有保姆在这边给大家倒饮料，天色将暗不暗的样子，令这里格外有气氛，闻泽辛往后靠，长腿交叠，端着杯饮料看着陈依在那里按手机。

林添正在给陈依发信息，说开工的事情。

陈依跟他请假说："我可能得晚点儿过去。"

林添："行，没问题。"

闻泽辛看了一眼时间："元宵过后会不会太快？"

陈依放下手机，喝了一口饮料，摇头，随即碰了一下他的杯子，接着把两杯饮料换了过来。闻泽辛刚刚那杯凉得冒水汽，但陈依那杯不凉。闻泽辛挑眉，老实地端起那杯没有一点儿凉度的饮料喝起来，说："元宵就元宵后吧，如梦和唐立跟着你，丽姐也去。"

陈依："哦。"

林笑儿端着饮料过来，挤坐在陈依的身侧，说："干杯，我的儿媳妇。"

陈依愣了一下，笑着端起杯子："干杯，妈。"

林笑儿看一眼陈依的双手，又看一眼闻泽辛的手指，儿子的戒指戴得倒是好好的，儿媳妇的还没戴上。

她拉着陈依的手臂，低声道："妈给你们的结婚周年礼物，你看到了吗？"

陈依顿了顿，小声道："看到了。"

"喜欢吗？"

陈依笑了笑："喜欢。"

"那就好。"林笑儿也不急着让陈依戴上，只要陈依收到了喜欢就好。她看了一眼身侧的儿子，正想说话，闻泽辛却放下杯子起身，绕过桌子走向那边的烧烤摊。

他拿起桌上的豆腐串和香肠，放在摊上，旁边的保姆见二少爷过来，赶紧让开了位置。

闻泽辛一只手插在裤袋里，一只手开始翻手里的烤串。

其他人看到这一幕，愣了一下。

尤其是林笑儿："这么多保姆还不够他用啊？"

沈璇支着额头，淡淡地道："那是陈依喜欢吃的，他专门给烤的。"

说着，她冷冷地看向闻泽厉。闻泽厉后背一凉，看一眼沈凛跟沈赫，沈凛跟沈赫也齐刷刷地看着闻泽辛。

兄弟搞这么特立独行，过分了啊！

闻泽厉唰地起身，说："老婆，我也给你烤去。"

沈璇点了点头："谢谢。"

闻泽厉笑了下，为了这一声谢谢甘愿赴汤蹈火。他知道沈璇喜欢吃玉米，挑了玉米和五花肉，走过去赶走保姆，站在闻泽辛的身侧，咬牙切齿地说："什么时候学会烧烤的啊？嗯，我们家二少？"

闻泽辛淡淡地看他一眼，给豆腐串刷上烧烤酱，说："需要学吗？天生的。"

闻泽厉："……"

旁边的保姆忍俊不禁。

接着，她们就看到沈家两位少爷也来了，急忙让了位。莫甜高兴地说："终于体会到当妈的好处了。"

473

沈霄全说："嗯，当爸的好处也体现出来了，任务交给儿子就行了。"

莫甜看沈霄全一眼，冷哼一声。

陈依跟沈璇对视一眼，都笑了。

闻泽辛一共烤了六串烤串，全是给陈依的。陈依拿起来又分别分了一串给林笑儿跟廖夕还有莫甜跟沈璇。

她留下两串，给了闻泽辛一串。

闻泽辛靠着椅背，推开她的手，说："你自己吃，分那么多出去。"

他的声音虽然很低，但是让众位母亲以及沈璇听到了，几个人对视一眼，尤其是林笑儿，愤愤地咬几口烤串。

我就吃怎么了？！

沈璇似笑非笑地看陈依一眼。

陈依有些脸红，拧了下闻泽辛的手臂。这人连自家父母的面子都不给。闻泽辛垂眸，另一只手握住她的手。

陈依的手在他的掌心里挣扎。

接下来，大家一边吃烧烤、喝饮料，一边聊天。林笑儿还打开蓝牙放音乐活跃气氛，饮料慢慢地又换成了啤酒。陈依贪凉，多喝了几杯，闻泽辛一转头便看到她抱着大大的啤酒杯，眼睛亮亮的。

他挑起眉，点了一下她的鼻子。

陈依毫不客气地挥走。

闻泽辛气笑了，抱着手臂看着她。

这边林笑儿调了一首节奏比较慢的歌曲，陈依霍地站起来，其余的人惊讶地看着她。

闻泽辛变了脸色，起身拉着她的手臂。

陈依一把推开他，指着他道："别拉我，不要阻止我跳舞。"

"我今天心情好，要给大家献一支舞。"陈依自言自语，踩着高跟鞋就往空地上走。所有人都回过神来，她喝醉了。

林笑儿扑哧一声，赶紧拍手："依依，妈给你鼓掌。"

陈依站在空地上，听到这话转过身，然后鞠躬："谢谢。"

那样子又可爱又搞笑，其他人哈哈大笑。

闻泽辛看了一眼沈赫跟沈凛，这两个男人眼底都带了兴味，他的眼神冷了几分，准备把陈依直接抱走。结果他一转头，空地上的女人已经跳起舞来了。她穿着杏色长裙，往后下腰，头上的皮筋因发丝太滑，掉在地上，一头乌黑的长发垂落。

那一刻，她即使只做这一个动作，也美如画，加上后院灯光的问题，是真的好看，大家都安静下来。

她跳这舞是认真的。

接着陈依将手收回来，在胸前交叉，弯腰，停顿了几秒，接着抬起头，踩着高跟鞋换个位置，踢腿，手放回跟前，懒懒散散的几个动作，加上那长长的头发，宛如古典美人图。

闻泽辛的眼眸越来越深沉，他端起桌上的啤酒喝了一大口。

林笑儿捧着脸道："依依居然会跳舞啊，真的太令人惊喜了。"

廖夕也想起一些事情，说："读书的时候她是说过想去学跳舞，后来就不了了之了。"

林笑儿看向廖夕，说："太可惜了，要是当初依依真去学了，那不得了啊！"

廖夕笑了笑："是。"

沈璇："高中那会儿她不太爱表现，学校叫过她几次，她都没答应。"

林笑儿："哎呀，耽误了耽误了。"

这时，陈依终于跳完了。

大家还沉浸在她这舞蹈里，她站直身子，然后说："鼓掌啊，怎么没有掌声？"

一群人："……"

"哈哈哈哈哈哈，好好好，鼓掌。"林笑儿第一个鼓掌，其他人赶紧跟上，一下子掌声震天响。

陈依满意地点头："好，很好，收。"

"让我们鼓掌还要我们收？"闻泽厉气笑了，但是也收了手。

陈依："孺子可教也。"

一群人："……"

沈璇笑得不行，看向闻泽辛。

闻泽辛支着额头，嘴角含笑，看着陈依闹，说："小姐姐还要给我们表演什么？我给你伴舞？"

说着，闻泽辛站起来，手插在裤袋里走过去。

陈依盯着他越走越近，指着他道："慢着，不许过来，闻泽辛。"

她还准确地叫出了他的名字。

闻泽辛停住脚步，看着她。

陈依看他一会儿，往他身上跳去。

闻泽辛愣了一下，随即手疾眼快地抱住她。陈依趴在他的肩膀上，说："头晕。"

"是吗？让你喝那么多。"闻泽辛顺了顺她的后背，低声问道："以后还敢不敢？"

"敢，怎么不敢？"

闻泽辛："……"

其他人都看着，此时此刻也发现他们真的和好了，有了高中三年同桌时相处的感觉，又多了一点儿默契。

闻泽辛抱紧怀里的女人，喊道："沈赫。"

沈赫突然被点名，愣了一下，随即很茫然地站起来。闻泽辛垂眸看了一眼脚下，说："帮我捡一下地上的橡皮筋。"

沈赫："……"

一秒后，他看到地上闻泽辛脚边的黑色橡皮筋，哦了一声，老老实实地走过去弯腰捡起来，放在闻泽辛的掌心里。

闻泽辛收拢手，说："谢谢。"随即他对其他人说："她醉了，我们先回家。"

林笑儿一听这话，站起来说："住家里啊，回什么家？"

闻泽辛看向林笑儿道："回市中心方便点儿，妈，你招呼好岳父岳母。"

林笑儿："……"

莫甜笑起来说："小两口想要有私人空间，很正常。"

林笑儿："行吧，走吧走吧，管家，叫司机送一下。"

管家："好的。"

闻泽辛抱着陈依，大步往门口走去，掌心里握着橡皮筋。管家出去安排司机，廖夕跟陈庆也起身去帮忙。

林笑儿也跟着。

莫甜看着，说："这泽辛也是挺爱惜东西的，橡皮筋也要一起拿走。"

沈璇淡淡地道："因为那橡皮筋是陈依的，换成是别人的橡皮筋，他看都不看一眼。"

莫甜："是这样吗？"

闻泽厉啧了一声："我弟恋爱怎么这样？"

闻瑶则说："不啊，我就喜欢二哥这样的。我都不敢相信那是我二哥了，明天要去市中心找二嫂玩。"

闻泽厉瞪了妹妹一眼："你去干吗？你去当电灯泡啊？"

闻瑶噘嘴："大家一起去嘛，电灯泡多了就不是电灯泡了。"

闻颂先："你省省吧。"

几个人齐齐笑出声。

外头，闻泽辛把陈依放进车里安置好。陈依晕乎乎的，他绕过那边坐进车，把她搂进怀里，随即对陈庆和廖夕说："爸，妈，我先带她回去休息。"

陈庆点头："好。"

车子启动，陈依嘟囔："头发，你压着我的头发了。"

闻泽辛挑眉，手臂松开了些，把她的头发挪开一些，说："这样呢？"

"嗯。"陈依又倒回他怀里。

闻泽辛轻笑一声。

他拉起她的手，将橡皮筋套到她的手腕上，又把她的手放下。林叔平稳地开着车，听到后座上少爷的笑声，眉眼间带了一丝笑意。

身后，林笑儿、廖夕和陈庆三个人还站在原地，看着远去的车，再想起闻泽辛刚刚那温柔的样子，还有陈依对他的依赖，纷纷不由自主地露出了笑容。很快，车子抵达市中心的复式楼。

林叔下车开门，闻泽辛把陈依从车里抱出来，陈依搂着他的脖子，说："我头晕。"

"嗯。"闻泽辛大步进了门。

丽姐一看，赶紧放下手里的食谱上前问："这是喝醉了？"

闻泽辛："嗯，你倒点儿蜂蜜水上来。"

"好的。"丽姐转身进厨房，打开冰箱拿出蜂蜜，又倒了温水，挖了一勺蜂蜜调匀。

闻泽辛抱着陈依上楼，来到床边，让她靠在床头。陈依踢了他一脚，闻泽辛挑眉，笑了笑，接过丽姐递来的蜂蜜水，把吸管给陈依咬。

"喝点儿，缓缓，嗯？"

陈依开始喝水，看着闻泽辛，似乎醉了，又好像没有，有点儿欺骗人的意思，偶尔抬腿踢一下闻泽辛。

这时，她包里的手机响起来，闻泽辛看丽姐一眼，丽姐上前打开包，把陈依的手机拿出来递给了闻泽辛。

闻泽辛一手端着水杯，一手拿起手机，看到来电是沈赫。

他停顿两秒，指尖本来是滑到红色键的，后往旁边一滑，按了绿色键。

他顺便开了扬声器，薄唇轻启，正想说话，那头，沈赫的嗓音也带着醉意说："哥，我跟你说，我以后要找像陈依这样的老婆。"

闻泽辛脸色一变："你再说一遍？"

旁边的丽姐看到男人的神色，哎哟一声，拍了下自己的脑门，希望对方别再说了。结果，那边的沈赫又说："哥，我说，我最喜欢温温柔柔的女人了，陈依就好符合这点啊！"

哐——陈依的手机落到垃圾桶里了。

"哎，先生，这是太太的手机。"丽姐立马提醒道。

闻泽辛绷紧了下颌，说："还不赶紧拿起来？"

丽姐哎了一声，从垃圾桶里把手机拿起来，电话还通着，那边的沈赫还在说话。闻泽辛偏头看着，丽姐手忙脚乱地挂断电话。

看见屏幕黑掉，手机安静下来那一刻，丽姐也松了一口气。

她迟疑了一下说："先生，手机的钢化膜好像缺了一个角。"

闻泽辛看陈依一眼，陈依喝了水后有些困，正在揉眼睛，蜂蜜水也不能解酒，只能让她舒服一些。

闻泽辛扶好她让她躺着，这个点还早，让她先休息一下。他给她拉上被子，对丽姐说："给江辰打电话，让他带一份钢化膜过来。"

说着他起身，从丽姐手里抽走陈依的手机，低头按着解锁密码，一下子就打开了。

他拐出去，走向书房。

丽姐上前看了看陈依，顺了顺陈依的头发，接着将灯光调暗，拿着水杯出去，顺便关上门，下楼给江助理打电话。

闻泽辛把陈依的手机放在桌面上，撕开那裂开的钢化膜，又点进通话记录，把沈赫跟沈凛一起移到了黑名单里，微信也一样。

弄完这一切，他扯了扯领口，靠在椅背上闭目养神。

半个小时后，江辰上来，匆匆地把盒子放下。闻泽辛睁开眼睛，看着喘气的江辰，挥了挥手，示意他可以走了。

江辰迟疑了一下说："老板，需要我帮忙吗？"

闻泽辛摇头，坐直身子，打开盒子，从里面拿出小绒布以及钢化膜，还有附带的一瓶清洗剂。

他垂眸，三两下就清理掉屏幕上的灰尘，随后把膜稳稳当当地贴上了。贴好后他拿起手机把玩了一下，随即放在一旁，掀起眼眸一看："你怎么还在这里？"

江辰尴尬了一下，看了看那手机，能认出是太太的。

他顿时明白了，能让老板这么服侍的，除了太太还有谁？老板自己的手机都不上钢化膜跟外壳的。

"那我就先走了。"

江辰离开书房，下楼。闻泽辛跟着起身，拿起陈依的手机走向主卧室。主卧室里光线昏暗，带了一股淡淡的清香味，闻泽辛把陈依的手机搁在床头柜上，随即坐在床边，摸了摸陈依的发丝。

她睡得很熟。

闻泽辛看了眼时间，心想要让她继续睡，还是把人拉起来洗澡。可是下一秒，陈依的手指轻轻地拽住闻泽辛的指尖，闻泽辛挑眉，接着单手解开衬衫领口的扣子，松了松领子，单手抽出皮带随意地挂在一旁，和衣躺下，从身后抱住她说："睡会儿，晚点儿再说。"

陈依似是听懂了，抓着他的手指的手松了几分，又给抓住。

不一会儿，床上的两个人便睡熟了。

主卧室的门被丽姐从外面悄然地关起，她转身下楼，开始收拾一楼，复式楼的大灯也渐渐地灭了。陈依是被热醒的，睡到半夜感觉喉咙烧得跟什么似的，睁开眼就要起来。闻泽辛跟着睁眼，眼神带着少许睡意地看着她。

陈依披头散发，凑去床头柜边拿杯子，因为睡迷糊了也没去看杯里有没有水，直接就喝，喝了一口喝了个寂寞。

陈依愣了愣。

闻泽辛见状，眼底含笑，跟着坐起来，搂住她的腰，嗓音低沉地问："渴了？"

陈依："嗯。"

闻泽辛轻笑一声，松开她的腰，拿过她手里的杯子，转身下床。陈依靠在床头上看着他，闻泽辛睡得头发也有点儿凌乱，垂眸走路时，侧脸很俊美，衬衫边缘露些出来，肩宽腿长。

陈依挠了挠喉咙。

两分钟后，闻泽辛回来，解着衬衫扣子，把水杯递给她。

陈依捧过杯子，仰头一饮而尽。温水入喉咙，陈依放下杯子，说："舒服。"

闻泽辛眼里含笑地看着她，随即俯身捏了捏她的鼻子："洗澡？"

陈依看一眼自己身上的裙子，又看一眼闻泽辛的衬衫，点了点头。不洗澡很难睡得好，闻泽辛的眼神深了几分，他弯腰把她抱起来，说："那就一起洗吧。"

陈依这才反应过来他的意思，脸蛋绯红。

进了浴室，陈依还轻微打了一个酒嗝，实际上酒精还没完全消掉。她被放到地上时，还有些头晕，撑了下身子。

闻泽辛反手关上门，随即走过来从身后一把搂住她的腰，低声道："我给你调热水，今天不能泡澡。"

陈依有泡澡的习惯。

她嗯了一声。

闻泽辛俯身打开热水。

看着水流出来，闻泽辛转过身来，坐在浴缸边缘，搂着她的腰，随即凑近她亲吻。

许久，浴缸的水冒了出来，一双长腿被打湿，还有水珠顺着长腿滑落。陈依的腰被摁住，她咬着他的肩膀，额头上全是汗。

酒精上头，她晕得更厉害。

一个小时后，陈依穿着睡裙趴在床上，闻泽辛坐在她身侧给她吹着头发。他捏了捏她的耳垂道："别睡着了，头发还没干。"

陈依拉过被子盖在身上，被子下的长腿微微发抖。

她说道："我困。"

声音像被雷劈过一样，嘶哑得厉害。

后来是几点睡的陈依也不知道，她这一觉睡得很好，第二天一早却什么都想起来了，尤其是在闻家后院烧烤时喝醉的画面。

陈依瞬间蒙了，条件反射性地去拿枕头遮住自己的脸。

啊——

她跳了什么？跳了什么？乱跳的舞蹈，她一想起来就尴尬。

闻泽辛知道怀里的女人醒了，本以为她会起身，谁知道她没起，在他怀里一个劲地扭着。

他那点儿起床气冒了起来，但他还是耐心地摁住她的腰："老婆？"

喊了一声后，没发现有回音，闻泽辛半睁开眼，垂眸一看，怀里的女人正把抱枕压在自己的脸上。闻泽辛眼瞳一缩，伸手一把抢走那个枕头："你干什么？这样会窒息的。"

枕头被拿走了，陈依眨了几下眼睛。

对上他有些凶狠的眼神，陈依顿了几秒，说："昨晚我跳舞……"

闻泽辛反应过来，捏了捏她的下巴："对，你昨晚跳舞了。"

陈依顿时感觉生无可恋。

闻泽辛轻笑："跳得很美。"

陈依一把推开他，起身顺了顺睡皱的睡裙，只是长腿仍有些发软。她顿了顿，也想起了昨晚的胡闹。

她捞过自己的手机，转身看着闻泽辛："你昨晚扔我的手机了？"

闻泽辛的长腿刚放到地上，他正在系浴袍，听罢停顿了一下，然后继续系。陈依冷哼："你这个扔手机的毛病什么时候能改改？"

闻泽辛没吭声。

陈依有些心疼地摸了摸手机："钢化膜不是裂了吗？"

闻泽辛："给你贴上了。"

陈依看了一眼，贴得还挺好。她点开手机页面说："你该不会动我的手机哪里了吧？"

她点开通讯录，又点开微信。

不知是不是对闻泽辛多少有了解，她点进黑名单，果然，看到了里面蹲着的沈家兄弟。陈依举着手机："你拉黑的他们？"

闻泽辛起身，已经系好了浴袍，胸膛上咬痕和指甲痕明显。他走过来，单手抓着陈依的手腕，将她按在墙壁上，垂眸看着她说："对，拉黑了，一个高考送你去考试，一个来电说喜欢你这种类型的女人，我忍得了？"

陈依眨了几下眼睛，眯起眼看着他。

闻泽辛偏头，眼神有些冷，堵住她的嘴唇，轻柔地吻了一下又挪开，薄唇贴在她的耳边说："他们的待遇比我好多了，才一天就出黑名单，我待了一年。"

陈依："那不是你自找的吗？"

闻泽辛："是。"

陈依冷哼。

随即她推开他，走向门口，一把拉开门。门开得猝不及防，丽姐差点儿用拖把挡住自己的脸，一时手忙脚乱的。

陈依微微一笑道："丽姐早。"

丽姐干笑了一下："早啊，太太。"

随后，她余光看向陈依身后，闻泽辛面无表情地拉住陈依的手臂，带她进浴室里洗漱。丽姐见状，赶紧逃了。

一大早就听到太太在教训先生，太刺激了。

没人可以说，丽姐拿出手机，跟江助理分享。

丽姐："刚刚我拖地，听见太太在教训先生。"

江辰："昨晚我掐指一算，就算到了今天会有这一遭。"

丽姐："年轻人不要这么迷信。"

说完她放下手机，心情愉快地开始准备早餐。先生因有了太太而多了人情味，这个家也因为多了太太而多了很多乐趣，比如看着太太教训先生，比如看江助理几个人借助太太的势力对付先生。

这日子也越过越有意思了，而不是像之前那样，宛如住在冷宫里。陈依跟闻泽辛洗漱完毕，各自换了一套衣服下来。陈依选了一条红色长裙，闻泽辛则是黑色衬衫跟长裤。两个人吃过早餐，陈依擦了擦嘴角，闻泽辛从衣架上取下领带，走到陈依身边递给陈依："老婆，帮我系？"

陈依支着下巴，抬头看着他。

闻泽辛脸上没有什么表情，专注地看着她，只有修长的指尖紧了紧，怕被拒绝。

沉默了十几秒过后，陈依站起身，拿过领带，问道："今天有正事？"

闻泽辛深深地看着她，慢了半秒才反应过来："嗯。"

他单手轻轻地放在她的腰上，说："今天我要去一趟明利，你一起去吗？"

陈依顿了顿道："行吧。"

她也想出门走走，再去看看他那本日记本。系好领带后，闻泽辛低头吻住她的嘴唇，亲了一口后，牵着她的手走去衣架边，取下黑色的外套给她穿上。他也取了件西装外套，挽在手臂里，牵着她的手出门。

还是过年期间，白天出门仍可感觉到那种浓郁的年味。黑色的宾利启动，闻泽辛单手转动着方向盘，一只手抽空给陈依整理发丝，车子出了小区，他才收回手，一路往明利开去。

陈依上次来是晚上，没太注意周围的环境，这会儿才发现，明利所处的位置这么好，是B城最贵的地皮之一。车子停下，一排停车位上全是豪车，每一辆都价格不菲。

闻泽辛是天使投资人，明利里全是他的团队。

今天还没到开工时间，但是两个人一进办公室就有人等在那里了，是财务总监，捧着本账本。看到老板带着一个女人进来，那名财务总监愣了一下。

闻泽辛冷冷地扫了他一眼。

财务总监反应过来："老板娘好。"

这就是未来的老板。

陈依顿了顿，推了一下闻泽辛，说："你去忙，我随便走走，还有，卡给我。"

闻泽辛垂眸看着她，笑道："什么卡？"

陈依："……"

闻泽辛笑了一下，从西装外套里抽出一张卡片递给她。

陈依接过卡，说："我就看看。"

她的嗓音很低。

闻泽辛抬手揉了揉她的头发："嗯，去吧，还想看什么跟我说。"

陈依眉眼弯弯一笑，接着就走向他的办公桌。闻泽辛将手插在裤袋里，看着她的背影，看了一会儿，勾了勾嘴角，转身看向财务总监时，嘴角的笑容却淡了，这变脸速度快得财务总监觉得自己产生了幻觉，老板不可能那么笑的。

办公室门被关上，陈依坐在椅子上，刷了卡拿出日记本。

她上次其实没有全部看完。

××年4月30日

明天是劳动节，今天搞卫生，她头上戴了个塑料袋子，脚下踩着塑料鞋，跳起来扫灰尘，我真怕她闪了腰。我喊了她几声，她还凶狠地叫我别吵，啧啧，胆儿肥了……

陈依："……"

虽然只有三言两语，但是同时也把陈依带回了高中的时光，等闻泽辛从里面出来时，陈依靠着他的椅子正在发呆。

闻泽辛站在她身后，眼眸含笑地看着她："看完了吗？"

陈依惊了一下，手里的日记本就被闻泽辛拿走了。他将日记本放进一旁的抽屉里，把抽屉合上，随即刷卡锁上了。

他牵起她的手："回家吃饭。"

陈依站起来，看了他一眼，说："我都没记过日记。"

"嗯，我记就行了。"

陈依抿唇。

外面有点儿冷，她把手插在外套的口袋里，闻泽辛揽着她的腰去拿车。这时，外面一条马路上突然发出急刹车的声音，紧接着，一个女人从一辆车上下来，冲到后面急刹的那辆车旁拉开车门，把车里的女人连拉带拽地扯出来狠狠地掼在地上，抬起脚用力地踩去，倒在地上的女人赶紧用手护

483

着自己的肚子，躲着那个女人的脚。

周围一下子聚了不少人。

陈依见状，快走了两步，想着要不要帮忙报个警，就听到那个打人的女人大骂："你以为肚子里有孩子就怎么了？那个老男人会在乎一个孩子？他在外面的私生子不知道有多少，年纪轻轻的不干好事，呸！"

那些要帮忙或者报警的人一听到这话，纷纷停下了动作，包括陈依。陈依正想说离开，这时那地上的女人突然抬起头，那张脸露了出来。她直愣愣地看着陈依，接着看到陈依旁边的男人时，狠狠地缩了一下肩膀。

陈依看到她的脸，也愣住了。

那人是林筱笙。

陈依下意识地看向闻泽辛，闻泽辛神色冷漠，似乎毫不意外林筱笙是这种结局。

他垂眸看陈依一眼，随即低声道："走吧。"

陈依看了看他，点了点头。闻泽辛揽着她的腰，走向一旁的车。

红色的裙摆轻轻摇摆，细长的高跟鞋也一眼能让人认出牌子。林筱笙蜷缩在地上，看着那双鞋子进了车里。

对方那种气质不动声色地狠狠压了她一头。

黑色的宾利开出大路，远远地可见驾驶位上的男人伸手整理了一下陈依的脸颊边的发丝，被陈依一把拍开手。车子往市中心的复式楼小区开去。

陈依看着车窗外的景色，耳朵里仿佛还能听见那些骂声。车子抵达家门口，陈依解了安全带，踩着高跟鞋走进门，转身看着闻泽辛。

闻泽辛把车钥匙放在柜子上，看着她，几秒后，点了点头说："上楼。"

陈依看他一眼，转身上楼。

闻泽辛解下领带扔在沙发上。丽姐在厨房里本来打算迎出来的，见这气氛，又缩了回去。

到了二楼，闻泽辛一把扯下键盘放在地面上，拉了下裤腿，屈膝下跪。

陈依走上前，看着他道："你跟林筱笙那段情……"

闻泽辛挑眉："没有情，她根本不值一提。我下跪是因为你看到她肯定想到我当初逢场作戏的画面时的难过情绪，以及那场派对的情景，跟她没有半点儿关系。"

陈依抱着手臂没动，抿了抿唇，说："是吗？"

闻泽辛点头，看出她不信，拿起手机给江辰打电话，说："找一找有没有那封信。"

江辰："老板，哪个垃圾桶？"

"自己找啊，还问我？"

江辰："……"

挂了电话，闻泽辛指了指那边的椅子，对陈依说："老婆，你先坐着。"

陈依拉过椅子坐下，抬眸看着他。

闻泽辛挠了挠眉心。

大约十五分钟后，江辰气喘吁吁地上楼，手里拿着什么东西。一拐弯看到书房里的场景，他吓了一大跳，差点儿滚下楼，然后走进去，低着头把一个皱巴巴的信封递给闻泽辛。闻泽辛说："给太太。"

江辰一转身又把信封递给陈依。

陈依低头一看，这信很新，但是很皱，完全没开封，像是到手就被扔进垃圾桶里了。她接过信封拆开，首先看到的就是一段骂人的话。

"闻泽辛，你就应该下地狱，你这样的人不配活着，你去死吧。"

这封信是最近的。

江辰咳了一声，说："太太，你之前也见过老板的视频，他之前参加B城圈子的一些聚会，根本不是因为跟什么女人见面，只是为了表现给闻老先生看。至于这位林小姐，这是她寄的第五十封信，从去年你们刚结婚那会儿林家就开始瓦解了，只是林小姐自以为是……"

她不好好管家里的事情，却管到闻泽辛这边来，浑然不知闻泽辛在那会儿看林筱笙跟看死人没什么区别。

陈依看到后面诅咒闻泽辛的特别难听的话，捏紧了纸，看向闻泽辛。

闻泽辛："别拿你自己跟她们比，她们什么都不是。我错就错在没有及时发现自己的感情，这一切都是我的错。"

陈依把那信扔进垃圾桶，说："你准备跪多久？"

闻泽辛看了一眼腕表，说："现在是中午十一点半，我跪到今晚零点。"

江辰："……"

老板太自觉了。

陈依："那吃饭呢？"

"不吃。"

话音一落，楼梯那边传来了按手机的声音，书房里的三个人转头看过去，就见楼梯口趴着一群人：林笑儿、闻瑶、闻泽厉、沈璇，以及闻颂先。

气氛停滞了几秒，闻瑶尴尬地挥手："嘿……"

林笑儿也反应过来，笑道："在开家庭会议啊？你们忙，你们忙，我们

485

在楼下等着。"

她拽了下闻瑶跟沈璇，给闻泽厉及闻颂先使了一个眼色。闻泽厉哈哈大笑，搭着自家父亲的肩膀转身下楼。

他还说："加油。"

闻泽辛黑着脸，对江辰说："关门，你也出去。"

江辰哎了一声，立即出去，把门关上。

砰，书房里安静下来。

陈依揉了揉脸："妈他们怎么来了？"

闻泽辛拉过她的手，把人拉到跟前，抬起她的下巴堵住她的嘴唇，亲吻了片刻说："你出去招呼他们，不用管我。"

陈依看着他，书房里没开灯，两人呼吸交缠，陈依搂住了他的脖子。闻泽辛挑眉："嗯？"

陈依拍了拍他的肩膀说："你乖点儿。"

闻泽辛愣了愣，随即轻笑一声："好。"

陈依松开他，起身走出去，顺便关上了门。她站在栏杆处往下看，林笑儿几个几乎不怎么来这边，一是闻泽辛不太喜欢有人来；二是婚后这段时间闻泽辛夫妻俩的感情一直不稳，林笑儿想来都要斟酌一下。

这次一家人来得就完全没有负担，丽姐也赶紧上前倒茶，气氛其乐融融。闻瑶看着房子的装修，喜欢得不得了，觉得她二哥真的有品位，即使换了家具也可以很好地融入房子的装修色调里，拿着手机拍拍这儿、拍拍那儿。

江辰下楼赶紧跟他们打招呼，观察着他们的表情，不知他们刚刚有没有听到一些话。不过几人的神色都比较淡定，江辰心里松了一口气，想着他们应当是还没来得及听见的。他跟丽姐打了一声招呼，就先走了。

家人团聚，他一个外人在不合适。

陈依其实也有点儿不安，心情也复杂，不知道妈跟闻泽厉及沈璇还有闻瑶是不是听见了他们的对话，不过她看到几人此时的样子，也猜到应该是没听到的。她也从楼上下来，沈璇靠坐在沙发上玩着手机，听到动静抬头笑看着她。

林笑儿上前挽住陈依的手臂，笑着问道："他犯什么错了？"

陈依笑道："嗯，一些小事。"

林笑儿掩嘴笑。

闻瑶跳过来，也挽住陈依的手臂，说："二嫂，我们一家人出去吃饭吧？我们是专门过来接你们的哦。"

陈依看着闻瑶笑笑道："那家里做了饭……"

林笑儿顺着陈依的头发，温柔地道："没事，晚上回来吃也行。"她抬头看一眼二楼，"他能起来了吗？还是我们先去吃，等会儿给他打包？"

陈依看着林笑儿那副小心翼翼的样子，脸一下红了，说："能，能起来。"

说着，她就弯腰拿起桌面上的内线电话，拨打了书房的内线，不一会儿，那头男人接了起来："嗯？老婆。"

陈依说："爸妈是来找我们吃中午饭的，你起来吧。"

闻泽辛沉默了几秒，回道："好。"

说着，他挂了电话。

陈依放下话筒，对丽姐说："我们准备出去吃。"

丽姐笑着擦手："好的好的。"

其他的菜择了还没下锅，她只熬了一锅汤，晚上热一热还可以吃。林笑儿看丽姐一眼，说："这个阿姨做得不错，回头我给她加点儿奖金。"

陈依立即道："妈，我给就好了，怎么能让你给啊？"

"她照顾好你们，就是照顾好我啊，我给是我的心意。"

丽姐在厨房那边偷听到这话，有些惊喜。江辰后来知道了后悔得要死，自己干吗那么早走？说不定加工资他也有份。

不一会儿，二楼走廊那边，闻泽辛从书房里出来，慢条斯理地扣好衬衫纽扣，又扣袖扣，身高腿长，已看不出刚刚跪下的那种自觉姿态。

见他走下楼梯，闻泽厉啧啧了两声，笑道："别装了，我们可都看到了，你小子暗着来。"

闻泽辛看一眼自家哥哥，一声没吭，下来后取下衣架上的长外套给陈依穿上。闻瑶跑过来说："二哥，我能不能住你这里啊？"

闻泽辛看她一眼，回道："不行。"

闻瑶撇了撇嘴，又道："那行吧，我那套房子装修时你得帮我出主意。"

"叫你嫂子帮你。"闻泽辛给陈依拉好领口。

林笑儿挽着陈依，闻瑶也挽着陈依，闻颂先拍一下闻泽辛的肩膀，意味深长地笑了下，随即一行人出门。

闻泽厉揽着沈璇的腰，沈璇则在打电话处理工作。

他们开了两辆车来。

闻泽辛再开了一辆，闻瑶非要挤到这边来坐，并坐在陈依的身侧，拉着陈依的手，一副亲热的样子。

闻泽厉经常是管着闻瑶的姿态，闻瑶其实跟闻泽辛的感情更好一些，因为闻泽辛管是管，但是没有闻泽厉那么严厉。闻瑶跟闻泽辛偶尔还会一起闯祸，或者她闯祸，闻泽辛帮她兜着，所以两人相处也显得亲切一些，她对陈依自然更好奇、更想亲近了。

"哥，我最近暗恋一个人。"

闻泽辛开着车，淡淡地问："谁？"

"你猜。"

闻泽辛懒得问了，车子开出小区，跟在前面两辆车后面，看路线是去 B 城大厦吃。闻瑶看一眼陈依说："二嫂，我哥现在怎么这个死样子？"

闻瑶其实一直觉得闻泽辛现在变化很大，但是之前跟他出去玩没感觉到，所以又十分怀疑。

陈依微微一笑说："他听着，你继续说。"

闻瑶说道："就是许殿的助理啦，之前小叔不是让我去会会许殿吗？爸妈还许许阿姨说有意联姻，我就去了，后来阴错阳差地加了许殿的助理的微信。他是挺温柔的一个人嘛，我就慢慢地被他吸引了。"

闻泽辛指尖敲着方向盘："许殿现在那么不好过，你趁机把他的助理追到手，让他的助理来给我们闻家卖命，也可以。"

陈依震惊："……"

闻瑶也震惊："哥，你说的这是什么话？太坏了。"

闻泽辛冷哼一声："那你看看他敢不敢搭理你。"

闻瑶："……"

陈依开口："闻泽辛。"

闻泽辛挑眉，没再吭声。

闻瑶抱住陈依："嫂子替我做主。"

陈依："……"

"我哥不是人。"

陈依："……"

"嫂子。"

陈依顿了顿，看了闻泽辛一眼："闻泽辛。"

前方开车的男人低低地回了一句："嗯，我错了。闻瑶，喜欢就去追。"

闻瑶："……"

嫂子这张牌太好用了吧！

很快，车子抵达 B 城大厦的停车场，一家人下车上楼。闻泽辛牵着陈依的手，一家人在电梯里一边谈话一边看着楼层上升，这么狭小的空间也显得温馨。闻泽辛轻轻地捏着陈依的手背，把玩着她的手。

电梯抵达六十八楼，门打开，一家奢华的中餐厅映入众人的眼帘。这是大家专门为了陈依和沈璇而选的餐厅，餐厅经理出来招呼一家人进了包间。

包间里装修得很好，有茶座、书柜、沙发，还有桌上足球台。一家人落座，闻颂先接过平板电脑就递给两个儿媳妇。

闻瑶坐在陈依旁边，凑过来也要看，嘟囔道："我要减肥，但是我样样都想吃。"

于是三个人一起点菜。

闻泽辛的手机这时响起，包间里有点儿吵，他便拿起手机起身，推开门走出去，靠在门上接通电话，来电是小叔。

两个人正准备谈话，这时一名 B 城少爷走过来，看到闻泽辛，突然笑了一下，接着赶紧道："二少好，哈哈哈。"

闻泽辛眯起眼看着对方。

那少爷笑着赶紧跑了。

闻泽辛："……"

闻小叔在那头语气淡定地说："可能是你在家罚跪的视频传出来了。"

闻泽辛挂了电话，低头点开兄弟群，里面的人果然因为他的视频正在调侃。

顾呈："视频真精彩。"

周扬："哈哈哈，是真精彩，这是在家跪的？ @闻泽辛，罚什么跪呢？跟你哥一样，大大方方地在外面跪多好？"

江郁："哈哈哈哈，哎哟。"

萧然："……"

视频并不长，按角度看是在楼梯口那边拍摄的。闻泽辛发了一个表情包到兄弟群里，随即拨打电话给江辰。

"视频散播出去了？"

江辰在那边立即道："已经处理了，只是该看到的人也都看到了。"

闻泽辛："外传的人是谁？"

江辰第一反应就说："当然不是我。"

闻泽辛的神色沉了下来："呵。"

489

江辰满头大汗。

闻泽辛挂了电话，又编辑了一行字发到兄弟群里。

闻泽辛："你们也别五十步笑百步。"

江郁："……"

许殿："……"

周扬："哈哈哈哈，还有你哥 @闻泽厉。"

闻泽辛把手机放进裤袋里，站直身子，推开包间门走进去。那头江辰叹了口气，认命地开始寻找保存了视频的漏网之鱼。事情是这样，拍视频的人是闻大少，闻大少将视频发到了兄弟群里，还发给了闻小叔。

闻小叔又发给了江辰，问江辰这是不是真的。

江辰转手把视频发到了助理群里，想说大家伙分享分享，不知道是哪个助理传出去的。江辰安排团队删得极其辛苦，当初闻大少下跪也有视频流传出去，但是碍于他的身份，很多人并不敢乱传，都删了。

但闻泽辛在外的纨绔子弟名声还在，于是一个个少爷千金都敢偷偷保存视频，权当留个纪念。

老板也是厉害，顿时就猜到是他把视频传出去的，唉，半年的奖金又没了。

不过他倒是看到一段论坛的评论。

"这么多年我作为小弟跟在闻二少身边，看他表面上风花雪月、夜夜笙歌，但不知道是不是我的错觉，几乎每次喝完酒二少离开的时候都是一个人，要么就是他那个当爹当妈的助理来接他，偶尔还会有一个老司机。我常常盯着他的车看，还想拍点儿绯闻视频什么的，这么多年我还真是一个都没拍到。如果闻二少真是洁身自好，那当我没说；如果不是，这二少的藏匿本事真是出神入化。

"现在看到这段下跪的视频，虽然已经被删了，但是我瞬间明白，闻二少恐怕是有贼心没贼胆啊！家里有一位娇妻，吼一声他就得下跪，他哪儿还敢在外面乱来啊？！怕不是要把膝盖跪穿。二少，我懂你。"

江辰心想，这段话应该早点拿给太太看，老板终于有第三方证明了。

闻泽厉跟沈璇正在谈论工作上的事情，闻颂先偶尔插嘴，林笑儿跟闻瑶在低声说话，陈依两边都插不上嘴，便支着下巴听着他们聊。包间门被推开，她转头看了一眼，闻泽辛走过来拉开椅子，坐在她身侧。

陈依往他那边靠去，低声问道："工作的电话？"

闻泽辛轻轻地搂着她的腰，端起茶壶给她的杯子倒水，说："嗯，你有点儿无聊？"

一进门他就看到她支着下巴有些发呆，整张圆桌边，她看起来有些孤独的样子。

陈侬摇头："没有，我听得挺有趣的。沈璇跟大少谈论的什么医疗全是高科技，我听不太懂，他们嘴里全是专业名词。"

闻泽辛抬起眼眸看一眼自家哥哥，别看闻泽厉平日里张扬狂妄，但那都是下了功夫去学的。他收回视线，垂眸道："你以后也叫哥，怎么还老叫大少？"

陈侬笑了声，说："大少向来给人一种不可一世的感觉，这些年你看有哪些人敢主动跟他攀亲的？"

闻泽辛挠了挠眉心，端起茶水喝了一口："嗯，一肚子坏水。"

陈侬又笑，看了他一眼："你说的是你还是大少啊？"

"我哥。"闻泽辛放下杯子，拿起一旁的平板电脑翻了几下，问道，"你点了自己喜欢的菜没？"

他顺便补了一道陈侬喜欢的菜。

陈侬摁住他："别点了，够了。"

闻泽辛这才放下平板电脑。

不一会儿，点的菜上了，谈工作的闻泽厉跟沈璇都停下了，闻瑶也转过来抱住陈侬的手臂，给陈侬夹了一块红烧肉。陈侬笑着补了一筷子百合给闻瑶，这是闻瑶点的菜。闻泽厉看了眼手机，啧了一声，说："泽辛，你这速度可以啊，才十五分钟就把视频给删了。"

闻泽辛看闻泽厉一眼："我那儿也有不少你的好戏。"

闻泽厉："滚。"

闻瑶在一旁笑得前仰后合，林笑儿摸了摸陈侬的手臂，让她去看家族群。陈侬刚刚一直没看手机，现在拿出来一看，看到了里面闻泽辛刚刚在书房里下跪的视频。她愣了一下，再一看，发视频的人是闻大少。

得，那一幕居然被闻大少拍下来了。

她看了闻泽辛一眼，扯了扯他的袖子。闻泽辛端起茶杯喝了一口水，垂眸看她一眼，嘴角勾了一下："视频你保存下来，外面的我已经让人删了。"

林笑儿在一旁笑道："依依，对，留着做纪念。"

陈侬："……"

闻泽辛拿过她的手机，给她收藏了视频，随即把手机还给她。

一顿饭一家人吃吃喝喝聊聊，吃了两个多小时，没有人喝酒，都是喝茶。两点多一家人从 B 城大厦出来，外面天气正好，出了太阳，暖暖的。过两天很多企业就要全面开工了，B 城的大路上也多了一些回来的车子，高铁站跟机场更不用说，人满为患。

闻家人今天主要是去看看闻泽辛和陈依所住的环境，然后一家人出来吃饭，吃完饭三辆车启动，各自回家。

闻瑶很快就要去走秀了，这次是去巴黎，一去就是半年。

闻氏开工后闻泽厉也会忙，沈璇也是。

闻泽辛这边则已经忙起来，江辰等几个助理这几天其实都在外面跑，闻泽辛手里的助理团队挺多人的，只不过只有江辰是闻泽辛用得最好的，他知道的事自然也就最多，当然工资拿得也最多。

回到家里，陈依还有点儿撑，刚才吃多了。她揉了揉肚子，有些胀胀的感觉。

闻泽辛挂好外套走过来，俯身按着沙发椅子看着她："吃点儿消食片？"

陈依点了点头："嗯。"

闻泽辛抬起头看向丽姐。丽姐端了一杯水，顺便从医药箱里拿出一盒消食片递给闻泽辛，闻泽辛接过药掰开，拿了一颗消食片，放在陈依的唇边。陈依张嘴含住，接着闻泽辛喂她喝水。

陈依被服侍得有些脸红，拿过杯子说："我自己来，又不是小孩子。"

闻泽辛挑眉，捏了捏她的耳垂："怎么不是？在我这儿，你就是。"

陈依瞪了他一眼。

闻泽辛："但更多的是我老婆。"

陈依脸红得厉害，赶紧看向丽姐。丽姐一脸镇定地擦了擦桌子，又擦了擦椅子，一副没听到的样子，实际上耳朵不知道竖得有多高。

陈依喝完水，把杯子递给闻泽辛。闻泽辛将杯子放在桌子上，随即坐下来搂着她的腰。陈依抿了抿唇，肩膀往他那边靠去，说："中午的时候，其实我有点儿担心爸妈他们听到了我们的对话。"

闻泽辛把她的头按在自己的胸膛上，修长的指尖拨弄着她的发丝，说："他们没听到。"

陈依点头："嗯。"

他的大手一下一下地顺着她的头发。

闻泽辛轻声问："你要睡一会儿吗？"

陈依想了下道："想。"

"嗯。"他拦腰把她抱起来，垂眸看了她一眼，"我陪你睡一会儿。"

陈依点了点头。

闻泽辛走上台阶，抱着人来到主卧室，把她放在床上，随即回来关上房门，解开衬衫纽扣，又解了腕表，摘下婚戒，随后他直接往她身边靠过去，从她身后搂着她。陈依将手搭在他的手臂上捏了几下，问道："当初爸跟小叔为什么瞒着大少还有妈？"

闻泽辛有点儿睡意了，亲吻了一下她的头顶。

"哥从小被当成继承人，也是被迫成长，爷爷带他的时候很严厉，老师加爷爷的双重角色也令爷爷对哥来说变得尤为重要，所以没必要说。"

闻颂先跟小叔也是从一个家族的长远发展做出这个选择的，那正是闻氏企业动荡的阶段，闻泽厉已经踏进闻氏，说出闻泽辛的事只会让整个闻氏的人恐慌。一个家族的发展不是只靠个人，而是大家都有所牺牲、有所付出。

当初如果不隐瞒这件事，闻氏的股东恐怕会趁机作乱，分成两派挑起家族战争，有些人则会在背后挑拨离间，导致鹬蚌相争，渔翁得利。而闻老先生这么多年的威望也会瓦解，这对闻氏来说并非好事。

陈依想起自己的家族，可能正是因为陈家没有这种团结的精神，才会走到今天这个地步。

她摸了摸他的手，把他的手放在唇边吻了一下。

闻泽辛察觉到了，轻笑一声，撩开她的发丝亲吻她的脖颈，嗓音低哑地说："你要是不想睡，我们……"

陈依瞬间放下他的手臂，闭上眼睛。

闻泽辛又笑了笑，搂紧她的腰，薄唇亲吻着她的发丝。

不一会儿，房里传来均匀的呼吸声，床上的两个人都陷入了睡眠。闻泽辛放在床头的手机嘀嘀响起。

梁医生："记得明天带你老婆过来复查，我值班。"

梁医生："你午睡了？你居然午睡了！"

他给江辰发信息才得知闻泽辛居然午睡了，午睡啊，真不容易。闻泽辛现在睡得好不说，还有了午睡这样的待遇。

一个半小时后，闻泽辛醒了，怀里很暖，她呼吸均匀，头发凌乱地披散着。闻泽辛睁开眼看着怀里的女人，散去少许起床气，许久后才轻手轻脚地从床上起来，又拉了被子给她盖上。

他坐在床边，将衬衫扎进裤腰里，戴上腕表跟婚戒，指尖转动了一下婚戒，转着转着顿了下，回头看了一眼弓着身子的陈依。她的手垂在一旁，指尖纤细白皙，只是有点儿空荡荡而已。

接着，他起身走向衣帽间，拉开里面的首饰柜，靠在柜子上挑挑拣拣，最后选了脚链以及之前的婚戒，目光一扫却看到一个新的盒子，他拿起那个盒子打开一看，里面是新的对戒。闻泽辛拿起对戒一看，眼眸里泛起少许笑意。他摘下手指上的婚戒，换上这一枚刻着"辛"字的戒指，随即拿起另外一枚，还有那条脚链，走向主卧室。

主卧室里开了暖气，很暖和。

陈依睡得舒服，把自己的脸往枕头里埋了埋。闻泽辛来到床边坐下，撩开她的发丝看着她。

她睡得很好。

闻泽辛的手往后，顺着按住她白皙的脚，接着，他低头把脚链给她戴上。

她涂的是粉色的脚指甲油，衬得脚很粉嫩，添上这脚链就更好看了。

闻泽辛大手按着她的脚，呈现一种美感。他抬起她的腿亲吻下去，陈依睡梦中觉得痒，猛地收脚。

闻泽辛按住她的脚，随即轻轻地放下去，又拉了被子盖上。接着他回到床这边，拿起那枚钻戒，轻轻地戴在了她的手指上。

他深深地看着她的手，许久后低头亲吻她的手背，随后起身，拿了床头柜上的手机，转身出门。楼下扫地机器人嗡嗡嗡地转着，闻泽辛往下扫了一眼，关好门，点了下耳朵："小声点儿。"

丽姐哎了一声，赶紧拿起遥控器调小了音量。

她看着闻泽辛进了书房，心里高兴。因为闻泽辛很少午睡，睡眠对人真的很重要。闻泽辛进了书房，来到书桌后面坐下，打开电脑。手机上有很多电话，有小叔的，有江辰的，有顾呈的，还有不少微信消息。他给闻泽厉回了一条消息，谈的是闻氏系统的问题，接着才回拨电话给小叔。

闻小叔在电话那头调侃："睡醒了？"

闻泽辛："嗯。"

闻小叔笑了笑："我听江辰说你在午睡，还有点儿不信。"

闻泽辛看着电脑屏幕，说："闻氏的安全系统这个月崩了一次，我让人查了，IP 地址在海市的一个出租屋里，追过去后，对方已经逃了。"

闻小叔收起笑意，严肃地道："把他的家里人控制住。"

闻泽辛："嗯。"

陈依醒来时，因为屋里昏暗，还以为自己一觉到天黑，心想睡得也太久了，晚上还用睡吗？后来她抓起手机一看，四点半，还好还好。她准备放下手机时，却看到自己的左手无名指上多了一枚钻戒。

陈依愣了一下，转动一下手，看到了这枚钻戒上的名字"依"，是妈送的一周年结婚礼物。她明明将戒指放在首饰盒里的啊，怎么会出现在这里？陈依抓了抓头发坐起身，打了个哈欠，又看一眼钻戒，肯定是闻泽辛给她戴上的，除了他没有别人。

戴就戴吧，她穿上拖鞋走向浴室，走了两步低头一看，她的右脚踝上多了一条脚链。这脚链是白金的，跟她之前戴过的那条不一样，应该是新买的。她翻了个白眼，走进浴室去洗脸。好几次掬水时陈依都看到自己手指上的钻戒，看着看着，心想又戴起来了。

大约十分钟后，陈依从浴室里出来，打开房门就看到丽姐端着一杯咖啡上来。

"太太你醒啦，晚上想吃什么？"丽姐眉开眼笑地问。陈依看一眼书房，闻泽辛正在开视频会议，指尖点着眉心，不知在说什么。

陈依伸手，说："我送去吧，晚上吃什么都可以，丽姐的手艺我有信心。"

丽姐一听笑得更开心："哎，好的，那我就斟酌着给太太做啊。"

陈依点头，接过咖啡杯，走向书房。书房里这个时候光线不算很好，他没打算开窗帘，所以只开了一盏头顶的灯，暖色系的，他的指尖敲着桌面，正在分布什么任务。

陈依屈指敲了敲门。

闻泽辛敲桌面的手指一顿，他看过来，眼眸里含着笑意。

陈依也笑了笑，走进去把咖啡杯放在他跟前，说："咖啡。"

闻泽辛看一眼咖啡，又看一眼她的手指，指尖又挠了一下眉峰，深深地看着她。陈依站着站着，顺着他的视线，看到自己手上的钻戒。

不知为何，她感觉他似乎误会了。

陈依捏着钻戒说："这对钻戒是妈送的，不是我买的。"

闻泽辛转着婚戒的手指一顿，书房里的气氛顿时有点儿尴尬，这大概就是期望越大，失落越大，闻泽辛垂眸看一眼婚戒上的名字，突地问道："你喜欢吗？"

陈依也转了下戒指，说："嗯。"

"好。"闻泽辛也算是得到安慰了，端起咖啡喝了一口，"喜欢就好。"

陈依看着他，笑了一下。

闻泽辛放下杯子，也看着她笑，随即捏住她的手指，把玩了两下说："要不，我重新给你订？"

陈依："不用了，有戴的就好。"

闻泽辛点点头，挠了下她的下巴："好。"

陈依看到电脑屏幕上有人在等着，不好再待下去，指了指门口，用气音说："我先走啦，等你下来吃饭。"

闻泽辛松开她的手，点了点头："好。"

陈依赶紧转身，随手关上了门。

闻泽辛看着她出去，这才收回视线看向电脑屏幕，里面江辰和几个高管都看着他。闻泽辛神色淡淡地说："继续。"

几个高管跟江辰对视一眼，这才笑着继续开会。陈依下到一楼，把玩着手指上的钻戒，随后坐在沙发上想了下，拿出手机编辑消息。

陈依："等我当上合伙人了，给你买。"

闻泽辛："不用，这种事情不用你做。"

陈依："你刚刚不是很期待吗？"

闻泽辛："……"

陈依忍笑，放下手机，拿起考试材料开始看，看了一会儿又起身去厨房帮丽姐，被丽姐赶了出来。

大约五点半时，闻泽辛挽着袖子从楼梯上下来。陈依放下书起身，闻泽辛牵着她的手走向餐厅。

丽姐端着菜出来，一出来就告状："先生，你知道吗？刚刚太太居然要跑来帮忙，我把她给赶出去了。"

闻泽辛给陈依拉开椅子让她坐下，垂眸看了她一眼。

陈依听见丽姐的话，嘟起了嘴。

闻泽辛笑了声坐下，看向丽姐说："赶得好。"

丽姐立即笑道："是吧，太太这么娇贵的手，多看看书，多走动一下，当个花瓶摆着，多好啊！"

闻泽辛挑眉，笑道："怕你家太太不乐意啊！"

陈依："当然不乐意了，别以为我不知道你们俩的意思，就是让我留在B城，没门。"

丽姐："……"

闻泽辛眼里含笑，拿起筷子给陈依夹了菜，说："没有这种事。"

陈依端起碗，吃一口饭，再吃一口菜，看他一眼。

闻泽辛垂眸，也低头吃饭。

吃完晚饭，夜幕降临，小区的灯也都亮起来了，闻泽辛牵着陈依的手，去散步消食。陈依倒没拒绝，晚上的饭吃得也有点儿多，小区绿化做得很好，很大气，灯光斜斜地落在地面上，投射出人影。

闻泽辛一手插在裤袋里，一手牵着她，垂眸听她说话。

陈依一会儿说这个，一会儿说那个，闻泽辛很有耐心地听着。陈依说完后突然问道："你怎么没有问题要问我？"

闻泽辛抬起头看了眼周围的景色，随后说："问你什么？听你说就好。"

陈依："……"

这时开来一辆车，在两个人身边停下，车窗摇下，里面是一个中年男人。他探头看来，笑道："泽辛，跟你老婆散步啊？"

闻泽辛抬起眼眸看对方一眼，点头："是的，严叔。"

"哈哈哈，还是第一次在小区里碰见你，有空上我们家喝酒。"

闻泽辛："好，有空就去。"

"你们小两口慢慢散步。"他把头收回去，随即对一旁的妻子说，"我们很多年没这样散步了吧？还是年轻人好啊！"

他妻子开车，笑了笑，启动车子。

陈依的脸都有些红了。

看着车子开走后，陈依说："这小区里你有挺多熟人啊？"

闻泽辛捏了捏她的手，拉着她走上人行道，说："都是生意上的朋友。"

"哦哦。"

两个人走了一圈后，回到家里。丽姐在厨房里忙完刚出来，看到他们回来，立即倒水，说："小区环境好吧？"

陈依笑道："嗯。"

闻泽辛端了一杯水给陈依，陈依接过来喝了。闻泽辛又搂着她的腰上楼，陈依觉得身子黏糊糊的，走这一下路居然出汗了，便说道："我先去洗澡。"

"好。"闻泽辛也出了点儿汗，扯了扯领口，走向书房，说，"我处理点儿事情，你先洗，洗完了来书房陪我。"

陈依的耳根红了几分，她懒得搭理他，直接进了浴室。

两人这样慢慢散步还是第一次，像一对多年的夫妻一样。陈依站在镜子前，脸上带笑地扎起头发，随后走去浴缸放水。泡了一个很舒服的澡后，半个多小时过去了，陈依擦头发、吹头发，又是半个小时过去。

陈依擦了擦脸，过了一会儿从主卧室里出来，往书房那边走去，结果走近了听见文件摔在地上的声音。

陈依愣了一下，快走两步，看到江辰站在桌子前，地上是闻泽辛摔的文件。

闻泽辛揉了揉脖子，抬起眼眸看着江辰，指着他道："你带的那两个人，做错的事情全部由你承担。一个团队你都带不好，以后你还能干什么？"

江辰低着头："抱歉。"

闻泽辛还想说什么，余光看到了站在门边的陈依。陈依愣了一下，说："我下楼给你们倒……"

"进来。"他喊住陈依。

陈依顿住。

江辰跟着转头，看到陈依顿时眼睛一亮，眼里带了求救的信号："太太晚上好。"

陈依："晚上好。"她顿了顿，又说，"我还是下去给你们倒杯水吧。"

这时，丽姐的声音从后面悄悄地传来："我倒了，太太，你……帮忙送进去好吗？"

陈依转头一看，丽姐脸上带着干笑。说实话不是她不想送，而是她拖延了一会儿，因为刚刚她听到先生那暴怒的声音了，江助理灰头土脸的样子她也看到了，她怕被波及。

陈依："……"

丽姐乞求地看着陈依。

对视片刻，陈依叹了口气，接过托盘说："丽姐辛苦了。"

"不会不会，太太你真是大好人。"

陈依无奈，走进书房。江助理赶紧让位。闻泽辛冷冷扫一眼江助理，看向陈依时神色却温柔很多。他接过托盘放在桌子上，拉过陈依的手臂，低头查看："你的头发没吹干？"

陈依抬起头，说："一般来说头发只吹七分干就好了，吹得太干伤头皮。"

闻泽辛："是吗？"

他垂眸看她好几眼，烦躁的心情还有心里的戾气消散很多。他看向江辰："捡起来，重新做个方案。"

"好的。"江辰弯腰捡起文件放在桌上。闻泽辛冷漠地看着文件，说："回去反思一下。"

江辰点点头，拿着文件转身离开。

书房的门被关上后，陈依紧绷的身子也放松下来。

闻泽辛挑眉："你怕什么？"

陈依看着他说："还不是你凶。"

闻泽辛："没有。"

陈依走到桌子后，拿起桌子上的文件，假意地往地上扔去，然后看着闻泽辛说道："就这么凶。"

闻泽辛："……"

几秒后，他低笑出声，揉了揉她的头发："以后我收着点儿。"

陈依："谢谢。"

闻家。

今晚闻泽厉带着沈璇回来吃饭，闻瑶吃完就上楼去收拾行李，明天的飞机。林笑儿叫保姆打包几份吃的，准备让家里的林叔送去市中心的复式楼给闻泽辛和陈依两个人吃。闻泽厉吃完饭，看了那打包盒一眼，说："等会儿我跟璇儿出去，给他们送去。"

林笑儿点了点头："也行。"

她又从林叔手里拿走打包盒，放在闻泽厉跟前。

闻泽厉指尖挑了下盖子，想看看都打包了什么东西。林笑儿一手拍了下去："别碰。"

闻泽厉嗤笑一声："行吧。"

沈璇支着下巴，不知怎么点到了闻泽辛下跪的那段视频，播放了一遍后，闻泽厉突地皱眉看向视频，说道："老婆，手机给我。"

沈璇长腿交叠地晃悠着，把手机递给闻泽厉。闻泽厉接过手机点开，接着扩大音量，里面传出江助理的声音。

"太太，你之前也见过老板的视频，他之前参加B城圈子的一些聚会，根本不是因为跟什么女人见面，只是为了表现给闻老先生看，至于这位林小姐，这是她寄的第五十封信，从去年你们刚结婚那会儿林家就开始瓦解了，只是林小姐自以为是……"

闻泽厉问："这段话为什么会提到爷爷？"

闻颂先在对面僵了一下。闻泽厉看向父亲，很明显地看出父亲脸上那一瞬间的僵硬表情。他低头又一次点开视频看，把音量调到最大，这段话反复地播放着，听得很清楚，这话确实跟闻老爷子有关。林笑儿也有点儿茫然，转头看看丈夫，又看看自家大儿子："阿厉，你能听出什么吗？"

闻泽厉说："不知道，还是等爸跟我们说说？"

闻颂先完全没料到这段视频里面还有这段话，若是早知道，就不会让闻泽厉拍摄了。他沉默下来，一时不知道该怎么说。这么多年过去，老爷子也去世了，那么……

可是如今闻氏稳定，两个儿子发展得都很好，有老爷子以前的铺垫，闻氏才有今天，说到底这是自家的父亲，该不该……

"说吧。"一道沉稳的声音从门口传来，餐厅里的几个人齐刷刷地看去，便见闻小叔脱下黑色长外套，露出了里面的黑色制服。管家接走他的外套挂好，随即匆匆退下去。

其他的保姆也在管家的示意下纷纷离开。

现在屋子里就剩下家里人了。

闻小叔看着闻颂先说："老爷子已经去世了，闻家这些年很太平，孩子们也各自发展得很好，成家立业，但都是一家人，有些委屈不能让他受一辈子，当妈和当哥的该了解了解了。"

林笑儿跟闻泽厉听罢，一起看向闻颂先。

闻颂先的肩膀松了下来，他撑着额头，许久后说："我去拿点儿东西。"

说着，他起身走上楼。闻泽厉看一眼小叔，突然问道："我记得有一年泽辛被小叔带走一段时间，当时是去干什么？"

闻小叔看着大侄子一眼，拿了根烟抽，没有回答。不一会儿，闻颂先从楼上下来，将一个透明的文件袋放在桌面上。

林笑儿离得近，低头一看，便看到一张属于闻泽辛的 CT 单。里面不单有 CT 单，还有核磁共振、B 超、胃镜单等，全都是属于闻泽辛的。林笑儿一下子僵住，随即抓起文件袋，颤抖着手打开。

"这是什么？他什么时候去做了这么多检查？"

单子从文件袋里掉出来，闻泽厉抓起来看，一眼便看到这是受伤后做的检查，胃部出血、脑震荡、肋骨断裂等。

而这些单子，全是闻泽辛的。

闻泽厉捏紧单子，突然看向闻颂先："爸！这是什么？！"

闻颂先顿了顿，打开手机，将一段保存了很久的视频调出来，将手机放在桌面上，说："××年7月泽辛跟同学去缅甸玩，顺便帮你爷爷送一份文件给在缅甸短暂停留的萧老爷子。完成任务后，泽辛准备返程之时，被LT当成你抓走了。那会儿闻氏正好买进台宴的技术，LT便用这样的手段想要逼你爷爷放弃台宴。"

"你爷爷……"闻颂先想起了老爷子当时接到电话的神情。老爷子当时第一时间确认闻泽厉在不在国内，确认后松了一口气。闻颂先抬头看了看天花板："你爷爷当时考虑了二十分钟，再次推开门时，让我跟你小叔把这件事情忘掉，就当这事情完全没有发生。

"闻家也不可能放弃台宴。

"这是什么意思，我跟你小叔非常明白，他选择了闻氏的发展，所以……"

"所以他就放弃了我儿子！放弃了我儿子！"林笑儿狠狠地拍着桌子，"闻颂先！"

闻颂先闭嘴了。

闻泽厉紧紧地靠着桌子："是因为我他才被抓，却又因为我，他才被放弃的吧？"

他想起爷爷去世之前，写下的那封遗嘱。写完后，爷爷将遗嘱交给律师，看着律师说了句"你好好帮我看着"。

看什么？

爷爷是让律师看着闻泽辛吧？！可惜当时所有人都很悲伤，没人注意到这一点。闻泽厉脸色发青，盯着闻颂先问："你为什么不说？他是你儿子，也是我弟弟，就算拼死我也会救他的。"

闻颂先叹口气，抓了抓头发，有些颓废地说："我跟你小叔拼尽全力，也救回他了，但是当时闻氏处于那么动荡的阶段……"

"别说了，你别说了！老爷子！老爷子！"林笑儿哭吼着往门口跑去，想去墓地上找闻老爷子。

沈璇赶紧拉住林笑儿："妈，你冷静点儿。"

林笑儿看着门口，大哭起来："我之前就觉得他偏心得过分，可是我作为儿媳能说什么？我说不了，闻氏是他的，他想要怎么立遗嘱是他的事情，但是为什么要这么对我儿子？为什么？泽辛也是他的孙子啊，就算没有在他身边长大，但依然是他的孙子啊！"说着，林笑儿又冲了回来，拽着闻颂先的衣服打，"都怪你，都怪你。"

闻颂先叹了一口气，揽住林笑儿。

闻泽厉看向小叔："所以，这些年他跟着小叔，就是为了远离闻家，远

501

离爷爷的视线吗？"

闻小叔点了点头，说："他也成长了。"

这话一说出来，林笑儿哭得更厉害。闻泽厉也眼眶发红，冷笑一声："他能不成长吗？难怪沈璇说他藏得深。"

这一年多来，因为感情出问题，他改变了一些以往的作风，比如聚会他是越来越少去了，也很少跟那群少爷玩在一起，渐渐地沈璇跟他多少有些交手的机会，也隐约听到一些风声。

再比如明利投资属于他，大家都有点儿惊讶，明利里的团队人员可都不一般。沈璇之前就跟闻泽厉说过，他这个弟弟跟平日里看到的样子可能不一样。闻泽厉还觉得骄傲，至少闻泽辛不像表面上看到的那么纨绔。

后来他想着，或许是闻泽辛跟着小叔做事的原因。

但是他万万没想到一切的开端是这样不堪。

闻泽厉："是我对不起他。"

这话一出，连闻颂先都哭了。小叔上前拍了拍闻泽厉的肩膀，说："你不知情，跟你没关系，往后对他好点儿吧。"

闻泽厉看小叔一眼，点了点头。

这时，他余光看到桌面上给闻泽辛和陈依打包的饭盒，将其提起来，说："走，去给他们送吃的。"

他揽住了沈璇的腰。

沈璇拿起纸巾擦了擦他的眼角："丢死人了。"

林笑儿赶紧从闻颂先怀里出来，拿过纸巾擦拭自己的眼睛，说："我也去。"

闻颂先赶紧拉住自己的老婆："我也去吧。"

于是，四个人走向门口。闻小叔倒没跟着，他转身进了电梯，上楼去休息。闻泽厉开车，黑色路虎往市中心驶去。

不一会儿，车子停在复式楼门外。

这段时间，复式楼每晚都是灯火通明，有了主人在，这套房子有了人气。此时闻泽辛在书房里处理工作，陈依捧着书在书房的沙发上看。屋里的电话响起，闻泽辛按了接听键："什么事？"

丽姐的声音传来："闻大少跟闻太太来了。"

闻泽辛听罢，皱眉道："说我们睡了。"

丽姐："他们看到书房的灯了，闻太太说想她儿媳妇了。"

闻泽辛看一眼沙发上盘腿坐着的老婆，脸色阴沉地说："她睡了。"

丽姐："……"

这时，话筒像是被人抢走，在闻泽辛挂断电话之前，林笑儿的声音从里面传来："依依，妈给你带了吃的，特意让人给你做的蛋挞还有小蛋糕。"

闻泽辛："……"

林笑儿知道对面是儿子，顿了顿，嗓音温柔很多，但是语气带着威胁之意："儿子，我给依依带了吃的，她上次说想吃蛋挞。"

她就不信人不下来。

闻泽辛沉默几秒道："好，我带她下去。"

林笑儿在那边笑了下，随即把话筒递给丽姐。

闻泽辛挂断电话，站起身理了理袖子，走过去抽走陈依手里的书。陈依仰头看着他："妈来了？"

"嗯，给你带了吃的。"闻泽辛把她从沙发上牵下来，"虽然晚上吃甜食不好，但你可以吃点儿解解馋。"

陈依："哦。"

闻泽辛笑看她一眼，搂着她的腰走出书房。一出走廊两人便看到父母跟哥哥嫂子都在客厅里，一个个抬头看过来，那画面似曾相识，跟早上他们看他被罚跪一样。闻泽辛挠了挠眉心，有点儿不耐烦地走下楼梯。

林笑儿看着自家的儿子，想到过去他爱笑，吊儿郎当的，如今明明看起来变化很大，她竟然没有半点儿怀疑。她忍不住抓住闻颂先的袖子，强忍住不哭，也强忍住不去回想那些报告单。等人下来后，林笑儿上前一步握住陈依的手，另一只手没忍住去握儿子的。

闻泽辛看她一眼，不明白自家老妈想干吗，不动声色地把手挪开了。

林笑儿的手抓了个空："……"

闻泽辛走到一旁，让丽姐去准备茶叶，挽起袖子看一眼自家哥哥："你们可真闲。"

闻泽厉笑了笑，看着他说："故意到你家喝茶的，不许啊？"

闻泽辛拉了下西装裤坐下，这时闻泽厉却上前一把按住他的肩膀。闻泽辛愣了愣，垂眸看一眼自家大哥摁着自己肩膀的大手，挑了挑眉："哥，你几个意思？"

闻泽厉没应，猛地拽住他的衬衫把人提起来。闻泽辛顺势站起身，舌尖抵着腮帮，眼神带了些许不耐烦之意。闻泽厉笑了一下，接着拳头就往闻泽辛的脸上挥去。闻泽辛快速地闪过，反手按住闻泽厉的手臂。

闻泽厉长腿踹去，闻泽辛抬腿躲过，接着两个人狠狠地撞了一下，随

503

即分开。

丽姐没忍住尖叫起来。

陈依也愣住了。

而那兄弟俩分开后，彼此对视。闻泽辛弹了弹领口，看着自家哥哥。闻泽厉舔了下嘴角，随即再次朝闻泽辛发起攻击。闻泽辛后退，闪身躲过，按住闻泽厉的肩膀往旁边推去。闻泽厉笑了一声，后背撞在墙壁上，紧接着再次向闻泽辛发起攻击。

闻泽辛并不主动，好几次都是退守的，闻泽厉却招招狠厉。为了抵挡住闻泽厉的狠厉攻击，闻泽辛眼神冰冷地开始偶尔回击，两个人你来我往，都是散打招式，帅气而有些眼花缭乱。

最后一招，闻泽辛想结束这乱七八糟的场面，用力地把闻泽厉按在墙壁上，狠狠地踹向闻泽厉的膝盖。

谁知道闻泽厉这次完全没躲，闻泽辛想收回力道，可是晚了。咔嚓一声，闻泽厉贴着墙壁，喷了一声，嘴角溢出一丝血，却大笑起来。

闻泽辛变了脸色，狠狠地按着闻泽厉的肩膀："你疯了？有病啊！"

他看出闻泽厉是故意的了，故意受他这一脚。

闻泽厉看着他那冷戾的脸，许久才说："对不起，这么多年辛苦你了。"

闻泽辛眯起眼。

许久后他松开闻泽厉，随即拉过椅子让闻泽厉坐下。闻泽厉的膝盖肯定受伤了，他跌坐在椅子上，两手垂着，看着闻泽辛，满眼心疼，一时却又不知该怎么做。

闻泽辛看了父亲一眼，闻颂先点了点头。

闻泽辛又看向母亲，林笑儿满眼泪水，抓着陈依的手，哭得稀里哗啦的。闻泽辛见状，狠狠地踹了一下椅子，发出哐当一声响。他将手插在裤袋里，一声不吭地站了许久，拿起手机拨打梁医生的电话："过来。"

随后他挂了电话，把手机扔在茶几上，坐在扶手上说："过去了就过去了，都向前看。"

闻泽厉看着他。

闻泽辛抬起眼眸看着自家哥哥："我没怪过你，你不用自责。"

闻泽厉："你忍什么？这么重要的事情都不说，你当我是你哥吗？"

闻泽辛走上前踢了下闻泽厉受伤的膝盖，闻泽厉疼得弯下腰骂了一声。

闻泽辛冷笑一声："活该。"

闻泽厉盯着他，许久后开口："你……"

算了，自家弟弟，他忍了。

陈依也终于明白今晚这一出是为什么了，放松下来，拍了拍林笑儿的肩膀。沈璇坐在沙发上，淡定地泡着茶，说："喝茶吧，都渴了吧。"

闻泽厉："……"

这老婆太过分了。

不一会儿，梁医生抵达复式楼，进门看到这状况都愣了。他再去给闻大少看腿，蹲下来后，说："得上医院拍个片才行。"

闻泽辛问道："严重吗？"

梁医生一边打电话一边说："还好，你收了力道吧？如果没收，大少可能就废了。"

沈璇这才有反应，起身走过去一把拽住闻泽厉的领口："你下次再敢这么做，给我小心点儿。"

闻泽厉："哎，好的，老婆。"

气氛这才好了很多，闻颂先叹了口气："我心里压着的石头终于放下了。"

林笑儿还流着眼泪，闻泽辛走过去，从她手里把陈依拉出来，随即看着林笑儿，几秒后叹气，说："妈，我没事。"

他不说还好，一说林笑儿的泪水流得更凶。闻泽辛抿唇，看闻颂先一眼，说道："爸，你看着她。"

闻颂先："哎。"

他上前揽住陈依。

陈依看着闻泽辛，从身后搂住他的腰。

闻泽辛转身垂眸看她一眼，几秒后低头亲吻她的头顶。

陈依说："总算是都知道了，我都很怕哪天我说漏嘴。"

闻泽辛挑眉，随即揉了揉她的头发。

梁医生给闻泽厉看完腿，还是觉得得拍片，而且听这对话，大概也猜到过去的事情被翻出来了。

十五分钟后，一家人出门，开车把闻泽厉送去医院拍片。今晚梁老值班。

片子出来后，梁老拿起来看了一眼，说："轻微骨折，问题不大，休养一段时间吧。"

说着他转头看向陈依，想说"你既然来了，那么顺便复查吧"，嘴巴还没张开，就被梁医生一把捂住嘴巴。梁老愣了一下，抬手拍自家儿子。

干什么？干什么？！松开！松开。

林笑儿："……"

闻颂先："……"

沈璇看陈依一眼，笑了一下。

闻泽厉："嗯？"

闻泽辛揽着陈依要走，梁老终于嘴巴得空了，张了张嘴，想起儿子说过闻泽辛老婆受伤的事情是瞒着家里人的，于是最后说出的话就是："闻泽辛，你和你老婆有空做个全面体检，为怀孕做准备。楼下有叶酸可以免费领，你们记得领。"

最先反应过来的人是林笑儿，开心地拉着陈依的手问："依依，你在备孕？"

陈依蒙了一会儿，看向闻泽辛。闻泽辛挠了挠眉峰，语气低沉地道："没有。"

林笑儿愣了愣，看向陈依。

陈依心软了，拉着林笑儿的手说："妈，我……我……等会儿下楼领吧。"

林笑儿眉眼一扬。

闻泽辛一听，就知道自家老婆又心软了，他清楚陈依如今处于上升期，连调回 B 城都不肯，又怎么会打算生孩子？

他垂眸看了自家老婆一眼，将人搂紧了。

一家人先陪着闻泽厉去治疗，这次是梁医生给闻泽厉治疗的，估计很疼，闻泽厉却一声不吭，只是额头布满了汗。

沈璇站在门口抱着手臂，陈依走过去站在她身边，挽住她的手。沈璇淡淡地说："你之前说没发生什么事，但我看是因为你知道了他的过去，才心软了吧？"

陈依笑了笑，看向沈璇："不全是这样，我在会城出事的时候，想的第一个人其实就是他。"

沈璇："看来闻泽辛注定能赢回你的心。"

陈依哈哈一笑，又道："在一起就好好在一起，好好经营婚姻，人生在世，对身边的人好些也挺好的。"

沈璇也笑，看向自家的老公。她知道闻泽厉今晚不断挑衅，其实每一次都在引闻泽辛反击，他甚至暴露了很多自己的弱点，希望自己也能去体会闻泽辛的痛苦。所以她没有阻止。

这个男人有他的担当。

但也好在闻泽辛不爱动手，一直是在防守，否则闻泽厉此时恐怕要废一半了。闻家能发展到今天这个地步，教育也很重要，他们兄弟之间的感情是很好的。闻老爷子这样的人都没能让兄弟俩反目，全是因为他们兄弟俩心里有这个家，互相尊重，互相扶持。

沈璇："你嫁了一个好老公。"

陈依看沈璇一眼："嗯，大嫂，你也是。"

沈璇打了陈依几下："终于知道用尊称了。"

陈依低头微笑，靠在沈璇的肩膀上："珍惜当下。"

没错，珍惜当下。

继陈依的手臂打了石膏后，闻泽厉也打了石膏。梁医生还借了一辆轮椅给闻泽厉，闻泽辛冷漠地上前接过轮椅，推着他这哥哥往电梯走去。

陈依挽着沈璇，林笑儿挽着闻颂先跟在身后。一家人下了楼，在楼下林笑儿跑去一口气领了四瓶叶酸，两个儿媳妇一人两瓶。

陈依跟沈璇对视一眼，笑着接过。

一行人到了医院门口，林叔开着车停下，闻瑶冲下车，站在门口，几秒后看到大哥打了石膏的膝盖，又看了一眼二哥，哇一声道："你们又不让人省心了，都多大的人了，怎么还打架啊？"

看来他们小时候没少打架。

闻泽厉脸色沉沉地说："你连外套都不穿就出来了？"

闻瑶的脸色僵了僵。

闻泽辛看一眼自家妹妹，推着轮椅走过去，又把轮椅递给闻瑶："推吧，你哥需要你。"

闻瑶："……"

闻泽厉："喂……"

闻泽辛将手插在裤袋里，走过来牵住陈依的手。沈璇看他一眼，感觉得出闻泽辛的霸道，松了手，踩着高跟鞋去管自己的老公。

陈依伸手想拉沈璇，没拉住。

她叹了口气说："我难得跟璇儿在一起。"

"嗯。以后有的是机会。"闻泽辛改而揽住她的腰，走下台阶，往自己的车子走去。身后传来闻瑶哇哇大叫的声音。

"哥，你好重啊，我抬不起来，太重了……"

陈依没忍住，扑哧一声笑了。

闻泽辛低头看她一眼，几秒后，手臂用力，把她揽得转过身子，按在车旁，垂眸看着她，接着低头堵住了她的嘴唇。

陈依没想到他亲得这么突然，低呼一声，下意识地仰起头。闻泽辛按着她的腰，低头狠狠地吻着她。

陈依下意识地抓住他的领口。

他的长腿抵住她的膝盖，令她动弹不得，任由他索取。

身后，一家人看过来，医院门口抬着担架的医护人员来来往往，还有些人手里提着吊瓶走上台阶，此时全往这边看来。

过了许久，陈依气喘吁吁，满脸红晕，额头抵在闻泽辛的衬衫领口处，嗓音很低地嗔怪道："你干什么？"她的声音很软。闻泽辛按着她的后脑勺，将人按在怀里，指尖在她的后颈上摩挲了几下，低声道："谢谢你。"

有了你，我感觉生命的光彩才开始绽放。

陈依笑了一声："快走吧，我脸红得要命了。"

她还听到闻瑶在吹口哨。

闻泽辛轻笑一声，一把拉开副驾驶位的门，把陈依按进去，给她扣好安全带，低声道："你先等会儿。"

陈依："嗯。"

闻泽辛关上车门，走过去和闻颂先一起把闻泽厉弄进车里。关上车门后，闻泽辛跟闻颂先、林笑儿还有沈璇告别，随即看向闻泽厉："元宵节新品发布会。"

闻泽厉："忘记了……"

闻瑶："哈哈哈哈哈哈。"

闻泽辛指尖点了点窗户，说："让沈总替你去吧。"

说完他站直身子，转身走向自己的车子。闻泽厉挑眉，探头说："闻泽辛，你去，你身为闻家的一分子，这事情你也有份。"

回应他的是砰的一声关门声。

闻泽厉看向沈璇。

沈璇长腿交叠，身子往后靠，抱着手臂道："不去。"

闻泽厉："……"

车子启动，陈依低头看着那两瓶叶酸，上面还写了一天吃多少。她看了一会儿，把这两瓶叶酸放在中控台上。

闻泽辛看了一眼，指尖点了点方向盘，问："跟林添说了什么时候去上班？"

"元宵节过后。"

闻泽辛点头："好。"

陈依顿了顿，突然又看一眼那两瓶叶酸，说："你心里渴望要孩子吗？"

闻泽辛掉转车头，将车子开上另外一条路，说："不渴望，我只渴望你。"

陈依："哦，真的假的？"

闻泽辛看她一眼，勾了勾嘴角："真的。"

这是真实的，所以他在协议里把生育权交给了陈依，即使她以后不生，他也不会有别的想法。陈依看了一眼窗外的夜景说："我想当上合伙人再说。"

"好。"

车子回到复式楼，丽姐看到他们回来，松了一口气，说道："这么晚了，闻太太送来的甜食先放着吧，明天再吃？"

陈依笑道："好的。"

丽姐又道："我给你们炖了燕窝，我去端出来吧。"

"谢谢。"陈依揉了揉脖子，闻泽辛牵着她的手上楼。丽姐不一会儿端着两碗燕窝上来，直接端进书房，把两碗燕窝都放在桌上。闻泽辛把陈依拉到怀里，端起一碗，拿起勺子喂她。陈依张嘴含住，眼睛看向电脑。

闻泽辛的工作处理了一半。

陈依捧住碗，干脆自己吃快点儿。

闻泽辛揽着她的腰，似笑非笑地看着她："小心呛到。"

陈依瞪了他一眼。

闻泽辛也端起自己的那碗燕窝，一口喝尽，随即按了按她的腰，说："可能还需要处理一点儿事情，你先去洗澡，等会儿我回房陪你。"

"哦。"陈依站起身，把两个空碗端起来。闻泽辛握住她的手腕："放下，让丽姐来收，你快去洗澡。"

陈依："一点儿小事……"

话还没说完，丽姐已经冲进来了，端走那托盘："我来我来，太太你快去洗澡吧。"

陈依："……"

闻泽辛这才松开陈依的手腕，说："考试资料放着，我等会儿给你整理。"

陈依："我又不是废物！"

说完，她就胡乱地抓起自己放在沙发上的考试资料，抱着就走。闻泽辛看着她的背影，随即看向丽姐："我做错了？"

丽姐咳了一声："呃……没有，但是太太是成年人，您再宠她也要有个度吧。"

闻泽辛眯起眼眸："是吗？那白天说她当个花瓶就可以的话不是你说的？"

丽姐："……"

"出去。"闻泽辛握上鼠标，几秒后按着按着突然扔开鼠标，拿起手机拨打江辰的电话，"让对方等三个小时，我三个小时后回复他。"

江辰："哎。"

闻泽辛起身走向主卧室，主卧室的门虚掩着，闻泽辛在门口站了一会儿，斟酌了一下，才轻轻地推开门："老婆？"

浴室里传来水声。

闻泽辛看了一眼，松了一口气，又看到陈依把考试资料放在小沙发上。他走进去，把那些考试资料一样样地摆正，又把她的笔拿起来插在笔筒里。

陈依从浴室里出来，看到的就是这一幕。她抿了抿唇，想起刚刚自己说的话，顿时揉了揉耳朵，走过去扑到床上。

闻泽辛站直身子看着她。

陈依拉高被子，无声抗议。

闻泽辛挑眉，随即轻笑一声，取下睡袍走向浴室。陈依听见浴室门被关上了，一把拉下被子，看了浴室门一眼后，又看一眼小沙发旁边的小书桌，她的考试资料被摆得整整齐齐的。她拉高被子，闭上眼开始催眠自己。

大约半个小时后，闻泽辛从浴室里出来，反手关上门，随即走到床边，便见她已经昏昏欲睡了，被子下白皙的小腿露出来一些。闻泽辛俯身，悄悄地拉开她的被子，陈依迷糊地睁开眼看了他一眼，那样子有点儿娇气。

他微微一笑，手摸进被子里。

不一会儿，主卧室里传来轻微的声音，陈依搂着他的脖子，迷迷糊糊地跟他接吻，偶尔止不住声音了又咬住下唇。

复式楼的灯光渐渐灭了，只剩下主卧室的灯还亮着。闻泽辛按着她的脖颈，在她耳边说："其实不生真的好，我们只有彼此。"

陈依眼角含泪地看着他，说："虽然我想努力赚钱，努力升职，但还是想生个孩子来闹你。"

闻泽辛："……"

天色渐渐暗了下来，闻泽辛看一眼时间，已经过去两个多小时了。他拍了拍她的肩膀，说："睡吧。"

陈依拉过被子盖住了头，小脚露在外面，脚链紧贴着脚踝。闻泽辛撑在床上，见状握住她的脚踝塞进被子里。

陈依又给伸出来。

闻泽辛挑眉，说："要是还清醒，我们继续？"

嗖的一下，陈依将脚收了回去。闻泽辛笑了一声，把她的被子往下拉了拉，免得她一蹬脚又出来。他关了床头柜上的灯，随即拉紧睡袍的带子，走向床的另一边，拉开被子躺下。

陈依在被子里感觉到他进来，迷迷糊糊地闭上眼睛，紧跟着翻了个身。不一会儿他的大手就伸过来，搂住她的腰。

"晚安。"他说道。

陈依柔软地回："晚安。"

陈依本就很累了，没过多久，呼吸就均匀了。闻泽辛也渐渐有些发困，把她往怀里搂了搂，薄唇贴着她的后脑勺，轻轻地吻着。

又陪着她睡了十来分钟，闻泽辛才松开她，身子往旁边躺去，手臂遮着额头，神色有点儿烦躁。

三分钟后，闻泽辛掀开被子起身，抓了抓头发，胸膛微敞。他将床头柜上的灯又关暗一点儿，才起身穿上拖鞋走向门口。

小心地关上门后，闻泽辛走向书房，来到书桌旁，拿起烟点燃一根咬在嘴里，慢条斯理地抽了几口，这才拉开椅子坐下，看向电脑屏幕。

江辰在那边发信息过来："老板？"

闻泽辛拿下嘴里的烟，摁灭在烟灰缸里，这才敲向键盘："嗯。"

江辰："谢天谢地。"

老板说三个小时就三个小时，终于准时回来了，不然他都不知道该去睡还是继续等，这段时间忙得很哪！

闻泽辛懒得回复他，拿起桌上的文件翻看。书房里偶尔传来敲键盘以及翻文件的声音，夜渐渐地深了，入夜天气也渐冷。

主卧室里，陈依一开始是睡得很熟的，后来几次下意识地往后靠去，靠了个空，最后一次她翻身闭着眼摸了一把，也摸了个空，就醒了。睁眼看见空荡荡的床位，她又抬起头看一眼床头柜上的时钟，凌晨一点半。

所以他呢？睡一半出去了？

陈依抓过枕头抱着，想继续睡，可是两个人睡习惯了，她怎么也进入不了睡眠状态，于是她直接掀开被子起身，穿上拖鞋一把拉开房门。

他大半夜出去了？去哪儿了？

他也不跟她说一声。她回去看了一眼手机，没信息发来，她又转身出去。

陈依一出去便看到书房门开着，走到书房门口，就见书桌后的男人正低头看文件，一旁的手机显示的是通话页面。

陈依抿了抿唇。闻泽辛抬起头看过来，一眼便看到自家老婆穿着睡裙站在门口，脸上还带着蒙眬的睡意。

他顿了顿，下一秒脸色沉了下来："老婆。"

陈依："干吗？"

"你出门不多穿件外套？"

陈依其实也有点儿冷了。整栋房子的暖气不可能开一整天，她出门时没感觉，来到书房门外才觉得冷，而闻泽辛的书房里没有开暖气。

她说："忘记了。"

闻泽辛抿了抿唇："过来。"

陈依哦了一声，走进去。闻泽辛拿起桌上的遥控器，打开了书房里的暖气，随即一把拉过陈依的手，把她抱到大腿上坐着。陈依这才哆嗦了一下，脚往他身上蹭。闻泽辛握住她的脚，又扯下椅背上的外套给她盖上。

陈依这才舒服多了。

闻泽辛垂眸看着她："怎么醒了？"

陈依打了个哈欠，靠着他的胸膛："突然就醒了。你呢？还有工作？"

闻泽辛顺了下她的头发，把她按在怀里，随即拿起手机跟对面的人说："先不谈了。"

陈依余光扫了一眼，屏幕上是顾呈的名字，看来真的在谈工作。

闻泽辛说完便挂了电话，随即放下手机，低头亲吻她的脸颊，说："我快忙完了，你在我怀里待一会儿。"

陈依："嗯，要不我先回去睡？"

"不用。"他按着她的腰，将人抱在怀里，随即翻起文件。书房里的暖气慢慢地散开了，陈依感觉越来越暖和，在他怀里便有点儿昏昏欲睡。

闻泽辛一边看文件，一边批注。

桌面上的手机嘀嘀响起，一条微信消息。

顾呈："啧，我话都还没说完，你就把电话给挂了，行吧，这几天有空

512

再约。"

闻泽辛看一眼手机，没搭理。陈依又困得厉害，两手从他腰间伸出去抱住他。闻泽辛抽空看了她一眼，轻笑一声。

把最后一个名字签完，他放下笔，身子往后靠，让她睡得更好一些。

陈依声音小小地问："你什么时候忙完？"

闻泽辛顺着她的头发："忙完了，你睡吧。"

陈依："嗯。"

她闭眼继续睡。

不一会儿，闻泽辛看她睡熟了，把人抱起来走向主卧室。房门关上，夜才正式开始。陈依一早醒来，想起昨晚自己那依赖的样子，就有点儿窘。她趴在床上，抱着枕头问道："你经常熬夜工作？"

闻泽辛搂着她，嗓音低沉地道："还好。"

"熬夜对身体不好。"陈依说着，转过头抬起眼眸看着他。闻泽辛定定地被她看了几秒，随即笑道："然后呢？"

陈依："少熬夜。"

闻泽辛："好。"

陈依想起刚结婚那会儿，他确实经常熬夜，有时一个晚上都在书房里。那会儿她不敢管他，即使看到了也不敢提醒。

"能做到？"陈依不信，反问道。

闻泽辛却堵住她的嘴，按住她的后脑勺狠狠地吻着。陈依抗议了几声，再反应过来，人已经坐在他怀里了。

闻泽辛靠着床头搂着她。陈依嘴唇红润，脸颊红润，说："突然来这么一下，我都怀疑你只是敷衍我。"

"不会，我说到做到。"闻泽辛把她按在怀里。

陈依："哦。"

闻泽辛笑："要是哪天犯规了，你给我一个电话，我立马回来。"

陈依："你当我不用工作？"

这话一出，闻泽辛沉默下来，他抱起陈依又亲了几下。陈依能不知道他在想什么？说起工作，他自然就想到会城，毕竟元宵节过后她就要回会城了，一个电话立马赶回来？怕是不能了，闻泽辛揉着她的脖子："再给你一年的时间，你当了合伙人就回来。"

陈依没应。

她一年后能不能当上合伙人还不一定呢。

她说道："我尽力。"

这个话题就不继续了，闻泽辛很强势，按他的想法，她就应该立即回来，但是他也知道她不会答应。他尊重她，所以不会强迫她。

两个人又抱了一会儿，可以听见外面丽姐打扫的声音。闻泽辛按着她的腰，说："洗漱，吃完早餐带你去复查。"

"哦。"今天天气比昨天要好些，阳光洒进屋里，看起来暖洋洋的。陈依穿着毛衣和半身裙，头发披散，整个人气质柔和。

闻泽辛穿了衬衫和西装外套。他拉开椅子，牵过她的手让她坐下。陈依一看时间，说："哦，今天开工了。"

闻泽辛坐在旁边，整理了一下腕表，嗯了一声。

丽姐笑着端出牛奶跟早餐："早上好，先生、太太。"

陈依笑了笑："早上好。"

今天的早餐是牛奶跟三明治，陈依拿起来咬了一口，对闻泽辛说："要不你先去公司？我自己去复查就行。"

闻泽辛在陈依的碟子里挤了点儿果酱，看了她一眼："我能放心？"

陈依："……"

行吧，但愿不要耽误他的工作。

丽姐在一旁偷笑，转身进了厨房。不一会儿，夫妻俩吃完早餐，闻泽辛拿过陈依的小包还有外套给她穿上，揽着她的腰走向门口，在柜子上拿了车钥匙，出门。这段时间为了方便，车子一般都停在家门口的停车位上。把陈依按进副驾驶位，扣上安全带，闻泽辛绕去驾驶位，启动车子。

阳光洒进车内，这真是一个好天气，令人觉得舒服，小区这个点也有不少车子开往大门口。

一上车，闻泽辛的手机就响起来，他拿了蓝牙接起来，全是工作电话。陈依手支着窗户，想着要不要提前复工，而B城的车流量、人流量明显比之前多很多。闻泽辛挂断电话，随即取下耳机，随手放在中控台上，偏头看了她一眼。

她正在发呆，阳光打在她的脸上，一片柔和。

他深深地看了她几秒，指尖伸过去捏了捏她的下巴。

陈依回神，看了过来。

闻泽辛："很无聊？"

陈依耸肩："有点儿想上班了。"

闻泽辛挑眉，看一眼前面的路况，按着方向盘掉转车子，上了另外一条没那么塞车的路，说："初九我送你去会城，十四那天我去接你回来。"

陈依眼睛一亮："你肯？"

闻泽辛看她一眼，嘴角带笑："与其囚着你，不如让你赶快当上合伙人。"

然后你就可以回到我身边。

陈依笑了笑，本来还在犹豫的，现在想想，手臂也没多大的问题了，赶快工作才是。而他的支持也让她不必想着怎么跟他商量。车子抵达医院，这么早医院已经人来人往了，车子停下，陈依下车，闻泽辛绕过来，牵着她的手走上台阶，一进大堂就看到取药处上面贴着"叶酸免费领"五个字。

陈依看了一眼，想起昨晚的那两瓶叶酸，说："不知道叶酸的有效期是多久？"

闻泽辛按着她的腰进了电梯："等会儿回去看。"

他伸手关了电梯，陈依看了他一眼，说："孩子的事情……"

她是愿意生，但前提必须是职业稳定后生，今年、明年估计还没法稳定。闻泽辛垂眸看她一眼，把玩着她的手："不急。"

他是真不急。

陈依笑了笑，随即踮起脚在他的脸颊上亲了一口。

闻泽辛愣了愣，盯着她，几秒后扣着她的脖颈，和她挨得很近地道："我今天有点儿忙，老婆，你别惹我啊！"

陈依："哦。"

她听他刚刚接了很多个电话就知道了。

而电梯里不只他们，还有别的人，都在偷看这对长相出众的夫妻。今天梁老跟梁医生都不坐诊，是梁老的徒弟在，按着梁老的嘱咐，给陈依开单子做复查。陈依手臂上的伤痕已经很淡了。

每晚闻泽辛都会给她涂药膏，新的皮肤长了出来，有些粉嫩。

闻泽辛把陈依的袖子放下，看向那名医生。

医生拿起单子看了一会儿，说："没事了，但需要注意的是，近三个月内尽量不要提重物。"

闻泽辛接过单子，说："谢谢。"

"不客气。"

陈依心里也松一口气，刘月娥在她身上留下的伤痕终于全部消散了。闻泽辛捞起陈依的外套，揽着她的腰出去，看着单子，几秒后把单子折成一小片，放进病历袋里。

随即他牵着她的手下楼，把她放到副驾驶座上，扣上安全带。

"你想回家还是我送你上闻家或者去陈家？"闻泽辛西装外套里的手机又响起，他拿出来看一眼，又放了回去，问道。

陈依知道他要去公司了，今天正是开工日。

她想了想，说："我回家吧，回去看考试资料。"

"好。"

接着，闻泽辛把陈依送回复式楼，车子掉转车头离开。他今天确实忙，先去一趟闻氏的子公司，看着助理把红包发出去，随即开了一个简短的会议，随后和江辰一起去了明利投资。

闻氏子公司的秘书、助理、财务们，看着老板走了，一个个叹了口气："老板也太来去匆匆了吧，今天是开工日，他居然还迟到了。"

"我听说他早上带老板娘去医院检查身体，才耽误的。"

"哟，你这消息是真是假？二少的老婆长什么样？我还没见过呢。"

"我也想见一下。"

"见了你们会惭愧死的，据如梦说，长得非常漂亮。"

"是吗是吗？我更想见一面了。"

"哈哈……我也想见一面。"

大家有点儿惋惜，开年开工大家其实都挺倦怠的，看一看老板的美颜可以提起精神，结果老板都没待超过一个小时，唉。

黑色轿车抵达明利，有不少人在会议室里等着了，江辰一把推开会议室的门，闻泽辛走进去，拉开椅子坐下。

其他人纷纷看着他。

开年第一天的会议老板居然迟到了。

大家都有些好奇，但是没有人敢问。江辰把笔记本放下，说道："开始。"

会议开了两个多小时，结束的时候已经十二点了，外面的助理安排了午餐，一样样地送进来。

闻泽辛站起身，抄起手机去外面给陈依打电话。

其他人边吃边盯着闻泽辛，其中一个脾气不太好的风险评估师踢了下江辰的脚，要他给个解释。江辰知道他想说什么，本来早上的会议可以改期或取消的，但是这里有几个人下午就要飞去美国了，所以这个会议必须开，结果老板居然迟到了。

江辰点着桌子道："早上我们家老板陪着我们家太太去医院复查，所以耽误了。"

所有人都惊了一下。

"哦？原来如此，难怪，难怪。"

"老板居然也会因为女人而迟到啊，稀奇。"

陈依看了一早上的考试资料，中午刚从楼上下来，就接到闻泽辛的电话。

闻泽辛嗓音很低地问："吃了没？"

陈依："准备吃了。"

她看了一眼桌上的菜，今天只有她跟丽姐两个人吃饭，陈依有点儿不习惯，丽姐也不习惯，还看了门口好几眼。

闻泽辛："好。"

"嗯。你呢？"

闻泽辛靠着桌子，看一眼一旁的饭盒，淡淡地说："也准备吃。"

陈依想了下，说："一定要记得吃，但是吃七分饱就行了。"

闻泽辛轻笑一声："好。知道了。"

"你去吃。"闻泽辛说。

陈依哦了一声，挂断电话，放下手机后想了一下，觉得要不明天给他带饭去，也不知道他今天吃的是什么。想着想着，她拿起手机给江辰发消息。

闻泽辛放下手机，拿起饭盒，绕到桌子那边去吃。十分钟后，江辰捧着饭盒出来，偷偷地去看闻泽辛的饭盒。

闻泽辛拿着筷子，抬起眼眸看了江辰一眼。

江辰微微一笑道："太太让我盯着你吃饭。"

他举着手机，给闻泽辛看微信聊天框。

陈依："江助理，麻烦你看着他，让他吃饭。"

闻泽辛用筷子点了一下饭盒："要不要顺便拍个照？"

江辰眼睛一亮："可以吗？"

闻泽辛："拍吧。"

江辰立即调开摄像头准备拍照，闻泽辛却突然道："等一下。"

江辰愣了愣，挪开手机。

自家老板用筷子在那里拨弄，还拨了一些出来，制造吃了一大半的迹象。

江辰："……"

他咔嚓一声，用了广角，把旁边闻泽辛弄出来的一堆东西也拍了进去。接着，他直接将照片发给了太太。

两分钟后，闻泽辛的手机嘀嘀地响了起来。

他偏头看了一眼。

陈依："呵。"

闻泽辛看向江辰。

江辰微笑："老板，作弊是不对的。"

闻泽辛扔了筷子，一声不吭。

吃过午饭，陈依睡了一会儿，然后就进了衣帽间收拾衣服。丽姐进来帮忙，看什么都想给陈依收拾进去。

陈依阻止了几次，不然能塞好几个行李箱。两个人收拾完了，陈依便下楼去厨房里做一些小饼干，随后对丽姐说："我出去一趟。"

丽姐哎了一声，立即给陈依拿小包，说："太太，负一楼有车，先生又买了一辆新车给你。"

陈依顿了顿，下了负一楼一看，原来的凯迪拉克换成了奥迪，还是红色的。陈依问丽姐："原来那辆车呢？不是还好好的吗？"

丽姐笑了笑说："是还好好的，先生让人开到后面的仓库里去了。"

闻泽辛在小区后面买了一个很大的地下仓库，一些不怎么开的车都放到那边去了。

"先生仓库里的车哟，真的看得眼花缭乱。"

陈依笑了笑，打开车门上了车，说："我去一趟家里还有闻家跟沈家，先生要是回来了，给我打电话。"

"好的。"

陈依启动车子，新车不一会儿便开出去，红色的车在阳光下很是耀眼。陈依许久没自己开车，开得有点儿慢，先回陈家去见了廖夕，跟母亲聊了一会儿天，主要是说自己要回会城的事情。

廖夕见这两天开工，就知道陈依得准备回会城了。

她把这段时间给陈依准备的吃的、用的全搬出来，让刘婶给搬上了陈依的车。

陈依是挡都挡不住，无奈地道："我能带这么多东西吗？"

廖夕想了一下，又让刘婶搬下来，陈依赶紧拦着："别搬来搬去的了，你搬下来是不是打算给我寄过去？"

廖夕："对啊！"

陈依："……"

算了，她还是收了吧，能带就带，不能带放在市中心也行。

从陈家出来，陈依驱车去了闻家。林笑儿没想到陈依会来，高兴得很，拉住她的手臂说让陈依晚上在家里吃。

陈依笑道："妈，我来是跟你说一声，我明天要回会城上班了。"

闻颂先泡着茶，听到这话，说："你一个人？"

陈依说："可能泽辛陪我去吧。"

林笑儿立即点头："嗯，他是应该陪你去的，到时需要什么，妈给你寄啊。"

陈依笑着挽着林笑儿的手臂："好。"

林笑儿看着陈依的笑容，又想起自家的二儿子，叹了一口气，抱住陈依，声音低低地道："依依，感谢你陪着泽辛。其实之前我们就看出他对你的感情了，所以一直在逼他，如今你们和好我非常开心，你真的是个好女孩。"

林笑儿一想到闻泽辛受的那些苦，再一想想如果今天闻泽辛跟陈依没和好，他失去了陈依，那他得多苦啊？

陈依感觉到林笑儿又落泪了，拍了拍林笑儿的后背，说："妈，都过去了。"

"谢谢你，依依。"

谢谢你没离开他。

……

从闻家出来，陈依在车里坐了一会儿才启动车子，随后开去沈家。沈璇在家养胎，靠在沙发上吃着葡萄。陈依一进门就笑："嗯，女王。"

沈璇坐直身子，拍着旁边的位置。

陈依坐下来，说："怎么样？"

沈璇将水果盘推给陈依，说："今天突然有点儿乏，就不去开工了，我爸去。"

陈依点了点头。

沈璇这肚子还不太明显。

沈璇问："要去会城了？"

陈依："嗯。"

沈璇："我生的时候你来不来？"

陈依笑道："当然来，借私人飞机也得来。"

519

沈璇："好。"

闺密俩聊了一会儿，陈依问道："闻大少呢？"

"去公司了，区区骨折不算什么，闻氏今天开工，很忙。"

陈依给沈璇剥葡萄皮，一边听一边点头。沈璇看陈依一眼，说："你老公能做到今天这份上，很好了。"

陈依笑看向沈璇："你老公也很好。"

沈璇："那是的，当继承人哪里有那么容易？得受多少人的质疑？一旦做错了事情就有很多人弹劾你，闻泽厉跟我都是这样一步步过来的，所以，谁都不容易。"

陈依点头："嗯，所以他们兄弟俩都理解对方。"

沈璇："嗯。"

下午五点左右，黑色轿车停在家门口，闻泽辛迈下车，关上车门，走进大门。进屋后他放下车钥匙，往楼上看去。

丽姐从厨房里出来，笑道："先生，回来啦？"

"太太呢？"闻泽辛把外套脱下递给丽姐。

丽姐说："太太说回陈家一趟。"

闻泽辛本想上楼，听见这话停住脚步，理了理袖子，说："我去接太太回来。"

丽姐立即道："太太刚刚给我发信息，说她在回家的路上了。"

闻泽辛顿了顿，问："多久前说的？"

"十分钟前。"

闻泽辛看一眼门外，这时余光看到茶几上放着的几本书，抬了抬下巴："是太太的？"

"不是，是闻太太今天让司机送来的。"

闻泽辛走过去，站在茶几旁垂眸看着那几本书的书名：《育儿指南》《备孕十大技巧》《新生儿》。

丽姐在身后笑眯眯地道："都是跟宝宝有关的书。"

闻泽辛下颌紧绷，看了几秒，转身走向楼梯，说："都扔了。"

丽姐："啊？"

闻泽辛看了丽姐一眼。

丽姐反应过来，先生现在似乎不太想要宝宝。她哦了一声，正准备去收拾书，这时门口传来高跟鞋的声音。陈依进了屋子，一眼看到闻泽辛："你回来啦？"

"嗯。"闻泽辛转过身，弯腰抽了两张纸巾，走过去抬起她的下巴给她擦脸，"怎么出了这么多汗？"

陈依一边换鞋一边说："我从沈家出来的，莫甜阿姨很热情，硬要给我塞很多吃的东西，我没要，跑得比较快。"

闻泽辛轻笑一声。

陈依换好鞋子，看他一眼："你中午饭都吃了？"

闻泽辛挑眉，牵着她的手走向沙发，说："我还敢不吃？"

他接过丽姐端来的水，放到她唇边喂她。陈依喝了一大口水，余光看到丽姐捧了几本书要走，问道："那是什么？"

丽姐脚步一顿，迟疑地看向闻泽辛。

闻泽辛放下杯子，说："妈送来的几本书。"

"育儿的？"陈依一下子就看到了。

闻泽辛："嗯。"

"我看看。"陈依伸手。

闻泽辛看她一眼，指尖点了点，示意丽姐把书给她。丽姐将书递给陈依，陈依拿过来，随即拉着闻泽辛坐在沙发上看起来。

闻泽辛看她看得津津有味，说："我说了，不急。"

他是真觉得两个人很好。

陈依："多了解一下嘛！"

闻泽辛挑眉，长腿交叠，搂着她的腰，陪着她看。丽姐在后面见状掩嘴偷笑，将其他的书都放下来，接着转进厨房里去准备晚饭。

这些书都是图文并茂的，陈依坐下后先是翻了下目录，再看内容。闻泽辛垂眸看着，指尖撩着陈依的发丝。

"孩子挺麻烦。"他说。

陈依看了他一眼："你小时候也挺麻烦。"

闻泽辛挑眉，没应，但还是陪着她看。这时手机响起，他拿起来看，是顾呈发了微信消息，说晚上约。闻泽辛没回复，捏了捏陈依的肩膀："老婆，晚上要出去吗？"

陈依问："去哪儿？"

"顾呈跟萧然等人约我。"他说得非常详细，像汇报一样。

陈依倒没注意这个，抬起头看着他问："聚会吗？我去可以吗？"

"可以，常雪可能也在。"

陈依停顿了一下，看他许久。闻泽辛被看得有点儿发慌，挠了挠眉峰说："那就不去……"

"去吧。"陈依说。

闻泽辛顿了顿，回道："好。"

陈依继续看书，闻泽辛靠在椅背上，编辑消息回复顾呈。顾呈立即回复了一句："终于把你给约出来了！"

闻泽辛看了一眼，把手机放在茶几上，继续陪着陈依看书。看着看着两个人都认真起来，一页看完翻下一页，如果闻泽辛先看完，还会等陈依一下。

丽姐在厨房里做饭，好几次都以为外面的两个人睡着了。

两人也太认真了吧！

不一会儿，饭菜做好，丽姐端出来，笑着喊道："吃饭啦。"

这个点夕阳还没落下，闻泽辛抽走陈依手里的书合上，放在茶几上。陈依揉了揉脖子，闻泽辛也顺手帮她揉。

桌面上都是陈依喜欢的菜，闻泽辛拉开椅子摁着她坐下。丽姐笑道："我去端汤，今晚也是太太喜欢的汤哦。"

陈依笑道："谢谢。"

吃过晚饭，陈依想着要不要换一套衣服，闻泽辛看她一眼，笑道："不用换，这套就可以。"

陈依看着他道："谁知道你们去什么场合？"

闻泽辛捏了捏她的脸，取下衣架上的外套给她穿上，说："去了就知道了。"

随即他牵着她的手出门。夜幕降临，温度下降，闻泽辛打开车门，挡着车顶让陈依坐进去。

车里暖和多了，陈依打了个哈欠。

闻泽辛绕去驾驶位坐下，启动车子。车子进入大路，今晚顾呈包下了一家俱乐部的八楼。

灰色系的门紧闭着，门一开，里面的风格非常有特色。

闻泽辛把车停下，从车里把陈依牵出来。两个人走上台阶，在服务员的带领下进了电梯。电梯一路抵达八楼，电梯门打开，闻泽辛揽着陈依的腰，走到门口一把推开门，里面砰砰砰的声音响起，彩带一下子全往闻泽辛和陈依的身上飞来。

闻泽辛条件反射性地将陈依揽在怀里，盯着他们几个。

顾呈："恭喜……抱得美人……归？"

大家沉默了六秒左右。

闻泽辛淡淡地说："谢谢。"

陈依从闻泽辛的怀里出来，她被闻泽辛抱得比较快，只有后脑勺沾了一些彩带。常雪笑着挤上前，帮陈依捡掉那些彩带，笑眯眯地说："我都好久没见你了，后来听聂胥说，才知道你们已经重归于好了。"

陈依笑道："是好久不见了。"

她则伸手给闻泽辛拿走那些彩带，闻泽辛的脸上、头上以及肩膀和手臂上全都是。常雪帮陈依拿了两秒后，被聂胥抓走了。

陈依捏走他额头跟眉心上的彩带，看到他隐隐的不耐烦神色，没忍住笑场了。

闻泽辛捏起她的下巴看了一眼："很好笑？"

陈依点头："还是绿色的彩带。"

闻泽辛没吭声，看其他人一眼。萧然、顾呈、聂胥和常雪纷纷看过来。顾呈跟聂胥笑得最坏，常雪掩嘴笑得眼睛亮晶晶的。闻泽辛拍了拍肩膀，揽着陈依走过去，在沙发上落座。

其他人跟着坐下，顾呈开了一瓶酒，倒在闻泽辛跟前的杯子里，说："真的要恭喜你。"

闻泽辛端起酒杯跟他碰了一下，说："谢谢。"

"哈哈哈。"顾呈喝完一杯酒，往后靠去，眼底含笑。他其实不知道闻泽辛经历了什么，可是能猜到闻泽辛做某些事情的目的。

萧然也倒了一杯酒，却是敬陈依的。

陈依愣了愣，端起酒杯。

闻泽辛眯起眼，看看萧然，又看向陈依。萧然捏着酒杯，看着陈依说："辛苦你收了他这样的祸害。"

顾呈："哈哈哈哈哈哈哈。"

闻泽辛："……"

陈依忍笑，跟萧然的杯子碰了一下，说："谢谢你们这么多年当他的兄弟。"

萧然一口饮尽，放下杯子，看闻泽辛一眼，没再说话。他坐下后，靠着沙发玩手机。聂胥跟常雪纷纷过来恭喜，陈依打算喝第二杯酒的时候，闻泽辛拿走她的杯子，给她换了一杯果汁。陈依顿了顿，认命地拿着果汁跟常雪碰杯。

常雪啧了一声："二少，你还管着陈依呢？"

523

"她管我。"闻泽辛语气散漫地道。

常雪被秀一脸。

八楼这边有不少可以玩的娱乐项目，除了喝酒，还有麻将、扑克、桌面足球、射击等。顾呈问道："你们想玩什么？好久没玩桌面足球了，要玩这个吗？"

陈依一听这话，就有些好奇，凑到闻泽辛的耳边问："你们以前经常玩吗？"

闻泽辛听了，偏头低声回答："嗯。"

"你们以前都是这几个人一起玩？"陈依又问。

闻泽辛轻笑："偶尔我哥会参与，沈赫跟沈凛有空也会一起，常雪是因为跟聂胥在一起了才偶尔来参加。"

陈依盯着他。

闻泽辛："兄弟聚会就这些人，没有女人。"

陈依耸肩，收回视线："我又没问你这个。"

闻泽辛挑眉，低笑一声。

他低头在她的眉心亲了一口："以后不会了。"

不会什么，他没细说，陈依也没细听。

顾呈选了桌面足球，他走过去调了机器，问道："你们谁跟我玩？"

聂胥跟常雪唰的一下指着闻泽辛。萧然抬起头看了一眼，低头继续发微信。聂胥笑道："只有闻二少才能跟你玩，我们这些人都很菜。"

常雪笑着靠在陈依的身边说："上次我有幸见过他们玩，你老公玩得挺好的。"

陈依："是吗？"

她看闻泽辛一眼。

闻泽辛揉了揉她的头发，放下酒杯起身，解了点儿衬衫纽扣走过去。顾呈也脱掉马甲，两个人各自站在一边。

聂胥拉着常雪的手要去看。常雪拉着陈依说一起去围观，连萧然都放下手机走过来，站在一旁看。

顾呈喝了一口红酒，咽下后俯身开始摆弄。

闻泽辛慢条斯理地弯腰，修长的手指转动着操作杆，白色小球在里面滚动。一开始像是热身，后面两个人都加快了动作，闻泽辛按住操作杆，一个旋转，砰，进了一球。

顾呈啧了一声，说："你一球。"

闻泽辛没吭声，白色小球又上来，这次顾呈的速度慢了一些，比较优哉。闻泽辛也放慢脚步，垂着眉眼，神色专注，手臂线条分明，领口微敞，很是俊美。陈依看着他，想起读书时他打篮球的样子。

顾呈开始试图进球。

闻泽辛挡了几下，一只手按着后面的操作杆，狠狠地掐住了顾呈踢过来的球。顾呈往前一步，加速又踢了一下。

闻泽辛快速一挡，顾呈又连着来了两次。

砰——这个球，顾呈进了。

顾呈笑道："嗯，承让。"

闻泽辛轻笑一声，随即端起一旁的酒杯喝了一大口酒，喉结滚动，看了陈依一眼。陈依微笑，跟常雪挨着，一袭裙子跟毛衣显得身姿妖娆。两个人当其他人不在似的对视了几秒，闻泽辛眼底含笑，低头继续跟顾呈对战。

顾呈看两人几眼，啧了一声，语气有些酸："在家看不够啊？跑这里来看。"

陈依有些脸红。

常雪哈哈一笑，随即说："没想到闻二少还蛮温柔的。"

他看陈依的眼神里那种温柔藏不住，桃花眼的男人本身就占优势，一旦温柔起来真是要人命，陈依的脸更红了。闻泽辛这边的战局又开始了，他手指的速度很快，手腕转动得也快。

砰，一球飞入，闻泽辛又入一球。

顾呈忍不住大喊一声。

男生大概都喜欢这种游戏，聂胥都看得有点儿紧张了，凑近了看，说："顾呈，你的手速不行啊！"

顾呈啧了一声说："闻泽辛这人太阴了，每次都慢条斯理的，老是踢刁钻的球。萧然，你来吗？"

萧然靠在一旁的桌子上，玩着手机不搭理他。

顾呈："那我就继续了。"

闻泽辛站直身子，握着手腕转了几下，又端起酒杯喝了一口酒，看向陈依。陈依立马能察觉常雪投来的调侃眼神，脸红地挪开视线，端起一旁的饮料喝了一口，再回头时，第三局又开始了。

这种游戏也能玩出那种刺激感，尤其是两个人都是高手的情况下，你来我往，见招拆招，简直精彩至极。

525

接下来的局面就是：

砰！

闻泽辛入一球。

砰！

顾呈入一球。

室内的温度似乎都跟着升高了，顾呈扯了扯领口，汗水顺着额头滑落。闻泽辛也有点儿出汗，滴到了下巴处，陈依拿起纸巾走过去给他擦下巴。闻泽辛一手按着操作杆，另一只手抬起来抓住陈依的手，放在唇边亲了一口。

陈依感觉手背都滚烫了。

他松开她，随即继续。这个游戏很考验手腕的力气以及灵活性，顾呈发球，闻泽辛截球，二人又开始。

常雪看得津津有味："太精彩了。"

聂胥："看得我都想去玩了。"这时，身后的包间门被推开，一行人转头看去。沈凛带着沈赫走进来，笑道："刚才就听说你们在。"

顾呈说："你妹夫呢？"

沈凛跟沈赫走过来，语气含笑道："在家陪璇儿呢，璇儿这两天有些乏。"

沈赫看到陈依，脸有些红，尽量往后站。不为别的，喝醉酒打错电话这件事情，第二天他全想起来了。

他其实不是那个意思，可是一想到自己说话的语气，又像是那个意思。

闻泽辛站直身子，将下滑的袖子挽起来一些，不动声色地看沈赫一眼，随即偏头看一眼桌面上的比分。

顾呈：20

闻泽辛：31

闻泽辛说道："换个人玩吧。"

顾呈愣了愣："怎么，你赢了就想跑？"

闻泽辛看着顾呈："那继续？"

顾呈想了一下，却觉得手腕不太舒服，摇摇头说："算了，沈凛、沈赫，你们谁跟他玩？"

沈赫哪儿敢，他一声不吭。

他第二天其实给闻泽辛发了微信解释，但对方没回复他，让他至今还有点儿紧张。

沈凛看了看说："我就不玩了。"

闻泽辛看向沈赫，说："你呢？"

沈赫突然被点名，愣了一下。他支支吾吾，闻泽辛垂眸，开始调机器说："玩个游戏而已，我会吃了你？"

沈赫立即想着也对，这次又不玩钱，没什么好怕的。

何况他一进门就想玩了。

他上前，接了顾呈的位置。

连陈依都没有觉得有什么不妥，因为闻泽辛神色非常自然，所有人都没看出他有什么坏心思。直到开局第三场，闻泽辛再次入球，没给沈赫半点儿反应过来的机会。

闻泽辛刚刚跟顾呈是棋逢对手那种打法，这次却是瞄着沈赫专攻他的弱点，把他往死里打。这一球，极其刁钻地入了沈赫的球门，连机器都震动了一下。

沈赫呆住了。

那种被压着打，无法出头的感觉，让他的自信心全被打没了。

沈凛也终于反应过来："喂。"

顾呈："闻泽辛，你怎么这么凶残？"

闻泽辛站直身子，松开了操作杆，懒懒地甩着手："怎么了？玩个游戏而已。"

沈凛："你那是游戏？不知道的人还以为我弟是你的情敌。"

闻泽辛下颌紧了紧，笑了一下，挠了挠眉峰正想说话，陈依在一旁喊了一声："闻泽辛，你休息一下。"

闻泽辛顿了顿，看向陈依。

陈依也看着他，两人四目相对。

陈依："休息吗？"

闻泽辛："休息。"

陈依说完，转身走向沙发。闻泽辛在原地站了几秒，随即手插在裤袋里，跟在她身后走过去。沈赫松了一口气，说："他肯定还记仇，记着上次的事情。"

沈凛倒不知道这件事情，于是拉着自家弟弟问了几句。其他人也很好奇，全凑过去偷听，沈赫把上次回去休息后，因为醉酒打错电话给陈依，说了那么一通话的事告诉他们。他本来就藏不了事情，说出来反而舒服一些。

大家一下子明白闻泽辛今晚是发什么疯了，原来心里憋着气呢。

顾呈啧啧两声，说道："怎么了，喜欢温柔的女人有错吗？我也喜欢啊！闻泽辛，你最好把陈依藏好一点儿，未来还长着呢，你的醋是吃不完的。"

他故意提高音量挑衅地说，也或许是知道陈依在，闻泽辛应该不会太过分，所以才敢这么说。

闻泽辛靠在沙发里，长腿交叠，看着这边，下颌紧绷。就在他的手从裤袋里要抽出来的那一刻，陈依唰的一下扑在他怀里，抱着他道："顾呈开玩笑的。"

闻泽辛垂眸。

陈依仰头看着他道："你吃醋可以，但是不要把我藏起来。"

闻泽辛看着她的眼睛，几秒后低头堵住她的嘴唇，大手顺着她的头发。

陈依耳根跟脸颊都很红，头发披在肩膀上。

那边，挑衅半天没得到回应的几个人，尤其是顾呈，奇怪闻泽辛这都能忍下来，转头一看，原来闻泽辛是被自家老婆制服了。

顾呈笑了一下，想继续挑衅。闻泽辛指间夹着一个不知什么时候拿起来的色子，一手揽着陈依的腰，垂眸吻着，一手用力，将色子往这边扔来。

那色子直接打在顾呈的脚下。

顾呈心想：幸好我躲得快。

沈赫脸色发白，心想：我收回之前的话行不行？

夫妻俩结束接吻，那边的几个人已经打起麻将了，麻将声起起伏伏。

陈依到处去找自己的橡皮筋，闻泽辛伸手把她抱过来，单手推开一旁的沙发，俯身从里面拿出一根黑色的橡皮筋。

陈依大松一口气，赶紧接过皮筋，顺手把自己的头发全扎起来。闻泽辛指腹抹着她的嘴角，像是抹去嘴角的水迹，又像是还想接吻。

陈依慌了，急忙转过头去。

闻泽辛顿了顿，笑了一声，接着把她的脸转过来，看着她。

陈依三两下扎好头发，随即起身拉着他道："我们也去玩吧，我刚刚看着也想玩那个桌面足球。"

她能感觉到那种热血劲儿，大学那会儿在辩论社就是这种感觉，大家你来我往，唇枪舌剑，辩论都能出汗。

这是久违的感觉。

闻泽辛起身，一只手插在裤袋里，一只手被她拉着，去了桌面足球那里。常雪、沈赫、沈凛和顾呈四个人就在旁边打麻将，聂胥站在自家女朋友身后看着，偶尔插插手。

至于萧然，在那边靠着椅子玩手机，偶尔发发语音，可能在跟女朋友聊天。

陈依把毛衣袖子挽起来，弯腰握住操作杆。

闻泽辛在对面站好，俯下身，随后开球。

陈依没玩过这个，好几次都踢空了，闻泽辛反脚帮她踢了回来。陈依的球到了他脚下，他就放水，假装没看到。

陈依按着操作杆，准备一举击中，结果球往旁边歪去，还卡住了。

陈依："……"

闻泽辛见状低笑一声："慢慢来。"

陈依看了他一眼。

闻泽辛难得有耐心，陈依受到莫大的鼓励，继续操作。闻泽辛一直陪着她，几乎不怎么用力去挡她，就让她在里面畅游天地。

旁边聂胥看了一眼，终于明白闻泽辛真的把所有温柔都给了陈依。

闻泽辛陪着玩，还不用力，偶尔还帮忙，简直就是大神陪着小透明闯关。聂胥挑眉，承认这点他有时都难做到。

砰，陈依进了一球。

她难以置信地看向闻泽辛。闻泽辛眼眸含笑，说道："进了。"

陈依又看一眼那球，兴奋得很："真的啊，哈哈。"

闻泽辛把那球踢出来，说："继续。"

陈依嗯了一声，又开始。

旁边打麻将的常雪往这边看了好几眼，随即转头狠狠地瞪了聂胥一眼："看见没？你好好跟人家闻二少学学。"

聂胥："……"

又玩了一会儿，陈依又进了两个球，她慢慢地找到了一点儿诀窍，开心得很。最后一球，陈依是真感觉自己打得有水平了，她放下操作杆，揉了揉手腕，就往闻泽辛怀里扑去。

闻泽辛揽住她的腰："玩开心了？"

陈依仰头道："你下次可以不用放水，我们好好玩一局。"

闻泽辛点了点头："好，你元宵节回来，我专门陪你。"

陈依笑着点头："好。"

顾呈那边下了麻将桌，换了萧然上去，顾呈则倒了一杯酒跟闻泽辛碰

529

杯。陈依从闻泽辛怀里出来，拉了椅子坐下，不打扰他们聊天。顾呈挑眉，说："你们既然和好了，对孩子是什么看法？"

闻泽辛："不急。"

顾呈看向陈依。

陈依笑了笑："也是不急，不过可以多了解。"

顾呈点了点头。

陈依有些不好意思。闻泽辛看顾呈一眼，一口气将酒喝完，淡淡地说："你对这事怎么突然这么好奇？"

顾呈愣了一下，随即笑着摇头："就是好奇而已。"

闻泽辛扫了他一眼，没吭声。

"哇，今晚沈赫运气不错。"常雪又输了一把，有些羡慕地说道。陈依转头看去，闻泽辛按着陈依的脖颈，把她的头转回来，低声道："我们先回去？"

陈依顿了顿，看了一眼手表，已经晚上十点半了。她明天就要回会城，于是放下手里的饮料杯子，说："嗯。"

闻泽辛手往下，顺着揽上她的腰，把人带起来，对顾呈说："我们先走了。"

顾呈看了一眼时间，说："行吧，我们也差不多该走了。"

闻泽辛取下衣架上的外套给陈依穿上，陈依走过去，揽着常雪的肩膀说："我们先走啦。"

常雪放下手里的八筒，笑道："好，下回见。"

陈依嗯了一声，随即跟沈凛和萧然道别，看向沈赫说拜拜。沈赫抬起头看陈依一眼，又匆匆地低下头去，说："慢点儿。"

陈依笑了一下，转身走向闻泽辛。

闻泽辛垂眸伸手牵着她走进了电梯，电梯一路下到一楼，电梯门打开，服务员鞠躬。闻泽辛对一旁的经理说："八楼的账单记我名下。"

经理愣了一下，随即点头："好的。"

拉开门，闻泽辛牵着陈依出去，江助理开着黑色的轿车过来停在门口，下车给打开门。入夜了天气很冷，陈依哆嗦了一下，闻泽辛垂眸看她一眼，笑了一声，把人半抱着塞进车里。陈依坐稳后打了个哈欠。

闻泽辛从另一边上车，江助理关上车门，绕去驾驶位开车。

陈依拿出手机翻看机票。

闻泽辛看了一眼，说："不用看，我们坐私人飞机去。"

陈依："哦。"

她收起了手机。

车子开到大路了，B城的夜景向后掠过，陈依看着这熟悉的环境，产生了不舍的情绪。之前她离开是想要换个地方生活，想要有个新的开始，但B城也是故乡，她在这边长大，在这边成家，这儿也不是任何一个地方可以替代的。

闻泽辛垂眸看着她，揽住她的腰，把她的头按到自己的肩膀上。

陈依呼了一口气，趴在他的肩膀上，安静地待着。

闻泽辛偏头亲吻她的发丝，说："我会抽时间去看你，一个月不低于四次。"

陈依抬起头看着他："那你相当于一个星期去一次，你也要顾及自己的身体啊！"

闻泽辛勾了下嘴角："好。"

江辰握着方向盘，看着路况，心里也有淡淡的不舍情绪。太太这个靠山要离开B城了，他以后狐假虎威都要悠着点儿了。

而且对会城，江辰的感观也不太好，他希望太太早点儿调回B城，B城需要她啊！他也需要。

两人回到复式楼时，丽姐还没睡，刚刚收拾完行李。

陈依看到收拾好的行李后，看向闻泽辛。

闻泽辛把她的外套脱下，说："丽姐陪你过去照顾你。"

"那你呢？"

闻泽辛回道："我有空就回闻家。"

陈依："行。"

丽姐进厨房给闻泽辛和陈依端燕窝当夜宵，夫妻俩坐在餐桌旁，一边聊天一边喝燕窝。十几分钟后，闻泽辛牵着陈依的手上楼。之前因闻泽辛的吩咐，丽姐把主卧室的暖气都开了，陈依一进门就感觉舒服得很，伸了个懒腰。

闻泽辛看她一眼，从身后抱住她，低声问："一起洗？"

陈依动作一顿，脸有些红，嗯了一声。随即闻泽辛把陈依抱进浴室里，不一会儿，浴室里传来水声，水声中偶尔夹杂少许别的声音，隐隐约约，若有似无。一个小时后，陈依拉过被子盖住自己，闻泽辛坐在床边，拿着吹风机给她吹头发。

陈依扯了下睡裙，长腿微微发抖。

身体虽然累，她却很精神，或许是因为明天要离开 B 城了。闻泽辛慢条斯理地吹着她的头发，两个人都有些安静。陈依看着他，他空出手捏了捏她的鼻子，陈依抱着他的腰，头发垂落，闻泽辛继续给她吹着，后来她就有些困了。

闻泽辛见状，把吹风机关小了一些。

陈依有些迷糊地坐起来，看着他。

闻泽辛俯身堵住她的嘴唇，亲吻了几下，说："睡吧。"

"嗯。"

不一会儿，主卧室的床头灯更暗，闻泽辛从身后抱住陈依，陈依握着他的手臂，闻泽辛反手抓着她的手，说："晚安。"

"晚安。"陈依小声说道。

随着这一声落下，闻泽辛手臂收紧一些。陈依也渐渐睡着了，房间里很安静。十来分钟后，闻泽辛却睁开眼，闻着她身上的香味，目光不知落在何方。许久后，他小心翼翼地松开她，随即起身穿上拖鞋，从抽屉里拿了一根烟跟打火机，走出主卧室，站在栏杆边抽烟。

丽姐打扫完洗手间从里面出来，一抬头便看到先生没睡。

她愣了一下，随即明白，估计他心里也很不舍，不想太太离开 B 城。

下一秒，她看到闻泽辛要看过来，立马闪进电梯里。闻泽辛看见她了，神色淡漠，指间夹着烟把玩了几下，淡淡的薄荷味从烟头里飘出来，令人有些清醒。

房间里传来翻身的声音，他收起烟，走到门边，单手按开门看去。

床上的女人翻了个身，抓了一个抱枕抱着。闻泽辛眯起眼，走进去，将烟掐灭在洗手台里，随即洗漱了一下，走出来小心翼翼地把她怀里的抱枕拿开。陈依反手抓住他的手臂，闻泽辛俯身看着她，嗓音低沉地道："老婆，能不能别去会城？"

他问得很小声。

而陈依睡得很熟，并没有听到。第二天一早，江辰就候在楼下客厅里。陈依跟闻泽辛洗漱完出来，闻泽辛牵着陈依的手下来，他跟陈依的行李箱已经让丽姐安排到车里了。丽姐即使要跟着去会城，一大早还是做了早餐，江辰也可以一起吃。

陈依嘀咕道："怎么这么早？我还想着今天中午如果有空，给你送饭去。"

闻泽辛抬起眼眸看着她，拿纸巾擦了擦她的嘴角说："早点儿过去熟悉环境。"

他不舍归不舍，该安排的还是要安排。

陈依哦了一声。

吃过早餐，几个人出门。江辰把车门打开，陈依和闻泽辛上了车。陈依看了一眼复式楼，随即收回视线，闭了闭眼，让自己尽量不要那么不舍。丽姐心里也有点儿不舍，关好门后，跟着上车。

江辰启动车子，一路往机场那边开去。

闻泽辛牵着陈依的手，把玩着她的婚戒，说："去哪里都让如梦陪着你，如果她不尽职，我不会饶她。"

他虽然只有简单几句话，但是车里的人都听出他的认真。陈依点了点头："嗯。"她也不会拿自己的命开玩笑。

丽姐跟着转过头说："先生放心，我会照顾好太太的。"

闻泽辛嗯了一声。

很快，车子抵达机场。

因为是私人飞机，没有那么多手续，陈依在门口就看到了如梦跟唐立。如梦看到陈依，眼睛一亮，朝陈依挥手。

陈依笑着回了她一个手势。

闻泽辛牵着陈依走过去，其他几个人跟在身后，推行李的推行李，一路进了机舱，还是上次那个空姐和空少来服务他们。闻泽辛俯身给陈依扣了安全带，顺了顺她的头发："早上醒得早，睡会儿。"

陈依刚刚一路走来，手指还有点儿冰，今天天气还可以，但是温度下降了。她抓住他的手，给自己暖和一下。

闻泽辛挑眉，没有抽开手，任由她暖着。

大约一分钟后，他问："好了？"

陈依点头："好了。"

闻泽辛这才坐回自己的位置。身后的空姐和空少虽然有心理准备，但还是再一次惊讶到，如梦一副"你们真是的，都几次了，还惊讶"的表情。

飞机起飞，很快进入云层。

陈依躺着，拿起书看。

闻泽辛也看着书，支着额头翻着书页，修长的手指偶尔捏捏陈依的手指。

飞机抵达会城时天色还早。

陈依坐在车里，看着会城这座城市，感觉过了一个年，这边又变了一些。她咦了一声，说："我怎么发现这边的警亭多了？"

江辰一边开车一边笑道："老板的功劳。"

知道陈依还要回会城，闻泽辛向上级部门反映了一些问题，然后拨款，不到一个月，会城增加了很多的警亭。

陈依看向旁边的男人。

闻泽辛翻着手中的文件，正在打电话。

陈依凑过去亲了他一口。

闻泽辛愣了愣，随即按住她想吻，结果那边闻小叔说："话还没谈完，闻泽辛。"

闻泽辛："……"

陈依离得近，也听见了小叔的话，脸红得厉害，赶紧自觉地退开，顺便甩开闻泽辛的手。闻泽辛偏头看她几秒，手伸过去揽住她的腰往自己怀里拖。陈依挣扎了一下，膝盖跪到了座椅上。

闻泽辛将头埋在陈依的脖颈间，嗓音很低地回话："萧家那边我会去谈，你放心。"

闻小叔在那边听见这边的动静，懒得管了，只说道："跟萧从打交道要注意些。"

"嗯。"

闻泽辛的呼吸还有薄唇就在脖颈处，呼吸、说话时触感明显，陈依捂着嘴巴，许久不敢出声。前方的挡板也升起来了，车辆在马路上前行，闻泽辛指尖翻着文件，继续跟小叔谈话，谈了很久。

陈依觉得膝盖都僵硬了。

闻泽辛挂断了电话，抬起眼眸看她一眼，见她捂着嘴巴有点儿呆的样子，轻笑了一声。陈依低下头看着他，赶紧从座椅上下来："你还笑。"

闻泽辛合上文件，拿下蓝牙耳机，随手放在一旁，拨弄着她的发丝，接着突然按着她的肩膀，把她按在座椅上，俯身吻住她的脖颈。

车子疾驰而过，会城的城市面貌从车窗两旁掠过。车后座声响不算大，女人有些松散的橡皮筋掉落，一头长发披散在肩膀上。闻泽辛抵住她的额头，指尖抬起来给她扣上衬衫纽扣。

车子缓缓停下，驾驶位上的江辰跟副驾驶位上的丽姐一动不动，安静地坐着。

直到闻泽辛屈指敲了敲挡板，江辰跟丽姐才下车，往后备厢走去，开始搬运行李箱。陈依瞪闻泽辛一眼，他拿起橡皮筋递给她，陈依一把抢过来，把自己的头发扎起来。闻泽辛捞过脚下的外套拍了拍，给她穿上。

陈依扎完头发，看一眼手机，发现脖颈上红红一片。她咬了咬牙，又把橡皮筋取下来，让头发披散下来。

闻泽辛挑眉一笑，捞过陈依的小包翻了一下。

陈依说："不用翻，今天没带遮瑕膏。"

闻泽辛顿了顿，把小包拉链拉上，说："上楼再涂。"

陈依："哦。"

她推开车门下车，一抬眼便愣住了。

整条巷子的每个楼梯入口都安上了绿色防盗门，陈依住的地方也安上了，防盗门很新，跟这一排房子有点儿格格不入。

闻泽辛牵起她的手说："以后这样会安全一些。"

陈依看向他："又是你装的？"

"嗯。"闻泽辛让江辰刷卡打开门，丽姐、如梦、唐立搬着行李上楼。闻泽辛牵着陈依上楼，陈依看着身侧高大的男人，从年二十九到现在初九，十来天的时间，这个男人居然做了这么多事情。

一行人上了楼，果然，门也换了，一梯两户的对面那户的门跟着换了。如梦笑着跟陈依说："老板把这边也租下来啦，我、唐立跟丽姐住这边，老板不在的话，我们就派一个人过去跟太太住。"

丽姐笑道："这环境挺不错的，以前我们家也住这种房，别看普通，这种地方住着才有烟火气。"

江辰把门打开，屋里摆设没变，一股淡淡的香味飘来，对面那套房子的门也开了，那边的格局跟这边是一样的，也是两室两厅。

闻泽辛揽着陈依进了屋，把两个人的外套挂起来。陈依看他好几眼，心里挺暖的，不过此时人多，她也不好意思说什么。

丽姐一进门就开始收拾，把带来的闻家跟陈家给的东西放进冰箱里，一边收拾一边说："我们今晚吃火锅吧？"

午饭大家都在飞机上吃的，晚上的一餐才是重要的。

陈依笑道："好啊，我去买菜。"

丽姐一听，立即道："我去吧，我跟如梦去，太太你在家里休息一下。"

陈依却跃跃欲试，走到衣架前取下外套穿上说："好久没吃火锅了，我顺便买火锅底料吧，鸳鸯锅怎么样？"

丽姐看出陈依的兴味，有点儿不好扫她的兴，下意识地看向闻泽辛。闻泽辛站在阳台那边刚挂断电话，挑眉道："我陪你去。"

535

说着，他把指间夹着的没怎么抽的烟掐灭在烟灰缸里，走出来，理了一下她黑色外套的领口。

陈依笑了笑："好。"

随即丽姐跟江辰便看着老板按着太太的腰出门，两个人对视一眼，都笑起来："先生去菜市场？"

江辰靠在沙发上，摊手道："老板什么地方没去过？菜市场对他来说是小意思。"

丽姐却摇头："我有点儿难以想象。"

门被推开，如梦跟唐立探头进来。

"你说什么？老板去菜市场啊？"

"这样的小事情，怎么不让我去？"

江辰："你去干吗？去当电灯泡？"

如梦："哦，也对。"

只要跟太太在一起，做什么事情老板都觉得是好的。到了一楼，推开门出去，两人还碰见了隔壁商铺的老板。他正在研究楼梯口的两辆豪车，一看他们下来，笑着指着车子问："你们的啊？"

闻泽辛神色冷漠，没有搭理他。

陈依则笑着道："对啊。"

那天晚上，陈依就是被闻泽辛安置在他的店铺里。老板点了点头，笑道："我看到车就猜到是你们的了，没想到过完年你还会回来。我们这样的小地方，哪里留得住人才哦！"

陈依笑了笑："会城也有会城的好。"

"嘿，一般啦，就是治安太差了，你们这是要去哪儿？"

陈依回道："去买菜。"

"哦哦，好，去吧。"老板又看那两辆车几眼，这才转身回自家的铺子。

陈依带着闻泽辛往旁边那条路走去，这是去菜市场的路。闻泽辛垂眸看她一眼："以后少跟不认识的人搭话。"

陈依顿了顿，看着他道："这老板你不认识了？"

闻泽辛没吭声。

陈依："一个叔叔款的老板你也吃醋？"

"为你的安全着想。"

陈依："好人可以多交一交，会城就是这点好，街坊领居都比较友好。"

闻泽辛："你不需要。"

"闭嘴。"陈依凶道。

闻泽辛看着她，没再吭声。紧接着两个人进了市场，一进去便看到卖牛肉的。陈依上前称了肥牛跟牛肉丸以及牛杂。闻泽辛将手插在裤袋里，看她还跟老板打招呼，买了肉回头还向人家要点儿香菜。

闻泽辛眯起眼看着她。

陈依转过身，看了他一眼。

闻泽辛走上前，从裤袋里抽出手，接过她手里的东西。

闻泽辛长相出众，陈依也不差，两个人看起来都是不食人间烟火的，所以在市场里转到哪儿都有人看。

当然，陈依买菜选菜非常娴熟。

闻泽辛垂眸，帮忙提着东西，两手都是。

他唯一不耐烦的就是那些看他的目光。偶尔他抬起眼来眼神冷漠地一扫，就会让不少人低下头。

当然也有极个别大胆的人，尤其是女生，没急着挪开目光，脸都红了。

陈依看那几个女生一眼，下意识地挽住闻泽辛的手臂。闻泽辛就把被她挽住的手上的袋子提到另外一边，空出手来牵着她的手，与她十指交扣。

陈依看一眼他那边的手臂，说："早知道让如梦他们跟着来了，买这么多东西。"

闻泽辛："你不是还要买土豆？再买点儿就回去。"

"嗯。"

陈依弯腰选了四个土豆，给了钱后，两个人就从菜市场撤了出来。一走到市场门口，两个人就看见如梦跟唐立在那边探头探脑。

看到他们出来，如梦跟唐立猛地缩回头。

闻泽辛："过来。"

如梦再次探出头。

下一秒看到闻泽辛手里提着那么多东西，她把自家老公推了出去。唐立一声不吭地上前接走闻泽辛手里的东西。如梦也笑眯眯地拿走陈依手里的东西，手终于解放了，陈依笑道："你们怎么跟着来了？"

如梦嘿嘿一笑："当然是来帮忙咯。"

除了帮忙她还想看戏，看看老板会不会在菜市场发生什么乌龙事件，不过是真没想到老板这么老实，陪着太太一点儿都不会不耐烦。

陈依笑道："谢谢。"

"太太客气啥，哈哈哈。"如梦拽着自家老公先走。

闻泽辛轻微地转了一下手腕，随即牵住陈依的手离开菜市场。陈依拽了他的手一下，说："很多人看你。"

闻泽辛垂眸看她一眼："就没人看你？"

陈依瞬间闭嘴。

闻泽辛："以后买菜这事情让丽姐做。"

陈依："哦。"

几秒后，她又说："买菜是一件有趣的事情。"

"等我有空我陪你。"

陈依："行吧。"

两个人回到屋里，发现屋子又焕然一新。丽姐不知从哪里买了一些花草装饰了一下，房间更加温馨。她接过一堆菜，进了厨房。陈依挽起袖子要去帮忙，被丽姐赶了出来。陈依探头喊着客厅里的闻泽辛："你跟丽姐说说！"

闻泽辛抬起眼眸看她几秒，随即对丽姐道："让太太帮忙吧，她手痒。"

丽姐："哈哈，好。"

江辰也没忍住笑起来，说："哎呀，今天我很荣幸啊，可以吃到太太做的菜。"

闻泽辛冷哼一声。

江辰立即闭嘴。他们买的菜多，要处理的东西自然也多，中间如梦还下去买了碗碟。丽姐刀工比陈依好，陈依就帮忙做其他事，如梦则跑腿，但还是忙到天色将暗，才总算把所有东西都处理好，有虾、蟹、青菜、肉丸等。

桌子不够，他们还去隔壁搬了一张移动桌子来，买的鸳鸯锅底，一边红油，一边清汤。所有人围坐在桌子旁，闻泽辛看着这鸳鸯锅，陈依看了他一眼："吃过吗？"

闻泽辛拿起筷子，夹了一筷子肥牛放在她的碗里，说："大学的时候常吃，我妈也偶尔弄。"

陈依笑道："我还以为你没吃过呢，想让你新鲜一下。"

闻泽辛夹了一块土豆放在她的唇边，说："跟你吃什么都新鲜。"

陈依没忍住想笑，忙含住土豆低头吃起来。

丽姐在对面笑道："先生喜欢的话，以后我们常弄，吃火锅热闹。"

闻泽辛没吭声。

今天这火锅是陈依安排的，换成平时，他不会喜欢这么吃，虽然用公共筷子，但是人太多了。

但是她喜欢，他就陪一陪。

江辰看出闻泽辛的意思，偷偷地对丽姐眨眼。丽姐反应过来自己说了啥，真是差点儿就忘形了。

一顿火锅，后面大家是真吃得热热闹闹，也算是给会城的开篇起了个好头。晚上八点多，丽姐收拾完了拿着垃圾离开了这套房子。江辰则去酒店住，这房子里就剩下闻泽辛跟陈依。

喝了点儿酒，还吃了那么多肉和辣椒，闻泽辛的脖颈有些泛红，他揉着陈依的后颈。

陈依靠在他怀里，说："困。"

"去洗澡。"他弯腰把她抱了起来。

陈依搂着他的脖颈说："洗澡就洗澡，不要乱来，这个浴室经不起折腾。"

闻泽辛垂眸看她一眼，轻笑一声："那就轻点儿。"

好吧，她还是没逃过。

水声、车声、人声交杂，许久之后陈依累得不行，吹好头发便躺在床上了。闻泽辛收好吹风机，关上房门，走过来躺下，把她捞到怀里。陈依迷迷糊糊地道："要是怀孕了，我就得暂停工作。"

闻泽辛顺着她的头发，低声道："不会。"

陈依嘀咕："凡事都有意外。"

闻泽辛捏着她的下巴抬起来，看着她道："你到底是想要还是不想要孩子？"

陈依睁开一只眼睛说："我就是以防万一，你看看璇儿，还不是怀了？"

"我不会让你怀孕。"

陈依嘟嘴道："对，你不急。"

闻泽辛："……"

陈依翻个身，自己睡去。闻泽辛愣了几秒，随即追过去，从身后搂着她。陈依挣扎了几下，他按着她的腰："听你的。"

陈依停止挣扎，说："嗯，所以还是要记录一下，以防万一。"

闻泽辛拿起手机点开，按开一个文档，开始记录。

陈依偏头一看，说："下载一个软件，不用这样记录。"

闻泽辛："好。"

夫妻俩闹了一会儿，陈依收到林添的微信。林添今天带着几个员工去聚餐了，发信息跟陈依说来了发条信息给他。

陈依笑着回他，说自己已经到了。

林添："到了也不说一声。"

陈依："没事，我明天就上班了。"

林添："好。"

等她发完信息，闻泽辛低声道："我明天下午跟江辰回B城，一个星期后回来看你。"

陈依："好。"

闻泽辛捏着她的下巴，撑起身子看着她："太乱的地方别去，让如梦和唐立好好跟着。"

陈依也看着他："嗯。"

"老婆。"他低头吻住她的唇。

陈依搂着他的脖子，温柔地回应他。

第二天，陈依被闹铃吵醒，闻泽辛跟着醒来，靠着床头，揽住她的腰，让她安全下床。陈依看他一眼："你再睡一会儿？"

闻泽辛揉着额头，随即长腿放到地毯上，神色不耐烦地说："我陪你去上班。"

陈依挠了下他的下巴。

闻泽辛看她一眼，眼底的不耐烦之意散去，他抓住她的手："别惹我。"

陈依笑起来，可下一秒，便被他拉到怀里去摆弄，她笑着挣扎。两个人大约半个小时后出门，丽姐已经做好早餐了，吃过早餐，闻泽辛送陈依去上班。

一开工，堆积了不少工作，陈依忙得很，而且开完会后，看了一眼项目，这次又要出差，去会延市。事务所门口停着一辆黑色轿车，车后座上的闻泽辛长腿交叠，垂眸看着文件，偶尔抬起眼眸看向事务所。

江辰叹了口气说："没想到太太一开工会这么忙。"

闻泽辛拿了一根烟，咬着低头点燃。

江辰下午就要回B城了，中午闻泽辛接了陈依回去吃饭，吃饭时陈依还在想工作的事情。闻泽辛靠着椅背看着她，陈依抬起头，撞入他的视线中。

两个人四目相对，闻泽辛说："老婆，我下午要走了。"

陈依顿了顿，回道："嗯。"

一时两个人竟无话，就是看着对方。闻泽辛站起身，来到她面前，单手撑着她的椅背，说："叫我一声老公，可以吗？"

陈依眨了几下眼睛，脸有些红。

闻泽辛指尖在她的椅背上点了几下。

陈依迟疑了一下，往前抱住他的腰："老公。"

敲着椅背的指尖停下，闻泽辛低头亲吻她的头顶："嗯。"

陈依闻着他身上的淡淡香水味："你几点走啊？"

"三点半，你忙你的。"

陈依有点儿懊恼，这个时间段她正忙着。

她说道："你到了给我发信息。"

"好。"

一点多，陈依回了事务所，在办公室里犹豫要不要请假去送闻泽辛，可是去送会更难受，还不如等着他回信息好了。

与此同时，黑色的轿车启动，离开巷子，往机场驶去。

陈依的手机响起。

闻泽辛："别想着来送，你来了我就走不了了。"

陈依："哦。"心想他怎么知道自己在想什么啊。

有了他这条微信消息，陈依放松一些，又不是以后都见不着了。她打起精神开始工作，忙着忙着，一天就过去了。晚上七点多，陈依收到闻泽辛发的微信。

闻泽辛："到了。"

陈依松了一口气，回复他："好的。"

她发完信息，看着在厨房忙活的丽姐。丽姐洗好碗出来，擦了擦手说："太太，我今晚在这边陪你。"

陈依点头："好的，辛苦啦。"

"哈哈，不辛苦，你是不是有点儿想先生？"

陈依顿了顿，勾唇一笑："啊，有点儿。"

丽姐安静地看陈依几秒，笑道："先生若知道肯定很高兴。"

因为他肯定也很想太太。

陈依笑了笑，低头看着两个人的微信聊天框，看了一会儿，想着他到了肯定先吃饭什么的，于是放下手机，拿起考试资料开始看。

晚上九点多，陈依洗完澡出来，丽姐还在打扫。陈依进了卧室，拿着毛巾擦拭头发，看着窗外的行人跟车流，进入巷子的基本都是摩托车还有

541

单车，路灯斜斜地投射在地面上，下面有一点儿声音陈依这里都能听得很清楚。

此时的 B 城，从包间里出来后，江辰赶紧给闻泽辛开车门。闻泽辛扯下领带扔在一旁，长腿交叠，闭目养神，淡淡的酒味从他身上传来。

江辰关了车门后，绕去驾驶位坐下，问道："老板，要回哪儿？"

闻泽辛说："回家。"

"好的。"

江辰启动车子，一路开往市中心的复式楼。抵达后，闻泽辛却没动。车窗摇下，他顿了顿说："她在会城。"

江辰附和："是的。"

闻泽辛闭了闭眼："去酒店吧。"

她不在，他在哪里睡都一样。

江辰愣了愣才应道："好。"

他掉转车头，离开市中心，回了闻氏旗下的酒店，还是那间顶楼套房。闻泽辛进门，走到窗边，拿着手机给陈依编辑信息。

闻泽辛："睡了吗？"

陈依："没。"

闻泽辛："通个电话？"

陈依："好啊。"

刚说完，陈依紧跟着发了一个视频过来，闻泽辛愣了几秒，接起来，视频一通，就见陈依一头湿发穿着睡裙靠在窗户边看着他，眼睛因为洗澡显得水润润的。闻泽辛深深地看着她："吹头发没？"

"还没，你把吹风机放哪里了？"

闻泽辛挑眉，轻笑一声："在第二个抽屉里。"

陈依走过去蹲下，手机随着晃动，随后镜头定在她的脖颈上。

吻痕还在。

闻泽辛摸了摸手机页面。

那边镜头一晃，陈依的脸对着镜头，她坐在地毯上，说："你在酒店里？"

闻泽辛愣了几秒，下意识地道："出差了。"

陈依："我怎么觉得你在的酒店很像上次你住的那个顶楼房间？"

闻泽辛："闻氏旗下的酒店都……"

"没错，老板没有你，睡不着，于是又跑到酒店来了。"身后，给闻泽辛提行李上来的江辰大声道。

陈依顿住。

闻泽辛下颌紧绷，扫了江辰一眼。

江辰放下行李，赶紧跑了。酒店门关上后，陈依看着闻泽辛。闻泽辛有些烦躁地扯了扯领口，拿起一根烟低头点燃。陈依看着，说："抽烟会不会更精神？"

闻泽辛顿了顿，抬起眼眸看着她，一秒后，摁灭烟头。

陈依起身，把吹风机的插头插上，摆弄了一下，确定可以用了，靠着窗户说："老公，我也想你了，我还是第一次连吹风机放在哪里都不知道呢。"

这里她之前明明住了那么长时间，但是今天突然就找不到了。

闻泽辛听到这话，挑眉看着她，许久后说："老婆，我爱你。"

陈依的脸一下红了。

闻泽辛看到那边窗帘被吹动，说道："你先吹头发，我去洗个澡，视频不要挂。"

陈依看着他开始解衬衫纽扣，露出少许锁骨，脸红通通地道："你该不会要拿着手机进浴室吧？"

本来要把手机放下的闻泽辛停顿了一下，俯身撑在桌子上，看着她道："我带手机进去，你觉得能看到什么？"

陈依的耳根也红了："能看到你没穿衣服的样子。"

闻泽辛轻笑，摸摸手机页面上她的脸："不止，还可能听到我叫你的名字。"

陈依看着那根修长的手指，瞬间愣住。接着，她脸红耳赤地说："算了算了，你别带手机进去了，我吹头发，你出来再跟我说话吧。"

闻泽辛看她一眼，眉眼含笑，转身进了浴室。衬衫有点儿凌乱，他看起来有点儿不羁。陈依在那边赶紧拿起吹风机开始吹头发，手机放在桌子上，可以看见他浴室的磨砂门。陈依的心倒是安定很多，她看着楼下的行人，吹着头发。

二十分钟后，她吹好了头发，靠在床上看着考试材料，视频里的浴室门开了，闻泽辛系着浴袍带子走出来，眼眸看过来。

他的浴袍没有完全系紧，可以看到胸膛上还带了点儿水珠，腹肌分明。

陈依的脸又红了。

闻泽辛拿起手机走到床边坐下，说："别看太晚，早点儿睡，今晚谁陪你？"

陈依："丽姐，丽姐估计睡了，客厅的灯关了。"

闻泽辛点了点头。

陈依放下书本，看着他说："我明天要去会延市。"

"嗯。"

"你呢？你明天有什么工作？"

"明天去一趟俱乐部。"

陈依哦了一声："电竞俱乐部？"

"嗯。"

两个人聊了一会儿，陈依有点儿困了，打算挂视频，闻泽辛却突然道："别挂，我看着你睡。"

陈依顿住。

闻泽辛盯着她。

陈依嗯了一声，躺下，把手机放在床头固定住。她的睡裙有点儿凌乱，露了一边肩膀下来，闻泽辛看着，说："老婆，想你。"

陈依的脸更红，她一把将手机按下："睡觉。"

闻泽辛："把手机抬起来。"

这男人要求真多，陈依嘀咕两声，但还是把手机抬起来摆好。然后她抵挡不住睡意，很快便睡着了。

闻泽辛盯着她的睡颜看了许久，也不知道多晚才有了点儿睡意。

可惜他一躺下，又清醒了些。

他有些烦躁，遮着额头，偏头看一眼视频里熟睡的女人，她离他那么远……

说好的一个星期，结果三天左右，闻泽辛又回了会城。陈依下班看到他坐在车里，还吓了一跳。她看一眼地方，这是在会延市啊。

闻泽辛打开车门，抓住她的手臂把人往怀里拖。

陈依在一众同事的注视下，就这么被他拖进了车里，车门瞬间被关上。

陈依的同事目瞪口呆。

如梦赶紧下车，笑道："大家今晚吃好喝好，我老板请客哈。至于我们老板娘，我们就先带走了。"

组秘反应过来，立即笑道："好的，谢谢。"

陈依这老公也太黏人了，出差一次找一次，啧啧。

车子启动，后座里陈依气喘吁吁地挂在他的脖子上，看着他道："怎么才三天你就来了啊？"

闻泽辛将头埋在她的脖颈间："很想你。"

陈依笑了下，抱紧他。

接下来的异地分居时间，闻泽辛就是这样来回，每次说一个星期左右来一次，然而总是在第三天、第四天就回来，一个月来四次变成一个月八次。江辰在私人飞机上还为他准备了常穿的西装，有时要参加什么活动，他直接在飞机上换好衣服就去参加。

闻泽厉十分震惊："你最近用飞机用得很频繁啊，是不是该轮到我了？"

闻泽辛："去哪儿？我让江辰给你订机票。"

闻泽厉："……"

一通电话把陈依从睡梦中拉了起来，她听见沈璇进了手术室，急忙穿鞋，第一时间去买机票。

闻泽辛来电，说："我让人给你买好了。"

陈依松了一口气："好。"

她一边收拾行李，一边问："璇儿怎么样？"

闻泽辛："我还没到医院，我爸妈先赶过去了，我哥也在飞机上。"

陈依点头："好。"

闻泽辛："到了我去接你。"

"嗯。"

丽姐看到陈依收拾东西也跟着急，陈依放了丽姐几天假，让她去见她儿子。丽姐愣了一下，一时有些感动。

她赶紧给陈依打开门。

如梦接过陈依的行李，三个人下楼赶去机场。

闻泽辛在机场接陈依，看见她的身影便一把抱住她。

陈依有些紧张，看向闻泽辛："璇儿怎么样？"

"母子平安。"闻泽辛按着她的后颈，亲吻她的额头。陈依松了一口气，放松身子靠着他，闻泽辛顺着她的头发。

车子很快抵达医院，闻泽辛揽着她上了楼。

为了私密性，沈璇住的这层只有她一个人，房间非常大，家庭影院什么的都有。一进门，陈依便看到沈璇脸色苍白，她紧张得手心冒汗，赶紧握住了沈璇的手。

沈璇笑着看她："赶过来的？"

陈依点头："嗯。"

"小家伙怎么那么急呢？"陈依看一眼小家伙，小家伙的小手抓了一下脸。陈依拉开小家伙的手，闻泽厉低头亲了亲沈璇的嘴唇。

沈璇笑了笑，看向自家老公。

不一会儿，医生进来给沈璇看伤口。陈依跟闻泽厉都得出去。闻泽辛坐在外面的沙发上，朝她伸手。陈依走过去，手放在他的掌心里，正想说话，就听到房间里传出闷哼声。

闻泽厉立即起身走过去。

陈依回头看了一眼。

闻泽辛把她抱到大腿上坐着，搂着她的腰低声问道："你还想要宝宝吗？"

陈依愣了愣，没回答。

闻泽辛顺着她的后背，嗓音低沉地说："算了，别要了。"

陈依："我都还没回答呢，是你不想要吧！"

闻泽辛捏着她的手："对。"

陈依看他好几眼，没吭声。那边医生出来，闻泽厉进去。陈依从闻泽辛的大腿上下来，也往房间里走去。

到了房门口，闻泽厉抱住站立的沈璇，沈璇难得像个小女人一样依偎在他怀里，仰起头看着闻泽厉。

闻泽厉心疼地隐忍住，低头亲了亲她的嘴唇，把所有的力气都用来抱住怀里的老婆。

陈依见状，默默地后退，暂时不进去打扰大哥大嫂了。

她转身回来，看到莫甜阿姨跟林笑儿站在门口抹泪，愣了一下，随即走过去拿起一盒纸巾递给她们。

林笑儿轻轻地抱住陈依。

莫甜笑了笑说："依依刚下飞机吧？"

陈依笑道："嗯。"

她拍了拍林笑儿的肩膀。

那头，闻泽辛站在窗边打电话，眼眸看着这边，陈依冲他翻了个白眼。

闻泽辛："……"

几秒后，他挠了挠眉心，轻轻勾了勾嘴角。

大约五分钟后，闻泽辛挂断电话往这边走来，把外套给陈依披上，垂眸道："我得去闻氏一趟，你在这里陪着大嫂，晚点儿我来接你。"

陈依拉紧外套，点了点头："去吧。"

他揉了揉她的头发，随即向莫甜阿姨点头示意，接着跟林笑儿说了两句话，便转身出去，正好在门口碰见了沈霄全、闻颂先、沈凛跟沈赫等人。在门口和几人稍微谈了下话，闻泽辛便转身走了，走之前还捎上了沈霄全。

沈霄全要去沈氏。

闻家跟沈家的小宝宝诞生，两位年轻的董事长都在医院里，沈霄全作为沈璇的父亲，自然得先去把控局面。闻泽辛也得去闻氏处理事情，好让自家的哥哥陪着嫂子。

看着闻泽辛出了门，陈依才收回视线。接下来的一整天，陈依在房间里陪着沈璇，不过似乎完全不用她搭手。

闻泽厉对沈璇很体贴，只是极少去看儿子。

陈依抱了闻绅几次，小家伙长得有点儿像沈璇，眉目中又带着闻泽厉的狂妄，但是小家伙可爱多了，会看着陈依笑。

陈依的心也跟着柔软起来，她笑着道："璇儿，他在笑。"

沈璇的脸色红润起来，没有早上那么苍白了，她靠在自家老公的怀里，听着陈依的话，看着陈依抱孩子，眉眼间带着淡淡的笑意，脸上不施粉黛，却也很美。

闻泽厉拿过杯子喂沈璇喝水，依旧不怎么看儿子。

他说过了，只要一个孩子。

到了下午，林笑儿去推吃的东西进来，是产妇的营养餐。陈依把睡着的闻绅放在小床上，走过来帮忙。

闻绅就在这时哇哇大哭，哭得震天响。陈依吓了一跳，转身想去看闻绅，闻泽厉已经上前，有些不熟练地给儿子解开尿布，孩子拉屎了。

陈依见状笑了一下，看了沈璇一眼。

沈璇神色淡淡的，但嘴角含了一丝笑意。

陈依上前，轻轻地抱住沈璇。

看着沈璇吃完晚饭，留下闻泽厉陪着沈璇，其他人去了另外一间餐厅吃晚饭。沈凛陪了沈璇一会儿，因为有工作，所以先走了。此时吃饭的人就剩下五个，除了陈依，还有沈赫、莫甜、林笑儿、闻颂先。

吃过晚饭，几个人陪着沈璇聊天，换闻泽厉去吃饭。这男人忙了一天，根本顾不上自己。

陈依看着，拉着沈璇说："大少越来越好了。"

沈璇笑了笑，看着陈依道："闻泽辛也越来越好了。"

陈依掩嘴一笑。

两位妈妈坐在一旁也笑开了，气氛温馨。陈依拿出手机给闻泽辛发微信，问他是不是还在忙。很快，那头的人回复了。

闻泽辛："嗯。"

这时电视屏幕上正在报道新闻，记者围堵的地方正是闻氏子公司的门口，闻泽辛西装革履，手插在裤袋里，带着江辰跟几个助理，在保镖的护送下从那些记者面前走过。其间他拿出手机扫了一眼，匆匆回复了陈依。

他没有搭理那些媒体记者，直接上了车。

林笑儿叹了口气说："果然啊，这 B 城很多人希望闻家早点儿下台。"

莫甜给沈璇擦手，说："他们对沈家也一样。"

沈璇冷淡地道："不用担心。"

晚上十点左右，沈璇得休息了，莫甜跟林笑儿都留下陪着沈璇，闻泽厉也留下，还有两个保姆。陈依接到江辰的电话，说在楼下等着接她回家。

陈依起身跟沈璇告别："我明天再来看你。"

沈璇点头："好。"

陈依笑着转身出去，下了楼梯。

闻泽辛："跟江辰先回家，我晚点儿回去。"

陈依："好。"

门口停着黑色轿车，江辰下车给陈依打开车门："太太晚上好。"

"晚上好啊江助理。"陈依弯腰坐进车里，椅背上还放着一件西装马甲。陈依关上门后，把马甲拿起来抱在怀里。

江辰坐进驾驶位，看一眼陈依，笑道："老板还在跟人谈话，刚刚下车觉得热，脱掉了马甲，那是真不耐烦的样子，直接甩进车里的。"

陈依笑了笑，完全想象得出那个画面。

她问："今天记者很多吧？"

江辰启动车子，说："多，多得寸步难行，去哪儿都有人跟着。"

陈依点了点头。

好在医院环境保密，目前没人知道沈璇在哪个医院。很快，车子抵达市中心的复式楼，因为有一段时间没人住了，加上周围的邻居估计也没在家，所以路灯什么的都亮着，唯独房子暗着，透露出一股冷清的感觉。

陈依看着愣了一下。

江辰拍了下脑门，老板让他安排人过来提前亮灯什么的，他给忘记了。

陈依："他很久没回来住了？"

江辰挤出一丝笑容："是，老板都住酒店里。"

陈依："……"

江辰下一秒立即道："不过太太你放心，这边定期有人过来打扫的，昨天还是前天刚打扫过，衣服三个月也会定期更换最新款的，还有一些日用品以及冰箱里的食材也都时常更换。

"所以，太太，等会儿麻烦你煮个粥给老板吗？他今晚光喝酒了，估计都没怎么吃东西。"

陈依："好。"

下车后，江辰把陈依的行李箱从后备厢里提下来，上前按密码开门，进屋后，灯一亮，家的感觉涌了上来。江辰把陈依的行李箱送到二楼，下来后就说："麻烦太太了。"

陈依把闻泽辛的马甲挂在衣架上，笑着道："他是我老公，怎么能算麻烦，我很乐意。"

江辰立即笑道："对呀，哈哈哈，太太，我先走了，去接老板过来。"

"好，辛苦了。"陈依看着江辰出去，随即挽起袖子走进厨房。厨房变化不大，还是之前丽姐收拾的那样，也是陈依所熟悉的感觉。

她打开冰箱看了一眼，里面有鸡蛋和一些肉肠之类的东西。陈依取出两个鸡蛋跟两根肉肠放在一旁备用，接着洗米熬白粥。她有很长一段时间没做饭了，多少有点儿生疏，大约一个小时后，粥熬好了，保温着。

陈依走到外面的餐厅坐着，看着大门。

不一会儿，外面停下黑色轿车，闻泽辛长腿迈下来，解着衬衫、领带进门，在玄关处看到自家老婆傻坐着。

他顿了顿，俯身拿出拖鞋换上，随即把西装外套和手机扔在沙发上，朝她走过去。

"怎么没去睡？"

陈依站起身，朝他扑过去。

闻泽辛愣了一下，随即赶紧抱住她，低头看着她："嗯？"

陈依眼皮打架，靠在他怀里打哈欠："困死了，几点了？怎么这么久啊？"

她这一通抱怨令闻泽辛沉默了几秒，随即他轻笑起来，捏住她的下巴，低头咬她的嘴唇，说："今晚被闻氏的股东拉去谈话，喝了些酒，走不开。"

果然，他的舌尖带着淡淡的酒味。

陈依皱了一下眉，躲开。

闻泽辛跟着她的动作，挪过去，看着她问："你煮了什么？"

陈依躲开他的唇，说："粥啊，给你暖胃，我去给你煎个鸡蛋。"

闻泽辛："这么好？"

陈依白了他一眼："一碗粥也算好？"

她推开他，转身走向厨房。闻泽辛跟着进去，挽起袖子，看她在打鸡蛋，便取下炒锅和锅铲放在煤气炉上。

陈依看他一眼："你要干吗？"

闻泽辛打开抽油烟机，说："我自己来，你去洗澡。"

陈依："……"

她想过去抢锅铲，但是太危险了，还是算了。她走到他身后，抱住他的腰，说："我监督你吧。"

闻泽辛动作一顿，笑了一声："好。"

随即，他开始煎蛋。

很明显，可能是学过一点儿中餐，技术还行，煎蛋两面金黄，他看了一眼一旁切好的肉肠，跟鸡蛋一起炒了。

陈依："我本来是打算单独给你煎的，好吧，这会儿一锅煎了。"

闻泽辛："随便吃点儿。"

他把鸡蛋跟肉肠一块儿捞起来放在碟子里。陈依松开他，去舀了两碗粥端出去，夫妻俩在餐桌旁落座。

一人一碗粥，配着鸡蛋跟肉肠，简简单单也挺不错的。

闻泽辛垂眸，喝了两碗粥。

陈依看着他说道："我不在 B 城这段时间，你是不是没有按时吃饭？"

陈依之前是让江助理跟着，向她报告，但是说不定偶尔会报告虚假信息给她呢？闻泽辛喝完粥，拿起纸巾擦了擦嘴角，说："没有，一日三餐吃得都挺准时。"

只是吃多吃少而已。

他无数次想把越发多事的江辰调走，最后都忍下来了。

陈依定定地看着他。

闻泽辛挠了挠眉心，起身拉开椅子，说："上楼洗澡。"

说完，他弯腰抱起她。

陈依蹬腿："厨房。"

"明早让保姆来收拾。"

两个人洗完澡出来，陈依趴在他怀里，说："我今天看着闻绅，觉得他好可爱啊！"

闻泽辛顿了顿，说："嗯。"

陈依仰起头看向他。

这一看，闻泽辛的眼神深了几分，他低头就堵住了她的嘴唇。陈依今晚尤为主动，甚至有点儿紧张。

闻泽辛承受着她的热情，按着她的长腿，眼眸里似闪着血光。不管不顾时，他突然按着她的肩膀在她耳边道："老婆，我说了，孩子的事情不急。"

陈依心里慌了一下，这男人在这个时候怎么还能保持理智？

接着，被她打乱的节奏又回到他手里，他不慌不忙地把措施做好。许久后，陈依背对着他，被他抱在怀里，叹了口气。

闻泽辛是真不想要孩子。

她的叹气声让闻泽辛听见了，他下意识地搂紧她的腰。陈依则躲了几下，闻泽辛眯起眼，按住她，说："谈谈？"

陈依努嘴："没什么好谈的，你我理念不同，道不同不相为谋。"

闻泽辛翻了个身，一把将她的身子转了过来，垂眸看着她。

陈依也看着他，神色难得地带了一点儿倔强的样子。

闻泽辛指尖顺着她的发丝，许久后说："你为什么突然这么想要孩子？"

陈依看着他道："你一副孤星的样子，不给你生个孩子，我哪天要是出意外了，你想得开？"

闻泽辛吼道："闭嘴！"

陈依却点出事实："你就说，是不是？"

闻泽辛没吭声。

陈依却知道，这人就是这么想的。她要是真有个意外，他到时肯定跟她一起。他做事情太极端了。

陈依接着说："我今天看到大哥大嫂那样，真的挺好，孩子的哭声、笑声，真是挺奇妙的。"

闻泽辛："未来科技发达，可以使用人造子宫。"

陈依："我能等到那个时候？"

闻泽辛："……"

"老公！"陈依抱住他的腰。

闻泽辛的脸色还是不太好，但是身子往下沉了沉，让她抱了个结实。

551

他低头亲吻她的头顶，说："你不是还要升职吗？"

"我都考完试了，也升职了，但是距离成为合伙人还有一点儿距离。"

"那跨过去了再说。"

陈依："喂。"

闻泽辛坐起来，把她抱起来，接着按在床头上，低头看着她说："那就顺其自然吧？偶尔给那个小家伙一个机会。"

他的意思是偶尔不做措施，她能不能怀孕，那就是孩子的缘分了。

陈依瞪着他道："你就会使手段。"

闻泽辛捏住她的下巴亲吻她，说："来，我们现在给他一个机会。"

陈依："……"

两个人胡闹了一个晚上，将近两点多陈依才睡着。闻泽辛搂着她，拿起手机在 APP 上记了一下。第二天陈依先醒，悄悄地从他怀里出来，结果又被他拖回去抱着。陈依叹了口气，伸手拍了拍他的手臂。

"老公，我想起床给璇儿煮点儿粥，她想喝我煮的南瓜粥。"

闻泽辛有点儿不耐烦，没搭理她。

陈依捏了他几下。

他睁开眼，带着起床气看着她，几秒后才松开她。陈依赶紧从床上起来，睡裙垂落，一身的吻痕被遮住，但是脖颈上的痕迹若隐若现。她扎起头发，进浴室里洗漱，随即下楼，本打算去收拾昨晚没收拾的碗筷，谁知道已经被收拾好了。

看来闻泽辛昨晚还叫了保姆过来收拾。

陈依钻进厨房开始熬粥。

闻泽辛从楼上下来看到的就是这一幅画面。他挽着衬衫袖子走进厨房，陈依正在尝粥，一回身看到他进来，赶紧拉着他的手臂："老公，试试。"

闻泽辛低头，老实地吃了一口。

陈依抬眼问道："怎么样？"

闻泽辛回道："好。"

陈依松了一口气，开始做小菜。闻泽辛靠着灶台看着她，陈依弄完小菜，匆匆看他一眼，愣了一下。

闻泽辛突然把她拉到怀里，说："老婆，我又想你了。"

陈依一下子红了脸，推着他。

闻泽辛笑道："给我们的孩子一个机会。"

说着他就抱着她出了厨房，直接进了影厅。陈依这一身吻痕让他看得清清楚楚，更撩起了他的欲望。

而只有两个人的家里，也难得地让两个人可以略微放肆一些。等从家里出来，陈依提着保温壶，看了一眼时间，有些懊恼，已经九点半了。

闻泽辛启动车子，看了她一眼，道："沈总可能还在睡觉。"

陈依："都怪你。"

闻泽辛轻笑一声，驱车来到医院。两个人上楼，沈璇果然刚醒，陈依松了一口气，把粥跟小菜放在一起，给沈璇吃。

沈璇看着粥说："我吃那么多营养餐，就想着你这一碗粥。"

高中的时候，陈依经常做南瓜粥。

她是学着做，沈璇跟常雪是试吃的。那会儿陈庆身子不好，陈依一有空就说给他熬营养粥。

陈依笑道："以后有空我给你做。"

沈璇一边喝一边说："你什么时候调回来？"

陈依说："沈丽深要升合伙人了，她升上去，我估计就回来了。"

沈璇："嗯。"

那估计明年陈依就能回来。

闺密俩在这边聊天，那边兄弟俩则站在窗边谈话。闻泽厉怀里抱着闻绅，闻泽辛看了孩子一眼，神色淡漠地把玩着烟。

闻泽厉啧了一声说："不抱抱他？"

闻泽辛捏了下闻绅的手指："太软了。"

闻泽厉："难道孩子是硬的？"

闻泽辛收回手，没应，改说了别的话题。

不一会儿，莫甜跟林笑儿也都来了，房间里热闹起来。闻小叔也抽空过来看沈璇，看到闻泽辛，点了点头。

闻泽辛错开身子，跟着他出去。

叔侄俩站在门口谈话。闻小叔今日穿着制服，神情有些严肃，谈着谈着，说："你跟依依对孩子是什么打算？"

闻泽辛理了理袖子，说："暂时没打算。"

"如果要孩子，得早点儿，别到最后弄个晚育，对她不好。"

闻泽辛愣了愣，看着自家小叔。

闻小叔看出他的意思："你不想要，可她想要，既然这样，那就顺着她点儿，早点儿要。"

闻泽辛眯了眯眼，半晌才说道："好。"

"我先走了，跟你哥说一声。"闻小叔拍了拍他的肩膀，转身带着人走了。闻泽辛在门口站了一会儿，回眸看一眼站在沙发边跟莫甜说话的陈依。

他深深地看着她，许久后转身去了吸烟区，点燃手里的烟把玩着。当晚，陈依发现他的态度变了一些。陈依的声音支离破碎，抱着他的脖子问："老公，你怎么……"

闻泽辛亲她的嘴唇，眼眸里有深深的欲望翻涌着："别说话，让老公疼你。"

陈依："……"

在B城待了四天左右，陪到沈璇出院，陈依就回了会城。闻泽辛跟着去的，两个人一进门，丽姐看到闻泽辛，愣了一下，随即笑道："正好，我去买菜。"

说着她就去穿鞋出门。

如梦跟唐立听说了，也过来，笑着探头跟闻泽辛打招呼。

"老板好，老板又来啦。"

陈依没忍住笑了笑，看了闻泽辛一眼。

闻泽辛把陈依的外套挂在衣架上，又把自己的西装外套一并挂上，垂眸理了理袖口，走过来，随即弯腰抬起陈依的脚。

陈依愣了一下，手撑在他的肩膀上。他取下她的鞋子看了一眼，随即将其扔进垃圾桶里。陈依："哎，干吗呢？"

闻泽辛按着她的脚后跟。

陈依哟了一声。

闻泽辛抬起眼眸看着她："鞋子不合脚怎么不说？"

陈依顿了顿，伸了伸脚尖，说："我也不知道这新鞋会这样。"

她是在衣帽间里拿的新鞋，穿上就匆匆去了机场，也没怎么注意，难怪刚刚在楼下，他把她抱上来的。

闻泽辛拿过拖鞋给她穿上，起身后拿起手机，拨打了江辰的电话。

"S9的牌子以后别合作了。"

江辰："哎，好的。"

闻泽辛挂断电话，把陈依扶到沙发上，半蹲下来给她揉脚。如梦跟唐立看了这一整套操作，终于意识到自己是电灯泡了，赶紧出去关上门。陈依听见关门声，脸一红，趴在他的肩膀上："你也真是的。"

闻泽辛看着她脚后跟上的伤口，脸色阴冷了几分。

揉了几下，他说："晚上洗澡会疼，得贴止血贴。"

他放开她的脚，起身拉开抽屉，从里面拿出医药箱，给她喷药，然后又贴了止血贴。吃过晚饭，丽姐便回去了。

陈依先去洗澡，有了止血贴，没感觉到疼。她出来后看到闻泽辛正盯着笔记本，偷偷地走过去，搂住他的脖子一看：如何安全怀孕、孕期十大注意事项、分娩方式利与弊……

他在买书。

陈依问道："你……？"

闻泽辛搂着她的腰，说："先准备准备。"

陈依从他怀里挣脱，然后跑进屋里，拿出之前林笑儿安排的三本书放在桌上，说："你看，这里也有。"

闻泽辛看了一眼，道："还不够。"

陈依："哦。"

她坐下来，翻着那本备孕书，说："我跟你说，上次我研究过这本书，就是结束后需要一点儿小习惯。"

闻泽辛听罢，合上笔记本，往后靠去，看了过来。

陈依点着书上的内容给他看。

闻泽辛看了几眼，没吭声。

当晚，陈依累极快睡着的时候，腰下被塞了一个大枕头。她愣了一下，看着他。闻泽辛系上浴袍带子，看了一眼腕表，顺了顺她的头发说："五分钟后把枕头拿走。"

陈依："……"

他来真的了。

接下来的日子，工作依旧，生活依旧，闻泽辛依旧两地跑，陈依这边的书越堆越多。

这一年，沈丽深顺利升为合伙人，一封调职书下来，要陈依回 B 城接替沈丽深的位置。

而这一年里，陈依带队做好的项目是在 B 城完成的两倍，她在圈子里有了点儿声望，回 B 城的日子选在阳历的一月中旬。

无论是会城还是 B 城，都遇上了寒流，冷得刺骨。闻泽辛这段时间忙得很，跟陈依说了过两天来接她。

陈依却带着丽姐、如梦、唐立偷偷地买了机票回 B 城。

抵达 B 城时正好是晚上八点，几个人在机场吃了晚饭，丽姐看着 B 城的夜景笑道："一年啦，我们回来了。"

如梦挽着陈依的手臂笑道："我今天问了江辰，老板现在在潜龙阁见客户，太太要不要去给老板一个惊喜？"

陈依顿了顿。

丽姐在一旁却有些担忧地说："我觉得吧，天气这么冷，何况太太去了也不一定能见到先生，要不先回家吧。"

丽姐是想起了过去。

如梦则年轻，不知道这些，所以才有了这个提议，是觉得老板肯定很惊喜。陈依思考了一下，说："去吧。"

丽姐愣了愣，看向陈依，却见陈依眼神坚定。如今的陈依跟过去也大不相同了。丽姐突然觉得自己有点儿过度紧张，这一年来还看不出先生对太太的感情吗？唐立去开车，接了陈依等人上车，车子一路开往潜龙阁。B城的夜生活是很精彩的，有各种俱乐部、私人会所、酒吧、清吧等。

潜龙阁占地面积很大，建筑风格也很霸气，灯光璀璨。

下车后，如梦跟丽姐在车里等着。唐立带着陈依进去。他拿着一张闻泽辛的卡，给了服务员，并说是客户。

服务员看了一眼那卡，便没通知楼上的人就放行了。

陈依今日穿着黑色开衩长裙，本来是穿了外套的，刚刚顺手把外套脱了下来。她咳了一声，看着电梯一路往上，在六楼停下。

出了电梯，唐立刷卡，一推开门，映入眼帘的是一扇屏风，里面传来了女人跟男人的笑声。唐立下意识地看向陈依。

陈依神色淡淡，踩着高跟鞋走进去，就看到沙发上坐着三个男人，男人旁边都坐着一个女人，但是闻泽辛不在。

沙发上的六个男女抬起头看到她，尤其是男人，眼里有着惊艳之色。陈依微微一笑，正想说话，便看到窗边站着的闻泽辛了。他靠着窗户，指间夹着烟，正低头看着手机，就一个人，黑色衬衫领口微敞。

陈依顿了顿，踩着高跟鞋走过去。

他拿起烟放在嘴里吸着，然后放下。陈依走过去，伸出手挽上他的手臂。闻泽辛猛地抽回手，眼神冷冷地看过来。

看到是陈依，他愣了几秒，接着夹烟的那只手伸过来，一把揽住她的腰："你怎么来了？"

陈依握住他的手腕，掰过来一看，他的手机屏幕上是她满是吻痕的后背的照片。

陈依："这是什么时候拍的？"

闻泽辛把手机屏幕按黑了，说："不记得了。"

陈依抓着他的手："你到底拍了我多少这种照片？"

闻泽辛把手机放进裤袋里，靠着窗户把她抱进怀里，说："你要在这里跟我讨论这个？"

陈依顿时反应过来，回过头，对上了沙发上六个人好奇的目光。接着其中一个戴着眼镜、长得比较斯文的男人笑道："闻总，家中有娇妻啊，难怪了。"

闻泽辛按着陈依的脸，把她按回怀里，笑了笑说："她很凶。"

几个人："……"

"你们慢慢玩，我先带她回去。她刚从会城回来，回头我请客。"闻泽辛取过一旁的外套搭在她的肩膀上，随即揽着她走向门口。

陈依踩着高跟鞋跟着他，冲几个人礼貌地笑了笑。

闻泽辛垂眸看她一眼，把她的下巴转了回来。

两个人一出门，江辰看到陈依，愣了几秒，随即啊了一声："太太，您回来了。"

闻泽辛看他一眼："去里面招待一下。"

"哎，好的。"

江辰推开门进去，一看桌面上的文件，就知道已经谈成功了。他笑着走过去，弯腰给几个人倒酒。那戴眼镜的人笑道："闻总这老婆真的很凶？"

江辰愣了愣，几秒后反应过来老板肯定说了什么，微微一笑，说道："嗯，很凶。"

"看着不像啊，很温柔可人的样子。"

江辰继续说道："我们老板不喜欢别人谈论他老婆。"

那人愣了一下，几秒后大笑起来，明白了些。

"没想到闻二少还是痴情种。"

唐立按了电梯，闻泽辛搂着陈依进去。唐立跟着进去后，闻泽辛对唐立说："你跟如梦和丽姐先回去。"

他语气很冷淡。

唐立知道老板怪罪他们跟太太先回来没跟他说的事情。

陈依也听出来了，侧过身子，拉了一下他的领带，说："你看我。"

闻泽辛垂眸看着她。

陈依说："是我让他们买的机票，他们听我的有错吗？"

闻泽辛："没。"

陈依："那我要给你一个惊喜，我有错吗？"

闻泽辛："没。"

"还怪他们吗？"

闻泽辛下颌紧了紧，片刻后道："不怪。"

旁边的唐立大松一口气，回复了老婆发来的信息。

如梦："老板生气吗？"

唐立："太太搞定他了。"

如梦："太好了！"

电梯下到一楼，唐立出去。电梯门合上，闻泽辛捏着陈依的手指，嗓音低沉地说："惯得他们狐假虎威。"

陈依抿唇笑了一下。

闻泽辛垂眸看着她笑，挑了挑眉。没有陈依之前，这些人哪儿敢对闻泽辛这样？虚与委蛇，瞒天过海，那他们都是在找死。

如今他们一次次在闻泽辛的底线上反复横跳，不就是因为有陈依这个太太在吗？

"别太纵容他们。"闻泽辛揉了揉她的头发，指尖泛着淡淡的烟草味。

陈依抓着他的手，闻了一下："今晚抽很多？"

叮，电梯抵达负一楼。

闻泽辛反手牵着她的手出去，说："没抽多少，几口吧，想你的时候抽的。"

陈依哦了一声，这点她倒是信。他有个习惯，思考问题的时候喜欢点烟看着烟火跳跃，那个时候的他也更难以让人看透，他真正抽烟确实很少。闻泽辛拿出车钥匙递给她。

陈依接过钥匙，上了驾驶位。闻泽辛开了车门坐进副驾驶位，身上还有淡淡的酒味。陈依扣上安全带，发现这是辆新车，低头研究起来，扎起来的鬓发顺着肩膀滑落，来 B 城之前陈依特意去烫的，新年新气象。

闻泽辛偏头看了她几眼，随即伸手挑起她的下巴。

陈依抬起头看过来："干吗？"

"什么时候烫的头发？"

"昨天。"

闻泽辛凑过来，抵着她的额头，说："想跟你接吻。"

陈依脸一红，想说话，他的薄唇已经落了下来。两个人嘴唇相贴，他的薄唇温热，酒香味扑面而来，陈依的脖颈被他的指尖扣着。吻着吻着，闻泽辛越发霸道，撑着身子往她这边靠过来，将她按在椅背上。

不知他的手掌按到了哪里，导航里的声音传来。

"前方五百米驶出文宣路……"

陈依听到这话清醒了些，推了一下跟前的男人。闻泽辛偏头吻着她，手一推一按，导航页面灭了。

许久，陈依红着脸，看着从电梯里下来的一行人，用手遮住脸。闻泽辛撩开她的发丝，在她的脖颈上落下吻。

几秒后，他抬起眼眸看着她，随即轻笑着坐了回去。

陈依松开手，一把将头发拨弄回来，在前方一行人似乎想要往这边看来时，启动车子，咻的一下，车子开出停车位。

门口有门卫在，车子来到门口，车窗摇下，闻泽辛往外递了一张卡刷了一下。很快车子被放行，接着进入大路，陈依脸上的热意这才消散，繁华的潜龙阁一下子被甩在身后，陈依看了他一眼："你困？"

闻泽辛揉了揉眉心，说："没有。"

陈依才不信，前几天江助理还发信息给她，说闻泽辛为了空出时间去接她，将五天的工作压缩成了两天完成。

这路不太熟悉，陈依还是按开了导航。

潜龙阁距离市中心的家有点儿远，需要上高架桥，恰好下了高架桥碰上交警查酒驾，陈依一直是个老实人，闻到车里的酒味有些紧张。闻泽辛单手支在车窗上，看着她："你没喝酒，不怕。"

陈依看了他一眼。

车子缓慢地停下，车窗摇下，交警弯腰后一下子就闻到车里面的酒味。他看一眼副驾驶位上的男人，又看一眼驾驶位上的女人。

"吹一下。"交警说。

陈依呼了一口气。她确实没喝酒，但是刚刚被闻泽辛吻了，舌尖都感觉有了酒味。陈依掌心冒汗，往前凑过去吹了一下，一直盯着仪器。

交警也盯着呢。

结果一切顺利，交警收起仪器："走吧。"

闻泽辛语气低沉地说道："感谢。"

交警看一眼这男人，点了点头，挥了下手。陈依握紧方向盘，踩了下油门。车子进入大路，这会儿离家就近了。

丽姐已经回来，复式楼亮着灯，很是温馨。

陈依将车开到门口的停车位上，随即推开门下车。闻泽辛也推开门，扫了一眼她抖落的西装外套，摔上门，绕过车头握住她的手腕。

陈依转身看着他。

头发烫卷了，她这般转身，头发在半空中甩出了一个弧度，加上那张漂亮的脸，整个人多了一丝妩媚之意。

闻泽辛拉着她往身上带："这头发做得好，很漂亮。"

陈依抿紧唇，下一秒上前抓着他的领口："谁跟你说这个？刚刚我被查酒驾的时候吓坏了，知道吗？都怪你。"

她是遵纪守法的好公民。

闻泽辛听罢，笑了几声，揽着她靠在车身上，说："嗯，都是我的错。"

陈依捶着他的胸膛："那是的，都是你的错。"

闻泽辛轻笑，按着她的脖颈："那我该怎么向你赔罪？"

"戒烟吧。"陈依说，"备孕戒烟比较好。"

闻泽辛沉默了几秒道："好。"

实际上，两个人说备孕已经说了几个月了，也经常给未来的小家伙机会，可惜他迟迟不来。

而之前两个人总是分隔两地，如今陈依回来了，他们总算不异地了，机会应该更多一些才是。

她抱着他的腰，靠在他的胸膛上。

闻泽辛下巴摩挲着她的头顶，安静地抱着她。

这个点，小区有些寂静。

陈依问道："我回来，你惊喜吗？"

闻泽辛："很高兴。"

陈依笑了一声："嗯。"

闻泽辛指尖按着她的脖颈，闭上眼，接着又把她抱紧了几分："以后别离开我了。"

陈依："好。"

屋里，丽姐一边打扫卫生，一边看着外面拥抱的两个人，先生跟太太这么一年来啊，还真是越来越腻歪了。

太太被宠得又娇气又可爱，真好。

起风了，陈依哆嗦了一下。闻泽辛单手搂着她的腰，打开车门，从里面拿出自己那件西装外套给她披上。

关上车门后，他说道："进去。"

陈依靠在他的怀里，被他带进屋里，说："你又知道我有点儿闹脾气？"

闻泽辛垂眸看她一眼："外套都抖在地上了，还不是闹脾气？"

陈依勾着嘴角，没应。

闻泽辛揽着她进门。

屋里暖和很多，丽姐拍了拍手站起身，笑问道："先生、太太，要吃点儿夜宵吗？"

闻泽辛把外套放在沙发上，看陈依一眼。

陈依摇头："不想吃，想睡觉了。"

闻泽辛对丽姐说："冲杯热牛奶上来。"

"好的。"丽姐笑着转进厨房。

闻泽辛牵着陈依的手上楼，因为知道陈依要回来，闻泽辛的一些行李、文件什么的也都提前搬回来了，这次回来没有上次回来感觉那么冷清。一进主卧室，闻泽辛便按着陈依的腰转身，上下打量："裙子什么时候买的？"

这不是他给她添置的。

陈依摊开手给他看："好看吗？我前几天跟丽姐去了会城一家购物中心，看到就买了。"

会城这一年变化也挺大的，开了一家很大的购物中心，一些知名的品牌也渐渐入驻了，陈依忙了一整年，临走之前特意跟丽姐去逛逛看看买买。

"好看。"

陈依笑弯了眉眼。

闻泽辛的嘴角也勾了起来。

这时，丽姐敲门。闻泽辛松开陈依，走过去打开门接了一杯牛奶进来，递给陈依："喝完了洗漱睡觉。"

陈依接过牛奶一口喝完。

放下杯子后，她去了浴室。闻泽辛站在那儿拆新的牙膏牙刷，陈依走进浴室，从身后抱住闻泽辛的腰，看着他弄。

洗漱用品全换成新的，代表新的开始，接下来的日子闻泽辛不用两地跑，陈依也回了家。闻泽辛拆完后，打开水龙头洗了下手，随即拉着她的手臂想说什么，陈依却用力地把他推了出去，接着快速地反锁了浴室的门。

闻泽辛愣了一下，屈指敲了下门。

陈依在里面哼着歌，说："我先洗澡，你不要打扰我。"

561

闻泽辛轻笑一声，转身走到沙发那边坐下，扯了扯微热的领口，拿出手机把玩。手机屏幕上还是陈依的相片，他一张张地滑动着。

大约二十分钟后，陈依穿着浴袍走出来。

闻泽辛抬起头，目光定在她身上。

陈依连头发都吹好了，抓了抓头发，眼神有些闪烁。她拉开被子躺进去，说："睡了，你去洗澡吧。"

屋里光线不算亮，闻泽辛长腿交叠，一只手握着黑色手机，又是黑色长裤跟黑色衬衫，看起来有点儿冷峻。

他目光跟随她的动作，看着她就这么躺到了床上，薄唇轻启："老婆，你这是备孕的姿态？"

陈依把自己的身子埋得更深，说："不急嘛，我好困，想睡了。"

她露出了半张脸，眼睛水汪汪地看着他。

闻泽辛偏头，喉结滚动了一下，眼眸里隐晦地藏着一丝欲望。但是他看她这样，顿了顿，点了点头："好，那你早点儿睡。"

他起身走到床边，给她掖好被子，随即俯身亲吻她的额头："晚安，老婆。"

陈依的睫毛闪了闪："晚安，老公。"

闻泽辛拨弄了一下她的头发，随后直起腰，关暗了床头灯，随手放下手机，转身取下衣架上的浴袍，一边解开衬衫纽扣，一边走向浴室。

陈依抓着被子，看着他高大的身子进了浴室，又关上门，呼了一口气，接着伸手进被子里窸窸窣窣一通拉扯，然后伸手关了这边的床头灯，闭眼睡觉。

三十分钟后，浴室门被打开，带出了里面的热气，闻泽辛系着浴袍带子走出来，水珠顺着胸膛滚落。他发现屋里的灯更暗了些，走过去把窗帘拉紧一些，随即走向床边，掀开被子上床。被子里很暖和，她弓着身子在睡。

闻泽辛凑过去，伸手搂住了她的腰。

然而下一秒，他的呼吸停了几秒，接着嗓音有些暗哑："你穿了什么？"

陈依没吭声，脸红耳赤地埋在枕头里。

闻泽辛眯起眼，几秒后说："我猜猜。"

他这一猜就不得了。夜深人静，陈依几度后悔自己干吗要做这种事情，傻不傻，傻不傻？她眼眶含泪地看着时间，哭着说："我明天还要上班。"

闻泽辛："嗯，我送你去。"

陈依："……"

虽然说是上班，其实陈依只是去宸曜报到而已。她第二天一早花了很多时间给脖子遮瑕，要出门前还不太放心，站在镜子前研究。

闻泽辛合上杂志，捞起外套给她穿上，说："遮得很严实了。"

陈依从镜子里送了他一个白眼。

闻泽辛轻笑，牵着她的手走向门口，说："晚上回家吃饭。"

"嗯。"

因为陈依要回宸曜总部，很多之前的同事也一早给陈依发信息，探听一下消息。

车子抵达事务所楼下，好车显眼，不少人盯着车子看。

陈依打开车门下车。

大家都认出是陈依，接着纷纷看向驾驶位上的男人。车窗缓缓关上，男人那张俊美的脸便渐渐看不到了。有同事凑上来，拉着陈依问："你老公？"

陈依看着同事的脸，愣了几秒，认出之前两个人一起工作过，于是微笑着点头："是。"

她回答完了才想起来，她曾经很害怕别人问起闻泽辛。

如今她可以大大方方地回答：是的，他是我老公。

"哇，你老公真帅！陈依，你这次调回来，升职了吧？"同事有些羡慕地道。陈依笑笑，没有回答。

那位同事又道："周燕离职啦，说若知道你要回来，就不离职了，可惜晚啦，她先你一步。"

陈依之前也得知了这个消息，是有点儿想念周燕这个女孩的。

同事说："别看你才去了一年多，但是变化很大。"

这时，陈依看到一辆银色轿车停下，萧小娴从车里下来，而驾驶位上的那个人往这边看了一眼。两人四目相对，陈依愣了一下。

那是赵练。

陈依微笑着点了点头，随即收回视线。赵练却失神地看了她许久。今日陈依穿着深色的衬衫跟黑色的 A 字裙，中长款的外套，头发扎起来，眉眼温柔成熟。

萧小娴也看到陈依了，下意识地回头看了一眼自己的男朋友，果不其然看到赵练的眼神。萧小娴敲了下车门。

赵练收回视线，看向萧小娴，温柔地道："进去吧。"

萧小娴冷冷地道："你还忘不了她？"

赵练看着她道："我现在不是有你吗？别多想。"

萧小娴："最好。"

说完，她踩着高跟鞋走向台阶。陈依则已经不在原先的地方了，上了楼，进了沈丽深的办公室。

算起来，两个人还是师徒关系。

沈丽深如今也是快进入婚姻的人了，笑着起身，上前抱住陈依："欢迎回来。"

陈依笑道："很高兴能再次跟你共事。"

"有了你，我如虎添翼啊！等你成为合伙人，我就可以骄傲地跟别人说，闻二少的老婆是我的徒弟。"

陈依笑着捶了沈丽深一下。

沈丽深眼里含笑地看着陈依。

虽然不知道闻二少追妻的经过，但是她知道闻二少追妻成功了。而看陈依现在的气色就知道，这男人待她很好。

这就足够啦。

接着陈依出去跟同事们打招呼，也碰到了萧小娴。萧小娴一直有些妒忌陈依，如今看陈依这样，更加妒忌了。

其实这里的同事都以为陈依去了会城是不会再回来的，就算她成为合伙人了也是在会城那样的小城市干。

谁知道沈丽深一升上去，提到的第一个人就是陈依，又把她从小城市给拉回来了，而这一年多陈依的努力以及成绩也让其他人没有机会反驳。

下午五点多，沈丽深想说请陈依吃饭，陈依拒了，说今晚家里聚餐。

沈丽深："也行吧。"

陈依放在桌上的手机这时响起。

闻泽辛："在楼下。"

沈丽深也看到陈依的那条信息了，似笑非笑地道："行了，你老公来接你了。"

陈依红着耳根笑了笑，拿起手机，提起小包，转身走向电梯。其他人也都听见了沈丽深的话，一个个起身往上看。

楼下，陈依走下台阶，江助理给陈依开了车门，车里伸出一只戴着腕表的大手把陈依牵了进去。

车门关上，陈依脱下外套。

闻泽辛接过她的外套搭在一旁，看了她一眼："还习惯吗？"

陈依往后靠，笑道："习惯。"

她靠着中间扶手："走了很多人，也有很多新面孔。"

闻泽辛顺了顺她的发丝："有人欺负你，记得跟我说。"

陈依瞪他："哪有什么人会欺负我啊？"

江辰在驾驶位上听着这话，忍住笑意，启动车子。黑色轿车开出去，闻泽辛把玩着她的下巴，说："你升职得很突然，沈丽深这一封调职书下来，你挡了不少人的路，随之而来的麻烦自然而然就多了。"

陈依抿了抿唇："我知道了。"

她当然知道，到时做项目肯定有不少人不配合。她在总部的时候只是个SA2，轮不到她带队做项目。

而这一年多的空白，也是她的短板。

闻泽辛揉着她的嘴角："太累了就回明利继承财产吧。"

陈依咬了他的手指一下。

闻泽辛笑着低头亲她的嘴角，指尖一按，关上了挡板。

车子一路来到闻家，陈庆跟廖夕也被闻泽辛接了过来。看到陈依，夫妻俩非常开心。陈依跟父母拥抱了一下，又跟林笑儿拥抱，还去抱了闻绅。

闻绅呀呀呀地开始吐口水。

今晚林笑儿安排了大厨做饭，三家人聚在一起。不知道是谁说到怀孕的话题，廖夕看陈依一眼，拉着陈依的手低声问道："你有什么打算？"

陈依看一眼旁边正跟自家哥哥谈话的闻泽辛，低声回道："我们在备孕，但是目前还没效果。"

"慢慢来。"廖夕也看了一眼闻泽辛，说道。

饭后，几个女人在小客厅里跟闻绅玩。

男人在大客厅里谈话。

闻颂先拿了一根烟递给闻泽辛。

闻泽辛用指尖推开："不抽。"

闻颂先愣了一下。

沈霄全说："怕是在备孕。"

闻泽厉啧了一声："可是你们备孕有一段时间了吧？"

闻泽辛端起茶喝了一口说："我的问题。"

闻颂先："我们也没说是陈依的问题啊，谁不知道是你不想要孩子？"

闻泽厉又看一眼自家弟弟，眯了眯眼，想了一下，拿出手机给顾呈发了一条信息。

晚上十点半左右，三家人的聚会散了。闻泽辛取下外套给陈依穿上，在林笑儿的嘱咐下，夫妻俩出了门上车。

陈依揉了揉手臂，刚刚最后一个抱闻绅的人是她，手臂都酸了。

她往闻泽辛身上靠去。

闻泽辛揽着她的腰，江助理启动车子，回家。

车子刚刚到家门口，便看到门口多了一辆黑色轿车，陈依打着哈欠看了一眼："谁啊？"

这时那辆车子的车门被打开，顾呈穿着黑色毛衣跟长裤走下来，随后下来的还有萧然以及一个穿着长外套的中年男人。

闻泽辛跟陈依住在这里其实也挺久了，但是闻泽辛的这几个兄弟从来没来过这里，主要是都知道闻泽辛领域感强，所以都挺尊重他的。

今晚他们怎么都来了？

闻泽辛长腿交叠，摇下车窗看着那三个人，神色不太耐烦。陈依看了他几秒，拉着他的手臂，道："都到门口了，就请他们进屋喝杯茶。"

闻泽辛薄唇紧抿，接着推开门，牵着陈依下车，扶着她站好。顾呈在车旁边看到他们，立即笑着挥手："嘿，晚上好。"

陈依笑了笑："晚上好。"

顾呈笑着看了闻泽辛一眼。

闻泽辛给陈依整理好外套的领子，牵着她走向门口。他扫了几个人一眼，尤其是那个不认识的男人。

顾呈立即笑着把那个男人推出来，说道："这是我表兄，是个中医师，最擅长看生育问题。泽辛，让我表兄帮你看看？"

陈依愣住。

这是医生？

给看生育问题？

闻泽辛眼眸一眯，冷冷地对江辰说："把他们送走。"

说完，他牵着陈依进屋。

顾呈就知道他的臭脾气，立即道："喂，你不给他看看，别人会以为问题在陈依这里的。你还不给看吗？"

闻泽辛脚步一顿。

陈依看向闻泽辛。

几秒后，闻泽辛回身，吩咐江辰："请他们进来。"

江辰咳了一声，一直忍笑，赶紧把顾呈、萧然还有那位中医师表兄请进门。江辰有些好奇地问萧然："萧少爷，您怎么也跟着来了啊？"

萧然选了个椅子坐下，说："看热闹。"

江辰："……"

据说顾呈这位表兄师承某一位老师，陈依听说过这位老师，在B城很有声望。而顾呈这位表兄在外面时陈依一时没注意，进门了却能闻到他身上淡淡的药味，名字也听说过，顿时就感觉顾呈这回是来真的。

闻泽辛也听说过这位名医，但是神色依旧淡淡的。

表兄的名字叫梁枫，说话很温和，也有点儿慢吞吞的，让闻泽辛给他把一下脉。

闻泽辛撩开袖口，手放在小垫子上。

他手指骨节分明，皮肤白皙，平时没注意，这样一看，这就是手控党喜爱的手啊！陈依有点儿色心，没忍住牵住了他的另外一只手。

闻泽辛偏过头看了她一眼，握紧她的手。

梁枫沉默地把着脉，接着望闻问切过后，说："注意一下你的胃，平日要多调理，烟酒少沾；一日三餐最好定时定量吃，不要饱腹，但也不能全空；咖啡饮料少喝，这种外力引起的胃病很难完全好，只能靠调理。"

外力是指在缅甸被人打出血还有灌酒引起的，闻泽辛把袖子放下。

陈依笑着道："谢谢医生，除了这个呢？"

梁枫看一眼闻泽辛，说："至于生育方面，没有问题，备孕放松心情，不要太紧张，自然而然就有了。"

陈依松了一口气，想了想，挽起自己的袖子，把手伸出去，说："梁医生，要不你顺便帮我看看？"

梁医生正准备说话，闻泽辛按着陈依的手，将其拉回来，把她的袖子放下，说："你不会有问题，问题在我。"

梁医生的一口气又松了下来，他看一眼这对夫妻，点了点头。很多来找他的家庭，率先把问题推给女方，最后检查出的却都是男的有问题。

这位丈夫倒是不错。

顾呈在一旁笑着道："表兄，但是他们似乎备孕有一段时间了哦。"

当然，这话是闻泽厉跟他说的。

梁枫看一眼顾呈："都说了不要急，怎么你比他们还急？"

顾呈咳了一声，笑起来，端起茶水喝了一口，带着看好戏的神色。陈

567

依也明白过来闻泽辛这两位兄弟是什么意思了，捏了捏闻泽辛的手。闻泽辛看一眼腕表，问梁枫："梁医生留下来吃夜宵吗？"

梁枫一听这话，又慢吞吞地教育道："尽量不要吃夜宵……"

闻泽辛："……"

顾呈："哈哈。"

萧然觉得无趣极了，把兜帽戴上，闻泽辛没问题就没热闹可看了。

又过了一会儿，闻泽辛跟陈依起身送走他们。顾呈探头跟闻泽辛及陈依挥手："那就祝闻二少早点儿当爸爸啦。"

闻泽辛让丽姐关门。

丽姐上前把门关上。

顾呈："……"

看着车子开远了，闻泽辛牵着陈依上楼休息，垂眸看着她，说："你放松心情。"

陈依说："你也是。"

闻泽辛轻笑一声。接下来，两个人该备孕的备孕，该上班的上班，接着过年，大年三十这天是闻泽辛跟陈依的三周年结婚纪念日。

闻泽辛带着陈依去了游轮上，出海。游轮上有两位船长，还有丽姐、如梦和唐立。

闻泽辛给江辰放了一个长假。

陈依站在甲板上，被闻泽辛抱在怀里，看着远方的日落跟海面连成一条线，美不胜收。她说："如果我们的孩子生日是这一天就好了。"

闻泽辛低声道："那现在就努力。"

说着他就把她抱起来，往船舱走去，这一胡闹就是好久。丽姐在门外敲门说可以吃饭的时候，陈依咬着枕头，脖颈上全是汗水。

她一直在想，他那么行，孩子迟早会来的。

但是时间在指缝间流过，陈依的工作越发忙，她已拿证书，工作年限跟业绩也到了，事业在婚后的第四年达到了顶峰，开年就升为合伙人。闻绅两岁，沈丽深的孩子也三个月了，她的肚子还没有迹象。

而圈内开始流传，闻泽辛求子多年。

这天，陈依下班，开着车回家，在家门口看到顾呈又领着一名医生从车里下来。陈依将车子熄火，接着车窗被敲响。陈依摇下车窗，看着顾呈。

顾呈脸上带笑，咳了一声说："没办法，受闻大少所托，我们家医生多，让我们再带一个过来给他看看。"

陈依笑了笑，说："谢谢，辛苦了。"

她打开车门下车，看了一眼家里，说："他刚出差回来，估计在书房办公，我去喊他下来。"

顾呈笑道："好的，谢谢。"

有了陈依，闻泽辛真的多了软肋，这几年不管他们怎么折腾，他一句话都不敢说。陈依私下其实去做过检查，她自己也没问题。

她带着顾呈跟医生进门。

丽姐擦着手出来，看到她笑了笑："太太回来啦。"

陈依放下车钥匙，说："招待一下客人。"

"好嘞。"丽姐也跟顾呈很熟了，这两年没少见面，忙进厨房去准备茶水。陈依解着外套纽扣，上到二楼。书房里有说话的声音，她走过去，站在门口看着，闻泽辛手插在裤袋里，靠着桌子，黑色衬衫跟长裤把他的身材衬得颀长。

他抬起眼眸看来，朝她伸手。

陈依笑着走过去，把手放在他的手里，看着他。

闻泽辛对那头的人说："挂了。"

随即他把手机放在了桌上。陈依看一眼手机，通话是江辰，说："你怎么不多睡一会儿？"

他这次出差去了国外，一回来时差还没倒过来呢。

闻泽辛按着她的脖颈，揉捏了一下，说："睡了一会儿。"

陈依咳了一声，说："顾呈来了。"

闻泽辛听罢，嗯了一声。他没什么表情，这两年不少医生来看他，他都习惯了，也是因为这个动静，才导致外面流传闻二少求子多年这样的话。

他捏了捏陈依的下巴说："我认为这一两年如果还没有孩子，就不要生了，好吗？"

陈依看着他道："好。"

闻泽辛俯身，亲了亲她。

"很好，未来我们只有彼此。"

没有什么孩子，他这个身子很争气。

陈依都能听到他的心声了，悄悄翻了个白眼，拉着他下楼。再努力一下吧。不过闻泽辛心里虽然一直不想要孩子，可是这两年一直顺着陈依，医生来了他就给看，任由他们折腾。

顾呈简直跟拉皮条的人似的，谁让顾家从医的人太多了？

这次来的也是他的远房亲戚，依旧给闻泽辛号脉，依旧是没有任何问题，觉得可以正常生育，不要紧张等。说来说去还是那一套说辞，最终没解决任何问题。

两个人送走顾呈跟医生后，闻泽辛的兄弟群嘀嘀地响了起来。

周扬："不是吧？又找不出问题？"

江郁："闻泽辛，你不行啊！"

许殿："啧啧。"

李易："B城闻二少求子多年。"

闻泽厉："又一名医上门，二少加油啊！"

萧然："算了吧。"

萧然："大家都在关注你生没生。"

顾呈："唉，别人的孩子都会打酱油了。"

江郁："你在说我？"

闻泽厉："我儿子已经会打了。"

闻泽辛神色淡漠地放下手机，揽着陈依走向餐厅，去吃晚饭。陈依也看到群消息了，看了闻泽辛一眼。

这男人完全不在乎啊，每次被调侃都无比淡定。

晚上陈依热情很多，闹得闻泽辛恨不得吃了她，当然也是真没放过她。陈依几乎是每次挑衅，最后后悔的都是自己，第二天连班都上不了。

闻泽辛拿起她的手机，顺着她的头发说："我帮你请假。"

陈依长腿发抖，嗯了一声。天气越发热了，闻泽辛计划今年带陈依去自驾游。陈依也跟事务所请了休年假，收拾行李的时候，伸手去拿卫生棉。

下一秒，她的手顿住。

闻泽辛按着衣柜的门，垂眸看着她。夫妻俩一时都没说话，许久后，陈依抬起头看着他，眼眶含泪："老公，我是不是这个月'大姨妈'没来？"

闻泽辛顿了顿，半蹲下，摩挲了一下她的眼角，语气有些不甘："是，推迟十天左右了。"

陈依咬紧下唇，握住他的手。

闻泽辛亲吻她的额头，没有忘记之前做的准备，说道："我们自己先测一下。"

说着，他起身拉开抽屉里备着的验孕棒。因为放了一段时间，不知过期没有，闻泽辛拿起来看了一眼，确认还在有效期内，便弯腰把陈依抱起来，把验孕棒递给她。

陈依愣愣地接过。

闻泽辛低声道："去测，没事，孩子来了是缘分，我虽然想要过二人世界，但是孩子真来了，我也会爱他。当然，我更爱你。"说完，闻泽辛把陈依拉进浴室，随即把门关上。陈依拿着验孕棒站在干净宽大的浴室里，过了几秒，才拆开验孕棒，按着上面的说明开始使用。尽管手指有些抖，陈依仍然全神贯注地看着验孕棒。

磨砂玻璃门外，隐约可见闻泽辛高大的身影，这给了陈依莫大的勇气。

这两年，她是真被他宠得除了工作，生活上非常依赖他。两条红色的杠出现在验孕棒上，陈依的心跳开始加速，她快步走到门口，一把拉开门，紧紧地捏着验孕棒看闻泽辛。

闻泽辛今日要出行，穿着休闲的黑色上衣及长裤，垂眸看着她捏着的那根验孕棒："有了对吗？"

陈依嗯了一声，把验孕棒递给他。

闻泽辛低头看了几眼。

几秒后，他抬起眼眸看着她："辛苦了。"

陈依眼眶一红，朝他伸手。

闻泽辛笑了笑，俯身过去搂住她的腰。

陈依整个人埋进他的怀里说："真好，他来了。"

闻泽辛嘴角含笑，手掌按着她的后脑勺，顺着她的头发。今年年初她又把头发拉直了，披散在肩膀上。

陈依蹭着他的胸膛，问道："你怎么想？"

闻泽辛下巴抵在她的头顶，说："你高兴，我就高兴。"

陈依撇了撇嘴。

她可没忘记刚刚那一瞬间他似乎有些不甘，或许这一两年一直没孩子，他还觉得正合他的意呢。

不过好在他总是纵容她。

像手里这验孕棒还是他亲自买的，放着备用，以防万一。也因为后来都是他记着她的生理期，导致她把自己的生理期给忘记了。

闻泽辛昨天刚从黎城出差回来。

"去医院先做个检查。"闻泽辛松开她，走过去拿起防晒的外套以及帽子，还有手机跟小包，牵着她出门下楼。

丽姐在小客厅里整理花草，听见脚步声，立即站起来，笑着道："先生、太太，要出去啊？"

闻泽辛神色淡漠地嗯了一声。

陈依看着丽姐，嘴角勾起来，笑容遮也遮不住。

丽姐有些好奇，什么事让太太这么高兴啊？不过先生在，她没敢问，上前给两个人按了电梯，闻泽辛带着陈依去地下车库开车。

车子开出复式楼。

外面艳阳高照，暑假来袭，路上不少学生穿着校服正在晃荡。

陈依看着那些学生，随即又看向闻泽辛。他支着下巴，沉稳地开着车。察觉她的视线，他看了过来："嗯？"

陈依笑道："那我们还去自驾游吗？"

闻泽辛坐直身子，牵住她的手，捏了几下，说："前三个月先安稳地在家里待着，孕中期带你出去转转。"

陈依："你还挺懂嘛！"

闻泽辛看她一眼，桃花眼含笑："这两年来，看了多少书？你说。"

陈依想起书房里那一柜子的书，有闻泽辛买的，也有陈依买的，当然还有林笑儿她们在外看到了觉得合适买回来的书。

这些书，闻泽辛全都看了，也做了功课，陈依有时知道的东西还没他多。即使这个男人一直不想生孩子，可是为了陈依，一直在学习。

陈依下意识地摸了下肚子，说："不知道等会儿会检查出什么。"

"别想太多。"他用指尖点了一下她的下巴。

陈依嗯了一声。

很快，两个人抵达私人医院。梁老已经退休了，坐诊的人是梁医生，但是今日陈依他们不是来找他的，从他的诊室前走过。

梁医生扶了下眼镜，喊了一声："闻总、太太。"

闻泽辛冷漠地看去。

陈依朝梁医生挥手。

梁医生将手插在外衣口袋里走出来，上下打量他们，问："是不是有了？"

陈依眼睛一亮。

梁医生神了。

闻泽辛牵着陈依就要走。梁医生立即道："进来进来，我给你们开单，我也可以见证一下这个孩子的到来。"

闻泽辛眯起眼，看了一眼不远处人满为患的妇科走廊。几秒后，他揽着陈依进去，梁医生笑眯眯地坐下，询问了陈依几句，大概就是经期的时间等。

陈依一个问题都没答上来。

梁医生顿时尴尬，看了一眼闻泽辛。

闻泽辛轻笑一声，把手机 APP 记录递给梁医生。梁医生一看，这丈夫记得比妻子还仔细，而陈依满脸通红。她怎么觉得这两年自己被闻泽辛给养废了？

梁医生看了记录后，调出陈依在系统里的病历，开始给她开单，先查血，然后去查 B 超等。结果很快出来，两个人拿到结果后，直接送到梁医生这里来。梁医生一看，看着闻泽辛跟陈依："恭喜，四周多了。"

陈依看向闻泽辛。

闻泽辛搂紧她。

梁医生说："现在就制订生产计划吗？我指派我学姐给你们，从怀孕到生产，全权由她负责？哦，对了，她还是给沈总手术的那位主任。"

陈依见过这位主任，笑着道："好啊。"见了那位主任后，闻泽辛直接交钱订了后面所有的相关程序，包括月子中心的钱，跟沈璇订的 VIP 套房是一样的。

坐进车里，陈依看着他把卡放在中控台上，说："没必要订这么早啊，万一我想换个地方生呢？"

闻泽辛看她一眼说："那就换。"

陈依抿唇，没吭声，眼角却含着笑意。

行吧。

她想了下问："要跟家里说吗？"

"你觉得呢？"他拿了一件外套盖在陈依的大腿上，免得她被空调吹得太凉。陈依想了一下说："三个月后再跟家里说吧？给他们一个惊喜。"

"好。"

闻泽辛启动车子，回了家。两个人一进门，丽姐就迎了出来。闻泽辛把陈依牵到沙发上坐下，随即理了理袖子，跟丽姐说："太太怀孕了，以后上下楼以及吃食你都要多加注意。"

丽姐看到那个病历袋就有预感了，这会儿瞪大眼睛，接着高兴地应了一声："哎，好的。太太你之前没有半点儿征兆吗？"

陈依摇头。

丽姐："我记得昨晚我还做了鱼啊，但是你吃得也很开心。"

573

陈依点头。

丽姐："会不会想吃酸的东西？"

陈依摇头。

丽姐："那你腰酸吗？"

陈依摇头。

丽姐有些羡慕："这是什么体质，这么好？"

闻泽辛看陈依一眼："是真的都没有？"

陈依点头："嗯。"

闻泽辛垂眸看一眼她的肚子，沉默了些。

或许这是个安静的孩子。

他按住陈依的脖颈，把人带到怀里亲吻道："如果有什么不舒服的一定要说。"

"嗯嗯。"

陈依的年假休半个月，半个月后她得去上班，这半个月她胖了五斤多，脸色红润。闻泽辛送她去上班时，她坐在车里捏着自己的肚子。

闻泽辛靠着椅背看着她捏："没胖多少。"

陈依把手放下，看着他："还没胖多少？就半个月，五斤！"

闻泽辛打开车门，绕过车头来到这边，俯身解开她的安全带，牵着她出来，说："你能吃能睡，说明孩子在你肚子里也长得好，胖五斤不算什么。"

他捏住她的下巴看了看。

她不只是脸颊红润了，那种白里透红的感觉令人垂涎。

两个人已经出电梯了，事务所的人齐刷刷地看过来。陈依愣了一下，这才发现闻泽辛这次居然直接送她到事务所里了，之前都是送到楼下。

而事务所的同事呆愣愣地看着陈依旁边的俊美男人。

这人长得也太帅了吧，而且好高啊！

闻泽辛把陈依送到办公室里后，转身走向齐明宇的办公室，毫无顾忌地推开门。陈依跟着走出办公室，看着自家老公进了齐明宇的办公室里，他想干吗啊？

几个同事看着陈依，笑着道："陈依，你老公认识齐明宇啊？"

"陈依，你老公好帅啊！"

陈依看向那几个同事，笑道："谢谢。"

她回到办公室里开始工作，也没去想闻泽辛找齐明宇干吗了。但是一个小时后，陈依就收到齐明宇发来的邮件，里面的工作内容调整了一下，并且一些本来陈依接的项目，他也询问陈依是否要继续，尤其是要出差的那些。

最后齐明宇附了一句："你老公很紧张你，特意让我帮忙做一下调整，你量力而行。"

陈依失笑。

这男人，真的是。

沈丽深也发邮件过来："闻二少也太体贴了吧！"

陈依笑着先回复了沈丽深，然后回复齐明宇。为了孩子，有些远的出差项目接下来她能避免就避免，没必要硬扛。

事务所的福利待遇这两年也变化很多，对女性更加宽容、更加理解。

晚上，洗完澡涂抹完妊娠油后，陈依躺在床上发呆。闻泽辛去洗手，回来了调暗床头灯，坐下来，陈依往他怀里靠去。

闻泽辛搂着她，把她往上带。陈依仰头看着他的下巴，说："你想要男孩还是女孩？"

闻泽辛把被子往她肩膀上拉，垂眸看着她："都行，没特别的想法。"

陈依："之前大哥以为是个女孩，高兴得很。"

闻泽辛挑了挑眉。

陈依："结果是个男孩，他有段时间很抗拒吧？"

闻泽辛捏着她的下巴把玩，看着她："然后呢？你想说什么？"

陈依："你到时会不会对儿子狠，对女儿好？"

闻泽辛笑了一声，没吭声。

陈依从他的眼神里看出不在意，抿了抿唇："也对，你连孩子都不想要。"

陈依说完，也不知道自己怎么有点儿生气，转身就从他怀里下来。闻泽辛拉了她一下，还被她甩开了。

闻泽辛皱眉，坐直了身子，垂眸看着侧躺着的女人。

陈依拿过枕头挡住自己的脸，不让他看，那模样一看就是在闹脾气，好端端的突然就闹起来。

闻泽辛看她几秒，随即躺下来，把她抱过来按在怀里，说："我说过了，我会爱他。"

陈依哼了一声。

闻泽辛拿走那碍眼的枕头，扔了出去。陈依哎了一声，闻泽辛捂住她的嘴巴，嘘了一声，说道："老婆，听我说。"

陈依眨了眨眼睛。

闻泽辛嗓音低沉地说："只要是你生的，我都爱。"

陈依的睫毛跳了一下。

闻泽辛："所以你不必担心这些，我会照顾好你们的。"

陈依扒拉开他的手。

闻泽辛也就顺势松开了。

陈依翻过身，搂着他的脖子，有些模糊地说："我也不知道怎么的，有点儿多愁善感。"

她就是一闲下来就怕这个孩子是她想要的，但是闻泽辛一直不想要，他会不会因此对孩子很冷漠等。

一想到孩子小小的，爸爸不理，她就觉得难过，而且越想越难过。尤其是刚刚涂妊娠油的时候，看着他那么细心，她就想着他是不是只是因为她才这样，不是因为孩子。

闻泽辛看着她道："正常的，激素水平变化。"

说着他把她揽到怀里，顺着她的头发。陈依闻着他身上的沐浴露香味，心情逐渐放松下来，渐渐地就入睡了。

但是没过多久，一直比较平稳的陈依却开始反胃了，尤其是快到三个月的时候，不知道是什么原因，开始有些吃不下东西，要么闻到点儿什么味道就想吐。

半夜她都可以起来干呕，卧室里天天通风，那味道还是让陈依受不了。牙膏、洗面奶之类的味道闻泽辛全都换掉了，她还是不舒服，那剧烈的反应让闻泽辛的脸色越来越黑。明明之前孩子那么老实，为什么现在这么折腾人？

又一个晚上，陈依半夜爬起来想去吐，闻泽辛也跟着起身，扶着她进了浴室。陈依抱着马桶，一个劲地干呕。

闻泽辛拿过外套披在她的肩膀上，顺着她的头发，亲吻着她的头顶。

陈依呕得泪水都出来了，起身时眼眶一片湿润。闻泽辛沉默地看她几眼，随即拦腰抱起她走了出去，然后给她倒了一杯水。陈依喝了一大杯水，累极了才睡着。

闻泽辛小心地放好水杯，给她拉好被子，坐在床边看了她许久，才躺下抱着她睡。

第二天一早，陈依睡得不太好，闻泽辛给她捂住耳朵让她再睡一会儿，而楼下似乎传来了一些声音。闻泽辛下颌紧了紧，垂眸陪着她。看着她再次陷入沉睡，他才起身拉开门走出去。

家里来人了。

一早林笑儿便带着一名看起来也是医师的男人进来，闻颂先两手提着给小两口带的东西，但是三个人抬头一看，二楼栏杆处，闻泽辛穿着黑色浴袍，眼神冷冷地看着他们，那样子像修罗一般。

林笑儿愣住。

闻颂先也愣了一下，下意识地看向丽姐，朝丽姐投去疑惑的眼神。

丽姐一个头两个大。

昨晚太太起床太多次了，而且这段时间睡眠不好，闻太太跟闻先生又一大早过来，车子的声音肯定吵到了二楼的太太，先生现在忍着算不错了。她昨天就因为炒菜放了点儿胡椒粉，被先生一个眼神一扫，她后背都出汗了。

丽姐干笑着上前，接过闻颂先手里的东西，正想说话，闻泽辛的声音就传了下来："今天家里不招待客人。丽姐，送我爸妈出去。"

说完，他转身回了主卧室。

林笑儿："他这是什么态度？"

闻颂先："吃了炮仗了？"

丽姐干笑了两声。这怎么解释呢？主要是太太还想给闻太太、闻先生一个惊喜啊，结果惊喜还没来，这宝宝的反应却大了，先生的脸跟着乌云密布。

现在怎么办？

林笑儿的脸色也不太好，她说道："你去叫他下来，我带了医生过来，顺便再给他看看，免得外面的人传他不行。"

丽姐："……"

林笑儿哎了一声，还想说话，这时那位医生却上前，低声跟林笑儿说了什么。林笑儿愣了一下，转头一看，便看到茶几上摆放着一盒孕妇要补的钙片。她立即看向丽姐，丽姐也看到钙片了，心想百密一疏，还是让闻太太发现了。

丽姐笑而不语。

林笑儿看一眼二楼主卧室，低声问道："是不是？"

丽姐没回应。

林笑儿咳了一声，敛了敛嘴角的笑意："我知道了，我跟他爸现在

577

就走。"

林笑儿转身，拉着自家丈夫的手往门口走去。那名医生也跟上，丽姐赶紧送他们出去。目送车子开走后，丽姐回身看一眼二楼，但愿太太接下来的状态能好些吧，不然先生估计想杀了所有人。陈依又得爬起来了，闻泽辛起身，拿过鞋子给她穿上。陈依抱住他的脖子，低声问道："刚刚是不是爸妈来了？"

闻泽辛嗯了一声。

陈依低声道："我等会儿跟他们说一声，本来想打扮得美美的去家里通知这事，结果……"

闻泽辛："没事，现在也很美。"

是真的美，她本来皮肤就白，这段时间似乎更白了些，那种白令她多了一丝羸弱的美感。

闻泽辛几次抱着她都觉得像易碎品。

进了浴室，陈依又干呕起来，折腾了一下，一两个小时就过去了。吃过早餐，陈依拉着闻泽辛坐在沙发上，拿着手机拨通了林笑儿的微信视频。

不一会儿，林笑儿接了起来。

林笑儿那边还要假装不知道，看着镜头呀了一声道："依依，你的脸色怎么这么白？"

陈依摸了下脸，笑道："还好吧。"她笑着靠在闻泽辛的怀里，说，"妈，我有啦，已经三个月了。"

林笑儿眼睛一亮："是吗？太好了。"

陈依看到林笑儿的笑容，心情跟着好起来："嗯，想说给你们一个惊喜，但是这段时间孕反有点儿严重。"

"看出来了，闻泽辛那脸黑得跟什么似的，我刚刚跟你爸想去看你们，都被他赶出来了。"林笑儿笑着道。

陈依下意识地看一眼闻泽辛。

他揽着她的腰，长腿交叠，挑着眉峰。

陈依收回视线，看着镜头说："从我吐的那天起，他的脸色就没好过。"

林笑儿哎呀一声说："知道，他这臭脾气就是这样，没事。你有没有特别想吃的东西？妈给你做去，对了，我以前吐得严重的时候，就喜欢吃酸梅，我现在给你送一点儿过去。"

陈依立即道："妈，不用这么急，我最近吃柠檬似乎也……"也没什么效果。

闻泽辛却挪过手机，说："我让江辰去接你们。"

林笑儿在那边顿了顿，看一眼儿子。这儿子也太势利了吧，刚刚因为他们吵到陈依，所以把他们赶出来，现在听说酸梅可以缓解孕吐，立马就让人来接。

她无语，挂了视频。

闻泽辛拿起手机让江辰去接人。陈依看一眼闻泽辛，又看一眼时间，说："你不去公司？"

闻泽辛看她一眼："我能放心你一个人？"

陈依叹了口气。

这段时间他几乎天天陪着她，她去上班也是去呕，所以又请了假。好在沈丽深跟齐明宇都在分担她的工作。

闻泽辛按着她的脖颈，把人按在怀里，低声道："别叹气，不舒服就说。"

陈依："嗯。"

不一会儿，江辰把林笑儿跟闻颂先接来了，林笑儿踩着高跟鞋走得可快了，一进门就把一个小罐子递给丽姐，说："泡水，泡水，温水，给依依喝。"

丽姐一拿过那个罐子就闻到那股子酸味，哎了一声，拿着罐子进了厨房，不一会儿泡了一杯温水出来。林笑儿接过来，递给陈依。

陈依喝了一大口。

"怎么样？"林笑儿跟闻颂先都有些紧张地看着陈依。

闻泽辛也垂眸看着怀里的女人，陈依咽了一大口水进去，瞬间觉得舒服很多。她笑起来，又喝了一大口，说："真的没那么难受了。"

这一看就是腌制的老梅，有点儿咸。

林笑儿松了一口气，抹了下额头上的汗，拉过椅子坐下，笑道："很好，跟我当初一样。璇儿就不行，喝了没什么效果。"

闻颂先看向闻泽辛："这下可以放心了吧？"

闻泽辛没吭声。

他看着陈依的神情，看她是不是为了安慰爸妈才这么说的。陈依转头看着他，说："是真的舒服很多。"

闻泽辛挑眉："好。"

有了林笑儿的陪伴，后来又把这事情告诉了沈璇、闻泽厉还有陈庆以及廖夕，全家人都知道后，陈依的日子更是忙起来了，一会儿廖夕、陈庆来看她，一会儿林笑儿跟闻颂先来看她，要么就是大哥大嫂来。

常雪也经常来。

陈依之前那点儿多愁善感也好多了。闻泽辛看到陈依这样，就算不耐烦家里总是来人，都忍下来了。

只是丽姐就辛苦了，带着另外一个保姆几乎每天都要搞一次大扫除，客人一走，她们就得搞。

陈依心疼丽姐二人，给加了工资跟奖金。

闻泽辛也都默许了。

而有了林笑儿带来的酸梅，陈依的孕吐反应也好多了，随后孕期进入第五个月，陈依整个人重获新生，脸色恢复红润，虽然体重还没跟上来，但那是迟早的事情。

闻泽辛见状，皱着的眉心跟着松了。陈依坐在他的大腿上，说："我想去上班。"

闻泽辛搂着她的腰，看着她说："准了。"

陈依笑，低头亲他："那你明天送我吗？"

"好。"

两个人在沙发上耳鬓厮磨。丽姐带着另一个保姆离得远远的。陈依咬着闻泽辛的薄唇，低声道："老公，你觉得孕中期可以那个吗？"

她这两天经常做梦。

闻泽辛眼神沉沉地看着她："你想？"

陈依抿唇，没敢吭声。

闻泽辛按着她的腰，说："这是正常的。"

陈依的脸一下子红了。

行吧，他理解就行了，她都害羞了，第一次这么主动还明目张胆。

晚上，闻泽辛小心翼翼的，陈依也小心翼翼的，但是真解馋。她红润的脸更红了，纤细泛白的指尖抓着枕头。

闻泽辛俯身，吻住她的嘴唇，动作十分小心翼翼。

屋里灯光投射下来，拉长了两个人的身影。隔天陈依恢复上班，那脸色好得不行。她一进办公室，要不是因为已经显怀，大家都要以为陈依重返青春。这被老公宠上天的女人哦，连沈丽深这个经历过生产的女人都有些妒忌。

"你的脸色怎么比孕前还好啊？"

陈依坐在办公桌后翻看项目文件，说："吃得好呗，你没看到我前段时间那样，白得跟纸一样。"

"孕反吧？正常的，不过你来得也太慢了，我是一开始就难受的。"

陈依说："我也不知道怎么回事，怎么快三个月了才来这一遭？"

"你老公心疼死了吧？我听说江辰那段时间忙得天天睡不好，都是你老公害的。"

就那么巧，沈丽深的老公跟江辰是同学，还是好友，江辰时不时地向对方吐槽一下闻泽辛。

陈依说："他是心情不太好。"

沈丽深："那你到时候直接剖算了。"

陈依："嗯，有这个打算。"

第六个月和第七个月陈依过得如鱼得水，上上班还能出个小差，还跟沈璇练瑜伽，而这段时间也没禁欲。

陈依因受激素影响，经常缠着闻泽辛，闻泽辛全都配合。

到了第八个月，陈依的脚开始浮肿，穿不上鞋子，得赤脚走路，工作的事情自然就没法干了，而越到后面越难受，尤其是各种腰酸、耻骨疼等症状出现。闻泽辛虽然经历了她前面的孕吐，但是这个时候，依旧心疼得脸色跟着发黑。

之前做的那些准备全白做了，他明知道会这样的，可是看到了还是心疼，令他无法保持冷静。

这天半夜，陈依要起来上洗手间，脚却抽筋。闻泽辛跟着起身一看就知道是怎么回事，指尖按住她的小脚给她按摩，力道刚好。

陈依不停地深呼吸，吐气，但还是疼得泪水直流。

闻泽辛抬起眼眸看她，突然凑过去堵住她的嘴唇，狠狠地吻着她。

不知是不是他的吻来得突然，陈依感觉那疼痛都减少了很多。闻泽辛吻毕却没离开，额头抵着她的额头，语气低狠地说："以后你再敢跟我说孩子的事情，我是绝对不会再纵容你了。"

陈依愣了一下，呆呆地看着他。

闻泽辛眼眶有些红，一颗眼泪顺着脸颊滑落。他面无表情地挪开身子，下了床，来到陈依这边把她扶下床。

陈依被他的泪水吓到忘记了疼痛。

上完洗手间，她回到床上又是一翻折腾，肚子大得侧着睡，脚又肿着，抬上床得轻一些。闻泽辛浴袍都没系好，露出了少许腹肌，他按着她的小脚，让她舒服一些。陈依愣愣地看着他，后来竟然也不知疼痛，慢慢地睡着了。

到了第 37 周，闻泽辛开始翻书，说："选个时间，去剖。"

陈依正在吃水果，听罢愣了一下："早了点儿吧？"

闻泽辛把本子放在桌上，端过一旁的牛奶给她，看着她道："我说了，孩子的事情我不会再纵容你了。"

"闻绅也是 37 周出来的。"

陈依端着牛奶，眨了几下眼睛。

闻泽辛没看她的眼睛，抄起桌上的手机，站起身给梁医生打电话。陈依坐在原地一直看着他。

闻泽辛一回过身，便看到她眼泪汪汪的。

闻泽辛顿了顿，手插在裤袋里盯着她。

陈依抽了纸巾擦拭泪水，声音很低地说："我也不知道为什么要哭。"

闻泽辛猛地拿下手机，摁断了电话，把手机扔在沙发上，几秒后上前俯身看着自家老婆，语气一下子就软了下来："你说，你想要什么时候生？"

陈依红着眼眶看着他，又喝了一口牛奶，才说道："我觉得要不……后天吧？"

闻泽辛看了她几秒，随即点了点头："好，后天。"

陈依："老公，你真好。"

闻泽辛定定地看着她，冷哼一声："别给我灌迷魂汤。"

身后厨房里的丽姐跟另外那名保姆见状松了一口气，还以为先生又要发火了呢。幸好幸好，还是太太治得住先生。

陈依选择后天的原因是沈璇后天出差回来，她也想陪着陈依生产。这一天，陈依住进了之前沈璇住过的那间 VIP 套房里，整层楼只有陈依一个产妇，而赵主任带着团队的人也开始准备。

陈依稍微幸运一些，没有经历破水，孩子也还没有入盆，所以大家准备起来可以不慌不忙，掐着点把陈依推进了手术室。

闻泽辛想陪产，陈依不肯，指着他道："你不许来，别来。"

闻泽辛手插在裤袋里，下颌紧绷地看着她。就在大家都以为他要强硬地跟着进去时，他说："你要是难受就喊我。"

陈依说："知道啦。"

说完，她就被推进手术室了。

一家人都等在外面，包括沈璇也刚到。她看着手术室，想起陈依最近一两年那被娇惯的样子，觉得挺可爱的。

手术室亮起了灯。

闻泽辛站在外面，指尖点着眉心，一声不吭。旁边是梁医生，跟他说着可能遇到的风险，这是闻泽辛让他说的，必须一一了解。

梁医生："……"

行吧，他知道这位准爸爸担心，多费些口舌吧。

两个小时后，手术室的灯灭了。

门被推开，宝宝在陈依的手臂边，粉嫩的一团。

其他人一个个都围了上去，闻泽辛也上前两步，按着栏杆，俯身亲吻她的嘴唇："辛苦了。"

陈依脸色有些苍白，但也还好，说："你看看孩子。"

闻泽辛跟着看了一眼，但是孩子被包着，他看不太清。他没耐心了，收回视线。陈依又道："你抱她一下，看一眼。"

不知她那么坚持干吗，泽辛顿了顿，伸手去抱孩子，指尖撩开了点儿包被，看到了里头那张跟陈依几乎一模一样的小脸。

闻泽辛那点儿不耐烦的神色瞬间没了。

他说道："还可以。"

一家人："……"

陈依："……"

"那么可爱的女孩子，而且跟你老婆一个模子刻出来的，这才叫可以？"连赵主任都看不下去了，堵了一句。

闻泽辛垂眸看了眼怀里的女娃。

孩子确实像她，嘴巴、下巴、眼睛都像她。他的神色温和了很多，赵主任让护士把陈依推进套房里，一行人上楼，闻泽辛把孩子放回陈依手边，拨弄着她有些湿的头发。

陈依多少看出他神色的变化，勾了勾嘴角，有些困了。

孩子出来时，一个护士就抱给她看了。看到孩子的长相，她也蛮惊讶的。她带着困意道："你要给她起个名字。"

闻泽辛点头："好。"

"睡吧。"他顺着她的发丝。

陈依闭上了眼。

手术那么久，她一直都是清醒的，那感觉很奇妙，但是到这个时候坚持不下去了。陈依再次醒来是被疼醒的，手往旁边一抓，就抓到了闻泽辛的手臂。闻泽辛垂眸看着她，立即俯身问道："如何？"

陈依把那疼痛给忍了回去，嗓音很低地说："有点儿渴。"

闻泽辛点了点头，拿过杯子把吸管递给她。陈依咬住吸管，喝着水，门在这时被打开，林笑儿跟廖夕进来。看到陈依醒了，两个人都松了一口气，纷纷上前询问她身体怎么样之类的。

护士在这时跟着进来，来到床边调试镇痛剂，接着跟陈依说接下来的流程，要按肚子、擦拭身子以及翻身下地等。陈依之前陪过沈璇，知道这些事，点了点头。

护士说道："先擦拭身子吧，我让月嫂打热水。"

廖夕立即道："我去，月嫂照顾好孩子就行。"

护士愣了一下，随即点了点头。

这产妇的家里人是真好。

廖夕去打热水。

陈依推开闻泽辛的手臂："你出去。"

闻泽辛垂眸看着她。

陈依说："你出去，不需要你。"

廖夕将水打来了，闻泽辛看一眼那热水，又看一眼陈依，陈依神色很坚决。闻泽辛俯身在她的唇上留下一吻，起身走了出去。

陈依松了一口气。

林笑儿说："依依，我看着他像是想帮你擦拭。"

陈依说："我才不要呢。"

她现在太难看了，一身汗。

廖夕顺势把门关上，来到床边。护士开始给陈依按肚子，那疼痛简直让陈依呼吸不上来，紧紧地抓着栏杆。

林笑儿心疼得不停地给她擦汗。

隔着一扇门板，闻泽辛默不作声地站在窗户边，听着里面的呼声，捏着打火机，一下两下地滑着，似在忍耐。

小房间里的女儿哇哇哭着，丽姐抱着小娃娃出来，想说找一下护士，一眼看到先生在，正想说话，却发现先生只听着里面太太的痛呼声，完全没有想管孩子的意思。丽姐顿了顿，还是没去打扰先生。

好在闻颂先跟闻泽厉也从外面进来，看到女娃哭个不停，赶紧抱过去。沈璇牵着闻绅也进来了，闻绅扒拉着沈璇的裤腿要看妹妹。

闻泽厉羡慕得眼睛都红了，小女娃就是可爱。

闻颂先想走向闻泽辛跟闻泽辛说话，丽姐下意识地要拦，这时所有人都看到闻泽辛动了。他走向房门口，打开门，冷冷地看着护士："没有别的办法吗？非得这么按？"

那一刻，门里门外的人全安静了。

陈依眼眸里含泪，看着门口的男人。

闻泽辛也看到了她的泪水，陈依下意识地转过头。闻泽辛走进去，看着护士："你出来。"

护士多少有点儿吓到了，赶紧松手走出去。

闻泽辛走到护士刚刚站的位置，说："怎么弄？你教我。"

护士恢复了点儿冷静，开始教闻泽辛。闻泽辛俯身，大手摁上陈依的肚子，按着护士说的方法去按。

他神色冷戾，却挺认真的。

陈依看着他，咬着下唇，有些抗拒。

闻泽辛扫了她一眼。

陈依偏开头，扯了扯衣服。

好在第一关总算是过了，接下来的几次按肚子都是闻泽辛亲自来，不知是不是心理作用，陈依感觉疼痛感减轻了许多。

闻泽辛拧了毛巾擦拭陈依的脖颈，垂眸看着她："还把我赶出去？"

陈依脸有些红："我一身汗。"

"做的时候你身上就没汗？"

陈依："……"

两位母亲见状，偷偷地出去了，把这房间留给他们。两位母亲一出去，就发现一群人聚在外面看孩子。

尤其是闻绅，特高兴。

林笑儿跟廖夕对视一眼，总算是找回点儿开心的情绪了。闻泽辛这狗儿子，从陈依在手术室出来到现在，脸色一直没好过。

陈依发出一点儿声响就让他心疼，那抵触孩子的情绪跟着上来。

病房里的陈依红着脸让他擦拭，除了下面。她拉住他的手，说："让我妈来。"

闻泽辛垂眸看着她，几秒后，把毛巾放回洗脸盆里。接下来，下地、翻身、伤口的恢复，陈依都一一经历过来，每一次疼痛都让闻泽辛的脸色跟着变，但是他也更体贴。

同时，他对女娃的态度不冷不热的，给她起了个名字叫闻巧，小名叫巧巧。

一群兄弟在群里骂他冷血、没人情味、过分。

周扬："得，有人运气来了真是挡也挡不住啊，求子多年求到个小棉袄。"

闻泽厉："我看着都眼红。"

顾呈："哦，还有些妒忌。"

闻泽厉："我也是。"

周扬："闻泽辛，你不要的话，干脆给我算了，我们家不缺这口奶粉。"

萧然："嗯，我们也是。"

江郁："哈哈哈哈哈哈哈……我家就算了，甜甜一个就够了。"

聂胥："我报个名，去捡你们家的巧巧 @闻泽辛。"

闻泽厉："聂胥，轮不到你，我第一个捡。"

萧然："我也捡。"

周扬："还有我。"

许殿："呵，那加我一个？"

陈依靠在闻泽辛的怀里，看了兄弟群发的信息，抬起头看向自家老公："你看，大家都在谴责你对妹妹的态度。"

闻泽辛取走手机放在床头柜上，按着她的肩膀："睡觉。"

陈依看一眼时间，说："妹妹得喝奶了。"

闻泽辛没吭声，下了床，走过去把小床上的女儿抱过来。小女娃含着自己的手指，吸得很起劲，眼睛跟葡萄似的，看一眼冷漠的父亲，浑然不觉得害怕。闻泽辛把她抱到陈依的怀里，陈依背着闻泽辛开始喂奶。

闻泽辛坐在床边垂眸看着。

陈依不耐烦，扯了小巾挡着。

闻泽辛挑眉，拿起一旁的文件，靠在床头翻看起来。

不一会儿，宝宝吃饱了。闻泽辛按了下铃，丽姐进房间把女娃抱走，顺势关上了门。陈依拉好衣服躺直，看着他道："什么时候回家啊？"

闻泽辛翻着文件，大手顺着陈依的头发，说："坐满42天再回家。"

陈依："……"

闻泽辛挪开文件，低头看着陈依："为了你的身子着想。"

陈依："烧钱。"

"这点儿钱不算什么。"

陈依拉了被子盖住头，睡觉了。闻泽辛放下文件，跟着躺下来，手给她枕着，说："晚安。"

陈依："晚安。"半个月左右，陈依的伤口就基本全好了。赵主任的技术非常好，沈璇的伤在后期保养后已经不太明显了。陈依的伤口也很细，只是现在还有些红。闻泽辛给她擦拭身体的时候，看着那个伤口都会很小心。

42天后，在医院做了产后检查，各项指标都正常，一家人便回了家。回到家的感觉是真好，陈依坐在沙发上，抱着抱枕不想起来。

丽姐上了楼，下一秒笑着探头跟陈依说："太太，你要不要上来看看妹妹的房间？"

陈依扔开抱枕，转身上楼。

次卧本来只是随便安了一张床在那里，很空旷，如今里面像个公主房，连各种玩具都买好了。陈依愣住。

丽姐看着陈依笑道："先生虽然冷淡，但还是让人安排得好好的。"

陈依笑了起来。

在月子套房里的时候，是真看不出来他会做这些事情，她有时候觉得让闻泽辛抱一下宝宝都要靠哄的，没想到他私下还做了这些事。

她指尖逗了下丽姐怀里的女儿。

女儿抓着她的手指。

陈依顺手就接过孩子抱着，走向栏杆往下看。闻泽辛手插在裤袋里正在打电话，这时抬起头来，两人四目相对。他挪开手机，点了点让她离栏杆远一点儿，陈依勾着嘴角，后退一步，抱着女儿走向主卧室。

闻泽辛看一眼次卧，大概也能猜到她心情好的原因。

他顿了顿，挂了电话，随即跟着上楼。丽姐见状，偷偷地从电梯那边下来，给这一家三口腾位置。陈依把女儿放在小床上，坐在床边逗着她玩。身后的门被打开，闻泽辛拿着两个人的外套走到衣架旁挂上，理了理袖子，走过去坐在她身边。陈依条件反射性地往他怀里靠去，闻泽辛揽着她的腰，说："你准备喂母乳到什么时候？"

陈依回道："没想好，几个月吧。"

闻泽辛："早点儿戒，后期会疼。"

陈依："还好吧，她没长牙就不会疼。"

"是吗？"闻泽辛顺着她的头发，嗓音低沉，有些故意道，"你要是等她长牙了还喂，我就把她长出来的牙拔掉。"

陈依唰地坐直身子，看着他道："你怎么这么凶残？"

闻泽辛捏她的脸："早点儿戒，我是为你好。"

陈依咬牙："嗯，嗯，嗯，嗯，嗯。"

很明显她就是不听。

闻泽辛："……"

夫妻俩讨论完戒奶的问题，女儿也要喂奶了。母乳喂得频繁，两三个小时一次，陈依俯身抱起女儿，背对着闻泽辛喂奶。

闻泽辛早习惯自家老婆这般了，起身把从医院带回来的行李箱提到衣帽间，把二人的衣服拿出来挂上。

这一个多月来，闻泽辛也陪着陈依在月子套房里住，白天偶尔去公司，但是大多时候陪着陈依。

不过陪着陈依的人不少，两家人来来回回，进进出出，月子套房里还有产后瑜伽私教以及中医药师，全是为了陈依产后恢复。

陈依产前有些抑郁，产后反而没有，月嫂把时间安排得很紧，就是让产妇只要伤口没问题就要开始面对产后恢复，还有带新生儿的一些课程，陈依忙得根本没时间去想东想西，于是也度过了最容易犯产后抑郁的时间。

闻泽辛从衣帽间里出来，陈依已经喂完奶了，女儿在怀里睡得很熟，小嘴还咂了两下，陈依轻轻地拍着她的后背。

闻泽辛挽着袖子，点了点床尾。

陈依迷糊地睁眼，对上他的眼眸。

"我帮你洗澡。"他的声音很低。

陈依哦了一声，小心地把女儿放在床上。闻泽辛上前，俯身把她揽了起来。

这些日子在月子套房那边也大多是闻泽辛帮她洗的，不为什么，这个男人就是不想别人碰陈依一下。

即使陈依后来能自己洗了，他也坚持帮她洗。

两个人进了浴室，打开花洒，水声哗啦啦地响。洗着洗着，陈依踩到一块有点儿滑的地砖，一下子往闻泽辛怀里扑去，闻泽辛还穿着衬衫跟长裤，下意识地搂住了她。

那一刻，浴室里温度升高，陈依心跳加速。

这画面其实很美，陈依一身白得如雪的肌肤，闻泽辛喉结滚动了几下，手举着花洒往旁边扔去，垂眸看着她："你故意的？"

陈依摇头："不是，真是滑倒了。"

闻泽辛眯起眼，将她看了个透。陈依也因为自己的这个情况，手臂将他揽得更紧，该遮还是遮一下吧。

这样一来，闻泽辛身上的衬衫也湿了。

他一颗颗地解着衬衫纽扣，说："那就一起洗吧。"

陈依："……"

半个小时后，陈依上床，抱着女儿，满脸通红地说："我真不是故意的，你信吗？"

闻泽辛系着浴袍带子，跟着上床，搂住她的腰说："我信。"

现在她还处于恢复期，不能乱来。

陈依的脸更红，把女儿当抱枕抱，小家伙被抱得有点儿热，哼唧了两声。

闻泽辛用手臂轻轻隔了一下，免得她把女儿抱窒息了。

小家伙这才乖乖睡觉。

陈依跟着一起睡。

两个小时后，小家伙准时醒了，找吃的。陈依睡得熟，有些迷糊，解纽扣解得有些乱。闻泽辛看她解得不耐烦，又困得厉害，拨开她的手，给她解了纽扣，随即把女儿揽过来一些。

陈依这会儿又睡了过去。

女儿乖乖地喝着奶。

闻泽辛神色有点儿不耐烦，盯着女儿，看着她喝完了，把女儿推开，给陈依扣上扣子，把人揽了过来。

陈依迷迷糊糊地蹭在他怀里睡了。

而女儿一个人在小床那边睡，小床有护栏。她含着手指一下睁开眼睛，看一眼那边的父母，然后睡着了。

后来一整夜，基本都是这么过来的。

陈依其实也习惯了这样，在月子套房里的时候，有时困得厉害，都是闻泽辛帮忙的。接下来的日子，陈依有将近半年的假期，这假期包含产假以及年假。这几年在事务所她几乎没怎么休年假，尤其是在会城的那一年多，是一天年假都没休，于是这次累积在一起才那么多。

这产假休得她都成了一条咸鱼。

白天她练练瑜伽，偶尔做做饭，然后带带女儿，时常被沈璇、常雪喊出去逛街。两位母亲还有妹妹的大伯闻泽厉也经常来，还有小哥哥闻绅。陈依不只身材锻炼得好，也比之前更有肉一些。

妹妹四个月的时候，乳牙就长出来了。

陈依还不当一回事，那张小嘴一合上，牙齿就磨着陈依，那一刻疼得陈依飙泪。她不敢让闻泽辛知道，自己忍着。

闻泽辛挂断电话走过来，把手机放在床头柜上，俯身想说话，神色一顿，随后不动声色地看着埋着头不吭声的老婆。

陈依则弓着身子，想把女儿拉出来。

可是孩子长牙齿也痒啊，要磨。她拉得肩膀微颤，闻泽辛一把拉开她的手，捏住她的下巴一看，得，满眼泪水。

陈依张了张嘴，想说话。

闻泽辛眯起眼，手指伸过去，直接伸进女儿的嘴里轻微卡了一下。

宝宝立即换了个地方咬。

闻泽辛面不改色，按住陈依的肩膀，把她拉开一些。

陈依看着男人阴晴不定的脸色，叹一口气，老实地把衣服整理好。宝宝咬了半天，也没咬到奶，哇哇地开始不满。闻泽辛拿起床头柜上的手机，给楼下的丽姐打电话："冲奶粉上来。"

说完，他挂了电话。

闻泽辛看着陈依："我之前怎么说的？前天她长牙的时候我就说戒了吧？嗯？"

陈依扑过去抱住他的脖子："好啦，我知道了。"

闻泽辛："……"

而女儿咬着闻泽辛的手指，又喝不到奶，气得哇哇叫，还抓来抓去，那小腿蹬得哟。陈依偏头看了一眼，有些心疼地去抓女儿的手，又看着他的手指："老公，你疼不疼？"

闻泽辛都被她磨得没脾气了，不想搭理她。

这时，门被敲响了，陈依赶紧起身去开门。

丽姐举着奶瓶给陈依，陈依微微一笑，接过来。丽姐小声地问道："妹妹咬人了？"

陈依点头："嗯，劲还有点儿大。"

丽姐："养得好啊，一看就不是好惹的。"

陈依笑弯了眼，把门关上，拿着奶瓶回去，递给闻泽辛。闻泽辛淡淡地看她一眼，接过奶瓶，随即把手从女儿的嘴里拿出来，一个牙印十分明显，还挺深的，好在没出血。闻泽辛把女儿抱起来，塞了奶嘴给她。

小家伙才终于消停了，老老实实地喝着奶。

不一会儿，妹妹喝完了奶，睡了过去。闻泽辛拨通了一楼的电话，让丽姐立即拿回奶药上来。

这本来就是一直准备着的。陈依看着他挂了电话，有些心疼女儿，低声道："要不再缓两天吧？"

闻泽辛偏头看着她："她喝不了奶粉？"

陈依抿唇，翻了个身，不搭理他了。

门被敲响，闻泽辛起身去开门，从丽姐手里接了药，转身回来。看着在床上怄气的女人，他轻笑一声，坐下来，把药放在床头柜上，俯身看着她："嗯？"

陈依仍不理他。

闻泽辛搂着她的腰，把人给抱了起来，放在大腿上："先喝药，不然今晚有你疼的。"

陈依看着他。

闻泽辛凑过去亲吻她的嘴角："好，我的错……"

陈依捂住他的嘴巴："闭嘴。"

闻泽辛的眼眸里含着笑意，他端起那碗药放到她唇边。丽姐还贴心地放了一根吸管，陈依一口一口地喝完了药。

喝完她也累了，只是不知道晚上会不会难受。

闻泽辛把她放在床上，给她盖上被子，拿着碗出去。不一会儿他再进来时，拿了一个小篮子，里面都是妹妹的粮食，之前都是放在一楼的，因为妹妹只有白天需要奶粉搭配，晚上几乎都是母乳喂养。

陈依看他将小篮子拿进来，才安心睡了。

好吧，他虽然烦人，但是对女儿还算可以。戒母乳后，妹妹没过多久又长了第二颗牙齿，这会儿是逮到什么就咬，闻泽辛让江辰买了不少磨牙的玩具。

小家伙躺在床上就能磨得很开心，就是口水比较多。

陈依趴在床边，给她擦嘴巴。

闻泽辛一进门就看到这幅画面，脚步停顿了一下，靠着门看了一会儿。

陈依抬起头看他："回来了？"

"嗯。"他脱下外套随手挂起来，走过来蹲在陈依身后，抱着她的腰，跟着看还在磨牙的女儿。

小家伙磨够了，扔了磨牙棒就翻了个身。

然后，她就这样给翻了起来。

陈依惊讶了："老公，你看到没？她翻身了。"

591

闻泽辛："看到了。"

但是翻身后，小家伙就没力气了，又摔了回去，这下就不依了，开始哇哇哭，小短腿跟着使劲蹬。

陈依没忍住笑起来，想帮她一把。

闻泽辛已经起身把她抱起来。

他单手抱着孩子，另一只手牵着陈依起来，说："下楼走走。"

陈依哦了一声，被他牵着下楼。闻泽辛走了几步，在楼梯上停了下来，偏头看她几眼。陈依有点儿莫名其妙："干吗？"

闻泽辛眯起眼："你怎么又白了？"

陈依愣了一下，伸出手看了一眼，纤细的手指跟手腕确实有些白，指尖还泛着淡淡的粉红色，她抿了抿唇："这段时间没怎么出门。"

"嗯，很美。"他说着，收回视线，走下楼。小客厅有阳光洒进来，闻泽辛走过去，把女儿放在软绵绵的地毯上。

小家伙立即开始折腾着翻身，抓东西，拿自己的玩具咬着，忙活得不行。陈依看笑了，翻过身搂住闻泽辛的腰。

他将手搭在她的腰上，垂眸看她。

见她嘴角带着笑意，眼角也全是笑意，他挑了挑眉，把她揽过去，低头吻住她的嘴唇。陈依愣了一下，随即放松了跟他接吻。

吻着吻着，两个人就被女儿的哭声给闹得没心情了。陈依立即想退开，闻泽辛察觉她的行为，不耐烦地按住她的腰，把人按了回去，并且扣得更紧，霸道地吻着，陈依急得捶他。另一个保姆不敢过来，推了丽姐几下，丽姐深呼吸一口气，赶紧冲过来抱起地上完全被忽视的小公主，带着小家伙走了。

许久后，陈依膝盖都软了，她拉扯闻泽辛的领口，狠狠地看着他。

闻泽辛垂眸，一声不吭，眼眸里似有血光跳跃，毫无悔意。

陈依："……"

妹妹六个月的时候，陈依回到事务所上班，刚出电梯，所有人看到她都愣了。陈依将带来的糖放到休闲区，走出来后，才有人反应过来。沈丽深道："你怎么又变美了？"

陈依无语，说："哪儿美了？"

"真的是美，你确定你是去休产假，不是去度假？"另外一个同事立即跟着说。

陈依道："产假。"

"假的吧。"

"就是，身材恢复得也挺快的啊，而且比之前更……有肉一些。"

陈依笑道："嗯，有肉。"

"但是真的好看，这叫丰满，不能叫有肉。"

沈丽深拉着陈依的手："羡慕，没怎么带孩子吧？不是还母乳喂养了？怎么完全看不出来啊？"

陈依："带啊，也母乳喂养啊！"

沈丽深："谁信？"

陈依知道说了她们也不信，她早上换上套装时才发现衣服比之前的要大一些，当时都愣住了，看着镜子难以置信。好在闻泽辛每天都抱她，自热而然地能知道她的变化，提前就让人给她重新定制了衣服，不然她今早都不知道怎么来了。

"你现在这皮肤啊，白里透红，身材又丰满，你老公肯定很喜欢吧。"

"就是就是，我也觉得，要是我都得喜欢得不得了咯。"

她们还要继续调侃，陈依脸红得厉害，赶紧回了自己的办公室，顺便把门给关上了。她拿起手机看了下自己，其实也没她们说的那么夸张啊。她点出手机，斟酌了一下，发了一条信息给闻泽辛。

陈依："老公，你喜欢现在的我多一点儿，还是以前的我？"

闻泽辛："都喜欢。"

陈依："哦。"

闻泽辛："下班去接你。"

陈依："好。"

新的工作发布下来，一上手就是两个项目，陈依让下属选人的时候才发现，萧小娴也要订婚了，跟赵练。陈依跟萧小娴说了句恭喜。

萧小娴看着陈依，还是有点儿妒忌，因为陈依真的是被她老公宠成这样的。萧小娴想到自己跟赵练的未来，也不知道他会不会也这样宠自己。

她顿了顿，说："谢谢。"

陈依微微一笑，转身去忙自己的事。萧小娴看着陈依的背影，给自己打气，她也要加油。

妹妹八个月的时候会爬了，闻泽辛的兄弟说要带自家的孩子过来观摩闻巧巧的爬行技巧。

于是这天晚上，闻泽厉、沈璇带着闻绅进门。

顾呈的老婆没空，他独自带着儿子进门。

萧然的老婆回了老家，他独自带着儿子进门。

聂胥跟常雪带着自家儿子也进了门。

几个孩子看到粉嫩的妹妹，那叫一个兴奋，撒欢地跑过来，围着闻巧巧。闻巧巧小短腿爬得可快了，这里爬爬那里爬爬，但是哪里都有人，尤其是几位哥哥，全拦着她的去路。她很是茫然，抬起头看看他们后，挥了下小手，那意思是让他们滚，她还要继续爬。

闻绅蹲下来，摸了摸妹妹的头。

其他人跟着蹲下来，只有萧然的儿子抱着手臂站在旁边盯着，不愿意靠近，一脸孤傲。几个父母看着好笑，全坐在沙发上围观着孩子。陈依靠在闻泽辛的怀里，聂胥突地问闻泽辛："对了，我就挺好奇的，你为什么给妹妹起个巧巧的名字啊？"

这问题一出，连几个男孩子都好奇了，探头探脑地看过来。

闻泽辛挑眉，看聂胥一眼。

这时，江助理端着水果出来，放在桌子上后说："因为巧巧来得巧，她最小啊！"

几个父母瞬间安静，随即转头看向那几个男孩子，再看一眼地上的女娃娃，是很巧，目前 B 城的兄弟们的孩子中，闻巧巧最小。

她最小，所以大家都得疼她啊！

闻泽辛，你好有心机。

聂胥："……"

我也要生一个最小的孩子。起初几个男孩子面对粉嫩一团的女娃娃除了看，也不知道跟她互动什么，后来熟悉了胆子大了就开始上手逗她，不是抱她一把就是带着她转弯。闻巧巧被闹得呀呀直叫，萧然的儿子那是真不喜欢似的，站在一旁就是不管。

最后闻巧巧爬到他脚边，闻绅扑过去想抱妹妹，被萧然的儿子一手挥开了。

闻绅气急，要跟萧然的儿子打一架。闻泽厉咬着饼干，赶紧上前拉走自家儿子，同样身为父亲的萧然却靠着沙发玩手机，完全不搭理。

闻泽厉踢了萧然的脚一下："喂，你儿子要打架了。有你这么当爸的？"

萧然有点儿不耐烦，抬头看闻泽厉一眼："打不死的。"

闻泽厉骂了一声。

顾呈在那边哈哈大笑："行了，怎么看着你们俩也要打一架？"

闻泽厉喷了一声："懒得跟他打。"

两个人也不是没交过手。陈依笑着起身，弯腰去把女儿抱起来。闻巧巧爬得是真欢乐，但是到了妈妈怀里也跟着老实下来。

陈依抱着女儿回到沙发这边坐下，闻泽辛顺手接过女儿，把她放在一旁。闻巧巧立即又沿着沙发要爬。

她小手跟小脚都软软的，脸蛋圆圆软软的，十分可爱。旁边的沈璇把她抱起来，闻巧巧很喜欢沈璇，埋在她胸前就蹭。

闻泽厉见状说道："幸好是女孩，看着就顺眼。"

闻绅在一旁嘟起嘴。

爸爸说他不顺眼呗，谁不知道？

哼。夜深了，兄弟们带着孩子离开。丽姐去送众人，几个男孩走之前跟闻巧巧告别，闻巧巧坐在小沙发上，眼睛跟葡萄一样，看着几位哥哥要走，她呀呀两声就算是告别了。弄得闻绅都不想走了，扒着沙发，号着："我想住在小叔这里。"

沈璇看儿子一眼，把他往闻泽辛的跟前推："你问问你小叔肯让你留下吗？"

闻绅眼里带着泪，仰头看着闻泽辛。

闻泽辛挑了下眉峰，说："明天小叔再去接你过来。"

闻绅的小嘴张了又闭。

闻泽厉提起自家儿子："别丢人了，你小叔这里有你住的地方？"

"你小叔这里太小了。"闻泽厉冷哼，提着儿子往门口走去。沈璇笑着踩着高跟鞋跟着出去，陈依也起身去送人。

黑色的车子开走，闻绅那张小脸还贴着窗户往这边看，他是真喜欢妹妹。陈依看得有点儿心疼，转身走回小客厅。

闻泽辛俯身正在看女儿磨牙，小家伙磨牙是三心二意的，一根磨牙棒咬一下就松开，又换另外一根，好像磨牙棒有味道一样。磨牙的饼干她反而不喜欢，就喜欢这些不能吃的。他伸出指尖，摸了下女儿的牙床。

陈依看着，笑了笑，想起闻绅刚刚那张可怜巴巴的小脸，说："我觉得偶尔可以让闻绅来这边住嘛。"

小孩子有伴会比较好。

闻泽辛抽出手，拿起纸巾擦拭手指，说："不好。"

陈依抿了抿唇。

丽姐带着另外一名保姆出来，开始进行大扫除了。闻泽辛俯身把女儿抱起来，顺手捞了几根她比较喜欢的磨牙棒，随即另一只手揽过陈依的腰。陈依看了看时间，都快晚上十点半了，说："卫生明天再搞吧。"

丽姐顿了顿，看向闻泽辛。

闻泽辛啥都没表示，揽着陈依上楼。

丽姐立即明白，卫生还是要搞的。她笑着道："太太，没事，我们没这么早睡。"

陈依看男人一眼，叹了口气。这男人的毛病一直改不了。

看着夫妻俩上了楼，另一个保姆说："先生这毛病哦，也就太太受得了。"

丽姐微微一笑，说："先生这毛病啊，是因为太太才严重的，他就不喜欢家里有多余的人。你没发现吗？这家里就两间房间，一间主卧，一间次卧，次卧改成妹妹的房间后，连个客房都没有。"

那保姆点了点头："这毛病，啧啧。"

这么大一栋复式楼，她起初也觉得奇怪，居然才两间卧室？一楼除了影厅其实还有两间空房，但是这两间空房被先生打通成了瑜伽房，负一楼跟负二楼也有可以利用的面积，但是除了一间保姆房，另外类似于次卧的房间也被改成了健身房。

所以，几乎所有客人都没机会在这边过夜。

陈依坐月子那段时间选择在月子房里住，第一主要是为了陈依的身体，第二则是想让父母们陪陪陈依，可以过夜那种陪，因为月子套房那边本身就是家庭式套房，这样既可以避免父母们跑来复式楼，又可以让太太有家人陪伴。

总而言之，复式楼这边这个家，只有他们三个人就好。

丽姐笑了笑："干活吧。"

陈依来书房拿妹妹早上放在那里的玩具，听到了丽姐跟保姆的议论。她推开门，走进浴室里，把小玩具放在小浴盆里。

妹妹坐在小浴盆里，不停地往爸爸身上洒水。

闻泽辛皱着眉忍耐着，给她洗澡。

陈依笑着从身后抱住闻泽辛，趴在他身上说："老公，你这个毛病可让人诟病了。"

闻泽辛忍无可忍，摁住女儿的手，扯下一旁的毛巾把女儿包住抱起来。听到陈依这话，他偏头看了她一眼："什么毛病？我的毛病多着呢。"

陈依笑着接过女儿软软的身子，说："你还挺有自知之明。"

闻泽辛挑眉，抬手解着衬衫领口。

他的衣服全湿了。

闻巧巧在陈依的怀里还去踢自家的爸爸，可能是刚刚被他按得不太爽，她还没玩够。闻泽辛看她一眼，一声不吭，俯身倒掉小浴盆里的水，嗓音低沉地说："让丽姐上来带她下去，我想跟你洗澡。"

陈依脚步一顿，说："丽姐在搞卫生呢。"

"那哄她先睡。"

陈依哦了一声。

闻巧巧似乎还不爽，瞪着葡萄似的大眼睛抓着妈妈的头发，那样子就是表示：我不睡，我不睡。

陈依忍笑，抱着女儿出去，在床上坐下，轻轻地哄着她。

闻巧巧上一秒还很坚定，下一秒被陈依一哄，又有点儿昏昏欲睡。闻泽辛脱下湿透的衬衫，换了件家居服，擦着头发从浴室里出来。他刚走到陈依身边，闻巧巧似乎发现爸爸来了，一下睁开了眼睛。

闻泽辛垂眸看着她，几秒后挑挑眉，眼里含着笑意坐下，从陈依怀里接过女儿，轻轻地晃着。闻巧巧这会儿不跟爸爸怄气了，老老实实地闭上眼睛睡觉。陈依坐在一旁看着，眉眼温柔。

行吧，最后还是得爸爸哄一下她才睡得熟。

等把女儿放在床上，已经是零点了，夜深人静，闻泽辛给女儿盖上被子，俯身把陈依抱了起来："轮到我们了。"

陈依脸一红，搂着他的脖子进浴室。

闻泽辛把头埋在她的脖颈间，说："想你。"

陈依："谁不知道你的心思？"

闻泽辛轻笑一声。

不一会儿，浴室里水声哗啦啦地响，热气加上温度上升，让浴室里一片朦胧，朦胧中听见陈依惊呼了一声。

她断断续续地说："我的指甲断了。"

闻泽辛把她的手指抓到跟前亲吻了几下，说："没出血。"

随即陈依还想说什么，可是话语支离破碎，她干脆不说了。从浴室里出来后，陈依心疼地看着自己刚做好的指甲。闻泽辛拉开抽屉，从里面拿出指甲钳，单膝跪在地毯上给她修那断掉的指甲。

"这是哪家工作室做的？"

陈依："繁花那家。"

"下个季度不续费了。"他语气低沉地说。

陈依正想问换哪一家，随即视线落到闻泽辛的肩膀上，他的领口露出了少许肌肤，那儿一大片指甲印。

刚刚在里面的画面涌了上来，陈依顿时脸红得厉害。

这能怪人家工作室吗？怪他好吗？

陈依说："我还挺喜欢这家工作室的。"

闻泽辛给她把指甲修平整，听罢说道："你喜欢那就再续。"

陈依："嗯。"

她看一眼自己的指甲，他修得还可以，但是其他指甲都那么长，就这个断了一截，就有点儿不和谐了。

闻泽辛把指甲钳扔回抽屉里，把她的脚抬到床上，说："睡吧。"

陈依看他起身，抓了下他的手腕："你干吗去？"

闻泽辛俯身亲吻了一下她的额头："我去书房处理一下文件，你先睡，要不我陪你到你睡着？"

陈依立即往里面挪。

闻泽辛垂眸看着她这动作，嘴角含笑，随后掀开被子躺进去。

夜更深，陈依睡熟。

闻泽辛悄然起身，拢了拢浴袍去书房。他这一忙就忙到了凌晨两三点。陈依迷迷糊糊间听见女儿哼唧的声音，想着起来冲奶粉给她喝，睁开眼睛，就见闻泽辛已经拿着奶瓶俯身堵住女儿那张小嘴。

哼唧声一下没了。

陈依也放下心来，闻泽辛抬起眼眸看她一眼，夫妻俩对视。

他嗓音低沉地道："睡吧。"

陈依嗯了一声，闭上了眼睛。

屋里再次陷入安静，他生命中最重要的两个女人，一个睡得熟，一个吃奶吃得高兴，岁月静好。第二天恰好是周末，陈依迷迷糊糊间听到楼下有小孩的声音，接着声音就清晰了。

闻绅的声音传了上来："小叔，我自己来啦，不用你接，我来看妹妹了。"

陈依立即听出是闻绅的声音，忍不住笑了下，拍了下腰上闻泽辛的手臂。闻泽辛也听见了，很不耐烦，把她抱得更紧。陈依低声喊了几句："老公，老公，老公。"

闻泽辛没应。

闻绅的声音继续传上来："小叔，起床啦，我要看妹妹。"

这声音还把正在睡觉的妹妹给震醒了，小床上的闻巧巧不耐烦地哇哇叫着，像是在说：你怎么不滚？你这么早来干什么？我还要睡觉。

陈依听见女儿醒了，下意识地要起来。闻泽辛揽着她翻了个身，按了下遥控器，让小床开启哄宝宝的模式。闻巧巧的哇哇声小了些，闻泽辛按了床头柜上的电话，那头丽姐接起电话，闻泽辛嗓音低沉地说："让闻绅闭……"

"嘴"字还没说出来，陈依立即捂住闻泽辛的嘴巴。他眯着眼眸看着她。陈依趴在他的身上，微微一笑，说："老公，今天天气好，带妹妹去郊游吧。正好闻绅来了，可以跟妹妹做伴。"

闻泽辛沉默地看着她。

陈依笑了笑，拿起话筒对丽姐说："没事，我们这就下去。"

丽姐在那边松了一口气，笑道："好的，太太。"

挂了电话，陈依亲吻男人的唇："起来啦，别生气了。"

闻泽辛按着她的细腰，任由她吻着，算是应了。

半个小时后，陈依抱着女儿下楼，一眼便看到四个男孩站在那里。闻绅仰头看得最入迷，聂胥的儿子第二，顾呈的儿子笑眯眯的，萧然的儿子站在后面，一副"我一点儿都不想来，被硬拉来"的表情。

闻泽辛脸色不太好地看着这四个萝卜头，穿着黑色衬衫，显得更加冷漠。他俯身给陈依拉开椅子。

四个男孩站在那里，估计也被他的冷漠吓到了，一时有些安静。

陈依笑着招手："你们过来。"

闻绅立即解冻，高兴地拉着人冲过去："吃早餐吧？我爸让我到小叔这里吃。"

陈依笑问："谁送你们来的？"

"江助理啊，他昨晚答应我们，说一早送我们来。"

陈依愣了愣，看向闻泽辛。

闻泽辛面无表情。

江辰？

呵。

陈依忍笑问道："那你们各自的爸爸呢？"

闻绅："他们都同意，还说越早越好，早上天气好！"

陈依："……"

闻泽辛，你的兄弟跟助理都损。四个男孩上桌吃早餐，还蛮闹的。丽姐跟另外一个保姆还有陈依都要空出手照顾妹妹，闻泽辛管着最顽皮的闻绅。

妹妹坐在婴儿凳子里看着几位哥哥，陈依接过丽姐做的辅食偏头喂着她，妹妹小嘴动一下动两下，晃着小脚，很是可爱。

闻绅过去拉她的小手，被聂胥的儿子给扯开了，两个男孩不好好吃饭，开始闹事。妹妹气嘟嘟地给他们一人一手掌。

顾呈的儿子笑眯眯地吃着早餐，啥话也没说，也不抢，很有教养。

至于萧然的儿子，只专心吃自己的东西，还第一个吃完，吃完了在椅子上靠着，不说话。

吃完早饭，陈依上楼换衣服。

换到一半门开了，她转头看去，闻泽辛指尖解着纽扣，神色不耐烦地进来。陈依一看，他的袖口弄脏了。

他脱下衬衫扔在衣物收纳筐里，转进浴室去洗手。

陈依一边拉拉链，一边问道："怎么了？"

闻泽辛边拿着手巾擦手边走出来道："闻绅要喂妹妹喝粥，差点儿摔了，我扶了他一下，粥全倒我的袖子上了。"

陈依笑起来。

闻泽辛都不知道有什么好笑的，走上前给她拉拉链，问道："非得去郊游？"

陈依心知他不耐烦，笑道："妹妹得多晒太阳啊，另外，孩子们多热闹。"

闻泽辛垂眸把拉链拉好，从身后搂着她的腰，点着她的鼻子道："我先跟你说清楚，孩子一个就够了，我绝对不会让你怀第二个。"

陈依抿唇，没吭声。

几秒后，她转过身子扯着他的领口："你是不是打了针？"

闻泽辛看着她，眼眸里没有任何波澜。

他不答就是默认了。

陈依："我就知道。"

闻泽辛捏她的下巴玩："要不是有这个针，我还打算结扎。"

陈依："……"

夫妻俩从楼上下来，就看到自家女儿坐在小车里，旁边围着四个男孩。闻绅跟聂胥的儿子拿着玩具在逗妹妹。阳光正好，洒在他们身上，这一幕突地多了一丝美好的感觉。陈依笑道："我突然想到了小时候的闻瑶，她以前是不是也是被你们这么宠着？"

闻泽辛揽着她的腰，嗯了一声。

他搂着她下楼，顺手从一旁拿起一顶帽子给陈依戴上。陈依牵住闻绅的手，闻泽辛推着妹妹的小车，走向门口。

另外三个男孩一前一后地跟着出去。

出门后，陈依才反应过来，忘记确定要去哪里郊游了。闻泽辛看她一眼，一声不吭地把她按进车里。

他专门开了商务车。

陈依拉着他的手："你确定要去哪里了？"

丽姐提着吃的匆匆地从家里出来，旁边还跟着另外一名助理。陈依愣了一下，说："这么多人？"

闻泽辛俯身看着她："我们两个人带得了这几个？"

已经在车里坐好的四个男孩你看我我看你，没人觉得自己调皮。陈依咳了一声："那是的，我带不了。"

丽姐笑出声，说："所以让我们帮忙吧。"

闻泽辛亲了一下陈依的嘴角，给她扣好安全带，关上车门。

丽姐上了车，抱着妹妹。

另外一名保姆带着吃食，车子启动，出发。

闻泽辛选了闻氏旗下的度假山庄，在郊区，开高速过去并不算太远，四十五分钟左右就能到。抵达后，天气正好，一行人下车，男孩们撒欢地跑起来，妹妹也被太阳晒得笑眯眯的，哇哇几声，也想跟着哥哥们去玩。

无奈身边只剩下一个男孩，那就是萧然的儿子，她扭头看着萧然的儿子，哇哇了几声。萧然的儿子看了她一眼，挪开视线。

妹妹又叫，萧然的儿子又看她一眼，再次挪开视线。

妹妹开始踢腿，把玩具扔过去。终于，萧然的儿子动了，不耐烦地走到后面推动那小车。

小车比他的人还高一点点。

陈依见状，笑倒在闻泽辛的怀里。闻泽辛握着手机在打电话，看一眼那画面，挑了挑眉，十分挑剔地看着萧然的儿子。

一天下来，吃、喝、玩，几个男孩还闹得差点儿打架。闻泽辛扫过去一眼，闻绅紧跟着老实下来，这架也就打不起来了。

看着日落，闻泽辛按了兄弟群的语音，嗓音低沉地说："地址发你们了，过来接人。"

他那语气非常非常不耐烦，就是忍耐已经到达极限。

顾呈："麻烦送到我家。"

萧然："嗯，我家的也是。"

闻泽厉："你还打算把我儿子扔在那破郊区啊？有你这么当小叔的吗？"

聂胥："二少，帮忙送回来，感激不尽。"

闻泽辛："……"

陈依笑着抱着他的腰，说道："孩子们今天没有功劳，也有苦劳，你看妹妹多开心啊！"

闻泽辛冷哼一声，把手机放进口袋里。

陈依知道，他也就是不耐烦而已，肯定不会真把孩子们扔在这里的。又过了半个小时，黑色商务车启动，回市内。四个孩子在车里撑了一会儿全都睡了，丽姐起身给他们盖了被子，妹妹也歪在小车里睡着了。

车子抵达市中心后，在陈依的要求下，闻泽辛第一次带着四个孩子去了金拱门。他一身黑色衬衫外加黑色长裤，抱着妹妹，四处都是孩子，在他脚边蹿来蹿去，他神色淡漠，不耐烦的神色全藏在眼底。

但是这男人太高，也太俊了，引人注目，而且他怀里还抱着一个小娃娃，更吸引人。不少宝妈纷纷看向他。

陈依一袭黑色长裙，牵着闻绅几个孩子点餐，丽姐跟另外一个保姆也凑过来帮忙点着。妹妹在闻泽辛的怀里呀呀几声，意思是自己也要吃。闻泽辛嗓音很低地跟她说："你还不能吃。"

妹妹不爽，拽着闻泽辛的领口，小腿动来动去。

闻泽辛看着女儿，拉开她的手。

粉嫩的女娃娃像是跟父亲杠上了，扯得那叫一个来劲。闻泽辛看着女儿，嗓音更低："在外面我不打你。"

陈依一转头，那一刻看到父女俩脸上的表情竟然十分相似。但是下一句就听到闻泽辛说打人，陈依的脸色沉了下来："你打啊。"

闻泽辛的后背僵了一下。

他抬起眼眸。

陈依盯着他。

于是很多偷看的客人还有宝妈以及丽姐她们听到了闻泽辛下一句认尿的话："不打，开个玩笑。"

一群人："……"

丽姐没忍住笑出声来。

先生也是够了。吃过晚饭，外面天色全黑，闻泽辛启动车子，把四个男孩一一送回家。到了顾呈家门口，顾呈的儿子很有礼貌地告别，还跟妹妹握了下手。

到了萧然家，萧然的儿子下车后，对闻泽辛和陈依点了点头："谢谢。"丢下非常冷酷的两个字，然后他转身回了家。

至于聂胥的儿子跟闻绅，扒着车不肯走。闻绅还上前抓着妹妹的小车，站在188大厦的门口，说："让妹妹今晚陪我睡，好吧？我们家的房间很多很多的。"

陈依笑着想拒绝。188大厦哪儿真有那么多房间？还不是两室而已。

这时前方开来一辆车，闻泽厉跟沈璇下了车，往这边走来。听到这话，沈璇踩着高跟鞋，俯身抱起妹妹，对陈依说："妹妹在我这儿睡一晚。"

陈依愣住。

闻泽厉笑着抢过丽姐手里妹妹的换洗衣物。

陈依下意识地看向闻泽辛，闻泽辛靠着椅背，眯起眼，几秒后挥了挥手："明早我来接她。"

闻绅开心得跳起来。

陈依笑起来，对沈璇说："那我们先走了，妹妹就拜托你啦。"

沈璇点头："好。"

车子再次启动，往复式楼开去。这儿距离188大厦其实不远，几段路就到了。丽姐和另一个保姆被闹了一天，突然觉得很安静。车子到了门口，丽姐跟保姆赶紧下车，闻泽辛把车子开到了地下车库。

陈依解开安全带，看了他一眼："你舍得让妹妹离开我们一个晚上？"

闻泽辛指间捏着一根烟，说："我们偶尔单独相处一个晚上也挺好。"

陈依啧了一声。

妹妹放在沈璇那里她肯定是放心的，还有闻绅这个哥哥，但多少感觉有点儿失落。出了电梯，陈依先去洗澡，闻泽辛去书房处理工作。陈依洗完澡出来，收拾了一下小床，拿出手机跟沈璇那边视频，看看自家女儿，也看看闻绅。

两个孩子在大厦的地毯上玩，身后是一大片落地窗，窗外是万家灯火。陈依看着女儿笑得那么开心，心想：这小没良心的，跟她爸一样。

闻绅因为妹妹到来，时不时地抱着她，陈依看出闻绅的开心，失落的情绪也消散一些了。

又聊了一会儿，陈依才挂断视频。

她按着手机，看一眼时间，九点半了。陈依在房间里看了一会儿书，觉得还是空落落的，于是放下书，走向书房。

丽姐跟保姆打好卫生，已经去休息了。

一楼只留了一盏橘色的灯，她来到书房门口。

书房里，闻泽辛正在进行视频会议，指间把玩着一根烟，听着江辰在那边报告工作："东市上半年的涨幅……"

陈依听见江辰的声音，就觉得自己还是别进去的好，转身要走，闻泽辛低沉的声音传来："老婆。"

陈依脚步一顿，转过头。

闻泽辛把烟扔进垃圾桶里，看着她道："过来。"

陈依抿了抿唇，看一眼他的电脑。

闻泽辛坐直身子，挪过鼠标点了几下，看着江辰说道："先这样，明天到公司再谈。"

江辰哎了一声。听见太太的声音，他就知道这会议开不长了。

闻泽辛挂断视频后，陈依才往前走去，想说自己想女儿了。

闻泽辛却起身，理了理袖子，随即往这边走来。陈依看着他，闻泽辛从她身侧走过，把门关上。

屋里本来只开了点儿暖色系的灯，这会儿没了外面洒进来的灯光，暗了几分。陈依转过身看着闻泽辛，他靠在门上，开始解衬衫纽扣。

陈依一下红了脸："喂。"

闻泽辛揽住她的腰将人往怀里带。陈依脚跟往前，跌进他的怀里。他低头撩开她的发丝，在她耳边说："今晚只有我们两个人。"

"妹妹……"陈依张嘴还想说话，他低头堵住了她的红唇。

将近凌晨两点，陈依总算躺下了。她一点儿都不想搭理闻泽辛，闻泽辛顺着她的头发。

后来没力气，陈依便睡了，迷迷糊糊中觉得闻泽辛起身，转头看了一眼。他坐在床边，拿过手机看了一眼。

陈依靠过去搂着他的腰，这会儿睡熟了。

闻泽辛将手机放下，偏头看一眼自家老婆，伸手把被子给她盖好，随即又坐了一会儿，才小心地把她的手臂拉开，接着起身，拿起手机转身出门。外头夜色浓郁，寒露出来，闻泽辛在鞋柜上拿了车钥匙出门。

一分钟后，黑色宾利启动，闻泽辛支着下巴，单手握着方向盘，一路开到 188 大厦楼下。他拿起手机，拨打了闻泽厉的电话。

　　闻泽厉那头倒是很快接起来，这个点他居然还没睡。闻泽辛皱眉，隐约可以听见那边女儿的声音，瞬间薄唇紧抿。

　　闻泽辛："我女儿给我送下来。"

　　闻泽厉本来想说"你女儿我搞不定"，听见闻泽辛这话，立即说："你在楼下？"

　　闻泽辛："嗯。"

　　他听见了那边闻巧巧哭闹的声音。闻泽厉啧了一声，非常爽快地道："正好，你等着。"他起身开始穿鞋，沈璇抱着闻巧巧也听见了，赶紧走进来。闻泽厉捏了捏闻巧巧的鼻子："跟你爸一样的臭脾气。"

　　一开始还好，到了闻巧巧该睡的时候，她怎么都不肯睡。虽然她不会说话，但是那样子就是想家了，好几次自己爬到门边。

　　闻绅陪着她，陪着都睡着了，闻巧巧还不肯睡。沈璇抱着她使劲哄，想说哄睡了就好，结果她一直没睡着。

　　安静的大厦门口，黑色轿车安静地停着。

　　大厅里走出来两个人，伴随而来的还有孩子哭闹的声音。

　　闻泽辛打开车门，走上前。

　　闻泽厉啧了一声，把哭闹的闻巧巧递过来。闻巧巧看到爸爸，哭得更厉害，哇哇哇地像是要掀翻天一样。

　　闻泽辛沉默地把女儿抱了过来。

　　闻巧巧小手拍去，打中闻泽辛的脸。闻泽辛这会儿倒没那么不耐烦，对哥哥跟嫂子说："我先回去了。"

　　闻泽厉把穿着外套的老婆抱进怀里，点了点头。

　　闻泽辛打开车门，把闻巧巧放在儿童座椅上，给她扣上安全带。闻巧巧感觉到熟悉的环境以及香味，安静下来。

　　闻泽辛关上车门，绕过车头去了驾驶位，启动车子。

　　晚上有点儿凉，他只穿了件衬衫跟长裤。闻泽厉隐约看见自家弟弟脖子上的抓痕，还很新鲜那种，挑了挑眉，转身抱起沈璇："走，我们也去恩爱一番。"

　　沈璇看他一眼，拽了一下他的领口。

　　黑色宾利回到家里。

　　闻巧巧点了点小脑袋，要睡了。闻泽辛单手把女儿抱出来，轻拍了一下，进了家里，把车钥匙扔在鞋柜上，走上楼。

他一推开主卧室的门，就见陈依看着他。

闻泽辛脚步一顿。

陈依把脸埋在枕头里："哼，还以为你真舍得让妹妹离开我们。"

闻泽辛没吭声，反手关上门，走进去把女儿放在小床上，俯身看着女儿，给她整理被子。身后窸窸窣窣的声响传来，陈依赤脚下了床，带着一身的吻痕抱住他的腰。闻泽辛看着女儿睡熟以后，回过身抱住她，低头吻了吻她的额头："睡吧？"

陈依："嗯。"

闻泽辛俯身，把她抱回床上躺下，搂着她关了灯。

"老公，晚安。"

"老婆，晚安。"

图书在版编目（CIP）数据

新婚 / 半截白菜著. —武汉：长江出版社，
2022.6
ISBN 978-7-5492-8331-6

Ⅰ.①新… Ⅱ.①半… Ⅲ.①长篇小说－中国－当代 Ⅳ.①I247.5

中国版本图书馆CIP数据核字（2022）第078036号

新婚 / 半截白菜 著

出　　版	长江出版社	
	（武汉市解放大道1863号）	
选题策划	奔跑的小狐狸制作组	
市场发行	长江出版社发行部	
网　　址	http://www.cjpress.com.cn	
责任编辑	李　恒	
特约编辑	奔跑的小狐狸制作组	
印　　刷	北京润田金辉印刷有限公司	
版　　次	2022年6月第1版	
印　　次	2022年6月第1次印刷	
开　　本	640mm×920mm　1/16	
印　　张	38.5	
字　　数	660千	
书　　号	ISBN 978-7-5492-8331-6	
定　　价	65.00元（全两册）	

番外
校园篇

　　快迟到了，陈依是跑着进教室的，好在大家都还没回座位，闹哄哄的，三三两两地正在谈话。她看一眼靠在最后面跟人谈话的男生，他穿着紫白色相间的校服，里面是黑色上衣，一手插在裤袋里，整个人懒洋洋的，听着人说话一阵笑。

　　陈依平复了一下呼吸，拆着手里的面包，低头从闻泽辛等人旁边走过。笑得厉害的几个人还在笑，只有闻泽辛偏头看一眼从身侧走过的女生，嘴角含笑，看了她一会儿。陈依嚼着面包，绕过后面那张空桌子，到自己的座位上坐下。

　　她刚一坐下，铃声就响了。

　　几个男生唰的一下全散了。

　　闻泽辛脚尖钩了一下有些歪的椅子，坐下看她一眼："吃快点儿，老师来了。"

　　陈依嘴巴里塞得满满的，嗯了一声，加快了速度，结果噎得她快死了。她握着拳头轻轻地捶着胸口，一头直发垂落。

　　闻泽辛眯起眼，摸出一瓶水，拧开了递给她："笨不笨？"

　　陈依满脸通红，接过水就喝，一口凉水下去，舒服多了。恰好老师来了，闻泽辛喊道："起立。"

　　陈依唰的一下起身，匆匆抬头："老师好。"

　　握着瓶子的手藏在底下。

　　坐下后，陈依拿着瓶子低头又喝了一口水，下一秒，她盯着只剩下半瓶水的矿泉水瓶，眨了下眼，几秒后脸蛋红得滴血。

1

闻泽辛翻着书本，偏头看她一眼："我喝过的。"

陈依唰地抬起头看向他。

闻泽辛收回视线，笔尖挠着眉峰，随即敲了敲她的桌子："老师看你了。"

陈依的心怦怦直跳，她收回视线，眼睛又不由自主地看向他握笔的修长手指。她看到老师往她这里看来，忙坐直身子，单手翻着书，另外一只手却一直握着矿泉水瓶。闻泽辛放下笔，从桌肚里摸到瓶盖，随即一只手握着她的手腕，另一只手盖上瓶盖，然后取走她手里那个瓶子，扔进桌肚里："傻不傻？"

陈依的手终于得空了，她抬起那只手，放在桌面上翻着书，盯着书上的题，侧了下身子，悄悄地用手摸了下嘴角。

"老师叫你。"闻泽辛恨铁不成钢地低喊了一声。陈依猛地抬起头，对上讲台上英语老师那双美目。

老师靠着桌子，点着桌面："陈依，来，给老师念一段我刚刚讲的小文章。"

刚刚老师讲了什么小文章？

陈依茫然地站起来。

全班同学都看着她，前面的英语组长赶紧挪着书本给陈依看。陈依余光扫了一眼，立即明白，张嘴就念，念得非常流利，而且发音标准。

英语老师面无表情地听着。

等陈依念完，英语老师才点了点头，说："坐下。"

其他同学哄然大笑。

"老师，你不应该让陈依读文章，应该让她用英文读化学，保证管用。"

"哈哈哈哈，对对对，然后陈依就该被罚了。"

谁不知道陈依的英语虽然谈不上顶尖，但是从来没掉下去过，一直都是年级前五名。英语老师摊手："一时失策。"

全班同学又笑起来。

"好了，继续上课，都高二了，你们能不能都认真点儿？"英语老师敲着讲台说道。

一群同学咳了一声，低头老实上课，英语老师继续刚刚的课程。

　　第四节课是体育课。

　　陈依跟英语组长坐在篮球场的看台上，她还在想喝了闻泽辛的矿泉水的事情，脸还有点儿红。

　　陈依抬起半边脸，看着不远处的一群男生。闻泽辛脱下校服外套扔在一旁的椅子上，接过羽毛球拍，往后退，起球就拍，赢得很多喝彩。几个女生坐在椅子旁盯着他。

　　英语组长转头看去："班长不怎么喜欢打篮球吧？"

　　陈依想起前几天去沈璇家，他跟沈凛在打篮球。

　　陈依："打吧，就是打得比较少。"

　　英语组长："班长要是打篮球肯定很帅，你看他打羽毛球都一堆女生盯着。"

　　陈依："嗯。"

　　她收回视线，觉得太阳太大了，拿起校服外套遮在脸上。一颗羽毛球往这边飞来，落在她的脚边，陈依盯着那羽毛球。

　　"陈依，捡过来。"闻泽辛的声音传来。

　　陈依抓起那羽毛球，手撑着校服走下台阶，往他那里走去。闻泽辛掀开她的外套，阳光照过来，陈依的眼睛一瞬间没法适应，眯起眼看着他。

　　那一刻，两人彼此对视。

　　陈依可以看见闻泽辛因打羽毛球脸颊上滚落的汗水。

　　闻泽辛看着她迷茫的样子。

　　四周似乎有点儿安静。

　　陈依将羽毛球扔在他怀里："给你。"

　　闻泽辛没接，球掉在地上。闻泽辛低头看了一眼，扯下她的校服："你也一起打。"

　　说着，他就拉过她的手臂。

　　陈依："我不要，太热了，热死了。"

　　陈依挣扎，抢回自己的校服，转身就走。

　　闻泽辛盯着她的背影，啧了一声："陈依。"

陈依听见他的喊声，跑得更快。

闻泽辛挑眉，弯腰捡起那球，随即转身。老羊几个人齐刷刷地看着他，老羊啧了一声："我发现陈依有时真的像只兔子。"

一剑封喉："我还发现她很漂亮呢。"

杨帆："我觉得她不仅漂亮，还可爱呢。"

老羊："英雄所见略同啊！"

杨帆："所以呢，这届的校花要换了吗 @ 闻泽辛？"

闻泽辛："她可爱，她漂亮，关你们什么事？"

老羊："哈哈哈哈哈，关你的事。"

闻泽辛："也不关我的事。"

杨帆："确定？"

闻泽辛没理他们，说道："打球。"

看台上的几个女生齐刷刷地看向跑走的那个背影。

"她是谁啊？"

"不知道，好像是闻二少的同桌。"

陈依回到看台上坐下，又用校服遮着脸。英语组长看着她笑道："这脸怎么这么红？班长跟你说什么了？"

陈依："他让我打球，我不想打。"

"哦，行吧。"

不一会儿，下课铃声响了。

上体育课的同学其实跑了一大半了，全去了食堂占位置。陈依跟英语组长起身，低头按着手机，问沈璇跟常雪中午要吃什么，顺便给她们打了。

身后有脚步声传来，闻泽辛跟杨帆几个人低头说着话，眼眸看着前方那抹一直低头发信息的身影。他口袋里的手机也响起，闻泽辛拿出手机看了一眼。

闻泽厉："帮忙打饭。"

聂胥："还有我。"

闻泽辛："吃什么？"

他们紧跟着报了菜名。

进了食堂，陈依跟英语组长就分开了，拿着两个托盘，开始

4

排队打饭。闻泽辛也是拿了两个托盘，陈依排着排着，排到了他后面。

他高得很。

陈依盯着他的肩膀。

结果后面的人撞了她一下，陈依往前走了两步，撞到闻泽辛的后背。闻泽辛往前走了一步，似不喜欢别人撞他，可是下一秒，他回头就对上了陈依的眼睛。

闻泽辛上下看她一番，嘴角一勾，说道："笨死了。"

陈依的脸通红。

闻泽辛抬眼看她身后的人一眼，一个长相漂亮的女生高抬着下巴看着他。闻泽辛眼眸里还含着笑意，他不甚在意地收回视线，随即转过身子，低声对前面的杨帆道："换一下位置。"

杨帆早看到了这一幕，笑了下，意味深长地看闻泽辛一眼，随即绕过去跟陈依换位置。陈依就这么莫名其妙地被换到了闻泽辛的前面。

她抬头看向闻泽辛。

闻泽辛看着她道："等会儿一起吃饭？"

陈依："我约了沈璇她们。"

闻泽辛笑道："哦，我哥他们也来。"

陈依："那更不行。"

闻泽辛："……"

陈依转过头去，继续跟着大部队走。他排在她身后，她低头看着脚下的路走着，心怦怦直跳。走到窗口打了饭，陈依端着菜就看到了常雪。常雪赶紧跑过来接过托盘，一眼就看到高大俊美的闻泽辛。

她啧了一声："你刚刚跟他一起排的队啊？"

陈依看她一眼，又看到沈璇来了。沈璇来了，旁边聂胥跟闻泽厉也来了。闻泽厉看向沈璇，聂胥盯着常雪："母老虎。"

常雪："呸，谁是母老虎？"

她拉过陈依的手往窗户边走去，沈璇过来坐下。陈依开了一瓶可乐，喝了一大口，余光看到闻泽辛手插在裤袋里，跟前站

5

着一个很漂亮的女生，不知在说什么，那女生还拿了东西给闻泽辛。

他笑着摇头，那样子是不接。

陈依猛地收回视线，低头扒饭。

这都不知道是第几次了，总有女生找他。

常雪抬头看着那边，嘀咕道："也不知道那些女的是不是瞎了眼，怎么都往他们三个人跟前凑啊？连聂胥这家伙都有人喜欢吗？"

陈依转头看了一眼。

果不其然，闻泽辛、闻泽厉、聂胥三个人坐的位置旁边围满了女生。闻泽厉懒得搭理那些女生，一直跟聂胥说话。

闻泽辛一手拿着勺子吃饭，一手看着手机，眉目含笑，很是俊美。

陈依收回视线，看一眼手机。

班级群里的人在聊天。

老羊："有一道题我至今难解，不如请闻二少来替我们解一下。"

闻泽辛："说。"

老羊："为什么你身边的女同学那么多？"

杨帆："哈哈哈哈哈哈哈哈。"

闻泽辛："你再努力长长，兴许也可以。"

杨帆："哈哈哈哈哈。"

雪茜："班长……"

陈依看着这个雪茜开始说话，就把手机放在桌上了，但没关掉屏幕。她一边吃，一边看着手机。

雪茜："班长，有道题我不太会，我单独私你。"

老羊："哟哟哟？"

杨帆："啧啧。"

这会儿，陈依摁灭了手机屏幕，低头继续吃饭。吃过午饭，天气热，陈依挽着沈璇跟常雪的手臂，去7-11买吃的。陈依买了一根老冰棍，拆着回了教室。不少同学在午休，她路过雪茜那

6

儿时，听到雪茜说："班长怎么不回我啊？"

她的同桌说："或许他在休息呢？"

说着，两个人回头看向后座。后座的闻泽辛靠在后面那张桌子上，低头在按手机。

两个人："……"

陈依咬着冰棍从她们身侧走过，走向自己的座位。

谁知道冰棍融化得太快，几滴融化的糖水顺着她的手臂滑落，闻泽辛一抬头便看到这一幕。她低头在咬冰棍，咬得那叫一个快。

他愣了几秒，盯着她白皙的手臂，而冰棍水在她的手臂上滑出了一条水迹。

"陈依。"他喊道。

陈依抬头："啊？"

她嘴里还含着冰棍，冻得嘴唇泛红。闻泽辛笑着道："你这天天吃冰棍的毛病什么时候能改？就那么好吃？"

陈依咬了几下冰棍，说："好吃啊。你有没有纸巾？"

闻泽辛："你自己舔掉算了。"

这话一出，陈依愣住了。

闻泽辛自己也愣了下，几秒后轻笑一声，踢了下前面的同学的椅子。那同学睡得迷迷糊糊的，闻泽辛说道："我看到你那里有纸巾，贡献一张。"

那同学反应过来，在桌肚里摸了一包纸巾扔给闻泽辛。

闻泽辛又将纸巾扔给陈依。

陈依咬着冰棍棍子，接过纸巾抽了一张擦拭手臂，随即绕过后面的桌子，回到自己的座位上。闻泽辛偏头看了她一眼。陈依坐下后，耳根微红，拿着纸巾擦擦擦，始终感觉还有点儿黏黏的。闻泽辛从抽屉里拿出一瓶新的水，打开瓶盖递给她。

陈依愣了一下，看他一眼。

闻泽辛："用水弄湿，好擦一点儿。"

陈依不由自主地看向瓶口，很明显，这又是一瓶他喝过的水。陈依在心里挣扎了一下，几秒后把自己的纸巾递过去。

闻泽辛轻笑一声，抢过她手里的纸巾，倒了水打湿，随即将纸巾放回她的手心里。

陈依的手心是粉红色的，纸巾放上去后显得更粉红。闻泽辛看着她的手心，陈依收回手，低头开始擦拭手臂。

闻泽辛仰头喝掉剩下的水，盖上盖子，随即往后将瓶子扔进垃圾桶里，发出哐一声响。

陈依往他那边看去。

闻泽辛将手插回裤袋里，低头继续按着手机。

陈依扫一眼他的手机页面："这届校花开始投票了？"

闻泽辛嗓音懒懒地回："嗯。"

"都有谁啊？"陈依想知道沈璇会不会参加，这个评选是闻泽辛几个人弄的。闻泽辛笑着看她："你也想参加？"

陈依摇头："不想，我就想知道璇儿会不会参加。"

"沈璇？"

陈依点头。

闻泽辛把玩着手机，挠着眉心："你去给我买一份关东煮，我就把沈璇的名字加上去。"

陈依看了一眼时间，午休还有半个小时。她拿起手机起身，说："我这就去买。"

说着她转身就要出去。

闻泽辛顿了顿，笑着赶紧抓住她的手腕："陈依。"

肌肤相贴的那一刻，陈依的手腕跟被烫到一样，她条件反射性地抽回手背在身后。闻泽辛指尖一松，看着她，笑着收回手，说："开玩笑的，这个时候这么热，你下去会被晒成小狗。"

陈依："你才是小狗。"她看了一眼他的手机，"你把沈璇的名字加上去吧。"

常雪老是说那些人拿蓝沁跟沈璇比，烦死了。她跟常雪都觉得蓝沁可比不上沈璇，偏偏上学期蓝沁成了校花。

闻泽辛语气含笑地道："沈璇不想参加，我们也不能逼她啊！"

陈依嗖的一下坐了下来，往闻泽辛身边凑，很认真地道：

"就让她偷偷地上，然后投票爆出来，就由不得她了。"

她里面是一件白色上衣，校服外套穿得也不规矩，皮肤又白，眼睛这样看着他，闻泽辛一时竟拒绝不了她。

他突地道："你喊一声哥哥。"

陈依："哈？"

闻泽辛笑起来，从抽屉里拿出一根棒棒糖塞进嘴里，说："没事没事，好，我给沈璇偷偷上。"

他按了几下手机，几秒后顿了顿，看着陈依："你想吃吗？"

陈依看着他薄唇含着的糖棍，想了下说："想。"

闻泽辛又笑了，从桌肚里拿出一根巧克力味道的棒棒糖拆了糖纸递给她。陈依接过棒棒糖塞进嘴里，随即趴在桌子上。

她趴下后，感觉心跳还在加速。

刚刚她真是鼓起莫大的勇气才跟他说那么多话的。

闻泽辛看她趴着，往后靠去，咬着棒棒糖，垂眸继续按手机。手机页面上有几个女生的照片，老羊几个人在群里聊天。

杨帆扔了一张照片出来。

闻泽辛顿了顿。

是陈依的照片。

照片上的她坐在看台上发呆，手托着下巴。这估计是老羊用相机拍的，陈依的睫毛又长、眼睛又大，很柔美。即使她只是穿着校服，也有一种说不上来的让人想欺负的柔弱感。闻泽辛下意识地看向旁边似乎睡着了的女生。

他伸出手，把玩着她的马尾，随即单手编辑消息。

闻泽辛："她还够不上成为校花的水平。"

老羊："这还不行？你看看陈依这脸、这皮肤、这身材。"

闻泽辛："你又知道她的身材？"

杨帆："哈哈哈哈哈哈哈哈哈，老羊，你算了吧。"

一剑封喉："你不要对班长的同桌这么深入研究。"

老羊："班长，她不能参加吗？"

闻泽辛："嗯"

老羊："……"

陈依感觉他在扯自己的马尾，也不知道他为什么那么喜欢她的马尾。陈依一动不敢动，假装自己睡了，抬起手小心地转动着巧克力棒棒糖，盯着旁边同学的睡颜。他睡得好香啊，想着想着，陈依也睡着了。下午的课程很快上完，陈依约了沈璇、常雪吃晚饭。晚点儿还有晚自习，三个人在楼梯口看到了聂胥。

聂胥是来给闻泽厉、闻泽辛打包晚饭的，看到常雪后喷了一声，随即大摇大摆地走过去。沈璇冷冷地看了聂胥一眼。

聂胥瞬间老实，跑了。

常雪哈哈笑起来："他上次被你打过以后，怕死了。"

陈依："就应该多打几下。"

沈璇："行啊，下回找个由头再打他一顿。"

陈依跟着笑起来，三个人上楼去点菜。晚上没中午时人那么多，她们来得也晚，所以不用排队，坐下就吃。

夕阳落下，余晖金灿灿一片。陈依往嘴里塞着饭，看着外面的风景。这时闻泽辛走出来，嘴里咬着筷子，摁着手机接电话。大概是察觉到什么，他抬起头扫过来。陈依惊了一下，猛地把头缩了回来，低头猛塞饭。

沈璇跟着她的视线往下看，看到楼下那个身材颀长的男生。

沈璇敲了敲陈依的筷子，说："不用躲，人家是在跟别的女生说话。"

陈依愣了一下，再次往下看去。

果然，闻泽辛旁边不知从哪里出现一个女生，也是一身校服，却身材高挑，站在他面前，两个人竟有些般配。

他懒懒散散地带着笑意在回那女生的话，嘴里的筷子也拿下来了，在指间把玩着、转动着。

陈依抿了抿唇，收回视线。

吃过晚饭，还有晚自习，陈依又嘴馋，去7-11买吃的，在里面转了一圈后，看了眼关东煮区域。

陈依绕过去，点了一份关东煮。

常雪咬着一块雪媚娘，见状说道："你不是才吃过饭吗？这么快就饿了？"

陈依买单，捧着关东煮说："我就吃个开心。"

常雪："你怎么不胖？"

沈璇在外面等着，敲门说："快点，晚自习了。"

三个人分开，沈璇跟常雪往高三那边走去，陈依提着关东煮往高二走去。天色黑了，到处都亮起了灯，陈依拿着关东煮从后门进去，一眼便看到闻泽辛转着笔在看题。陈依报着唇走过去，把关东煮放在桌子上。

那味道很容易被闻到，闻泽辛抬起眼眸看了一眼。

陈依用指尖点了下关东煮："请你的。"

闻泽辛听罢，勾了下嘴角："谢谢。"

陈依看到他的笑容，脸红了红，嗯了一声，拿出作业开始写。灯光柔和地打在她的脸上，闻泽辛看了她几秒，说："一起吃吧，我可吃不完。"

陈依抬起头看着那关东煮："那我吃了，沈璇能上榜吗？"

闻泽辛低低笑起来，随后他说："可以。"

陈依看着他眉眼间的笑意，心跳加速，转过头，拿起一根鱼丸塞进嘴里。闻泽辛也伸手拿了一根，一边吃一边刷题。

就这样，关东煮放在两个人中间。

陈依就喜欢吃这个，而且要蘸甜辣酱。吃到最后，陈依忘乎所以，伸手再去拿的时候，没有摸到扦子，而是摸到了温热的手指。她愣了一下，抬起头，便看到她的手指握住了闻泽辛骨节分明的手指。

她呆了呆，下一秒猛地想收回手来。

闻泽辛反手抓住她的手指，偏过头，嗓音很低地问道："故意占我的便宜？"

陈依看着他含笑的眼睛，愣住，然后摇头。

闻泽辛笑了笑，指尖很轻微地捏了她一下，随即松手。陈依猛地收回手，在校服裤子上擦了擦。

闻泽辛却不太在意似的，拿起吃完的纸盒子去后面的垃圾桶扔。

回来后，他拿起笔就开始刷题。

不一会儿，老羊那边叫闻泽辛。闻泽辛把自己刷完的题卷成一卷扔过去，杨帆在一组后面说："你扔过来有什么用？你过来给我们解答一下啊！"

闻泽辛懒得搭理他们。

他按着手机，余光看到陈依的手指在校服裤上滑动。

他挑眉，沉默地看了许久。

她的手指很纤细，白皙。

闻泽辛："陈依，手指痒吗？"

陈依的动作一顿，她赶紧摇头。

闻泽辛轻笑一声，收回视线。

终于，晚自习结束了。

陈庆发信息过来，说在校门口等着。陈依赶紧收拾书包起身，往后门走去。老羊在一组的后座，就这样看着陈依跑出去。

他看向闻泽辛。

闻泽辛拉出单肩包搭在肩膀上，说："明天见。"

老羊："明天见。"

回到家，陈依洗了澡，吹干头发，然后躺在床上玩手机。班级群里消息很多，雪茜在里面 @ 闻泽辛。

雪茜："班长，我也想报名。"

英语组长："我支持。"

老羊："哈哈哈，天天不好好学习，老想着靠脸吃饭怎么行？雪茜你算了吧，你知道这次都有谁参加吗？"

雪茜："谁？"

老羊："高三的沈璇。"

这话一出，全班安静。

郁金香国际学校说白了某种程度上就是贵族学校，B 城大家族的子弟大多数会选择进这个学校读书。

虽然也有少部分以优异成绩考来的学生，不过那些都是成绩顶尖的人，常雪就是其中一个。

那么除了这少部分学生外，其他大家族的子弟就分高低了，如今在郁金香，三个家族暂时没人敢惹，一是闻家，二是沈家，三是聂家。

于是，听到这个名字，大家首先就是沉默。

若谁赢了沈璇会怎么样？

不知道又冷又酷的沈璇会不会发飙？

雪茜有点儿不甘心，又 @ 闻泽辛。

陈依有点儿不爽。

她开始编辑消息。

陈依："你怎么总 @ 班长？你 @ 老羊啊，他们也是负责人啊！"

这话一出，全班又陷入安静。陈依这平日里比较安静的女生，怎么突然发飙？几秒后，雪茜发了一条消息。

雪茜："我 @ 他怎么了，你有意见？"

这边，陈依看到这消息，咬了咬下唇，把手机扔在床上。她怎么没忍住？她拉过被子闷了自己一下，想了想又拿起手机，直接关机，然后把手机扔到一旁，趴在床上，睡觉算了。

而此刻，班级群里，雪茜那句话飘在上头，没人接话。

四分钟后。

闻泽辛："对，别老 @ 我，尤其是雪茜。"

这一信息发出去，直接打了雪茜的脸。雪茜气得不知说什么。老羊跟杨帆几个人在群里又开始发信息了。

老羊："哈哈哈哈，班长你好冷漠哦。"

杨帆："班长对陈依是特别的，雪茜你还不懂？"

雪茜："嗯？"

老羊："人家从小一起长大，你算什么？"

雪茜："……"

她不再说话了。陈家这样的破落家族，因为跟沈璇好，沈凛跟沈赫又跟闻家兄弟及聂家兄弟有来往，所以陈依也就沾了一点儿光，偶尔在朋友圈里还能看到非上学时段陈依跟他们在一起玩。

陈依这一觉睡到天亮，手机关机了没闹钟。廖夕上来喊陈依起床，陈依没想到自己昨天迟到了，今天还要迟到，一边蘸着油条吃一边说："我要不要去住校啊？我再这样迟到，感觉老师对我都有意见了。"

可怜的是虽然她成绩还可以，但在这个理科班里却不算多好，尤其是化学跟物理，很拖她的后腿。

陈庆拿起她的书包说："先上学，回来再商量。"

连廖夕都点头。

陈茑撇了撇嘴，有些羡慕地看着陈依校服上的 logo。她当初听了父亲的话去了另外一所私立贵族学校，现在想转进郁金香已经很难了。

上车后，陈庆开得蛮快的，把陈依送到了学校。陈依提着书包又一次飞奔进教室，恰好雪茜从那边的楼梯上来，两人迎面对上。

雪茜狠狠地瞪了陈依一眼。

陈依拐进教室里，感觉今天不少同学在看她。她看向闻泽辛，闻泽辛跟杨帆低头在看试卷，校服穿得松松垮垮的，手插在裤袋里，脖颈修长。陈依埋着头绕去自己的座位。

闻泽辛偏头看她一眼："你关机了？"

陈依啊了一声。

"关机干吗？要是有事找你呢？"

陈依拨弄了一下刘海，抬头看着他。不知是不是跑得急了，眼睛里全是雾气，她问道："什么事啊？"

闻泽辛桃花眼里映着她的脸，他看她几秒，随即笑道："没事。"

陈依信了，收回视线，拿出作业交给闻泽辛。

闻泽辛顺手拿过来放在桌沿上。

旁边的杨帆看看陈依，又看闻泽辛一眼，被闻泽辛一个眼神扫来，感觉脖子凉凉的，忙低下头，老老实实地继续看试卷。

闻泽辛冷哼："你做的好事。"

杨帆咳了一声。而陈依交了作业就无所事事，手机自然就要开机。前方的英语组长转过头来，趴在陈依的桌子上盯着她看了一会儿，没头没尾地说了一句："班长的眼光果然好啊！"

陈依看向英语组长："什么？"

"没什么，哈哈。"英语组长转回去，顺手把陈依的作业本拿走了。陈依还发现不少同学盯着她看。

陈依低头打开手机，跳出来的信息如雪花一样，特别多。她设置了沈璇跟常雪是置顶的，于是最先看到的就是沈璇跟常雪的信息。

沈璇："照片拍得不错。"

常雪："陈依你红了。"

红什么？

陈依一头雾水，不一会儿，常雪发了一张照片给陈依，还有几张截图，是学校论坛的。而那张照片，陈依点开后顿时愣住了。谁给她拍的？是她昨天在看台上发呆的照片，拍得……有点儿好看。

她紧跟着点开那几张截图。

截图是论坛里有人发了一个帖子，把陈依的照片放了进去，标题是"我觉得这种款的女生更适合当校花"。

接着下面匿名的评论就开始附和，在要评比校花的当下，陈依这张照片出现得刚好，还很吸睛。

她完全是那种特别柔和的美，当然，美中还带一点儿呆，更是吸引人。

所以评论一下子就盖了高楼。

陈依越看越不好意思，脸越红。他们夸的人是她吗？

这时，常雪又发信息来。

常雪："不过这个帖子被闻泽辛删了，你说他是不是跟你有仇啊？大家都觉得你也可以参加校花评比的，他却说你不可以。"

陈依脸上的燥热一下子凉下去一些，她偏头看一眼还在讲题的闻泽辛，他的手插在裤袋里，身高都要超过数学老师了，低着头，眉目俊朗。

陈依抿了抿唇，再次低下头看手机，回复常雪。

陈依："嗯，我昨晚手机关机了。"

常雪："知道，我打你的电话了，关机，想着你睡了。昨晚

15

你的照片炸出了不少潜水党还有熬夜党，哈哈。"

陈依："哈哈哈……好吧。"

两个人聊了会儿，老师来了，今天第一节课是数学，数学老师梳了个中分头走上讲台，往陈依这边轻轻扫了一眼。

陈依慌了一下，缩了下脖子。

闻泽辛翻着书本，看她一眼，轻笑一声。

陈依听见他的笑声，匆匆看他一眼，接触到他的眼睛，就猛地收回视线，坐直身子，低头看着课本。

几秒后，她似乎不太爽，嘀咕了一句："笑什么笑，有什么好笑的？干吗删我的帖子？"

闻泽辛正在看题，听到这话，笔尖点了点课本，说："知道啦？昨晚还关机呢。"

"我本来想咨询你一下，是不是侵犯到你的隐私了，但既然你关机了，那我就帮你做主，删了帖子。"

陈依抿紧唇。

这话听起来没毛病。

闻泽辛往她那边靠去些，低声问道："还是你真想参加校花评比？"

他离得近，身上带着清香味。

陈依身子僵硬，许久后说："我不能参加吗？"

闻泽辛转动着笔，勾着嘴角，几秒后坐直身子说："我斟酌了一下，算了，你还是别参加了，免得最后难过。"

陈依："……"

她咬紧下唇，转头看向旁边，想了下，又拉着椅子往旁边挪了点儿。闻泽辛听见动静，垂眸看她一眼，随即笑笑，低头继续刷题。虽然帖子被删除了，可是有不少人保留着陈依的照片。陈依这个平日里比较安静的女生一下子暴露，她跟沈璇以及常雪去7-11的时候就发现了，盯着她看的人多了很多。这时，沈璇跟常雪突地被班上的同学叫走，剩下陈依一个人，陈依只能自己去，想着进7-11买点儿什么吃。

突然，三个男生挡在陈依的面前。

"你叫陈依？"

"你今年参加校花评比吗？"

"我们当个朋友好吗？"

陈依愣了愣，有些呆愣地看着跟前的三个男生。她慌了，眨了眨眼，随即摇头，这一摇头却把本来松散的头发弄掉了，那张脸更小，更好看。三个男生看直了眼，学校里藏着这么一个女生，怎么没人通知一下？

不远处，老羊哎了一声，指着 7-11 的门口："班长，你的小同桌被几个男生堵了。"

闻泽辛一把推开窗户往外看。

几秒后，他关上窗户，惯来含笑的眼眸冷淡地看一眼一旁的杨帆。

杨帆："我错了。"

即使陈依摇头拒绝了，前面这三个男生却没有立即离开，他们笑眯眯地举着手机想加个联系方式。

陈依此时可以说是有点儿孤立无援，她又凶不起来，急得头上的橡皮筋往下掉。

橡皮筋快掉到地上的时候，一个高大的身影手插在裤袋里，俯身在半空中接住了那个橡皮筋。接住后，闻泽辛顺手递给陈依。陈依愣了一下，偏过头，对上了闻泽辛的眼眸。他笑着挑眉："你的。"

陈依顿了顿，说："谢谢哦。"

她抬起手，拿走橡皮筋。

闻泽辛看她拿走橡皮筋后，也没说啥，自顾自地往 7-11 那里走去。陈依看着他的背影，抿了抿唇，没忘记跟前还有三尊大佛挡着。她看向他们，正想说话，闻泽辛的声音却从前面传来："陈依，走啊！"

陈依愣了一下，看过去。

闻泽辛两手插在裤袋里，站在阳光下，偏头看着她，似在等她。

"快点儿。"他的嗓音好听，催促的时候也好听。

陈依反应过来，也顾不上跟前的三个人了，赶紧跟上去。闻泽辛看她跟上来，一把推开7-11的玻璃门。

冷气扑面而来，将陈依凉了个清醒，好舒服啊，她走上台阶进了门。闻泽辛侧着身子看她进去，才松了玻璃门，跟着进去。

而剩下的那三个男生站在原地发了一会儿呆，随即齐齐转头，看着穿着校服的闻二少懒洋洋地跟在那名女生身后，二人不知在说什么，女生仰起头看他一眼，随即飞快地收回视线。

在郁金香国际学校里，有三个家族的子弟是大家不能不认识的。

所以说全校的人都认识闻泽辛那绝对不是说假的，毕竟这人绝对不好得罪，把人给认清楚了才好嘛。

于是刚刚闻泽辛一来，这三个男生就安静了，又见闻泽辛跟陈依搭话，三个男生就斟酌起来，连拿手机的那个人都将手机收回去了。最后闻泽辛还把陈依叫走了，三人对视一眼，摇了摇头。

行吧，这么漂亮的女生惹不起了。

7-11里人很多，有点儿挤人的意思，陈依知道自己"大姨妈"快来了，所以暂时不能吃冰的东西，那吃点儿什么好呢？她披散着头发，指尖从薯片跟紫菜上滑过，拿不定注意。闻泽辛跟着她转了一圈，发现她买东西的这个纠结劲，啧了一声，没了耐心继续跟下去，走向冰箱去买冰水。

他不跟着了，陈依心里倒松一口气，但也有点儿失落。她拿过一包虾条放在怀里，借着姿势回身看去。

他开了水瓶，靠在冰箱旁，跟两个女生聊起天来。

陈依捏了两下虾条，收回视线，低头走向收银台。买单时想起刚刚被叫走的沈璇跟常雪，她顺便从前台拿了两包话梅一起买单，然后塞进校服外套。她拆着虾条袋子，推开门出去，外面真的好热。

靠着7-11门口站着很多同学，基本人手一支冰棍。陈依咽了下口水，这时门再次被推开，陈依转头看去，两个女生借着闻泽辛按门的方便，从他身侧走出来，还笑眯眯地对他挥手。

"闻泽辛，拜拜。"

"下次请你吃雪糕。"

闻泽辛笑了笑，靠着门拆开手里的冰棍，还是老冰棍。

陈依的视线从那两个女生身上收回来，下意识地又落在闻泽辛手里的冰棍上。闻泽辛拆完外包装，看了她一眼："今天不吃冰棍？"

陈依耳根有些红，肯定不好意思说自己"大姨妈"快来了，她拿了一根虾条放进嘴里，说："不吃了。"

那冰棍带着甜味以及冰气，太吸引人了。

闻泽辛没急着吃，看着她那双眼睛，她可偷看了好几次他的冰棍。他笑了一下，把冰棍递到陈依跟前："咬一口？"

那甜味立即扑面而来，还有那冰气，是极大的诱惑。

陈依又咽了下口水，张嘴想说话。

她刚刚张开嘴唇，闻泽辛的手就往前伸，冰棍直接贴上她的唇瓣。这谁忍得了？陈依想着他可能想把冰棍给她，那就吃吧，于是张嘴咬了一大口。

甜，好吃，凉得她眯起眼睛。她含着冰伸出手，正想说谢谢，闻泽辛又将那根冰棍挪了回去，就着陈依刚刚咬的那个位置咬了一口，随即说："你还是少吃点儿冰棍吧，小心痛经。"

说完他就又咬了一口，手插在裤袋里走下台阶，进入太阳底下，头也没回地走了。

陈依的手在半空中僵了几秒，后猛地收了回来，下一秒她又想起他说的痛经，脸一下子绯红。

她确实会痛经啊。

他怎么知道这些？

而最重要的一点被她忽略了，那就是她咬的那一口冰棍。

前方，闻泽辛走上台阶，一把推开门。杨帆跟老羊拿着笔记本靠在桌子上，老羊盯着闻泽辛嘴里的冰棍："这是你那小同桌咬了一口的？"

闻泽辛叼着冰棍的棍子，都已经吃完了。他拉了椅子坐下，说："她不能吃太多冰的东西，给她吃一口解解馋就不错了。"

杨帆："那你也不必拆一根新的，让她咬一口剩下的自己吃啊！"

闻泽辛往后靠，手插在裤袋里，叼着棍子吊儿郎当地说："这有什么吗？"

杨帆："确实没什么。"

老羊哈哈笑起来，放下笔记本："行吧，干正事。"

陈依摸去高三那边，给沈璇跟常雪送话梅，在一楼拐角处看到闻泽厉、聂胥跟蓝沁站在一起，三个人似在说话。

蓝沁穿着一身校服，还把拉链拉到最上面，非常规矩，可是那看起来柔柔弱弱的样子，连陈依看着都碍眼。

她很少跟人交恶，大概是常雪经常骂蓝沁，于是久而久之陈依心里也跟着抵触。她没上楼，在楼下打电话给常雪，让她下来拿话梅。

常雪噔噔噔地跑下来，笑着接过话梅："谢谢依依，太好了，刚刚班里有事，把我们给喊回来了，我还想着买点儿吃的呢。"

陈依感觉高三这边很安静，学习氛围也不一样，所以不好多待，说："你们还想吃什么，可以跟我说，我给你们买。"

"好啊好啊！"常雪说着，突地视线转向旁边。

那边正在说话的三个人也已经发现这边的人，正看着这边呢，聂胥下意识地先打量陈依，毕竟陈依昨晚在帖子里红过。也许是经常见面，聂胥倒没觉得陈依如何漂亮，不过论坛里同学们说的话倒是蛮对的。

陈依如果参加评比，可能会收获不少粉丝。

接着，聂胥就看到了常雪，瞬间喊了一声，撇了撇嘴。常雪见他撇嘴，也狠狠地翻了个白眼。

闻泽厉则谁都没看，转身往楼梯那边走去。

蓝沁此时倒没在意闻泽厉了，而是看着陈依，心下跟自己对比。常雪黑着脸说："看什么看？就算陈依也比你好看。"

蓝沁愣了愣。

陈依也顺便送蓝沁一个白眼，对常雪说："我先走了。"

"去吧。"常雪说完，转身走向楼梯。聂胥看着常雪的背影拐上楼梯，说道："母老虎连上楼梯都跟飞似的，啧啧。"

蓝沁顺着聂胥的视线看过去，不知聂胥怎么老跟常雪过不去。

聂胥对蓝沁说："你赶快回去吧，有事下次再说。"

说完，聂胥转身，也走向楼梯。回到高二，陈依一身汗，来来去去真的热死了。她从后门进的教室，大家都在休息，闻泽辛也回来了。他靠着后面的桌子正在看手机，一条长腿极其嚣张地伸出走廊，没拿手机的那只手搭在长腿上，手指骨节分明。

他们这个班这一组少了两个人，本来陈依跟闻泽辛应该坐在最后面的，但因为少了两个人，于是后面又放了两张桌子，充当他们的椅背。

陈依走过去，弯腰坐下。

她身上带了热气，还有汗。闻泽辛抬起头就看到她脖颈上的汗，那一头长发已经扎起来了，所以露出了白皙的脖颈，连汗珠都明显。

"去哪儿了？一身的汗。"闻泽辛问道。

陈依也觉得热，脱下校服外套，随手卷了塞进桌肚里，用手扇了扇风。她里面是早上随手拿的一件浅粉色上衣，但领口设计是一字肩那种。女生嘛，尤其是这个年纪的女生，也会有点儿小心思，平日里跟同学出去逛街，都想穿得好看些。

不过陈依今天没有把它穿成一字肩，所以领口缩回来就大了很多。她听见闻泽辛的话，回头回他道："我去找沈璇跟常雪了。"

她一回头，领口就跟着滑下来，搭着肩膀，白皙细嫩的肌肤就这么露了出来。闻泽辛点点头，从桌肚里拿出一包纸巾扔给她："擦擦汗。"

陈依哦了一声，接过来拆开。

闻泽辛却再次抬起头，目光落在她的肩膀上，她的皮肤实在太白了，被粉色衣服衬得更白。闻泽辛看着看着，笑问："怎么没见你穿过这件衣服？"

放假时，几个人偶尔一起玩，那就不穿校服了，肯定是怎么

21

好看怎么穿。

陈依把纸巾按在脖子上吸汗，转过头去，望进他含笑的眼眸，脸红了些，随即拉了拉领口，说："刚买没多久，我跟沈璇、常雪各有一件。"

"是吗？蛮好看的，配裙子吗？"

陈依："嗯，短裤也行。"

闻泽辛点了点头，说："也不是很热了，教室里开了风扇，你别吹感冒了。"

说着，他俯身过来，从抽屉里扯出她的外套搭在她的手臂上，正好搭的也是她露出来的那块肌肤。

陈依哦了一声，想到要考试了，确实不能感冒，于是抖开外套再次穿上，只是没拉拉链。

她拿出生物试卷，感觉有点儿烦，又要考这个了。

闻泽辛看她穿上衣服后，低头继续按着手机，没过多久又听到她对化学嘀咕着抱怨，忍不住轻笑一声。

陈依听见他的笑声，抱怨声小了些，拿着笔在试卷上写写画画。

饱汉不知饿汉饥，闻泽辛这种全科都厉害的人，是不会理解她的心情的。

她又复习了一会儿，觉得一看生物书就头晕，于是趴在桌子上，拿出手机点开。

校花评比开始了，连班级群里都有人开始给自己喜欢的校花拉票。

雪茜今年尤其卖力，明明她也自诩美女，美女跟美女之间多少是会比较的，但是她今年仿佛成了蓝沁的小粉丝，不停地@人给蓝沁投票。

雪茜最后这一条消息还@了闻泽辛。

虽然闻泽辛让她别@他，但是她这不是为了自己，为了别人似乎也就没关系的样子。

雪茜："'郁金香××届校花评比链接'@闻泽辛@老羊@杨帆@一剑封喉@堂堂@郁连……给蓝沁投个票吧，感激不尽哦。”

陈依看着觉得无语。

她点进链接一看，沈璇果然被安排上了，那是她穿着制服在讲台边指挥的照片。这张照片让人最先惊讶的是沈璇的气质，其次才是她的长相，完全是冷若冰霜的大美人。陈依立即点了小圆圈，给她投了一票。

投完后就会显示票数结果。

排在最前面的果然是蓝沁，票数甩了第二名一大截。

沈璇的排名则属于中等，不上不下。

陈依看了下蓝沁的照片，蓝沁这张照片明显是在工作室里拍的，身高、脸型都修饰过了，普通的衣服仿佛穿出了不得了的感觉。

陈依觉得不真实，还是沈璇那张照片真实。

她投票后又看到雪茜在群里再次 @ 了一番，其中还是 @ 了闻泽辛，司马昭之心，路人皆知。陈依下意识地看向闻泽辛。

他还靠着桌子玩手机。

陈依顿了顿，往他那边凑去，抬高下巴去看他在玩什么。

匆匆一瞥下，她看到他也在浏览论坛。

陈依：“闻泽辛。”

教室里很多同学在午休，陈依这一声也不算大，可是闻泽辛离得近，这声音柔柔软软地就击了过来。

她可很少这么连名带姓地喊他。

他笑着抬起头看过去：“怎么啦？”

陈依一看他笑，手心就冒汗。她顿了顿，点了点他的手机：“你投票没？”

闻泽辛看一眼手机，反应过来她是问校花评比。

他挑眉，眼眸里含着戏谑之意：“还没。”

陈依：“那你还没想好吗？”

闻泽辛点了点头，指尖转动着手机，似乎在思考：“不知道投谁好。”

陈依想起闻泽辛是发起人，那他的一票非常重要。她看了看周围的同学，还看了一眼雪茜的位置，雪茜可没午睡，低着头估计一直在给蓝沁拉票。

陈依拉了拉自己的椅子，往闻泽辛那边凑去，低声道："我就是想跟你说，希望你能投沈璇一票。我们都是一起长大的嘛，你没道理投别人吧。过去沈璇不参加，也就没这回事了，可是现在沈璇参加了，你也给点儿面子嘛！"

她这话说得可甜了。

闻泽辛笑看着她。

陈依说完，直直地看着他，像一只等待投喂的企鹅，仰着脖子。

闻泽辛一直笑，没立即回。陈依有些急，又往前倾了一些，领口又滑了下来，说："投吧，然后我给你买关东煮好不好？"

闻泽辛放下手机，两手拉过她的衣摆，找到拉链，接着刺啦一声，直接把拉链拉到了脖子处："行了。"

陈依愣了一下，拽了下领口："太热了。"

闻泽辛把她的肩膀又推了回去："坐着，我现在给沈璇投票。"

他拿出手机点开论坛，看也没看其他人的照片，自然也没看沈璇的照片，直接就给沈璇投了一票。

陈依投票不会显示，但是闻泽辛投票，会在下面评论区跳出来。关注帖子的人都愣了一下，然后纷纷惊讶地张大了嘴巴。

不是吧？闻家兄弟不是跟沈璇关系不好吗？

上次闻大少跟沈璇可是剑拔弩张，尤其是聂胥被沈璇打了的那一次。怎么闻二少会投票给沈璇？

雪茜估计也一直关注着投票帖，唰的一下从椅子上站起来，转头看着闻泽辛。

"班长。"她娇滴滴地喊了一声。

闻泽辛却没有关注别人，投完票后看着一旁的陈依："看到了？放心了？"

陈依抿唇笑了下，从抽屉里拿出一颗巧克力糖递给闻泽辛："给你的，谢谢。"

她知道闻泽辛不太喜欢沈璇。

也不知道为什么，他一直不太喜欢吧，虽谈不上讨厌，但绝对没有好感。

闻泽辛接了糖，笑道："我不吃巧克力，你还是给我买关东煮吧。"

陈依："好啊。"

说完，她坐回去拿手机，准备给沈璇跟常雪报喜，可是灵光一闪，感到奇怪，闻泽辛不喜欢吃巧克力吗？之前他为什么会有巧克力的棒棒糖？

可能是女生送的吧。

陈依想到这儿，心情跟着低落了一些，这时闻泽辛喊了她一声："陈依。"

陈依扭过头去看他。

闻泽辛把拆了的巧克力糖放到她唇边。

陈依也下意识地咬住。

闻泽辛笑道："你自己吃吧，小孩子。"

说完，他把糖纸揉成团，扔到后面的垃圾桶里，非常准确地就扔进去了。陈依含着那巧克力糖，愣了愣。

而前面的雪茜什么都看到了。

班长居然给陈依喂糖！

他们的关系好到这种程度吗？

不到两节课，闻泽辛给沈璇投票的消息尽人皆知，那些本来想着跟着闻泽辛投票估计也是投蓝沁的人，这下子全蒙了。

所以，现在他们投给谁？

难道说闻泽辛暗恋沈璇？明明往年沈璇都不参加校花评比的。沈大小姐不想参加的活动谁能逼她啊？今年她不但参加了，还被闻二少投票了。

而且据消息称，沈璇不是自己参加的，是闻泽辛给她报上去的。

很多人猜闻二少开始关注沈璇了。

去食堂吃晚饭的时候，陈依、常雪和沈璇三个人在一起，关注她们的人更多了，男生女生都盯着沈璇看。

当然也有男生盯着陈依看。

常雪无奈地道："我怎么突然觉得我变成隐形人了？"

沈璇完全不搭理那些视线，只看着陈依："你干的好事。"

陈依笑着道："但是你的票数上升了啊！"

沈璇："我不屑管这些。"

常雪则觉得陈依做得好，说："行，你大小姐不管，我们这两个庸俗的人管，行了吧？"

沈璇没应，低头吃饭。

陈依跟常雪对视一眼，也低头开始吃饭。常雪吃着吃着，突然看着陈依说："不对哎，闻泽辛怎么会听你的话？"

闻泽辛跟沈璇惯来是话不投机半句多的。

陈依塞了一口饭，说："他可能是稀罕关东煮吧。"

常雪看傻子一样看着陈依。

沈璇反而笑出声，捏了一下陈依的鼻子。

三个人吃完饭，回去上晚自习。而很快就到了期中考，考试也要打乱座位，陈依其他都挺顺利的，唯独生物跟物理，考得那叫一个辛苦。考完期中考恰好周末，同学们都在群里对答案。

陈依一般不对，因为对了只会让自己难过。

她这次觉得很不踏实，不知为何，总有点儿不太好的预感。

而校花评比到了月底也要结束了，沈璇距离蓝沁的票数还差一些，现在就是她们两个人角逐了。

陈依才发现，蓝沁的人缘可真好啊！

常雪在群里叽叽喳喳地说："也不知道蓝沁有什么好的，怎么那么多人投她？"

陈依："唉。"

常雪："闻二少这么给沈璇面子都没能让沈璇登上宝座，蓝沁可真厉害。"

陈依："唉。"

常雪："陈依，你问问闻二少，他是不是偷偷给蓝沁改了票数？"

陈依顿了顿，按着语音道："他应该不会吧。"

常雪："什么不会？人心隔肚皮，他们几个人跟蓝沁关系似乎还不错。陈依，你别被他骗了。"

陈依顿了下，点开聊天列表。

闻泽辛的名字在很下面，两个人除了在班上的交集，其实私下很少聊天。陈依迟疑了下，点进聊天框，上面还留了上次她跟闻泽辛解题的记录。

几秒后，她又点了出去，过了会儿，又鼓起勇气点进来，最后咬着下唇，编辑消息。

陈依："闻泽辛，你是不是取消了给沈璇的投票？"

十几秒后，那头的人回复。

闻泽辛："我有那么无聊，投了又取消？背弃信义？"这话严重了。

陈依赶紧编辑消息："不是，我就是问问。我看璇儿的票数不高，有点儿着急。"

闻泽辛："票数不高是因为沈大小姐完全没有拉票的意思。你一说起这个事情，我还要跟你算账，现在不知多少人以为我很欣赏沈大小姐，你怎么赔我？"

大概是要期中考了，后来那传闻出来后，陈依也就没在意。闻泽辛后面也是一个劲地刷题，大家都没谈起这件事情，如今他怎么又拿出来说？

陈依："抱歉啊，怎么赔？"

闻泽辛："我想好了再说，你在干吗？"

陈依："床上躺着。"

闻泽辛："嗯。晚安。"

陈依赶紧发了晚安，随即把手机扔在枕头上，抱着抱枕，脑袋里乱乱的。他会不会还想吃关东煮啊？这个月她都买了不少给他了，虽然大部分是她吃掉的。

陈依这样想着。

而很快，周末两天就过去了，成绩也跟着出来了，当然只是少部分同学用尽办法去问的，不问的那些同学自然就等着揭晓了。这天陈依又迟到了，只能在外面打了份肠粉匆匆上楼。班里闹哄哄的，大家都在谈论期中考的事情。

陈依坐下来后，看闻泽辛一眼。

他正在看题，校服拉链没拉，里面的上衣露出少许锁骨，眉目俊朗。陈依赶紧收回视线，打开肠粉开始吃。

但是一会儿组长来收作业，一会儿有同学来问闻泽辛成绩以及对答案，桌子被撞来撞去，最后有个同学撞得最厉害，肠粉酱都溅了出来，直接落在闻泽辛的外套上。杨帆撞了闻泽辛一下："你的外套。"

闻泽辛低头看去，又看一眼捧着肠粉往后靠，飞快地吃着早餐的陈依。

他收回视线，不甚在意地拿笔继续跟他们说话。杨帆跟老羊对视一眼，眼神都意味深长。几个人谈着谈着，旁边撞桌子的声音又响起，闻泽辛偏头看了一眼，陈依已经躲得抵到后面的桌子了。他挑眉，随即起身，伸手就把陈依的桌子挪正了，抬起眼眸看一眼正要过去的几个同学："走路都小心点儿。"

然后他突然往陈依这边靠来。

陈依咬着筷子顿住，正想说话，就看见了他校服下摆上的一小块酱汁，盯着那下摆看了半天。

闻泽辛单手按在她的桌子上，顺着她的视线看了看，笑道："总算看到你自己做的好事了。"

陈依的脸一下子变得通红。

路过的同学被闻泽辛喝了一下，动作倒是轻了很多，只是好几个走去还回头看过来，平时不怎么觉得，怎么现在突然觉得班长跟他同桌关系格外好？

闻泽辛看那一群同学已经懂得放轻脚步，便松开桌子坐了回去，没再继续刚刚那个话题。

陈依刚刚是想说话，但是无奈嘴里还含着肠粉，所以才会一直盯着他校服上的酱汁而没出声。

看着他坐了回去，陈依加快了吃肠粉的速度。刚考完试，闻泽辛确实忙，问答案的人一拨接一拨。

他含笑的声音传来，偶尔因为他的动作，校服下摆带着那酱汁晃动几下。陈依合上早餐盒子，又拉上袋子起身往后面走去，把早餐盒子扔进垃圾桶里。

雪茜恰好也来扔东西，有些不屑地看着陈依："成天就知道吃吃吃。"

陈依看雪茜一眼，瞥向垃圾桶里另外一份刚扔进去的垃圾，那是两个面包袋子。雪茜被她这样一看，脸一下子有些红。

因为她刚刚扔的就是那两个面包袋子。

陈依转过身走向座位，坐下后抽了纸巾擦拭嘴角，又拿了一瓶矿泉水喝了一大口，而旁边的几个人谈起了生物题目。

陈依不由自主地把耳朵竖起来。

因为生物是自己的短板，所以她考试的时候对这些题最敏感，听到闻泽辛报出几个答案，都跟她答得不太一样，肩膀一下子就垮了。

她就不该对自己抱希望。

杨帆因为站着，能更明显地看到陈依垮下的肩膀，笑着点了点陈依。闻泽辛握着笔偏头看去，就看到她恹恹的神情。

闻泽辛勾了下嘴角，笔在桌面上敲了敲："要不要对一下答案？"

陈依选择当缩头乌龟，立即摇头，趴在桌子上说："不用对，我觉得我可以。"

杨帆几个人听罢，哈哈大笑。闻泽辛转着笔，眼眸里也带着笑意，几秒后说："好吧，等你想问了再问我。"

说着，他收回视线，继续跟他们几个谈，实际是他们想对答案，不是他想对。

陈依趴着，听着旁边一个个答案蹦出来，全跟她填的不一样，就知道自己这次完了。她捂着耳朵，突然看到了他的校服下摆。也不知道是不是肠粉的酱汁味道大，她怎么感觉还闻得到那个味道啊？

陈依看了会儿，坐直身子，往闻泽辛那边靠去，小声地道："你的校服外套给我吧，我帮你洗了。"

闻泽辛正在本子上写写画画，当然是列答案，生物不算什么，数学才是重头戏。他听到这话，放下笔，当众就把校服外套脱了摁在陈依的怀里，看她一眼笑道："洗干净点儿，最好用手洗。"

他校服上有他本身带着的清香味，陈依喃喃地道："哦。"

闻泽辛眼里含笑，转过头去拿起笔继续刚刚那道题的解析。没了外套，闻泽辛就只穿了里面一件黑色 T 恤，少年的身材瘦削，皮肤还白，跟穿了校服比又是另外一种感觉，尤其是在教室里，更为显眼。

陈依愣愣地看他许久，这才把他的外套塞进桌肚里，下一秒想了想，又把它抽出来，老老实实地叠好再放进去，还得给桌肚里的零食让位。

杨帆跟老羊对视一眼，看着他们的班长就这么理所当然地把外套给了小同桌，啧啧，小同桌还把衣服叠得那么好。

不一会儿，上课铃响了。

今天没有早读，给大家对答案了，数学是第一节课，数学老师拿着一沓试卷放在讲台上。数学老师的中分头非常有特色，他把夹在腋下的书放下，看着台下的少年少女们，说："成绩出来了啊！"

"我知道你们对了答案，但凡你们在考试的时候这么认真，也不会是现在这个成绩。这次平均分又比 2 班低了，明明前三都在我们班，某些同学却能做到以一己之力把我们班拉下去，呵。"

他的视线扫向陈依旁边那一组的两位男同学。

因为陈依离他们近，老师视线这样一扫，陈依还有点儿紧张，但是她对数学向来还有点儿信心，所以很快放松下来。

"我念到名字的人，上来拿试卷。"数学老师拿起铁尺敲了下桌子，"闻泽辛，150 分满分。"

全班同学早就习惯了，纷纷转头看向闻泽辛。

闻泽辛站起身，这下倒是哗然了一下，只因他今天没穿校服，里面的 T 恤衬得他身材修长，皮肤白皙。

他笑着上前接过卷子。

数学老师盯着他看："你的校服呢？"

闻泽辛挠了挠眉峰："不小心弄脏了，拿去洗了。"

"校服又不止一件。"数学老师虽然多说了两句，但也没怪罪的意思。郁金香国际学校其实在着装方面要求很严格，一般学生都得穿校服，因为郁金香国际学校的校服也是出了名地好看。

而闻泽辛是班长，得带好头。问出原因了，数学老师就放他下去，毕竟是自己的爱徒。陈依听到闻泽辛被问，有些不好意思，看他坐下，低声道："要不，你先穿……"

她还没说完，数学老师就喊道："陈依，140 分。"

陈依唰的一下起身，去拿试卷。很明显试卷是按着成绩往后发的，数学老师对陈依也是非常满意的。

陈依拿了试卷下来，翻来翻去看了几眼，看到是后面两道题被扣的分。闻泽辛抽走她的试卷，看一眼后，扫了她一眼。

"上次刷题的时候，我跟你说过这道题吧？"

陈依看着他修长的手指点着问题那里，十分惭愧，低下头道："我忘记了。"

闻泽辛拿起笔点住她的额头，把她的头推起来。陈依眼眸水润，眨了眨眼，认错态度良好。闻泽辛看她好几秒，随即道："你几次犯同样的错误了？"

陈依："我就是孺子不可教也。"

那语气完全是放弃的状态。

闻泽辛轻笑一声，笔尖点了点她的额头，收了回去，把自己的试卷扔给她。陈依接过试卷，放在桌上开始看。

他的字一直很好看，比陈依那种圆圆胖胖的字好看很多。

接着数学老师念第三名，因这次期中考，数学年级前三名都在他们班，数学老师的脸色一开始还算不错，到后面他是越念越生气。倒数那两位同学就在陈依旁边那一桌，陈依抬起头看着两位同学一起上去，被数学老师教育。

"成天就知道睡觉，睡觉，现在高二了，你们还想不想考大学？"数学老师说话时特别喜欢用铁尺在桌面上敲。陈依看着其中一个同学往后缩了缩，另一个则吊儿郎当地挠着后脑勺，一副死猪不怕开水烫的样子。

这跟闻泽辛这种第一名上去拿试卷的感觉可完全不一样。

陈依不可避免地想到了自己的生物还有物理，没忍住拿着笔放在前面祈祷了一下，希望分数不要太难看。

闻泽辛把玩着笔，看她这样，笑道："拜谁呢？"

陈依没应，继续拿着笔祈祷。

闻泽辛低头翻着数学课本，说："不必担心，你不会那么惨的，你有我这个同桌在，物以类聚。"

陈依看他一眼。

他拿着笔在本子上写写画画。

陈依一看他这样，突然有了点儿信心，反正不要是最后一两名就好，其他的就随缘吧。

陈依在旁边咬牙按着闻泽辛试卷的解题过程，把自己错的那两道题给解了。接下来的英语、化学、语文等课程老师都亲自发试卷、亲自批评，于是班上的同学都处于悲喜交加的状态。1班跟2班的竞争也向来没有隐藏，老师之间的比试也很直接。闻泽辛这种站在顶端的人是完全没有感觉的，他就是天之骄子，是老师们都喜欢的好学生。

试卷发下来，不出意外，他估计又是年级第一了。陈依在一旁看着，望尘莫及。

而好巧不巧的是，物理跟生物老师今天有课，自然跟着过来发试卷了。

尤其是生物老师，陈依看到他上讲台就紧张。生物老师十分年轻，眼睛也很好看，往台下看来，目光不经意地扫向陈依，很快收了回去。

陈依在那一刻心都提到嗓子眼了。

闻泽辛在一旁也能感觉到她的紧张，从抽屉里拿出巧克力糖放在她的桌子上。

陈依看一眼巧克力糖，魂魄归位，把巧克力糖放在桌肚里，一时也没去思考为什么闻泽辛不喜欢吃巧克力糖却还买。

她低声道："我应该不会是倒数第一吧？"

闻泽辛靠着椅背，往她那边凑去，笃定地道："不会的。"

陈依松一口气，点了点头。

她坐直身子，拨了下后脑勺的马尾。生物老师这次没有唱试卷，都是直接从前面往后发的。闻泽辛很快拿到属于他的试卷，陈依扫了一眼，又是满分。

闻泽辛把试卷摊在桌面上，去看陈依的。

陈依没有试卷。

她蒙了一下。

闻泽辛挑了下眉。

英语组长拿了自己的试卷后，翻了下，没有陈依的。她转过头，压低声音问："依依，你是不是没考试啊？"

陈依不仅蒙了，还僵了，说："考了。"

闻泽辛也收起了脸上那点儿惬意的神色，坐直了身子，看向生物老师。生物老师抬起头看过来，这会儿很直接地看着陈依："陈依，你给我一个很大的惊喜，我寻思着你其他科目都挺好啊，怎么就我这一科，时不时地坠机呢？

"生物，十二分，这个分数你是认真的吗？"

陈依感觉脸仿佛被浇了一脸麻油，火辣辣的。

而旁边，扑哧一声，闻泽辛笑了起来。

陈依悲愤地看向他。

闻泽辛猛地收敛了笑意，可惜太迟了，其他同学反应过来，跟着笑起来。生物老师点着陈依："上来拿试卷。"

陈依："……"

她不想去。

闻泽辛看她一眼，笑着起身，大步走向讲台，对生物老师说："我帮她拿，她脸皮薄。"

生物老师看一眼那脸已经红成苹果，还趴在桌子上的女生，无奈地把试卷递给闻泽辛："你好歹给她补一补。"

闻泽辛用拳头抵着嘴角，忍笑道："知道，这就补。"

说完，他转身回了座位。

而坐在前头的雪茜等人听见这话，对视一眼。

"班长怎么那么好心，给我解道题都不肯，还给她补课？""而且她这个分数补得上来吗？"雪茜几个人不服地嘀咕。

闻泽辛拿着试卷下来，没急着给陈依，而是自己先翻看。

这是她的短板没错，但不至于这么差，这一看才知道，她有很多道题没写完，并且很多道题是随便填的，一看就是"三长一短选最短，三短一长选最长，实在不行都选 C"这种填法。这次的试卷则是他们的生物老师亲自出的题目，年轻的老师估计知道现在学生的这个毛病，所以全部颠覆了这个规则来出题。

于是，陈依就华丽丽地考了这个"漂亮"的分数。

闻泽辛把试卷递给陈依。

陈依趴在桌子上，伸出手猛地抽回试卷。闻泽辛轻笑一声："晚自习别跑。"

陈依把试卷放在书下面，嗯了一声。她能看到大红色的"12"，讲台上的生物老师叹了口气，开始讲试卷。

分数、排名什么的，他也不想说了。

陈依就是倒数第一。

而 1 班也因为陈依这个分数拉得太厉害了，所以又输给 2 班，即使年级第一闻泽辛在 1 班也无济于事。

陈依也坐直身子，拿起笔老实地听讲。

班上刚刚笑她的同学，时不时地转头看她一眼，大多数是好意的，只有前面雪茜几个人眼神带着谴责。

课间休息时，班级群里嘀嘀地响着。

雪茜："本来这次期中考我们班的成绩就挺惨的了，没想到没有最惨，只有更惨。"

叶生："那是的，也不知道是什么水平，生物能考出十二分这样的成绩。"

杨帆："是吗？你们俩倒是努力一下，把成绩给拉上来啊！"

老羊："班长你说说，她们俩在年级是什么排名啊？"

闻泽辛："雪茜第 172 名，叶生第 200 名，陈依第 35 名。"

闻泽辛："两科考得不怎么样，还是甩你们几条街。"

杨帆："哈哈哈哈哈哈。"

一剑封喉："算了，别丢人现眼了。"

一些同学私下看手机，都偷笑了。英语组长本想让雪茜别说了，他们几个男生外加班长这么说了一通，英语组长按着手机的手松了，自己帮雪茜说了也是尴尬，拎不清的人哦。

看着群里的信息，闻泽辛把手机放回桌肚里，看了陈依一眼。陈依苦恼地开始按着老师说的修改答案。

闻泽辛伸手扯过她的试卷。

陈依松了手，给他看。

闻泽辛扫了一眼，低声问："你是什么原因考成这样的？"

陈依抿唇，红着脸将试卷扯回来。闻泽辛偏不给，指尖用力，陈依拽了一下没拽动，噘着嘴不太爽地抬起头，满眼哀怨。

闻泽辛静静地看着她的脸，另一只手握着笔转着，几秒后突然想起了什么，俯身过去："你那天是不是来例假了？"

"没有。"陈依心一跳，用力一扯，试卷嗖的一下收了回去。陈依把身子侧到一旁，拿着笔在上面写写画画，耳根红得滴血。

闻泽辛余光扫到她校服外套的口袋，里面藏着一小片薄薄的卫生棉，只露了一个角。他也耳根发红，咳了几声，说："看来我猜对了。"

"一看天气热，吃冰棍跟吃饭一样，也难怪了。"他散漫地翻着试卷，语气说不上来是责备还是只陈述事实。

陈依背对着他，耳根红了，脸也红了。

她至今还能想起那天考试的画面，上午考完物理其实对她来说已经很痛苦了，那会儿疼痛还不是很明显，中午贪凉喝了点儿绿豆糖水，下午考生物的时候，痛得她喘不上气来。而且本来生物就不是她的特长，她越看头越晕，越写不下去，完全是靠理智写完的这些题目。陈依这十二分的单科成绩拎出来不只是班级倒数第一，还是年级倒数第一，高二的分数榜上已经挂上名字了。

陈依这分数跟她的照片一样，又红了一把。

晚饭时，陈依、沈璇和常雪三个人去食堂，在路上就受到不少人的注目，而最亮的目光就在陈依旁边——沈璇跟常雪。

沈璇说："知道你生物不好，但没想到不好到这个程度。"

常雪则哈哈大笑起来："不行，我真得笑死，你牛。你要是生物分数再高一点儿，就能挤进前二十名啊！你的生物老师那么帅，你该不会每节课都在看他吧？"

陈依打了常雪好几下："别笑了。"

常雪哈哈哈地往旁边躲去。不怪她笑，她跟沈璇拿了第一名跟第二名呢。三个人打打闹闹地进了食堂，而此时食堂非常热闹，不远处闻泽辛跟闻泽厉还有聂胥三个人正坐在长椅上吃饭聊天。

她们三个一来，聂胥看到陈依，顿时也哈哈大笑，并且捅了闻泽厉好几下。闻泽厉喝一口可乐，推开聂胥。闻泽辛也喝一口可乐，看向陈依。他没穿校服，很吸引人。陈依红着脸拿起托盘，跟沈璇和常雪去排队。

打了饭，陈依看到一旁又有绿豆糖水。

天气热，学校怕学生中暑，都会备着这个。陈依看了一会儿，看常雪打了一碗，迟疑了一下，也打了一碗。

沈璇："不舒服就别喝了。"

陈依笑道："没事，都几天了。"

常雪："这天气太热了，不喝怎么吃饭哦？"

于是她们就这么打了糖水回到桌子这边坐下，常雪率先喝了一大口，满脸舒爽："绿豆汤真是夏日佳品。"

陈依点头附和，舀了一勺子小口小口地喝，感觉好甜好爽好冰。喝完一口，她低头开始吃饭，这时身后传来脚步声，伴随而来的还有聂胥和闻泽辛含笑的声音，三个男生都很高，又帅，非常引人注目。

他们往这边走来。

陈依一听到他的声音，下意识地就握紧筷子。身侧来了一个高大的身影，陈依转头看去，闻泽辛屈指敲了敲桌子，说："吃完了早点儿到教室。"

陈依嘴里含着饭："哦，好。"

闻泽辛站直身子，几秒后说："绿豆汤看起来不错，我刚才忘记打了。"

陈依愣了愣，又看着他。

看着她那蒙蒙的样子，闻泽辛笑了一声，说："我喝了吧。"

说完不等陈依反应，他端起那碗绿豆汤一口气喝完，把碗随手搁进碗筷收纳桶里，随即手插在裤袋里，拍了拍聂胥的肩膀，三个人扬长而去。聂胥震惊得眼珠子都要掉了，一直想转头，闻泽辛却按着他的肩膀。

三个高大的身影走下楼梯。

而这边，陈依低头看一眼放绿豆汤的位置，汤没了。常雪吼道："不是吧，他这么欺负人的吗？他想喝绿豆汤不会自己打吗？干吗喝你的啊？"

沈璇看向陈依："那边没绿豆汤了。"

常雪紧跟着踮脚看去，是没了，无语地说："没了他就可以喝陈依的吗？陈依，在班里他该不会经常这么欺负你吧？"

陈依嘴里还带着绿豆汤的甜味，想哭又觉得哭不出来，可是笑也笑不出，咬着筷子道："他很少欺负我啊，但是为什么喝我的绿豆汤啊？"

常雪："就是，他为什么喝你的绿豆汤？"

沈璇："正好，你这两天来'大姨妈'，少喝点儿吧。"

是这个道理，陈依刚刚喝的时候是很有负罪感的，毕竟她那天是因为贪凉才导致生物考这个分数的。

但是到嘴边的糖水没了，确实郁闷，她埋头开始吃饭。

后来常雪的绿豆汤没那么冰了，分了一点儿给陈依。吃完饭，陈依、沈璇、常雪三个人下楼，陈依看了一眼 7-11，有点儿想去，后来想想还是下回吧。于是她跟沈璇、常雪分开，走向高二教室，上楼时教室里都亮起灯了。

还没到自习时间，闻泽辛靠在桌子上，长腿抵在地上，低头玩着手机。旁边杨帆跟他一起，也在玩手机，听声音似乎在玩游戏。

陈依一脚踩进去。

闻泽辛抬起头看来，教室里的灯光打在他的脸上，他看起来更加眉目俊朗。两个人四目相对，陈依随即想起那碗绿豆糖水，抿着唇，轻轻哼了一声，手插在校服外套的口袋里，走向座位坐下。

闻泽辛看她一眼，笑了一声。

随即他收回视线，低头跟杨帆玩完这一局游戏。

打完这一局游戏后，闻泽辛长腿钩了椅子坐下，把手机放进桌肚里。杨帆也收起自己的手机，看一眼陈依桌上的生物试卷，笑着走了。

闻泽辛翻开生物试卷跟课本，拉着椅子往陈依那里挪去。离得近了，他看到陈依嘟着嘴，低头在桌面上画来画去。闻泽辛挑眉："哦？气我今天喝你的绿豆糖水？"

陈依抬起头看他："你不是有可乐吗？干吗还喝我的糖水？"

闻泽辛扯了一下她手臂下压着的试卷："给你补课，连一碗糖水都不能喝？关东煮比这个值钱，你请我吃了不少吧？"

陈依一听，是有点儿道理。

她坐直身子，拿起笔说："这个补习有用吗？"

闻泽辛翻着陈依的试卷，手肘压在桌面上，长腿踩在陈依的椅子横栏上，看着试卷说："没用，所以从今天起，你得背。"

陈依的脸一下子垮下去了："我不喜欢背。"

"你只是不喜欢背生物，我看你语文背得不错，还很有感情。"闻泽辛用笔把她的下巴抬起来，看着她那张垮脸。

陈依惊了一下，猛地拍开他的手。

闻泽辛拿起书把试卷放在里面，看着她道："你首先要做的，就是背试卷。"

陈依说道："我还没记呢。"

说着她就要去抢试卷。

闻泽辛把手挪开："你发挥失常这么严重，这题目在你脑海里应该跟刀子一样滚过来滚过去了吧？"

"话是这么说，可是正确答案我下午才熟悉啊！"陈依站起来去抢试卷，又转过身子想去拿闻泽辛的。闻泽辛一把将自己的试卷也拿起来，三两下就塞到书里。陈依急了，扑过去就抢。

闻泽辛长腿踩着地面，身子往后仰。

下一秒，陈依的脚卡在椅子角边缘，没站稳，扑到了他的怀里，手臂正好挂在他的脖子两边。

她的袖子也是短袖的，肌肤跟他的脖颈相贴。

她呆愣住，对上他的眼眸。

因这个动作，她的马尾在他的脸上搔弄着。少女的香味近在咫尺，闻泽辛看了她的嘴唇几秒。

接着，空气凝滞，全班安静。

闻泽辛抬手拉下她的手臂。

他的指尖触到陈依的肌肤时，陈依才猛然回神，急急后退，然后小脚撞到自己的椅子，跌坐回去。

饶是闻泽辛，此时也不知该说什么。

他匆匆地拿了试卷扔到她怀里："给你十分钟的时间。"

陈依低着头，拿起试卷，转过身子，满脸通红地开始背。然而她哪儿记得住？脑袋乱糟糟的。

闻泽辛则反复地看着陈依的试卷，然而也没什么好看的。他静默下来，只觉得脖子上还缠着那双柔弱无骨的手臂。

他挠了挠脖颈，随即把试卷跟书放在桌子上。

其他同学开始起哄，尤其是杨帆跟老羊等人。闻泽辛抬起手，一溜指过去，众人老实了。

"这么小的事情也值得起哄？"闻泽辛笑着反问。

那些同学掩嘴笑，但确实也都安静下来，只是偶尔还有人往后看，看陈依，看闻泽辛。

陈依脸上的热度持续到十分钟后都没下去，她抽了试卷递给闻泽辛，闻泽辛接了试卷，放下手机看着她："开始。"

陈依压根不敢看他，低着头，磕磕巴巴地背出题目。

有些同学还看着闻泽辛跟陈依，倒是想看看这两个人此时是什么神情，但是一个低着头背试卷，一个认真地看着试卷，大家倒什么都看不出了。

终于背完了，陈依抬起头看了闻泽辛一眼。

闻泽辛也恰好拿开试卷，两个人四目相对。看到他那双含着笑意的眼时，陈依下意识地挪开视线，问道："是不是背错？"

闻泽辛收回视线，看向试卷，说："错了八道题，你下午的试卷白改了。"

"我再给你讲讲。"他把试卷放在桌面上，拿起笔给陈依分析题目，让她以最快的速度记住。

晚上没有老师看着，她的校服外套也塞进了书包里，现在单穿一件浅黄色的 T 恤，领口不大，但是戴了锁骨项链，还是桃心的，几颗碎钻衬得肌肤更白。她咬了咬笔尾，在思考着刚刚写错的题目。

闻泽辛拿下她嘴边的笔："怎么样？"

陈依抬起头看着他道："再试试？"

闻泽辛点了点头，把椅子往后挪一些，靠在桌子上说："开始吧。"

陈依这会儿不会磕磕巴巴了，很顺利地把试卷给背出来了。闻泽辛合上试卷说："可以，不过你接下来一定要补上来，80 分的试卷你就算考得再差，也得拿够 50 分啊，靠背可以解决一大部分问题。"

陈依啊了一声："我不会啊。"

"先给你补一下物理。"闻泽辛可没心慈手软，抽出物理试卷看她的错题。曾经自习课是很爽的，但是今晚特别累，陈依背着书包，抱着闻泽辛的校服，走下楼梯时一副无精打采的样子。陈庆在门口等她，一看她出来，有些担忧地问："怎么了？是不是考试没发挥好？等会儿回到家里，你妈问的话你就别回答，我来就好。"

陈依坐进车里，闻到一股浓郁的香水味。她看着陈庆上车，问道："爸，车里怎么有香水味啊？"

陈庆哎了一声，启动车子说："陈莺啊，不知跟什么同学出去玩，化了浓妆不说，一身的香水味闻得都不舒服。"

陈依哦了一声。

陈庆本想再问问她的成绩，但是他能来接她的机会很少，想了想算了，留点儿美好的回忆吧。

两人回到家，廖夕果然问陈依的成绩。

陈依说了年级名次后，廖夕愣了一下。

女儿怎么退步这么多？

陈依感觉好累，也不想多说，上楼去洗澡，然后在浴室里亲手把闻泽辛的外套洗了，不过不小心洗衣液倒太多了，整个外套都是泡沫，所以又花了陈依很多时间。等她忙完出来，已经九点多了。

她把衣服晾起来，躺在床上拿起手机刷群消息。

群里雪茜还在给蓝沁拉票，都不知道蓝沁怎么收买了雪茜。问题是雪茜拉票就拉票，还跟同学谈到她，谈到晚自习发生的事情。

雪茜："生平最讨厌的就是装模作样的人。"

叶生："我猜你就要说她了。"

英语组长："谁啊？谁装模作样？"

雪茜："你后面那个呗。"

英语组长："什么意思啊？我今天没上晚自习，发生什么事了？"

叶生："她故意摔倒扑到班长的怀里。"

全班瞬间又安静了。

陈依咬着牙。

陈依："谁故意？我没有。"

老羊："怎么事儿那么多？明明就只是意外，雪茜你还想说什么？"

雪茜："陈依，你问心无愧吗？你可别害班长。"

陈依："我没有。"

杨帆："人家班长都没说什么，轮得到你们叽歪吗？"

［雪茜被禁言一个月］。

［叶生被禁言一个月］。

闻泽辛："破坏班级和谐罪加一等，秋季出游你们俩就算了吧，在家反思。"

这个班级群是没有老师的，之前开学班主任就让闻泽辛组织开群，先开了一个，专门用来布置作业、探讨题目，但是有老师的群毕竟还是不方便，于是不少人就拉着闻泽辛，非得再开一个群，也就是现在这个群。雪茜跟叶生也经常在这里面阴阳怪气地说话，现在终于清净下来，大家又活跃起来。

既然闻泽辛先说的秋季出游，一群人就在群里@闻泽辛，聊出游去哪儿的事情。

闻泽辛也不是经常在群里聊，很久才回复。

闻泽辛："明天我再跟老师商量。"

陈依握着手机，见班级群里大家换了话题，还在想刚刚的事情。闻泽辛刚刚帮了她，她想了一下，单独私信闻泽辛。

陈依："谢谢你。"

闻泽辛："我的校服呢？"

陈依从床上起来，跑出门，走到阳台上，拍了一段小视频发给他。

陈依："在这里。"

闻泽辛："真洗了？好。"

陈依："我说话算话。"

闻泽辛："那你现在回房间背生物。"

"背生物"这三个字让陈依激灵了一下，她赤脚又跑回房间，一头直长发披在后背上。她扑到床上，按着语音。

陈依："我睡啦，晚安。"

发完语音消息，她把手机摁灭放在床头柜上，又顺手拉了床头灯，抱着枕头酝酿睡意。那头闻泽辛拿起冰水喝了一口，接着继续刷题，几分钟后闲下来，转动着手腕往后靠，才拿起手机看一眼，有一条信息。

他起身推开门走出去，往隔壁的书房走去，顺手按开了语音。

女生温柔的声音传来："我睡啦，晚安。"

闻泽辛听罢，按了语音，含笑回复："晚安。"

发完，他走进了书房。

身后路过的保姆听到那女生的声音，愣了一下，下意识地看向高大的少爷。闻泽辛已经把手机放进裤袋里，走向书架。

第二天一早，陈依起得也有点儿匆忙，不过好在今天时间还充足。她一边扎头发，一边跑出去把闻泽辛的外套扯下来，可能

42

是洗衣液倒多了，衣服上有一股淡淡的桃子香味。她拿了一个购物袋将衣服装进去，接着自己穿上外套拿了手机下楼。

她一点开微信，有一条昨晚的信息。

陈依一边跑一边听。

男生略低的声音从里头传来，而且那般温柔。

"晚安。"

声音太过好听，陈依差点儿摔下楼梯。她紧紧地握着手机，随即把袋子放在桌子上，赶去餐厅吃早餐。

陈鸯坐在对面，看着陈依道："我刚刚怎么听到一个男生的声音？"

陈依拨开刘海喝牛奶，说："同学，昨晚在班级群里互道晚安。"

"是吗？"陈鸯倒是想看看陈依的手机。

而陈庆今天没空，一早就出去了。廖夕端早餐出来给她们吃后，就送陈鸯跟陈依去上学。

送完陈鸯就送陈依，在去学校的路上，廖夕想了下说："你学习别有压力，还是要适当放松。"

陈依推开车门，说："好的。"

她背着斜挎的书包，提着购物袋上楼。今天还早，走廊外面不少学生在聊天，雪茜跟她那几个好友站在窗户边不知在说什么，看到陈依上来，均闭了嘴，看她进教室了，视线又跟着扫进去。

"你说的就是她啊？"

"嗯。"

陈依一进去，就看到闻泽辛靠在桌子上，正在玩游戏。她顿了顿，从购物袋里取出外套，走过去放在他的怀里。

一股甜甜的蜜桃味传来，闻泽辛低头看一眼自己的校服，随即继续玩游戏。

陈依把购物袋跟书包放在一起挂起来，接着坐下，拿出作业本交到他的桌上，就听到他游戏结束的声音。

闻泽辛将手机放进桌肚里，拿起外套直接就穿上了，指尖撩起下摆看了一眼，问道："你真亲手洗的？"

陈依啊了一声，点了点头。

闻泽辛笑了一声："嗯，挺干净的，昨晚背书没？"

陈依的脸立即又垮了下来，她把另外一本作业本交给他，说："我抄下来了。"

这是昨天晚自习后闻泽辛布置的作业，把物理跟生物试卷抄下来，对陈依这种不喜欢背书的人来说，这是最好的记忆方法了。

闻泽辛拿起作业本翻了几页，笑道："可以，给你画朵小红花。"

他拿起笔，在下面涂涂画画。

陈依偏头认真地看着："你又不是用红色的笔，怎么画红色的小花？"

闻泽辛画了朵小花，然后在旁边加了一个箭头写上"红"字，抬起头笑着看她："这样可行？"

陈依见状道："无赖。"

闻泽辛看着她轻笑，把作业本递还给她。

陈依接过作业本放好，然后趴在桌子上，把玩着昨天没来得及吃的那颗巧克力糖。闻泽辛随手翻了下桌面上的作业本，随即拿着手机往后靠，继续玩游戏，偶尔停下来的时候，会看向旁边的女生。

当然他只是恰好顺眼看过去，目光却落在她的校服下摆上。陈依趴着跟沈璇、常雪发信息，又觉得热，于是拉下拉链，扯开了校服。

然后她的手指就停留在拉链那里，把玩着拉链。

闻泽辛看她纤细白皙的手指几眼，挪开视线。

早读被语文老师霸占了，她主要是来讲试卷里面的写作题目的。这一次考试很多学生没有点到主题，被扣了很多分，比如陈依，全文都对，主题歪了被扣了一些分数，否则也能拿个满分。

第四节课是体育课，大家终于有精神了。

一群人吵吵闹闹地下楼，陈依跟英语组长走在一起，正在聊天，糖果这个时候才吃，她含在嘴里嗯嗯嗯地点头，像只小兔子一样。

英语组长还在说笑话。

杨帆跟老羊都走在闻泽辛的身侧，三个人正好在陈依的身后。人多，大家走得都慢，杨帆看着有些可惜地道："如果陈依能参加校花评比就好咯。"

　　老羊："你贼心不死，你看班长肯吗？"

　　闻泽辛将手插在裤袋里，看着前面那笑眯眯的女生说："她不行。"

　　"我看是你不舍得。"杨帆在一旁点破。

　　闻泽辛："我看人的眼光还是有的。"

　　话音一落，后面有个同学喊了陈依几声，她没听到，那同学一着急，从身后扒拉过去，拉着陈依的校服领子一搡，一大片白皙的肌肤露了出来。主要是她今天贪凉，穿了黑色吊带，后面肩膀那块跟着露了一些。

　　陈依啊了一声，赶紧搡上外套。

　　那同学连忙道歉："抱歉啊。"

　　抱歉有什么用？身后所有同学都看到了这一幕，楼梯里有几秒钟是安静的。陈依的皮肤太白了，有一种含苞待放的少女感。那女同学还想再说话，闻泽辛直接挥开那位女同学的手，杨帆下意识地看向闻泽辛。

　　闻泽辛眼眸里的笑意少了很多。

　　一秒后，他推开跟前的同学，大步下去，拉住因为不好意思而想跑的陈依。陈依回过身看到他，瞳孔紧缩，正想说话，闻泽辛低下头，一把拉起她校服两边的下摆，咔一下，下摆合上，他飞快地拉上拉链，拉锁直接卡到陈依的下巴。

　　陈依的脖子一下子因外套领子而竖了起来。

　　闻泽辛看着她道："校服穿好，别吊儿郎当的。"

　　陈依眨了几下眼，点头："哦，好。"

　　那些同学见状，纷纷飞快地下来，说着话往操场走去。杨帆跟老羊对视一眼，笑着下来，拍了一下闻泽辛的肩膀。

　　陈依也赶紧下台阶。

　　英语组长匆匆看闻泽辛一眼，跟上陈依的脚步。刚刚那一幕大家此时都有些回味，在走廊上班长就这么低头给他的同桌拉校服拉链，两个人身高相差一个头左右，都低着头，那画面在那一刻是有点儿美好的。

"你们闻到没有？班长跟陈依的校服的香味是一样的。"

"闻到了，好像是一股桃子味。"

杨帆听到这话，拽了下闻泽辛的外套，深深地闻了几下："哎，真的是蜜桃味的，班长，你闻闻？"

闻泽辛拍开他的手。陈依跟英语组长先到，校服领子还竖着，英语组长站在陈依的旁边，说："刚刚小烟也是太不小心了。"

陈依低着头，脸红红地说："嗯，我以后不这么穿了。"

"其实也没什么，我们上学期去 KTV，雪茜她们不是也都穿了吊带吗？正常啦。"

陈依平日里是很少这样穿的，贪凉才穿。

"不过你皮肤白，刚刚那一下是挺明显的。"她那皮肤白得像玉，那群同学在后面看到了难免会议论。

不过陈依在班里向来是比较安静的，很少捯饬自己，比如化浓妆、改裙子或者做头发、做指甲等，所以没人知道她穿吊带这么好看，这次匆匆看到，估计又得讨论了。英语组长还蛮好奇陈依的皮肤是天生白还是泡牛奶泡出来的。

不过她知道陈依现在窘着，不好问。

但是另外一件事情就可以说说了，她笑着低声道："大家都在说班长校服上的味道，你家就用的蜜桃香味的洗衣液吧？"

陈依这才反应过来，男生身上有这种香味好像不太好。她抬起头，恰好看见闻泽辛走过来，小声地道："要不你换回另外一件外套吧，我家的洗衣液就是这个香味。"

闻泽辛看她一眼："谁让你倒那么多洗衣液？"

陈依："你怎么知道我洗衣液倒多了？"

闻泽辛："你瞒得过我吗？"

旁边的几个人，包括杨帆等人："……"

班长不应该现在就换件外套吗？

他们在这儿议论洗衣液多还是少？

最后闻泽辛当然没有换掉这件外套，以至于体育老师跟闻泽辛说话时，都觉得他身上怎么多了股香味。

上完半节课，下半节课大家都在休息。陈依跟英语组长坐在角落里，一边吃着薯条，一边玩着手机。

几个男生坐在下面聊天玩贪吃虫，也有人玩游戏。

篮球场跟羽毛球场那边都有人，当然也有人在那边踢足球。闻泽辛今日没什么兴趣，长腿跨在椅子上，垂眸看着手机。

几个围着他的男生一抬头就看到在看台角落坐着的陈依，自然而然就聊起今天在下楼梯时发生的那一幕。

大家都是少年，好奇也会止于害羞，议论的大概就是陈依皮肤白，但是平日里穿得都很整齐。

也有人说希望元旦晚会陈依能参加一下，有点儿想看。

自然也有男同学笑着道："陈依看起来很害羞，估计不会上去表演的。"

"那就让文艺委员找她几次，我觉得她的心挺软的。对了，上次元旦晚会不是有学姐跳了爵士舞吗？我觉得陈依如果跳这样的舞，肯定很吸睛。"

他们靠着椅子聊着。

闻泽辛翻着手机里的题目，听了这个男同学的话，突然放下手机，身体往前倾，偏头看着那男同学："要不，我给你报名，你去跳？"

那说让陈依跳爵士舞的男同学瞬间卡住。

杨帆见状，哈哈大笑起来，站起身拍了拍那男同学的肩膀："班长今天心情不好，你少惹他。"

那男同学很尴尬。

闻泽辛又看一眼其他人，说："陈依不跳舞，还有，你们也别打她的主意，她还小。"

说完，他坐了回去，靠着椅背继续看题。

几个男同学一脸颓败。

但闻泽辛是班长，又是闻家少爷，谁也不敢吭声。

杨帆又哈哈大笑起来。

后面的英语组长看到几个男同学离开闻泽辛那边，捅了一下陈依的手臂："班长刚刚好像发火了。"

陈依的手指沾着番茄酱，她舔了一下，看一眼下面那一行人，说："他发什么火？"

"这么远我也听不见啊。"英语组长想了一下，突然看向陈依笑道，"会不会跟你有关？"

陈依说："不可能。"

像是印证她的话一样，隔壁班的班花拿了几瓶水走过来，站在闻泽辛跟前跟他说话。闻泽辛放下手机，抬起头回她的话。

班花长得真好看。

陈依托着下巴，一边看一边吃着薯条，几秒后低下头看着自己的鞋带。

下课后，今天沈璇跟常雪没时间过来吃饭，陈依给她们打了饭送去高三，然后顶着烈日回到教室。吃完饭回来的同学都在座位上休息了，也有人三三两两地说着话。陈依坐下后，拆了饭盒开始吃，只是教室里有点儿热。

她抬起下巴，把拉链拉下一点点。

闻泽辛从正门进来，一眼就看到她的这个动作。

陈依手指一顿，想起早上的画面，脸一下子通红。但是热啊，她还是把拉链往下拉了点儿。闻泽辛提着一瓶水走过来，水带着凉气。他将矿泉水按在陈依的脖颈上，凉得陈依倒吸一口气，她赶紧伸手去推他的矿泉水。

闻泽辛低头撑着桌子道："你还想发生早上那样的事情？"

陈依摇头，猛地把拉链拉上去。闻泽辛把矿泉水放在她的手里："给你凉一凉，凉完了还给我。"

他顺势看了一眼陈依桌子上的饭："快吃。"

"哦。"

陈依接过矿泉水，低头吃饭，有了矿泉水是凉快很多。

闻泽辛坐下，拿出手机翻看，余光看她一眼，看到她校服下摆翻了起来。他伸手，把她的下摆翻了过来。期中考试成绩下来，余温过去，剩下就是秋游让大家振奋。这个季节不少人觉得去看枫叶最好，当然也有人觉得虽然秋天了，但还是很热，于是建议去海边。最后大家订了去 B 城的郊区，既有海也有山，何况还没怎么开发，上面有枫林，环境很好。

因为利用周末两天去，所以大家可以在那边住一晚，附近有几家私人客栈，四个人一间房，订十几间就可以。

这些事都是闻泽辛跟几个班委去操办的。

出发这天艳阳高照，陈依从家里的车上下来，很多同学已经排队上大巴了。

英语组长在窗户边朝陈依挥手，陈依赶紧扶着帽子快走两步，嗒嗒嗒地来到车门口。闻泽辛穿着白色的上衣跟牛仔裤，正在记名字。他身材修长，靠着门，有点儿懒散。陈依抬了抬帽子，说："我，陈依。"

闻泽辛抬起头，看到了帽檐下的那张脸。

今天好天气好心情，她还涂了点儿口红，粉嫩嫩的。

闻泽辛眯起眼，笑道："你什么？"

"陈依。"陈依点了下他手里的名册，示意他打钩。

闻泽辛低着头，拿着笔从上往下找，似在找名字，故意拖延。陈依见状有点儿急，纤纤手指指着她的名字。

闻泽辛用笔尖隔开她那白皙的手指，说："我不瞎。"

陈依松了一口气，接着抬腿上了台阶，进了车里。闻泽辛打完钩，视线往里扫去，便扫到她今日的穿着——黄色的长裙、白色的上衣，非常清新。

他收回视线，靠着门看一眼手机，等着下一个同学。

英语组长坐在倒数第二排，给陈依留了一个位子。陈依走过去，正想坐下，杨帆比她快一步，直接霸占了英语组长旁边那个位子。陈依愣了一下，杨帆指着隔壁靠窗的位子："你坐那里。我跟娇娇聊聊天。"

陈依抿唇，看一眼英语组长，英语组长耸了耸肩，也很无奈的样子。

陈依不得已，只能去隔壁那个座位坐下。她拿下帽子放在大腿上，看着窗外的马路。周末的郁金香要比上学的时候安静很多，陈依拆了一瓶牌子叫益力多的饮料，撕开了喝一口，又拿几瓶递给隔壁的杨帆。

杨帆笑眯眯地接过来："谢谢。"

陈依喝着饮料发呆。

不一会儿，车门关上，闻泽辛上车，从车头那边走来，来到陈依这里，看了一眼座位情况。陈依还咬着益力多瓶子的边缘，抬起头看着他。

闻泽辛挑眉，轻笑一声，随即坐在陈依的旁边。

陈依嘴里的益力多瓶子差点儿掉下来，她下意识地坐好。闻泽辛把笔夹在本子里，拉开书包塞进去，随即往后靠，拉上扶手，拿着手机把玩。

陈依觉得这座位有点儿近，往窗户那边靠去。

闻泽辛闻到益力多的酸味，朝陈依伸手："也给我一瓶。"

陈依呆了呆，哦了一声，把背包打开。闻泽辛偏头一看，笑起来："你带了多少吃的？"

陈依猛地把背包合上。

闻泽辛笑着往她身边挨去，低声道："好，不跟别人说，你快拿一瓶给我。"

他身上带着一股清香味。

陈依把手摸进包里，拿了一瓶益力多给他。

"谢谢。"他笑了一声，打开了喝。

陈依觉得手臂有点儿烫，因为他抬起手臂时，两个人的肌肤会碰到，她下意识地往旁边缩。接着大巴车启动，文艺委员起身给大家讲笑话。

闻泽辛长腿靠着外面，支着下巴跟着附和那些笑话。

陈依也仰着脖子听着。

文艺委员可真厉害，一个普通的故事都能说得那么好笑，陈依几次笑得差点儿呛到自己。到郊区要四十五分钟，很多同学慢慢地就睡着了，也有人叽叽喳喳地聊天，陈依低头看着手机给沈璇、常雪发微信。

发着发着困了，身子往旁边倾斜，她打了个激灵又醒过来，看一眼旁边的男生。他正在和杨帆说话，长腿交叠，勾着嘴角，侧脸好看得很。陈依拍拍脸打起精神来，往后坐直，可是下一秒又开始犯困了，头一点一点的。

杨帆看一眼陈依。

闻泽辛顺着他的视线看过去，几秒后往旁边坐了点儿，拿起手机把玩。陈依的头成功地落在他的肩膀上。

杨帆在一旁喷了一声："班长！"

闻泽辛没搭理他，低头翻看着题目，偶尔手臂抬一下，把她那张脸给抬起来，结果她的口红都沾他的手臂上了。

闻泽辛拿了湿纸巾擦了手臂上的口红，后来干脆把她的脸抬起来，把她的嘴唇上的口红也给擦掉了。

杨帆在一旁恨不得拿相机将这画面拍下来。快到目的地的时候，车子颠簸了一下，把陈依给颠醒了。她条件反射性地坐起来，接着目光往旁边扫去。

闻泽辛单手按着手机，另一只手揉了下自己的手臂。

陈依呆呆地看着他。

闻泽辛能察觉她的目光，放下手机，笑着偏头看去："准备一下，快到了。"

"哦，好。"陈依下意识地应了一声，应完后看一眼他的肩膀跟手臂，猛地低下头，拿起手机一看，有很多信息。

直到下车，陈依都忙于跟沈璇和常雪发信息。高三的生活昏天黑地，她们哪儿来的时间去秋游？并且她们也开始在物色自己将来要考的学校，沈璇家里安排她出国，常雪想考个最好的学校，并且拉陈依一起。

陈依成绩不如常雪，还差了一大截，心里发怵，不知以后考哪里。她下意识地看一眼前方身材颀长的男生。

但是一想到两个人的成绩差距，她就没了想法。

她回复常雪，说争取两个人一起。

常雪："好。"

爬山很累人，但是为了那几片枫叶，大家也坚持上去，下来的时候很多人在半山腰借了单车踩下来。

晚上在海边烧烤，到处亮起了灯，海风徐徐，伴随着海水的咸味拂过。这里就是许多年后的港口，当然只是规划，还没开始建设。陈依跟英语组长脱了鞋子走在海边的碎沙上，边走边聊天。

那边一行人在烧烤。

闻泽辛拧了一瓶可乐，喝了一大口，随即拿起刷子刷烧烤酱。杨帆几个挨着他，也跟着刷酱。目光落在小沙滩上赤脚走动的一群女生身上，杨帆笑道："真是岁月静好啊！"

老羊哈哈笑起来："嗯，岁月静好，伴烧烤。"

闻泽辛轻笑一声，抬起眼眸看去，一眼便看到穿着黄色长裙的那个身影，头发披散在肩膀上，笑起来眉眼弯弯。

他垂眸，继续烤着鸡脆骨。

杨帆起了一个头，说："你们都想好以后考什么学校了吗？"

"没想好呢。"

"迷茫啊，我想出国，反正迟早也要出。"

"我肯定是一边上学一边到公司实习了，我爸非要我从基层做起。"

"班长你呢？你得回闻氏吗？"

闻泽辛又喝一口可乐，笑道："我哥已经进入基层了，我嘛，还不知道。"

"难怪我看闻大少每天都特别忙。"几个人一阵唏嘘。闻泽辛笑了笑，拿起烤好的鸡脆骨放在一旁，抬起头看向那边的几个女生，喊道："陈依。"

在沙滩上的几个人齐刷刷地看去。

陈依愣了一下。

闻泽辛："过来。"

陈依拉着英语组长走过来，烧烤的香味扑面而来，而且男同学全聚在一起。闻泽辛端起一旁的小碟子递给她："喏，跟娇娇一起吃吧。"

陈依接过碟子，笑道："谢谢。"

她看他一眼，准备离开。

52

闻泽辛却没松开那个碟子，看着她笑问："你打算考哪个学校？有想法没？"

陈依看着他，在那一瞬间，突然想问：你考哪儿啊？

最后她还是摇头："不知道，没想好。"

闻泽辛笑着松手："行吧，快去吃。"

"谢谢。"

陈依又看他一眼，随后跟着英语组长走向旁边。杨帆看向闻泽辛，闻泽辛只看陈依那边一眼，随即坐下，长腿伸直，拿起一根鸡脆骨咬着，有点儿漫不经心。

秋游过后，时间过得就快了，B城天气也开始变化，考哪个学校这个话题经常性地被提起。虽然大家还没到高三，可是那紧张的气氛也渐渐袭击而来。陈依心里也隐隐有了想法，但是所有人都不知道闻泽辛想考哪里。

不少人认为他肯定会出国的，连陈依都这么认为。

1月初，闻家小叔从部队回来，正好也是他的生日，一家人围坐在一起吃饭。这段时间集团的事情太多，老爷子略显疲惫，但是那眉眼之间的冷厉之色丝毫没少。

座位安排是闻泽厉跟闻小叔和老爷子坐一起，其他人在旁边，恰好闻泽辛在老爷子的对面，一抬头就能看见。

老爷子看着俊美的孙子，说："我们闻家的孩子交友一定要慎重，要和闻家相匹配的人成为朋友。"

闻泽辛喝一口酒，听见这话，看老爷子一眼，几秒后敏锐地发现，老爷子似乎是在跟他说话。

他笑着道："爷爷，你这话有深意哦。"

老爷子看着他说："你自己清楚。"

闻泽辛那点儿惬意少了许多，下意识地看向林笑儿。

林笑儿低下了头。

她也是刚刚才知道这些保姆特别会嚼舌根，老爷子带来的人果然是不一样的。

闻泽厉给老爷子倒了一杯白酒，笑道："泽辛又考第一啦，哪有时间去交友啊？"

老爷子点了点头："没有就好。"

闻泽辛跟着笑了一下，几秒后看一眼不远处的保姆，随即收回视线。那保姆低下头，闻小叔紧跟着也跟老爷子碰杯，这小插曲就这么过去了。后面其乐融融，一家人开开心心地吃完了这顿饭。

闻瑶因为住宿加上有表演，今晚就没回来，对这个小女儿、小孙女，一家人惯来是宽容的。

吃完饭，闻泽辛坐在小客厅里玩着手机，闻小叔坐下，把玩了几下打火机，说："有几个学校你考虑一下。"

闻泽辛放下手机，问："哪几个？"

闻小叔一个个地说完，说道："就选一个。"

闻泽辛顿了一下，竟想起陈依，最后再跟这些学校的分数对了一下，垂眸摇了摇头，说："好，过几天跟你说。"

当然，这几个学校中也有他之前想要考的。

闻小叔拍了拍他的肩膀，他也没说别的，但是彼此心知肚明，今晚老爷子的话是什么意思。也许是老爷子听到了什么风声，也许是听信了保姆的一面之词，总而言之，衰败的陈家与闻家是不相匹配的。

常雪高考完，经过考虑，最后志愿填了 B 城大学。常雪考上去后，第一件事就是成天给陈依发信息，让她加油，让她也赶紧考上这个学校。

B 城大学算很不错的老牌学校，分数自然不低。陈依总下意识地去看闻泽辛的志愿，但是他从来没有透露半句。高三这一年的生活昏天黑地，大家除了刷题就是刷题，连周末有时都被老师占用了，更别谈出去玩什么了。

也不知道是不是这个原因，陈依感觉跟闻泽辛之间的距离越来越远。她沉默地低下头继续刷题，闻泽辛扔了笔，揉了揉手腕，视线往旁边扫去。她刷题时很喜欢咬笔头，闻泽辛挑眉，看了几秒，随即收回视线继续看题。

日子一晃来到 6 月份。

高考这天，陈庆没空，沈璇的哥哥沈凛有空，亲自送陈依去考场。车子开到校门口，陈依从车里下来，一身紫白色相间的校服，扎起马尾，露出了纤细白皙的脖颈。她关上车门，笑着跟沈凛说："沈凛哥，我先进去了。"

"好，加油。"沈凛点了点头。

陈依转身走向考场，不远处一辆车子也开了过来，紧接着后座的车门打开，闻泽辛迈着长腿下来。他拽了下校服外套，偏头看沈凛一眼，点了点头，算是打了招呼。

随即他走过去，目光落在陈依的身上。

陈依抿了下唇，看着他笑了一下。

闻泽辛抬手揉了揉她的头发，随即从她身边走过去，去另外一个考场。陈依愣在原地，不知为何突然回头。

这时，闻泽辛也回过头来，勾唇笑着点了一下那边沈凛的车："沈凛哥送你来的？"

陈依啊了一声："是。"

闻泽辛挑眉，笑了一声："好好考。"

陈依："嗯，你也是。"

说着，她就走上了楼梯。

闻泽辛挑了下眉峰，嘴角的笑容淡了一些，转身走向自己的考场。

两天高考考完，陈依还没有回过神来。沈璇已经出国，常雪则还在上课，她也没人可以玩。

班上的同学提了几次聚会，但是闻泽辛这个班长太忙了，一直组织不起来。当然也有小团体自己出去玩。

休息了几天后，班主任召集大家回学校开个班会，谈谈未来，不用穿校服。陈依想到这么多天没见闻泽辛了，不知道他是不是出国了。沈凛跟闻泽辛玩得好一些，也不知道情况。

她感觉玩在一起的几个人，突然之间就散了。

陈依一早起来就捯饬自己，本来想化个妆，后来想想只上了点儿口红，接着选了一条黑色的小裙子，背上了个斜挎包。

她下了楼，陈鸯一看，说道："去学校而已，穿这么好看？"

她的语气有点儿妒忌。

因为陈依皮肤比她白。

陈依没搭理她，拉了椅子坐下吃早餐。廖夕看着她，也觉得女儿今天有种大人的感觉了。是啊，高考完，女儿上大学了不就是大学生了吗？

吃过早餐，廖夕送陈依去学校。下车后，陈依走进学校里，在路上碰见几个同班的男同学，一个个不穿校服，与平时看起来都不一样。

陈依的脸红了些，她侧过头不敢跟他们打招呼，一路走上楼梯，一眼便看到靠在栏杆上摁手机的闻泽辛。

他今日穿着简简单单的白色衬衫和黑色长裤，但是身材颀长，容貌俊美，于是身边除了男同学，还围了几个女同学。

陈依愣了愣。

他这是没出国还是打算过段时间再出国？

她顺了下披肩长发，收回视线，拐进教室。

杨帆捅了一下闻泽辛。

闻泽辛抬起眼眸，看着那穿着黑色裙子的女生进了教室，隔着窗户都可以看出那种少女的青涩感。

杨帆啧啧了两声："真美啊！"

老羊："可不是？平时还没感觉，怎么突然觉得陈依成熟了呢？"

"十八岁的少女啊！"

闻泽辛笑了笑，还是看着陈依，桃花眼里含着几丝笑意，还有一种说不上来的情绪。雪茜几个人跟着他的视线看去，有些妒忌。

陈依坐下后，发现教室也有点儿变样了，可能是更干净了，之前全是书。

她甚少披头散发，于是拿橡皮筋把头发扎起来，垂在身后。不一会儿，闻泽辛进来，拉开椅子坐下。他身上仍是熟悉的清香味，陈依身子僵了僵，说："我以为你会出国。"

闻泽辛拿起桌上的小本子随意翻了一下，看她一眼，笑道："没出国，家里没这个计划。"

陈依勾唇看着他："那你的志愿是哪个啊？"

闻泽辛的衬衫领口开了点儿，少年的那种清新感扑面而来，他含笑道："你猜？"

陈依喃喃地道："不猜。"

闻泽辛轻笑一声，随即把手机放进桌肚里。这时班主任也来了，看到台下的学生全穿上了各自的衣服，不再是一水的校服，而有些隐隐可以看到未来的样子，心里有些感慨，时间过得真快。

班会开了一个多小时，主要以谈话为主。这一年来大家都忙于学习，没时间聊未来。而班上很多人好奇闻泽辛的去向，可惜至今没有探听出来。

最后，班主任说："走吧，下楼拍照片留念。"

"好嘞！"杨帆几个人带头。

陈依也把手机放进包里，顺了顺裙子起身。一行人走向楼梯，操场上已经有高三其他班的学生在那边拍照追闹了。

而他们班那边还有很大的空位。

班主任走过去，跟摄影师说话。陈依跟英语组长走在一起，推推搡搡地最后站在中间的位置。闻泽辛人高，被杨帆几个人压在前面蹲下。所有同学都来了，班主任也跑了过来，咔嚓一声，一张照片就这么留了下来。

接着，其他老师也过来拍照，一张张拍过去后，就剩下同学们自己拿手机拍了。杨帆看一眼闻泽辛："你不找她拍？"

闻泽辛笑了下，调整了一下手机，递给杨帆。

杨帆一看，啧啧了两声，原来有准备呢。

陈依在这边安静地站着，看着被很多人簇拥着的闻泽辛，没法迈出脚步。这时，闻泽辛拨开其他人，往这边走来。

陈依看着他有点儿紧张，手抓着裙子，有些冒汗。

闻泽辛来到她跟前，笑道："拍一张？"

陈依脸红如血："好。"

"好"字刚落，闻泽辛却弯腰，半蹲下单手抱着她的膝盖，然后站起来。陈依简直吓到了，惊叫了一声，下意识地用手撑着他的肩膀，低头挣扎。闻泽辛仰头看着她，眉眼含笑，随即另一只手顺着她的肩膀往下按，把她一寸一寸地按了下来，下巴抬起来，吻住了她。

陈依僵住了。

而现场所有的人都呆住了。

连老师都愣住了。

杨帆差点儿没拿稳手机，惊叫一声，赶紧举起手机，把这一幕拍下来。

画面定格，身后是教学楼，一米九的男生单手把他的同桌抱了起来，穿着黑色裙子的同学蒙了，低着头，缩着肩膀，后背却直，腰线也细。

她几乎是惊慌失措地被他吻住的。

他的唇真薄，也很温热。

过了许久，闻泽辛按着她的腰，把她放下来，问杨帆："拍了没？"

杨帆："拍了拍了。"

他跑过去，把手机递给闻泽辛。闻泽辛拿过手机低头看了一眼，另外一只手按着要跑的陈依的腰，把她按了回来。

他低声笑道："我把照片发你？"

陈依不光满脸通红，脖颈也红，耳根也红。她低着头点头。闻泽辛指尖往上滑，找到了置顶的微信号，"她"字置得最高。

他点进去后，陈依才发现，那是她的号。

他给她弄的什么备注？

闻泽辛把照片发给陈依，随即把她揽了过来，在她耳边道："我的初吻给了你，你要负责。"

陈依猛地抬起头，对上他的桃花眼。

闻泽辛挑眉。

陈依："我怎么负责？"

我连你考哪里都不知道。

闻泽辛看着她漂亮的眼眸，笑道："等着我来找你。"

陈依的眼睛亮了几分。

所以他是没出国吧，还在 B 城？这一天，全班的议论声可大了，不管是同学还是老师，都被这一幕惊到了。可是高考结束，他们即将去大学，老师们也管不住了。后来吃饭的时候，陈依感觉无数刺眼的目光往她身上扫来。

可是比起他们，她自己也很震惊，如若不是手机里那张照片，她都要以为那不过是一场自己臆想的梦了。

这晚唱完 KTV 回来，陈依跟闻泽辛一直没搭上话。即使是后来送她回去时，是闻泽辛叫的代驾，她跟他依然没有说上话，车里还有别人。陈依的心也跟着七上八下的，接下来等成绩，7月中旬陈依的录取通知书下来了。

她考上了 B 城大学。

常雪得知后高兴得跳了起来。

陈依也很高兴，跟常雪约出来见面。两个人坐在商场里吃冰激凌，常雪上下打量陈依："我怎么听说你们拍毕业照的时候发生了一件大事？你居然没跟我说。"

说起这个，陈依的脸一下子红了，即使是嘴里的冰激凌都没能让她冷下来，她说道："事发突然，而且没有后续了，我也不知道怎么跟你说。"

"拿出来吧。"常雪早就听说有照片这回事，要看看。

陈依也不好扭捏，拿出手机点开照片递过去。常雪接过来，看到照片的那一刻都蒙了，这拍得也太好看了吧。

照片拍得特别有艺术感，看起来还有点儿像婚纱照的感觉，即使陈依穿着黑色裙子。

然而更令常雪震惊的还是那个吻，她啧啧了两声："你这是得偿所愿还是被占了便宜啊？"

陈依看着常雪，说："都有。"

常雪摇头："想不到啊想不到，闻泽辛对你真有这种心思。"

这时，外面缓缓开来一辆黑色宾利，后座车门打开，一个俊美高大的男生从车里下来，穿着白色衬衫跟黑色长裤，把玩着手机，一下子就吸引了这边不少人的目光。

陈依咔嚓一声，咬碎了冰激凌上的巧克力。

她呆呆地看着他。

闻泽辛把手机放进裤袋里，走向购物中心这边，目光一扫，看到了店里的陈依。他挑了挑眉，随即走向这边。

常雪惊叫一声："他来了他来了，我要不要走开？"

陈依心里也十分紧张，下意识地抓住了常雪的手。只几步路，闻泽辛便来到这边，笑看着陈依，接着半蹲下去，垂眸拿起她的两条松开的鞋带给她系上，说："光顾着吃。"

陈依呼吸一窒，低头看着他。

闻泽辛系完鞋带起身，拿过她嘴里的冰激凌，低头咬了一口，说："别吃太多冰的东西。"

陈依舌头都打结了："你……你怎么会来这里？"

闻泽辛又把冰激凌递给她，陈依咬了一口，接着剩下的都让闻泽辛吃了。他笑道："过来办点儿事情，你们什么时候回去？"

说这话时，闻泽辛才看一眼常雪。

常雪在一旁已经震惊到手中的冰激凌都要融化了，她赶紧舔一口，替陈依回答："我们可能再坐一会儿。"

"等一下给我发信息，我让林叔送你们？"闻泽辛看着陈依问道。

陈依手足无措，说："不用。"

"记得发。"闻泽辛说完，捏了捏她的脸，转身就走。

他一走，四周的目光跟针一样往陈依这里扫来。常雪低头看着陈依的小白鞋："他给你系鞋带耶。"

陈依："嗯。"

她低头看着自己的鞋子，脑袋里乱糟糟的。

最后，她跟常雪回家的时候，还是没给他发微信。她回到家后，闻泽辛发信息给她。

闻泽辛："走了？"

陈依："嗯。"

闻泽辛："真不听话。"

陈依："哼。"

闻泽辛："依依，我喜欢你。"

陡然收到这条信息，陈依愣住了。虽然她一直在想有可能有可能，但是真听到他说这话的时候，脸一下子通红。她抿着唇，有些羞涩地回复消息。

陈依："嗯。"

闻泽辛："不过没有当面说，还是不太好，等我。"

等他。

陈依这一等就是一个多月，直到开学还没等到。好在大学开学很忙，她要去学校报到，要去宿舍报到，跟室友熟悉，还要熟悉上学路线。

她考了B城大学的财务管理专业。

大学生活就这么开始，大一要军训，军训完毕，也要开始上课了。陈依晒黑了一些，这天从教学楼出来，一辆黑色轿车停在她的跟前。

陈依愣住。

车门打开，闻泽辛从驾驶位上下来，接着拿了一大袋吃的递给她，垂眸含笑道："晒黑了。"

陈依下意识地捂着脸，又看向他。

他也黑了点儿。

闻泽辛握住她的手挪开，接着一低头，又看到她的鞋带松了。他又蹲下，把那一袋子吃的放在一旁，随即拿起她的鞋带给她系上，说："暑假老爷子在这边，事情多，我没办法约你。开学有空了，晚上陪我吃饭好吗？"

陈依低头看着他，问出了一直想问的问题："你在哪个学校？"

闻泽辛系好鞋带后，撑着膝盖起身，俯身看着她，和她离得很近："在商学院。"

陈依愣住，后又觉得也对，他肯定是去这样的学校的。

"嗯？晚上一起吃饭？"闻泽辛看着她笑，拨弄着她的刘海。陈依脸红得想躲，下意识地看了一眼他带来的袋子，那是他跑去郁金香学校买的吃的。

陈依想了一下，点头道："嗯。"

"你要换件衣服吗？"他将手插在裤袋里，含笑问道。

陈依立即道："要。"

说着，她就匆匆地往宿舍走去。闻泽辛却笑着握住她的手臂，把她拉了回来，接着按着她的腰，开了车门，把她送上车。

"我送你去宿舍。"

陈依嗯了一声，又下意识地抬手整理了一下头发。闻泽辛拿起那袋子吃的放进她怀里："都是你爱吃的东西。"

陈依抱着那袋子看着他。

他看起来成熟很多。

陈依低声道："你怎么还特意去买啊？"

"你喜欢啊！"闻泽辛上了驾驶位，接着靠过来给她扣上安全带。

两个人离得近，陈依身子往后缩了缩，说道："你买太多了。"

"分给你的室友一些。"他捏了一下她的耳垂。

陈依瑟缩了一下，耳根红了。

或许是那个吻以后，他现在做什么她都觉得带火。

车子启动，往陈依的宿舍开去。

门口的一群同学纷纷看着陈依上车，这才大一呢，她就谈男朋友啦，让人羡慕哦。

来到宿舍楼下，陈依抱着那一袋子零食上楼。宿舍只有两个室友在，一个在看剧，一个在化妆，估计也是要出去的。她们消息灵通，看到陈依回来，啧啧了两声："听说有个超级帅的男生追你。"

陈依把那袋子零食放下，红着脸去拿衣服，说："你们可以吃。"

"好啊。"看剧的那个室友毫不客气，起身打开袋子，一开愣了一下，拿起里面的一整盒口红、一整盒护肤品还有一张信用卡，看着陈依道："这里面还有这个。"

陈依转头看去。

那化妆的室友起身扫了一眼，笑道："这是什么绝世好男人？一上来就送信用卡跟这些啊？"

口红和护肤品也就算了，这信用卡代表钱啊，这人也太会了吧。

"陈依，他是社会上的人吗？"

"不是，他是我的高中同学。"陈依说完，转身赶紧过去把那些东西都拿出来。口红跟护肤品还好，主要是信用卡，她看着信用卡，把它放进包里，准备等会儿还给闻泽辛。

谁能想到，他居然来这招，有点儿财大气粗的感觉。想到这儿，陈依没忍住笑了，也难怪室友怀疑他是不是社会上的人了。

"不是吧？高中同学？那他现在在上学吗？"

陈依点头："嗯，他就读商学院。"

两个室友呆了："什么？商学院？"

是她们想的那个商学院吗？

哦，也难怪他这么大手笔了。另一个室友上前，说："依依，我帮你挑一件更漂亮的衣服。"

陈依："我自己来……"

换了一件有点儿紧身的裙子，陈依上了个妆，把晒黑的地方稍微遮了一下，随即在两个室友的调侃下出了门。

楼下，闻泽辛靠着车子，手插在裤袋里，一眼便看到走下来的女生。

大学就是这样，让人一夜长大。

她以前穿的都是小清新的衣服，如今还知道展露身材了。闻泽辛舔了下嘴角，笑着拉开车门，看着她，含笑的桃花眼里也含着情，被看的人感觉逃不开他的手掌心似的。

陈依红着脸，踩着小高跟鞋上了车。

闻泽辛关上车门，指尖点了下她的下巴，随即绕去驾驶位上开车。

"吃什么？"闻泽辛握着方向盘，将车子开出学校。

陈依："都行。"

她摸着包里的卡，想着等一下给他。

B城的少爷们最知道怎么追女生，不管花什么心思，终究是要用到钱的。所以钱非常重要，闻泽辛也不例外。

车子来到一家餐厅门口，闻泽辛停好车后，牵着陈依的手上楼，二人靠窗坐下。

闻泽辛点了两份牛排，是陈依喜欢的那个口味。

随即他单手撑着桌面，偏头看着她。

陈依忍不住用手挡了下自己的脸，说："我晒黑了。"

闻泽辛撩了下自己肩膀上的衣服，给她看："我也晒黑了。"

陈依从指缝间看出来，可见他肩膀的肌肤跟胸膛的肌肤不太一样，笑道："你涂没涂防晒啊？"

闻泽辛松手，理了下衬衫领口，往后靠去，懒懒地长腿交叠："没有，我可不像你们女生那么娇贵。"

陈依笑道："不涂不行，不涂都黑啦。"

她给他看手臂。

闻泽辛垂眸看着，突然坐直，按着她的肩膀，把她按到椅背上，随即凑过去，鼻子嗅着她脖颈间的香味，说："陈依，我喜欢你，做我的女朋友吧。"

陈依感觉脖颈滚烫，两个人之间浮动着暧昧的气息，陌生而又令她胆战。

陈依去推他的肩膀。

闻泽辛却不动，张口就咬她的锁骨："你答应吗？不答应的话，我天天咬。"

陈依觉得疼，忙喊道："好嘛，答应你，你放开我。"

"乖。"

他闷笑一声。

陈依："……"

他怎么那么坏？

新婚

Newly

番外

Married

车子回到家门口，屋里光线亮着，几个孩子还在客厅里玩，闻巧巧身上批着一件粉色的披风，威风凛凛地走在他们几个人中间，手里还拿着仙女棒，敲中了谁，谁就得上前给她跪地喊她女王。

那叫一个嚣张。

陈依笑道："我们给她的陪伴太少了，幸好还有这么多哥哥陪着她。"

闻泽辛嗯了一声。

他揽着她靠着车身，偏头吻住她的脖颈，密密匝匝地吻着。陈依脸红如血，缩着脖子。

闻泽辛捏着她的腰，低声道："我们到车里……"

陈依："你疯啦，这是大门口，孩子们随时会出来的。"

她摁住他的手掌。

闻泽辛挑眉，停下了动作。

这时，小客厅的几个孩子看到了门口的两位主人，尤其是闻巧巧，她眼睛一亮，接着转身就冲向门口。

闻绅一把抓住她："喂，你不是还在生气吗？"

闻巧巧一顿。

几秒后，她两手抱臂，气嘟嘟地走到门口。

闻绅立即给她开门。

四个哥哥齐齐地跟在她身后，陪着她来到父母的面前讨伐，闻巧巧抬着下巴，眉眼很像闻泽辛。

这样的眼神看人，隐约有闻泽辛身上的影子。

陈依咳嗽了一声，想说话。

闻泽辛把蛋糕递给闻巧巧。

闻巧巧："……"

闻泽辛："拿吗？"

闻巧巧："……"

挣扎了将近两秒，闻巧巧伸手接过。

闻绅几个人在身后一拍脑门。

"哎，出息。"

了发朋友圈。

陈依在朋友圈写了"打卡"二字，下面配上了两张图片。

沈璇：你们真够浪漫的。

常雪：啊啊啊，这家店很火，闻泽辛对你也太好了吧，老是搜罗你喜欢的菜色给你吃。

聂胥：楼上那位，难道我没带你去吃好吃的吗。

常雪：楼上那位，比起闻泽辛，你做得太少了。

聂胥：哼。

闻泽厉：哼。

闻巧巧：哼。

闻泽厉：哎？小侄女，怎么了。

闻巧巧：我是闻绅，闻巧巧让我发的，她说自己生气了，因为爸爸妈妈不带她出去。

沈璇：闻巧巧你要认命。

聂胥：闻巧巧你爸就是这样的人。

周扬：我又想要抢别人的女儿了。

陈依看着评论，尤其是闻巧巧发的那一条。她把手机放到闻泽辛的面前给他看，闻泽辛包着烤鸭，掀起眼眸看一眼，随即挪开手机，没有任何波动地把烤鸭送进她的嘴里。

陈依咬住，满满的汁："好吃。"

闻泽辛用拇指擦去她唇角的汁，舀了汤喂她。陈依就喜欢这个吊梨汤，说："好好喝。"

闻泽辛轻笑一声，摇摇头。

男人衬衫领口敞着，几分潇洒、散漫、性感。

没一会儿，陈依吃了很多烤鸭，都是闻泽辛亲手给她弄的。

吃完后，服务员推开门进来，手里提着一个小蛋糕放在桌面上，闻泽辛拿卡给服务员去刷，陈依看着那份小蛋糕，眯眼："给巧巧的？"

闻泽辛起身，拿过外套给陈依披上，提起那个小蛋糕，没应。

陈依却偷笑。

两个人走出去，服务员正好递卡回来。

陈依接了卡。

她看一眼，是一张黑卡，上面署名是她。

闻巧巧今年五岁，上有四个哥哥宠着，在家里她虽然是个小公主，但她在爸爸面前就啥也不是。

因为爸爸的眼里只有妈妈。

漂亮美丽的大伯母经常说："你爸越来越病态了。"

闻巧巧也觉得爸爸确实病态。

这一日，是个周末。

四个哥哥买了吃的来到她的家里，五个人咋咋呼呼地来到客厅，看到坐在沙发上看着杂志的高大男人。

纷纷息声。

闻绅怕死了小叔，推了闻巧巧一下。

闻巧巧小脚往前迈，扭着手指喊道："爸爸。"

沙发上的男人掀起眼眸，一身剪裁得体的西装，里头的衬衫是黑色的，领口敞了少许，有些不羁。

他神色淡淡："嗯。"

闻绅笑眯眯地喊道："小叔。"

顾呈的儿子："叔叔好。"

聂胥的儿子："叔叔好。"

萧然的儿子没叫他。

闻泽辛点点头，收回视线，又看向杂志。闻巧巧等人立即松了一口气，几个在客厅靠阳台边的地毯上坐下，开始玩起过家家的游戏。

当然几个男孩是陪着闻巧巧玩，他们已经不屑这个东西了。

玩了大约半个小时后，闻巧巧转身看到爸爸拿起手机，偏头看向窗外，拨了妈妈的电话。很快，那边接起来，闻泽辛嗓音低沉："什么时候回来？天黑了。"

陈依在那头说："在路上。"

"几点到。"

陈依："还有半个小时吧，这边三环有点儿堵车。"

闻泽辛定了几秒："我去接你。"

陈依："不用。"

闻泽辛："我要。"

陈依："……"

男人语气霸道，陈依挂了电话。闻泽辛放下手中杂志，撑着沙发上的扶手站起身，走向门口。

闻巧巧见状，赶紧跑去抱住闻泽辛的腿："爸爸，我也要去接妈妈。"

闻泽辛低头看着女儿，大约一秒后，轻轻地握着她的手腕，把她拉开，说"不可以，爸爸一个人去就行了。"

闻巧巧："哼。"

闻泽辛没搭理她的撒娇，对丽姐说："看好这几个孩子。"又转头对着闻绅，"照顾好弟弟妹妹。"

闻绅哎了一声。

闻泽辛松开女儿，转身走出去。闻巧巧双手叉着腰，看着爸爸走出去的背影。闻绅拍拍妹妹的头，说："你又不是不知道，你爸爸很爱你妈妈，离了谁都不行。"

闻巧巧挥开闻绅的手："哼。"

她看着其他几个人，突然指着萧然的儿子："你，今天当我的新郎。"

萧然的儿子："不干。"

可惜，接下来萧然的儿子被其他几个男孩送到闻巧巧的跟前。闻巧巧拍着萧然儿子的肩膀："以后你要像我爸爸照顾我妈妈那样，照顾我。"

萧然儿子一脸的不情愿。

黑色的跑车一路"炮轰"到了三环。陈依的车子被堵在了路中间，她看着前面的路况，有些无奈。

闻泽辛把跑车开过去。

轰鸣的声音引得堵车的车主纷纷转头看来，都看到驾驶位上男人俊美的脸一闪而过。

车子在人行道靠公园的地方停下，直接把车扔在公园门口。接着高大的男人拎着外套，走向马路。

马路上的车子一动不动，闻泽辛穿过那些车子，来到陈依那辆红色车旁，弯腰屈指敲了敲驾驶位的窗户。

陈依愣了下，赶紧降下车窗："老公？不是说了不用来吗？"

闻泽辛："下车，我开。"

陈依："行吧。"她开了车门。

闻泽辛拉开车门，接住她下来的身子。他把外套抖开来披在她的肩膀上，接着揽着她绕过车头走过去，拉开副驾驶，把她送进去，还俯身低头吻了几下她的唇角。

陈依脸红，推他："快去，多少人看着呢。"

闻泽辛："怕什么。"

他揉着她的脖颈，深深地看她好几秒，这才起身，绕去驾驶位，开门坐下。

他拿起手机，拨打江助理的电话："派个人过来人民公园取一下车。"

江助理："好的。"他完全不意外。

因为老板经常这样，时不时地开着车丢在路边，只为了去接太太。

陈依看着闻泽辛："所有的车都被你造完了。"

闻泽辛唇角含笑，看她一眼，接着握住她的手，眉眼略微温和。

四周车子里的人纷纷盯着中间这辆红色的车，透过前面的车窗可以看到两个人出色的长相。尤其是那男人，气势好强。

闻泽辛捏着她的手，"晚上想吃什么？"

陈依问道："孩子们都在家吗？"

闻泽辛："在。"

陈依："那我们回家吃吧。"

闻泽辛没应，手搭在窗户，支着下巴。陈依想着给丽姐发个信息，说准备一下晚餐，谁知道车子终于动了，而且是那种瞬间通畅的。

陈依略有些好奇，探头看了几眼，原来是发生连环追尾，难怪塞那么久。

她低头继续编辑短信文字。

红色的车却下了高架桥突然调转车头。

陈依惊了下："泽辛，去哪儿啊？"

闻泽辛收回视线，看她一眼，勾唇："晚上我们在外面吃了再回去。"

陈依："可是几个孩子在家。"

闻泽辛："有丽姐。"

陈依："巧巧肯定想我们回去陪她。"

闻泽辛抿唇，不想回答。

车子一路开到一家餐厅门口。

陈依一声不吭，用手遮着额头。

闻泽辛握紧方向盘，偏头看她一眼。几秒后，他伸手，抓住她的手腕拉开。

四目相对，车里安静许久。

闻泽辛咬了咬牙根："行，回去。"

陈依突地反手抓住他的手："行，听你的，吃完再回去，但真的就是吃完就回去，不要在外面逗留了。"

闻泽辛挑眉："好。"

接着，两个人下车，这家餐厅主要做烤鸭的，陈依这几年喜欢上烤鸭。她被闻泽辛搂在怀里，踩上了餐厅门口的台阶，有些惊奇地道："你怎么找到这家店的？我们事务所的同事这段时间还在谈论这家。"

闻泽辛："江辰找的。"

陈依笑弯了眉眼："肯定是你让找的对吧。"

闻泽辛没吭声，揽着她进了包厢。

不一会儿，烤鸭就上桌。

闻泽辛挪动碟子，递给陈依。陈依拿起手机拍了好几张相片，都是吃的，拍完